国家社科基金重大项目
20世纪美国文学思想研究

● 主编　蒋洪新 ●

卷四

20世纪60至70年代美国文学思想

郑燕虹　等著

上海外语教育出版社

图书在版编目(CIP)数据

20世纪60至70年代美国文学思想 / 郑燕虹等著. -- 上海：上海外语教育出版社，2024
  (20世纪美国文学思想研究 / 蒋洪新主编)
  ISBN 978-7-5446-7906-0

Ⅰ. ①2… Ⅱ. ①郑… Ⅲ. ①文学思想史—美国—20世纪 Ⅳ. ①I712.09

中国国家版本馆CIP数据核字(2023)第200523号

出版发行：**上海外语教育出版社**
（上海外国语大学内）　邮编：200083
电　　话：021-65425300 (总机)
电子邮箱：bookinfo@sflep.com.cn
网　　址：http://www.sflep.com
责任编辑：王晓宇

印　　刷：上海中华商务联合印刷有限公司
开　　本：635×965　1/16　印张 27.75　字数 372千字
版　　次：2024年6月第1版　2024年6月第1次印刷

书　　号：ISBN 978-7-5446-7906-0
定　　价：108.00元

本版图书如有印装质量问题，可向本社调换
质量服务热线：4008-213-263

总　序

当今世界百年未有之大变局加速演进,人类正面临许多共同的矛盾和问题。中国和美国是世界两大超级经济体和联合国安理会常任理事国,两国关系是世界上最重要、最复杂的双边关系之一。中美之间如何加强沟通合作,尊重彼此的社会制度和发展道路,尊重双方核心利益和重大关切,尊重各自发展权利,已经成为全球关注的焦点问题。当前,中美关系经历诸多曲折,但越是处于艰难的低谷时期,我们越是需要通过对话、沟通与交流的方式,共同探寻解决问题的方案。

习近平总书记指出,"国之交在于民相亲,民相亲在于心相通"[①]。民心相通既是中国倡导的新型国际关系的组成部分,也是中美关系向前发展的社会根基。只有民心相通,才能消除中美之间的误读、误解和误判,才能增加中美双方的战略互信。因此,我们应通过多种途径推动中美之间民心相通。实现民心相通的方式多种多样,最重要的无疑是开展多层次、多领域的人文交流与合作。党的十八大以来,习近平总书记从构建人类命运共同体的高度出发,先后在多个重要场合提出要加强文明交流对话和互容互鉴,指出文明交流互鉴是推动人类文明共同进步与世界和平发展

[①] 习近平:《习近平在中国国际友好大会暨中国人民对外友好协会成立60周年纪念活动上的讲话》,https://www.gov.cn/xinwen/2014-05/15/content_2680312.htm,访问日期:2023年12月28日。

的重要动力。

人文交流与合作是双向的、平等的,美国需要深入了解中国,中国亦需要进一步了解美国。诚如亨利·艾尔弗雷德·基辛格(Henry Alfred Kissinger)所说:"从根本上说,中美是两个伟大的社会,有着不同的文化、不同的历史,所以有时候我们对一些事情的看法会有不同。"①我们相信,文明多样性是人类社会的基本特征。当今世界有200多个国家和地区、2 500多个民族,②有80多亿人口③和数千种语言。如果这个世界只有一种信仰、一种生活方式、一种音乐、一种服饰,那是不可想象的。无论是历史悠久的中华文明、希腊罗马文明、埃及文明、两河文明、印度文明,还是地域广阔的亚洲文明、欧洲文明、美洲文明、非洲文明,都既属于某个地区、某个国家和某个民族,又属于整个世界和全人类。不同文明在注重保持和彰显各自特色的同时,也在交流与交融中形成越来越多的共有要素。来自不同文明的国家和民族交往越多越深,就越能认识到别国、别民族文明的悠久传承和独特魅力。换句话说,各民族、各地域、各国的文明相互依存、相互渗透、相互交流,你中有我、我中有你,各自汲取异质文化的精华来发展自己的文明。有容乃大,方可汇聚文化自信之源,事实上,中华文明5 000余年的演进本身就是一部"有容乃大"的交响曲。只要我们深深扎根于中华优秀传统文化,抱定马克思主义指导思想,坚持"以我为主、为我所用"的原则,就一定会在与世界其他文明的交流互鉴中焕发更加旺盛持久的生命力。在这个意义上,我们对美国人文思想的研究,不仅能让我们反观中华文明的流变,还能给今天的中美人文交流带来

---

① 基辛格:《基辛格:世界的和平与繁荣,取决于中美两个社会的互相理解》,《新京报》2021年3月20日。
② 邢丽菊、孙鹤云:《中外人文交流的文化基因与时代意蕴》,《光明日报》2020年2月26日,第11版。
③ 联合国:《全球议题:人口》,https://www.un.org/zh/global-issues/population,访问日期:2024年4月18日。

重要启示,在"和而不同"中找寻"天下大同",追求心灵契合与情感共鸣。

　　人文交流的内涵很丰富,其中,文学既承载着博大壮阔的时代气象,也刻写着丰富深邃的心灵图景。文学是时代精神的晴雨表,在人文交流中占有独特的突出地位。钱锺书先生在《谈艺录》里说:"东海西海,心理攸同;南学北学,道术未裂。"①文学具有直抵人心的作用,能唤起人们共同的思想情感,使不同民族和文化背景的人们能够彼此了解、增进友谊。在中国文化语境中,"文学"一词始见于《论语·先进》:"文学:子游、子夏。"当时的文学观念"亦即最广义的文学观念;一切书籍,一切学问,都包括在内"②。钱基博则言:"所谓文学者,用以会通众心,互纳群想,而兼发智情;其中有重于发智者,如论辩、序跋、传记等是也,而智中含情;有重于抒情者,如诗歌、戏曲、小说等是也。"③在西方文化语境中,文学指任何一种书面作品,被认为是一种艺术形式,或者任何一种具有艺术或智力价值的作品。"文学"的英语表达 literature 源自拉丁语 litteratura,后者就被用来指代所有的书面描述,尽管现代的定义扩展了这个术语,还包括口头文本(口头文学)。进入 19 世纪,由于语言学的兴起和发展,文学被看作一种独立的语言艺术,尤其在受到分析哲学影响后,更是呈现出语言学研究的片面趋势。那么,究竟依据什么来判定"什么是文学"或者"哪些作品可列入文学范围"呢?这往往与某社会、文化、经济、宗教环境中某个人或某一派在某一时间、地点的总体价值观相关联。用总体价值观来判断文学性的有无,这也符合我国历代主流文学理论家强调作品思想性的传统。从这个意义来讲,我们对文学的研究应集中于文学思想。

---

① 钱锺书:《序》,载《谈艺录》,北京:生活·读书·新知三联书店,2019年,《序》第1页。
② 郭绍虞:《郭绍虞说文论》,上海:上海古籍出版社,2000年,第17页。
③ 钱基博:《中国文学史》(上册),北京:中华书局,1993年,第3页。

文学思想不是文学与思想的简单相加，而是文学与思想的内在契合和交融。文学思想有两种基本指涉：一指"文学作品中"的思想，即文学作品是文学家观念和思想的直观呈现；二指"关于文学"的思想，即在历史发展的各个阶段中，对文学学科的发展具有重要意义的文学观念和文学思想意识，包括文学批评和文学创作两个方面。此外，文学思想还可以是"与文学相关"的思想。一般而言，文学总是与一定的社会文化思潮和哲学思想的兴替紧密联系在一起，具有较鲜明的文学价值选择倾向，并且这种倾向常常给当时的文学创作以直接或间接的深刻影响。作为人类社会中重要的文化活动和文化现象，文学思想主要体现在关于文学的理性思考上，集中体现在对文学的本质、使命、价值、内涵等重大问题的思考和言说上。除了体现文学主体对文学自身构成和发展现状的认识，文学思想也反映一个社会特定时期的政治、经济、文化等各个方面的情形，并且深受这些因素的影响。因为某一具体文学思想的提出和演变，都有当时的社会环境和人文思潮作为背景，离开具体的历史文化语境，该思想就会成为无源之水、无本之木。可以说，对美国文学思想的研究，也就是对美国人文思潮的发现与揭示。

回溯历史，20世纪世界的发展洪流在各种矛盾的激荡中奔涌向前。借用F. S. 菲茨杰拉德（F. S. Fitzgerald）总结爵士时代的话说，20世纪是一个"奇迹频生的年代，那是艺术的年代，那是挥霍无度的年代，那是嘲讽的年代"①。从经济大萧条到两次世界大战，从社会主义国家的横空出世到全球范围的金融危机，政治经济无不在人们思想的各个方面留下烙印；从工业革命到人工智能，从太空登月到克隆生命，科技发展无不从根本上改变着人们的生活形态；从"上帝已死"的宣言到包罗万象的后现代主义，从亚文化运动到

---

① F. S. 菲茨杰拉德：《崩溃》，黄昱宁、包慧怡译，上海：上海译文出版社，2011年，第23页。

生态思想，频发的文化思潮无不使这一世纪的思想都面临比前面几千年更为严峻的挑战。审美体验方面，从精神分析到神话原型批评，从语言学转向到文化批评，人们通过各种各样的方式来解读和阐释自己的心灵产物。这个世纪将人们的想象和思维领域无限拓宽，文学思想因此而变得流光溢彩、精彩纷呈，尤其是美国文学，在这个世纪终于确立了自己的地位，形成了自己的体系。以上种种都在文学的各个层面或隐或现地得到投射或展露。

20世纪美国社会风云激荡、波澜壮阔，对美国文学和文学思想的发展影响深远。2014年，我主持的"20世纪美国文学思想研究"课题入选国家社会科学基金重大项目。由此开始，我和我的学术团队全面梳理20世纪美国文学思想的发展脉络，系统阐述各个时期的文学思潮、运动和流派的性质与特征，并深入探讨代表性作家的创作思想、审美意识和价值取向。这套"20世纪美国文学思想研究"丛书就是我们这个课题的结项成果。丛书分为五卷：卷一是刘白、简功友、宁宝剑、王程辉等著的《19世纪末至20世纪20年代美国文学思想》，围绕现实主义、自然主义、印象主义、"文学激进派""新人文主义"等方面的文学思想进行深入研究；卷二是叶冬、谢敏敏、蒋洪新、宁宝剑、凌建娥、王建华、何敏讷等著的《20世纪20至40年代美国文学思想》，通过对代表性文学家的创作理念、文学思想、艺术风格等进行分析与阐释，研究这一时期美国主要文学思想的缘起、内涵、演变和影响；卷三是张文初、黄晓燕、何正兵、曾军山、李鸿雁等著的《20世纪40至50年代美国文学思想》，研究该时期美国注重文学自身构成的特殊性的文学思想；卷四是郑燕虹、谢文玉、陈盛、黄怀军、朱维、张祥亭、蔡春露等著的《20世纪60至70年代美国文学思想》，研究该时期在与社会现实显性的互动和复杂的交织关系中形成的文学思潮；卷五是龙娟、吕爱晶、龙跃、凌建娥、姚佩芝、王建华、刘蓓蓓等著的《20世纪80年代至世纪末美国文学思想》，全方位、多角度地对该时期的文学思想进行了解析。

需要指出的是,这样的年代划分并非随意为之,而是有其内在的逻辑理路。19世纪末至20世纪20年代,美国处于"第一次文艺复兴"之后的民族性格塑造、自我身份确立的过程中,文学思想的发展态势和内涵呈现出两个较为明显的特征:一方面本土性文学思想应运而生,另一方面文学思想又表现出对社会、历史等外在因素的关注。这一阶段的文学思想大致可概括为"外在性"的坚守与"美国性"的确立。20世纪20至40年代,美国经历了"第二次繁荣",这一阶段美国文学家的思想在现代危机之中展现出了"先锋性"和"传统性"双重特质,即摆脱旧传统、开拓文学新思维的品质及坚守文学传统的精神。20世纪40至50年代,知识分子在经历第二次世界大战和冷战后,越来越关注文学的本体性,将审美价值置于其他价值之上。当然,也有一些知识分子受到社会矛盾的影响,将文学视为表现社会的重要载体。这种"审美自律"或"现实关注"也成为这一时期众多文学流派思想中最为显性的标记。20世纪60至70年代的文学家继续之前文学界对现实的关注,同时又表现出对传统的"反叛"以及对一些中心和权威的"解构"。这种鲜明的反叛与解构集中体现在黑色幽默小说家、科幻小说家、"垮掉派"、实验戏剧家、解构主义批评家的思想之中。20世纪80年代至世纪末,经历解构主义思潮之后的美国文化走向多元。在这一时期,不同族裔、不同性别和不同阶层的"众声喧哗"使文学思想也呈现出不一样的特质。

本丛书以全新的理论范式对纷繁复杂的20世纪美国文学思想进行了逻辑分明的系统整理,并力求在以下四个方面有所突破或创新。一是研究视角创新。丛书研究视域宏阔、跨度宽广,范畴超越传统的文学史观。它以"文学思想"的广阔视野整合、吸纳了传统的"文学创作""文学理论"与"文学批评",涵盖了文学活动的特点、风格、类型、理念等诸方面,不仅深入探究文学创作主体,而且从美学、哲学、政治、文化、宗教和道德层面充分揭示作家的文学思想特点与创作观念。这一研究力图丰富和发展目前的美国文学研究,探索文学的跨领域交叉研究,拓展20世纪西方乃至世界文学及其思想的研究范畴,以期建立一种创新性的文学思想研究架构。二是研究范式创新。丛书以"时间轴+文学思想专题"的形式建构,各卷对各专题特点的概括和凸显、对各文学思潮的定性式说明、对20世纪美国文学思想发展线索的初步认定,都是全新的实践与探索。比如,用不同于新批评所用内涵的术语"外在性"来概括20世纪前期美国文学思想的特征,用"先锋性"来凸显美国现代主义文学思想的特色,用"审美自律"来描述美国新批评或形式主义文学思想的发展,这些观点都凝聚了作者开创性的妙思。三是研究内容创新。丛书系统研究20世纪美国文学思想,研究对象从时间来说,跨越从19世纪末到20世纪末共百年的时间;从思想主体来说,包括文学家的文学思想,批评家的文学思想,以哲学、心理学、社会学等为专业的理论家的文学思想等。研究对象的包容性和主题的集中性相得益彰。四是研究方法创新。丛书综合运用了现象学方法、历史主义方法、辩证方法、比较诗学方法等。

一个时代有一个时代的文学,一个时代有一个时代的思想。在特定时代的思想前沿,文学总是能够提出、回应并表达生活中那些内在的、重大的和切身的问题,也生成了该时代最敏锐、最深邃和最重要的思想。20世纪美国文学思想的演变进程体现了时代大潮中涌动的美国文化观念,对美国的社会思潮、文化特征、国家形象及全球影响力有重要的形塑作用。他山之石,可以攻玉。新时代中国创造了中国式现代化新道路,创造了人类文明新形态。我们系统、全面、深刻地梳理研究了20世纪美国文学思想,回望审视,更希冀新时代中国文学继续心怀天下、放眼全球,向人类的悲欢、世界的命运敞开胸怀,在继承深厚的中华优秀传统文化的基础上守正创新,并以理性、平视的目光吸收借鉴人类文明的优秀成果,以自信的态度塑造中华文化形象,充分展现新时代中国文学的"中国特色、中国风格、中国气派",为丰富中国文学思想、促进中华民族文化复兴和构建人类命运共同体发挥思想伟力,为人类文明进步贡献中国智慧。

文学如水,润物无声。文学滋养人生,思想改变世界;世界因文学而多彩,人生倚思想而自由。谨以一首小诗献给读者,愿我们都能在文学的世界里拥抱自由与释放、追求美好与大同:

溯回百载美利坚,遥望九州气定闲。

文明西东能相益,华章千古在人间。

谨以此丛书致敬伟大的文学思想先哲!

蒋洪新

2024 年 4 月

目　　录

绪　论　　1

第一章　20世纪60至70年代美国小说家的文学思想　　35

第一节　弗拉基米尔·纳博科夫的文学虚构观　　39

第二节　杰克·克鲁亚克的自发写作论　　56

第三节　库尔特·冯内古特的科幻小说观　　66

第四节　威廉·加迪斯的熵化创作论　　83

第五节　诺曼·梅勒的《幽灵艺术》　　100

第二章　20世纪60至70年代美国诗人的文学思想　　113

第一节　"垮掉派"诗人艾伦·金斯伯格与劳伦斯·费林盖蒂的文学思想　　116

第二节　自白派诗人罗伯特·洛厄尔、约翰·贝里曼与西尔维娅·普拉斯的文学思想　　141

第三节　纽约派诗人弗兰克·奥哈拉与约翰·阿什贝利的文学思想　　182

第三章　20世纪60至70年代美国戏剧家的文学思想　　209

第一节　爱德华·阿尔比与大卫·马麦特的现实主义戏剧思想　　212

第二节　梅根·特里与恩托扎格·商格的女权主义戏剧思想　　249

第三节　理查德·福尔曼的后现代戏剧思想　　275

第四章　20世纪60至70年代美国批评家与理论家的文学思想　　295

第一节　结构主义批评的文学思想　　299

第二节　解构主义批评的文学思想　　323

第三节　读者反应批评的文学思想　　347

第四节　女性主义批评的文学思想　　370

主要参考文献　　406

绪 论

① 本章由谢文玉撰写。

20世纪60至70年代是各种社会运动风起云涌又渐次偃旗息鼓的时期,也是美国社会在政治、思想和文化领域发生革命性变化的转型期。这个时期的文学思想在继续前期文学界对现实关注的同时,更突出地体现了与激进社会运动和激进思潮相一致的"反叛"与"解构"的特征,涌现出一大批背离和超越传统的现实主义与现代主义文学思想的作家,标志着后现代主义文学开始进入鼎盛时期。

本卷将重点探讨20世纪六七十年代美国文学思想中表现出的对传统的继承、反叛、颠覆和解构,追溯其萌芽、发展和演变的过程,论述其在文学上的具体表征以及它们在20世纪美国思想史和文学思想史上的重要地位和影响。20世纪60至70年代风起云涌、波澜壮阔的激进社会运动和思想文化、西方世界的哲学思潮以及美国本土文学背景催生了这个时期美国文学界对物化世界的抗争和对传统的背离和解构,形成了以"反叛"与"解构"为主要特征的后现代主义文学思想体系。

一、20世纪60至70年代美国反叛性文学思想的产生

文学思想作为国家主流意识形态和价值体系的重要组成部分,是文学自身与社会文化发展的理论呈现,包含了文学家在文学、艺术、美学、哲学、政治、道德和宗教等方面的洞察和思考。它不仅反映了文学家本人的人生观和价值观,也体现了他们在特定历史时期对自然环

境、社会生活和国民意识的认识与理解。因此,文学思想的产生、发展和演变与作家所处的时代,与当时的社会文化思潮密切相关,既是对社会文化思潮的具体反映,也在某种程度上影响社会文化思潮的发展变化。

(一)二战后美国国内文化思想的变化

任何文学思想的兴起都带有鲜明的时代特征。首先,二战后美国跨入后工业社会,科技迅速发展,经济高度繁荣。电视的普及、电脑的发明与升级换代,对宇宙边界的探索达到新的高度,各种新的发明创造层出不穷;社会环境的相对稳定、高等教育规模的急剧扩大、郊区化和婴儿潮都助长了消费主义的盛行,整个美国社会思想文化在这种大众化的消费和大众文化的宣传下日益趋同。以"单面人""组织人"为特征的美国主流文化高度一致,不仅压抑了个性,也形成了对传统价值观和道德观的盲从。

与此同时,二战后以美苏两个超级大国为首的东西方两大集团开始了长期冷战。1947年出台的杜鲁门主义标志着冷战的开始。20世纪50年代掀起的麦卡锡主义是冷战病态狂热在美国国内的具体表征。对"内部颠覆"的恐怖宣传,造成了歇斯底里的政治迫害。不安笼罩着人们,整个社会气氛压抑而沉闷。"冷战"既是一种政治现象,也是一种情感现象;是政策的状态,也是思想的状态。冷战意识形态使20世纪50年代成为某些批评家所谓的"遵命时代",成为诗人路易斯·辛普森(Louis Simpson)笔下"沉默的时代"。政治上的"歇斯底里"造成的恐惧和物质至上主义的现实使一部分敏感的人开始质疑中产阶级价值观,对二战后风靡美国的各种新思想和新观念趋之若鹜。

德国法西斯集中营,广岛、长崎原子弹爆炸下的惨烈场景令人记忆犹新,工业化造成的环境污染日益凸显,性解放、吸毒等社会问题让人忧心忡忡,美国人的心态、想象力和价值观发生了急剧变化。现实生活的剧变不可避免地给新时期的文学家带来新的题材和新的艺术表现方法。"耽于冥想、埋头私事、道德上严肃自爱、不问政治"①的情感在20世纪50年代后期逐渐为一种新兴的情感所取代,表现出对当时主流意识形态和价值观的强烈抵制与反叛。

赫伯特·马尔库塞(Herbert Marcuse)、保罗·古德曼(Paul Goodman)、诺曼·布朗(Norman Brown)等人的著作中体现出明显的反思与反叛倾向。西格蒙德·弗洛伊德(Sigmund Freud)认为,所有的文明都建立在压制的基础上,但是20世纪40年代和50年代美国社会中的压制程度远远超过公共福利的需要,正如马尔库塞所言,先进的工业社会已经使循规蹈矩的前辈们所想不到的操纵控制法——他称之为"剩余压制"——日趋完善。但与弗洛伊德悲剧式的、禁欲主义的信念不同的是,这些压制是可以逾越的,技术的巨大发展尽管有可能导致更广泛的操纵和控制,但也指向更大的自由。马尔库塞在《单向度的人:发达工业社会意识形态研究》(*One-Dimensional Man: Studies in the Ideology of Advanced Industrial Society*, 1964)和《爱欲与文明:对弗洛伊德思想的哲学探讨》(*Eros and Civilization: A Philosophical Inquiry into Freud*, 1974)中针砭20世纪50年代无所不在的、令人窒息的控制,同时提倡随心所欲的享乐主义,觉得美国清教徒式的工作道德观尤其令人难以忍受,一切劳动皆是异化的劳动,唯有性爱、闲暇和玩乐才能带来满足,才能达到"自由境界"。古德曼在其社会批评杰作《荒诞的成长》(*Growing Up Absurd*, 1960)中运用存在主义和心理学概念完成了一篇对二战后青年一代和美国社会的描述,其叙述打破了常规,异常内向、小说化和充满主观性,预示着现行制度出现了裂缝,反叛的浪潮即将在政治领域、思想领域和文学领域爆发。

冷战时期,麦卡锡主义横行,右翼势力开始对左翼文学家进行攻击和迫害,美国作家变得谨言慎行,有意回避重大题材和社会问题,脱离政治和广大读者,唯恐与政治沾边。许多作家或粉饰现实,盲目吹捧美国的政治制度,或躲进艺术的象牙塔,钻研形式。作家们失去了

---

① 莫里斯·迪克斯坦:《伊甸园之门——六十年代美国文化》,方晓光译,上海:上海外语教育出版社,1985年,第50—51页。

斗志和个性，也没有了自己的声音。这是一个令人焦虑的时代，在物质财富不断增长的同时，一种无声的绝望回旋其上，而其表现则是核导弹和人们记忆犹新的死亡营，以及对世界末日的恐惧。但是，这种焦虑是高度抽象、与世隔绝的，是封闭在自我之中的：核弹所唤起的是绝望的情感，而不是愤怒或反抗。①

同时，保守的清教主义道德观大行其道，任何不符合主流文化的东西都被视为离经叛道而备受打击。这一时期也是美国文学创作和文学理论最保守的时期。以 T. S. 艾略特（T. S. Eliot）为代表的非个性化现代主义学院派居于文学创作的统治地位，他们的思想主张在与现实主义创作的论战中立下了汗马功劳，但时过境迁，到20世纪50年代，他们早已失去了最初敏锐的创新和反叛精神，愈发保守僵化。"非个性化"创作理论反对作家的情感流露和个性张扬，否定作家创作过程中的主观能动性，在文学批评界被奉为经典。正是在这一背景下，以杰克·克鲁亚克（Jack Kerouac）、艾伦·金斯伯格（Allen Ginsberg）和威廉·S. 巴勒斯（William S. Burroughs）为代表的边缘作家勇敢地继承了拉尔夫·瓦尔多·爱默生（Ralph Waldo Emerson）、亨利·戴维·梭罗（Henry David Thoreau）、沃尔特·惠特曼（Walt Whitman）以及马克·吐温（Mark Twain）的反传统和追求自由的精神，甚至采取极端的生活方式和创作风格去挑战主流文化和高雅文学。②

二战后，美国社会物质财富的丰裕与压抑、苦闷的精神状态导致了美国思想界"崇尚自我放逐"情绪的产生，这一倾向在文学艺术领域里直接表现为虚无主义的多元化价值取向，它带有反文化、反文学、反艺术的性质，与传统的文学艺术价值观、审美观迥然不同。他们强烈批判、谴责现存制度，希望通过艺术手段实现社会改革，重新认定人生的意义。③ 在

---

① 孙坚、杨仁敬：《论美国"垮掉派"文学对现代主义的继承和发展》，《宁夏社会科学》2007年第3期，第151页。
② 同①，第152页。
③ 师彦灵：《约瑟夫·海勒的后现代主义小说》，《兰州大学学报》2000年第6期，第22页。

文学上,他们以主观方式进行创作,探求新的美学体验。他们这一反传统的创作风格颠覆了主流文学,突破了现代主义的创作模式,①开启了颠覆传统的新型文学模式——后现代主义文学。后现代主义是20世纪50年代以后欧美各国出现的各种文化潮流的总称,涉及哲学、社会学、文学、艺术、美学评论和语言学等领域。它既是对现代主义的继承,也是对现实主义的发展。任何一种文艺思潮的诞生都是对传统的继承和颠覆,是否定之否定,是扬弃。

（二）欧洲哲学思潮的影响

二战后,西方各种哲学思潮层出不穷,思想文化领域的巨变催生了语言学、符号学的发展和西方文论研究重点的转移及自身范式的演变。随着政治、哲学等条件的发展变化,反映现实生活的西方文学艺术创作和文学艺术理论不可避免地发展变化着。"反抗""反叛""颠覆""解构""疯狂""多元"等语汇都难以涵盖那个年代在经济、政治、思想和文化等方面所发生的巨大变化,"解构主义"文学思潮就起源于社会动荡和变革导致的认识论危机。

存在主义文学是20世纪流行于欧美的一种文艺思潮,它是存在主义哲学在文学上的反映,在二战后的法国文学中有所表现,20世纪40年代后期到50年代达到了高潮。20世纪60年代后,存在主义哲学思潮逐渐为新的流派所取代,荒诞派戏剧和"黑色幽默"是存在主义文学的变种。

存在主义文学的观点和特征主要表现为五个方面。第一,存在主义作家认为"存在先于本质""世界是荒诞的",强调"人在存在中可以自由选择"②。他们对传统文学的"反映论"提出质疑,主张文学"介入"时代,反对顺从主义,倡导新的人道主义等。③ 第二,存在主义作

---

① 孙坚、杨仁敬:《论美国"垮掉派"文学对现代主义的继承和发展》,《宁夏社会科学》2007年第3期,第152页。

② 詹志和:《萨特存在主义哲学思想的文学化阐释》,《中南林业科技大学学报（社会科学版）》2007年第4期,第1页。

③ 何胜莉:《世界的荒谬与个人的孤独——浅析存在主义文学观》,《成都电子机械高等专科学校学报》2006年第4期,第98页。

家否定艺术的认识作用,认为艺术作品不能反映现实,只能在某种程度上揭示人的心灵冲动,给人以"享乐"和感受的能力,使人的非理性的感觉清晰而明确。他们认为,艺术家的目的是创造自己的世界,表达自己的哲学思想和感受,而不是艺术地再现客观世界。所以,存在主义文学往往描写荒谬世界中个人的孤独、失望以及无限恐惧的阴暗心理,但也激励人们进行改变。① 第三,存在主义文学主张哲理探索和文学创作相结合,以表现存在主义的哲学观点为己任,作品大多以哲理、道德和政治为题材,重思想,轻形式,强调逻辑思维和哲学思辨。② 第四,存在主义作家反对按照人物类型和性格去描写人和人的命运,认为人并无先天本质,只有生活在具体的环境中,依靠个人的行为来造就自我,演绎自己的本质。小说家的主要任务是提供新鲜多样的环境,让人物去超越自己生存的环境,选择做什么样的人。因此,人物的典型化退居次要地位。③ 第五,在文学创作中,存在主义作家提倡作者、人物和读者三位一体观,认为作者不能撇开读者来写小说,作者的观点不应该是先验的,而是必须通过读者去检验;只有当小说展现在读者面前时,在小说人物的活动过程中,作者和读者才能共同发现人物的真面貌。这种观点对欧美青年一代作家影响很大,也为其他文艺思潮和流派所运用。④

20世纪六七十年代的美国文人不仅接受,而且发展了这些存在主义思想。二战后美国存在主义文学作品的最大特点体现在:现代人在这个对人类命运无动于衷的荒谬世界里,寻找自己存在的可能性及存在价值,探寻自我痛苦、微不足道和可有可无的缘由;另一个特点就是发展了存在主义的个人主义和孤独情绪。二战后美国逐渐出

---

① 张介眉:《当代欧美资产阶级文学流派》,《复旦学报(社会科学版)》1979年第4期,第105页。
② 王永奇:《浅析存在主义文学的基本特征》,《延安教育学院学报》2004年第2期,第40页。
③ 陈研、张清东:《当代英国文学与存在主义——存在主义的主题模式》,《吉林广播电视大学学报》2011年第7期,第37页。
④ 徐豪:《希望从绝望深处迸发》,《青年文学》2010年第5期,第124—127页。

现的战争小说和犹太小说、追求绝对自由和人的生物学满足的"垮掉派"文学、荒诞派文学和黑色幽默小说等都体现了对这一哲学思潮的回应,代表人物有诺曼·梅勒(Norman Mailer)和索尔·贝娄(Saul Bellow)等。

而1968年席卷欧美资本主义世界的激进学生运动和其他激进思潮所引起的社会动荡和变革,导致认识论危机,直接催生了文学领域内"解构主义"文学思想的诞生。各种激进运动虽然昙花一现,但在随后的岁月中,激进学者难以压抑的革命激情逐渐转向大学课堂和学术领域,开启了在学术思想上深层次的反思和解构工作。他们从语言、信仰、机构、制度、学术规范及微观权力等方面展开了对西方自由民主国家赖以存在的基础的挑战和批评。

解构主义思潮主要建立在对结构主义的否定和反叛的基础上,以其对传统形而上学逻各斯中心主义(logocentrism)的反叛而形成了一套独特的哲学和文学解构方法,即消解中心、颠倒秩序、解构理性的优先地位、打破文学与哲学的界限、重设文学与言语的地位。解构主义理论广泛应用于文学,逐渐形成了一种有关文学阅读和批评的方法与范式。它强调语言和思想的自由嬉戏,哪怕这种自由受到了诸多限制。除了天生的叛逆品格,解构主义又是一种自相矛盾的理论。用雅克·德里达(Jacques Derrida)的话说,解构主义并非一种在场,而是一种踪迹。它难以限定,无影无踪,却又无时无处不在。换言之,解构主义一旦被定义,或被确定为是什么,它本身就会随之遭到解构。解构的两大基本特征分别是"开放性"和"无终止性"。解构一句话、一个命题或一种传统信念,就是通过对其中修辞方法的分析,来破坏它所声称的哲学基础和它所依赖的等级对立。而解构主义所运用的逻辑、方法与理论,大多是从形而上学传统中借用的,是一种以己之矛攻己之盾的对抗策略。[①]

解构主义者试图解构逻各斯中心主义的思想传统,打破现有的单一

---

① 王泉、朱岩岩:《解构主义》,《外国文学》2004年第3期,第67页。

化秩序。这种秩序不仅指社会秩序,如既有的道德秩序、婚姻秩序、伦理道德规范等,还包括个人意识上的秩序,如创作习惯、接受习惯、思维习惯和人的内心较抽象的文化底蕴积淀形成的无意识的民族性格。其终极目标就是打破既有秩序,创造更为合理的新秩序。① 解构主义批判地继承了现代主义的正统原则和标准,运用现代主义的语汇,对既有语汇进行颠倒和重构,从逻辑上否定传统的基本设计原则(美学、力学、功能),重建新的意义。德里达指出,解构主义不是由一整套连贯的规则或程序形成的理论,它经常被认为是一种阅读方式、写作范式,更重要的是,它是对传统观念中关于文本阐释的挑战,这些文本是建立在传统观念之上的,如个人自我、外部世界以及语言与意义的恒定不变。②

20世纪70年代初,解构主义传入美国后,经由四名耶鲁大学的解构主义学者——哈罗德·布鲁姆(Harold Bloom)、J.希利斯·米勒(J. Hillis Miller)、杰弗里·哈特曼(Geoffrey Hartman)、保罗·德曼(Paul de Man)的实际操作,变成了一种新的文本阅读的理论和文学批评的方法,真正体现了它的理论和实践意义,而解构主义在美国实际上也成为"耶鲁学派"的同义词。

(三)激进社会运动与激进思潮中的"反叛"与"解构"思想

20世纪六七十年代是一个在世界范围内都出现社会动荡和社会危机的时期,是各种社会运动风起云涌又逐渐消逝的时期,各种阶级的、民族的,乃至国家与国家之间的矛盾,都达到了空前激化的程度。以青年学生为主体的新左派运动席卷西欧和北美大陆。在法国、英国和德国,冲击传统教育制度的学生运动风起云涌,法国的"五月风暴"更是来势凶猛;而在美国,新左派学生激进运动与民权运动、反战运动和妇女解放运动交织在一起,声势浩大,一浪盖过一浪。动荡的社会

---

① 马驰:《面向当代 关注问题——对当下文艺理论研究现状的一些思考》,《文艺争鸣》2007年第7期,第9页。
② M. A. R. 哈比布:《文学批评史:从柏拉图到现在》,阎嘉译,南京:南京大学出版社,2017年,第595—611页。

和变革的需要呼唤激进的思想,而激进的思想又进一步推波助澜,引发新的社会变革。卡尔·马克思(Karl Marx)、让-保罗·萨特(Jean-Paul Sartre)、马尔库塞、利昂·托洛茨基(Leon Trotsky)、胡志明(Ho Chi Minh)、切·格瓦拉(Che Guevara)、菲德尔·卡斯特罗(Fidel Castro)等成为形形色色激进运动或组织的"精神领袖",他们的著作成为青年学生争相阅读的教科书。

20世纪六七十年代也是美国历史上最动荡不安的年代,尤其是20世纪60年代,更是美国的"多事之秋":20世纪50年代中期开始的民权运动从马丁·路德·金(Martin Luther King, Jr.)领导的"非暴力直接行动"到20世纪60年代中后期的"黑豹党"(Black Panther Party),日益走向好战和暴力;白人中上阶层子弟对标榜为西方民主国家典范的美国政府倍感失望,走向父辈的对立面,揭竿而起,反叛传统的中产阶级价值观,从政治抗议走向文化反叛;秉承20世纪50年代自由主义和冷战思维,美国在20世纪60年代中期更深地卷入越南战争的泥淖,最终导致全国范围的反战抗议浪潮迭起,使整个社会处在几近分裂的边缘;20世纪50年代初露反叛端倪的"垮掉派"思想在20世纪60年代喧嚣的语境下持续发酵,变成了愤世嫉俗的嬉皮士反主流文化运动;静坐、请愿、示威游行、师生反战宣讲会、罢课、纠察线逐渐演变为反叛者与执法机构的街头对垒、直接对峙和冲突,甚至发生了肯特州立大学警察枪杀无辜学生的事件;城市黑人暴动、极端激进的白人青年自制炸弹攻击政府重要部门,以及充满血腥味的暗杀活动此起彼伏,美国历史上最年轻总统约翰·肯尼迪(John Kennedy)、民权运动领袖马丁·路德·金和马尔科姆·爱克斯(Malcolm X)、约翰·肯尼迪的弟弟罗伯特·肯尼迪(Robert Kennedy)等相继被刺杀。社会冲突的尖锐程度由此可见一斑,以至于反叛学生喊出了"父母的敌人就是我们的朋友,父母的朋友就是我们的敌人"的口号。反体制、反权威、反逻各斯中心主义、反中产阶级价值观、反对一切父母支持的东西成了这个时代的青年最鲜明的特征。

20世纪六七十年代,各种政治运动、社会运动和文化运动造成了美国政治文化图景的巨大变革,汇成一股巨大的激进主义浪潮,席卷美国社会各个阶层。20世纪60年代的激进思潮以追求自由、平等、公民权利为目标,或从宗教意识、人道主义与和平主义出发,或以"参与性民主"为宗旨,通过改良主义的议会协商、街头对峙、另类生活方式、性革命、生物学革命等途径,对美国传统文化和价值体系发起了全面攻击和挑战,深刻影响了当代美国社会生活的方方面面,从根本上改变了人与人、人与社会、人与自然之间的关系,极大拓展了美国自由与民主的内涵。这一切充分体现了美国激进主义传统是一个不断发展和丰富的历史过程。

20世纪五六十年代,美国民权运动蓬勃发展,有以马丁·路德·金为代表、主张"非暴力直接行动"的温和的民权行动主义者,也有以马尔科姆·爱克斯为代表、主张建立"伊斯兰国家"的激进领袖,还有更为激进的、以斯托克利·卡迈克尔(Stokely Carmichael)为代表、主张"黑人权力"的组织"黑豹党"。这场历时久、声势大的民权革命,主张赋予普通黑人那些影响他们生活的决策权,在政治上真正实现《独立宣言》中不证自明的"人人生而平等"的原则和1863年《解放宣言》承诺的自由,复活内战时期建立的联邦政府,要求美国社会重新思考自由的真正意义是什么。随着黑人政治意识的不断觉醒,以及美国社会根深蒂固的"种族歧视"和长期推行的"种族隔离"所导致的经济不平等,年轻一代民权激进分子积极倡导"黑人权力"。他们提倡种族自尊和种族自豪感,拒绝白人的规范,自豪地喊出了"黑色是美丽的"口号,并用"非裔美国人"(Afro-American)取代"黑人"(Negro)。黑人选美比赛、非洲风格的服饰和"自然风格"或"非洲风格"的男女发型突然流行起来。[①] 可以说,民权革命不仅重新定义了自由,扩大了民主的范围,也永久性地改变了美国社会的政治图景和种族间的关系。

始于20世纪60年代的黑人文学是美国历史上新的文艺复兴,是美国黑人民权运动的具体体现,其规模和影响超过了20世纪20年代

---

① 埃里克·方纳:《给我自由!一部美国的历史》,王希译,北京:商务印书馆,2013年,第1286页。

的"哈莱姆文艺复兴"。黑人文学艺术家试图通过文学创作和文学批评,改变黑人在文学艺术中的形象,反映 20 世纪 60 年代黑人的新精神,刻意开拓种族文化、历史和群体传统。黑人文学批评话语力图探寻美国黑人文化的根源、主题、结构、术语和象征符号。阿米利·巴拉卡(Amiri Baraka)认为,民族主义理想是恢复一度失落的非洲文化的关键,提出了"黑色是美丽的"口号,号召黑人作家以文学艺术为中介来表现这一美学原则,从社会和政治价值上来重估黑人文学的意义。这一时期黑人文学批评的一个显著特点是批评理论和方法的多样性:从早期盖尔·琼斯(Gail Jones)的现象学理论到拉里·尼尔(Larry Neal)的神话批评,从霍伊特·W. 富勒(Hoyt W. Fuller)的社会批判到斯蒂芬·亨德森(Stephen Henderson)的历史美学实践,从艾迪生·盖尔(Addison Gayle, Jr.)的道德批评到琼斯晚期的文化批评,等等。1968 年,富勒在《走向黑人美学》("Towards a Black Aesthetic")一文中把黑人美学明确同黑人民权运动联系在一起,特别指出,黑人要实现黑人社会内部团结,就必须找回并推崇自己独特的文化之根,需要一种摆脱白人种族主义文化价值观影响的"神秘的黑人性"[①]。

受到黑人民权运动激励的新左派政治激进主义者倡导"参与性民主",他们反传统、反权威、反体制,反对战争,反对中产阶级父辈认同的一切。新左派不谈论经济平等和社会公民资格与权利,他们关注孤独、遁世、异化、在庞大的官僚机器面前的无能为力以及富裕生活所无法满足的对真实的追求和渴望,寻求建立一个人人参与其中的民主社会,主张个人有权参与那些决定其生活质量和方向的社会决策。正如1964 年加利福尼亚大学伯克利分校"自由言论运动"的领袖马里奥·萨维奥(Mario Savio)所宣称的,言论自由代表了一个人的尊严,他号召学生用自己的身体来对抗机器。[②] 而"参与性民主"就是他们对于

[①] 王祖友:《试论非裔美国文学理论的三大特征》,《社会科学论坛》2010 年第 13 期,第 175 页。
[②] 马里奥口中的"机器"指上自国家各级机构、下至包括学校在内的所有既有秩序机制。

自由的理解，他们所倡导的就是对自由内容的重新界定，并以此来评判现存的各种社会机制——工作场所、学校和政府等，这些社会机制都缺乏参与性民主的实践。

20世纪60年代，美国激进社会运动激发了更多的群体和组织参与其中。其他少数族裔和弱势群体的权利革命以"参与性民主"观念为宗旨，掀起了遍及美国基层社区的、蔚为壮观的"万花筒"式"市民运动"。1969年，纽约市警察对格林威治村石墙酒吧的袭击标志着"同性恋革命"的诞生。男女同性恋者大胆"出柜"，坚持认为性取向是一项与权利、权力和认同相关的事情。应运而生的还有拉美裔争取政治和法律权利的"棕色革命"、印第安人争取对个人生活和社区命运做出基本选择的"红色革命"，以及其他有色人种（亚裔美国人的"黄色革命"）和弱势群体争取权益的斗争（"同性恋革命"、老年人的"灰色革命"和"残疾人革命"）。这些革命不仅激发了普通民众的政治热情，还极大地扩大了美国自由和民主的范围，深刻影响了美国社会的政治思想文化图景。

反主流文化推崇个人自由选择的权利，追求个性解放，探索新的生活方式。反主流文化运动以性、毒品和摇滚乐为标志，将享乐主义与自我毁灭行为收归"麾下"。以个人自由为中心的性自由和性革命尤其凸显了这场文化革命的反叛性。文化激进主义者在文化领域和生活方式上的新尝试是他们变革现行制度和既有秩序的一种有效手段，而且是最有效的手段，将美国带入了更为自由、民主的社会形式中。

黑人民权运动与新左派政治文化激进运动激发更多美国人为争取自己的权利而斗争。与废奴主义时期的美国女权主义者一样，那些吸收了社会平等和个人自由思想、学会了政治组织方法的年轻女性意识到了自身不平等和受歧视的地位，提出了"为妇女争取自由"和"妇女解放"的口号，将自由的概念延伸到生活中最私密的领域，将"性别歧视主义"和"性别政治"以及"个人（问题）也是政治（问题）"引入政治语言中来，指出两性关系、婚姻状况、判断美貌的标准等和战争、民权、阶级冲突一样,都是"政治性"问题,家庭生活亦应纳入权利和正义的讨论中。

激进女权主义者认为父权制和男权制是造成女性受压迫的主要根源,倡导女性团结一致,通过积极参与政治活动、按照自己的意愿生活来争取属于自己的权利。她们还起草了"第四世界宣言",将自己等同于受到男性"帝国主义""殖民化"的"第三世界"国家的人民,主张以激进手段摧毁父权制占主导地位的社会和文化结构,通过改变性别制度,如以消除性别区别、采取性分离主义策略、提倡同性恋等方式开展"生物学革命",消除性别歧视和性别不平等的现实,建立一个平等的社会。其理论创新极大推动和促进了女性争取独立和解放的实践活动,为消除社会差别、实现男女平等的妇女解放道路提供了新的思维模式,为追求与重构公正而富有人性的性别文化和社会环境、获取男女两性和谐发展的空间做出了贡献,永久性地改变了美国对自由的定义,也催生了女性主义批评对男性话语权的颠覆与解构。

与20世纪60年代精神保持一致的还有新环保运动,或称"生态主义"。与二战前的资源与自然保护运动不同,它更为激进、有更多年轻人参加。生态主义不是简单的环境保护和传统意义上人控制自然的人类中心主义思想;与之相反,它注重人与自然环境的平等关系,是一种提倡人与环境和谐共处、友好平等、反人类中心主义的激进思想;它强调公民应该有权参与影响他们生活的决策制定,与新左派提倡的"参与性民主"观念一脉相承;它强调人类的幸福和健康,是为了整个生态系统的稳定、和谐和健康,试图保护原生态的山川河流,反对使用农药、除草剂等破坏大自然的化学污染物,满足美国人对高质量、高水平生活的追求,如空气洁净、饮用水安全和环境优美等。

1970年4月22日,全美各地举行了第一个地球日活动,预示着环境革命的开始。地球日不仅改变了美国人对人与自然关系的认知,增强了美国民众的环境危机感和环保意识,还改变了他们思考环境的方式和行为,催生并促进了环保组织的发展壮大,使其不仅在数量上迅猛增加,更具职业性和专业性,还推动美国政府制定了有关环境保护方面的政策。

在此基础上衍生出了"生态文学批评"的概念。1972年,约瑟夫·W.米克(Joseph W. Meeker)在《生存的喜剧:文学生态学研究》(*The Comedy of Survival: Studies in Literary Ecology*)中首次使用"文学生态学"概念,"对出现在文学作品中的生物主题进行研究"[①]。1978年,威廉·鲁克特(William Rueckert)在《文学与生态学:生态批评的实验》("Literature and Ecology: An Experiment in Ecocriticism")中率先运用 ecocriticism 这一批评术语,倡导"把生态学以及与生态学有关的概念运用到文学研究中去"[②]。生态文学批评关注文学与自然环境的关系,经常提出与之相关的问题并试图解决,如作者笔下的大自然是什么样、其主题是否体现了生态环境意识、人应该如何与自然相处、人在自然环境中的位置如何等;另外,它还关注诸如如何确定自然与文化的关系、当代生态文学批评研究的方向和思路是什么、生态批评是不是"终极科学"、怎样把生态文学研究与其他学科有机结合起来实现互补互利等问题。生态文学批评在20世纪80年代得到了进一步发展,到90年代达到顶峰,大量相关论著纷纷出版。

概言之,20世纪60年代激进主义者通过大规模的群众运动,如静坐、请愿、政治辩论、政治行动,甚至街头对垒等,通过程序化政治手段,提出了追求自由与平等的诉求。这在很大程度上促成了政治改革,拓宽了美国自由与民主的内涵与外延,赋予了少数族裔(非裔美国人、亚裔美国人、西班牙裔美国人、印第安人等)和弱势群体(如妇女、同性恋、老年人、残疾人等)新的权利,改变了美国人对政府责任的期望,也永久性地改变了年轻人与老年人、男人与女人、白人与非白人、人与地球的关系,使美国变成了一个更加开放、包容、民主和自由的国度。但随着美国各种保守势力重组汇成巨大的新保守主义洪流,20世

---

① Joseph W. Meeker, *The Comedy of Survival: Studies in Literary Ecology*, New York: Scribner's, 1972, p. 9. 如无特别说明,本书译文均出自笔者。

② William Rueckert, "Literature and Ecology: An Experiment in Ecocriticism," *The Iowa Review*, 9.1 (Winter 1978), p. 73.

纪60年代激进主义被谴责为美国社会一切罪恶和邪恶的根源,引发了对多元文化主义、政治正确性和肯定性行动计划等的激烈争议,激进主义由此成为当代美国社会政治思想文化辩论的焦点。

各种激进社会运动和激进思潮成为带动美国20世纪六七十年代以"反叛"与"解构"为主要特征的文学思想发展的"引擎"。无论是20世纪60年代形式多样的政治激进主义,还是看似离经叛道的文化激进主义思想,其无处不在的对传统的"反叛"和"解构"无疑都体现在探索人类关系及其相互影响的文学作品的创作理念、解读方法和批评理论中。

二战后,经历了经济成就,尤其是科技进步对社会的全面冲击,国内文化思想的巨大变化,欧洲大陆各种文化思潮和哲学理论的兴起,如弗洛伊德主义、存在主义、结构主义、解构主义思潮及其对美国社会的影响,以及波澜壮阔的激进运动和激进思潮的洗礼,美国文学思想在创作理念、表现手法、思想内容和形式等方面都体现出不同于以往任何时期的独特性。文学家们纷纷创造出与各种主观形式相对应的文学形式,记录弥漫在时代每一个角落的无奈、反叛、去中心化的情绪。20世纪四五十年代,美国文学界注重创作层面、微观性作品及宏观性作品层面上对"审美自律"的追求,如芝加哥批评学派坚持文学是形式的运作,新批评学派认为语言、结构及艺术手法是文学作品最重要的因素,"神话-原型"批评理论把超越单一作品的文学的内在结构模式看成具有支配性地位的文学核心成分。但是,20世纪六七十年代美国文学凸显了对以备受推崇的"审美自律"思想为代表的文学思想的"反叛"与"解构",涌现出荒诞派戏剧、黑色幽默小说、异彩纷呈的诗歌流派以及马克思主义批评、读者反应批评、女性主义批评、新历史主义批评、后殖民主义批评、解构主义批评等文学流派和新的文学批评思想,与当代美国社会中政治、思想和文化生活的巨大变化互相应和,关注人类的前途和命运,个体在社会中的命运与地位,人与人、人与社会、人与自然之间的隔阂与对立以及新型人际关系的重建,人与自然的和谐相处等复杂问题,从根本上改变了人们对于文学创作传统、文学与历史、文学与文化、文学与社会关系的认识。

二、"反叛"与"解构"：20世纪60至70年代美国文学思想的总体特征

文学从来就是生活和时代的审美反映。20世纪60至70年代这个美国社会风云变幻的动荡时期里所发生的一切，都或多或少影响着这个时期文学思想的内容、变化和发展，反映了美国社会生活和激进文化思想对传统文化和价值观的"反叛"及对一切既有秩序与权威的"解构"。纵观这一时期的美国文学思想，无论是文学作品还是作家对文学的思考和创作，抑或是文论家、批评家对文学的评论或批判，都不同程度地体现了对传统的某种继承、反叛、颠覆和解构，构成西方后现代主义文学思潮中不可或缺的重要组成部分。

所谓"反叛"，既包括无政府主义和否定一切，也包括坚持多样性、扩散性和不确定性等思想观念。反叛体现在两个层面：社会层面和美学层面。前者指对现行社会制度、意识形态、生活方式的质疑和否定。当思想主体把社会性反叛看作文学的本质和使命时，社会性反叛就成了美学反叛。两者的共同特征就是倾向于反叛和打破传统习俗，在文学上的反映则是反叛以新批评为代表的偏重文学内在性审美形式的文学思想，反叛以现代主义为代表的先锋性文学思想，反叛以现实主义、文化历史学派为代表的外在性文学思想等。

作为后现代主义文学思潮重要组成部分的美国文学思想形象地表达了后现代主义精神，是对现代主义文学的继承和发展，同时又是对现代主义文学的背离与超越。它们都以非理性主义为基础，表现出强烈的反传统倾向。后现代主义不仅反对现实主义旧传统，也反对现代主义新规则：否定作品的主体性、确定性、规范性和目的性，主张无限制的开放性、多样性和相对性，反对任何规范、模式、中心等对文学创作的制约，试图对小说、诗歌、戏剧等传统形式甚至"叙述本身"进行解构。在后现代主义文学中，艺术审美范围被无限扩大，街头文化、通俗文学、地下文化、广告语、消费常识、生活指南等，经过精心包装，都

登上了文学艺术的神圣殿堂,如罗伯特·库弗(Robert Coover)的小说《公众的怒火》(*The Public Burning*,1977)中有很多新闻、广告、时事剪报和歌曲等丰富多彩的艺术表现形式,唐·德里罗(Don DeLillo)的《白色的噪音》(*The White Noise*,1985)中可以看到超市中电视广告、旅游广告、药品广告等肆意泛滥。文化被"技术化""工业化"之后,原来由文学家、艺术家个人创造的文化精品,现在大量地被电子计算机设计、生产出来。尤其是电脑的普及,录音、录像、激光盘的批量复制生产,文学艺术不再是阳春白雪,而成为人人可以消费和任意享用的日常商品。科学技术的发展,改变了文化在社会生活中的地位和人的文化意识,导致了广泛的"反文化""反美学""反艺术"[①]倾向。

纵观20世纪60至70年代美国作家们的理论主张及创作实践,可以看出其整体上的一些艺术特征。"不确定性""无序性""非原则性""错位的叙述""无我性""无深度性""零散性或片段化"等成为其标志性符号。刘象愚将其基本特征概括为:创作原则具有不确定性,创作方法体现多元性,语言表现为实验性和话语的游戏化。[②] 概言之,美国20世纪六七十年代以"反叛"与"解构"为主要内容的文学思想体现在以后现代主义文学为主体的各个流派中,如"垮掉派"小说和诗歌、荒诞派戏剧、黑色幽默小说和魔幻现实主义小说以及文学批评家和理论家有关文学创作、批评、阐释、接受的相关理论中。

(一) 创作原则的不确定性

中国文艺理论家王岳川指出,寻找既定意义是不可能的,也是没有必要的,因为写作和阅读行为中存在的诸多"不确定性"本身就是"意义"。[③] 后现代主义的典型特征就是"不确定性"。后现代主义小

---

① 朱莉:《文学的边缘化与精神价值的守望》,《河北科技师范学院学报(社会科学版)》2011年第4期,第60页。

② 刘象愚:《从现代主义到后现代主义》,北京:高等教育出版社,2002年,第15—18页。后面有关"不确定性"的论述,除另外标注外,均出自此书。

③ 王岳川:《后现代主义文化研究》,北京:北京大学出版社,1992年,第284—285页。

说的本质则可归纳为"可能的不可能性"与"不可能的可能性"①。美国"后现代主义作家的新一代之父"唐纳德·巴塞尔姆(Donald Barthelme)宣言中的"我的歌中之歌是不确定原则"②最能充分地体现这一特征。伊哈布·哈桑(Ihab Hassan)在《后现代转向》(*The Postmodern Turn*,1987)中指出,后现代主义的本质特征和主要写作原则就是不确定性;在本质和本体论中心缺失的后现代社会,人类只有借助语言才能创造自己及其世界。③《牛津文学术语词典》中的定义是这样的:"不确定性,……就解构主义而言,指否定文本终极意义的不确定性。"④总之,不确定性无视时间的线性和主题的逻辑性,用"漂浮的文字"和"漂浮的符号(能指)"形成"漂浮的世界"⑤。后现代主义文学创作原则主要体现在主题、形象、情节和语言的不确定性上。

首先是主题和意义的不确定性。受以法国哲学家雅克·德里达为代表的解构主义哲学思想的影响,后现代主义文学消解了二元对立的意识形态所制造的"中心"和"等级",打破了逻各斯中心主义,否定终极意义,使作品永远保持开放的姿态,为新的写作方式和阅读范式提供了广泛的可能性。体现在后现代主义作家创作中的就是随意性、即兴性和拼凑性,并重视读者对文学作品的参与和创造,于是主题不复存在,意义中心消散了,一切都在一个平面上,没有主题,也没有"副题",甚至连"题"也没有了。

深受存在主义思想影响的"垮掉派"典型地体现了这种虚无主义思想和随意即兴的"自我创作"理念。以"垮掉派之王"杰克·克鲁亚克、艾伦·金斯伯格和劳伦斯·费林盖蒂(Lawrence Ferlinghetti)等为

---

① 朱立元:《当代西方文艺理论》,上海:华东师范大学出版社,2005年,第380页。
② 刘象愚:《从现代主义到后现代主义》,北京:高等教育出版社,2002年,第15页。
③ Ihab Hassan, *The Postmodern Turn*, Columbus: Ohio State University Press, 1987, p. 89.
④ Chris Baldic, *Oxford Concise Dictionary of Literary Terms*, Shanghai: Shanghai Foreign Language Education Press, 2000, p. 109.
⑤ 汪筱玲:《论石黑一雄小说的双重叙事》,《江西社会科学》2015年第6期,第179页。

代表的"垮掉的一代",以他们特有的方式对美国现存的秩序发起了挑战。在生活上,他们放荡不羁,试图将自我从各种束缚中解放出来;在文学上,他们摒弃重形式、轻内容的学院派传统,师从浪漫派诗人,用浪漫主义的手法描绘现实世界和内心世界的复杂性,自由地表达自己的情感、个性和需求,形成了以"自发性写作"(spontaneous writing)①为中心的独特的创作观和美学思想,他们的诗学理念与实践充分体现了对传统诗歌的反叛与解构。

美籍比利时裔批评家保罗·德曼关于"修辞文学观"和"修辞阅读策略"的论述则从理论上阐述了文学文本意义的含混和不确定性。由于语言的修辞性特征,一切文学文本具有自我解构的因子,文本的意义于是处于变动不居、因人(读者)而异的不确定状态,其修辞学理论极大地颠覆了新批评"本体论批评"的思想。与德曼持类似观点的另一位解构主义大师杰弗里·哈特曼从文学语言具有比喻性、象征性和修辞性因而意义具有不确定性这一观点出发,深入探讨了文学文本意义的不确定性问题。美国解构主义批评的核心人物J.希利斯·米勒在《小说与重复》(Fiction and Repetition, 1982)中重点阐释了"意义如何产生"的问题,对意义产生的过程进行了"拆解式"解读,而他关于"寄生"(parasite)与"寄主"(host)一体化的互文性理论、他所推崇的"内在阅读法",都指向文学文本意义具有不确定性的特征。以上解构主义批评家有关文学文本意义的不确定性其实是对新批评派割断文本与作者、文本与社会、文本与文本之间关系的批评和反叛。

与美国解构主义思想家关于文学文本意义的不确定性遥相呼应的是读者反应批评论者的文学批评思想。他们认为,文学文本的阅读活动至关重要,作者创作了文学文本,但读者才是赋予文学文本价值和意义的主体。不同读者对于文学文本的解读不同,因而文学文本的意义也非确定不变。斯坦利·费什(Stanley Fish)提出了"意义即事

---

① Jack Kerouac, "Essentials of Spontaneous Prose," in *On the Road: Text and Criticism*, edited by Scott Donaldson, New York: Viking Press, 1979, pp. 485–504.

件"的观点,与新批评派完全将作品、作者、读者隔绝开来的观点相对立,指出文学文本本身并无意义,只有当读者参与其中,通过其阐释与体验才能产生。与费什观点有异曲同工之妙的是诺曼·霍兰德(Norman Holland)的以弗洛伊德精神分析学为理论基础的"后现代精神分析批评"。他也认为文学文本本身并没有意义,读者的阅读实践与自身独特的"个性主题"赋予文本意义。戴维·布莱奇(David Bleich)的"主观批评"理论指出,文学作品阅读是满足读者心理需要的过程,每个人最迫切的动机因素是理解自己。布莱奇对两种情况进行了区分:一种是读者对文本的自发"反应",另一种是读者赋予文本的意义。后者一般呈现为"客观的"解释,但它必然由读者个人的"主观反应"发展而来,对文本意义的所谓客观解释通常都会反映出读者个人反应的主观个性。由此可见,美国读者反应批评是对西方传统文学批评所确立的作者中心论和作品中心论的反叛与颠覆,同时也对新批评所倡导的文本客观性发起了挑战,认为读者对文本意义的产生具有至高无上的作用。

其次是形象和情节的不确定性。后现代主义文学在宣告主体死亡、作者死亡的同时,也意味着文学中人物形象的死亡,而且后现代主义文学的主人公从昔日的"非英雄"走向了"反英雄",于是一切都无法确定,或此或彼、非此非彼,读者认为他(她)是什么样就是什么样,不存在确定的人物形象。

如黑色幽默小说中的"反英雄"人物怀疑一切价值观,认为"众人皆醉我独醒",人物形象不存在严格意义上的正反面之分。传统文学作品中的英雄人物一般都是性格前后一致、形象高大、具有笃定的信念、拥有坚忍不拔的精神和毅力以及卓绝的才能;而"反英雄"人物一般都言行可笑、行为卑下,是一些被生活扭曲得心理变态的小人物。生活在现代社会中的个体既无法把控自己的命运,也难以预测未来,人性被极度扭曲和异化,因而人的存在、人生经历、个体情感被肢解,一切都变得虚无、可笑、毫无意义。

后现代主义作家还反对故事情节的逻辑性、连贯性和封闭性,他们的作品具有明显的虚构性与荒诞性特征,将现实时间、历史时间和未来时间随意颠倒,将过去、现在和未来任意置换,将现实空间不断分割切断,使文学作品情节呈现出无限的可能性。具体表现在:构成小说的诸因素和成分之间互相矛盾、相互消解、彼此颠倒;人物形象怪诞离奇,情节扑朔迷离、荒诞不经、前后矛盾、残缺不全,很难达到或实现终极意义。在现代主义作家的眼中,小说不需要开端、中心和结尾,甚至不需要情节。

托马斯·品钦(Thomas Pynchon)采用解构主义文学观念进行创作,将制度化的真理变成了无数个临时性的真理或中心,使制度化的权威话语遭到质疑与挑战。如《万有引力之虹》(*Gravity's Rainbow*,1974)几乎没有故事情节,由许多零散插曲和作者含混模糊的议论构成,故事情节不是作品的主要因素,只是陪衬;作品中到处充斥着无逻辑、无理性的叙述,段落之间跳跃性很大,上下句子之间缺乏必要的逻辑关系。此外,这部作品还堆砌了大量物理和数学公式,随意运用某种学说对事物进行评论,造成由文学文体向科学文体的转换。①

最后是语言的不确定性。源自费尔迪南·德·索绪尔(Ferdinand de Saussure)现代语言学的美国结构主义、符号学及叙事学是对传统语言学的反拨,与后现代主义哲学遥相呼应,体现了"语言学转向"的特征,但其本身所具有的封闭性和片面性又受到解构主义批评的反叛与颠覆,在后现代主义文学中表现为语言的不确定性,后进一步上升为文学研究从注重对单一作品的细读转向语境主义阐释,体现了对新批评所谓"本体论批评"的解构。

用刘象愚的话说,"语言是文学作品最基本的构成要素……上升到了主体的位置……文学是语言的艺术";某种程度上说,"后现代主义的不确定性就是语言的不确定性"②。对解构主义来说,语言是具

---

① 翁佳云:《美国后现代主义小说的审美特征——浅谈其主题和叙事结构》,《探索与争鸣》2003年第9期,第42页。

② 刘象愚:《从现代主义到后现代主义》,北京:高等教育出版社,2002年,第18页。

有"品质、特性、土地、家宅的一种知识、一种客体,最终能够构成一个自足的、封闭式的无国王的王国"①。后现代主义文学作品中的语言不再是单纯的叙事性语言,而是打破了语言的牢笼,与《尤利西斯》(Ulysses, 1922)中大段无任何标点符号的结尾相比,形式更加复杂,如小说中填充了各种体裁的语言,如商业广告语言、侵入作者话语的"元小说"语言等。② 这在美国文学领域表现非常明显,如黑色幽默小说、"垮掉派"的作品在语言风格上表现出标新立异之处,其语句拖沓冗长、反复含混,标点符号不规范,同时摒弃了传统语言注重典雅华丽、简练含蓄等风格,给人突兀、滑稽之感,使小说内容混乱而虚幻。

黑色幽默的开山鼻祖弗拉基米尔·纳博科夫(Vladimir Nabokov)的小说创作注重打破传统的思维与创作模式,强调语言的主观性和虚构性,认为 M. H. 艾布拉姆斯(M. H. Abrams)的"文学四要素"并不是一成不变的真理。他认为大作家是大"魔法师",好作品都是好童话。在他眼里,对于一个天才作家来说,所谓的"真实生活"是不存在的。他相信虚构和想象力是文学创作的本质,因而语言具有不确定性。

自白派诗人约翰·贝里曼(John Berryman)诗歌的最大特点是语言晦涩难懂,具有浓厚的个人风格,随性而为,如词序颠倒、虚词省略、多含混不清的近音字和双关语、人称变换频繁、节奏和语言风格具有黑人布鲁斯特色。解构主义大师J. 希利斯·米勒认为,文学或其他文本是由语言构成的,而语言基本上是关于其他语言或其他文本的语言,而不是关于文本之外的现实的实在,因此,文本语言永远是多义和意义不定的。

(二) 创作方法的多元性

后现代主义文学创作原则的不确定性必然导致其创作方法的多元性,注重艺术形式与艺术技巧的创新,体现在后现代主义与现代主

---

① 汪民安:《后现代主义的哲学话语》,杭州:浙江人民出版社,2000年,第7页。
② 杨仁敬:《美国后现代派小说论》,青岛:青岛出版社,2004年,第21页。

义、现实主义与浪漫主义的杂糅和融会贯通中。

威廉·S.巴勒斯热衷于利用"剪裁法"(cut-up)进行文学创作,其科幻三部曲《软机器》(*The Soft Machine*,1961)、《爆炸的票》(*The Ticket That Exploded*,1962)和《新星快车》(*Nova Express*,1964)就是这一创作手法的产物。剪裁法是一种蒙太奇手法,始于绘画,后被用于文学创作。巴勒斯认为这一手法符合人们意识的真实情况,即记录者眼中各种互不相关、独立存在的意象通过训练有素的大脑的组装和加工,以一定的顺序呈现出来,被赋予了某种含义,像电影画面一样能够讲述一个顺畅、连贯而完整的故事。在这里,文字成为关键,是串联起各种意象、掌控故事发展的重要工具。在巴勒斯看来,人类成了语言的奴隶,只有消灭语言,才能摆脱控制。①

巴勒斯将各种豆剖瓜分、豕分蛇断的意象并置,呈现了一个毫无逻辑、失去理性的混乱世界,他要传达给读者的正是这样一个人们真实意识的图景。在不断被并置的意象中,在这个含混无序的世界里,语言显得苍白无力,于是,作者和读者都从传统的语法和句法中被解放出来。"任何人,只要有一把剪刀就能成为诗人。"②

短篇小说《寒春新闻》(*The Coldspring News*,1964)就是巴勒斯用剪裁法创作的代表作。他在由各种意象组成的世界里天马行空、漫无目的地行走,把希望从作品中寻求终极意义的读者带入一个歧路亡羊般的境地。他的小说不仅挑战了读者的判断标准,也使传统的思维习惯失去了意义。用后现代主义理论的话语来描述:"元叙述"被彻底颠覆,总体性随之丧失。这种对既定形式的暴露、否定与解构是一个无止境的过程,由此,艺术进入了表现与追求极限的层次,从而站在哲学的位置上。③ 后现代的艺术家正是站在哲学家的位置上的。

---

① 萨晓丽:《一位力图摆脱语言羁绊的后现代派小说家——威廉·巴勒斯》,《外国文学》2005 年第 6 期,第 4 页。
② Barry Miles, *William Burroughs El Hombre Invisible*, London: Virgin Books, 2002, p. 128.
③ 秦喜清:《让-弗·利奥塔——独树一帜的后现代理论家》,北京:文化艺术出版社,2002 年,第 66 页。

黑色幽默小说典型地体现了总体精神上的后现代主义特征和艺术手法上的现代主义性质。以往许多作家以清晰明确的方式和富有逻辑性的组织方式揭示社会的荒诞，遵循合乎逻辑的理性方式来安排人物情节，而黑色幽默小说是以荒诞的形式表现荒诞的主题。其主要特征是：荒唐可笑的事情，被扭曲、夸张和漫画化的人物，被曲解的词汇，无意义的双关语，空洞字眼的重复使用，陈词滥调，夸张的比喻，蓄意张冠李戴的情节，并置一块的不协调的细节，等等。[1] 这种超现实主义的表现手法体现了一种嘲弄、讽刺和玩世不恭的态度，由此产生的悲喜剧性幽默揭示出现实生活的疯狂、荒谬、绝望与残酷。黑色幽默是一种怪诞、可怕、病态、荒谬或面临大难的幽默，是一种用以反映现代世界的荒唐、麻木、残酷、自相矛盾、怪诞以及病态的幽默，是反映现代西方世界的混乱与荒谬的一种具有极强讽刺意义、极其夸张乃至极度变形的艺术手法。[2]

约瑟夫·海勒（Joseph Heller）和托马斯·品钦的作品都以解构文化中心、政治中心、价值中心为目的，同时还以拼贴、虚构、碎片等文学手段来对应中心破碎的形态。所谓"拼贴"，就是将不相关的事物纳入叙事文本中。"拼贴"这个词源自绘画艺术，指画家将没有任何关联的东西并置在一个平面上，形成妙趣横生、精美生动的艺术品。文学创作中的拼贴与此有异曲同工之妙，指将他人语录、广告词、新闻报道、典故、外语、菜单、图画等嵌入文学作品中。现代主义作家一般将拼贴作为一种手段，构建一个整体画面，但后现代主义作家在运用拼贴手法时有所不同，往往放弃整体感，分解整体结构，使各个不相关的部分处于凌乱、散漫状态，其目的是要打破艺术与非艺术、小说与非小说之间的界限。

唐纳德·巴塞尔姆特别热衷于拼贴原则。他认为"抽象派是把互

---

[1] Charles B. Harris, *Contemporary American Novelists of the Absurd*, New Haven: College and University Press, 1971, pp. 20–22.

[2] 刘林楷：《"荒诞派"戏剧与"黑色幽默"小说比较研究》，《武汉理工大学学报（社会科学版）》2001年第4期，第346页。

不相关的事物拼凑在一起,如果效果好,就创造了新现实",并说,"零乱是有趣而且有用的","拼贴原则是 20 世纪所有艺术手段的中心原则,我只相信片断"①。他的小说《白雪公主》(*Snow White*, 1965)是拼贴创作的代表作。

在 20 世纪五六十年代崛起的后现代主义诗歌流派——自白派则将浪漫主义"抒发个人情感"的原则推向了极致。自白派诗人一反 T. S. 艾略特学院派诗歌风格和"非个性化"的诗歌创作原则,发表了大量极具个性化的诗作,以第一人称写作,采用自白的形式,提倡坦露内心深处隐藏的一切,把难以启齿的心理阴暗面一一展示在诗中,以展现个人内心痛苦来揭示社会问题。就诗歌的题材来讲,自白派诗歌主要揭示的是诗人痛苦的个人经历和情感生活,甚至包括十分阴暗的隐私;就诗歌的表现形式来讲,诗人往往把个人的痛苦经历与公众事件甚至政治事件结合起来,互相映衬、烘托,从而达到更强的艺术感染力并取得一定的社会意义;就诗歌的语言来讲,自白派诗歌讲求坦率、不加修饰的语言风格。自白派诗歌的真正目的是人对心理现实的一种剖析,即自我剖析和自我体验的世界之间的关系。②

自白派诗歌的领军人物罗伯特·洛厄尔(Robert Lowell)通过诗歌把自己的私生活暴露出来,还积极干预生活和政治。洛厄尔的诗歌创作风格变化多样,但其诗学理念具有连贯性。他早期的诗歌创作注重技巧,精于节奏与韵律,中晚期转向对威廉·卡洛斯·威廉斯(William Carlos Williams)的诗歌理念——直白、自由、口语化——的追寻,用美国习语进行写作,采用贴近生活的口语化措辞,关注鲜活的日常生活和社会现实,从个人生活经历、现实社会环境中提取素材和灵感,将个人经历和情感直白地呈现出来,以自我感受为切入点,揭示现代社会中无处不在的荒谬性,赋予诗歌深厚而强烈的批判精神,剑

---

① 翁佳云:《美国后现代主义小说的审美特征——浅谈其主题和叙事结构》,《探索与争鸣》2003 年第 9 期,第 43 页。

② 王卓、孙筱珍:《美国后现代诗歌的发展与美学特征》,《北京科技大学学报》2003 年第 2 期,第 40 页。

锋直指现代工业资本主义社会对人性的摧残以及机械文明造成的人类价值的湮灭。①

西尔维娅·普拉斯(Sylvia Plath)的自白诗是"辉煌的痛苦与神圣的嚎叫"的结合,是"艺术和疯狂"②的结合。她的诗风独特,意象时而清新、时而怪诞,善于把个人体验和时代精神融为一体,把疯狂与梦幻穿插其中,无论是在揭露现代社会文明的丑恶方面,还是在揭示内心深处的矛盾方面都达到了一定的深度,是后现代主义与浪漫主义完美的结合。

(三)语言的实验性和话语的游戏化

后现代主义与现代主义最大的区别在于:后者以"自我"为中心,将精神世界作为主要表现对象;而前者以"语言"为中心,高度关注语言实验和话语游戏,探索新的语言艺术,通过语言自治方式发现作品的"自我指涉"功能和自足的语言体系。后现代主义作家运用语言具有的特殊功能,打破常规的语言法则,对其进行调侃、戏仿、游戏,最后创造出晦涩难懂的话语。这种创作方法的背后,是他们要努力呈现本真的生存世界,打破简单、惯性的阅读思维,迫使读者主动参与其中并认识被假象遮蔽的真实状态的决心。例如德里罗的《白色的噪音》中充斥的各式各样的商业广告用语,构成了市场化的叙述话语,透露出在后工业时代的美国,物质的极大丰富带来了过度膨胀的消费主义。③

纽约派诗人约翰·阿什贝利(John Ashbery)早期的诗歌作品明显反映了文字的游戏性,更准确地说是语言实验。他摒弃传统的、固化的语言模式,借鉴抽象派艺术手法,自由放纵地进行游戏式的文字创

---

① 郑燕虹:《罗伯特·洛厄尔的创作风格转变之探讨》,《外语与外语教学》2018年第2期,第120—127页。
② 郑燕虹:《西尔维娅·普拉斯的诗学理念与诗学实践》,《当代外国文学》2018年第4期,第43—49页。
③ 曹敏:《"否定"的语言和形式——从后现代主义文学反观阿多诺的文学思想》,《江西社会科学》2013年第10期,第97页。

作,如泼洒语词(words splash)、擦除(frottage)、剪贴(cut and paste)等,极具创新性。他的诗歌中"非中心化"的主题非常明显,一反传统的文学标准,体现反传统、反权威、反标准的创作理念。阿什贝利特别推崇"表演"和"参与"的创作理念,鼓励读者充分参与文字游戏,强调作者和读者之间需要形成强烈的互动效应。所以,他的诗作很多都没有连贯性和逻辑性,形式上支离破碎,空白地带很多,在内容上给读者留下更大的阐释空间,是一种开放性的艺术表现形式。

同为纽约派诗人,肯尼斯·科克(Kenneth Koch)的语言则大胆、张狂、充满喜剧色彩。面对学院派诗人严谨的措辞和内敛的诗风,科克总是反其道而行之,他不拘泥于题材形式,任意发挥,皆成妙文。在一次采访中,当被问及纽约派诗歌的美学原则时,科克说:"……就是很多新鲜空气,写起诗来有趣,用无意识、用口语,关注语言的表面。"[1]纽约派诗人沿袭了现代派诗人对形式的关注,但反对把诗歌视为自足的系统。他们把诗歌的"娱乐性"视为创作的主动力,重视个人体验,反思创作过程本身,把戏仿作为其主要的艺术表现形式。

黑色幽默的开山鼻祖纳博科夫不仅通过叙述者来表现独特的黑色幽默声调,还通过特殊的文字游戏来增加文本的黑色幽默声调。文本中的文字游戏,如戏仿、变位词、双关语、外来语、生造词等,都是增加黑色幽默的语言因素,采用这样的文字游戏将小说文本转换成充满戏谑性的文本,具有幽默功能。[2]

后现代主义文学的美学特征虽然风格各异、流派纷呈,难以一言以蔽之,但还是存在一些共性。首先,戏剧是美国与自身展开辩论的场所。亨利·詹姆斯(Henry James)曾提出"美国人身份的本质是什么"的问题,这仍然是20世纪60年代的一个中心问题,而戏剧为这

---

[1] Daniel Kane, *What Is Poetry: Conversations with the American Avant-Garde*, New York: Teachers & Writers Collaborative, 2003, p. 95.
[2] 肖谊:《纳博科夫对美国黑色幽默运动的影响》,《当代外国文学》2016年第3期,第54—55页。

样的辩论提供了舞台：探究角色与身份的区别，创造出群体的团结，成为那些希望在这场正在展开的民族戏剧中看到自己的角色得到承认的人足以依靠的场所（剧院）。其次，戏剧是最具社会公众性的文学类型，给人们发出这样的信息：人们有必要重建社会。正如哈罗德·克勒曼（Harold Clurman）所言："戏剧精准地表现了其资源所系的这个社会，真实再现了造成这种社会现状的原因和结果，逼真地体现了'我们情感的败坏'。"①爱德华·阿尔比（Edward Albee）、大卫·马麦特（David Mamet）、梅根·特里（Megan Terry）、理查德·福尔曼（Richard Foreman）等20世纪六七十年代具有代表性的戏剧家以其独具特色的戏剧形式和创新风格，标新立异的主题和语言，以及对社会现实程度不一的描写，呈现了一幅丰富多彩、立体多面的美国戏剧图画，反映了这个时期反叛与解构一切逻各斯中心主义的激进思潮，折射出这个"动荡却极富创造性"②的时代多元复杂的现实，体现了作为文学艺术和精神文化重要表现手段的戏剧扎根现实社会、反映现实世界的本质。

另外，美国激进的戏剧家对亚里士多德（Aristotle）的戏剧理论发起进攻，通过非特定剧场中的舞台设计，打破了舞台与观众之间的界限，混淆了演员、人物与现实中真实人物间的界限，用后现代主义的语汇，对现实的本质提出质疑，创建了一个个充满活力的剧场。在这些剧场里，观众不只观看演出，而且还参与其中，一同思考有关存在主义、本体论和认识论的问题。这些问题关乎个人真实感受，激发人们思考"我是谁""该如何适应这个变化多端的社会"③。

最具代表性的是美国荒诞派戏剧。荒诞派戏剧因英国戏剧理论家马丁·艾斯林（Martin Esslin）的著作《荒诞派戏剧》（*The Theatre of*

---

① Harold Clurman, ed., *Famous American Plays of the 1960s*, New York: Dell Publishing, 1972, pp. 13 – 14.

② Kathryn VanSpanckeren, *Outline of American Literature*, The United States Department of State, 2006, p. 105.

③ 韩曦：《传统与嬗变：当代美国戏剧思潮的演进》，《戏剧艺术》2019年第2期，第117页。

the Absurd, 1961)而得名, 主要反映当代西方人存在的荒诞性, 将深邃的哲理寓于荒诞的形式中, 在创作方法上摒弃了传统的戏剧范式, 缺乏完整的故事情节和尖锐而集中的矛盾冲突, 人物形象被肢解, 缺乏鲜明的个性, 人物对话语无伦次, 但非常重视道具的作用。

就后现代主义诗歌而言, 其共性主要体现在以下几个方面: 1)突破传统美学规范、消解精英意识, 从"上帝之死"到"作者之死", 体现了对权威和权力话语结构的解构; 2)具有片断、割裂、组合、拼凑, 意象模糊、漂浮不定、难以捉摸、出人意料、缺乏统一性和连贯性等特征, 是对文学传统的反叛与解构; 3)将使诗人产生创作激情的环境和自己的心理活动直接写入诗中; 4)后现代主义诗歌鼓励行动性和参与性, 欢迎读者和观众直接参与, 具有行为艺术的特征。①

而后现代主义小说创作中所表现的随意性、不确定性和无选择性体现在戴维·洛奇(David Lodge)总结的几条基本原则中: 1)矛盾性, 即文本中的各种因素互相冲突, 难以调和, 自我消解; 2)并置与变更, 即同一文本中叙述的事可以有多种可能性, 内容、情节可以通过断裂、中断叙述发生变更, 使作品叙述前后失去必然联系和因果关系; 3)随意性, 即文本可以随意组合, 也可以任意拆装, 如同活页小说一般, 可以从任何一页开始, 也可以在任何一页结束; 4)非连续性, 即打破现代主义那种意义、人物行动和情节连贯的"封闭体"写作, 形成一种充满错位的"开放体", 使现实时间与历史时间随意颠倒, 现实空间不断被割裂; 5)比喻的过度引申, 即有意过度夸张地运用某种修辞手法; 6)短路, 即情节内容在发展进程中突然中断, 让读者参与对文本的阐释、解析与再创作。② 后现代主义小说总体上体现出反讽嘲弄、黑色幽默的美学效果。

后现代主义小说比以往任何形式的文学体裁都更具反叛性, 其反

---

① 王卓、孙筱珍:《美国后现代诗歌的发展与美学特征》,《北京科技大学学报》2003年第2期, 第41—42页。

② David Lodge, *The Modes of Modern Writing: Metaphor, Metonymy, and the Typology of Modern Literature*, London: Bloomsbury, 2015, pp. 280 – 293.

叛性也最为彻底,是对传统小说写作模式的颠覆(消解),具有以下特征:1)平面无深度,即对本质与意义的消解;2)错乱零散化,即对生存状态的临摹再现;3)文学拼贴画,即对传统小说功能的质疑与否定。① 后现代主义小说在继承了现代派"意在笔先,神余言外,若隐若现,欲露不露,反复缠绵,终不许一语道破"②的创作手法的同时,将现实与迷离的幻觉相结合,通过虚实交错的笔触来编织情节,使其情节成为一个个片段的拼凑,形成开放式的小说。

总体而言,后现代主义文学体现出一种对所有权威、文学语言和艺术形式一律否定的意识。该时期的文学家不仅不相信"外在"的物质和历史的世界,也就是被现代主义者放弃的信念;也不相信那些为"内在"设置的大部分现代主义的权威,也就是人的理智或想象的内在世界。该时期文学的反叛总体表现在与客观性相对立的绝对主观性上。艺术形式不再作为表现客观世界和社会生活的手段,代之以主流意识来表达个人主观心灵体验和对客观世界的反应。第二个特征是文学思想的反传统性。随着文化观念的变化,传统观念、价值体系和人生信仰发生了剧烈的变化,文学艺术家发挥他们敏感的预知能力,通过艺术形式表达对宇宙、世界、人生的理解。小说家、诗人、戏剧家和理论家摆脱了现代主义的规则和审美意识,开始了一系列向本真、现实回归的激进实验。所以,用荒诞、揶揄、嘲弄、反叛、疏离的笔调来表现在激烈转型时期的无所适从、人生虚无的情感,以及期待建立新秩序的焦躁和渴望之情,成为20世纪六七十年代文学艺术的主流。

20世纪60至70年代是美国的多事之秋,也是美国文化和文学的反叛时期,是社会性反叛和美学反叛同一的时期。美国这一时期的"美学反叛"发生在不同层面上,主要体现在反叛以新批评为代表的偏重文学审美形式的文学思想,反叛以现代主义为代表的先锋性文学思

---

① 林秋云:《后现代主义:美国当代小说变革的主要特征》,《四川外语学院学报》2000年第2期,第11—15页。

② 陈廷焯撰,孙克强主编:《白雨斋词话全编》,北京:中华书局,2013年,第1165页。

想,反叛以现实主义-自然主义、文化历史学派为代表的"外在性"文学思想。美国荒诞派戏剧、黑色幽默小说、流派纷呈的诗歌以及阐释学、解构主义、读者反应批评和女性主义批评就是表现在不同层面上的"美学反叛",它们共同构成了一幅"反叛"与"解构"的图景,为20世纪美国文学思想大厦增添了一道亮丽的风景。

第一章 20世纪60至70年代美国小说家的文学思想

20世纪五六十年代西方社会思想文化领域出现了一系列反对传统哲学思想的新型理论,很大程度上颠覆了现代文明理论体系,孕育了席卷全世界的激进社会运动,也成为文学思想剧变的思想土壤。在美国,"垮掉的一代"、黑人民权运动、新左派学生运动、反战运动、妇女解放运动、嬉皮士反主流文化运动以及随之而起的各种权利革命,不仅极大冲击着美国的主流价值体系,也在文学领域引发了一场巨大的变革:从现代主义文学转向后现代主义文学。

　　后现代主义以各种求新求异的文学形式登场。后现代主义文学一出现就带有一种强烈的反叛性与颠覆性特征。它试图颠覆旧秩序,消解传统价值观,指出文学是多元的、无中心的、非整体性的。而后现代主义小说最集中、最具体、最完整地体现了后现代主义文学的这些特质,不仅颠覆了传统小说的内部形态和结构,"已不再是传统意义上的小说,而是对小说这一形式和'叙述'本身的反思、解构和颠覆,无论在形式还是语言上,都导致了传统小说及其叙述方式的解体"①。

　　作为现代主义小说重要组成部分的美国小说,在20世纪五六十年代,从整体上来看就极具反叛意味,是对传统的解构、对整体性和

---

① 章国锋:《从"现代"到"后现代"——小说观念的变化》,载柳鸣九主编《从现代主义到后现代主义》,北京:中国社会科学出版社,1994年,第16页。

中心的破坏。它最全面地体现了刘象愚对后现代主义文学基本特征的概括：创作原则具有不确定性、创作方法体现多元性、语言表现为实验性和话语的游戏化。于是，基于此而创作的美国小说表现出明显的反传统、反主题、反英雄。正是这众多的"反"导致了与旧的文学形式多多少少对立的新文学形式的产生，如元小说、戏仿、拼贴、蒙太奇、黑色幽默、迷宫、语言主体、叙事零散、能指滑动、零度写作等。

20世纪六七十年代美国小说家的作品大多充斥着荒诞的观点，但又非常真实地反映了生活，甚至是再现了现实生活中的诸多重大问题。文学是社会的产物，与社会息息相关。美国后现代主义小说正是资本主义社会混乱、矛盾、面临无法摆脱的危机的现状在作家头脑中的镜像。作品表现的不是荒诞不经的梦幻，而是光怪陆离的社会现实。通过打破作品中的逻辑顺序，有意颠倒时间，打破地点的界限，将过去与现在、现实与幻觉任意交错，体现了思维的真实性。美国后现代主义小说对传统小说的反叛和解构不可谓不彻底，将"冷漠""麻木""荒诞""反讽""漫不经心"和"无可奈何"等词语赋予了文学叙述，其对人类命运的终极关怀是一种文学精神。

就20世纪60年代美国文学的时间段划分而言，本章采用迈克尔·赫尔方（Michael Helefand）在《伊甸园之门——六十年代美国文化》（*Gates of Eden: American Culture in the Sixties*, 1977）的译本序言中对20世纪60年代美国文化的划分法。他认为，按照美国文化发展与变革的内在联系，真正意义上的20世纪60年代应该从20世纪50年代后期延续到70年代。① 这种方法同样适用于对20世纪60年代美国文学的划分。因此，本章主要关注20世纪50至70年代处于创作全盛期的弗拉基米尔·纳博科夫、杰克·克鲁亚克、库尔特·冯内古特（Kurt Vonnegut）、威廉·加迪斯（William Gaddis）和诺曼·梅勒等

---

① 迈克尔·赫尔方：《译本序言》，载莫里斯·迪克斯坦《伊甸园之门——六十年代美国文化》，方晓光译，上海：上海外语教育出版社，1985年，《译本序言》第 i 页。

美国作家的反叛与解构思想。

他们既是后现代主义小说家,同时也是文学批评家和文学理论家。他们在自己的讲义、学术专著、专题论文、访谈、演讲以及书信里,或陈述了自己的创作动机,或提炼出有关后现代主义创作的经验,或追问后现代社会文学的本质,从不同侧面阐发自己的文学思想和创作理念。本章试图从这些文献中爬梳出他们颇具"反叛"与"解构"特征的创作理念和文学思想及其具体表现。

第一节

弗拉基米尔·纳博科夫的文学虚构观[①]

弗拉基米尔·纳博科夫(Vladimir Nabokov,1899—1977)是20世纪重要的俄裔美国作家,他在文学创作、翻译和文学批评等方面都取得了瞩目的成就。同时,纳博科夫还是一名鳞翅目昆虫学家。

1899年4月23日,纳博科夫出生在俄国首都圣彼得堡一个贵族官僚家庭,从小就在语言方面显露出超人的天赋,童年时已经掌握英语和法语两门外语。纳博科夫在父母以及家庭教师的影响下,在儿童时期就阅读了大量的世界文学名著。1908年,其父因为参与俄国立宪民主运动,被捕入狱,家族遭到沙俄政府的迫害。纳博科夫及家庭成员被迫开始流亡生活。流亡虽然屈辱,但也给纳博科夫带来新的机遇。1919年,他进入剑桥大学学习。后来,他回忆说:"我和弟弟被安排去剑桥上大学,我们得到的奖学金不是对才智的承认,更多的是对政治磨难的补偿。"[②]在剑桥大学,纳博科夫主攻俄国文学和法国文学,1922年获得文学学士学位。毕业后,同样由于政治原因,纳博科夫没有回国,而是在德国柏林居住了整整15年,先后从事过家庭教师、

[①] 本节由陈盛撰写。
[②] 弗拉基米尔·纳博科夫:《文学讲稿》,申慧辉等译,上海:上海三联书店,2005年,第5页。

网球教练和电影小演员等职业。但这位语言天才却拒绝学习德语,理由是担心学会德语将破坏俄语的根基。1937年,纳博科夫移居巴黎。1940年,在纳粹德国入侵法国的前夕,他移居美国,不久取得美国国籍,先后在斯坦福大学、哈佛大学、康奈尔大学等高校讲授俄罗斯文学、欧洲文学和创作理论,直到1959年辞去教职,移居瑞士。1977年7月2日,纳博科夫病逝于瑞士。他晚年在自传中这样总结自己漂泊的一生:"我是一个美国作家,生在俄罗斯,求学于英伦,攻读法国文学,后来在德国待了15年,1940年来到美国,决定当一名美国公民,把美国当成自己的家。"[①]

纳博科夫采用俄语或英语进行文学创作。从1916年开始,他用俄语创作了400余首诗歌、六部诗剧、三部散文剧及众多短篇小说,但使他蜚声文坛的是英语长篇小说《洛丽塔》(Lolita,1955)。这部小说猛烈冲击了美国社会的主流价值观,一度被批评界称为"淫书"。纳博科夫的文学创作既融合了欧洲和俄国的传统观点,也吸取了詹姆斯·乔伊斯(James Joyce)、马塞尔·普鲁斯特(Marcel Proust)等现代主义作家新潮的创作理念,在文学内容和艺术形式两个方面大胆改革,最终形成了独具特色的、有标识性的写作方式,完成了从现代主义文学向后现代主义文学的过渡和转型。一般认为,纳博科夫是西方后现代主义文学的开创者,长篇小说《洛丽塔》是第一部后现代主义作品。1953年,纳博科夫获得美国文学艺术院(American Academy of Arts and Letters)奖章。

纳博科夫的文学思想和创作理念在《俄罗斯文学讲稿》(Lectures on Russian Literature,1981)、《文学讲稿》(Lectures on Literature,1983)、《堂吉诃德讲稿》(Lectures on Don Quixote,1983)等三部文学批评著作中有比较详细的阐述。这些文稿是纳博科夫在哈佛大学、康奈尔大学等高校讲授俄罗斯文学和欧洲文学时撰写的讲义,其中的

[①] 弗拉基米尔·纳博科夫:《固执己见》,潘小松译,长春:时代文艺出版社,1998年,第30页。

《文学讲稿》堪称其代表作。在该书中,纳博科夫站在文学教师和读者的角度,采用文本细读的方法,对简·奥斯汀(Jane Austen)、查尔斯·狄更斯(Charles Dickens)、罗伯特·斯蒂文森(Robert Stevenson)、普鲁斯特、弗朗茨·卡夫卡(Franz Kafka)等七位作家的代表作品进行了细致而有条理的分析;同时,他还阐述了自己的文学主张和创作理念,具有继承传统和反传统的双重因素,体现出鲜明的个人特点。本节集中讨论《文学讲稿》,兼顾《俄罗斯文学讲稿》和《堂吉诃德讲稿》,试图从中梳理出纳博科夫文学思想的主要观点。概言之,纳博科夫的文学思想主要表现在以下几个方面,即文学的本质是创造和虚构,文学的形式亘于内容,优秀的作家是"魔法师"、优秀的读者应兼具艺术性和科学性素养。

一、文学的本质是创造和虚构

纳博科夫在《文学讲稿》中曾明确表示:"文学是创造,小说是虚构。"[①]在纳博科夫看来,文学是纯虚构的产物,是百分之百的想象,它与生活中的现实没有关系;作为主要的文学类型或体裁,小说的本质也是虚构。《文学讲稿》的中文译者申慧辉在序言中也说道:"纳博科夫崇尚纯艺术。他称文学作品为神话故事,强调作品的虚构性。这从一个方面说明了他的艺术观。"[②]由此可以归纳出纳博科夫最重要的文学观点,即文学的本质是创造和虚构。

纳博科夫以最重要的文学体裁——小说为例展开论述。他认为伟大的小说都是神话和童话。纳博科夫举例说:"实际情况是,伟大的小说都是了不起的神话故事……在一个孩子边跑边喊狼来了、狼来了,而他后面根本没有狼的那一天,就诞生了文学。"[③]纳博科夫认

---

① 弗拉基米尔·纳博科夫:《文学讲稿》,申慧辉等译,上海:上海三联书店,2005年,第5页。
② 申慧辉:《序言》,载弗拉基米尔·纳博科夫《文学讲稿》,申慧辉等译,上海:上海三联书店,2005年,《序言》第2页。
③ 同①,第16页。

为,孩子凭空编造故事,就是一种文学创作,孩子的谎言让听故事的人上当了,那么,这个孩子就进行了一次成功的文学创作。但是,如果孩子背后真有狼的话,这个故事就不但没有了文学意义,而且也失去了教育意义。纳博科夫又称小说是童话:"《堂吉诃德》是个童话,《荒凉山庄》是个童话,《死魂灵》同样如此。《包法利夫人》和《安娜·卡列尼娜》则是最伟大的童话。"①无论是神话还是童话,其本质特征都是虚构。在他看来,小说乃至所有文学作品都产生于虚构、产生于虚构的故事,文学作品的作者创造了一个想象中的世界以及生活于其中的人、存在于其中的事物,而读者被这些所吸引,并对此深信不疑。

纳博科夫用神话特别是童话来强调小说以及文学作品纯粹虚构的特性。《辞海》中的"童话"被定义为一种"儿童文学的重要体裁……是一种具有浓厚幻想色彩的虚构故事,多采用夸张、拟人、象征等表现手法去编织奇异的情节"②。所以童话的特征很明显:其一,它是属于儿童的文学。同成年人相比,儿童是几乎没有参与过社会活动的群体,他们的想象没有掺杂任何社会经验和常识,因此,儿童的幻想是纯粹的幻想。其二,幻想是童话的基本特征。童话主要描绘虚拟的事实和情境,人和物都是假想的形象,故事也是不可能发生的事件。其三,童话是虚构的故事。童话中的人物、事件、情节和对话等都是由讲童话的人凭借自己的想象虚构出来的。

在纳博科夫眼中,小说创作和童话的讲述与编写一样,颇有一些无中生有的意味。他认为文学创作是作者凭借自己的联想、想象,合理地虚构出一些故事情节、细节或人物形象,从而有效地表情达意或凸显某种主题思想。一般来说,合理虚构的情节在生活中未必已然发生,但虚构并不影响真实情感的表达,虚构材料同样可以表达作者对生活的真切感受,虚构甚至具有更为广阔的视角,可以弥补生活经验

---

① Vladimir Nabokov, *Lectures on Don Quixote*, edited by Fredson Bowers, New York: Harcourt Brace Jovanovich/Bruccoli Clark, 1983, p. 1.
② 《辞海》,北京:中华书局,1980年,第12397页。

的不足。总之,在纳博科夫那里,虚构不等于虚假,也不是虚伪。美国哲学教授、语言学家约翰·赛尔(John Searle)在《虚构话语的逻辑地位》("The Logical Status of Fictional Discourse",1975)一文中强调,在虚构性的文学话语中,作者既不需要断定陈述的真实性,也不需要举出事例加以证实,因为虚构作品是一套假装的断言、指示和感叹等。① 因此,读者无须断定文学作品中的事实在现实生活中是否存在。纳博科夫强调:"我们应该尽力避免犯致命的错误,在小说里……我们不要试图调和事实的虚构和虚构的事实。"②

基于对神话式和童话式虚构的重视,纳博科夫对现实主义作家和自然主义作家评价不高,甚至对 19 世纪中后期欧洲涌现出的一批现实主义大师也不屑一顾:"对于我来说,许多得到公认的作家根本就不存在。他们的姓名被雕刻在空洞的墓碑上。"③因为轻视现实主义的创作方法,他对那些不能虚构一个以假乱真的文学世界的作家持否定态度。在他眼里,虚构才是文学创作者对个体内在真实的反映。

"文学是创造和虚构",这一主张的理论或哲学基础在于纳博科夫认为没有绝对客观的真实存在,只有主观的对真实存在的反映。在他看来,文学创作者眼中的现实和真实存在都是主观的。现实根本不是客观的,完全是主观的,是记忆与感觉中的现实,因为现实只不过是通过人的主观判断以后所呈现出的现实,是每个人理解下的现实,个人的差异对个体所了解的现实起着决定性作用。所以,现实并非一种客观存在,而是主体对客观世界的能动反映,而个体千差万别,正如中国俗语"情人眼里出西施"所言,同样的客观事物在每个人的心里反映出

---

① John Searle, "The Logical Status of Fictional Discourse," in *Aesthetic and the Philosophy of Art—The Analytic Tradition*, *an Anthology*, edited by P. Lamarque and S. H. Olsen, Oxford: Blackwell Publishing, 2004, p. 324.

② Vladimir Nabokov, *Lectures on Don Quixote*, edited by Fredson Bowers, New York: Harcourt Brace Jovanovich/Bruccoli Clark, 1983, p. 1.

③ 弗拉基米尔·纳博科夫:《文学讲稿》,申慧辉等译,上海:上海三联书店,2005 年,第 15 页。

的真实存在都是大相径庭的。譬如农民、城市居民和植物学家对同一片树林——这一真实存在的理解是完全不一样的：农民看到的很可能是一片可以采伐木材以换钱的树林；市民看到的很可能是一片可供游玩、休闲的树林；植物学家看到的则可能是丰富多样的物种，从而联想到相关的植物学知识。总之，个体的家庭背景、社会阶层和教育层次等因素将影响到个体眼中的真实存在。

小说如同虚构的神话和童话，所以要从小说中"寻求真实的生活、真实的人物"①永不可能，也毫无意义。文学作品中的人、物、环境等方面的所谓真实完全取决于该作品自成一体的那个天地。具有创新性的小说家具有一种创造充满新意的天地的能力，"如果某个人物或某个事件与那个天地的格局相吻合，我们就会惊喜地体验到艺术真实的快感，不管这个人物或事件一旦被搬到书评作者、劣等文人笔下的'真实生活'中会显得多么不真实。对于一个天才的作家来说，所谓的真实生活是不存在的：他必须创造一个真实以及它的必然后果"②。因而文学作品中所谓的真实存在都是作家创造和虚构出来的。

纳博科夫认为，有些人能够无止境地接近事物的真相，但也仅仅是无限地接近而已，却不可能完全、真正地了解真相。由于人类对现实的认识是有限的，作家们便无法真正在文学中再现客观存在的事实。他以近乎绝望的口吻写道：

> 现实是非常主观性的东西。我只能将其界定为信息的不断积累，是一种特殊化的东西。比如说百合花或其他任何一种自然客体，在博物学家眼里，百合花比在普通人眼里真实。然而，它在植物学家眼里更加真实。假如这个植物学家是位百合花专家，这种真实要更进一层。也就是说，你可以越来越接近真实，但是永远都不够近，因为现实是认识步骤、

---

① 弗拉基米尔·纳博科夫：《文学讲稿》，申慧辉等译，上海：上海三联书店，2005年，第29页。
② 同①。

观察水平的无止境延续,是魔法师的抽屉,无法阻遏,无法送达。人们对一个事物可以知道得越来越多,但是永远无法知道该事物的一切:永无指望。①

同时,纳博科夫也否认存在所谓的"日常现实"(everyday reality)。在他看来,"日常现实"是完全静态的,"因为它预设了一个可供永远观察的、基本客观且普遍为人所知的情形"②。而真正的现实则是时刻变化着的。时刻变化的现实既是一种客观存在,也是由认识主体的性质决定的。由于人们的主观愿望强烈,现实会受到特定的视角、视野、知识结构、理解能力、知觉情感等因素的影响而主观化,客观存在因而成为一个空洞的、破碎的外壳,静态的客观现实是不存在的。纳博科夫断言,人们无法把握所谓的"真正的现实"③,无法排解蕴含于现实之中的主观因素;人们真正能够获得的只是自然的独有或特殊的细节,即那些活生生的现实的原子,只能一定程度地触摸现实,并必然地把它"唯我化"④。总之,现实是被人的主观活动,如记忆、感觉、情感等因素加工处理过的现实。

二、文学的形式重于内容

文学的本质是创造和虚构,而这种创造和虚构主要体现在文学的艺术形式而非思想内容上。可以说,纳博科夫是一个对文学创作的艺术有着极致追求的作家。他曾说:"风格和结构是一部书的精华,伟大的思想不过是空洞的废话。"⑤申慧辉将他的艺术观总结为:"在文学创作中,艺术高于一切,语言、结构、文体等创作手段和表现方式,要比

---

① Vladimir Nabokov, *Strong Opinions*, New York: McGraw-Hill International, 1973, pp. 10 – 11.
② 同①,第 94 页。
③ 同①。
④ 同①。
⑤ 弗拉基米尔·纳博科夫:《文学讲稿》,申慧辉等译,上海:上海三联书店, 2005 年,第 22 页。

作品的思想性和故事性更重要。"①风格、结构、语言、文体等属于文学的形式,思想、故事等属于文学的内容。

作为在西方和世界现代文学史上极具影响力的作家,纳博科夫对文学创作技巧的看法有其独到之处。他将文学技巧比喻为"棱镜",认为"五光十色的过滤片,一副棱镜,这就是文学的艺术手法"②。文学技巧是让读者进入作家所创造的新世界的方法,技巧越高,读者看到的世界越精彩。文学技巧主要体现在"主题"(或"主线")、"结构"和"风格"等几个方面。"主题"(或"主线")是指小说中反复出现的形象或思想;"结构"是指一本小说的构成,包括事件的发展和各个子事件的因果关系、一个主题到另一个主题的过渡、人物出场的巧妙安排,其作用或是引出一段新的情节,或是将各个主题连接起来,或是推动小说叙事的发展;"风格"是小说作者的手法,是他特有的语调、词汇,以及那些足以让读者读到一个段落就立刻辨认出这是简·奥斯汀而不是狄更斯的手笔的东西。

在各种创作手段和表现方式之中,纳博科夫特别看重细节,将细节的重要性提升到了一个空前的高度。作为一名优秀的蝴蝶研究者,他将文学细节当成蝴蝶翅膀上的每一道花纹,正是这些粗细不一的花纹最终构成了蝴蝶翅膀上的美丽图案。纳博科夫曾经在课堂上呼吁学生"拥抱细节吧,那些伟大的细节"③。他重视每一部作品中的环境、家具布置、对话、服饰等各种各样的细节,并告诫读者:"没有一件艺术品不是独创的一个新天地,所以我们读书的时候,第一件事就是要研究这个新天地,研究得越周密越好。我们要把它当作一件同我们所了解的世界没有任何明显联系的崭新的东西来对待。"④纳博科夫

---

① 申慧辉:《序言》,载弗拉基米尔·纳博科夫《文学讲稿》,申慧辉等译,上海:上海三联书店,2005年,《序言》第2页。
② 弗拉基米尔·纳博科夫:《文学讲稿》,申慧辉等译,上海:上海三联书店,2005年,第24页。
③ 同②,第11页。
④ 同②,第20页。

深知细节是作家构建新世界的基本元素,也是打开新世界的钥匙。

因为强调"艺术高于一切"①,并认为"语言、结构、文体等创作手段和表现方式,要比作品的思想性和故事性更重要"②,纳博科夫进一步指出文学与道德无关,甚至反对批评家和公众赋予小说家以道德说教的额外任务。在写给读者的一封回信中,纳博科夫说:"我所要否定并准备罄竹书之的是那种刻意的道德化倾向,在我看来,这是在抹杀一部无论写作技巧多么高超的作品的每一缕艺术气息……这既是在强暴小说,也是在强暴艺术本身。"③事实上,他本人的创作实践就从不在意作品的道德责任,真正在践行"文学与道德无关"这一文学主张。

纳博科夫作品中被认为最"不道德"的就是长篇小说《洛丽塔》。小说刚一出版,便遭到批评界的猛烈抨击。小说叙述了一个12岁少女同一个中年男人的畸形不伦之恋,引起了不少读者和批评家的极度不适感。批评家们大多认为它是一部毫无道德底线的小说。评论家格罗乔·马克斯(Grocho Marks)不无气愤和戏谑地表示:"我推迟六年阅读《洛丽塔》,直到她(指小说的女主人公洛丽塔)18岁。"④英国评论家芭芭拉·威利(Barbara Wiley)也认为该小说"乱伦的中心主题挑战了社会、性和伦理的最后禁忌"⑤。然而,对于这一类批评,纳博科夫固执地采取了完全不屑一顾的态度,坚守"文学与道德无关"的观点,并予以坚决回击。

纳博科夫眼中的艺术就是语言、文字的独特表达方式,他重视的是这种表达方式是否具有美学价值。因此,他认为每一部文学作品的艺术价值在于其运用语言文字的创造性方式和方法,后者才是文学作

---

① 弗拉基米尔·纳博科夫:《文学讲稿》,申慧辉等译,上海:上海三联书店,2005年,第2页。
② 同①。
③ 布赖恩·博伊德:《纳博科夫传:美国时期》(上),刘佳林译,桂林:广西师范大学出版社,2011年,第57页。
④ 转引自③,第411页。
⑤ 芭芭拉·威利:《纳博科夫评传》,李小均译,桂林:漓江出版社,2004年,第163页。

品艺术生命力的核心表现,而每一位作家的价值和生命力也在于他运用语言文字的表达能力。纳博科夫言之凿凿地宣称:"我的写作没有什么社会目的,也不传递道德信息;我没有一般观念需要阐述,我就是喜欢编造带有优雅谜底的谜语。"①他坚持认为,作家是艺术的传播者,而不是道德的宣传者,作家的注意力必须集中于文学的创作技巧。纳博科夫无视传统小说中的"道德"与"不道德"的价值判断,将技巧和形式放到了小说创作的中心位置。毋庸讳言,作为公认的后现代主义文学代表作,《洛丽塔》在语言形式和写作技巧方面的创新求异的确实现了作者"编造带有优雅谜底的谜语"的游戏心愿,而它在题材与主题方面的欲望化、官能化、肉体化倾向也典型地践行了作者的"文学与道德无关"的主张。当代著名文学批判家特里·伊格尔顿(Terry Eagleton)在《理论之后》(After Theory, 2003)中批评后现代主义文学趋向欲望化、官能化、肉身化,远离政治批评,对于真理、道德、公正、人性等问题避而不谈。

三、对作家和读者的全新要求

因为强调文学的本质是创造和虚构、文学的形式重于内容,秉持"艺术至上"的观点,纳博科夫对文学的创作者(即作家)和文学的阅读者(即读者)提出了全新的要求,认为优秀作家最重要的责任是充当"魔法师",优秀的读者应该同时具备艺术性和科学性两方面的素养。

纳博科夫认为,一个伟大的作家所要达到的目标是在想象的世界中创造现实,他曾说:"作家是讲故事的人、教育家和魔法师。一个大作家集三者于一身,但魔法师是其中最重要的因素,他之所以称为大作家,得力于此。"②虽然认为作家的身份之一是"教育家",但纳博科夫认为作家的主要责任不是教育或启迪读者,而是要有"魔法师"的品

---

① 弗拉基米尔·纳博科夫:《固执己见》,潘小松译,长春:时代文艺出版社,1998年,第30页。
② 弗拉基米尔·纳博科夫:《文学讲稿》,申慧辉等译,上海:上海三联书店,2005年,第25页。

质。当然,如果一个作家能够同时具备讲故事、寓教于乐和变魔法等三个方面的品质,那他必定是一个伟大的作家、一个完美的作家。

那么,"魔法师"到底应该具备何种素养呢?纳博科夫认为,人们生活的世界充满了各种各样杂乱无章的材料,作家就是能够将这样一堆杂乱无章的材料整理捋顺并变废为宝、化腐朽为神奇的魔术师。他生动地写道:"作家对这摊杂乱无章的东西大喝一声:'开始!'霎时只见整个世界都开始发光、熔化,又重新组合,不仅仅是外部,就连每一粒原子都经过了重新组合。作家是第一个为这个天地绘制地图的人,其间的一草一木都得由他定名。"①纳博科夫将作家比喻成魔法师,就是将创造力置于文学创作者必备素质的首位。文学作品是作家幻想或想象出的一个完整世界,这个世界中大大小小的一切物体都由他命名,作家就是他所创造的世界的绝对主人和控制者,大到创造宇宙、掌控他人命运,小到决定角色的袖口装饰品,等等。总之,作家主宰其作品中的每一句话、人物的每一个眼神、每一朵花的颜色等。

作家既然是魔法师,那他必定是一个会使用高明"障眼法"的人,而读者则被他吊足胃口、甘心受骗,明明知道是骗术,却乐此不疲地享受被骗的过程。因此,纳博科夫认为,设置障眼法对作家来说至关重要;魔法师的骗术好坏全凭技艺,而作家的骗术好坏就依靠写作技巧。情节构思、写作手法、叙述方法和语言修辞等都是作家"行骗"的技艺。只有技艺炉火纯青的作家才能创造一个完美的文学世界,才能以假乱真,让读者信以为真。

纳博科夫进一步认为,作家并非模仿自然界中各种物体的客观存在,而只是模仿各种生物应对自然界的各种威胁时所采取的伪装及生存手段,如变色龙的颜色演变、装死诈尸等暂时求得生存的小伎俩,如蒲公英等植物借助风、蜜蜂等传播种子的繁殖手段等。这些演变和手段才是大自然的魔法,也才是伟大的作家需要向大自然学习的内容。

---

① 弗拉基米尔·纳博科夫:《文学讲稿》,申慧辉等译,上海:上海三联书店,2005年,第21页。

纳博科夫断言:"其实,大作家无不具备高超的骗术,不过骗术最高的应首推大自然。大自然总是蒙骗人们。从简单的因物借力进行撒播繁殖的伎俩,到蝴蝶、鸟儿的各种巧妙复杂的保护色,都可以窥见大自然无穷的神机妙算。小说家只是效法大自然罢了。"①也就是说,小说家需要学习和掌握的是大自然里一切生物"蒙骗人们"的伎俩,并借鉴这些伎俩和手段创造一个想象中的世界。他的必杀技就是让读者在不知不觉中接受这个虚构的世界。纳博科夫还说:"所有的艺术都是骗局,自然界也是骗局:这是一种善意的欺骗。"②显然,纳博科夫认为文学创作的关键词就是"骗",而不是再现或还原现实世界。成功的文学创作就像变色龙高超的骗术,能骗过威胁它的动物。纳博科夫认为,文学创作中的骗局能够得逞的根本原因在于"幻想"这一重要的叙事手段得到充分运用。文学创作需要作家有高超的叙述技巧,才能将一个骗局设计得精巧复杂、叙述得天衣无缝,才能引人入胜,让读者上当受骗。总之,只有具备非凡的幻想力和创造力,作家才能创作出非凡的文学作品,只有具有"魔法师"品质的作家才是优秀的作家。

纳博科夫不仅对优秀的作家开列了条件,也对文学作品的优秀读者提出了要求。他认为,优秀的文学作品需要优秀的读者进行阅读才能真正呈现出优秀的本质,没有经过良好学术训练的读者是不可能深刻理解一部优秀作品的内在特质的。概言之,优秀的读者既要富有艺术鉴赏力和激情,也要具备科学家严谨、细致的品格和理性分析的能力,应该同时具备艺术性和科学性两方面的素养。

一部文学作品的成功与否取决于优秀作家的高水平创作和优秀读者的高质量阅读,好的读者在阅读过程中自始至终跟作者一起参与文学创作活动。所以,优秀读者不仅应具备想象力、记忆力和查阅字典的能力,还要有艺术感。所谓"艺术感",是指读者基于艺术素养而

---

① 弗拉基米尔·纳博科夫:《文学讲稿》,申慧辉等译,上海:上海三联书店,2005年,第25页。

② 弗拉基米尔·纳博科夫:《黑暗中的笑声》,龚文庠译,上海:上海译文出版社,2019年,第1页。

在阅读过程中形成的审美意识与审美能力。①

纳博科夫认为,读者阅读小说的过程同作家创作小说的过程一样具有创造性,是一次创作性的接受过程。读者的接受活动最终促成文学作品价值的实现,使文学作品的价值由可能性的存在变成现实性的存在。从深层次看,文学作品经过阅读主体的审美意识、社会观念、价值倾向的投射和激活,便会呈现出跟作品创作之初不同的审美与艺术价值。文学作品既能承载作者特定的情感和思想,又能激活读者本人的创造性接受。在重构作品的过程中,读者从文学作品中获得了对作者的精神世界的体悟以及审美享受、审美快感,这是艺术接受的最高境界。可以说,文学的接受活动与文学的创作活动是一个完整统一的过程,两者对于文学价值的实现都具有重要意义。如此一来,作家与读者共同创造和实现了文学的价值:作家的创作提供了文学价值实现的可能性,作品在未经读者阅读以前所负载的是可能性的文学价值,而不是现实性的文学价值,只有在读者阅读以后,文学作品对读者产生了一定的审美效果,较好地满足了读者的审美需要,使读者情感激动、心灵震撼,使他们的精神面貌得到改变、人格境界得到提升,才能够将作家创造的、作品所负载的可能性的文学价值转化成现实性的文学价值。从这里可以看出,纳博科夫要求于文学读者的是体验和快乐,而不是运用概念、理论、思想所做的理性分析,也就是读者基于艺术素养而在阅读过程中形成的审美意识与审美能力,即"艺术感"。

他所谓的优秀读者应具备的科学性素养,主要体现在反复阅读作品包括研读作品细节和排除先入为主的思想的干扰两个方面。如同下象棋在走棋子之前要了解规则一样,纳博科夫认为,在阅读某一文学作品之前也要了解作者撰写该作品的规则、习俗和环境等,才能真正领略该作品的奥妙和魅力。

首先,优秀的读者必须是一名"反复的读者"。他认为一个优秀、

---

① 弗拉基米尔·纳博科夫:《文学讲稿》,申慧辉等译,上海:上海三联书店,2005年,第22页。

成熟、思维活跃、追求新意的读者只能是一个"反复的读者"。① 文学本质上是一门时间艺术,要求读者花大量时间和精力逐字、逐行、逐段、逐页阅读,而活跃的思维则在文学时空和现实时空中来回穿梭。人类记忆力有限,不可能一次性记住所有已经阅读过的细节,所以,初次阅读离真正的艺术欣赏相距甚远。只有通过反复研读作品、弄清事件前后的关联性、人物的基本特征等元素以后,读者眼中那个虚拟的世界才会变得生动起来,读者才能在某种程度上超越时空的局限性,真正进入艺术欣赏的境地,尽情感受艺术带来的快乐和魅力。同时,纳博科夫特别重视文学创作中的细节描写,因而也特别强调通过反复阅读深刻感知细节中内涵的重要性。他认为,读者的每一次阅读必然能够发现新的细节,必然能够更深切地品味出细节所蕴含的深意。总之,读者通过反复阅读文学作品,就可以提高自己的理解力和领悟力,娴熟而自然地从对作品低层次的理解进入高阶层的解读。

其次,优秀的读者必须排除先入为主的思想的干扰。在《文学讲稿》的引言部分"优秀读者与优秀作家"里,纳博科夫开宗明义地警告他的学生:"谁要是带着先入为主的思想来看书,那么第一步就走错了。"②相反,读者"要把它当作一件同我们所了解的世界没有任何明显联系的崭新的东西来对待"③。所谓"先入为主的思想"就是第一印象。第一印象本质上具有一种优先效应。当不同的信息汇合在一起时,人们总是倾向于重视前面得到的信息。即使后面的信息与前面的信息不一致,人们也会想当然地认为后面的信息是非本质的、偶然的,仍然习惯于根据前面的信息来解释后面的信息,以形成整体一致的印象。在现实生活中,即使第一印象并非正确的判断,人们也总是将它们视为判断事物的标准,对后来获得的信息的理解常常是根据第一印象来完成的。同样,很多时候,读者会将先入为主的思想或第一印象

---

① 弗拉基米尔·纳博科夫:《文学讲稿》,申慧辉等译,上海:上海三联书店,2005年,第22页。
② 同①,第1页。
③ 同①,第1页。

带到文学作品的阅读中来,往往根据第一次读到的人物的外貌和言语来判断这个角色的好与坏,或者根据以前的文学经验来判断当前作品中故事情节的走向。纳博科夫认为,先入为主的思想的干扰将成为读者走进作家创造的新世界的重要阻力,优秀的读者必须排除这一干扰,坚持科学性原则,通过反复阅读,调动多种阅读经验,最终从作品中获取准确的信息,对所读作品的价值做出正确的判断。

综上所述,纳博科夫的文学思想主要涉及两个方面,即文学的本质与特征以及文学对作者和读者的要求。首先,他强调文学的本质是创造和虚构;文学的形式重于内容,艺术形式至上,文学与道德无关。换言之,文学作品是作家凭借幻想和想象虚构或创造的一个全新世界,与真实生活无关;真正优秀的文学作品以追求艺术形式的创新为旨归,不刻意宣扬道德观和价值观。其次,他认为,作家和读者是一部优秀作品的文学价值得以完成和实现的参与者,二者不可或缺。优秀作家应该把所有精力放在艺术创新上,成为"魔法师"。如果一个作家只顾将生活中的现实搬到文学作品中,而没有成为善于"蒙骗"的"魔法师",那么,他就缺乏创造力,不能被称为优秀作家。同时,文学作品价值的实现最终是通过读者的阅读来完成的,只有优秀读者才能帮助作家最终实现其作品的文学价值。优秀读者不仅应该具备艺术鉴赏力和激情,同时还要具备科学家的严谨、客观和冷静,应该排除先入为主思想的干扰,反复阅读作品,尤其是研读作品中的各种细节,最大限度地实现作品的文学价值。

毋庸讳言,纳博科夫的文学思想具有一定的创新性和启迪作用,反映了他对文学创作理念以及作家与读者关系思考上的真知灼见。但他如果过度聚焦艺术至上、无关道德,以及主张文学创作者要像"魔法师"一样具有高超的"蒙骗"技能的观点,则又将走向极端。

总体来看,纳博科夫的文学思想同他的后现代主义文学创作一样,呈现出鲜明的反传统、反主流的倾向,具有强烈的"反叛"与"解构"特征,主要体现在以下两个方面。

第一,纳博科夫关于"文学是创造,小说是虚构"的定义,挑战了西方两千多年以来约定俗成的文学创作模仿论,因而也是对西方最基本、最主流的文学创作观点的挑战。在西方文学界,判断一部文学作品的好坏,通常根据它是否模仿自然和现实来衡量。

"模仿论"是西方最早出现的文学创作主张,在18世纪末19世纪初浪漫主义文学兴起之前,该理论几乎成为西方作家们创作时遵循的铁律。"模仿"一词源自古希腊语汇mimesis。古希腊爱利亚学派创始人克塞诺芬尼(Xenophanes)认为人根据自己的样子来造神,就是文学艺术最初的模仿;紧接着,古希腊唯物主义哲学家赫拉克利特(Heraclitus)提出了"艺术模仿自然"的观点;其后的德谟克利特(Democritus)则认为"自然"是"人"的模仿对象;苏格拉底(Socrates)遵循前人观点并对模仿论加以补充,认为艺术不仅要模仿人的外形,还要模仿人的精神特质。公元前4世纪,苏格拉底的弟子柏拉图(Plato)以及柏拉图的弟子亚里士多德都成为模仿论的推动者和实践者。

亚里士多德更是将模仿论提到了一个全新的理论高度。他认为文学作品是对现存现实的呈现,并确立了文艺模仿的本体地位。模仿论发展到十七八世纪,西方文论史上出现了镜子说。"镜子说"是文艺复兴时期意大利的伟大艺术家达·芬奇(Leonardo da Vinci)提出的。他认为艺术有如一面镜子,艺术家用这面镜子照射世界,让艺术如实地反映世界。镜子说是模仿论的继续和发展,是文艺复兴运动中现实主义思潮和倾向的体现与结晶。后来,镜子说转化成为所有艺术理论的基本原理——再现论。"再现论"从文学的外部关系来看待文学的本质,强调文学对现实生活的依赖,体现了现实主义美学原则。不过,模仿论、镜子说和再现论过分强调客体在美学中的地位和作用,把文学看成某种与生活同质的东西,在一定程度上忽略了文学创作者的主观能动性和创造性。

同长时间统治西方文学理论界和文学批评界的模仿论、镜子说和再现论相反,纳博科夫提出的"文学是创造,小说是虚构"的主张,却将人的主观能动性放在了文学创作的第一位,将客观现实放到了一个次要的甚至可以忽略的位置。这一颠覆性的文学观点以及体现这一观点的文学创作必然招致传统文学理论家和文学批评家的猛烈抨击。如俄国文学批评家霍赫洛夫(Khokhlov)指责说:"纳博科夫的小说几乎都是虚假的,完全没有对现实世界的关注。"① 霍赫洛夫做出这一判断的理论依据显然是模仿论,言下之意是,纳博科夫缺乏"对现实世界的关注",他的小说没有以再现现实为目标,因而必然是虚假的、没有文学价值的。另一位俄国批评家米哈伊诺夫(Mikhainov)也说:"纳博科夫是一个没有文学的文坛巨匠,目空一切地放弃了现实,公然把文学艺术看成精彩无用的智力和想象力的游戏,作品中除了欺骗、戏仿和字谜之外,一无所有。在一个风云激荡的世界里,这样的游戏显然不合时宜。"② 米哈伊诺夫不但批判纳博科夫的小说脱离实际,同时也批评了他的写作态度,认为他的文学创作如同游戏,一切文学技巧如戏仿、字谜一样站不住脚,因而毫无意义。事实上,纳博科夫受到攻击的猛烈程度恰恰反证了他文学观点的反叛力度和创新程度。

第二个方面,纳博科夫认为文学的形式重于内容,强调艺术至上,文学与道德无关,也是对西方传统文学观的挑战和颠覆。

尽管19世纪后期欧洲出现了以奥斯卡·王尔德(Oscar Wilde)为代表人物的唯美主义思潮,主张"为艺术而艺术"、艺术与道德无关,但按照在西方文坛占主流地位的传统文学观点来看,文学与道德的关系是不可分割的。人们通常认为,文学创作的主要责任之一就是要帮助读者认识世界,树立正确的价值观和道德观。但纳博科夫却只看重文学创作的艺术性,不强调文学创作应该承担道德教化的作用。这显然偏离了西方传统文学观的航道。应该说,纳博科夫的观点有失偏颇。实际上,"道德"与"艺术"在小说创作中并非截然对立的两个方面,在世界文学创作的历史长河中,既有道德教化作用又有极高艺术价值的作品不胜枚举。

---

① Marina Turkevich Naumann, *Blue Evening in Berlin: Nabokov's Short Stories of the 1920s*, New York: New York University Press, 1978, p. 208.
② 李小均:《自由与反讽》,南昌:百花洲文艺出版社,2007年,第12页。

第二节

杰克·克鲁亚克的自发写作论①

杰克·克鲁亚克(Jack Kerouac,1922—1969)被称为"垮掉派之王",是美国20世纪50至60年代"垮掉的一代"文学运动的主要代表人物。他的作品形式多样,包括小说、诗歌、散文以及宗教作品等。克鲁亚克不仅具有文学家的身份,同时,也被人们视为美国20世纪五六十年代"反文化"偶像与反主流文化运动的急先锋。作为小说家,克鲁亚克的主要作品有长篇小说《在路上》(*On the Road*,1957)、《达摩流浪者》(*The Dharma Bums*,1958)、《荒凉天使》(*Desolation Angels*,1964)等。

1922年3月12日,克鲁亚克出生于马萨诸塞州洛厄尔市,父母为法裔美国人,都是天主教徒,全家居住在工人社区。克鲁亚克高中毕业后获得橄榄球奖学金,进入哥伦比亚大学学习。1944年,正在哥伦比亚大学学习的他结识了艾伦·金斯伯格、卢锡安·卡尔(Lucien Carr)、威廉·S.巴勒斯等"垮掉派"的重要成员,他们经常聚在一起探讨文学和艺术,认为当下美国文学已经是"死水一潭",完全"被战争、学院和冷漠所扼杀"②,急需新的内容和形式。克鲁亚克大学二年级时退学,辗转工作于美国海军和商用航运公司等处。后来,克鲁亚克认识了被称为"垮掉的一代"之化身的尼尔·卡萨迪(Neal Cassady),正式开始"在路上"的生活。他们一起驾车数次横穿美国,只为找到生活的喜悦与快感。1950年,克鲁亚克的第一部小说《镇和城》(*The Town and the City*)出版。该书回顾作者青少年时期的生活,描写和叙事非常生动和细腻,但是没有引起读者和批评家的关注。1957年,

---

① 本节由陈盛撰写。
② Ann Charters, ed., Introduction, *The Penguin Book of the Beats*, London: Penguin, 1992, p. xvii.

《在路上》问世,引起巨大的轰动,也带来极大的争议。传统文学批评家刻薄地认为克鲁亚克不是在写作,只是在"打字",因为这部小说没有故事情节、语言粗糙不堪,所反映的离经叛道的生活方式也不可取。事实上,正因为《在路上》质疑和试图动摇 20 世纪五六十年代美国主流文化的价值观,才会引起传统文学批评家的不适。

1958 年,克鲁亚克发表文章《自发性散文的本质》("Essentials of Spontaneous Prose")。1959 年,他发表《现代散文的信念与技巧》("Belief & Technique for Modern Prose")一文。在这两篇文章中,克鲁亚克不仅回答了金斯伯格和巴勒斯等人对"自发性散文"(spontaneous prose)到底为何物的问题,而且也比较集中地阐述了自己的文学思想和写作理念,明确提出了"自发性散文"的概念。其文学思想和写作理念的主要内容包括:第一,写作是属于私人的、主观的东西,写作的目的就是要挖掘作者内心最深处的幻象;第二,写作是一种自发性的活动,写作时要形成一股思维流,让它喷涌而出,借助打字机(或笔)直接倾泻在纸上,而不受任何文学规范和语法规则的限制。

一、何为自发性散文

克鲁亚克年轻时是美国小说家兼剧作家威廉·萨洛扬(William Saroyan)的忠实读者。萨洛扬对小说和诗歌等文学作品的形式评价不高:"你知道我不相信有什么诗歌形式、短篇小说形式和长篇小说形式。我只相信人的存在,其他都是雕虫小技。"[①] 萨洛扬对小说和诗歌的形式或模式、规范的否定,对克鲁亚克产生了深远影响。还是文学爱好者的克鲁亚克当时就坚定了这样的信念:在自己的小说中,主角必须是人。人性、人的自由和人物的自我意识才是小说的核心,文学形式应该根据人物情感表达的需要而设置。1941 年,年仅 19 岁的克鲁亚克在一篇题为《一个七月份的周日下午》("One Sunday Afternoon

---

[①] Jack Kerouac, *Selected Letters: 1957 - 1969*, edited by Ann Charters, New York: Viking Penguin, 1999, p. 132.

in July")的散文中,抨击了当下美国文学的陈腐气息,也表达了自己成为独创性作家的决心:"我认为我拥有一些特质,让我能成为一名具有独创性的作家——这些特质完全脱离了《周六晚邮报》①和《纽约客》②上面那些陈词滥调的小说。"③在克鲁亚克看来,刊发在《周六晚邮报》和《纽约客》等美国主流杂志上的诗歌、散文和小说都是现代主义的陈词滥调,完全没有创新性。他认为在主观情感与思想缺席的情况下,故事的形式结构对于思想内容的表达毫无意义,而他立志树立一种对待文学的崭新态度,远离旧的文学规则,做一个真正的、记录真实生活的作家,用一种崭新的文学手法和风格向读者表达一切。

在刊登于《出逃》(Escapade)杂志上的《最新的话语》("The Last Word",1967)一文中,克鲁亚克公开表达了自己对传统英语句子和英语语法的不满:"对于目前的文学我感到难过,我厌倦了传统的英语句子,对于我来说它们像铁板一块,让人不能接受。我曾经研究过弗洛伊德和荣格的精神分析,因此,我再也不可能用传统的句子来表达我自己。"④对深受弗洛伊德和荣格等人的精神分析理论和潜意识理论影响的克鲁亚克来说,个人的思想以及潜意识的表达往往是一种不间断的思维流,句法和语法不仅不能使思维流更加顺畅地流动,相反却

---

① 《周六晚邮报》(The Saturday Evening Post)是一本出版主流品味和主流视角小说的杂志。它成立于1821年,成为美国发行量最大的周刊。它发表时事文章、社论、诗歌和当时主流作家的小说。例如,它出版威廉·福克纳、F. S.菲茨杰拉德、辛克莱·刘易斯、威廉·萨洛扬、约翰·斯坦贝克、杰克·伦敦等人的小说和散文。

② 《纽约客》(The New Yorker)周刊创建于1925年,它是美国的一份刊发报告文学、评论、批评、散文、小说、讽刺、漫画和诗歌的杂志,同时也是现代小说最重要的场所之一。该杂志出版了许多最受尊敬的作家的短篇小说,包括安·贝蒂、约翰·契弗、菲利普·罗斯、J. D. 塞林格、欧文·肖、詹姆斯·瑟伯、约翰·厄普代克、约翰·奥哈拉和E. B. 怀特。

③ Jack Kerouac, *Atop an Underwood: Early Stories and Other Writings*, edited by Paul Marien, New York: Penguin Books, 2000, p. 83.

④ Jack Kerouac, *Good Blonde & Others*, edited by Donald Allen, San Francisco: Grey Fox Press, 1993, p. 145.

只会阻止思维流的运动。传统的英语句子严格遵循语法规则,怎能恰当地表达思想和潜意识的流动?因此,克鲁亚克认为,真正的文学语言的结构应该与思维流协调同步,真正的文学创作不是一个固定的模式,而是一个流动的过程。

克鲁亚克对新视角的追求必然催生一种新的写作风格、新的文学体裁或文体,这就是"自发性散文"。他说:"就艺术而言,我更喜欢新的视角——我相信,我坚信,艺术是潜在的终极。"①文学体裁或文体的每一次变化都是适应创作者新的内在需要而发生的,换言之,创作内容的每一次创新都会推动新文体的形成。利昂·托洛茨基声称:"形式和内容之间的关系是由这样一个事实决定的,即新形式是在一种内在需要的压力下被发现、宣布和发展的。"②特里·伊格尔顿将托洛茨基的观点继续推进:"文学形式的重大发展是意识形态重大变化的结果。"③显然,文体必须适应作者的内在需要这一规律最终导致克鲁亚克的自发性散文这一新文体的诞生。简言之,自发性散文是克鲁亚克的新视角和新视野的产物,是一种全新的文体和革命性的艺术形式。

二、自发性散文的主观性

克鲁亚克所倡导的自发性散文有哪些特点呢?按照他的说法,自发性散文最突出的特点是主观性,其次是自发性。

自发性散文的主观性特征主要体现在两个方面。首先,自发性散文的创作形式提供了绝对自由的个人表达空间,是作者能够将新的写作风格转化为新意识的载体。克鲁亚克曾说:"我一直认为,当一个人写作时,他应该忘记所有的规则、文体,以及诸如优雅

---

① Jack Kerouac, *Selected Letters: 1940 – 1956*, edited by Ann Charters, New York: Viking Penguin, 1995, p. 82.
② Leon Trotsky, *Literature and Revolution*, Ann Arbor: University of Michigan Press, 1971, p. 233.
③ Terry Eagleton, *Marxism and Literary Criticism*, New York: Routledge, 2002, p. 23.

的词汇、高贵的法则。"①克鲁亚克对新的写作风格的追求,促使他对单词、句法、标点符号甚至单词发音都重新加以选择。显然,忘记所有的规则、文体甚至词汇,重新自由地选择和处置单词、句法、标点符号甚至单词发音,就是克鲁亚克式的"无形式"(formless)。对他来说,这种"无形式"既是一种经过深思熟虑才能确定的写作技巧,也是一种表达对传统写作方式的异议,宣示他的新视野、新意识的工具和策略。

克鲁亚克在《在路上》一书的创作过程中,第一次尝试了用这种全新的文体记录真实的生活,因此它又称"生活实录小说"。该小说行文大胆,不受传统语法规范的限制;情节纷杂,不受传统叙事规范的限制。与《在路上》一样,所有的自发性散文或生活实录小说都带有一种漫无节制的随意性,彻底颠覆了传统的写作风格。纵观克鲁亚克一生的创作,可以说,"自发性散文"是其最重要的文学特质,也是他文学思想付诸实践的结果,是他整个文学创作生涯都在寻找、实践和完善的创作方法。

克鲁亚克为自发性散文设定了一些美学原则,都是围绕个人的情感表达以及个性化特征的凸显,完全没有将客观性纳入其中。总体来看,这些原则的特点是无限扩大个人的自由,张扬作家的个性。

其次,除了强调创作的绝对自由和个性化之外,自发性散文的主观性特征还体现在创作的自传性和纪实性上。在《现代散文的信念与技巧》一文中,克鲁亚克认为在写作的过程中,作者应该将自己的经验、情感、感受和想法全部表达出来,创作出一部真正的自传。他明确表示"不打算把自己和叙述者分开"②。"自己"是作家本人,"叙述者"是作品讲述人。这就意味着写作应该是生活实录,是自述生活中的所见所闻以及个体思想演变成长的过程。换言之,作家的写作内容必须是自己从生活中得来的体验,是具有自传性质的,不应该是纯虚

---

① Jack Kerouac, *Selected Letters: 1940 – 1956*, edited by Ann Charters, New York: Viking Penguin, 1995, p. 136.

② Lee Bartlett, "The Dionysian Vision of Jack Kerouac," in *The Beats: Essays in Criticism*, edited by Lee Bartlett, Jefferson: McFarland, 1981, p. 125.

构的。他坚信自己和伙伴们的生活方式、生活态度以及对当时美国社会的看法,能够代表二战后亚文化圈里一部分作家和诗人的生活与想法。

同时,克鲁亚克的自发性散文还强调纪实性。他小说中的人物大多是他在现实生活中遇到的人,如尼尔·卡萨迪、艾伦·金斯伯格、卢锡安·卡尔等人都在他不同的作品中以不同的名字出现,甚至他的母亲、父亲、哥哥、姐姐的形象都在其小说、诗歌、散文中频繁出现。另外,克鲁亚克在小说中所描述的大都是其非同寻常的生活经历,如四次穿越美国大陆、留居墨西哥城等。一般来说,自传的注意力集中在自我,因而常常是人生故事中最可靠的叙事,是真实的构建和体验。克鲁亚克作品中的纪实性和自传性色彩比同时代的许多作家都要鲜明得多。他甚至曾经计划把他一生中创作的作品统称为《杜卢兹传奇》(*Duluoz Legend*),包括已出版的14部真实记录其生活的作品。

克鲁亚克相信回忆录或怀旧的文学作品会带来新的创造力。对他来说,自传不仅仅是一种文学技巧,也是"发现我灵魂的伟大时刻"①。显然,克鲁亚克的自发性散文原则以"我"为主,"我"可能是一种强烈的主观感觉,也可能是一种主观性的活动。阅读克鲁亚克的作品时,读者往往跟随作者沉浸在后者的主观体验中。

三、自发性散文的自发性

自发性散文的第二个特点就是自发性。克鲁亚克在《自发性散文的本质》一文中描述了自发性散文的创作过程,他称之为"写生"(sketching)。在这个过程中,作者的大脑识别一个主题,然后将主题释放给潜意识,让这个主题在作者的意识、半意识和潜意识状态之间自由穿梭,最终呈现出一个相当独立的、未经中介改造的原始主题"草

---

① Lee Bartlett, "The Dionysian Vision of Jack Kerouac," in *The Beats: Essays in Criticism*, edited by Lee Bartlett, Jefferson: McFarland, 1981, pp. 115 – 126.

图"(sketch)。克鲁亚克认为,作家在创作时必须谨记"兴趣珠宝般的中心是眼中之眼"(The jewel center of interest is the eye within the eye)①,发现和聆听来自内心深处的感受,并将这些感受记录下来。换言之,文学创作就是将涌现在头脑中的单词、句子用笔或打字机直接写或打印在纸张上。靠自发性散文的创作方式,克鲁亚克仅用三周就完成了长篇小说《在路上》的创作,仅用11天就写完了另一部长篇小说《达摩流浪者》。

在克鲁亚克那里,自发性写作的目的就是探索真理的核心处或最深处,探索人类最秘密的情感。有评论家指出:"自发性散文旨在揭示作者的内心生活所引发的外部世界的反应或对过去的记忆。"②在传统意义上,好的写作是由精心设计的句子组成的,优雅的变化和节奏、排比的平衡、单词的适当重复、对从属关系的谨慎使用以及段落之间的过渡等,都是优美流畅写作的必备条件。但是克鲁亚克拒绝过多人为的写作技巧,他想让写作更接近自己的动机和意图。只有发掘一个时代里人们真实的内心世界,才能真正记录下时代的声音。

对克鲁亚克来说,自发性散文是自己发明的并需要终身实践和完善的一种文体。在创作时,他尝试让思维流通过手指和打字机的传送,自然落到白纸上,而排除有意识的设计,不采用所谓的设计故事、设计情节、设计人物等传统小说家推崇的创作方法。克鲁亚克认为,给一件艺术作品强加某些形式,是最糟糕的欺骗手段,即自我欺骗,这种欺骗使艺术家失去了同自己内心的真实与本质的联系,也就失去了发现自我的绝好机会。1951年,克鲁亚克开始创作《在路上》的第四版。为了使故事自然而然地倾泻出来,他觉得在打字机上换页会阻碍自己的思维流,便把多页纸张粘在一起做成一幅大卷轴。在苯丙胺和咖啡的刺激下,克鲁亚克开始打字写作。经过三个星期不间断的工作

---

① Jack Kerouac, "Belief & Technique for Modern Prose," *Evergreen Review*, 2.8 (1959), p. 57.

② Ben Giamo, *Kerouac, the Word and the Way: Prose Artist as Spiritual Quester*, Carbondale: Southern Illinois University Press, 2000, p. 45.

之后，克鲁亚克最终向编辑提交了一个没有做任何修改的、多达17万5 000字、长达120英尺的单行段落。据说当时编辑建议修改文本，并添加标点时，克鲁亚克很生气，声称其"自发性"风格是无法编辑的。克鲁亚克对写作自发性的要求，超越了仅仅通过调节情绪来表达文字和思想的即时变化。自发性的写作方法是原生态的和独一无二的。

此外，克鲁亚克认为，作家要追求的是"艺术"，而不是"技巧"，因此他摆脱各种文学模式的束缚，要求发掘自己最独特、最深刻的内心世界，所以他呼吁作家们"从自己身上挖掘自己的歌，吹吧！——现在！——你的方式是你唯一的方式——好也罢，坏也罢——总是诚实的，自发的，'坦白的'，有趣的，因为不是'精心设计的'"[①]。

克鲁亚克自发性写作的另一个关键因素是试图打破传统文学的时间顺序或线性叙事模式。一般来说，按时间叙事是作者引导读者阅读的一种方式，能够引导读者关注事件，而在事件中，行为和结果是预先设定的；也能够引导读者关注人物的性格，而人物的情感、性格也是预先设定好的。但克鲁亚克认为时间顺序阻碍了他个人情感的流动，因为他的写作目的是发现人类内心的密码。所以，他将自己当前的经历和感受看作一个整体，即思想、感觉、知觉、身体感觉等因素的组合。如《地下人》(*The Subterraneans*, 1958)这部小说记录了克鲁亚克和少数族裔姑娘的爱情故事以及失恋后痛苦、无奈的心情。小说虽然写得荡气回肠，却没有固定的叙事线索，但事实上，这种缺乏固定叙事线索的形式对于内心独白和人物对话却更加合适。在克鲁亚克最长的小说《科迪的幻象》(*Visions of Cody*, 1952)中，读者甚至完全看不到故事情节，作品中只有各种自发的和片断的对话、场景和图像，尤其是克鲁亚克和科迪之间很多真实的对话都被直接罗列在小说中。小说呈现在读者面前的，是一个非线性叙述的故事、几个被模糊描绘的人物形象以及一个开放的结局。

[①] Jack Kerouac, "Essentials of Spontaneous Prose," in *A Casebook on the Beat*, edited by Thomas Parkinson, New York: Thomas Y. Crowell, 1961, p. 66.

总体来说，克鲁亚克倡导的自发性散文及其主观性、自发性的创作方式，是对美国现代文学和西方传统文学范式和叙事结构的反叛与颠覆。

克鲁亚克强调作家个人对世界的感知具有绝对主观性，强调作者的绝对精神自由。受美国黑人爵士乐即兴创作方法的启发，克鲁亚克认为创作者的第一个念头就是最好的念头，文学创作应该将创作者的思维流直接写到或打印到纸上，并且最好是用一个连续无间断的长句，自由畅达、一气呵成、行云流水、狂放不羁。同时，自发性散文也是一种颠覆性文体，它颠覆了语法、逻辑、习惯、禁忌和既有规范等的限制。克鲁亚克认为，自发性散文不必遵从语法规则，不必符合英语的表达习惯，如果语法和既定的文学范式阻止了思维流的顺畅流动，那么语法、范式就必须让路。这种新式的文字组织方式是克鲁亚克另类的、反叛的文学主张的重要体现。克鲁亚克的自发性散文具有标新立异和批判性或革命性的双重目标。值得注意的是，克鲁亚克倡导的新文体受到了读者的喜爱，为美国现代主义文学走出死胡同指出了一条创作之路，具有一定的开创性和启示性。

首先，克鲁亚克倡导的自发性散文及其主观性、自发性的创作方式是对20世纪四五十年代美国流行的小说创作规则的反叛与解构。

刚刚步入文坛的克鲁亚克曾经发问，传统文学规则让美国文学走进了死胡同，为什么作者们还要墨守成规呢？如前所述，年轻的克鲁亚克所推崇的美国小说家兼剧作家威廉·萨洛扬质疑和否定一切小说和诗歌形式的观点对他产生了深远影响。当时美国文坛流行的通过意象、情景、事件、典故来表达感性经验的文学手法与形式，对于克鲁亚克来说无疑成了一种束缚。所以在1951年8月写给尼尔·卡萨迪的一封信里，克鲁亚克终于勇敢地质问："谁制定了'文学'形式的规则？谁说作品必须按时间顺序排列？"[①]在这里，克鲁亚克对传统的

---

① Jack Kerouac, *Selected Letters: 1940 - 1956*, edited by Ann Charters, New York: Viking Penguin, 1995. p. 274.

文学结构中的时间秩序和空间结构提出了质疑。时间和空间一直是西方文学叙事的重要组成部分,因此,克鲁亚克实际上是对西方文学的叙事传统产生了疑问。他想要打破传统的文学结构、法则这个牢笼,渴望摆脱二战后美国主流文学设置的符号体系的束缚。

其次,克鲁亚克倡导的自发性散文及其主观性、自发性创作方式是对 20 世纪前期美国新批评理论的反叛与解构。

20 世纪 20 至 60 年代,英美文学理论界与批评界的主流思潮是约翰·克罗·兰色姆(John Crowe Ransom)提出的新批评理论。兰色姆将哲学中的"本体"概念移植到文学研究中,认为文学作品本身是一个独立世界,其本身就是文学活动的本原。因此,文学研究应该集中在文学作品这个本体上,与本体无关的事物都可以被排除在文学研究之外。从这个意义上讲,新批评是一种地道的作品本体论。更进一步,他们认为优秀的作家应该在合理的范围内和合适的程度上表达情感,那些以一种不受控制的方式表达自己情感的作家是缺乏建设性的,叙述中需要情感,但是不要直接表达情感,而应该通过转喻等技巧和策略来委婉含蓄地传达情感。诗人、批评家 T. S. 艾略特认为,诗歌是非个人的,一名诗人不应该有"个性"的表达,而应该成为一种特殊的"媒介"。① 换言之,T. S. 艾略特反对高度情绪化的倾诉和个人情感的抒发,其目的是要把读者的注意力从诗人或社会环境等因素上转移开,使诗歌本身成为舞台的中心。新批评理论还认为,深刻情感的表达不应具有自传性,即使情感毫无疑问是个人的情感,也不应该将私人情感直白地表达,而应该寻找一种"客观对应物",如"一组对象、一种情境、一系列事件,这些都是这种特殊情感的公式"②。总之,作者的情感应该投入一种"客观的相关关系"(objective correlation)③之中,以这种关系来引发和激活读者的情感。在新批评理论和批评实践的长期规约下,文学形式变得越来越完善、精美,文学语言也变得越来越

---

① T. S. Eliot, *Selected Essays*, London: Faber and Faber, 1969, p. 75.
② 同①,第 145 页。
③ 同①。

笼统、模糊,作者和读者的主体性和个人特性逐渐消失。克鲁亚克对新批评这种将文学引向僵死境地的规则展开了激烈的批判。在《诗歌中快乐的起源》("The Origins of Joy in Poetry",1950)一文中,他认为T. S. 艾略特采用"沉闷的消极规则",因而成为"对自由歌唱的纯粹男性欲望的阉人"①。显然,克鲁亚克强调个人情感的私人性和自发性原则同兰色姆、T. S. 艾略特等新批评派理论家所倡导的克制个人情感的建议,几乎形成针尖对麦芒的态势。同金斯伯格等"垮掉派"诗人一样,克鲁亚克把诗歌语言定义为一种自由流动的思维,它常常是潜意识状态的,也是绝对主观和个性化的,不需要利用"客观对应物"来间接地表达。

正是在这层意义上,有论者看出了克鲁亚克所倡导的自发性散文创作的反叛性和革命性特征。在《自发性文化:战后美国的即兴创作与艺术》(*The Culture of Spontaneity: Improvisation and the Arts in Postwar America*,1998)一书中,丹尼尔·贝尔格拉德(Daniel Belgrad)写道:"自发性的社会意义不仅在于将这个审美实践理解为文化的一个重要工作,而且作为一组从事斗争活动的文本,意在表现美国社会的价值观。"②根据贝尔格拉德的观点,克鲁亚克倡导的自发性散文创作,不仅仅为艺术家提供了书写自身经历、表达内心世界的机会,更是一种具有革命性和反抗性力量的文体和载体。

第三节

库尔特·冯内古特的科幻小说观③

库尔特·冯内古特(Kurt Vonnegut,1922—2007)是美国当代著

---

① Jack Kerouac, "The Origins of Joy in Poetry," *Chicago Review*, 12.1(1958), p. 3.
② Daniel Belgrad, *The Culture of Spontaneity: Improvisation and the Arts in Postwar America*, Chicago: University of Chicago Press, 1998, p. 1.
③ 本节由宁宝剑撰写。

名小说家,他出生于印第安纳州的首府印第安纳波利斯。其祖上是来自德国的移民,父亲是建筑师。1940年,他就读于康奈尔大学,并为校刊撰写专栏文章。在1941年珍珠港事件爆发后,他于1942年应征入伍,远赴欧洲战场。1943年,冯内古特遭德军俘虏,被囚禁在德累斯顿战俘营。1945年2月13日,盟军在夜间使用飞机轰炸德累斯顿,在地下储肉室里的冯内古特躲过劫难,保住性命。战后,冯内古特在芝加哥大学获得人类学硕士学位,后在哈佛大学任教。

冯内古特从20世纪50年代开始发表短篇小说,20世纪60年代开始出版长篇小说。代表作有《猫的摇篮》(Cat's Cradle,1963)、《五号屠场》(Slaughterhouse-Five,1969)、《冠军早餐》(Breakfast of Champions,1973),以及短篇小说集《牢狱欢迎你》(Welcome to the Monkey House,1968)等。1994年后,冯内古特一度封笔,直到2005年出版《没有国家的人》(A Man Without a Country)才再度引发关注。作为美国"黑色幽默"派的代表性小说家,他的作品常常以喜剧形式表现悲剧内容,在灾难、荒诞、绝望面前发出无奈的笑声,因此被奉为美国反战文化的经典。

创作之余,冯内古特也发表过一些零散的创作心得,其中不乏真知灼见。正如钱锺书所言,这些零散的见解在文学思想史上同样弥足珍贵。① 冯内古特的创作心得主要散布在《此心不移》(Wampeters, Foma and Granfalloons,1974)、《圣棕树节》(Palm Sunday,1981)、《生不如死》(Fates Worse than Death,1991)、《没有国家的人》《冯内古特:最后的访谈》(Kurt Vonnegut: The Last Interview and Other Conversations,2011)和《如果这都不算好,什么算?:给年轻人的建议》(If This Isn't Nice, What Is?: Advice for the Young,2014)等著作

---

① 钱锺书:《七缀集》,北京:生活·读书·新知三联书店,2016年,第33—34页。

中。其中,《此心不移》《圣棕树节》与《生不如死》①均由冯内古特亲自编撰成书,而《冯内古特：最后的访谈》由汤姆·麦卡坦(Tom McCartan)编选;《没有国家的人》由丹尼尔·西蒙(Daniel Simon)编辑;《如果这都不算好,什么算?：给年轻人的建议》由丹·韦克菲尔德(Dan Wakefield)编选。对于冯内古特的文学思想研究而言,《此心不移》《圣棕树节》与《生不如死》这三本书更有价值,因为它们涉及对文学的认识与理解。中国学者陈世丹认为,冯内古特以这三本书为代表的非小说类作品"加强了他作为美国文学偶像和受人尊敬的社会观察家的地位"②。此外,其他的访谈、文集也是冯内古特文学思想研究中不能被忽视的资料。

本节将主要考察《此心不移》《圣棕树节》与《生不如死》这三本书,并结合冯内古特的其他著作,爬梳他的文学思想。概而言之,冯内古特的文学思想主要包括两方面的内容：一是阐发了一种新的科幻小说观;二是提出了一种新的幽默概念,即"绞刑架幽默"。

一、论人文科幻小说

自从工业革命以后,人文主义者与自然科学家之间相互不理解,甚至彼此蔑视。这让冯内古特深感不安。为了实现人文主义者与自然科学家的沟通与对话,冯内古特在其创作中践行人文科幻小说的写

---

① 这三本书均已在中国台湾被翻译出版,并被收录在《冯内果文集》中。"冯内果"是冯内古特在中国台湾的译名。这三本书的书名翻译都按照《冯内果文集》中的译法,特此说明。冯内古特的文集 *Wampeters, Foma and Granfalloons* 被刘丽珍意译为《此心不移》,被陈世丹音译为《沃姆彼德、福摩和格兰佛伦(一些看法)》。冯内古特对"Wampeters, Foma and Granfalloons"有过解释："这本书的标题是取自我的小说《猫的摇篮》中的三个词。wampeters 是一个焦点,许多本来不相关之人的生活可能围绕它而展开,圣杯就是一个很好的例子。foma 是人畜无害的谎言,意在慰藉淳朴的灵魂,例如'繁荣就在拐角处'。granfalloons 是人骄傲而又没有意义的联想。合起来看,这些词构成了我所写的一些评论和文章,以及我所做的一些演讲的一个很好的保护伞。"参见 Kurt Vonnegut, Preface, *Wampeters, Foma and Granfalloons*, by Kurt Vonnegut, New York: Dell Publishing, 1974, p. xv.

② 陈世丹：《关注现实与历史之真实的美国后现代主义小说》,厦门：厦门大学出版社,2012年,第2页。

作理念。根据其表述的创作理念与践行的创作实践,人文科幻小说的理解大致如下:理想的科幻小说创作,既要描述科学技术对人文主义所构成的挑战,又要用人文主义中的优秀思想批判科技对人类社会的危害。冯内古特倡导的科幻小说观念,其新颖之处或许就在于它强调和凸显了科幻小说的人文主义色彩。

就科幻小说的发展而言,它是作家对科技革命的兴起所做出的回应。有学者指出,科幻小说的出现,应该

> 始于18世纪后期同时出现的两次革命:法国革命和工业革命。这些发展的后果之一是复活并改变了乌托邦传统,从空间性转向了时间性,从对地球上某种想象的理想社会的描写转向了对更好的社会模式的思考,并期望通过政治变革在自己所处的社会里实现。科幻小说就是产生于这样一个时刻,它以想象的小说方式,思考社会的变革,思考它的未来,以及科学技术对这种变革可能发生的作用。①

毋庸讳言,科技革命对人类社会产生了巨大的影响。在科技革命的影响下,科幻小说应运而生。

依照冯内古特的看法,科幻小说并不能仅仅是传播某种思想观念的载体。有评论家指出:"冯内古特早期的作品,特别是《自动钢琴》《泰坦女妖》与短篇小说,例如《牢狱欢迎你》与《哈里斯·伯杰龙》,常常被批评家们贴上'科幻小说'的标签。"②当批评家将他仅仅视为"科幻小说"作家的时候,冯内古特的内心多少是有些不满的。在收入《此心不移》一书的《论科幻小说》("Science Fiction")一文中,他详细解释了个中原因:

---

① 王逢振:《前言》,载王逢振主编《外国科幻论文精选》,重庆:重庆出版社,2008年,《前言》第1页。

② Susan Farrell, *Critical Companion to Kurt Vonnegut: A Literary Reference to His Life and Work*, Facts on File, 2008, p. 469.

几年以前,我在通用电气公司的斯克内克塔迪(Schenectady)工作,完全处在谈论机器与机器思想的氛围中,因此我写了一部关于人与机器的小说……有些评论家声称我是科幻小说家。

对此我并不理解,我认为自己正在写一部关于生活的小说,是写关于在斯克内克塔迪耳闻目见的一些事情的小说。①

也就是说,在冯内古特看来,那些将自己仅仅视为科幻小说作家的评论家只看到了其作品中的科技题材和幻想故事,而忽视了其作品对人的生活和人类命运的揭示和关注。

作为一位知名的科幻小说家,冯内古特能够理性地看待科学技术。一方面,他认为科技在人类生活中的价值已被证明,另一方面,他对科学技术的滥用忧心忡忡。这就是人们常说的科技是一把双刃剑,既能造福人类,又能伤害人类。如何才能让科技不伤害人类呢?他的解决方案是让科学家受到人文主义精神的熏陶,使其良知被唤醒,借此阻止科学技术滥用产生的危害。

为了使科技在一定程度上能够得到限制,冯内古特希望科学家要有人文情怀。1969年,他在美国物理学会发表《美国物理学会的演讲》("Address to American Physics Society"),明确表达了这种希望。这篇演讲后来被收录在《此心不移》中。在此次演讲中,冯内古特特别提及乔治·F. 诺伍德(George F. Norwood, Jr.)教授,因为后者称自己是人文主义物理学家(a humanistic physicist)。冯内古特指出:"如果诺伍德教授真的是一个人文主义物理学家,那么他也确实是我理想中的人,一个品行端正的物理学家应有的样子。一个品行端正的物理学家是一个人文主义物理学家。"②在冯内古特眼里,具有人文主义精神的科学家才是真正的科学家。毫无疑问,这种观念使其作品具有丰富的人文主义色彩。

---

① Kurt Vonnegut, *Wampeters, Foma and Granfalloons*, New York: Dell Publishing, 1974, p. 1.

② 同①,第95页。

冯内古特认为,在科技理性主导的时代,只有关注芸芸众生的命运,以人为中心,人类才能拥有文明,避免灾难。犹太集中营的大屠杀、广岛的原子弹爆炸,尤其是他曾经亲历的德累斯顿大屠杀,彻底地毁灭了他对科技理性的乐观主义态度,使得他对科技滥用现象忧心忡忡。冯内古特说:"我21岁的时候,真正发生的事情是广岛事件后,我们丢掉了科学真理。我们杀死了在那里的每一个人。见证了德累斯顿被烧为平地之后,我作为那里的战俘返家。这个世界那时才了解德国的灭绝集中营是多么残忍……我从一个乐观主义者变成悲观主义者。"①他还说:"我过去常常认为科学将拯救我们,科学确实也努力过。无论是赞同还是反对民主制,但我们并不能忍受任何巨大的爆炸。"②

虽然冯内古特对科学技术有过失望,但从未绝望,因为他在人文主义精神中看到了希望,发现了力量。在冯内古特看来,文学艺术家应该要坚持人文主义精神,在艺术创作中将人放在宇宙中心的位置。他表示:

> 无论人类是否位于宇宙的中心,艺术都将人放在宇宙中心的位置。一方面,军事科学将人(包括其孩子和城市)视为微不足道的垃圾。巨大的宇宙中的人是卑微的——军事科学的这种观念也许有一定的道理。然而——在艺术欣赏作品中,我否认人的卑微,我也请求你们否认这种观念。③

对冯内古特而言,没有人文主义精神的科幻小说是没有灵魂的小说,艺术作品应该关注人,书写人存在的价值。

冯内古特心中理想的科幻小说必须具有人文主义精神。这一点可以在冯内古特对科幻小说大师艾萨克·阿西莫夫(Issac Asimov)的评论中看出端倪。在科幻小说研究中,阿西莫夫提出的美国科幻小

---

① Kurt Vonnegut, *Wampeters, Foma and Granfalloons*, New York: Dell Publishing, 1974, p. 161 – 162.
② 同①,第163页。
③ 同①,第165页。

说发展三阶段论受到冯内古特的欣赏。冯内古特曾经说："迄今为止，伟人艾萨克·阿西莫夫将美国科幻小说的发展理解为三个阶段：1. 历险主导，2. 科技主导，3. 社会学主导，并且说我们现在处在第三个阶段。"① 按照冯内古特的理解，在第三个阶段即社会学主导的阶段里，科幻小说将会成为小说大家庭里的一员，"我也希望这是一个地球人历史的、先知性的大纲。我大胆地将'社会学'解释为令人尊敬地、客观地关心地球的摇篮属性"②。冯内古特所谓的"关心地球的摇篮属性"就是要关心人与地球的密切关系，关心地球对人类所具有的基础性作用。第三个阶段的科幻小说，既有前面两个阶段中科幻小说所具有的历险与科技属性，还坚持对人类终极价值的追求。

事实上，冯内古特之所以喜欢在创作中采用科幻题材，是与其生活经历密切相关的。在康奈尔大学的求学经历和在通用电气公司的工作经历让冯内古特深刻体会到科学技术对人类生活的影响，他不断把这些感受写进小说里。

通用电气公司工作的经历引发了冯内古特科幻小说创作的热情。冯内古特在通用电气公司的工作中发现，作家与科学家在现实生活中常常泾渭分明，有时甚至互相鄙夷。冯内古特在通用电气公司的同事大部分都是科技工作者，整日都在钻研和探讨机器运作的原理与机器制造，而对文学鲜有兴趣。与此形成对照的是，一些从事文学创作的作家则对科学领域了解甚少，他们"讨厌化学和物理，并且引以为荣"③，因为在他们眼里，许多工程师都是"呆板、古怪、毫无幽默感并且有战争倾向的人"④。冯内古特就此现象评论说："一极是文学知识分子，另一极是科学家，特别是最有代表性的物理学家。二者之间存在着互补理解的鸿沟——有时（特别是在年轻人中间）还互相憎恨和

---

① Kurt Vonnegut, *Wampeters, Foma and Granfalloons*, New York: Dell Publishing, 1974, p. 85.
② 同①。
③ 同①，第 2 页。
④ 同①，第 2 页。

厌恶,当然大多数是由于缺乏了解。他们都荒谬地歪曲了对方的形象。他们对待问题的态度完全不同,甚至在情感方面也难以找到很多共同的基础。"①这些工作经历不断进入冯内古特的小说创作中。例如,1976年,冯内古特面对《巴黎评论》(The Paris Review)杂志记者的采访,曾谈及通用电气公司的工作经历对其小说《猫的摇篮》的具体影响。他透露说,这部作品中的菲利克斯·霍尼克博士的原型就是通用电气公司的欧文·朗缪尔博士(Dr. Irving Langmuir)。②

　　值得一提的是,冯内古特所坚持的人文科幻小说观念与其家族前辈所坚持的人文主义精神有一定的关系。约翰·托美迪(John Tomedi)曾透露:"冯内古特的祖辈为了自由思想、人文主义与无神论信条移民到美国。冯内古特的曾祖父曾发表过一部论哲学的小书,名为《道德的教导》(Instruction in Morals)。……虽然冯内古特直到1976年才知道曾祖父的著作,但他早已接受了自由思想的观念——不仅否认基督教(或任何其他的)上帝的观念,而且强调人的尊严。"③

　　冯内古特的战争经历对其人文科幻小说观的形成,具有不可忽视的重要影响。冯内古特大学时主修生物化学、参战不久后被俘、工作于通用电气公司,这些经历让他认识到科学技术已经危及人类的生存。在这三段经历中,参战被俘给他留下了刻骨铭心的记忆。很多年后,恐怖的燃烧弹仍然是他挥之不去的梦魇:"二战刚开始的时候,燃烧弹还算有块头,跟鞋盒一样长,而到了德累斯顿轰炸,它们只有一丁点小。这些燃烧弹就这样摧毁了一整座城。"④他不仅从战争中看到科技给人类带来的致命威胁,还从日常生活中体会到科技发展给人类带来的生态灾难和环境危机。对此,冯内古特进行了深刻反思:"在我

---

① C. P. 斯诺:《两种文化》,纪树立译,北京:生活·读书·新知三联书店,1994年,第4页。
② 库尔特·冯内古特:《冯内古特:最后的访谈》,李爽译,北京:中信出版社,2019年,第27页。
③ John Tomedi, *Kurt Vonnegut*, Philadelphia: Chelsea House Publishers, 2004, p. 5.
④ 同②,第12页。

看来,大多数关于在新环境下掌握新技术的真实故事都是残酷的或贪婪的。回顾过去,高科技人员的现实观念通常是愚蠢的或唯我论的。没有人是非常安全的,专家们往往很快就不再是专家了。"①

二、论黑色幽默

除了浓郁的人文主义色彩之外,冯内古特科幻小说观的另一个特征是倡导用黑色幽默进行创作。从题材方面讲,冯内古特的小说多具有科幻小说的特性;从艺术手法方面讲,他特别提倡黑色幽默,具有鲜明的后现代主义文学色彩。

21世纪以来,冯内古特小说中的幽默艺术逐渐引起研究者的关注。其中最具标志性的事件是《美国幽默研究》(*Studies in American Humor*)杂志在2012年编辑《冯内古特与幽默》特刊,其中发表了四篇"标志着冯内古特研究新纪元"②的论文,这四篇论文都探讨幽默在冯内古特小说创作中的意义与价值。该特刊的编辑者彼得·C. 孔兹(Peter C. Kunze)与罗伯特·T. 塔利(Robert T. Tally, Jr.)在《编者介绍:冯内古特与幽默感》("Editors' Introduction: Vonnegut's Sense of Humor", 2012)中这样概括幽默在冯内古特小说艺术中的地位:"冯内古特的*幽默感*对其*理解*这个世界的事业也是至关重要的。在冯内古特看来,幽默像任何其他策略一样是绘制这个疯狂世界的有效方

---

① Kurt Vonnegut, *Wampeters, Foma and Granfalloons*, New York: Dell Publishing, 1974, p. 79.

② Peter C. Kunze and Robert T. Tally Jr., "Editors' Introduction: Vonnegut's Sense of Humor," *Studies in American Humor*, 26.3(2012), pp. 9 - 10. 四篇论文分别是:
Peter C. Kunze, "For the Boys: Masculinity, Comedy, and the Vietnam War in Slaughterhouse-Five," *Studies in American Humor*, 26.3(2012), pp. 41 - 57.
Günter Beck, "Slapstick Humor: Physical Comedy in Vonnegut's Fiction," *Studies in American Humor*, 26.3(2012), pp. 59 - 72.
Rosemary Gallagher, "'All this happened, more or less': Making Sense of the War Experience Through Humor in *Slaughterhouse-Five* and *The Sirens of Titan*," *Studies in American Humor*, 26.3(2012), pp. 73 - 84.
P. L. Thomas, "Lost in Adaptation: Kurt Vonnegut's Radical Humor in Film and Print," *Studies in American Humor*, 26.3(2012), pp. 85 - 101.

法……冯内古特的幽默感与他所有的艺术事业密切联系。"①

冯内古特对幽默有不少论述。他认为自己的小说最重要的品质就是讲笑话。在一次访谈中,冯内古特指出自己的作品是由无数零散的笑话马赛克组成的,换言之,这种幽默有趣的笑话是支撑其小说的基本元素:

> 我正在从事讲笑话的事业。讲笑话是一种小众的艺术形式。我颇有这方面的天赋。讲笑话就像安捕鼠器,先要造好捕鼠器,支起夹持架,再引发机关,然后砰的一声!我的书本质上是马赛克,马赛克是由一大串小碎片构成,每个碎片就是一个五行或十一行的短笑话……我尽力让每个笑话都运作起来,发挥作用,所以我写得很慢。确实必须如此,否则作品必将失败。对我而言,讲笑话在我的生命中发挥了重要的调节作用,当我开始创作一个任何主题的故事时,我得发掘其中有趣的事情,否则将无法继续下去。②

从这篇访谈中,不难看出笑话在冯内古特创作中的意义和作用。讲笑话是冯内古特与生俱来的天赋,也是他写作的动力。从孩童时起,他就很会讲笑话。他是家里最小的孩子,年幼时,因为"人微言轻",在家人们的交谈中很难插上嘴,为了引起他们的注意,他便常常讲一些有趣的笑话,赢得了不少夸奖,这又反过来激发了他编笑话、讲笑话的积极性。冯内古特非常喜欢收听收音机里的喜剧节目,并在生活中尽量地模仿运用。二战后,冯内古特曾参与制作

---

① Peter C. Kunze and Robert T. Tally Jr., "Editors' Introduction: Vonnegut's Sense of Humor," *Studies in American Humor*, 26.3(2012), p. 9. 斜体为按照英文原文的体例处理。
② David Standish, "Playboy Interview," in *Conversations with Kurt Vonnegut*, edited by William Rodney Allen, Jackson and London: University Press of Mississippi, 1988, p. 91.

电视台的系列喜剧片,他的幽默天赋在更大的舞台上得到训练和发挥。这些经历都为他小说创作中幽默风格的形成奠定了基础。在后来的写作生涯中,他继续发挥自己讲笑话的天赋,幽默成为其作品重要的艺术特征。

对冯内古特而言,讲笑话是一种重要的艺术表现方式,是蕴含作者智慧、激发小说活力的有机元素。他的创作过程就是努力发掘幽默有趣的细节和故事,再将它们有机地串接在一起。冯内古特强调:"有吸引力的文学风格必须要从头脑中有趣的想法开始。"[1]他认为只有"有趣的想法"才能让文学风格变得有吸引力,但是如何实现这一目标呢?冯内古特指出:"要发现一个对象,在你们的心中感到其他人和你一样关注这个对象。正是这种真诚的共情,而不是用语言的游戏,才是文体中最令人信服又令人心驰神往的成分。"[2]冯内古特小说中马赛克碎片式的表现方式使其小说展现出独特的表现力,但是也会带来琐碎与无中心的缺陷。有趣的笑话所引发的共情,就如同催化剂将作者的巧妙构思与读者的心领神会迅速地融合在一起,从而产生神奇的艺术效果。在冯内古特的小说中,如果缺乏幽默带来的共情,数量众多的碎片将会是一盘散沙。正是笑话中的幽默感统领众多的碎片,让冯内古特笔下松散的马赛克世界具有了生命与灵魂,使读者乐意读下去。

冯内古特认为泪水与欢笑在小说创作中虽然都有艺术价值,但在大屠杀书写中,欢笑的独特艺术价值将更加得到凸显。一般来讲,欢笑营造的是一种欢愉的氛围,泪水营造的是一种愁苦的氛围;欢愉的文字成为经典的难度大,而愁苦的文字成为经典更容易。中国唐朝散文大家韩愈对此有经典的论述:"和平之音淡薄,而愁思之声要妙;欢愉之辞难工,而穷苦之言易好也。"[3]对冯内古特而言,如果他知道韩

---

[1] Kurt Vonnegut, *Palm Sunday*, New York: Dial Press, 2006, p. 69.
[2] 同[1]。
[3] 韩愈:《荆潭唱和诗序》,载郭绍虞主编《中国历代文论选》(第2册),上海:上海古籍出版社,2001年,第129页。

愈有关"欢愉之辞"与"穷苦之言"的评论,应该会提出异议。因为在某种程度上,冯内古特认为"欢愉之辞"与"穷苦之言"并不是非此即彼的对立关系,而是相辅相成的关系。他在《圣棕树节》一书中明确表示:"笑话也可以是高贵的。笑声正如泪水一样也是高贵的。笑声与泪水都是对沮丧与绝望的回应。我自己宁愿选择笑声,因为以后有更少的清扫工作——因为我能尽快地开始思考与努力。"①在冯内古特的创作实践中,他更偏爱用笑声来回应沮丧与绝望,并在笑声中思考二战与大屠杀给人类带来的巨大创伤,这其中的重要原因之一,是他擅长运用幽默来凸显小说的特质。

约翰·莫瑞尔(John Morreall)认为可以从三种视角审视幽默的价值:优越论、缓解论与不和谐论。他指出,优越论认为"我们大笑产生于一种优越于他人的信念";缓解论认为"笑话减少或者释放的能量提供了愉悦";不和谐论认为"幽默产生于我们认识中或期望中应该发生的情形与真实发生在笑话、噱头、俏皮话或者恶作剧中的情形之间的矛盾"②。在这三种幽默理论中,冯内古特更看重缓解论,这一理论主张的代表人物是奥地利精神分析学家弗洛伊德。在接受《花花公子》(Playboy)杂志的一次访谈中,冯内古特明确表示自己的幽默观念是在弗洛伊德幽默理论的基础上展开的。具体来说,他是在解读弗洛伊德关于绞刑架幽默的论述中提出了自己对幽默的见解。在弗洛伊德看来,"绞刑架幽默"指的是以微笑面对死亡与绝境,是"最残忍的幽默案例"③。在对绞刑架幽默的思考中,冯内古特敏锐地发现一些值得挖掘的空间:

  弗洛伊德的绞刑架幽默,作为一种中欧的幽默,是在政

---

① Kurt Vonnegut, *Palm Sunday*, New York: Dial Press, 2006, p. 298.
② Simon Critchley, *On Humour*, London and New York: Routledge, 2002, p. 3.
③ Sigmund Freud, *The Standard Edition of the Complete Psychological Works of Sigmund Freud Volume VIII: Jokes and Their Relation to the Unconscious*, translated from the German under the General Editorship of James Strachey, London: The Hogarth Press, 1981, p. 229.

治绝望中的笑。绞刑架幽默与奥匈帝国有关系。犹太人、塞尔维亚人与克罗地亚人，所有这些人一起被塞进了一个不可分类的帝国中。可怕的事情发生在他们身上，他们没有权力、绝望，因此他们讲笑话。这就是他们面对挫折时所能做的所有事情。弗洛伊德认定的绞刑架幽默，在我们这里被看作犹太人的幽默：这是脆弱、智慧的人在绝望境遇下的幽默。我已经惯性地写无能为力的人。他们感到在其境遇中几乎没有能做的事情。①

在上述引文中，有许多值得重视的思考。其一，冯内古特指出绞刑架幽默的起源地是中欧，其本质是在政治绝望中的微笑。在政治的维度上解读绞刑架幽默，这显示出他的政治敏锐性。在创作实践中，冯内古特的幽默和讽刺时常影射现行的政府和政治，针砭时弊，即使是在以科技题材为主的一些小说中也隐含着对政坛各种虚伪现象的嘲讽。有论者指出，冯内古特"像其他黑色幽默派作家一样，将现实社会中的荒诞现象加以放大、扭曲、变形，进行滑稽模仿，以玩世不恭的态度对待难以逃避的人生悲剧，以悲喜交织的嘲弄笔触描绘出荒唐可笑、充满敌意的疯狂世界"②。

其二，冯内古特认为弗洛伊德的绞刑架幽默现在已经演变成了"犹太人的幽默"，它彰显了人在绝境中的智慧。自大流散以来，犹太人一直居无定所，成为大地上的"多余人"。他们没有自己的国家，是寄居其他国家的他者，这就意味着他们面对任何不公平、不平等的事情，只能逆来顺受；即使是在生死攸关的时候，除了讲笑话之外，他们再也没有任何其他的选择。面对死亡的绝境，犹太人用讲笑话的方式展现出自己的睿智。冯内古特深知人类的生命是脆弱的、有限的，但

---

① Kurt Vonnegut, *Wampeters, Foma and Granfalloons*, New York: Dell Publishing, 1974, p. 257.

② 罗小云：《拼贴未来的文学——美国后现代作家冯尼格特研究》，重庆：重庆出版社，2006年，第28页。

人类用幽默的态度超越了有限生命的脆弱,彰显了智慧的光芒。作为德累斯顿大轰炸的幸存者,冯内古特对于死亡有过切肤之痛,深刻地感受到犹太人的绞刑架幽默在后大屠杀时代对小说写作的价值。他满怀深情地讲述:"正如泪水是对沮丧的回应一样,笑声也是对沮丧的回应;正如泪水没有解决任何事情,笑声也没有解决任何事情。笑声或呼喊是一个人不能做任何事情所选择做的事情。"①在小说《五号屠场》中,冯内古特甚至断言:"没有经历与死亡共舞,就不可能产生艺术。"②对他而言,艺术作品只有在书写人在绝境中的笑声时,才能更好地彰显人的尊严。

其三,冯内古特自述他的写作立场是为无能为力者代言,"习惯性地写无能为力的人"。这实际上是一个"为什么人写作"的问题,也是文学思想中的一个重要问题。冯内古特自觉站在无能为力者的一边,希望用自己的笔刻画他们、勾勒他们,替他们发声。在他看来,犹太人是无能为力者中较为特殊的群体,更值得书写。冯内古特在 1973 年接受《花花公子》杂志的访谈时,急切地向美国社会呼吁关心可怜人:"我清楚地知道有大量的人陷入困境中,无法脱身……我认为有大量的人确实需要帮助。我担心愚蠢的人、哑巴。我们必须关心这些人。"③弱势群体成了冯内古特心中永远的疼痛。

三、冯内古特文学思想的反叛与解构特征

冯内古特的文学思想是基于自己的生活经历与创作实践而提出的,并不是基于某种理念而建构出来的。冯内古特的战争经历让他产生了怀疑主义精神,但令人敬佩的是他仍然推崇人文主义,深信人文主义精神所具有的拯救心灵的功能。根据冯内古特的自述,其

---

① Kurt Vonnegut, *Wampeters, Foma and Granfalloons*, New York: Dell Publishing, 1974, p. 256.
② 库尔特·冯内古特:《五号屠场》,虞建华译,南京:译林出版社,2018 年,第 26 页。
③ 同①,第 255 页。

文学思想的底色是人文主义。最有力的证据是他在演讲中明确赞同别人称他是一名人文主义者："你们称我为人文主义者，我也研究了一点人文主义。我认为人文主义者是对人类极为关切的人。"①的确，无论是对科幻小说的看法，还是对黑色幽默的见解，或是对文学价值的理解，冯内古特的文学思想都洋溢着浓郁的人文主义色彩。正是这种具有人文主义的科幻小说观念和黑色幽默理论，使冯内古特的文学思想具有鲜明的反叛传统观念、解构主流观点的特征。

先看冯内古特人文科幻小说观的反叛与解构特征。

科幻小说(science fiction novel)全称为"科学幻想小说"，是一种诞生于19世纪欧洲的文学体裁，既是随着近代科学技术的蓬勃发展而产生的一种文学样式，也是19世纪欧洲工业文明崛起后特殊的文化现象之一。人类在19世纪全面进入以科学发明和技术革命为主导的时代后，一切关注人类未来命运的文学艺术都不可避免地要表现科学技术的未来发展趋势。科幻小说用幻想的形式，表现人类在未来世界的物质生活与精神文化生活，其内容交织着科学事实、预见和想象。科幻小说最突出的特征在于它赋予幻想依靠科技在未来得以实现的极大可能性，甚至有些科学幻想在多年以后真的变成了现实，因此科幻小说具有明显的预言性。科幻小说是通俗小说的一种，但与一般的通俗小说不同，其特殊性在于它与科学技术的发展有着直接的联系，能让读者间接了解到科学原理，而同时它又是一种文艺创作，文笔之间流露出鲜明的感性。评论界一般将科幻小说分为软科幻小说和硬科幻小说两类：软科幻小说是题材集中于哲学、心理学、政治学或社会学等领域的科幻小说分支；硬科幻小说是以物理学、化学、生物学、天文学等自然科学为基础，以描写新技术新发明给人类社会带来影响的科幻作品。总而言之，传统的科幻小说以尚智为特征，它

---

① Kurt Vonnegut, *Wampeters, Foma and Granfalloons*, New York: Dell Publishing, 1974, p. 94.

常常通过各种故事情节（包括虚构夸张的故事情节和人物形象），展示科学技术超人的力量和先进性，进而表达尊重科学、依赖科学的主题。

但冯内古特的科幻小说观却一反传统的、主流的科幻小说观。他笔下的科幻小说往往会展示科学技术片面的、畸形的和过度的发展所带来的种种恶果，或者呈现科学技术被滥用的严重后果，以揭示科学技术具有反人性、反人类终极关怀的一面，呼吁科幻小说必须凸显人文主义精神、科幻小说家必须具有人文主义精神。显然，冯内古特科幻小说的主题和倾向恰恰与传统科幻小说的主题和倾向背道而驰，因而是对传统科幻小说观的反叛与解构。

冯内古特确立这种科幻小说观的原因，乃是他在求学、入伍和就业的人生经历中切身体会到科学技术的双刃剑作用，从而对科学技术性质的认知充满着张力，一方面认识到了科技在人类生活中的价值和效用，另一方面又看到了科学技术被滥用的恶果，便希望操纵科技的科学家们具有人文主义精神。他认为唯一能够拯救科学技术、让科学技术步入正确轨道的，非人文主义精神莫属。在他的科幻小说中，读者也能很容易地体会到其对人类生存基本问题的思考和对人类命运的深切关注。当下科幻小说的主流是追求人文思考，应该说，这跟冯内古特等人的强力呼吁密不可分。

再看冯内古特的黑色幽默观对西方传统幽默观的反叛与解构。

"幽默"是英文单词humour的音译。英语、法语中的"幽默"一词来自古希腊医学。古希腊人相信人类身体中有四类液体，即血、黄胆汁、痰及黑胆汁，控制健康及情绪。人的性情抑郁是体内的黑胆汁过盛所致，而解决方法就是开怀大笑。幽默有广义与狭义之分。在西方，幽默常常包括笑话在内。狭义的幽默跟挑剔、讥讽、揶揄相区别，虽然这四种风调都含有笑的成分，但笑有苦笑、狂笑、淡笑、傻笑等各种不同形式；同时笑的目的也各有不同，有的是辛辣讽刺，有的是缓和气氛与情绪，有的是表示鄙薄，有的是表示同情，有的只是解颐求乐,还有的是基于人生观而表达的乐观态度。处于最上乘地位的幽默,则是一种能激发人类某种情感的智慧,表示心灵的敞亮与智慧的丰富。幽默不仅常常给人们带来欢乐,更重要的是还有助于消除敌意、缓解摩擦、防止矛盾升级,甚至能够激励士气、提升人气,提高工作效率。

但冯内古特倡导的幽默又称"黑色幽默",主要是指弗洛伊德的绞刑架幽默,这是一种"最残忍的幽默"①。从前面引述的那段关于弗洛伊德绞刑架幽默的论述可知,冯内古特认为绞刑架幽默的本质可以概括为如下三个方面。一是政治绝望中的微笑。冯内古特在创作实践中常常用幽默来讽刺和针砭现行政治以及政坛上的各种虚伪现象。二是彰显人类在绝境中的智慧。冯内古特深知人类生命脆弱而有限,便用幽默的方式来超越有限生命的脆弱,彰显智慧的光芒。三是与泪水和悲剧类似,甚至相等。传统美学思想中,悲剧和喜剧是截然对立的两种文学体裁,泪水和笑声是截然对立的两种心理诉求方式。但在冯内古特这里,两者没有本质区别。所以他才会近乎绝望地表示:"笑声与泪水都是对沮丧与绝望的回应。"②不过,在创作实践中,冯内古特更偏爱用笑声来回应沮丧与绝望,并在笑声中思考二战与大屠杀给人类带来的巨大创伤。总之,绞刑架幽默指的是以微笑面对死亡与绝境的态度,其中蕴蓄的不是一种积极的态度,而往往是一种无能为力、无可奈何的弱者心态,甚至只是负面情绪得以宣泄的一种方式。这种幽默的底色是悲剧和泪水。显然,冯内古特的黑色幽默与传统美学中那种或者消除敌意、缓解矛盾,或者给人类带来欢乐、提振士气,从而蕴蓄正能量的幽默有很大的区别,简言之,是对传统幽默观的反叛与消解。

---

① Sigmund Freud, *The Standard Edition of the Complete Psychological Works of Sigmund Freud Volume VIII: Jokes and Their Relation to the Unconscious*, translated from the German under the General Editorship of James Strachey, London: The Hogarth Press, 1981, p. 229.

② Kurt Vonnegut, *Palm Sunday*, New York: Dial Press, 2006, p. 298.

第四节

威廉·加迪斯的熵化创作论[①]

美国小说家威廉·加迪斯(William Gaddis,1922—1998)与托马斯·品钦、唐纳德·巴塞尔姆和约翰·霍克斯(John Hawkes)一道,赢得了"后现代派文学先驱和大师"的美誉。[②] 他一共发表了四部长篇小说,即《承认》(The Recognitions,1955)、《小大亨》(JR,1975)、《木匠的哥特式古屋》(Carpenter's Gothic,1985)、《诉讼游戏》(A Frolic of His Own,1994),以及一部中篇小说《爱筵开裂》(Agapé Agape,2002)。其中,《小大亨》和《诉讼游戏》分别获得1976年和1995年的美国国家图书奖(National Book Award)。尽管加迪斯对美国后现代主义文学贡献巨大,但由于种种原因,很长时间他被读者和评论家所忽视。评论家斯蒂芬·莫尔(Steven Moore)指出:"在当代美国文学中,他是一位被评价最高,但读者最少的小说家。"[③]1998年,威廉·加迪斯辞世,《纽约时报》(The New York Times)发表讣告称:"通常,人们认为他是读者群最少的美国重要作家之一,但他的作品已经成为当代的经典著作。"[④]

1922年12月29日,威廉·加迪斯出生于纽约曼哈顿,成长于加尔文教家庭。5岁时,他就被送到康涅狄格州的一所寄宿学校,这所公理会学校严苛的管教成了加迪斯怨恨制度性宗教的根源,他在该校的孤独和痛苦内化为自我意识的一部分,对他的创作风格产生了影响。13岁时,加迪斯进入长岛的公立中学。1941年,19岁的加迪斯进入哈佛大学,主修英国文学。他为学校的《哈佛讽刺》(Harvard Lampoon)

---

① 本节由蔡春露撰写。
② 杨仁敬:《20世纪美国文学史》,青岛:青岛出版社,1999年,第683页。
③ Steven Moore, *William Gaddis*, Boston: Twayne, 1989, p. 1.
④ Mel Gussow,"William Gaddis, 75, Innovative Author of Complex, Demanding Novels, Is Dead," *The New York Times*, December 17, 1998.

撰写了60多篇文章,文学才能崭露头角,并成为《哈佛讽刺》文学社主席。加迪斯早年在《哈佛讽刺》上发表的诗歌暗示了自己的放荡不羁和对漂泊生活的向往:"我要逃离母校,远离疯狂的人群;加入一群庸俗的吉卜赛人,写作粗俗的诗歌。"①从1947年底到1951年,加迪斯离开纽约前往各地旅行,足迹遍及中美洲、西欧和北非,实现了自己早期关于自由和旅行的梦想,并自称是"流浪汉和漂泊者"②。20世纪50年代初期,他在纽约曼哈顿南部下西城的格林尼治村定居下来,这个大型居住区在19世纪后期和20世纪上半叶以波希米亚主义的"首都"和"垮掉的一代"的诞生地著称。加迪斯与当时新兴的"垮掉的一代"杰克·克鲁亚克、威廉·S.巴勒斯和艾伦·金斯伯格交往甚密,颇受后者的自由与反叛精神的鼓舞。加迪斯与格林尼治村艺术家们的交往成为他第一部鸿篇巨制《承认》的重要组成部分。这部1955年问世的小说具有前瞻性,美国20世纪60年代的反文化现象几乎全在《承认》里预见到了,后来人们广泛谈论的黑色幽默和后现代主义写作也在这部小说里得以展现。然而,这部小说因其艰深和晦涩受到评论家的低评,读者很少。评论家约翰·W.奥尔德里奇(John W. Aldridge)这样解释该小说遭到冷遇的原因:

> 同一些激进的原创性作品的经历一样,必须经过时间的流逝读者才能获得阅读经验,接受它们。《承认》也一样。……在50年代严肃小说中,最具权威的类型主要是现实主义小说。寓言式小说和黑色幽默小说在当时尚未流行,《承认》后来被认为是这两类小说的卓越的先锋之作,当然就被冷落了。③

---

① Steven Moore, Introduction, *The Letters of William Gaddis*, by William Gaddis, edited by Steven Moore, Champaign: Dalkey Archive Press, 2013, p. 9.

② Joseph Tabbi, *Nobody Grew but the Business: On the Life and Work of William Gaddis*, Evanston: Northwestern University Press, 2015, p. 177.

③ John W. Aldridge, "Review of *JR*," *Saturday Review*, October 4, 1975, p. 27.

20世纪六七十年代,约瑟夫·海勒、托马斯·品钦、库尔特·冯内古特等作家的黑色幽默小说在文坛大出风头,为加迪斯的《承认》创造了良好的阅读和接受环境,评论家这才逐渐意识到《承认》开创了美国20世纪五六十年代的黑色幽默以及70年代的梅尼普讽刺(Mennippean satire)小说的先河,并认识到它是从高度现代主义(high modernism)过渡到后现代主义的先驱之作。美国文学评论家托尼·坦纳(Tony Tanner)在1974年的《纽约时报书评》(The New York Times Book Review)上发表评论,称赞道:"《承认》的深度、对博大精深的知识睿智诙谐的运用、对现代文本所能使用的资料的不断探索、语言的惟妙惟肖,尤其是幽默和丰富多变的语气都足以使加迪斯成为二战后最伟大的美国小说家之一。"①

加迪斯通晓英国文学,对伊丽莎白时期的戏剧、复辟时期的戏剧以及各种各样的宗教文学烂熟于心,他也通晓美国文学与文化经典,如梭罗的《瓦尔登湖》(Walden,1854),以及他同时代的文学和非文学作品,如戴尔·卡耐基(Dale Carnegie)的《如何赢得朋友和影响他人》(How to Win Friends and Influence People,1936)等。广泛的阅读兴趣使加迪斯形成了丰富而驳杂的文学创作观念和写作风格。评论家莫尔就此指出:"加迪斯作品具有梅勒的自我主义(egotism)、克鲁亚克的自我沉浸(self-absorption)、罗斯的捍卫主义(defensiveness),以及巴斯的戏谑(playfulness)。"②本节主要结合加迪斯的文章以及多个讲座和访谈,概括他的主要文学主张和创作观念。总体来说,加迪斯借用物理学中的"熵"概念,将他的文学思想建立在熵化世界观之上,倡导作家采用遵循熵法则的后现代主义叙事策略与后现代主义叙事话语。

一、加迪斯文学思想的基础:熵的世界观

要理解威廉·加迪斯的文学思想与创作理念,"熵"是一个不能绕

---

① Tony Tanner, "On Recognitions," The New York Times Book Review, July 14, 1974, pp. 27–28.
② Steven Moore, William Gaddis, Boston: Twayne, 1989, p. 5.

开的术语。事实上,"熵"不仅是加迪斯在其小说中经常提及的概念,并成为其文学创作的重要主题与叙事技巧,而且还是他的文学思想与创作理念的基础与发端。

"熵"本是热力学第二定律中的一个概念,用来描述宇宙世界日益倾向于非线性的、不确定的、混乱的和不可预言的衰微和热寂之中的现象,是描述系统混乱程度的量,熵越大说明越混乱,熵越小说明越有序。加迪斯用"熵"来隐喻美国资本主义制度的荒谬,借以否定和消解那种认为美国资本主义社会是民主、自由和正义典范之类的元话语与元叙事。换言之,他用"熵"来隐喻一个不可避免的无序的世界,一个"所有的秩序系统都不可避免地变得混乱的世界,一个走向绝对自由或绝对控制的运动不可避免地变得无效的世界"①。不过,在加迪斯的小说创作中,一方面,"熵"的概念成为他对走向混乱、衰退、死寂的后现代社会的隐喻;另一方面,"熵"又指加迪斯所运用的一种组织和整合混乱的巧妙方式,即文本世界的解构性叙事技巧。当熵的世界观进入敏感善察的作家的头脑中,并通过其丰富的想象力熔铸到小说的创作观念,成为后现代主义的写作主题时,加迪斯在自己"熵"的思想体系中找到了表达这种世界观的叙事策略和话语。总之,"熵"的隐喻意义构成了加迪斯的创作主题和叙事技巧,在其几乎所有作品里广泛存在。

威廉·加迪斯是后现代主义小说家,更是一位严肃的社会评论家和文化批评家,他对后现代社会里的诸多问题表现出极大的关注。二战之后不断加剧的社会、经济和环境问题表明个体生命受到战争和政治空前无情的摧残,人类社会的秩序正在不可逆转地瓦解和崩塌,"世界日益走向消亡"②之类的熵意识逐渐进入许多敏感善察的作家的思想意识里,深刻地影响了二战之后一批美国后现代主义作家的文学想象。作为20世纪战争暴行的见证者,具有社会责任感的后现代主义作家如

---

① Kevin A. Boon, *Chaos Theory and the Interpretation of Literary Texts: The Case of Kurt Vonnegut*, Lewiston: The Edwin Mellen Press, 1997, p. 8.

② Henry Adams, *The Degradation of the Democratic Dogma*, New York: Peter Smith Publishing House, 1969, p. 142.

品钦、加迪斯等吸收了"熵"的概念与原则,即"统一性让位于多样性,秩序让位于混乱,进步让位于熵,连续让位于割裂,因果法则让位于可能性规则,肯定性观点让位于不确定性的必要性"①。他们在自己的作品中频频使用"熵"作为文学隐喻,把"熵"作为社会体制混乱的量度单位加以运用,用以呈现人类社会日趋混乱与衰败的景观。

评论家一致认为,加迪斯与另一位后现代主义小说家品钦一样具有熵的世界观,并将熵定律运用于自己的写作主题和结构安排之中,以描述人类世界的腐朽堕落与信息的混乱。有趣的是,在"熵"观念的形成问题上,加迪斯本人不知道是自己影响了品钦,还是品钦影响了自己。其实,加迪斯和品钦在熵的世界观方面的相似之处,不是因为两人阅读了彼此的作品而受到对方的影响,更多的是因为两人的思想渊源具有共同性,即他们都处在相同的后现代的社会、文化和认识论背景之下,受到同样的文学作品、史学和哲学著作的影响,如 T. S. 艾略特的《荒原》(The Waste Land, 1922)和诺伯特·维尔纳(Norbert Wiener)的《人有人的用处:控制论与社会》(The Human Use of Human Beings: Cybernetics and Society, 1967)。基于上述种种原因,他们在文化与艺术思考方面具有了相似性,在文学表达上都对熵表现出浓厚的兴趣。加迪斯对 T. S. 艾略特在《荒原》中流露出的对现代文明的失望情绪产生了共鸣。他在一次访谈时说:

> 《承认》刚出版时,很多评论家认为是对乔伊斯《尤利西斯》的模仿,其实我未曾读过这部小说,现在也没开始读,但很少有人提到《荒原》对我的影响。我大学时就读过而且至今仍印象深刻。济慈(Keats)曾说诗歌是用最美措辞表达至高情感,然而要找到一首完全表达自己世界观的诗歌更是不寻常。②

---

① Walton Litz, ed., *American Writers: A Collection of Literary Biographies: Supplement II Part 2*, New York: Charles Scribner's Sons, 1981, p. 620.
② Tomas LeClair, "An Interview with William Gaddis, circa 1980," in *Paper Empire: William Gaddis and the World System*, edited by Joseph Tabbi and Rone Shavers, Tuscaloosa: University of Alabama Press, 2007, p. 19.

也许加迪斯认为T. S. 艾略特的《荒原》正是那首"完全表达自己世界观的诗歌",便"至今仍印象深刻"。莫尔甚至发现了更多加迪斯受T. S. 艾略特《荒原》影响的细节:"加迪斯的小说不仅包含许多T. S. 艾略特作品中的完整句子,而且使用了《荒原》作为潜文本,借用了T. S. 艾略特惯用的技巧,包括引用、暗指、拼贴、多重透视和对立的声音。"①

在加迪斯的熵的世界观形成方面,19世纪俄国文学巨匠陀思妥耶夫斯基(Dostoyevsky)的创作主题也是一个重要的思想渊源。加迪斯曾经说,陀思妥耶夫斯基如果不是世界上最伟大的小说家,也是俄罗斯最伟大的小说家,因为后者要抗争的世界如同一个"迷阵"(aporia),乃是一个充满差异(difference)、不连续(discontinuity)、矛盾(contradiction)、不和(discord)、含混(ambiguity)、反讽(irony)、悖论(paradox)、反常(perversity)、隐晦(opacity)、无政府(anarchy)和混乱的或然性世界,因此,陀思妥耶夫斯基赋予自己笔下的人物以疯狂的能量,以便跟这个"迷阵"世界斗争到底。但是,陀思妥耶夫斯基或许早已意识到:所有强加秩序的努力都逐渐被消解,秩序都慢慢变成了包围人们的混乱,每一事物最终都互相抵消,陷入终极的混乱。② 显然,陀思妥耶夫斯基持有世界每况愈下的熵的世界观,认为人类面对一个不可避免的混乱的宇宙,世界没有秩序,没有确定性。陀思妥耶夫斯基持有的熵的世界观给了他的崇拜者加迪斯以启发。

加迪斯的熵的世界观的主要内涵,就是认为国家是一个权力怪兽利维坦,后现代生活里的人们时时刻刻处处都或明显或隐约地感觉到个体同国家利维坦之间的对抗,换言之,在后现代社会里,国家利维坦就是导致社会混乱、秩序颠倒的决定性力量。

加迪斯关于美国以及所有资本主义国家的文化危机的基本判断同美国文化批评家弗雷德里克·詹姆逊的看法是一致的。后者发现

---

① Steven Moore, *William Gaddis*, Boston: Twayne, 1989, p. 7.
② William Gaddis, *The Rush for Second Place*, New York: Penguin, 2002, pp. 133-135.

了潜在的资本主义文化危机,那就是"金钱和市场体系"①带来的"物化的力量"②。他深入探讨了其中的三个逻辑层次:其一,资本主义固有的"物化的力量"扩展到世界范围;其二,物化的社会后果是人与人之间关系的商品化、货币化,人被技术同化了;其三,物化的精神后果是文化释义链的断裂,人失去了与社会现实整体的联系。当整个社会在物化力量的普遍统治之下,文化符号产生断裂,其具体表征就是人这个主体的普遍焦虑与孤独感。③ 与詹姆逊相似,加迪斯也清醒地认识到自己所处时代美国社会的精神病态,并认为作家必须对这些精神病态做出反抗。他把商品拜物教视为抨击资本主义社会的重要靶子,而具体的抨击对象则包括资本主义商业化和物化带来的主体异化、科技进步造成的信仰失落和精神分裂等现象。加迪斯就现代社会对财富盲目崇拜的物质主义、资本主义商业化和物化带来的全面异化提出了严正抗议,对理想化的公正同混乱的社会现状之间的不协调进行了深刻的反思。1986年,他参加了黑色幽默作家巴塞尔姆组织的以"作家想象与国家想象"为专题的第48届国际笔会,在会上做了题为《国家是如何想象的?情愿暂时信以为真》的报告,明确说明了作家创作的目的:

> 我们这些努力创作各种各样的小说,并取得不同程度的成功的小说家,应该对国家怀有敬畏,因为国家本身也许是人们创作出来的最伟大的小说,仅有一本小说除外。
> 我们作为作家经常发现自己与强大的国家这个利维坦的冲突在于:与作家个人对国家的想象相对抗,国家努力维持和保护它对自己想象的版本——个人对国家的想象,即在这个国家里,可能出现或者应该出现什么样的生活,或至少

---

① 杰姆逊:《后现代主义与文化理论》,唐小兵译,北京:北京大学出版社,1997年,第157页。
② 同①,第158页。
③ 同①,第158页。

是不应该有什么样的生活。①

加迪斯提到的"利维坦"是英国哲学家托马斯·霍布斯(Thomas Hobbes)在著作《利维坦》(*Leviathan*, 1651)中塑造的一种无所不想吞食、无所不能吞食的怪兽,在这里用以比喻无所不能的国家。显然,加迪斯认为作家的写作并不是一种仅仅与自身有关的个人行为,在更大程度上,写作是作家介入社会现实、进行社会批评、承担某种道义上的责任的有力工具。他所说的那本比国家这本"最伟大的小说"还要伟大的"小说"指的是宗教。加迪斯曾经意味深长地说道:"每一个作家只写一本书,并对这本书一再写作,这一观点是不无道理的。"②加迪斯的小说创作总围绕着同一个主题,即个体"与强大的国家这个利维坦的冲突"。更进一步,他也认为当下所有小说家或文学家的任务都应该是描写和展现个体同国家利维坦的较量与对抗。

20世纪70年代,加迪斯作为客座教授在巴德学院教授创造性写作课程。他在课程中探讨的主题是"美国小说从一开始就集中应对的挑战"。加迪斯在第一堂课上就对学生说,美国作家面临一种无法逃脱的"困境":

> 美国的历史就是让人们拥有完全的自由去行事,成为自己所愿意成为的人,我们所面临的是人类的根本问题,确切地说,就是什么是值得做的事。在小说中,这种(挑战)以"事情本应该如何"与"事情的现状"之间的对抗呈现出来。我认为,我们仍然关注如何应对没有过去的历史,那就是从新教伦理衍生出来的天职:做诚实的工作就能获得可观的收入;可观的收入成为奋斗目标,而这一目标又能带来可观的收入。这就是我所认为的产生我们美国哲学中的实用主

---

① William Gaddis, *The Rush for Second Place*, New York: Penguin, 2002, p. 123.
② Lloyd Grove, "Gaddis and the Cosmic Babble," *Washington Post*, August 23, 1985, B10.

义的缘由,以权宜之计作为标准,通常,人们追求的是"事情的现状",而不是"事情本应该如何"。这就是我们大多数小说尝试描述和纠正的矛盾。①

加迪斯认为,小说家就是要尝试描述"事情的现状"与"事情本应该如何"之间的矛盾。他痛彻地发现,人们对机会均等观念的提倡和对失败的鄙视,导致人人过度痴迷于成功。因此,对美国价值体系中过度崇拜物质财富、过度崇拜缺失价值的激烈竞争的抨击,以及对手段超越价值之上的实用主义的批判,一直是加迪斯小说创作的核心主题。

二、体现熵法则的后现代主义叙事策略

就立基于熵的世界观而言,加迪斯认为,描述熵化的后现代社会的文学作品必然要遵循熵法则,采用后现代主义的叙事技巧和策略。

荷兰学者杜威·佛克马(Douwe Fokkema)曾指出:"后现代主义者似乎相信,要在生活中建立某种等级秩序系统,既无可能,也无必要。如果它们承认一个世界模式,那将是以最大熵为基础的模式,也就是以所有构成成分的同等或然率和同等合法性为基础的模式。"②前面已经说过,熵越大说明越混乱、熵越小说明越有序,后现代主义者认为后现代社会的世界模式"是以最大熵为基础的模式",就是认定后现代社会极度混乱和无序。文学家要描述这样一个混乱无序的熵化的后现代社会,就必须采用遵循熵法则的文学手法和技巧。对加迪斯来说,与时俱进的文学创作最大的价值在于不断创新,后现代主义的艺术创新则主要体现在遵循熵法则的后现代主义叙事技巧与后现代主义叙事话语两个维度。

就遵循熵法则的后现代主义叙事技巧来说,加迪斯认为主要体现

---

① William Gaddis, *The Rush for Second Place*, New York: Penguin, 2002, p. 39.
② 杜威·佛克马:《后现代主义文本的语义结构和句法结构》,佛克马、伯斯顿编《走向后现代主义》,王宁等译,北京:北京大学出版社,1991年,第97页。

在以下两个方面。第一，受后现代语言观和知识观中差异意识的影响，加迪斯认为必须用后现代主义的小型叙事取代宏大叙事，唯有如此，才能表现出后现代主义反对中心性、同一性和体系性的批判性思想。加迪斯敏锐意识到后现代语境下文化的多样性和异质性造成了文化中心和整体性的缺失，而这一语境下构造的文学世界要表述的是后现代世界的不确定性、荒谬性和无理性。为了展现后现代世界的荒谬性，小说的叙事应该遵循后现代艺术世界"最不遵循惯例"①的叙事手法，诸如场景、人物角色、故事情节等传统小说元素正是追求绝对创作自由的后现代主义作家所要打破的，线性情节、常规的时空连续性和封闭性也应当被解构。加迪斯认为，采用非连续的和不确定的叙事技巧和策略来折射外部世界由碎片构成的本质，十分有必要。

第二，加迪斯挑战传统的时间和空间的连续性观点，强调后现代时间和空间的非连续性和片断性，认为后现代主义叙事要体现出时间和空间的非连续性和片断性特点。小说作为一种叙事形式，与时空关系紧密相连，时空概念是小说中最重要的元素，不同时期的时空观对于小说创作的叙事策略产生了不同的影响。传统文学强调一种线性时间观和合乎某种规则的空间观，加迪斯则在创作中挑战传统的时间和空间的连续性，隔断历史的连续性和空间结构的规则性。美国文化批评家詹姆逊指出，在后现代主义理论和奉该理论为指导原则的文学创作中，"只有纯粹的、孤立的现在，过去和未来的时间观念已经失踪了，只剩下永久的现在或纯的现在和纯的指符的连续"②。早在20世纪50年代，加迪斯就对当时流行的现代主义文学表示不满，立志要突破其固定模式，率先对小说形式进行改革，解构性叙事成为其小说创作的一个重要特征。

加迪斯最喜欢的荷兰文化史家约翰·赫伊津哈（Johan Huizinga）注意到希腊人热衷于"把迷阵当成室内游戏，也就是提出不可能确凿回

---

① Malcom Bradbury, "Hello Dollar," *New Statesman*, June 18, 1976, p. 820.
② 詹明信：《晚期资本主义的文化逻辑：詹明信批评论文选》，张旭东编，陈清侨等译，北京：生活·读书·新知三联书店，1997年，第292页。

答的问题"①。加迪斯对迷阵极感兴趣,认为当下人类的生活世界就如同"迷阵",充满着诸多难以被人们掌握的荒谬性和偶然性,文学作者和作品本身无权限定问题的答案。受此启发的加迪斯特别推崇含混和不确定性,他曾经自我评价道:"也许我是一位后现代主义作家,如果后现代包含着一种与绝对性的宇宙抗争的不确定性,我的意思是,我是反对绝对论者。"②他试图探索最有效的方法以反映自己所观察到的一切和内心感受。在后现代社会里,世界愈来愈荒诞、越来越混乱,越来越难以认识,人不可挽留地失去主体性和自我。因此,在这种社会里产生的后现代主义文学就体现出片断性和非连续性等新特征,文学作品变成了由许多破碎的原材料、各种想法堆砌起来的大杂烩。在20世纪五六十年代反主流、反权威的社会现实中,加迪斯的创作理念具有一定的代表性。一些小说家试图反映、描写和传播他们对社会的体验和认识,在小说中以彻底的碎片意识反映后现代社会所面临的生活意义丧失、价值瓦解和主体性丧失等问题。

加迪斯运用解构性叙事技巧与策略提供一种表现当代人类经验的模式,体现了对传统艺术创作的反思和对当代社会的评论。他进一步延伸了文学批评的社会功能,认为后现代主义艺术不只是对艺术创作本体的探究,而是希冀通过文学的叙事手法承载文化思想信息,让艺术创作指向社会,传递作家对于社会问题的批评。

三、熵化的后现代主义叙事话语

除了采用遵循熵法则的后现代主义叙事技巧和策略以外,加迪斯认为后现代主义作家还必须运用遵循熵法则的后现代主义叙事话语,即运用语言中的冗语、混乱和废话来构筑自己的话语,以此呈现混沌无序、模糊复杂的迷宫般的后现代社会本身。换言之,在加迪斯看来,

---

① Joseph Tabbi, Introduction, *The Rush for Second Place*, by William Gaddis, New York: Penguin, 2002, p. xiv.

② Christopher Knight, "The New York State Writers' Institute Tapes: William Gaddis," *Contemporary Literature*, 42.4 (Winter 2001): pp. 691-692.

体现出浓厚熵化色彩的后现代主义叙事话语是对混沌无序、模糊复杂的迷宫般的后现代社会的折射。

后现代主义叙事话语最典型的形态就是混乱无序的复调话语。在众多影响加迪斯艺术创作的小说家中，陀思妥耶夫斯基最为重要。说到陀思妥耶夫斯基的小说，人们一般会想到复调。文艺理论家、批评家米哈伊尔·巴赫金（Mikhail Bakhtin）将这种复调话语称为"新小说形式"。他认为，对话意指"众多独立而不相融合的声音和意识"，更宏大、更具包容性的作者话语或意识不能将其对象化，也不能给其"终结"①的解释。加迪斯充分发挥陀思妥耶夫斯基的复调多层面、多声音的特点，在其小说中频繁运用不明身份人物的直接对话，颠覆和消解了传统讲故事、听故事的叙事策略，最大限度地实现了语言的保真性，向读者提出积极参与创作活动的要求。读者不再只是依靠故事情节、人物的内心活动抑或作者预设的思想立场，而是根据这些录音式的对话以分析人物的性格、推导人物的内心世界，从而实现读者自身对故事的理解和阐释。同陀思妥耶夫斯基的对话一样，加迪斯小说将人物的声音同作者的声音置于同一层面，并使人物声音相互作用。众多无中介的直接引语最大限度地取代了情节，充当叙事角色。作品中人物的意识已经不为作者的立场所左右，不再单纯成为作者描述的对象和客体，而成为一种独立自主的主体，以表达不同的思想立场与意识世界。

不过，在陀思妥耶夫斯基的复调叙述中，人物的声音尚且稳定，句法尚且完整，还可以传达完整的意义，总之，还保持在"表征性的、虚构性的层面"②。相比之下，加迪斯小说中的对话则渗透着熵法则，混乱无序、含义不明。加迪斯认为，作为一个文学类型，小说完全是由语言构成的世界，因此，创作小说应该大胆展开语言实验，激进地使用对话体叙述方式，以便展示一个奇怪的现象，即"人们在文化不断熵化的国

---

① Mikhail Bakhtin, *Problems in Dostoevsky's Poetics*, edited and translated by Caryl Emerson, Minneapolis: University of Minnesota Press, 1984, p. 26.

② Julia Kristeva, *Semiotike*, Paris: editions du Seuil, 1969, p. 72.

度(美国)侃侃而谈直至死亡"①。加迪斯认为小说世界应该呈现一个真实的声音空间：众多不协调和不相融合的声音相互聚合和分离，而没有作者的干预。加迪斯的对话模式形象地体现了法国后现代哲学家让-弗朗索瓦·利奥塔(Jean-Francois Lyotard)所说的"后现代状况"②，即社会主导符码的"权威丧失"③，以此保持语言游戏的异质性。加迪斯喜好以众声喧哗来折射混乱的社会现实，这使他赢得了"小说史上最伟大的对话体作家"④的美称。

为了强调后现代世界中语言交流的失败，加迪斯认为小说必须创造一个多重的、不和谐的话语空间，作者不需要讲究人物性格的刻画和周密的情节安排，而是让小说情节的发展类似在一个开放的听觉空间里流动，让读者侧耳倾听，获得故事发展的线索。对话在加迪斯的小说创作中具有中心地位，在很大程度上，加迪斯的对话叙事可以被视为声音的拼贴，碎片对话成为其作品语言的标志性符号。他以这种拼贴的后现代话语模式对小说创作进行审视和反思，旨在呼唤一种更加多元的、开放的、动态的、意义永无穷尽的文本形式。

同19世纪的现实主义作家和20世纪的现代主义作家的对话叙述相比，加迪斯小说的对话模式是去中心的、无序的，也就是完全熵化的。除了具备巴赫金提出的"一符多音"⑤在小说中的两大作用(即最少作者干预和不同意识可以在同一层面上交流)以外，加迪斯的对话更具有后现代性，其主导作用是解构社会主导符码的合法性。他认为信息交流的熵化可以很好地体现媒介噪声、通货膨胀、欲望膨胀、体制化的人生活的堕落，以及深陷大众传媒之中的后现代人类所遭受的自

---

① Steven Moore, *William Gaddis*, Boston: Twayne, 1989, p. 136.
② Jean-Francois Lyotard, *The Postmodern Condition: A Report on Knowledge*, Minneapolis: University of Minnesota Press, 1985, p. 10.
③ 同②，第40页。
④ Steven Moore, *A Reader's Guide to William Gaddis's* The Recognitions, Lincoln: University of Nebraska Press, 1982, p. 6.
⑤ Mikhail Bakhtin, *The Dialogic Imagination: Four Essays*, translated by Caryl Emerson and Michael Holquist, Austin: The University of Texas Press, 1981, p. 26.

我体验的丧失等种种现象。

加迪斯认为传统意义上的艺术与生活、小说与戏剧之间的界限必须被消解,对话叙事成功地让小说事件的发展同读者的阅读达成一种共时性,消弭了故事发生时间与文本叙事时间之间的差异,营造了叙述和阅读的即时性效果。加迪斯强调语言的碎片化,认为在后现代主义文学作品里,语言成了无确定意义的能指游戏,丧失了它原本具有的明晰性和沟通能力,唯有如此,才能再现作为后现代社会个体的人的经历破碎、话语破碎和人格分裂。

为了记录后现代社会混乱世界里的真实声音,加迪斯将文学作者的地位和功能降至记录器的角色,作者以熵化的话语折射后现代时期文化的衰败,让读者在熵化的交流中寻找意义。加迪斯的作品拒斥现代主义者认为艺术品是自足自洽的美学体系的观点,而呈现彻底的开放式结构,受到日常生活各种可能的干扰。美国文学评论家斯蒂芬·斯莱耶(Stephen Schryer)认为加迪斯的小说经常呈现出各种系统濒临混乱的状态,需要一个维持秩序的观察者来生产文本的意义,因此读者"变成了第二秩序的观察者,可以洞见人物的盲点,但是无法完全了解他们的世界,在他的小说中,加迪斯把不同人物的不同观点并置起来,促使读者去选择"①。加迪斯小说中提出的各种问题都无法找到明确的答案,这种现象恰恰可以被理解成一种具有生产性的、富有成效的含混。这也是了解加迪斯文学创作理论的关键。在一次访谈中,加迪斯说:"文学作者传达的信息在他的作品中。对于我来说,它更像是介于读者和书页之间的媒介。这就是我的作品涉及的东西。读者一定得带一些东西进来,否则他就不会带走任何东西。"②他将文学文本视为一个开放的多维空间,将解释文本、寻找答案的权力交给读者,

---

① Stephen Schryer, "The Aesthetics of First and Second Order Cybernetics in William Gaddis's *JR*," in *Paper Empire: William Gaddis and the World System*, edited by Joseph Tabbi and Rone Shavers, Tuscaloosa: University of Alabama Press, 2007, p. 79.

② Miriam Berkley, "PW Interviews: William Gaddis," *Publishers Weekly*, July 12, 1985, p. 56.

文本在读者的阅读和思考之后才能逐渐完成。

加迪斯常常在小说中"通过隐去作者干扰,将戏剧表现的原则扩展到终极的构架"①,制造出迷惑感与混乱感,使读者处于无限不连贯的对话构筑的巴别塔里。加迪斯这样做的目的,是想让自己的艺术创作同其赖以生存的社会系统和结构相互协调,读者通过阅读、聆听、关注他纳入小说空间之中的多重声音,更加深入地了解这个世界。加迪斯以此告诉读者:"文本的意义并不是先于阅读存在的一种形式化的理解,也不是阅读之中产生的一种概念式的理解,它与协作诠释的行动是不可分开的。"②加迪斯的小说邀请读者成为文学创作的参与者。

基于此,加迪斯宣称将所有信息提供给读者的小说是"糟糕的作品"③。因此,他强烈抵触那些凭借图像和声音为观众提供丰富信息的电影和戏剧。信息泛滥的媒介时代使现代社会的空间完全浸透在图像信息中,以视觉为中心的影像文化使这个世界变成了一个超越语言文字的世界。因为传统的语言叙述早已陷入困境,小说作为一种传统纸质媒介的文学形式,面对新崛起的各种媒介,尤其是影视,必然会逐渐丧失其原来拥有的优越地位。但加迪斯却逆时而动,曾经义愤填膺地斥责消极接受各种信息、一味成为信息消费者的影视受众。他说:"我似乎觉得现在媒介以各种形式给我们带来灾害,当然最主要的是电视,旁叙人那没完没了的讲解、忏悔、蒙特尔·威廉姆斯(Montel Williams)的脱口秀,真的,这个单子是列不完的。"④当然,加迪斯的批评并不只是针对电视和电影,而主要针对读书风气每况愈下、影视媒介日益威胁书面阅读的现状。

---

① Carl D. Malmgren, "William Gaddis's *JR*: The Novel of Babel," in *Fictional Space in the Modernist and Postmodernist American Novel*, Lewisburg: Bucknell University Press, 1985, p. 118.

② Gregory Comnes, *The Ethics of Indeterminacy in the Novels of William Gaddis*, Gainesville: University Press of Florida, 1994, p. 118.

③ Miriam Berkley, "PW Interviews: William Gaddis," *Publishers Weekly*, July 12, 1985, p. 56.

④ William Gaddis, *The Rush for Second Place*, New York: Penguin, 2002, p. 131.

威廉·加迪斯的文学思想以熵的世界观为基础，提倡遵循熵法则的后现代主义叙事技巧与策略，采用体现熵法则的后现代主义叙事话语，呈现出鲜明的反叛传统文学思想、解构主流文学观的特征。需要指出的是，加迪斯这种充满反叛与解构色彩的文学思想的背后，涌现出他打捞起被后现代社会日益弃之不顾的人文主义情怀的强烈冲动。

如前所述，加迪斯认为小说家的任务是与强大的国家利维坦对抗，而对个体与国家利维坦之间冲突的感同身受以及由此产生的愤怒心绪一直激励加迪斯不停地创作。"我们生活的方式和它存在的问题"①以及对误入歧途的文化的拯救，一直是加迪斯半个多世纪以来小说创作的主题。纵观其写作生涯，加迪斯以社会批评家和文化批评家的身份对二战后美国社会的混乱衰败给人类社会带来的切实威胁表现出极大的关注。他的作品描绘出一幅幅"由熵、混乱、失落以及对个体才能的培养冷漠无情的机械化文化"②构成的画卷。加迪斯认为，作家"并不是带着普遍被认同的意义来到我们中间，把艺术当成一种装饰，或是珍藏在贺卡上的来自宗教信仰的慰藉，而是在美学上等同于我来不是叫地上太平，乃是叫地上动刀兵"③。所谓"叫地上动刀兵"，就是指作家应当直面后现代社会里混乱无序、价值理性丧失的残酷现实，以自己的笔为匕首和投枪，勇敢地挑战和抨击"冷漠无情的机械化文化"。

加迪斯认识到同强大的国家利维坦打交道是小说家的特殊使命。他认识到美国这个国家本身就是一部仅次于宗教的"伟大的小说"。国家不仅向它的国民征税，而且更重要的是，它要求国民对自己的存在怀有持续的信仰，或者至少暂时信以为真。作为一位黑色幽默作家，加迪斯已经看到，跟情愿对国家体制"暂时信以为真"的心态对抗

---

① Brian Stonehill, *The Self-Conscious Novel: Artifice in Fiction from Joyce to Pynchon*, Philadelphia: University of Pennsylvania Press, 1988, p. 114.
② William Gaddis, *Agapé Agape*, New York: Viking Penguin, 2002, p. 102.
③ William Gaddis, *A Frolic of His Own*, New York: Scribner, 1995, p. 39.

乃是作家的特殊职责,作家应该勇敢地拿出自己的装备,用文学作品与之切实地较量。他呼吁:"在我们自己的小说中,在我们自己对国家的想象中,应该紧紧抓住那些负有责任的、有才智的人。"①加迪斯在此实际上提出了一个紧迫的问题:在一个政治和经济主宰的社会中,作为知识分子的作家应该占据什么样的位置,又应如何成为社会的批判性力量。加迪斯认为,作为有责任、有才智的人,知识分子对于自己时代发生的事,都有权利和义务依靠自己的理智和力量采取一个明确的立场;而作为知识分子的作家,应该以文学作品为载体,以观照社会的方方面面为己任,对现存的社会问题进行批判性反思。正因如此,质疑与批判的精神一直贯穿加迪斯的小说创作。他通过小说创作履行了作家干预现实、变革社会的职责,以小说启示人们明察自己的生活处境,以讽刺性的幽默去揭穿谎言,并通过想象构建出一种可能实现、但尚未被注意到的未来的生活秩序,从而表现出浓烈的人文主义情怀。

对加迪斯而言,文学艺术创作不仅反映艺术家的自我创造、自我展示和自我实现,而且反映艺术对社会现实的剖析与批评。他在创作手记中写道:"艺术创作的过程是艺术家的自我救赎。"②这正是其创作动机的真实写照。加迪斯告诉人们:在充满悖论与冲突的后现代语境中,小说家的创作就是一种救赎行为,因后现代社会里人性堕落、价值理性丧失等种种"罪过"而不停地救赎。他在接受一次访谈时声称:"我永远是后卫:队伍中的最后一个。"③"永远是后卫"是加迪斯对自己创作初衷的形象表达,即无论是在文学阐释或是在社会与文化批评中,他都要执着地在文化的废墟和碎片中坚守精神的回归,寻求事物的原初和真正的意义和价值。他经常说自己与纽约州的州

---

① William Gaddis, *The Rush for Second Place*, New York: Penguin, 2002, p. 126.
② Peter W. Koenig, "'Splinters from the Yew Tree': A Critical Study of William Gaddis' *The Recognitions*," Ph. D. dissertation, New York University, 1971, p. 90.
③ Christopher Walker, "Review of *A Frolic of His Own*," *The Observer*, February 27, 1994, p. 18.

鸟——蓝鸟有一种亲缘关系。这种鸟曾经被宣布已经灭绝了,但后来它又回来了。加迪斯指出,从道德意义上说,"美国作家已经成为,并且还将继续成为一种濒危的物种。这就是我们的优势"①。加迪斯以濒危物种自比,以保守的"后卫"自比,表面上不合时宜,逆时代潮流而动,但实际上是在鼓励自己以及所有作家坚守已经或者正在被后现代社会抛弃的人文主义精神。

第五节

诺曼·梅勒的《幽灵艺术》②

诺曼·梅勒(Norman Mailer,1923—2007)是美国 20 世纪后半叶最具影响力的作家,同时也兼具记者、剧作家、演讲者、政治家、电影制作人等多重身份。梅勒曾当选为国际笔会美国分会③主席、美国全国文学艺术院(National Academy of Literature and Art)院士、美国文学艺术院院士等。直至今天,他的成名作《裸者与死者》(*The Naked and the Dead*,1948)在世界范围内仍然备受推崇,不断重版。1968 年,梅勒采用新新闻体撰写的《夜幕下的大军》(*The Armies of the Night*,1968),获得了普利策奖(Pulitzer Prize)非小说类文学奖和美国国家图书奖。他的《刽子手之歌》(*The Executioner's Song*,1979)同时赢得了普利策奖的小说类和非小说类两个奖项。同时,梅勒还获得了美国图书基金会(National Book Foundation)的终身成就奖。他被誉为 20 世纪最伟大的美国作家和记者之一。

梅勒 1923 年出生于美国新泽西州朗布兰奇的一个中产阶级犹太

---

① Joseph Tabbi, Introduction, *The Rush for Second Place*, by William Gaddis, New York: Penguin, 2002, p. xx.

② 本节由陈盛撰写。

③ 英文全称为 International PEN (poetics, playwrights, essayists, editors and novelists) American Branch。

家庭。他在 4 岁的时候,与家人一起迁居纽约州的布鲁克林,直至 16 岁才离开。布鲁克林区是黑人等少数族裔聚居区,因此,梅勒的青少年时期就在多元文化的环境中度过,使他一生对黑人等少数族裔具有非同一般的同情心。后来,梅勒考入哈佛大学学习航空工程。在哈佛读书期间,他开始文学创作,为《倡导者》(The Advocate)杂志撰稿。1941 年,他赢得了《故事》(Story)杂志的年度大学生小说竞赛奖。1944 年,梅勒应征加入美国陆军,在太平洋战场服役两年。这段经历成为其第一部小说《裸者与死者》的创作素材。《裸者与死者》一经出版立刻引起了批评界的广泛关注和高度评价,迄今仍被评论家认为是"美国关于 1941—1945 年战争最好的小说"[1]。1946 年退役后,梅勒接触到了存在主义、自由主义、马克思主义、弗洛伊德精神分析等思潮,成为一名激进主义社会活动家。20 世纪 50 年代,梅勒创办了左倾杂志《村声》(The Village Voice),支持"垮掉的一代"的文学主张和生活理念。他提出的"白种黑人"理论迅速成为嬉皮士的反主流文化运动宣言。

梅勒一生共创作了 40 多部作品,体裁涉及小说、戏剧、电影剧本、诗歌、文学批评等,开创"非虚构"或"新新闻体"小说创作风格,提出"嬉皮士"哲学,象征着美国存在主义的形成。梅勒是一名具有较强政治倾向的作家,他积极参与反越战活动、参加纽约市长的竞选,同时也旗帜鲜明地反对女权主义。梅勒被视为 20 世纪下半叶美国文学创作领域的风向标,引领更多的作家关注社会和政治现实。长期以来,对梅勒及其作品的接受和评价呈现出两种迥异的态度,他的每一部作品都会"得到最好和最坏的评论"[2]。梅勒对社会、政治、文化、科技及女性等问题表现出与众不同的观点,在创作风格上也求新、求变,造成了他在人们眼中的多面性和矛盾性。

---

[1] Alfred Bright Kazin, *Book of Life: American Novelists and Storytellers from Hemingway to Mailer*, New York: Routledge, 1974, p. 71.

[2] Norman Mailer, "Interview with Melvyn Bragg, Mailer Takes on the Pharaohs," *The Sunday Times*, June 5, 1983, p. 19.

梅勒是一个极具自我认知的作家，总是在不同的创作阶段探索新主题和新形式，因此，梅勒的创作内容和文体在不同时期呈现出鲜明的变化。同时，梅勒并不苟同他人对自己作品的评价，如他并不认为《裸者与死者》是自己最好的作品，反而认为1951年出版的《巴巴里海岸》(Barbary Shore)和1955年出版的《鹿苑》(The Deer Park)是令自己满意的小说。然而，这些作品没有引起《裸者与死者》那样的高度赞扬。这种状况曾使梅勒一度陷入创作瓶颈。直到1957年发表了《白种黑人》(The White Negro)和1959年出版的《为我自己做广告》(Advertisements for Myself)，才真正形成了个人鲜明的风格。

2003年，即梅勒去世前四年，《幽灵艺术》(The Spooky Art: Some Thoughts on Writing)出版。梅勒认为这本书是其自我风格最明显的作品，他认为该书是"第一部用我称为自我风格创作的作品"[①]。梅勒研究专家托马斯·E.肯尼迪(Thomas E. Kennedy)指出："这是我读过的关于写作最好的书。"[②]肯尼迪认为，《幽灵艺术》不仅让读者了解梅勒的艺术为什么与众不同，还揭示了这种与众不同所产生的力量。梅勒总结了自己55年文学创作的经验和理念。他在序言中说，此书原意是帮助青年小说家改进写作技巧，并把他们引入严肃创作的那种充满奥秘和艰难的境界中。书中梅勒探讨了文学商业、畅销书、文学的真实和情节的真实、第一人称和第三人称等相关问题。最重要的是，梅勒抨击了文学的商业化现象，他认为文学商业让一流的严肃作家的创作环境日益恶劣，长此以往，文学家的创造力将消失殆尽。在书的最后，梅勒希望未来会有人写出一本有托尔斯泰气概(犹如《战争与和平》)的美国的小说，把社会与个人、公共与私人等各种因素融合在一起。这不仅仅是梅勒对未来作家的期许，也表达了自己对文学创作的终极追求。

---

① Norman Mailer, *The Spooky Art: Some Thoughts on Writing*, New York: Random House, 2003, p. 74.

② Thomas E. Kennedy, "The Spooky Art: Some Thoughts on Writing," *Literary Review*, 26.4 (2003), p. 759.

一、反对文学商业

梅勒认为在现代社会中,一个作者如果以写作为生,那么他的文学创作意图以及作品都是和经济效益密不可分的。事实上,文学商业和严肃作品之间的矛盾也就成为现代文学创作不可避免的矛盾。梅勒将以获取利润为目的的文学活动称为"文学商业",甚至想将这类文学活动归于经济学。梅勒认为,以写作为职业的作家的"收入、精神、肝脏"[1]都与文学商业息息相关。通过文学创作获取商业利益、经济利润,也就是获取文学效益。文学商业包括一系列的操作,即出版发行、宣传,甚至对作家本人的包装。虽然梅勒本人也是畅销书作家,但是,他对于"文学商业对文学是否有推进作用"这个问题持否定态度。梅勒认为,在文学商业中,畅销书作家并不一定是严肃的作家。很多作家有意识地要写出一本畅销书,这种行为同"为钱结婚"[2]一模一样,是一种势利庸俗的行为。严肃作家是为理想而写作,绝不是为了写一本畅销书而屈从于经济市场规则的作家。

在一次采访中,有记者问梅勒:"在《幽灵艺术》一书中,你为什么将《裸者与死者》看成由一名业余作家创作的畅销书?"[3],梅勒回答:"我说的'业余'指的是不够职业。"[4]梅勒将某些畅销书作家称为"业余作家",并指出了业余作家和专业作家之间的区别,认为"业余作家写的小说往往比专业作家更能得到公众的认可。许多畅销书作家一生都是业余爱好者,他们并没有真正学习技巧。他们所拥有的是对其主题的开放性"[5]。这些人反而比职业作家更受欢迎。

显然,梅勒在此反对的是文学中的消费主义,也就是以创造商业价

---

[1] Norman Mailer, *The Spooky Art: Some Thoughts on Writing*, New York: Random House, 2003, p. 37.
[2] 同①。
[3] Norman Mailer, "Norman Mailer Interview," accessed July 9, 2021, https://www.doc88.com/p-0794850738266.html.
[4] 同③。
[5] 同③。

值为目标的文学创作。书的发行量带来资本增值,经济效益才是图书出版的最终目的。市场认可成为衡量作品好坏的重要标准,消费者的品位与接受成为小说家们迎合的东西。尽管这是资本主义消费文化的要求,但却破坏了文学的纯粹性,违背了严肃作家的创作初衷。然而,很多时候,消费者并不需要艺术化的文学创作,而倾向于简单、通俗的创作。因此,市场很有可能会扼杀文学作品的文学功能、教育功能,而完全受制于大众的口味。消费群体的不同需求会对生产者产生巨大的影响,而传媒等的导向又将消费者的审美变得越来越一致。这种情形会对作者产生巨大的影响,使其变得浮躁,无力坚守自己的创作个性。因此,作家变得非常矛盾,到底是保持自己的创作个性,还是迎合大众审美和市场规律?消费主义时代的文学,复制成为一种主流。瓦尔特·本雅明(Walter Benjamin)在"光晕"理论的阐述中也强调现代的复制技术让艺术失去了原本拥有的"光晕"。德里达也曾指出,在特定的电信技术王国中,文学时代将不复存在。后工业社会的到来导致了社会审美形态的变动以及文化文本和商品的相互占有,文学面临着前所未有的困境。梅勒认为很多畅销书作家的小说不过是历史事件和人物的复制,并没有向读者提供新知识和新观点,更谈不上文学价值和人文精神。

  梅勒认为当下的美国文坛,大型文学作品通常是留给畅销书作家的。畅销书作家为了让自己的作品足够宏伟,通常设置40—50个角色,同时,将故事发生的时间拉长到50—100年。这类小说中提及的事件、背景等都没有什么特别之处。而且,畅销书作家的写作技巧令人担忧:他们所谓的"鸿篇巨制"只不过是往书里面添加更多的角色和将书的时间跨度任意加长而已,并不能反映深刻的哲学思想,其目的是提高自己的名声或者获取经济利益,是一种空洞的人为行动,对此,梅勒不屑一顾。他认为,优秀的作家应该是有益于社会知识和思想的人,而不仅仅是为了满足出版公司的口味。真正优秀的作家更乐意在"更小的画布上创作"①,能够在一个小的

---

  ① Norman Mailer, *The Spooky Art: Some Thoughts on Writing*, New York: Random House, 2003, p. 176.

时空中创作,充分发挥自己的创造力,表达自己的个性和深刻的哲学思想。

二、多元化的文学创作风格

迈克尔·约翰逊(Michael Johnson)称梅勒为"文体创造者"①。的确,梅勒的风格通常呈现出多元和多变的倾向。梅勒曾说,文风乃性爱中的优雅。性爱是对生命本质的探索,而梅勒始终认为写作是一个从各个方向都朝着事物本质核心探索的过程。而事物的本质核心总是在不断变化,因而,作家的写作风格也必然随之变化。

众所周知,风格是所有作家终其一生所追求的文学成就。梅勒认为文风不是天成的,也不是通过努力就能直接获得的,而是通过自身的经历获得的,是在人与人的直接交流中得到的。梅勒认为自己鲜明的文学风格是在创作《裸者与死者》之后的十几年才形成的。早期的梅勒模仿欧内斯特·海明威(Ernest Hemingway)、约翰·多斯·帕索斯(John Dos Passos)、列夫·托尔斯泰、詹姆斯·法雷尔(James Farrell)、威廉·福克纳(William Faulkner)、D. H. 劳伦斯(D. H. Lawrence)、亨利·米勒(Henry Miller)、约翰·斯坦贝克(John Steinbeck)和托马斯·沃尔夫(Thomas Wolfe)等作家的风格。但是梅勒认为这样借来的风格并不是自己独有的,也不是个人的文学成就,只是个大拼盘。

梅勒认为作家在受到严重伤害的时候,很可能就是自己文学风格形成的时候。如普鲁斯特在儿童时期患病,却早早形成了个人伟大的文学风格。身体健康的作家,相对而言需要更长的时间才能形成自己的风格。梅勒属于后者。最初,梅勒急于找到自己的风格,而事实上不过是在模仿他人的风格、文字和措辞。此时,梅勒的文风是游离不定的。经过多年探索,梅勒终于从生活经历和文学创作经验中形成了自己的文学思想和创作风格,对文学创作的感悟和看法颇具特色。

其一,梅勒关于"真实"和"虚构"的看法颇具个人特点。在他的

---

① Maggie McKinley, *Understanding Norman Mailer*, Columbia: University of South Carolina Press, 2017, p. 5.

眼里,只要是被写入了书中的事实和细节,就都属于虚构的了。很多作者将真实和虚构的角色混在一起时,总担心读者将感到困惑。梅勒说:"这一点从来没有给我带来任何困扰,因为,我觉得它们都是虚构的。"①他认为出现在小说中的真实人物和虚构人物都应该被视为虚构。有些人认为历史学家记录的是客观真实的事实,而小说家则在虚构事实。梅勒指出,历史学家和小说家做的都是同样一件事——进行小说创作。譬如说,历史学家准备对拿破仑归来这一历史事件展开研究,他有能力获取成百上千的细节,但是,他不可能将所有的细节都用上,他也不可能对每一个细节都了解透彻。因此,历史学家必须做出选择,决定哪些细节是至关重要的,他能找出几百个帮助他还原事实的细节。因此,这些细节通常就被称为"事实"。实际上,小说家也在准备同样的事情,只不过小说家没有历史学家那么强的学术研究能力,因此,小说家只能选择40—50个至关重要的细节。尽管如此,梅勒认为历史学家和小说家在本质上没有什么区别,"都是在创作小说"②,不同的是,历史学家使用了更多的事实,尽管这些事实同现实比起来还相差甚远,也远远没有达到完全反映历史的地步。

梅勒在认识到历史书写和小说创作并没有实质性的区别后,尝试将历史和文学结合起来,形成一种新的文学体裁,即非虚构小说。当然,非虚构小说也是一种现实主义文学的创作体裁,因为梅勒认识到文学创作中的"虚"和"实"纳入小说后都将成为"虚",因此,他纳入小说的创作素材就异常广阔了。他可以从想象中发掘素材,也能直接从历史中发现创作题材;能从个人经历中选取个体心理活动,也能从大众运动中把握时代脉搏。小说素材包罗万象,从政治、战争、女性、好莱坞等社会重大问题,到青少年罪犯等小人物无所不包。梅勒的虚实观使他在创作中模糊了虚构写作和事实报道之间的界限,拓宽了写作的疆域,使写作文体具备更多可能性。

---

① Norman Mailer, *The Spooky Art: Some Thoughts on Writing*, New York: Random House, 2003, p. 114.
② 同①。

其二，梅勒认为写作是对事物真相的不断探索。在梅勒看来，写作是对事物无限可能的真相发起进攻的一种活动，而这样的进攻是创作一部好作品的基本要素。优秀的历史书和小说的创作过程都具有这样的基本要素。梅勒认为现实主义小说的创作更能体现向事物本质进攻的特点，而纯幻想小说在这个方面反而弱一些。当然，每个作家都应该意识到，现实主义小说同幻想小说一样都不可能直接还原真相。但是，一些伟大的现实主义作家还是能想出方法还原一些真实的场景，借此最大程度还原历史。如豪尔赫·路易斯·博尔赫斯（Jorge Luis Borges）具有一种神奇的写作能力，能通过变形来显示情节。博尔赫斯通过不断切换场景的方式去接近现实和理解现实。因此，在阅读博尔赫斯的作品时，读者总是看到精心设计的假设场景被完全摧毁，这样的阅读过程既让人惊喜又令人担心不已。

为了尽可能还原历史场景，梅勒会在创作之前做大量的调查和资料收集工作，以保证典型人物的性格、对话等能无止境地接近真实，以此来反映特殊社会环境下的特殊人物性格。如在创作《刽子手之歌》前，梅勒围绕主角加里·吉尔摩展开了大量的调查研究：收集加里与他人的通信、审讯记录、证人陈述等资料，从犯罪当事人的角度解释其犯罪的深层原因。梅勒还数百次地采访相关当事人，从旁观者的角度考察社会大众对该事件的真实看法。同时，梅勒在非虚构小说中采用原事件发生的时间顺序和空间场景作为小说的时间顺序和空间场景。在他看来，真实的时间顺序和空间场景进入小说后就成了小说中的虚构，不需要刻意去改变原始的时间顺序和空间场景。如《夜幕下的大军》真实地报道了1967年10月21日一支浩大的反越南战争游行大军向五角大楼挺进这一历史事件。梅勒将小说中的时间同历史事件发生的时间高度统一起来，具体到"星期四晚上""星期五下午"和"星期六的行动"以及"10月22日"（警察大规模逮捕游行者），完整地还原了那几天的游行进程，给人一种身临其境的阅读体验。

梅勒相信人类与生俱来具备了解宇宙的本能知识，但是在出生后的几年内，这种本能知识会逐渐消失殆尽。梅勒不像雪莱（Percy Bysshe

Shelley)一样,认为失去这种本能有多么可怕。他倒是认为,我们理应先失去它,再努力重新获得。事物本应如此。获取知识并不难,也不是什么了不起的事,大部分人如果能以开放的心态对待知识,都能通过努力掌握或多或少的知识。但知识的获取和积累并不能帮助你认识宇宙和真理。要真正认识世界就要打破知识的外壳,进入事物的本质核心,这才是作家的使命。梅勒认为现代艺术家毕加索(Pablo Picasso)给予他很大的启示,因为"他不断改变攻击的性质来发现现实。就好像他觉得有一种现实在那里,只不过这种现实不像石头一样可以抓住"①。毕加索是一个不断变着法发掘事物本质的画家,因而他的画风也在不断改变和完善。如果一个作家也尝试各种方法去发现事物最核心的本质,其文风也必然会变化。毕加索进入了一种新的对现实的攻击模式。好比登山,你可以用自己的方式,从山的各个方向去登山、下山,多次反复,犹如毕加索一样不断尝试新的方法和手段,采取主动进攻的方式进行艺术创作。

三、创作需要坚持

梅勒认为,成为一名优秀的作家不是很容易的事情,需要克服很多困难才能成就自己,而"情绪低落是作家创作的巨大障碍之一"②。因此,作家要学会忍耐和克制情绪。当作家长时间找不到灵感、思维停滞不前的时候,就会产生绝望的情绪,因为情绪的低落导致很多作家放弃了写作。为什么会造成这样的状况呢？首先,写作是对精神和肉体的残酷榨取。对此,梅勒在创作中深有体会。表面上看,作家有名、有钱、有大把可以自由支配的工作时间,不受任何人的管制。可是,并非人人都可以成为作家。有些人根本不是训练有素的拳击手,却总想将对手一拳击倒。事实上,"很多人根本不知道要多少年的严于律己和遭受多少惩罚,才能训练出看似随意的一记好拳"③。作家

---

① Norman Mailer, *The Spooky Art: Some Thoughts on Writing*, New York: Random House, 2003, p. 115.
② 同①,第58页。
③ 同①,第59页。

的成长也是如此,仅仅是掌握基本的叙事知识都要下很大的功夫。如果一个人想通过写作快速成名,那就大错特错了,而且也不可能成功。其次,写作是一个极容易受到攻击的行当,小说往往是被攻击的靶心。很多情况下,作家呕心沥血、历经磨难、反复打磨,终于完成了一部作品。他当然期望读者和批评家能欣赏这本书的内容、情节和人物,至少是希望批评家能客观地评价自己的作品。然而,很多时候事与愿违,作品的出版也许意味着来自读者和批评家不分青红皂白的批评和指责,如"庸俗""平庸""完全不会写小说"等词汇劈头盖脸向你涌来。批评家的恶评会严重打击作家的创作信心和激情,会让他们觉得自己江郎才尽而感到不安和恐惧,最后甚至可能导致他们完全放弃文学创作。但伟大的作家不仅能够经受住各种恶评和磨难,也能在恶劣的创作环境中坚定不移地继续自己的工作,从而使他们能够在文坛上长盛不衰。

　　梅勒认为,成功的作家一般都具备宠辱不惊的心态。作家应该在下意识里不断告诫自己,一定要保持平和的心态来进行每一天的创作。首先,作家不要自恋,自恋会让你认为自己是一个上帝般存在的全知全能者,这样的创作会让读者感觉是一种说教。另外,作家也不应该轻易大喜大悲,大喜很容易让心境偏移,而大悲会使得创作的人物扭曲和邪恶。

　　当然,作家还需要保持高水平的文学修养。事实上,一个作家长时间保持文学创作水平是很困难的。因此,意识到自己知识的不足需要勇气,但也非常重要。梅勒认为,要成为一名优秀的作家,不仅要不间断地写作,还要提高内在修养,要在写作、阅读和生活中积累知识、培育良好的心境,将视野投向更广阔的现实世界,洞悉过去和当下的文化、政治、社会等问题。梅勒还批判了那些局限在文学圈里找寻创作灵感和素材的作家,认为一个没有社会生活的作家是不可能发现真实事物的。他认为很多年轻作家"没有足够的素材来进行创作"①,很

---

① Norman Mailer, *The Spooky Art: Some Thoughts on Writing*, New York: Random House, 2003, p. 134.

多现代小说家脱离现实社会和生活，把自己固化在彼此熟悉的小说家圈子里，对外界知之甚少，是不可能产出优秀作品的。梅勒则不同。他常常身体力行深入社会，还自己化身成"我"在小说中不断出现，参与或评论时政。

梅勒认为在文学商业的大环境下，一个严肃的作家仍然要视写作为生命的日常，不断为理想而写作。写作是工作和日常的一部分，就像每天上班一样，即便你此时没有灵感和写作的冲动，你也必须有"我明天必须去写"①的信念，哪怕你在办公桌前几个小时一个字也没有写出来，你仍然要在第二天、第三天及时出现在办公桌前。坚定的信念是成功写作的基础。如果听之任之、轻易放弃，就不能长久坚持。虽然写作过程很艰辛、很痛苦，写作"作为一种日常的身体活动是令人不愉快的"②，但作家要有职业精神，要坚持不懈地写下去。同 J. D. 塞林格（J. D. Salinger）一样，梅勒经常待在一个小小的工作间，没有电话，没有外界的干扰，抵制电视和电话的诱惑，全身心投入写作之中。梅勒还指出，阅读他人的作品不会影响自己的创作，反而会拓宽自己的思路。很多作家认为在自己创作时阅读他人的作品会分心，思维会长时间停留在别人的作品上回不来，总是试图去评判他人作品的好坏，因而会影响到自己的创作，其实不然。梅勒认为，自己在创作时有必要阅读他人合适的作品。例如，他在创作《裸者与死者》的时候，经常阅读托尔斯泰和托马斯·沃尔夫的作品，这种阅读不仅没有阻碍他进行创作，还给予他极大的帮助。

总之，梅勒作为美国 20 世纪 60 至 70 年代反主流文化运动的领袖和新左派文学的奠基人，其作品对资本主义、物质主义和极权政治等展开了猛烈批判。他推进了欧洲存在主义哲学在美国的普及，并创建了"嬉皮士"哲学思想，将人类的个性自由提上了一个新高度。他将反极权、反战争、反消费主义等观点设置为自己作品的凸显主题，旗帜

---

① Norman Mailer, *The Spooky Art: Some Thoughts on Writing*, New York: Random House, 2003, p. 129.
② 同①。

鲜明地为反主流文化运动摇旗呐喊。如果我们对这些反主流文化主题进行深入挖掘,我们定能发现,梅勒的反叛与解构式的文学思想才是促使这些作品产生的真实动因。梅勒反对资本主义市场经济对作家和文学作品的控制,将获取利益的写作行为看成和"为钱结婚"一样低俗,而这些低俗行为将扼杀严肃作家的创作激情,阻碍文学真正意义上的进步。与此同时,梅勒认为文风是向事物核心探索的一种进攻行为,这种行为会随着事物核心的变化而变化。文风不是静态的创作风格,而是动态的、多方位的创作风格。最后,梅勒批判了在消费主义文学大环境下,无良批评家对很多作家的无情否认。这种不负责任的批评,让很多颇具才华的年轻作家放弃了写作,这无疑是文学领域的一大损失。当然,梅勒也告诫年轻作家,无论如何都要坚持写作,争取最后的成功。

第二章　20世纪60至70年代美国诗人的文学思想

第二章 20世纪60至70年代美国诗人的文学思想

20世纪中叶是美国历史上动荡不安的时期：麦肯锡主义盛行、黑人民权运动兴起、越南战争爆发、极端激进的暗杀活动频繁。不安定的社会现状令许多年轻人对政府深感失望，引发了他们对社会传统价值观的不满，他们从政治抗议走向文化反叛，形成了愤世嫉俗的嬉皮士反主流文化运动。反权威、反体制、反传统价值观，成为这个时代的青年最鲜明的特征。

在诗歌领域，也同样兴起了反主流、反权威的热潮。20世纪50年代之前，追随T. S. 艾略特的美国新批评派基本上是美国诗歌以及文学批评的主流。埃默里·埃利奥特（Emory Elliott）在《哥伦比亚美国文学史》(*The Columbia Literary History of the United States*, 1988)中写道："T. S. 艾略特在二战后的十年间影响越来越大，他作为诗人和批评家的地位越来越高，几乎拥有跟教皇一样的权力。"[①]20世纪四五十年代，T. S. 艾略特及其追随者基本上把持着美国的大学课堂以及文学批评的主流。T. S. 艾略特注重历史意识和欧洲文化传统，他的诗旁征博引，有浓厚的学究气。集中体现T. S. 艾略特文艺批评思想的著名论文《传统与个人才能》("Tradition and the Individual Talent"，1919)也几乎成为英美诗坛纲领性的文献。在该文中，T. S. 艾略特提出了风靡美国诗坛的"非个性化"理论，认为"诗歌不是放纵感情，而

---

① 埃默里·埃利奥特主编：《哥伦比亚美国文学史》，朱通伯等译，成都：四川辞书出版社，1994年，第909页。

是逃避感情;不是表现个性,而是逃避个性"①。T. S. 艾略特的观点对遏制浪漫主义过分强调个性与感情而造成的无病呻吟的诗坛风气有积极作用,对同时代及其后的许多诗人都产生了很大影响。但他的"非个性化"理论强调的"自我牺牲"和"消灭个性",又导致了在诗歌创作中对个人情感的回避和否定,从而走向了另一个极端,招致一些诗人的反对。中国著名学者和诗人袁可嘉先生认为:

> 上半世纪的现代主义把诗从19世纪浪漫主义末流的唯情唯美倾向中解脱出来,引向集中凝练、质地致密的现代诗艺,开拓出了新路,但到了四十年代它自身又演变成陈腐教条的学院派,成了前进道路上的障碍。下半世纪的后现代主义举起判旗,又一次扫掉旧的学院风,把诗引向生活,创建了生动活泼的多元化格局。②

20世纪50年代中期以后,T. S. 艾略特的影响逐渐减弱,黑山派、"垮掉派"、自白派、纽约派等流派纷纷涌上诗坛,到了20世纪60年代中期,形成了格局多元的后现代诗潮。这个时期的诗歌流派众多,各流派代表性诗人也不乏其人,本章将重点探讨艾伦·金斯伯格、劳伦斯·费林盖蒂、罗伯特·洛厄尔、约翰·贝里曼、西尔维娅·普拉斯、弗兰克·奥哈拉(Frank O'Hara)、约翰·阿什贝利等诗人的诗歌创作理念与诗学实践。

第一节

"垮掉派"诗人艾伦·金斯伯格与劳伦斯·费林盖蒂的文学思想③

"垮掉的一代"(Beat Generation)诗人是20世纪50年代中后期活

---

① 王恩衷编译:《艾略特诗学文集》,北京:国际文化出版公司,1989年,第8页。
② 袁可嘉:《半个世纪的脚印——袁可嘉诗文集》,北京:人民文学出版社,1994年,第357页。
③ 本节由郑燕虹撰写。

跃在美国文化领域的一群重要诗人,他们以反叛传统的生活方式和反主流的创作方式闻名于世。他们在 20 世纪六七十年代的反主流文化运动中发挥了重要作用,对美国现代文学产生了巨大影响。其中的重要诗人有艾伦·金斯伯格、肯尼斯·雷克思罗斯(Kenneth Rexroth)、劳伦斯·费林盖蒂、加里·斯奈德(Gary Snyder)等。金斯伯格曾对"垮掉的一代"的含义有如下解释:一是 beat 在街头用语中有"精疲力竭"(exhausted)的意思,当人处于社会底层,常常失眠、恐惧、敏感而又不被社会所接受时,心灵处于黑夜和无知的迷雾中,所以该词隐含了"完蛋的""破灭的""结束的"等意义;二是指"谦逊""谦卑"和"坦诚直率""心胸坦荡";三是"极乐至福"(beatific),是通向光明、无我的宗教开悟阶段的必经之路;四是一种文学运动,其中的代表作有克鲁亚克的《在路上》、巴勒斯的《裸露的午餐》(Naked Lunch, 1959)、约翰·克列农·霍尔姆斯(John Clellon Holmes)的《走》(Go, 1952)等;五是"垮掉派"艺术家在文艺活动中的影响,他们通过与媒体的通力合作,"重新激活了波希米亚文化"[①]。"垮掉的一代"从发生、发展到鼎盛、衰落,跨越了一二十年。作为一种文学文化思潮,"垮掉的一代"似乎已经成为过去,但其影响一直延续至今。

一、艾伦·金斯伯格的诗歌创作理念与诗学实践

艾伦·金斯伯格(Allen Ginsberg, 1926—1997)是"垮掉的一代"中的重要诗人。其父路易斯·金斯伯格(Louis Ginsberg)是一名中学老师,喜爱诗歌,也曾发表过一些诗作。父亲常常在家诵诗品诗,喜欢朗诵艾米莉·狄金森(Emily Dickinson)的作品,对 T. S. 艾略特的诗颇有微词,认为他的诗晦涩难懂。其母娜阿米·金斯伯格(Naomi Ginsberg)患有精神疾病,金斯伯格读初中时常陪母亲去治疗,这些经历对金斯伯格的创作产生了较大影响。金斯伯格的个性自由不羁,在

---

① Allen Ginsberg, *Deliberate Prose: Selected Essays 1952 – 1995*, New York: Harper Collins Publishers, 2000, pp. 236 – 238.

哥伦比亚大学读书时就因为违反校规而被开除。

1955 年,在旧金山的一次朗诵会上,金斯伯格因朗诵了自己的诗作《嚎叫》("Howl")而一举成名,震惊了美国诗坛。但因为诗中使用粗鄙的语言和涉及性描写,出版后被视为淫秽作品,很快便被当局政府禁止发行。该诗被禁使其更为引人注目,因而广泛地引起了读者的兴趣。20 世纪六七十年代,金斯伯格参与"嬉皮士"反主流文化运动和反战运动,是一名反主流文化运动的激进分子。这期间他出版了大量的诗集,包括:《卡迪什及其他》(Kaddish and Other Poems,1961)、《现实三明治》(Reality Sandwiches,1963)、《星球消息》(Planet News,1968)、《美国的衰落》(The Fall of America,1973)、《精神气息:诗集 1972—1977》(Mind Breaths: Poems 1972–1977,1978)等。在诗中他毫不隐讳地呈现个人情感,抨击社会时局,成为反主流文化运动的代言人,给美国诗坛以巨大冲击。1973 年他成为美国文学艺术院成员,1974 年其诗集《美国的衰落》获得美国国家图书奖。

(一)"别把疯狂藏起来"[①]

在学界,金斯伯格的名言"别把疯狂藏起来"(Don't hide the madness)[②]一直被视为其美学宣言。此言出自金斯伯格为巴勒斯而写的一首诗,其中表达了他们共同的文学观念:

> 写法必须是纯粹的肉
> 别用象征主义的调味品,
> 真实的场面,真实的监狱
> 就像现在或当时见到的样子。

[①] 该部分曾作为国家社科基金重大招标项目"20 世纪美国文学思想"(项目号:14ZDB088)的阶段性成果发表在《外国文学评论》2018 年第 3 期中,内容略有改动。

[②] Allen Ginsberg, "On Burroughs' Work," in *Collected Poems 1947–1980*, New York: Harper & Row Publishers, 1984, p. 114.

监狱、场面,要用罕见的
描写手法加以表现
与阿尔加特加和玫瑰
完全一样,毫不走样。

赤裸的午餐我们感到自然,
我们吃现实的三明治。
但是比喻是过多的凉拌菜。
别把疯狂藏起来。①

金斯伯格的一生与"疯狂"有着不解之缘。其母亲娜阿米患有精神疾病,发病时常产生幻觉,经常疯言疯语。他年少时常服侍在母亲身边,陪她去做治疗。金斯伯格的两位终身挚友克鲁亚克和巴勒斯都曾在精神病院接受过治疗。1949 年,金斯伯格因帮朋友窝藏赃物而遭拘捕,虽然事后免去了牢狱之灾,却被送到纽约州立精神病院住了八个月。② 在那里,他结识了另一位"疯子"卡尔·所罗门(Carl Soloman)——一位极具文学禀赋而又行为怪异的年轻人。他们经常在一起讨论文学问题,惺惺相惜,建立了深厚的友谊。金斯伯格的《嚎叫》就是献给卡尔·所罗门的。母亲的精神疾病使金斯伯格自小便多了一种观察世界的视角,而他自己与朋友们在精神病院的经历也使他对社会的观察更为深入。

普通人理解的"疯狂"常常是病理学意义上的疯狂,即一种精神疾病;而对金斯伯格而言,"疯狂"的含义不仅仅是病理学中的一种精神疾病,他提倡在文学创作中"别把疯狂藏起来",是因为"疯狂"还具有

---

① Allen Ginsberg, "On Burroughs' Work," in *Collected Poems 1947–1980*, New York: Harper & Row Publishers, 1984, p. 114. 译文出自赵毅衡,参见 https://www.vrrw.net/hstj/28706.html,访问日期:2018 年 1 月 6 日。

② Jonah Raskin, *American Scream: Allen Ginsberg's* Howl *and the Making of the Beat Generation*, Berkeley and Los Angeles: University of California Press, 2004, p. 90.

象征意义,带有丰富的社会政治、经济、文化寓意。金斯伯格认为许多人的疯狂是因为高压政治。他说:"许多疯狂始于伟大而又普世性的洞察。"①这种洞察能够看穿事物的表象下隐藏的真相。他认为母亲娜阿米的疯狂是因为"她看透了现代资本主义社会短暂而荒谬的本性,她对美国当局的洗脑伎俩心知肚明"②。其母娜阿米是一个共产主义信仰者,20世纪50年代麦卡锡主义的反共高压政策给她带来了巨大的精神压力和恐慌,金斯伯格认为她是被荒唐的社会逼疯的。在麦卡锡主义最猖獗的时期,美国政府掀起了一波又一波揭露和清查共产党活动的浪潮,美国的左翼力量也受到空前的打击。在美国,成千上万的人被怀疑为"间谍"。他们不仅被非法监听、监视甚至被非法传讯,还有不少人因被指责"同情共产党"而受监禁、被驱逐甚至遭暗杀。

不仅母亲被荒唐的社会逼疯,金斯伯格认为许多社会精英也被这荒唐的社会逼疯,他在《嚎叫》的开篇就写道:"我看见我这一代的精英被疯狂毁灭,饥肠辘辘赤身裸体歇斯底里/……/他们被学院开除是因为疯狂因为把猥亵的颂诗公开写在公开骷髅般的窗户上。"③诗中用一串串排山倒海的长句呈现了那些被"疯狂毁灭"的精英们的疯狂行为,该诗展示"疯狂"就像鲁迅先生《狂人日记》中的"狂人狂语"一样,揭示了黑暗社会的"吃人"本质。他在接受采访时谈及其诗句"我看见我这一代的精英被疯狂毁灭"时说:"这些人所反抗或者避退或者做出反应,是高度工业化带来的死亡心理。"④

作为"垮掉的一代"的代言人,金斯伯格十分看重文学的社会功用。他说:"'好的诗歌'应该要以减轻人民大众的苦痛为目

---

① Jonah Raskin, *American Scream: Allen Ginsberg's* Howl *and the Making of the Beat Generation*, Berkeley and Los Angeles: University of California Press, 2004, p. 30.
② 同①。
③ Allen Ginsberg, "Howl," in *Collected Poems 1947–1980*, New York: Harper & Row Publishers, 1984, p. 126. 本节《嚎叫》诗文参考了文楚安先生的译文。
④ 伊维斯·勒·培莱克:《艾伦·金斯堡访谈录》,韩金鹏译,《国外文学》1998年第2期,第75页。

的。"①金斯伯格诗歌创作的高峰期正是美国社会动荡不安的时期,他的名篇《嚎叫》《卡迪什及其他》《美国的衰落》等都是以通过对身边的人和事的描写来揭示人们痛苦的生存状况,抒发其对社会现状的不满。他的诗歌一直把普罗大众作为关注的焦点。金斯伯格的青少年时期是在第二次世界大战期间度过的。二战结束后,美国陆陆续续地又发动了多场局部战争:朝鲜战争、越南战争、苏伊士运河危机等。他目睹了战争给人们带来的痛苦和创伤,反战一直是他诗歌创作宣扬的主题之一,如他的《战争利益连祷文》("War Profit Litany",1967)、《反越战和平动员》("Anti-Vietnam War Peace Mobilization",1972)、《梵高之耳的消亡》("Death to Van Gogh's Ear!",1973)等。金斯伯格声称:"我写诗因为第一次世界大战,第二次世界大战,还有核弹……"②因为战争不仅让普通老百姓流离失所、遭受贫困,还让许多无辜百姓失去生命、遭受巨大痛苦。

　　金斯伯格不仅反对战争,他还对美国好战的原因进行了深刻的反思。他认为,美国军事-工业-政治一体化的富人强权体制是导致其好战的重要原因。金斯伯格对此深恶痛绝,他挺身而出,对黑暗的现实进行了揭露。他不仅在诗歌中揭露军队首领、立法代表、大使、银行、媒体、军火商等沆瀣一气、互相勾结发战争财的丑恶行径,他还一针见血地指出,这些军火制造商贿赂大使和军方参谋,让他们向国防部提交建议、制定政策,通过发动战争来销售军火:"建议制定政策,所谓战略的语言文字建议,因为收取了钱财/五角大楼的大使们,军方的参谋们,被制造厂收买。"③金斯伯格的这些诗歌,不仅体现了其敏锐的洞察力和强烈的社会责任感,也体现了他用诗歌来唤起民众觉悟的创作动机。他说:"我所关心的是精确地使用文字和

---

① Allen Ginsberg, "Noticing What Is Vivid," in *Deliberate Prose: Selected Essays 1952–1995*, New York: Harper Collins Publishers, 2000, p. 183.
② 《金斯伯格的声音(品读经典)》,人民网,http://www.people.com.cn/24hour/n/2013/0723/c25408-22285662.html,访问日期:2023年9月11日。
③ Allen Ginsberg, "War Profit Litany," in *Collected Poems 1947–1980*, New York: Harper & Row Publishers, 1984, p. 486.

意象来促成行动，这种行动不是走出去买瓶可乐，而是改变读者的意识。"①金斯伯格说："我的大部分作品就是为了唤起人们的自由思想意识，唤起青少年们自由表达社会政治观点的意识。"②他认为，年轻人是国家的希望："我正在进行一场精神之战争，把年轻人的思想灵魂从贪婪的、物欲横流的商品社会中解放出来，使他们避免被冷漠而同质化。"③他认为，一代又一代人的身心经受着疏离感的折磨，他们因肤色、性别、政治信仰、个人自我意识等原因无法适应社会。他说："当人的精神世界受到冲击，其敏感的身体就会用艺术的形式发出刺耳的尖叫或哀号……"④

金斯伯格提倡的"别把疯狂藏起来"还蕴含着一种自由不羁的艺术精神。金斯伯格独特的人生经历，使其对"疯狂"有着独特的思考。他认为自己曾被当成疯子送到精神病院，是因为自己的思想和行为与众不同。如果想要被认为是心智健全的人，就必须行为规范，向社会规范和传统妥协。在金斯伯格看来，"精神正常只不过是一种约定俗成的把戏，原因在于人们只是就某些原则达成协议，如果有谁违反了这些社会原则，就被看作是疯子"⑤。他认为人一旦被社会或者自我约束就会沦为奴隶，那将会"肢体无能、道德伦理混乱、直觉迟钝、恐惧、虚弱、变化无常"⑥。因此对金斯伯格而言，"疯狂"就是一种除去束缚的自由状态，这种状态能带给诗人灵感和启迪。他在以母亲为蓝本创作的诗歌《卡迪什及其他》中写道："啊！那把我从子宫中产下的伟大缪斯，赐予我第一口乳汁/神秘的生命，教会我说话和音乐，从她

---

① Jonah Raskin, *American Scream: Allen Ginsberg's* Howl *and the Making of the Beat Generation*, Berkeley and Los Angeles: University of California Press, 2004, p. 113.

② Allen Ginsberg, "Back to the Wall," in *Deliberate Prose: Selected Essays 1952–1995*, New York: Harper Collins Publishers, 2000, p. 6.

③ Allen Ginsberg, "Statement [On Censorship]," in *Deliberate Prose: Selected Essays 1952–1995*, New York: Harper Collins Publishers, 2000, p. 178.

④ 同②。

⑤ 伊维斯·勒·培莱克：《艾伦·金斯堡访谈录》，韩金鹏译，《国外文学》1998年第2期，第80页。

⑥ 同①，第67页。

痛苦的大脑中/我得到了第一次灵视。"①在金斯伯格眼里,患有精神疾病的母亲就像缪斯女神一样,赋予他创作的灵感。从母亲疯狂而痛苦的臆想中,他得到了灵视,看到了常人看不到的东西。金斯伯格希望读者把他的诗歌视为"十年野兽之嚎叫"②———一种狂人的嚎叫。他把《嚎叫》当成反对学院派诗歌、反对当时文学批评主流的武器③。

金斯伯格开始诗歌创作之时,T. S. 艾略特的诗学理论正风靡美国学界,主导着美国诗坛,其著名论文《传统与个人才能》也几近成为英美诗坛的"圣经"。金斯伯格在诗歌创作的早期也在学习和模仿 T. S. 艾略特,他阅读了大量 T. S. 艾略特的诗歌和论文,努力地使自己的诗歌具有"涵容性、暗示性和间接性"④。"艺术是一种隐秘的语言,"1948 年他曾对莱昂内尔·特里林(Lionel Trilling)说,"我写诗就是使用一种隐秘的语言。"⑤他还解释说:"这种隐秘是内在而不是外在的,是需要学识的。"⑥然而他用"隐秘的语言"写出来的诗晦涩难懂,甚至有时过了几个月他回头再读自己写的诗时,自己也对这些诗迷惑不解了。经过一段时间的痛苦反思,他发现自己的诗象征性太强,诗歌中的情感虚假,因为他常常通过"别人的声音说话"⑦。他说:"我被抽象的思想……带得太远……最终失去控制,而变得毫无意义。"⑧他决心"寻找一种真正适合自己的风格、形式和语言"⑨。

20 世纪 50 年代初,他将目光转向了惠特曼和威廉·卡洛斯·威廉斯的诗歌,在他们的诗文中找到了共鸣。威廉斯认为:"绝对自

---

① Allen Ginsberg, "Kaddish," in *Collected Poems 1947 - 1980*, New York: Harper & Row Publishers, 1984, p. 231.
② Jonah Raskin, *American Scream: Allen Ginsberg's* Howl *and the Making of the Beat Generation*, Berkeley and Los Angeles: University of California Press, 2004, p. 44.
③ 同②。
④ 同②,第 73 页。
⑤ 同②,第 73 页。
⑥ 同②,第 73 页。
⑦ 同②,第 84 页。
⑧ 同②,第 84 页。
⑨ 同②,第 84 页。

由是诗人与生俱来的权利。"①金斯伯格深受启发,他开始在诗歌中自由大胆地抒发情感,用自己的呐喊向T. S. 艾略特的权威理论发起了挑战。

1955年,金斯伯格在旧金山的六画廊充满激情地朗诵了他的新作《嚎叫》,引起轰动。金斯伯格摈弃T. S. 艾略特的"非个性化"主张,在《嚎叫》中以基于呼吸节奏的长诗行,将焦灼、忧郁、不安、愤怒等心理感受,如海啸般地宣泄而出,以极度张扬的方式抒发自我。金斯伯格的《嚎叫》就像是一枚炸弹,在美国文化界引发了一场轰轰烈烈的"垮掉派"运动,掀起了一股反传统、反权威的飓风,为美国文坛开创了诗歌创作的新局面,把美国诗歌史引向新的篇章。

(二)自发性写作②

在创作中,金斯伯格提倡"自发性写作"。这是一种即兴发挥的写作方式,主张把最原始的思想状态呈现出来。"最初的思绪就是最好的思绪,"金斯伯格说,"反复酝酿之后的思想缺乏新鲜感,创作时一旦有灵感就立刻记录下来。"③金斯伯格的这一创作思想与克鲁亚克的影响紧密相关。克鲁亚克乃金斯伯格的终身挚友,年轻时他们志趣相投,经常在一起探讨文学创作。金斯伯格曾把克鲁亚克告诉他的一些创作要领记录下来,贴在公寓的墙上,④这其中便包括自发性写作。克鲁亚克认为:"自发性写作的核心在于作者的内心,快速记下内心的想法,不需要停下来选择'合适'的词语——自发性写作中没有'选择合适的表达方式'的必要。"⑤自发性写作注重呈现作者最原初的思想,

---

① Jonah Raskin, *American Scream: Allen Ginsberg's* Howl *and the Making of the Beat Generation*, Berkeley and Los Angeles: University of California Press, 2004, p. 103.

② 该部分曾作为国家社科基金重大招标项目"20世纪美国文学思想"(项目号:14ZDB088)的阶段性成果发表在《外语教学》2017年第6期中,内容略有改动。

③ 同①,第 xvi 页。

④ 同①,第 129 页。

⑤ Jack Kerouac, "Essentials of Spontaneous Prose," *Evergreen Review*, 2.5 (1958), p. 72.

在写作时无须斟酌字句,而是自由地、不受约束地记录内心深处的思绪。就像用摄像机记录思想,将那思绪中自由翻飞的意象,流动地呈现在诗歌的字里行间。"大胆地写,遵循自己的意愿,敞开心扉,让想象自由地飞翔,把内心最真切的奇妙的诗句快速记下……"①虽然在这种状态下写出的文字和意象缺乏紧密的逻辑联系,但是诗人头脑中自发产生的意象和事件自然而然地在诗中合成了新的意义和形式,营造出一种仿佛置身于梦魇之中的如梦如幻的新奇感受。

金斯伯格在短文《诗艺:思绪美好,艺术亦美好》("Poetics: Mind Is Shapely, Art Is Shapely",2000)中写道:"当快速记录所思所想而抓住一些难以捕捉到的思绪时,我就会觉得写作特别有趣……把头脑中的思绪用一种视觉速记的形式誊写下来,再加上自发的即兴创作和激情,新的灵感便油然而生。"②当然自发性写作并不是无条件的,而是需要天赋和训练的。首先作者要能够放松心神,解除心灵的各种干扰和束缚,不为外界所困扰,让心灵深处的思想自然地在脑海中流淌。为了达到这种境界,金斯伯格不惜使用迷幻药。他曾坦言:"《嚎叫》的一部分是服用了佩奥特掌之后写的。"③佩奥特掌是一种仙人掌科植物,具有引起幻觉、使人心旷神怡的特点。他说:"我还写了一些其他诗歌,名字叫《LSD》《墨斯卡灵》("Mescaline")、《N20》和《乙醚》("Ether")。"④LSD、墨斯卡灵等都是迷幻剂,依此可见,为了创作他曾尝试过多种迷幻药。但毒品毕竟有害于身体,更多的时候,金斯伯格是通过冥想(meditation)来放飞心灵。金斯伯格认为冥想是西方伟大诗人们的古老传统,因为诗歌创作是一种探寻现实的本质和心灵的本质的过程。诗人需要具备敏锐的感知力,来感悟那隐藏在纷繁复杂的

---

① Allen Ginsberg, "Note Written on Finally Recording *Howl*," in *Deliberate Prose: Selected Essays 1952 – 1995*, New York: Harper Collins Publishers, 2000, p. 229.
② Allen Ginsberg, "Poetics: Mind Is Shapely, Art Is Shapely," in *Deliberate Prose: Selected Essays 1952 – 1995*, New York: Harper Collins Publishers, 2000, p. 254.
③ 乔纳森·兰德尔:《诗人和美国政府官员支持毒品研究》,张桂芳译,载文楚安主编《透视美国——金斯伯格论坛》,成都:四川文艺出版社,2001年,第236页。
④ 同③。

世界表象之下的本真。冥想的过程就是静下心来，去除纷扰的杂念，感知世界和心灵的原本真相的过程。因此，"西方的艺术与冥想关系紧密宛如兄妹"①。他的诗歌创作练习的第一条要领便是"进入冥想状态，静坐五分钟"②，"心神放松，内心的感知便会接踵而至"③。

中国古代道家的养身气功以及佛家的功法都有冥想，在佛教看来，冥想就是去除妄想执着，证得原本的如来智慧德相，以达到"此身即佛身"的真实境地。金斯伯格早在20世纪40年代就已经开始学习禅宗，练习冥想，深谙冥想的要旨。他在论文《冥想与诗艺》("Meditation and Poetics")中论述了冥想与诗歌创作的关系，认为冥想时内心深处的感知为诗歌创作提供了极佳的内容，冥想时那一闪而过的思绪，就是自发的思绪、最初的思绪，这种思绪没有嫉妒、没有模仿、没有我执，为诗歌增添神奇的效果。他在文中引用了查尔斯·奥尔森（Charles Olson）在《投射诗》("Projective Verse"，1950)中的论述：

> 一种感知紧接着另一种感知。就是说：全方位地……紧随跟着，保持流动，紧紧跟上，神经加速运转，保持其进展的速度，感知，每一行动，说时迟那时快的行动，整个过程，越快越好。如果你是一个诗人的话，利用，利用，全方位地利用这个过程。在任何诗歌中永远永远是一种感知必须一定要（随着心神）紧紧地跟随另一种感知……④

他认为，奥尔森所谓的"一种感知紧接着另一种感知"与佛法禅修时任由思绪流动，让新的思想不断涌现的情形是一样的。金斯伯格指出，在写作过程中不要执着于某一特定的意象，强行对其进行逻辑分

---

① Allen Ginsberg, "Meditation and Poetics," in *Deliberate Prose: Selected Essays 1952-1995*, New York: Harper Collins Publishers, 2000, p. 262.
② Allen Ginsberg, "Exercises in Poetic Candor," in *Deliberate Prose: Selected Essays 1952-1995*, New York: Harper Collins Publishers, 2000, p. 273.
③ 同①，第271页。
④ 同①，第270—271页。

析,并赋予某种象征。① 这种强调直觉、反对理性,强调写作是心灵的顿悟,体验和启示的观点完全符合冥想之要义,也是自发性写作的核心。

为了在写作时更快地进入冥想状态,金斯伯格还特别学习了曼特罗。"曼特罗"是一种口头吟诵程式,吟诵者通过全神贯注地反复吟诵一套固定组合的字或词,让意念专注于吟诵之中,随着吟诵越来越深入,烦恼和内心的波涛都消弭而去,心绪渐渐平复而进入冥想。曼特罗吟诵的词句可以由吟诵者根据自己的需要和爱好选择,比较常见的吟诵词有Om Mani Padme Hum,中文对应"唵嘛呢呗咪吽"——著名的佛教六字真言。金斯伯格曾在文章《曼特罗沉思录》("Reflections on the Mantra")中对此进行了探讨,"冥想者不断反复地吟诵,直到在浅层意识层面上原有的语言含义消失为止,这些吟诵的词语变成了自然界中自然的声音,它们被赋予了全新的力量,变成了神奇的语言……"②曼特罗吟诵就像一只震动的音叉,发出的声音能穿透吟诵者的身体和心灵,让头脑中纷繁复杂的思绪平静下来,从而体会无限宽广的内在本性。这声音有着不可思议的力量,能把吟诵者领入深刻的冥想状态中。那震颤的声音仿佛是探寻内心神秘感知的探钻,将其内心深处隐藏的感知和情感引导出来。"所以曼特罗有助于吟诵者拓宽其直接的自我意识的疆域……会激起新的情感体验……能升华吟诵者的灵魂。"③金斯伯格认为,诗歌就应展示这源自内心深处、自然而自发的情感体验。这种过程犹如神灵附体一般,他说:"在创作过程中,我的情感不断加深,开始进入即兴创作的状态,诗歌的节奏也形成了。写到精彩的部分我会感动落泪。有时候就像受到圣灵的启发——感觉像是进入了一个清澈而又心醉神迷的世界,独自接受圣灵的启示。"④金斯伯格诗

---

① Allen Ginsberg, "Meditation and Poetics," in *Deliberate Prose: Selected Essays 1952-1995*, New York: Harper Collins Publishers, 2000, p. 271.
② Allen Ginsberg, "Reflections on the Mantra," in *Deliberate Prose: Selected Essays 1952-1995*, New York: Harper Collins Publishers, 2000, p. 148.
③ 同②。
④ Allen Ginsberg, *Deliberate Prose: Selected Essays 1952-1995*, New York: Harper Collins Publishers, 2000, p. 254.

歌中那些即兴发挥的长句,朗诵起来就像曼特罗吟诵一样连绵不断、自然天成。他写诗时常采用长句,与其练习曼特罗吟诵不无关系。

曼特罗吟诵讲究调节气息,舒缓呼吸,通过调节呼吸来放松心神。吟诵者的呼吸要与曼特罗的节奏相同,保持深长而稳定的念诵,这样就能在气息与思维间建立有效的互动联系,让呼吸与思想意识相融合,从而进入冥想的状态。依此,金斯伯格在创作时也非常注重气息的运用。他指出"精神"(spirit)一词源自拉丁语 spiritus,即"呼吸"的意思,在他看来,人的思想精神与呼吸是紧密相连的。他说:"冥想就是为了提升人对周围空间的认识,而其基础在于呼吸。"①他还说:"呼吸本来是由来自身体的刺激和各种感受形成的。传统佛教观点认为言语是神圣的,因为它融合身心为一体。逻各斯来自头脑,却乘气息的翅膀飞出体外,所以言语是两者交汇之处。身体的节奏可以在前,而获得头脑所言所思可以在后。"②

他非常赞同威廉斯"依照鼻子最近的东西写作"(Write about things that are close to the nose)③的建议。靠鼻子最近的东西便是气息,写作时应循着呼吸,让气息引导思维来获得灵感和自然的节奏,依此来表达本真的感知。他写诗时一般按照自己单次呼吸时间的长度来决定诗行的长度,"我自己常依据一次呼吸的时间长度来安排写作材料……"④每一次停顿一般都与单次呼吸的时长相一致。这样的诗歌节奏也特别有利于诗歌的大声朗诵。呼吸可长可短,诗行也是如此。金斯伯格认为人的呼吸与其精神和情感是互相联系而又互相影响的,他甚至还提出"精神呼吸"(mental breath)一词。他在文章《诗艺:思绪美好,艺术亦美好》中写道:"我尽量把我的精神呼吸一次性

---

① Allen Ginsberg, "Meditation and Poetics," in *Deliberate Prose: Selected Essays 1952–1995*, New York: Harper Collins Publishers, 2000, p. 268.
② 伊维斯·勒·培莱克:《艾伦·金斯堡访谈录》,韩金鹏译,《国外文学》1998年第2期,第73页。
③ 同②,第267页。
④ Allen Ginsberg, "What Way I Write," in *Deliberate Prose: Selected Essays 1952–1995*, New York: Harper Collins Publishers, 2000, p. 256.

记录下来,一次接着一次,长长的诗句,他们有自己的节奏。"①有学者指出金斯伯格提出的 mental breath 或 mind breath 体现了其"运思用气"的诗艺法,即"有意识地通过曼特罗对呼吸的控制,将其与作者的思想、诗歌创作时的意识融合起来。在吟诵曼特罗的宗教气氛中,通过运思用气,身体得到有效的控制,诗人借此调整呼吸,作为组织诗句的基础"②。

在金斯伯格的诗歌创作思想中,冥想已然是其中的重要部分,如何将冥想时内心深处的感知用诗的语言表达出来,亦是其诗歌创作思想的重要内容。金斯伯格最初学习写诗是按照传统的诗歌创作方法,非常注意遣词造句和诗歌的节奏韵律。后来受克鲁亚克的影响,金斯伯格从 20 世纪 50 年代开始尝试速记法,"用速记和象征性的意象/揭示美国命运的潮起潮落/见证日常生活的起伏跌宕"③。克鲁亚克曾告诉他,如能将眼前的事物用文字速记下来,他的写作才能会得到极大提高。所谓"速记"就是快速地记录内心的感知。这种方式类似于绘画中的素描草图,匆匆而就但却能捕捉到所描绘物品的主要特征。例如,在诗歌《涂鸦》("Scribble")中,他寥寥数笔就将诗人雷克思罗斯的特征描绘了出来:"雷克思罗斯的脸散发着人类/疲惫的喜悦/白发,翼眉/充了气般的胡须/智慧的花朵/从他悲伤的大脑中/跳跃而出……"④这种速记式的创作要求表达内容具有画面感,快速记录呈现在头脑中的意象,使意象流动在诗歌的字里行间,就像放电影一样。

金斯伯格的速记写作法的另一重要影响源是威廉斯。20 世纪初,威廉斯是意象派的重要诗人,他与庞德交往密切,在意象派解散后转

---

① Allen Ginsberg, "Poetics: Mind Is Shapely, Art Is Shapely," in *Deliberate Prose: Selected Essays 1952–1995*, New York: Harper Collins Publishers, 2000, p. 254.
② 任显楷:《艾伦·金斯伯格诗艺观中的东方宗教倾向》,《四川大学学报(哲学社会科学版)》2008 年第 4 期,第 133 页。
③ Jonah Raskin, *American Scream: Allen Ginsberg's* Howl *and the Making of the Beat Generation*, Berkeley and Los Angeles: University of California Press, 2004, p. 120.
④ Allen Ginsberg, "Scribble," in *Collected Poems 1947–1980*, New York: Harper & Row Publishers, 1984, p. 152.

向客体主义。他在创作中一直坚持意象派的创作原则,反对复杂和晦涩的象征表达,主张用简明清晰的意象来写诗。他认为日常生活中平常、粗糙甚至丑恶的东西都可以写进诗中,写作的速度宜快,直接地呈现自然事物。故而,威廉斯的诗风简洁明快,他喜欢用日常生活中简单而朴实的语言来营造诗境,擅长用自然意象来寄托诗思。其名篇《红色手推车》("The Red Wheelbarrow",1923)便是用意象来表达思想的佳作。

金斯伯格非常赞同威廉斯著名的"凡理皆寓于物"(no ideas but in things)①的诗学原则。金斯伯格在评价威廉斯的一篇论文《客观物品世界里的威廉斯》("Williams in a World of Objects")中写道:威廉斯的名言"凡理皆寓于物"意味着"不要在诗歌中描写抽象的思想,而是直接呈现带给你这些思绪的事物"②。威廉斯反对抽象,反对引经据典和空洞的说教。他的诗是由日常生活中的具体事物所构成的,用普通平凡的意象来呈现生活的一个个片段。其诗歌极具画面感,就像是一幅幅"快照"。威廉斯的这种创作方式对金斯伯格的启发颇多。金斯伯格说:"我的诗歌记录着事情发生的生动的瞬间,无须虚构、深思熟虑或是烹制,我是我心灵的速记员,将自然而来的东西记录下来。我的这种写作方式是跟随我的导师威廉斯和克鲁亚克学到的。"③金斯伯格认为,威廉斯能用最清晰、最简单和最直接的表达,把思想和想象寄寓在普通平凡的事物中,把所有的精力都专注于描写日常生活的所见所闻。④ 金斯伯格的创作思想与其导师如出一辙,他声称:

> 我自己诗歌创作的最大特点,就是采用美国的口语、习

---

① William Carlos Williams, *The Collected Poems of William Carlos Williams*, Vol II: 1939 – 1962, New York: New Directions, 1991, p. 55.

② Allen Ginsberg, "Williams in a World of Objects," in *Deliberate Prose: Selected Essays 1952 – 1995*, New York: Harper Collins Publishers, 2000, p. 334.

③ Allen Ginsberg, "Noticing What Is Vivid," in *Deliberate Prose: Selected Essays 1952 – 1995*, New York: Harper Collins Publishers, 2000, p. 182.

④ 同②,第337页。

语及方言来写诗,用日常生活的语言和最清晰的表达来写诗。在我的心目中,理想的诗歌就是宏伟而庄严的宣言。我一直努力地创作那些读起来流畅而又激动人心、听起来富有节奏又饱含感情的诗歌。①

金斯伯格提倡的自发性创作既有其他诗人的影响,也有他自己的探索和创新,他用自己的诗学实践不断地发展完善着他的创作理念。

二、劳伦斯·费林盖蒂的诗歌创作理念与诗学实践②

劳伦斯·费林盖蒂(Lawrence Ferlinghetti, 1919—2021), 1919 年出生于美国纽约, 早年经历坎坷, 父亲在他出生的前几个月就去世了。费林盖蒂出生后不久, 母亲迫于生计住进了救济院。养父普雷斯利·比思兰(Presley Bisland)爱好文学, 家中藏有大量的文学书籍, 他引导费林盖蒂大量阅读, 在其幼小的心灵里播下了热爱文学的种子。1941 年, 费林盖蒂在北卡罗来纳大学获新闻学专业学士学位; 1947 年, 获美国哥伦比亚大学英国文学硕士学位; 1951 年, 获法国索邦大学文学博士学位。博士毕业后, 费林盖蒂前往旧金山与彼得·马丁(Peter Martin)合作创办了"城市之光"书店。1955 年, 费林盖蒂又创办了"城市之光"出版社。他出版了许多"垮掉的一代"作家的作品, 其中包括艾伦·金斯伯格、肯尼斯·雷克思罗斯、杰克·克鲁亚克、威廉·S. 巴勒斯、尼尔·卡萨迪等人的作品, 对"垮掉的一代"文学运动做出了巨大的贡献。2003 年, 费林盖蒂获美国作家协会终身成就奖, 2005 年获美国国家图书终身成就奖。

费林盖蒂作为美国"垮掉的一代"文学运动的重要推动者, 他的诗学实践既受其他一些"垮掉的一代"诗人们的影响, 又有自己独特的个

---

① Allen Ginsberg, "Statement [On Censorship]," in *Deliberate Prose: Selected Essays 1952–1995*, New York: Harper Collins Publishers, 2000, p. 179.

② 该部分曾作为国家社科基金重大招标项目"20 世纪美国文学思想"(项目号:14ZDB088)的阶段性成果发表在《外国语言与文化》2017 年第 2 期中,内容略有改动。

性。他曾出版《心灵的科尼岛》(*A Coney Island of the Mind*, 1958)、《从旧金山开始》(*Starting from San Francisco*, 1961)、《事物的秘密含义》(*The Secret Meaning of Things*, 1970)、《随着芭蕉，回到遥远的城镇》(*Back Roads to Far Towns After Basho*, 1970)、《爱不是月亮上的石头》(*Love Is No Stone on the Moon*, 1971)、《睁开眼睛，敞开心扉》(*Open Eye, Open Heart*, 1973)、《现在我们是谁？》(*Who Are We Now?*, 1976)、《西北生态》(*Northwest Ecolog*, 1978)等诗集。其中，《心灵的科尼岛》颇受读者青睐，销售量达数百万册。费林盖蒂的诗歌创作观念集中体现在其诗集《诗歌作为一种反叛的艺术》(*Poetry as Insurgent Art*, 1975)中。费林盖蒂还写有小说《她》(*Her*, 1960)和剧本《与存在的不公平争辩》(*Unfair Arguments with Existence*, 1963)、《惯例》(*Routines*, 1964)等。

费林盖蒂被称为"用眼睛和耳朵进行创作的诗人"[1]，他致力于各种诗歌创作实验，把诗与画、诗与歌结合起来，尝试新的诗歌表现手法。他的诗通俗易懂，具有明显的口语特点，读起来朗朗上口。他说："如果你是一个诗人，请使用清新的/妇孺皆知的语言。"[2]"用简短的句子表达复杂的思想。"[3]费林盖蒂的这种创作观念源自威廉·卡洛斯·威廉斯、E. E. 卡明斯(E. E. Cummings)和肯尼斯·帕钦(Kenneth Patchen)等诗人的影响，他非常喜欢这些诗人的诗，他说："他们……对我来说就像是一种政治教育。卡明斯被'垮掉的一代'诗人们忽略了。威廉斯则常常因为他的美国口语被提及。而实际上卡明斯的语言比威廉斯更口语化……他说话美国腔更浓，喜欢用街头巷语。帕钦也是如此。"[4]费林盖蒂曾读了他们的大量诗作，从中感受到美国日常口语表达的丰富多彩和便利。

---

[1] Neeli Cherkovski, *Ferlinghetti: A Biography*, New York: Doubleday & Company, 1979, p. 232.

[2] Lawrence Ferlinghetti, *Poetry as Insurgent Art*, New York: New Directions, 2007, p. 6.

[3] 同[2]，第17页。

[4] 同[1]，第43页。

在20世纪五六十年代,金斯伯格、雷克思罗斯等"垮掉的一代"诗人们厌倦了以T. S.艾略特为首的学院派诗歌的书卷气,他们举起反对权威T. S.艾略特的大旗,提倡用日常口语写诗。费林盖蒂亦加入其中,成为其中的活跃分子。1958年,他在《旧金山诗歌札记》("Note on Poetry in San Francisco")一文中指出,在旧金山活跃着一批诗人,他们的诗歌通俗易懂,口语化特点明显,被称为"街头诗歌"(street poetry)。它们"使诗人走出审美密室……使诗歌走出教室,走出书本,突破语言的禁忌,回归街头"[1]。这种诗歌不但解放了诗人,也解放了诗歌,使诗歌回到了大街小巷,回到了人民大众的生活之中。在他眼里,街头诗歌与学院派诗歌截然不同。学院派诗歌像是"写给诗人和教授的诗,是关于诗歌的诗,它们占据杂志和诗歌选集已经很长一段时间了……印刷的诗句使诗歌寂静无声……关于诗歌的诗像是抽象画,导致艺术家的感官萎缩"[2];而街头诗歌"像口信一样是口语诗,可以让诗歌发出声音。有些街头诗歌甚至可以用爵士乐来伴奏"[3],街头诗歌使诗歌更适合吟唱,成为用眼睛和耳朵共同欣赏的艺术品。

雷克思罗斯等"垮掉的一代"诗人的诗学观念和实践对费林盖蒂的影响很大。雷克思罗斯认为美国诗歌过于局限在传统之中,离现代生活越来越远,在人们日常生活中诗歌的声音变得越来越弱。为了防止年轻一代的诗人们变得越来越拘谨,雷克思罗斯在家中定期举办文艺沙龙探讨文学创作,也常常组织诗歌朗诵会,为年轻诗人们提供开放自由的文化氛围。费林盖蒂经常参加其组织的文艺沙龙和诗歌朗诵活动,他非常敬佩雷克思罗斯的博学,是一位虔诚的听众。雷克思罗斯倡议,艺术家们应该团结起来,积极参与到社会活动之中,去改变社会。[4] 费林盖蒂积极响应,他创办的"城市之光"书店和出版社,常常出版一些有独立

---

[1] Neeli Cherkovski, *Ferlinghetti: A Biography*, New York: Doubleday & Company, 1979, p. 120.

[2] 同[1]。

[3] 同[1]。

[4] 同[1],第77页。

政治观点的作品,成为艺术家们聚会的场所。

为了使诗歌广泛地融入人民群众的日常生活,费林盖蒂在诗歌创作中非常注重诗歌的吟唱特点。他说:"如果你是一个诗人,吟唱吧,/不要陈述。"①他还主张"做一只夜莺,而不是鹦鹉"②。他认为诗歌的"语言要适合吟唱,不论有没有/韵律,在诗歌排版时就应/整理好版面。/不仅使诗歌适合'朗诵',/更要让诗歌适合'歌唱'。/用乐器或其他音响来/陪衬你的声音/把你的诗绽放为歌。/向民歌手学习/从古至今他们是真正的吟唱诗人"③。

20世纪五六十年代,费林盖蒂常跟随雷克思罗斯在旧金山北滩(North Beach)的一个叫"酒窖"(The Cellar)的酒吧朗诵诗歌,这个酒吧离"城市之光"书店不远。他们朗诵诗歌时用爵士乐伴奏,效果很好,受到观众的极大欢迎。在酒吧里,费林盖蒂常朗诵《心灵的科尼岛》中的《口信》("Oral Message")。《口信》是他将诗歌与音乐结合的实验之作,他在《口信》中写道:"这七首诗是特地为配合爵士乐伴奏而作的。它们是自发的口语体的'口信',而不是为了印刷的纸张而作的诗歌,随着不断地用爵士乐伴奏朗诵试验,我还在不断地修改这些诗。"④为了研究美式英语吟诵方式,对比感受其与梵语或其他语种吟诵的不同,费林盖蒂曾进行了不少尝试和练习。他在《睁开眼睛,敞开心扉》中有关"美国曼特罗及歌"(American Mantra and Song)这一部分的注释中写道:"我曾经以唱、读、吟等不同的方式来尝试处理这些诗歌的不同的版本,有时加上一些自发的重复,常常还用自动竖琴伴奏。"⑤费林盖蒂将诗歌与音乐结合的尝试非常成功,他的朗诵吸引

---

① Lawrence Ferlinghetti, *Poetry as Insurgent Art*, New York: New Directions, 2007, p. 23.
② 同①。
③ 同①,第15页。
④ Lawrence Ferlinghetti, *A Coney Island of the Mind*, New York: New Directions, 1958, p. 48.
⑤ Lawrence Ferlinghetti, *Open Eye, Open Heart*, New York: New Directions, 1973, p. 117.

了不少观众,原本只能容纳一百余人的酒吧,有时会有四五百人等候入场。这种形式很快便流传开来,爵士乐伴奏的诗歌朗诵成为当时酒吧流行的娱乐活动。诗人 X. J. 肯尼迪(X. J. Kennedy)评价说:"费林盖蒂已经赢得了大量的观众,很显然这些观众都希望诗歌能像电视一样清晰明亮,有幽默的插科打诨,平易近人……他的诗直截了当……像是逗乐有趣的谈话。"①

  费林盖蒂不但尝试将诗歌与音乐结合,也尝试将诗歌与绘画相结合。费林盖蒂早年在法国索邦大学读文学博士时就对绘画非常感兴趣,他曾在艺术学院旁听了许多课程,也常常跟随美术专业学生一同临摹、绘画。到了旧金山后他与许多画家交往密切,如马克·罗斯科(Mark Rothko)、马克·托比(Mark Tobey)、克利夫特·斯蒂尔(Clyfford Still)等。这些画家热衷于各种绘画技巧实验,关注内心潜意识。费林盖蒂惊叹于他们的绘画技巧和作品中大胆而清晰的情感表达。他潜心学习,还特意租了一个画室用于绘画和写作。他创作了大量的画作,曾在加利福尼亚大学圣克鲁兹分校、纽约大学、帕特森博物馆等地举办过画展。

  受绘画艺术的影响,费林盖蒂希望在诗歌表达的视觉效果方面有所突破。他认为,"诗歌是头脑中的画"②,"诗歌是永恒中的精彩瞬间"③。为了增强诗歌的画面感,他首先关注的是诗歌的印刷排版。威廉斯曾在写给费林盖蒂的一封信中谈及诗歌的排版方式,抱怨传统的诗歌排版让人感觉"好像诗歌是按照直尺写出来的"④。威廉斯的话对他触动很大。费林盖蒂不断试验,希望通过诗行的排版来增强表达效果,通过诗歌印刷在纸张上产生的视觉效果使诗歌的表现力得以最大化。他的一些诗歌很少使用标点符号,甚至没有逗号和句号,诗

---

 ① Neeli Cherkovski, *Ferlinghetti: A Biography*, New York: Doubleday & Company, 1979, p. 151.
 ② Lawrence Ferlinghetti, *Poetry as Insurgent Art*, New York: New Directions, 2007, p. 38.
 ③ 同②,第 53 页。
 ④ 同①,第 95 页。

句是通过分行来断句,而且每一行诗句的长短和起始位置都不一样,这样不同长短、不同位置的诗句印刷在书页上,就像是一幅简洁的图画。在他的诗集中,读者可以看到一些由诗行组成的阶梯形、树形、花瓶、人头侧影等图形。这些图形与诗歌的内容紧密相关,有时甚至是诗歌内容的补充,使读者可以感受到诗歌表达的言外之意。在他的一首描写拉斯维加斯的诗歌《拉斯维加斯在倾斜》("Las Vegas Tilt", 1971)中有一个由文字构成的树形图:树干部分是一些大赌场和大酒店的名字,树冠部分则由一些赌场的游戏、娱乐服务项目组成。这个图形似乎在暗示读者拉斯维加斯是一个以赌场和酒店为支撑的娱乐城市。而在另一首反对法西斯主义的诗歌《世界充斥着法西斯主义和恐怖》("A World Awash with Fascism and Fear")中,第一页的诗行排版看上去像是一幅头与颈部被切断的人头侧影,其他几页则像是形状各异的军用设施或炮弹,这些图形与其诗歌标题极为吻合。曾有学者评价说:"费林盖蒂的绘画兴趣造就了其诗歌的画面感,使其诗歌的内容超越了文字的局限。"①

在费林盖蒂眼里,诗人是一份具有社会责任感和使命感的职业,诗人创作的诗歌应该关注社会现实,敢于揭露社会的黑暗面。他说:"不要认为诗歌与黑暗时期无关。"②"如果你是一个诗人,请写现场的/新闻。当一位外部空间的/记者,把快讯送给那些高层的编辑/他们勇于披露/难容废话。"③"如果你是一个诗人,请说出/这世界无法否认的真相。"④费林盖蒂认为现代社会隐藏着很多的缺陷和危机,就像是一处处残缺败落的风景,急需修补维护。在《第三世界》("The Third World")、《棒球诗章》("Baseball Canto")、《越南在哪里?》("Where Is Vietnam?")、《拉斯维加斯在倾斜》等诗歌中,读者常常可

---

① Neeli Cherkovski, *Ferlinghetti: A Biography*, New York: Doubleday & Company, 1979, p. 84.

② Lawrence Ferlinghetti, *Poetry as Insurgent Art*, New York: New Directions, 2007, p. 27.

③ 同②,第4页。

④ 同②,第6页。

以感受到这一点。费林盖蒂从不同的视角睿智地揭示了现代社会各种阴暗面,字里行间无不渗透着警示和担忧。

为了能在诗歌中深刻地揭示社会问题,费林盖蒂认为诗人应该"培养独特的眼光和批判性/思维"①,"质疑一切,/包括苏格拉底,那质疑/一切的人。/质疑'上帝'和他的忠实信徒。/做一个颠覆者,不断地质疑现实和现状"②。费林盖蒂敏锐的观察力造就了其诗歌独立的批判精神,读者常常能感受到其对社会入木三分的深刻洞察。费林盖蒂认为,对金钱和利益的过度追求是美国社会各种问题的根源。二战后美国经济的迅速发展、商品和社会财富的大量增加导致消费主义的盛行,对美国社会产生了日益广泛而深刻的影响。在物质极大丰富的前提下,消费行为不仅仅是为了满足人们的日常生活需求,也逐渐演变成衡量个人价值的标准。资本主义国家和企业为了使大量生产的商品能够销售出去、再生产能够良性运行,积极鼓励和扩大国民的消费需求。为了扩大消费,生产商不仅要生产商品,更要生产一种消费文化来刺激国民的消费欲望和激情。美国文化中消费主义的盛行使金钱和消费成为衡量个人成功的标准,追求"金钱"和"享乐"成为美国现代工业文化的重要特征。这种扭曲的价值标准,使人们的精神需求与客观社会之间横亘着无法逾越的鸿沟,导致现代工业社会里人格的分裂和异化。费林盖蒂对此深感担忧,他的诗歌《拉斯维加斯在倾斜》便揭露和批判了这种消费文化的本质。诗歌开始便揭示了"金钱至上"的城市特征:"白日的月亮在头上闪过/像一枚钱币/投入拉斯维加斯/成排的云朵/呼呼地卷入/高速气流/老虎机叮叮当当的钱币碰撞声/喷涌而上/飞向蓝色天空。"③在诗歌中,费林盖蒂淋漓尽致地描写了赌城内的豪华赌场、

---

① Lawrence Ferlinghetti, *Poetry as Insurgent Art*, New York: New Directions, 2007, p. 20.
② 同①,第8页。
③ Lawrence Ferlinghetti, *Open Eye, Open Heart*, New York: New Directions, 1973, p. 96.

娱乐设施和精品商店;人们声色犬马、灯红酒绿的生活尽显其中。金钱翻滚的繁华却令他忧心忡忡,他在诗中写道:"救命 救命/'我们开始慢慢沉沦'/落入但丁之火/……/世界在倾斜/我们陷入/动荡颠簸的气穴中。"①费林盖蒂期望能用诗歌来唤醒人们的觉悟,警醒世界。

  费林盖蒂强调诗歌的批判性中所蕴含的救赎功能,他在《诗歌作为一种反叛的艺术》中写道:"醒来吧,这世界已经着火了!"②"世界需要/诗歌来拯救。/如果你是一个诗人,请创作出作品/来回应这世界末日的挑战。"③费林盖蒂认为,诗歌的救赎功能使诗歌在社会文化领域充当警察一样的角色。他曾在小说《她》中谈及"诗歌警察"的作用:"诗歌警察赶来清除大规模的混乱……诗歌警察将要同时降落在世界最高的建筑、桥梁、纪念塔和防御工事上,指挥作战,防御世界局势的快速恶化。"④在费林盖蒂眼里,诗歌艺术始终占据着人类文化思想的高地,"在世界的屋脊上/发出野蛮的嚎叫/喊出最强有力的声音"⑤,"像公鸡一样,唤醒/世界"⑥。

  费林盖蒂不仅以诗歌为武器,揭露社会的黑暗面,还积极参与各种政治活动。20世纪60年代,费林盖蒂参加了民权示威游行、自由言论运动、反越战运动、黑人民权运动等。他呼吁诗人们要"大声呐喊,行动起来,沉默就是共同犯罪"⑦。在1967年9月的一次反战游行中,费林盖蒂遭到逮捕,被关进了圣塔丽塔监狱,在监狱里,他写下了反战诗《致敬》("Salute")。他在《诗歌作为一种反叛的艺术》中

---

  ① Lawrence Ferlinghetti, *Open Eye, Open Heart*, New York: New Directions, 1973, pp. 96 – 97.
  ② Lawrence Ferlinghetti, *Poetry as Insurgent Art*, New York: New Directions, 2007, p. 31.
  ③ 同②,第3—4页。
  ④ Neeli Cherkovski, *Ferlinghetti: A Biography*, New York: Doubleday & Company, 1979, p. 125.
  ⑤ 同②,第22—23页。
  ⑥ 同②,第22—23页。
  ⑦ 同②。

深刻地指出,统治者为了掠夺财富不惜编造谎言发动战争:"统治者挑起战争;/下层人民充当炮灰。政府撒谎。/政府的声音常常不是民众的声音。"①他认为,越南战争不仅反映了美国的帝国主义立场,也反映了美国的荒谬和不理智。费林盖蒂在其辩护词中说:"这次游行的目的就是阻止战争……在一个号称自由的国家里,这种合法的政治诉求是不应该被起诉和镇压的……美国在越南的军事行动给美国人民带来了一种负疚感。他们知道自己在作恶,但他们感到困惑,不知道该如何停止下来。"②面对时局的黑暗,诗人就应该像惠特曼、马克·吐温一样"用文字来征服统治者"③。他说:"如果你是一个伟大的诗人,做一个/有良知的人。/多抵抗,少服从。/挑战资本主义伪装的/民主。"④

20世纪70年代,费林盖蒂在各种政治聚会场所也非常活跃:他支持美国联合农场工人联盟的领袖凯萨·查维斯(Cesar Chavez)组织的农工维权活动,在集会上朗诵诗歌;为了保护生态环境,他发表演说,组织诗歌朗诵会,抗议加州修建核电厂;他还参与绿色环保协会组织的反捕鲸活动,登上反对捕鲸的宣传船舰,深入太平洋的捕鲸海域,进行考察宣传活动。费林盖蒂认为诗歌创作应该"避免局限性,寻求普世性"⑤。世界在不断改变和发展,新的社会语境中一定要有新的视角和新的开拓。无论是诗歌的内容还是其表现的精神指向,一旦融入了普罗大众现实的物质和精神生活,与普通民众有紧密而又广泛的联系,那诗歌就不再是苍白的言辞和无聊的文人之间的对话。他建议诗人"走出你的小房间,那里很阴暗"⑥,"不要逃避现实,/投身于鲜

---

① Lawrence Ferlinghetti, *Poetry as Insurgent Art*, New York: New Directions, 2007, p. 31.
② Neeli Cherkovski, *Ferlinghetti: A Biography*, New York: Doubleday & Company, 1979, p. 187.
③ 同①,第4页。
④ 同①,第21页。
⑤ 同①,第16页。
⑥ 同①,第29页。

活的世界中"①。

费林盖蒂认为"诗歌是终极的心灵庇护所"②,在这不断分裂和异化的社会里,诗人应该承担起其与生俱来的救赎和塑造人类灵魂的重大使命,遵从"内心的呼唤/唤醒天使,杀死恶魔"③。诗人应该抛弃一己私利,坚持客观独立的写作立场,心怀大众,用"宽广的视域"来"描写丰富多彩的世界"④。他建议诗人要永远不受金钱的影响,"不要迎合观众,/读者,编辑,或出版商"⑤,"从每一次的经验中提炼新的篇章/克服当下的目光短浅"⑥,因为心胸和眼界狭隘的诗人是写不出动人的诗篇的。他主张从大自然中探寻诗的灵感与情愫,从那"照耀我们的太阳,/挥洒银辉的月亮,/寂静的花园池塘,/窃窃私语的杨柳,/黄昏里波光粼粼的河流,/和那广袤无垠的大海/"⑦中,发掘美好与永恒。用自然之美来熏陶民众,让人们通过诗歌来体悟大自然的微妙与美好,激发人类对万物生灵的仁爱与悲悯之情。他建议诗人"抓住每一次心跳的瞬间"⑧,"在转瞬即逝之中寻找永恒"⑨,"在动物的眼睛里看到永恒"⑩。这种富有生态关怀的观念,使他的诗歌散发着人性的光辉与温暖。

综观费林盖蒂的诗学实践,我们可以发现,其诗歌创作始终关注的是社会现状和普通民众的精神诉求。他将绘画和音乐元素融合到诗歌创作的种种尝试之中,亦是为了增强诗歌的表现力,使诗歌更为广泛而深入地融入大众的生活。他的诗歌擅长从现实生活和人生经

---

① Lawrence Ferlinghetti, *Poetry as Insurgent Art*, New York: New Directions, 2007, p. 11.
② 同①,第37页。
③ 同①,第38页。
④ 同①,第5页。
⑤ 同①,第24页。
⑥ 同①,第25页。
⑦ 同①,第5—6页。
⑧ 同①,第26页。
⑨ 同①,第23页。
⑩ 同①,第23页。

验中挖掘蕴含在时代、人性与灵魂深处的意义。这些纷繁复杂的人生经历,映射着时代流行的喧嚣扰攘,展示了人性的美好与丑恶。他的诗歌在不断提醒人们,拒绝人性的冷漠和自私,人与人之间的关系不应该是尔虞我诈、互相倾轧利用,而应该是互相关爱、共生共荣。费林盖蒂的诗学实践向人们展示了:文学是一种责任和担当,文学创作应该关注社会、关注人类灵魂的疼痛和冷暖。

第二节

自白派诗人罗伯特·洛厄尔、约翰·贝里曼与西尔维娅·普拉斯的文学思想[①]

自白派诗歌是20世纪50年代末到60年代初美国诗坛新兴的诗歌流派。1959年,罗伯特·洛厄尔出版的诗文集《生活研究》(Life Studies)标志着自白派诗歌的诞生,洛厄尔则成为美国自白派的开创者。1960年,《生活研究》获美国国家图书奖,一批受洛厄尔创作理念影响的诗人迅速崛起,在美国诗坛掀起一股"自白热"。20世纪六七十年代,自白派诗歌创作进入鼎盛时期。自白派既没有组织,也没有纲领,诗人们常常各自默默地创作,但在创作理念和题材方面相似,不约而同地以自己的生活经验作为原型。其中的代表人物有:罗伯特·洛厄尔、约翰·贝里曼、安·塞克斯顿(Anne Sexton)、西尔维娅·普拉斯、W. D. 斯诺德格拉斯(W. D. Snodgrass)等。自白派诗歌的最大特点就是将个人经历和内心感受坦然地陈述出来,把内心深处隐藏的思想,即使是私密、丑恶、卑鄙的东西也毫不避讳地暴露出来,具有浓郁的自传色彩。多位自白派诗人,如洛厄尔、普拉斯、塞克斯顿等,生前都患有不同程度的精神疾病,他们相信诗歌创作具有治疗的作用。一些自白派诗人擅长从生存困境里最真切而痛苦的体验中寻

---

① 本节由郑燕虹撰写。

求创作的灵感,这种对痛苦体验的探寻和专注并没有减轻他们精神上的痛苦,反而使痛苦的感受得以加深放大,其中贝里曼、普拉斯、塞克斯顿等都以自杀的方式结束了生命。

一、罗伯特·洛厄尔的诗歌创作理念与诗学实践[①]

罗伯特·洛厄尔(Robert Lowell,1917—1977)于1917年出身于美国波士顿的一个富裕家庭,其家族乃当地的名门望族,著名诗人艾米·劳伦斯·洛厄尔(Amy Lawrence Lowell)、哈佛大学校长亚伯特·劳伦斯·洛厄尔(Abbott Lawrence Lowell)和著名的美国内战期间将领查尔斯·罗素·洛厄尔(Charles Russell Lowell)等都是该家族的成员。罗伯特·洛厄尔自小性格叛逆,对严格的家庭和学校教育极为反感。青少年时期的他性格急躁,喜欢打架,但却爱好文学。他在马萨诸塞州圣马克中学上高中时,诗人理查德·埃伯哈特(Richard Eberhart)是该校老师,洛厄尔受其影响立志要成为一名诗人。高中毕业后,他在哈佛大学学习了两年(1935—1936),其间过得非常压抑,认为哈佛的教授"迂腐而过时"[②]。1936年4月,在心理医生的建议下,他前往纳什维尔拜访在范德堡大学任教的新批评派成员艾伦·泰特(Allen Tate),泰特把他介绍给新批评派的另一重要成员约翰·克罗·兰色姆。洛厄尔对兰色姆的学识非常崇拜。因兰色姆当时在俄亥俄州的肯扬学院(Kenyon College)任教,1937年秋,洛厄尔也转学至肯扬学院,主修古典文学专业。在那里他与兰色姆及其学生兰德尔·贾雷尔(Randall Jarrell)等交往频繁,学习古希腊罗马经典、伊丽莎白时期戏剧诗、17世纪的玄学派诗、古今文论等,阅读了大量美学和哲学著作,受新批评派的影响很深。1961年,洛厄尔在给兰色姆的信中写道:"我曾是那样野蛮而叛逆……我想当年如果没有你,

---

[①] 本小节部分内容曾作为国家社科基金重大招标项目"20世纪美国文学思想"(项目号:14ZDB088)的阶段性成果发表在《外语与外语教学》2018年第2期中。

[②] Steven Gould Axelrod, *Robert Lowell: Life and Art*, Princeton: Princeton University Press, 1978, p. 21.

我真是难以生存下去。"①1940年,从肯扬学院毕业后,洛厄尔前往路易斯安那州立大学攻读英国文学硕士学位。

1944年,洛厄尔发表第一本诗集《不一样的国度》(Land of Unlikeness),随后发表的《威利爵爷的城堡》(Lord Weary's Castle, 1946)获1947年的普利策诗歌奖。1951年发表《卡瓦瑙磨坊》(The Mills of the Kavanaughs),1959年出版的《生活研究》获美国国家图书奖。洛厄尔还著有《献给联邦死难者》(For the Union Dead, 1964)、《大洋附近》(Near the Ocean, 1967)、《笔记本》(Notebook, 1969)、《历史》(History, 1973)、《海豚》(The Dolphin, 1973)等诗集,其中,《海豚》获1974年的普利策奖。1977年,洛厄尔在去世前出版了诗集《日复一日》(Day by Day),该书获1977年的美国国家书评人协会奖(National Book Critics Circle Award),同年洛厄尔还获得美国艺术和文学学会颁发的美国文学奖章(National Medal for Literature)。

学界一般将洛厄尔的诗歌创作分为三个时期:早期诗歌以《不一样的国度》《威利爵爷的城堡》为代表。这些诗歌的宗教、历史色彩浓厚,诗歌意象多来自《圣经》和古希腊罗马的历史和神话,诗歌语言注重修饰、讲究音韵节奏,曾得到新批评派的高度赞扬;中期诗歌以《生活研究》为代表,该诗文集以洛厄尔自身的成长过程和经历为素材,毫无遮掩地将个人的私密生活、人性中的阴暗面呈现在诗中,借此展示洛厄尔家族和美国社会的堕落,诗歌风格自由,遣词造句具有强烈的口语特点;晚期诗歌以《笔记本》《历史》《海豚》为代表,诗歌风格兼具早期和中期的特点,将个人经历与历史相融合,大部分诗歌近似五音步无韵体诗。

洛厄尔喜欢修改以前发表过的作品,不断推陈出新,其一生的创作风格的变化亦反映出美国现代诗坛的发展潮流和趋势。他的诗歌创作思想既有变化亦有持续性,其主要的诗歌创作理念有以下几个

---

① Ian Hamilton, *Robert Lowell: A Biography*, New York: Random House, 1982, p. 57.

方面：

（一）诗之艺术需精雕细琢

洛厄尔早期的诗歌创作思想受新批评派的影响很大，他曾说："我是在新批评派全盛时期成长起来的诗人。新批评派的创作技巧先入为主，迷恋过去，被其他不同的语言所吸引。对我来说，一个诗人如果对古典文学没有兴趣那真是难以想象的。"①新批评派中对其影响较早的是艾伦·泰特和兰色姆。1971年，洛厄尔在一次采访时曾谈及其早期诗歌创作，认为那时的影响"主要来自艾伦·泰特，与新批评紧密相关"②。泰特精通英国古典文学和一些希腊拉丁经典，对其中的一些重要段落能脱口背出。洛厄尔对此钦佩不已，他回忆说："所有的英国古典文学和一些希腊拉丁经典泰特都能信手拈来。泰特对这些经典驾轻就熟……"③1936年4月，他拜访泰特时曾在泰特家的院子里扎了个帐篷，在帐篷里住了三个月，每隔几天便把自己创作的诗歌交给泰特批阅，泰特对洛厄尔的诗歌创作才能给予了极大的肯定。泰特的观点对洛厄尔的诗歌创作影响很大，洛厄尔认为"自己的诗歌与泰特最相似"④。洛厄尔在接受采访时说："极少的几个诗人能给予我技巧方面的指导。我与泰特一直走得很近，我想我的一些早期的诗歌都是出于对泰特的崇拜而写出来的。"⑤

泰特对洛厄尔诗歌创作影响最重要的一个方面就是：诗歌技巧注重运用传统诗歌的格律和诗节形式，言辞深奥隐晦、擅用讥讽。泰特认为，"一首好的诗歌与崇高的情感和精神的感动无关。它是一件

---

① Ian Hamilton, *Robert Lowell: A Biography*, New York: Random House, 1982, p. 57.

② Robert Lowell, "A Conversation with Ian Hamilton," in *Collected Prose*, edited by Robert Giroux, Toronto: Collins Publishers, 1987, p. 278.

③ Robert Lowell, "Visiting the Tate," in *Collected Prose*, edited by Robert Giroux, Toronto: Collins Publishers, 1987, p. 59.

④ 同②，第279页。

⑤ Robert Lowell, "An Interview with Fredrick Seidel," in *Collected Prose*, edited by Robert Giroux, Toronto: Collins Publishers, 1987, p. 261.

精工细作的产品(a piece of craftsmanship),一个只能用智力理解和认知的客体"[1]。诗人创作时必须全身心地投入,竭尽所有的精力、想象和技巧,"把每一首诗都当成自己写的最后一首诗"[2]。泰特的观点体现了新批评的重要思想:文学作品是一个独立自足的多层次的艺术客体,文学活动应以作品文本为本体。关于这一点,兰色姆亦有所论述。兰色姆在他的文章《诗歌:本体论笔记》("Poetry: A Note in Ontology",1934)中,把诗歌看作封闭的客观存在物,强调诗歌文本的本体存在,认为建立在文本基础之上的本体论批评才是最好的批评方式,文学批评应该研究作品的内在因素而不是作品之外的各种联系。兰色姆在其文集《新批评》(The New Criticism,1941)中提出文本细读法,认为评论应该关注诗的结构与肌质。所谓"结构"是指诗的中心逻辑线索、主题和概要;"肌质"是指组成诗歌的具体细节,包括意象、节奏、韵律、修辞等。诗的结构与肌质乃相互对应又联系紧密的有机整体。兰色姆在《新批评》中赞扬T. S.艾略特等人的批评观点和方法,称之为"新批评"。T. S.艾略特提出诗歌创作的"非个性化",主张诗人从传统中挖掘创作素材和灵感,寻求客观对应物,提倡运用隐喻、典故、象征等创作手法。这些观点对兰色姆、泰特、洛厄尔都影响极大。

洛厄尔同样认为,诗歌作为一种艺术品,具有自身特有的完整性。这种完整性使其独立于信仰之外。也就是说,不论诗歌表达怎样的政治立场和宗教立场,都不会妨碍其成为好的诗歌,甚至"表达丑恶情感的诗也能写成一首好诗"[3]。洛厄尔认为,不同的诗人写出的诗有其不同的诗性特质。他以罗伯特·勃朗宁(Robert Browning)和罗伯特·弗罗斯特(Robert Frost)为例进行了对比说明。他认为勃朗宁诗

---

[1] Robert Lowell, "Visiting the Tate," in Collected Prose, edited by Robert Giroux, Toronto: Collins Publishers, 1987, p. 59.

[2] 同[1]。

[3] Robert Lowell, "An Interview with Fredrick Seidel," in Collected Prose, edited by Robert Giroux, Toronto: Collins Publishers, 1987, p. 251.

歌中的人物给人的感觉是编造出来的,他仿佛给其描写的事物上了一层釉。而在弗罗斯特的诗歌中,读者则会感到他所描写的农民就是现实中的农民,他的描写就像是在拍照,他的诗具有照片的特质。而这种特质的形成依靠的是"遣词、造句和语言的节奏感……他能把自性与诗性合而为一,这也是他高人一筹的地方"①。

洛厄尔认为,诗歌一方面要能用描写性的语言展示人性的丰富性;另一方面,又需要在有限的空间里,以强烈的节奏感来压缩所要表达的内容。② 为了达到理想的效果,洛厄尔写诗时常常反复琢磨修改。他早期进行诗歌创作时常常是先写成散文或无韵诗,然后再反复修改、删减,使之形成某种节奏和韵律。他在接受采访时说:"我写诗时常常是先把几段诗节写在一张纸上,然后尽量压缩,一次又一次地修改,反复思考和斟酌用词和韵律……"③可以说,洛厄尔早期的诗歌创作尤其注重技巧,其诗歌的节奏和韵律为许多评论家所称道,甚至威廉斯都称赞其韵文是"我所知道的诗人中最好的"④。这些诗歌经过反复修饰尽管形式工整,却过于拘泥于音韵和节奏。他早期的成名作《威利爵爷的城堡》虽然得到了新批评派的高度赞扬,但因其雕琢痕迹明显而略显滞重,赞扬之中亦夹杂着批评之声。威廉斯曾评价说:"洛厄尔先生似乎被这些诗行抑制住了;他好像想要突破出来……"⑤

1951年,洛厄尔发表《卡瓦瑙磨坊》后,创作进入瓶颈期,其间有七八年没有重要作品发表。新批评派隐晦的、注重形式的风格仿佛成为其创作中的一层僵固而不可穿透的硬壳,阻碍着洛厄尔的创作活力。那时对洛厄尔而言,"真正的困难在于如何使旧的格律形式适用

---

① Robert Lowell, "An Interview with Fredrick Seidel," in *Collected Prose*, edited by Robert Giroux, Toronto: Collins Publishers, 1987, p. 264.
② 同①,第241页。
③ 同①,第241页。
④ Ian Hamilton, *Robert Lowell: A Biography*, New York: Random House, 1982, p. 180.
⑤ 同④。

于个人经验的深刻表达"①。1957年3月,洛厄尔前往美国西海岸进行为期14天的诗歌朗诵活动,听众反响平淡。他反思道:"那时,诗歌朗诵已经被金斯伯格推到了顶峰。我却还在朗诵自己发表于二战期间的旧诗,它们都是一些新批评派特色的宗教性和象征性很强的诗歌。我发现听众听不懂这些诗,对此没有评论,甚至我朗诵时发现自己有时也不懂。"②洛厄尔认为自己的一些旧诗过于隐晦、拘谨而又缺乏幽默感,就像"史前的怪物身陷沼泽,被自身笨重的盔甲拖累至死"③。在朗诵之余,洛厄尔把自己以前写的诗修改简化,如果诗歌中有拉丁引文的,他就将其译成英文,或者在诗行中加入几个单词,使诗文意思更为清晰。甚至有时在朗诵时他也会即兴修改,这样朗诵的效果好了许多。此次的西部之行对洛厄尔的触动很大,促使他寻求新的诗歌创作形式,进入了写作转型期。

(二)诗歌要回归生活,关注社会现实

洛厄尔经过一番反思后发现,当时大部分诗人都非常注重形式,其重视程度甚至超过了老一辈诗人,但却效果不佳。"雪莱能非常流畅地大篇幅地使用三行体,他甚至能做到脱口而出,没有任何障碍……而现代诗人采用这种形式时,就像是在摔跤……仿佛在吃力地挣扎搏斗于形式与内容之间……泰特和我都觉得我们想让诗歌的形式更为艰涩、滞重。"④洛厄尔意识到,过分注重格律有时会妨碍诗人清晰地表达思想,旧的形式主义的条条框框严重束缚了诗人的自由,成为诗人的负担。新批评派对历史和经典的过度强调使诗人忽略了

---

① Robert Lowell, "Dr. Williams," in *Collected Prose*, edited by Robert Giroux, Toronto: Collins Publishers, 1987, p. 43.
② Robert Lowell, "A Conversation with Ian Hamilton," in *Collected Prose*, edited by Robert Giroux, Toronto: Collins Publishers, 1987, p. 284.
③ Robert Lowell, "On 'Skunk Hour'," in *Collected Prose*, edited by Robert Giroux, Toronto: Collins Publishers, 1987, p. 227.
④ Robert Lowell, "An Interview with Fredrick Seidel," in *Collected Prose*, edited by Robert Giroux, Toronto: Collins Publishers, 1987, p. 241.

自身所处的鲜活的社会文化环境。他说:"现在的诗人们越来越意识到这种旧的形式主义的僵硬和累赘。很多诗都是按照标准写出来的。这些诗让诗人们殚精竭虑,本身却又毫无价值。现实文化与其擦肩而过。"①他在接受采访时还说:

> 我们这一代诗人,特别是那些比我们还要年轻一些的诗人,对诗歌的形式非常在行。他们能用惊人的技巧写出富有乐感的、高难度的诗。但这种作品似乎与文化脱节。它过于精专于技巧而不能驾驭经验。这种创作成为一种工艺,纯粹的工艺。这种情形必须得有突破性的改变,诗歌要回归生活。②

20世纪50年代中后期,洛厄尔逐渐放弃了对新批评派的追随,转向学习威廉斯、惠特曼等直白、自由、口语化的诗风,他说:"威廉斯是一个解放者、一个典范……他的风格是大众风格,他自己称之为——美国风格……时代在改变。现实景观充满了污垢和工业社会的能量,现在我们所期待和需要的是一种烈性的实验艺术。"③他在创作中更为关注社会现实,将个人的生活经历和情感呈现在诗中,与T. S. 艾略特的"非个性化"创作理论分道扬镳。

其实,洛厄尔在开始诗歌创作的初期就非常喜欢威廉斯的诗。他说:"当我还是哈佛大学的一年级学生时,就被威廉斯在诺顿的讲座深深吸引了。"④威廉斯的诗歌简洁、直白,他善于从日常生活中的方方面面汲取创作素材,用于诗歌创作。洛厄尔评价说:"他的习语来源广泛,有的来源于日常口语,有的来源于阅读,表达方式丰富多彩;他把

---

① Robert Lowell, "Dr. Williams," in *Collected Prose*, edited by Robert Giroux, Toronto: Collins Publishers, 1987, p. 43.
② Robert Lowell, "A Conversation with Ian Hamilton," in *Collected Prose*, edited by Robert Giroux, Toronto: Collins Publishers, 1987, p. 284.
③ 同①,第43—44页。
④ 同①,第38页。

这些素材创造性地融合在一起,内容丰富而又独特。其清晰明快的语言风格和那宛如亚历山大大帝般高贵的语调几乎没有人可以模仿。"①那时候,洛厄尔认为威廉斯的诗非常具有创新性,但却是"非主流",学界对其亦是褒贬不一,再加之上大学时他学习的是古典文学专业,受新批评派主将泰特、兰色姆等的影响颇深,渐渐地,他便投身于学院派的诗歌创作潮流之中。

即使在热衷于新批评派创作热潮之时,洛厄尔内心依然存留着对威廉斯的崇敬和喜爱。1947年和1948年,洛厄尔先后撰写两篇文章评论威廉斯的《帕特森》("Paterson",1946),高度赞扬威廉斯诗歌的生活气息,认为威廉斯擅长把诗歌融入现实生活之中,能够充分利用生活经验中的一切材料,"威廉斯掌握了这座城市的方方面面:它的过去、它的现在、它的自然景观、它的居民及其活动等。他把所有这些材料交织在一起,使它们发生戏剧性的变化"②。威廉斯的诗行中甚至夹杂着一些未经任何加工的原始材料,如旧报纸、教科书和书信中的段落等。在洛厄尔看来,这是一种能力和胆识,一种追求朴素的勇气。因为只有那种简洁而又蕴含经验的风格才能驾驭住那些原始的"生"材料。③洛厄尔眼里的威廉斯有着超乎寻常的感受力、观察力和表达能力,威廉斯的诗歌常常从细微处入手,既可以通过描写外部环境来刻画人,也能将所观察的事物拟人化。"他的一些短小的抒情诗展示了其完美的观察和移情技巧。"④

当洛厄尔的创作进入瓶颈期时,他在威廉斯的帮助下找到了突破口。洛厄尔于1956年和1957年,分别在韦尔斯利(Wellesley)和布兰迪斯(Brandeis)两次拜访威廉斯。1956年的那次会面恰逢威廉斯在

---

① Robert Lowell, "Dr. Williams," in *Collected Prose*, edited by Robert Giroux, Toronto: Collins Publishers, 1987, p. 41.
② Robert Lowell, "Paterson I," in *Collected Prose*, edited by Robert Giroux, Toronto: Collins Publishers, 1987, p. 30.
③ Robert Lowell, "Paterson II," in *Collected Prose*, edited by Robert Giroux, Toronto: Collins Publishers, 1987, p. 34.
④ 同②。

韦尔斯利举办诗歌朗诵会。威廉斯的朗诵令观众的情绪高涨,场面非常火热。洛厄尔坐在观众席中,被威廉斯的诗歌和观众的激情深深地打动,内心感受到强烈的震撼。1957年,洛厄尔前往布兰迪斯拜访威廉斯时,出席并聆听了威廉斯的讲座,受益匪浅。威廉斯在讲座中抨击传统诗歌形式的局限性。他认为虽然现代自由体诗歌和传统诗歌都讲究节奏和韵律,但现代诗歌更灵活,更适于现代诗人们表达内心的感受。威廉斯在演讲中呼吁诗人们要用"美国习语"(American idiom)写诗,认为"美国习语"能以"灵活多变"的音步来取代"固定的标准音步"①,使诗歌具有现代气息。威廉斯演讲中精辟的分析解开了洛厄尔心灵深处的困惑,令其茅塞顿开,使他强烈地意识到诗歌创作要回归生活,要置身于现实的地理、人物、语言习俗之中。洛厄尔在《威廉斯》("Dr. Williams",1987)一文中回忆反思说:

  威廉斯融入我之中,但我却不能融入威廉斯之中。当然,做到与一个好作家完全同声同气是不可能的。但很少有诗人能像威廉斯那样真正看清楚美国或聆听其声音。或者更确切地说,他诗歌中展示的都是我们日常生活中最显而易见的东西,但没有人能从中获得创作的灵感。威廉斯却能从他身边的人物、环境和日常活动中自然而然地获取素材和灵感。……我说我不能融入威廉斯之中,其真正意思是我不能融入美国之中。②

在听完威廉斯的布兰迪斯演讲后不久,洛厄尔便开始创作《生活研究》。1957年9月,洛厄尔写信给威廉斯,称自己已突破了创作的瓶颈,并表达感激之情:"我现在的创作状态就像房子着了火一

---

 ① Steven Gould Axelrod, *Robert Lowell: Life and Art*, Princeton: Princeton University Press, 1978, p. 90.

 ② Robert Lowell, "Dr. Williams," in *Collected Prose*, edited by Robert Giroux, Toronto: Collins Publishers, 1987, p. 42.

般……我在尝试将松散自由的韵律与严格的韵律相结合……我觉得您的创作技法令我受益良多。"①洛厄尔完成《生活研究》的部分初稿后将其送给威廉斯审阅,威廉斯看后非常高兴,激动地回信祝贺洛厄尔:"你已经开发出一片新的领地。你需要这种突破,韵律再也不能束缚你了……"②可以说洛厄尔能创作完成《生活研究》,威廉斯功不可没,尽管该作品还受到其他一些诗人的影响,如斯诺德格拉斯、伊丽莎白·毕肖普(Elizabeth Bishop)等。史蒂文·古尔德·阿克塞尔罗德(Steven Gould Axelrod)指出,《生活研究》的创作风格深受威廉斯的影响,"洛厄尔的一些诗行像威廉斯的一样,去除了首字母大写和有规律的音韵和节奏……洛厄尔用'美国习语'来取代他早期诗歌中晦涩而紧张的修辞……洛厄尔开始用新的、自由的创作技法来描绘其个人生活历史中的真实"③。总括起来,威廉斯对洛厄尔《生活研究》创作的影响主要体现在以下几个方面:一是在诗歌中用灵活多变的音步来替代严格固定的音步,使用自由的音韵节奏;二是用"美国习语"进行写作,采用贴近生活的口语化的措辞;三是关注鲜活的日常生活,从个人生活经历、现实社会环境中提取素材和灵感。而这几个方面正是令《生活研究》获得成功和赞誉的亮点之所在。

(三) 诗歌要表达人之经验,揭示人性

洛厄尔改变了早期的创作风格,并非意味着他对早期诗歌完全持否定态度。洛厄尔认为自己早期诗歌的价值在于它们是"经验的记录,而这种经验又成就了后期创作的诗歌"④。而他放弃早期的诗歌创作方式,是因为这种创作方式严重束缚了他对"经验"的描述和表达。洛厄尔在接受采访时指出,早期这种过度精专的技巧"不能处理许

---

① Steven Gould Axelrod, *Robert Lowell: Life and Art*, Princeton: Princeton University Press, 1978, p. 91.
② 同①,第 92 页。
③ 同①,第 94—95 页。
④ Robert Lowell, "An Interview with Fredrick Seidel," in *Collected Prose*, edited by Robert Giroux, Toronto: Collins Publishers, 1987, p. 250.

多经验"①，必须要予以改变和突破。由此可见洛厄尔在创作中对经验的关注和重视。在洛厄尔眼里，许多艺术家的成就在于他们能把生活之经验变成他们的艺术，"经验"使艺术家们在其创作中获得重生，艺术作品也因艺术家的"经验"而获得生命和活力。威廉斯的《帕特森》就是一个极佳的例子，洛厄尔评价说："他（威廉斯）把自己的生活也融入这座城市之中——在其细致入微的描写中，蕴含着各种经历、记忆或象征。总而言之，帕特森就是威廉斯的生命，而威廉斯则赋予了帕特森生命的活力。"②在洛厄尔眼里，威廉斯的成功在于他能像威廉·华兹华斯（William Wordsworth）一样以其诗歌的"成熟、经验和同情"③而胜人一筹。

　　阿克塞尔罗德在其研究著作中分别从"经验的神话""经验的写照"和"经验的印象"三个方面对洛厄尔早期、中期和晚期诗歌中的"经验"进行了研究。他指出："虽然随着时间的推移，洛厄尔的艺术风格发生了巨大变化，但从本质上来讲，其关注经验的特点依然没有改变。"④在洛厄尔的诗中读者亦不难发现其对生活经验的描写。1943年，洛厄尔因拒绝服兵役而被判入狱，在其诗歌《对西街和雷普齐的回忆》（"Memories of West Street and Lepke"）中，洛厄尔回忆了他在监狱中的生活；1949年，洛厄尔患上精神躁郁症，后来病情愈发严重，需经常住院治疗，在诗歌《蓝色中醒来》（"Waking in the Blue"，1959）里，洛厄尔描写了在精神病院的痛苦体验："天蓝色的日子/使我的痛苦的蓝色窗户更为荒凉。/乌鸦在石化的航道上聒噪，/缺了个人！我的心绷紧，/像一只鲸标冲来要致人死命。"⑤；在《男人和妻子》

---

① Robert Lowell, "An Interview with Fredrick Seidel," in *Collected Prose*, edited by Robert Giroux, Toronto: Collins Publishers, 1987, p. 244.

② Robert Lowell, "Paterson I," in *Collected Prose*, edited by Robert Giroux, Toronto: Collins Publishers, 1987, p. 30.

③ 同②。

④ Steven Gould Axelrod, *Robert Lowell: Life and Art*, Princeton: Princeton University Press, 1978, p. 4.

⑤ Robert Lowell, "Waking in the Blue," in *Collected Poem*, edited by Frank Bidart and David Gewanter, New York: Farrar, Straus and Giroux, 2003, p. 183.

("Man and Wife")、《述说婚姻中的悲哀》("To Speak of Woe that Is in Marriage")等诗歌中,洛厄尔则呈现了现实婚姻生活中的困境。在这些诗中,诗人以其非凡的洞察力和艺术感受力,以细腻的笔触从现实生活的琐碎细节入手,展示了生与死、希望与绝望、快乐与痛苦相互交织的人生图景。从这些诗里,读者也可以看出洛厄尔以生命之经验来铸造其诗歌之艺术的创作理念。

对洛厄尔而言,"经验"并非仅仅是生活中所经历和发生的事情,"经验"之中还包含着人的情感体验,交织着人与自然、人与人的关系,这些关系的相互作用使人最内在的本性得以显现。故而洛厄尔认为"伟大的诗歌主题通常是关于人的品格、情感以及让人耗尽心力的道德挣扎"[1]。洛厄尔还认为不仅诗歌中对人性高贵和善良的讴歌能带来美的享受,诗歌对人性中丑恶一面的揭示也同样具有审美价值。在其文章《艺术与邪恶》("Art and Evil", 1987)中,他认为艺术能让邪恶的东西也给人带来愉悦。他在文中以阿尔蒂尔·兰波(Arthur Rimbaud)的《地狱的季节》("A Season in Hell", 1873)、维吉尔(Vergil)《埃涅阿斯纪》(Aeneid)中的埃涅阿斯(Aeneas)等为例进行了分析。他认为"这些都是像基督一样的人物,他们也是罪犯。这种主人公被所有人尊敬,其中包括想要毁灭世界或是改良世界的人"[2]。兰波的散文诗集《地狱的季节》带有浓厚的自传色彩,作品中充斥着其个人生活经历的自白和呢喃谵妄般的梦语。兰波在诗中毫无畏惧地展示自己的同性恋情感和内心的阴暗,把自己定位为一个没有道德感的动物,一个罪大恶极的没有人性的野人。这部作品因对邪恶的无所顾忌的描写,被人称为"罪恶之书"。洛厄尔认为,兰波正是通过放大夸张自己的罪恶来渲染邪恶的无处不在,用一种以毒攻毒的方式来影射和抨击社会的虚伪和罪恶。洛厄尔说:"我们生活在一个艰难而又破碎的世界,如果

---

[1] Robert Lowell, "Paterson I," in *Collected Prose*, edited by Robert Giroux, Toronto: Collins Publishers, 1987, p. 30.
[2] Robert Lowell, "Art and Evil," in *Collected Prose*, edited by Robert Giroux, Toronto: Collins Publishers, 1987, p. 133.

邪恶能通过人的能动作用产生积极的力量,那力量依然会发生作用。"①1949年庞德获博林根奖时,洛厄尔是投赞成票的评委之一,他认为尽管庞德的诗歌中有一些法西斯的观点、一些或好或坏的信仰,但这些东西成就了他诗歌中的血性,很好地为其所用,使他的诗"更为人性化、生活化和时代化"②。

同样,洛厄尔自己在创作中也毫无遮掩地呈现其人生经历中的阴暗面。例如他的《生活研究》中许多诗歌以自白方式描写了其个人经历,包括他的家庭背景、夫妻关系、监狱生活、精神病史等,无所顾忌地将自己"非道德"的一面展示在读者面前:婚外情、酗酒、自我放纵、暴力、堕落等。其中一首《臭鼬的时光》("Skunk Hour")更是着力展示了"我"的病态和异化:"我的病态的灵魂在每个血球里啜泣/好像我用手扼住它的喉咙……/我自己就是地狱。"③诗歌标题中的 skunk 一词在英文中具有"臭鼬"和"卑鄙小人"的双重含义。诗歌通过"臭鼬"在肮脏的世界里肆意横行,现代人在"山的头盖骨"(hill's skull)中尽情纵欲等描写,在人类与臭鼬之间形成一种隐性的连接。诗人似乎在暗示现代社会里人们已变得放纵、病态和异化,现代社会已病入膏肓,成为"臭鼬"横行的荒原世界。评论界认为诗歌中的描写揭示了"整个社会结构的腐烂"④,诗人以自我感受为切入点,揭示现代社会中人类存在状态的荒谬性,赋予诗歌一种深厚而强烈的社会批判意识。

自《生活研究》发表之后,洛厄尔诗歌中"经验"之表达便备受学界的关注,诗人对自我经验的描写赋予了其诗歌浓郁的自传色彩,他

---

① Robert Lowell, "Art and Evil," in *Collected Prose*, edited by Robert Giroux, Toronto: Collins Publishers, 1987, p. 138.

② Robert Lowell, "An Interview with Fredrick Seidel," in *Collected Prose*, edited by Robert Giroux, Toronto: Collins Publishers, 1987, p. 252.

③ Robert Lowell, "Skunk Hour," in *Collected Poem*, edited by Frank Bidart and David Gewanter, New York: Farrar, Straus and Giroux, 2003, p. 192.

④ Steven Gould Axelrod, *Robert Lowell: Life and Art*, Princeton: Princeton University Press, 1978, p. 125.

的诗也被贴上了"自白诗"的标签。但综观洛厄尔一生的诗歌创作,其诗歌中的"自白"并非仅仅是对自我经验的书写,在其经验的描写中,诗人始终关注着人与人、人与社会的关系。在洛厄尔中晚期的《生活研究》《笔记本》《历史》《海豚》等作品中,读者不难发现其中许多诗歌主题关注现代社会中人与社会、理智与情感的离疏,抨击现代工业资本主义社会对人性的摧残以及机械文明造成的人类价值的湮灭。"机械化时代取代了有机和谐时代,"洛厄尔曾说,"我真希望能让时光倒流,希望我有勇气怒斥那些统治者的错误行为。"① 洛厄尔以其诗歌为武器揭除世俗虚假的面具,直指人性和社会的阴暗面。尽管诗歌中所涉及的一些内容与当时的社会伦理相悖,遭到学院派一些高雅人士的反对,但其"回归生活""关注个人经验"的诗歌创作理念为许多自白派诗人所效仿,为美国现当代诗歌的发展带来了新的转机。

玛乔瑞·帕洛夫(Marjorie Perloff)评论说:"他(洛厄尔)以一种既成的传统——浪漫抒情的'我'的投射——把浪漫的'经验的诗歌'与19世纪后期现实主义小说家完美的转喻的模式相结合。这种结合标志着20世纪诗歌史的转折。"② 帕洛夫的评价是中肯的。

二、约翰·贝里曼的诗歌创作理念与诗学实践③

约翰·贝里曼(John Berryman,1914—1972)1914年生于俄克拉荷马一个天主教家庭。父亲约翰·史密斯(John Smith)曾是银行职员,母亲玛莎·利特尔(Martha Little)是中学老师。贝里曼年幼时父母感情不和,均有外遇。贝里曼11岁时,父母迁居佛罗里达,开了一个家庭旅馆,几个月后旅馆便关门破产。不久母亲便与约翰·安古斯·贝里曼(John Angus Berryman)产生了婚外情,与父亲协商离婚。

---

① Steven Gould Axelrod, *Robert Lowell: Life and Art*, Princeton: Princeton University Press, 1978, p. 41.
② Marjorie G. Perloff, *The Poetic Art of Robert Lowell*, Ithaca and London: Cornell University Press, 1973, p. 99.
③ 本小节部分内容曾作为国家社科基金重大招标项目"20世纪美国文学思想"(项目号:14ZDB088)的阶段性成果发表在《外语学刊》2018年第2期中。

父亲在家庭和事业双重失败的压力下开枪自杀,贝里曼目睹了父亲自杀后的情形,那时他还未满 12 岁。父亲的自杀给贝里曼带来了巨大的心灵创伤,对贝里曼一生的生活和创作产生了重大影响。父亲去世后,母亲与约翰·安古斯·贝里曼结婚,贝里曼便改随继父的姓氏。

1932 年,贝里曼被哥伦比亚大学录取,主修文学专业。大学期间他尤其喜欢诗人马克范多伦(Mark Van Doren)教授的课程,在其影响下开始诗歌创作,并有少量诗作发表在《哥伦比亚评论》(The Columbia Review)、《国家民族政坛》(The Nation)等期刊上。1936 年,贝里曼获哥伦比亚大学的奖学金,被选送英国剑桥大学进修两年。1938 年,贝里曼回国后先后在韦恩、哈佛、普林斯顿等大学任教。1972 年,贝里曼自杀身亡,临终前是明尼苏达大学的教授。贝里曼一生的情感生活丰富曲折,曾结婚三次并有多次婚外情。复杂挫折的情感经历既给他的创作带来了灵感,也给他的内心带来了极大的伤痛。评论界认为,其父自杀、爱情受挫、创作灵感衰竭等带来的负面情绪是导致他自杀的重要原因。

贝里曼的诗歌创作分两个阶段。早期作品包括 1940 年新方向出版社出版的《五个美国青年诗人》(Five Young American Poets)中收录的"20 首诗",1942 年出版的《诗集》(Poems),1948 年出版的《被剥夺者》(The Dispossessed)。他著名的《献给克莉丝的十四行诗》(Sonnets to Chris)写于 1947 年,是一部关于其婚外情经历的自传性组诗,但直到 1967 年才公之于世。该诗集与其长诗《向布拉德特利夫人致敬》("Homage to Mistress Bradstreet",1953)被学界视为贝里曼转型时期的作品。贝里曼晚期的诗集《梦歌》(The Dream Songs)是其代表作。这部诗集 1964 年出版时题为《七十七首梦歌》(77 Dream Songs),曾获普利策奖;1968 年出版时扩充到 300 余首,题为《他的玩具,他的梦,他的休息》(His Toy, His Dream, His Rest),获美国国家图书奖和博林根奖;1969 年又增补到 385 首,定名为《梦歌》。其晚期作品还包括 1970 年出版的《爱与名望》(Love & Fame)和 1972 年出版的《幻觉,等》(Delusions, Etc)。

(一) 诗之象征

贝里曼早期作品的创作技巧受威廉·巴特勒·叶芝(William Butler Yeats)和威斯坦·休·奥登(Wystan Hugh Auden)的影响较大,其中的一些基本的创作主题贯穿于他一生的创作之中。[①] 贝里曼说:"我开始写诗时是一个爱好和迷恋英国伟大诗人叶芝的信徒,我希望从他那里开启我的事业之旅……"[②]叶芝早期的创作多取材于爱尔兰本土的传奇与民谣,沿袭浪漫主义抒情而华丽的风格。19世纪末,随着象征主义运动的兴起,叶芝不断思考新的创作方式,1900年,他写出《诗歌的象征主义》("The Symbolism of Poetry")一文,其诗歌的创作风格亦发生了较大的变化。叶芝中晚期的诗歌变得朴实、冷峻,擅长从生活里平凡的事件中获得感悟,关注精神的思索,诗句充满象征和暗示,成为后期象征主义的代表。可以说贝里曼学习叶芝中晚期诗歌的创作风格,在很大程度上汲取的是象征主义的美学思想。

叶芝在其文章《诗歌的象征主义》中探讨了诗歌中象征主义的特点,认为诗歌的象征寓意是由其形式和语言技巧形成的。他在文中写道:"虽然你能用一些信手拈来的词语表达你的观念,或描写一件事情,但你却不能赋予其言外之意,除非你的措辞精细微妙、组合多样、充满神秘,宛如鲜花和美女……有一种无法分析的精美和捉摸不定的微妙。"[③]象征主义非常注重语言技巧的运用,常常通过对日常词语进行特殊的、出人意料的安排和组合,使语言产生新的含义。贝里曼在其文章《一个问题的回答:变化》("One Answer to a Question: Changes",1976)中亦曾谈及诗歌创作的语言技巧,他以代词为例进行了说明。贝里曼认为,代词也许看上去无足轻重,但却意味深长。在

---

① J. M. Linebarger, *John Berryman*, New York: Twayne Publishers, 1974, p. 7.
② John Berryman, "One Answer to a Question: Changes," in *The Freedom of the Poet*, New York: Farrar, Straus and Giroux, 1976, pp. 323 – 324.
③ Richard Nordquist, "Yeats and 'The Symbolism of Poetry'," accessed October 18, 2017, https://www.thoughtco.com/symbolism-of-poetry-by-wb-yeats-1690312.

诗歌中通过使用模糊代词(ambiguous pronoun),可以使身份的认同得以保留,既可以使诗人存在于诗中,也可以使诗人游离于诗外。① 这种身份的不确定性,可以使读者产生由此及彼的联想,赋予作品多重含义和更深刻的寓意。贝里曼说:

> 我自始至终都铭记着约瑟夫·康拉德(Joseph Conrad)的话:"一件艺术品极少限制于单一意义,也不必倾向于一种确定的结局。因为它越接近艺术,它越具有象征的特征……所有伟大的文学作品都是具有象征性,那样才能在复杂性、力量、深度、美学等方面获得提高"。②

在贝里曼的诗集中,读者不难发现其充满象征寓意的诗。在这些作品中贝里曼不仅仅满足于对事物清晰而明确的描写,他所追求的艺术效果,是使读者在理解作品字面意义的同时,更要能感受到作品的言外之意,能有所悟。如他的诗歌《球》("The Ball Poem"),描写的是一个小男孩失去他的玩具球的情形。诗歌的开头写道:"那个掉落了球的男孩是谁,/他该咋办呢?我看见它/欢快地弹跳着,沿着街道滚下,然后/开心地躺在水里!/……/他僵硬地站着,浑身发抖,盯着下面/他所有的年轻的时光都在这片港湾里/他的球曾失落在这里。我不想打扰他,/……"③诗人通过对日常生活中普通个体事件的描写,挖掘隐藏在其中的人生道理,抒发其内心深处的"失落"感。贝里曼年幼丧父,痛失父亲的伤痛伴随了他的一生;他年轻时多次恋爱,亦多次失去恋人。虽然该诗中并未描写这些经历和感受,但熟知其生活经历的读者在诗中可以隐约感知到诗人内心的"失

---

① John Berryman, "One Answer to a Question: Changes," in *The Freedom of the Poet*, New York: Farrar, Straus and Giroux, 1976, p. 326.
② Robert Giroux, Preface, *The Freedom of the Poet*, by John Berryman, New York: Farrar, Straus and Giroux, 1976, p. x.
③ John Berryman, "The Ball Poem," in *Collected Poems 1937－1971*, edited by Charles Thornbury, New York: Farrar, Straus and Giroux, 1989, p. 11.

落"感。同时,人生经历不同的读者在该诗中还会体悟到各自不同的"失落"。在该诗中诗人便是通过模糊代词的使用,来达到这种由此及彼的效果的。诗歌中"他该咋办呢?"中的"他"指代的是"小男孩"。而"他所有的年轻的时光都在这片港湾里/他的球曾失落在这里"一句中的"他"则是模糊指代,有可能是指"小男孩",也有可能是指曾经失去过宝贵东西的其他人或者诗人自己。诗人通过时间和空间的转换处理,使代词"他"的指代模糊化。同样,诗歌结尾部分的"我"也是模糊指代:"……我无处不在,/我不是一个小男孩。"①诗句中的"我"有可能是指诗人,也有可能是指"小男孩",或者其他人。诗中把代词"我"与"无处不在"出人意料地搭配在一起,令代词"我"的指代模糊化,使诗歌产生新的含义。在贝里曼看来,这种代词的模糊处理是一种创作技巧,而"艺术也是技巧"②。贝里曼认为,这种技法在《球》和后面的《向布拉德特利夫人致敬》和《梦歌》等诗歌的创作中都非常有效,"它能使一种特性融入另一种特性而又保留了最初的特性"③,从而使诗歌具有多重而深远的含义。加里·Q. 阿尔平(Gary Q. Arpin)曾评价说:"贝里曼的写作风格衍生于象征主义美学……这种风格试图创造出一种语言来描写我们的生存境况,甚至能克服我们生活中的荒谬和痛苦。贝里曼痛苦的诗人形象源自象征主义的传统。"④

(二)诗之自我的声音

虽然贝里曼在创作初期受叶芝的影响很大,甚至有些影响一直延续到其后期的创作,但贝里曼渐渐地发现,其创作的诗歌缺

---

① John Berryman, "One Answer to a Question: Changes," in *The Freedom of the Poet*, New York: Farrar, Straus and Giroux, 1976, p. 326.

② 同①,第 327 页。

③ John Berryman, Introduction, *Collected Poems 1937 – 1971*, edited by Charles Thornbury, New York: Farrar, Straus and Giroux, 1989, p. lvii.

④ Gary Q. Arpin, *The Poetry of John Berryman*, New York: Kennikat Press, 1978, pp. 9 – 10.

乏自己的声音。他说:"在蹒跚学步的那几年,我的诗缺乏自己的声音……他(叶芝)没有教会我用自己的声音写诗,或告诉我写什么。"①因此在之后的创作过程中,贝里曼不断在探寻"写什么"和"怎样写"等问题的答案,其中晚期的诗歌一直在努力发掘和展示"自我的声音"。

贝里曼认为,虽然叶芝没有教会他用自己的声音写诗,但却使其受益匪浅,他说:"从某种程度上说,那时叶芝使我免除了——庞德和T. S. 艾略特的压倒一切的影响——现在我认为这是一件幸事。"②贝里曼在20世纪三四十年代开始诗歌创作之时,T. S. 艾略特的"非个性化"理论正风靡美国诗坛。那时贝里曼热衷于学习和模仿叶芝,对T. S. 艾略特的此种理论不甚感兴趣。在他眼里,T. S. 艾略特的"非个性化"观点在大家看来是一种"宝贵的教义",但却"违反常情"(perverse)③而又缺乏新意,"以济慈的话来说就是'诗人没有身份——他总是寄居、寻求、填充在他人的身体里'"④。当评论家们纷纷用T. S. 艾略特的理论来衡量和评价诗歌之时,贝里曼的诗歌评论里却不合时宜地关注着诗歌和诗人的个性。1949年,贝里曼在其文章《庞德的诗》("The Poetry of Ezra Pound")中写道:"庞德的《诗章》一直以来都是非常个人化的(personal),正如诗人的命运所展示的那样,诗中选用的主角,大部分是他自己。"⑤贝里曼指出:

> 所有对庞德作品最好的评论都来自那些自己写诗的评论家,他们自己的诗作亦受庞德的影响很大;一直以来他们感兴趣的是创作技巧而非主题和个性。也许他们被"非个性

---

① John Berryman, "One Answer to a Question: Changes," in *The Freedom of the Poet*, New York: Farrar, Straus and Giroux, 1976, pp. 323–324.
② 同①,第324页。
③ John Berryman, "The Poetry of Ezra Pound," in *The Freedom of the Poet*, New York: Farrar, Straus and Giroux, 1976, p. 265.
④ 同③。
⑤ 同③,第268页。

化"的观念蒙蔽了双眼……而普通的读者对庞德作品的感受比大多数的批评家要准确。尽管读者会对其诗歌中的多样性感到困惑,但他会从中听出一种个性。事实上,庞德诗歌中的敌对情绪就源于此。①

贝里曼认为,庞德诗歌中个性表达的优势在于其诗歌中预言的特性消失了。虽然他在诗歌中展望未来,但他却在感知过去。② 贝里曼对庞德诗歌的评价可谓深刻独到,他在庞德的诗中看到的不仅仅是其诗歌创作的技巧,还有诗人所展示的个人特性。庞德在美国诗歌界是一位颇有争议的人物,他亲近法西斯阵营的倾向曾令其锒铛入狱,也令许多民众迷惑不解。而真正了解庞德生平和思想的人都知道,这一切都源自其想要改良社会的强烈愿望。在《比萨诗章》(The Pisan Cantos, 1948)的开篇,庞德写道:"我与世界争斗时/失去了我的中心/一个个梦想碰得粉碎/撒得到处都是——/而我曾试图建立一个地上的/乐园。"③一战后的经济大萧条和恶性通货膨胀,促使他不断地思考和探寻解决世界经济问题的良策,一些法西斯阵营里的经济学家的观点引起了庞德的极大兴趣,使他不知不觉地深陷其中。庞德美好梦想的种子播撒在时局产生的"错误"的土壤里,这导致了他的人生悲剧。但他想要建立人间乐园的愿望和热情,浸透在他诗歌的字里行间,使他的诗有着独特的魅力。在贝里曼看来,庞德的诗得以流传下来,甚至受到人们的喜爱和赞誉,是因为诗中"充满了个人的感知、记忆和思索"④。

1957年,在其文章《"自我之歌":意图与主旨》("'Song of Myself': Intension and Substance")中,贝里曼特意评论了惠特曼诗歌中的个人

---

① John Berryman, "The Poetry of Ezra Pound," in *The Freedom of the Poet*, New York: Farrar, Straus and Giroux, 1976, pp. 264 – 265.
② 同①,第265页。
③ Ezra Pound, *The Cantos of Ezra Pound* (Revised Collected Edition), London: Faber and Faber, 1975, p. 802.
④ 同①,第269页。

意图,他在文中引用了惠特曼的原话来予以佐证:"《草叶集》……他(惠特曼)说,'主要是我个人情感和个性的表露——自始至终都在试图把一个人,人类中的一员(我自己,在美国19世纪后期)自由而真实充分地记录下来'。"①他还特意将惠特曼与T. S. 艾略特进行了对比,认为惠特曼的此种观点与T. S. 艾略特的"非个性化"理论不同,注重的是真实的"记录"而不是"创新"或"制作"。在贝里曼眼里,惠特曼比T. S. 艾略特更注重诗人的个性,其诗歌中对个人情感和经历的"记录",不像T. S. 艾略特的诗歌那样炫耀和自命不凡。贝里曼认为诗人不应该被看成制造者,而应该被看成精神的历史学家,是一个调查者。②从贝里曼的评论中读者可以感受到他对惠特曼的褒扬和对T. S. 艾略特的贬斥,此种褒贬的态度显示了其诗歌创作的美学倾向——重视对个人情感和经历的记录,重视对内心精神世界的"自省"。事实上,贝里曼在接受采访时亦旗帜鲜明地表示:"我完全不同意T. S. 艾略特的'非个性化'观念……我反对这种观念,在我看来,恰恰相反,诗歌起源于个人特性。"③

在贝里曼探寻"自我的声音"的创作道路上,对个人情感和经历的记录已成为其作品中越来越重要的部分。1948年出版的《被剥夺者》中的一些诗歌已显示出贝里曼对其个人情感和经历的关注。如《玩跳棋》("At Chinese Checkers")描绘了其孩提时玩跳棋的情形,感叹逝去的时光;《告别》("Fare Well")则抒发了思念父亲的痛苦。20世纪60年代出版的《献给克莉丝的十四行诗》和其代表作《梦歌》更是具有典型的"自白"诗特点。在《献给克莉丝的十四行诗》中,贝里曼记录了自己的婚外情及内心的情感纠结。贝里曼此段婚外情始于1947年2月,他出席一次讲座时被一位名叫克莉丝(Chris)的已婚

---

① John Berryman, "'Song of Myself': Intension and Substance," in *The Freedom of the Poet*, New York: Farrar, Straus and Giroux, 1976, p. 230.
② 同①。
③ John Plotz, "Excerpts from Interviews with John Berryman," accessed November 11, 2017, http://www.english.illinois.edu/maps/poets/a_f/berryman/interviews.htm.

女子的美貌所吸引,后与之交往,发展为婚外情,曾一度深陷其中无法自拔。他曾想与克莉丝结婚,被克莉丝拒绝,她只想与他保持情人关系。而贝里曼出生在天主教家庭,自幼受天主教的熏陶。在天主教教义里"通奸"乃不赦之罪,他与克莉丝的婚外情令其精神备受煎熬。在与克莉丝热恋期间,贝里曼把个人的感情经历用十四行诗的形式呈现了出来,诗歌韵律大多为"abba abba cde cde",他在短短的四五个月内便写出110余首诗歌。其中一些诗歌表达了对情人的爱慕和思念,一些诗歌描写了与情人共度的时光,还有一些诗歌则流露出诗人内心的纠结和负罪感。贝里曼开始创作《献给克莉丝的十四行诗》时,并未曾想要将诗歌发表,对他来说,当时写这些诗只是一种情感的宣泄和抒发,是用传统的诗歌形式来"满足其自身的需求"①。而这"无心插柳"之举却为他探寻诗歌创作的"自我的声音"找到了方向,为其后来创作《梦歌》奠定了基础。贝里曼意识到,诗人"自我的声音"发于自身,是为了自己,也是为了他人,"诗人是一条管道,自身带有极大的充满经验的困境,当阀门打开时,他把这些困境诉说出来"②。这种困境的诉说即一种个人经验的传达。这种声音源自诗人的身体和灵魂,源自其对生活的观察、聆听和体悟。"没有作家能脱离其充满激情的生活的启示……"贝里曼说,"我们用耳朵写诗,这一点非常重要。构思、修剪材料并赋予其活力、倾听已经成为现代诗歌中重要而不可思议的事实……诗人聆听他的生活,可以说,诗人诉说着其耳之所闻。"③

贝里曼认为诗人写诗的动机是多种多样的:对节奏韵律的喜爱、创新的需求、改良的热情、优雅表达的期望,获取名望的冲动,对某人或上帝的爱,各种情感依恋(失望、怨恨、痛苦、怜悯等)等,但诗人创作

---

① Paul Mariani, *Dream Song: The Life of John Berryman*, New York: William Morrow and Company, 1990, p. 189.

② John Berryman, "'Song of Myself': Intension and Substance," in *The Freedom of the Poet*, New York: Farrar, Straus and Giroux, 1976, p. 232.

③ John Berryman, "The Poetry of Ezra Pound," in *The Freedom of the Poet*, New York: Farrar, Straus and Giroux, 1976, p. 264.

出来的诗歌却是一种"终端活动"(terminal activity)①,是"一个灵魂对另一个灵魂的诉说"②。对贝里曼而言,诗歌是源自诗人灵魂的声音,其中饱含着诗人的个人经验和情感体验,但"诗人是一种声音,并非仅仅他个人的声音……诗人的第一人称代词总是模棱两可的"③。在贝里曼构筑的诗歌世界里,他诉说的"爱恋""仇恨""伤痛""孤独""失落""彷徨"等并非其个人所特有,诗人的个人情感中蕴含着普通民众所共有的情感体验。在创作《献给克莉丝的十四行诗》时,贝里曼认为最首要考虑的问题不是风流韵事本身,而是一个更为普遍的问题,即"是否以艺术的形式揭示了邪恶和不道德"④。评论界曾有人评价说:"在《献给克莉丝的十四行诗》中,他(贝里曼)试图用传统的形式,将其具体而特殊的个性置于一种普遍性之中——该诗,正如他的其他作品一样,描绘的是代表性人物的生活,展示出现代诗人的一种文化担当。"⑤

(三) 诗之叙事

贝里曼认为自己的早期诗歌更为注重风雅和节奏韵律。而当他开始创作长诗《向布拉德特利夫人致敬》时,他意识到还应该注重诗歌的叙事性。他说:"当我开始创作长诗时,我突然醒悟过来,最先出现在我脑海的想法之一就是:叙事!采用叙事手法,将其作为长诗的主要特性。"⑥贝里曼认为,这种方式帮助他解决了两大问题:采用何种方式写和写什么;他希望能"灵活且严肃、紧张又安静地处理各

---

① John Berryman, "From the Middle and Senior Generations," in *The Freedom of the Poet*, New York: Farrar, Straus and Giroux, 1976, p. 312.

② 同①。

③ John Berryman, "'Song of Myself': Intension and Substance," in *The Freedom of the Poet*, New York: Farrar, Straus and Giroux, 1976, p. 230.

④ Gary Q. Arpin, *The Poetry of John Berryman*, New York: Kennikat Press, 1978, p. 43.

⑤ 同④。

⑥ John Berryman, "One Answer to a Question: Changes," in *The Freedom of the Poet*, New York: Farrar, Straus and Giroux, 1976, p. 327.

种题材"①。

贝里曼在20世纪50年代初创作的长诗《向布拉德特利夫人致敬》采用分段式的叙事方式,描写了与女诗人布拉德特利夫人(Anne Bradstreet)穿越时空的爱情。布拉德特利是美国最早的女诗人,1612年出生于英国,1630年随丈夫和父亲移民到美国。在艰苦的生存环境里,布拉德特利生育了八个孩子并坚持诗歌创作。贝里曼对布拉德特利夫人的诗歌并不喜欢,但却被她的精神气质所吸引。他说:"我不喜欢她的作品,但我爱上了她——我有一种与她坠入情网的感觉……"②"我关注和感兴趣的是她的思想,是她作为一个女性的思想,而不是女诗人……"③在谈及该诗的创作时,贝里曼说:"诗歌是根据一系列的反抗展开的。她在新环境中的抗争……在婚姻中的抗争……与疾病、衰老、失败等的抗争。"④该诗共分为57段,分段式的叙事方式使时间转化成为超越现实的想象元素,真实的时间被淡化、隐藏起来,现代社会中的诗人穿越至300年前,与古代女诗人展开了轰轰烈烈的爱情角逐。诗歌中除了几个部分偶尔出现的"冬天""春天""周末"等表示时间的单词,绝大部分段落似乎都处于时间的真空地带。表达时态的现在时和过去时被毫无依据地用在不同的段落中,仿佛是在展示一种过去时间与现在时间共存并置的状态。这种分段式的叙事方式,使诗歌的叙事时间和空间更具有延伸性且灵活多样。

评论界一般将贝里曼的《献给克莉丝的十四行诗》及长诗《向布拉德特利夫人致敬》视为其转型时期的作品。J. M. 兰博文(J. M. Linebarger)认为,这两部作品在运用象征和句式变形等方面与早期诗歌《被剥夺者》相似,但它们更像是《梦歌》的先导作品。⑤ 他指出:

---

① John Berryman, "One Answer to a Question: Changes," in *The Freedom of the Poet*, New York: Farrar, Straus and Giroux, 1976, p. 328.
② J. M. Linebarger, *John Berryman*, New York: Twayne Publishers, 1974, p. 70.
③ John Berryman, "One Answer to a Question: Changes," in *The Freedom of the Poet*, New York: Farrar, Straus and Giroux, 1976, p. 328.
④ 同③。
⑤ 同②,第52页。

在《被剥夺者》中，贝里曼已解决风格问题，但另外两大问题依然存在，一个是个性和如何表达个性的问题，另一个是形式问题。贝里曼在《献给克莉丝的十四行诗》中解决了第一个问题，该诗极具个性化……而《向布拉德特利夫人致敬》则采用一种别出心裁的分段式模式解决了形式问题。①

20世纪60年代，贝里曼发表了其一生中最重要的代表作《梦歌》，令其名声大振。在一次采访中，当被问及《梦歌》的创作时，贝里曼说："我认为《梦歌》中的模型是美国另外一首最伟大的诗歌——我非常有雄心壮志——《自我之歌》——一首长诗，大约60页……《梦歌》是一部文学作品，它也是一首长诗。"②贝里曼希望《梦歌》能像《自我之歌》一样用不同的短诗（或诗节）来构筑一首长诗，使诗歌博大包容，具有多重寓意；诗中"有人物、有个性、能容纳许多东西"③。

虽然贝里曼声称其《梦歌》是以惠特曼的《自我之歌》为模板创作的，但《梦歌》中的人物展现的是截然不同的精神气质。惠特曼的《自我之歌》创作于19世纪中期，那时的美国经济发展迅猛，各行各业呈现一派生机。惠特曼将诗歌背景置于当时的美国现实之中，以直抒胸臆的表达方式，展示了自信、顽强、充满希望的"我"。诗歌中的"我"的主体人格清晰统一，既是诗人又超越了诗人，是具有美国民族特征的代表性人物。贝里曼的《梦歌》则创作于20世纪中后期，那时美国社会正经历着一系列的动荡与危机，反主流文化运动一波接着一波，怀疑、反抗与颠覆成为当时新一代年轻人的主要精神特质。为了使诗歌中的主人公能反映出时代的特征，"与他的国家联系在一起"④，贝里曼颠覆传统诗歌的叙事方式，采用碎片化的叙事技巧来展示其对美

---

① J. M. Linebarger, *John Berryman*, New York: Twayne Publishers, 1974, p. 52.
② Peter Stitt, "Excerpts from Interviews with John Berryman," accessed November 11, 2017, http://www.english.illinois.edu/maps/poets/a_f/berryman/interviews.htm.
③ 同②。
④ 转引自黄宗英《一个代表他自己的别人的声音：约翰·贝里曼的抒情史诗〈梦歌〉》，《当代外国文学》2003年第3期，第131页。

国社会的深度思考。在诗歌中,贝里曼沿用其分段式的叙事模式,通过不同视角下碎片化场景中的人物描写,展示出一种碎片式的人物形象和零散、混杂的事件组合。贝里曼通过叙事技巧的使用,使其诗歌的叙事背景呈现出断裂、不确定、零散、模糊等梦境特点。他在采访中谈及《梦歌》的创作时说:"这种叙事是随着我的创作发展而形成的,部分源自我对亨利及其环境和同伴的探索,部分源自我在神学方面的阅读以及13年来发生的那些事……有些部分是事先设计好的,有些部分是在创作过程中形成的,结构观念有时固定,有时灵活。"①

人物形象碎片化,是《梦歌》的显著特点。贝里曼在《梦歌》卷首注释中写道:"诗中尽管人物众多,但基本上是关于一个虚构人物亨利(不是诗人,不是我)的,他是一个中年美国白人,有时扮作黑人。亨利曾惨遭损失,谈论自己时,有时用第一人称,有时用第三人称,有时甚至用第二人称;他有一个没有姓名的朋友,这个朋友常常叫他博恩斯先生以及各种绰号。"②诗歌中虽然有一个主要人物亨利,但亨利的形象是碎片式的,他在诗歌中有时是白人,有时又以黑人的面孔出现,他还有其他各种形象:博恩斯先生、房子亨利、小猫亨利、凯尔特人亨利、无政府主义者亨利、犹太人法学博士亨利等。亨利谈论自己时,有时用第一人称,有时用第三甚至第二人称。这种人称的替换并不是随心所欲的,更不是简单的人称代词的选择,其中体现了贝里曼的叙事技巧。贝里曼通过使用不同的人称及叙事视角,使主人公亨利从单一的角色中抽离出来,游走于不同的人物形象之中。这使主人公的主体人格变得混杂模糊,呈现出一种多面、交叉、游移不定、扭曲而又破碎的状态。贝里曼在《梦歌》中,还通过叙事视角的转变来混淆诗人自己与亨利的身份的界限,将本人的生活经历融入亨利之中,使诗歌文本中的亨利与现实生活中的诗人有许多相似之处。以至于评论界认为

---

① Peter Stitt, "Excerpts from Interviews with John Berryman," accessed November 11, 2017, http://www.english.illinois.edu/maps/poets/a_f/berryman/interviews.htm.

② John Berryman, Note, *The Dream Songs*, New York: Farrar, Straus and Giroux, 1969, p. vi.

亨利是贝里曼的伪装版,《梦歌》则是贝里曼的自白诗。

贝里曼认为,"好的诗歌展示的是一种洞察力,这种洞察力不一定存在于主题之中,而是存在于意象关系和结构关系之中"①。在《梦歌》中,他通过碎片化的人物意象和分段式的叙事结构来呈现其对社会的感知和洞察。其精湛的叙事技巧把身处动荡社会的美国民众精神上的失意、混乱、挣扎和反抗,隐藏于意象关系和结构关系之中。作品中碎片化的人物形象和分段式的叙事结构使诗歌呈现出一种开放的文本空间,使多重寓意一直延伸到文本之外,引发读者的思考。

综观贝里曼一生的诗歌创作,其创作风格既有延续性也有创新性,他始终在探寻用恰当的形式来表达其发自灵魂深处的声音。这种声音代表的不仅仅是他自己,还代表着千千万万的普罗大众,其诗歌中展示的个人经历蕴含着"人类生命的基本节奏"②。正如查尔斯·索恩伯里(Charles Thornbury)所评价的那样,贝里曼的诗歌能把读者带进一种生命过程和一种艺术过程的共同体验之中,他对诗歌形式和叙事技巧的各种试验和创新,都是为了发掘埋藏在读者内心里的各种感情和力量。③

三、西尔维娅·普拉斯的诗歌创作理念与诗学实践④

西尔维娅·普拉斯(Sylvia Plath,1932—1963)是美国著名的自白派诗人。在评论界,普拉斯的诗歌常常被视为其人生自传,因为她的诗歌蕴藏着丰富的自我经历和自我感受。她擅用精神直觉来感悟生活的本质,她的诗就像是一幅幅拼贴画,变化而跳跃地展示着其情感世界和现实生活图景,交织着梦幻与现实相互融合的生动描绘。

---

① John Berryman, "Dylan Thomas: The Loud Hill of Wales," in *The Freedom of the Poet*, New York: Farrar, Straus and Giroux, 1976, p. 283.

② John Berryman, Introduction, *Collected Poems 1937 – 1971*, edited by Charles Thornbury, New York: Farrar, Straus and Giroux, 1989, p. xxix.

③ 同②,第 lviii 页。

④ 本小节部分内容曾作为国家社科基金重大招标项目"20 世纪美国文学思想"(项目号:14ZDB088)的阶段性成果发表在《当代外国文学》2018 年第 4 期中。

普拉斯可谓是一个矛盾的集合体,在其人生经历和作品中,读者不难看到各种矛盾对立面的交织纠结。从外表看,普拉斯有着光鲜亮丽的人生履历。8岁开始发表诗作,中学时代一直是学校里的佼佼者,不仅学习成绩优异而且才艺突出,学校的篮球队、舞蹈队、管弦乐队、创作社团都有她活跃的身影。上大学时她被名校史密斯学院录取,不仅有全额奖学金的资助,还多次获得创作奖,加之她身材高挑、容貌姣好,与人交往热情大方,可谓是史密斯学院的明星人物。从史密斯学院毕业后,她又获得富布莱特奖学金的资助,前往英国剑桥大学学习。在英国她结识了泰德·休斯(Ted Hughes)———一位英俊潇洒、才华横溢的诗人,并与之结为伉俪。在常人眼里,她的生活可谓是一片光明。可普拉斯在中学和大学期间曾两度自杀未遂,最终在31岁那年自杀成功,结束了其年轻的生命。

学界的许多研究者,尤其是女性主义研究者,将普拉斯的死因归咎于其丈夫休斯的婚外情,但普拉斯的精神特质则是其自杀的更为深层的原因。在普拉斯的日记里,读者可以发现,她的精神世界忧郁而又缺乏安全感。她追求完美,在日记里经常反思自己的缺点和不足,其争强好胜的外表下,隐藏着一颗疑虑和不自信的心。极度敏感的精神特质使她更倾向于自省,更易于察觉现实的种种缺陷和不足而与之对抗,进而内心受挫,产生焦虑和压抑,造成精神疲惫和神经衰弱,最终导致其自杀。

普拉斯生前只出版过两本著作,一本是诗集《巨人及其他诗歌》(*The Colossus and Other Poems*, 1960),另外一本是自传体长篇小说《钟形罩》(*The Bell Jar*, 1963)。普拉斯去世后,其丈夫泰德·休斯将她生前创作的诗歌编成几本诗集相继出版,其中包括诗集《爱丽尔》(*Ariel*, 1965)、《涉水》(*Crossing the Water*, 1971)、《冬树》(*Winter Trees*, 1971)及《普拉斯诗歌全集》(*The Collected Poems*, 1981)。这些诗集展示了普拉斯独特的精神气质和诗歌创作才能,其中《普拉斯诗歌全集》于1982年获得普利策奖,该奖项的获得确立了普拉斯在美国诗坛的重要地位。

泰德·休斯在《普拉斯诗歌全集》中，将普拉斯的诗歌创作分为三个阶段：1956年以前为第一阶段；1956年至1960年为第二阶段；1960年以后为第三阶段。① 这三个阶段与普拉斯的人生经历的转折点也大致对应：1956年以前，普拉斯与休斯尚未结识；1956年至1960年，普拉斯与休斯相识结婚，在创作领域互相提携、互相鼓励和帮助，休斯见证了普拉斯诗歌创作艺术的不断发展和成熟；1960年以后，普拉斯与休斯感情逐渐出现裂痕，1962年9月两人分居，半年后普拉斯自杀身亡。

普拉斯1956年以前创作的50余首诗歌，以附录的形式收集在诗歌全集中。这些主要是她1950年至1955年在史密斯学院创作的，其中大部分为"她交给史密斯学院英文教授埃弗瑞德·杨·费希尔（Alfred Young Fisher）的习作，打字文稿中有大量他的批阅评语。大部分情况下，普拉斯都采纳了他的建议"②。这些诗作注重形式技巧，讲究节奏韵律及语言修辞。这一时期，普拉斯正在读大学，"学习象征、明喻、暗喻"③等修辞技巧，探寻表达思想的方式，前辈诗人的创作技巧是她学习的主要来源。她在日记中写道："我与艾米·洛厄尔最为相似，我热爱埃莉诺·怀利（Elinor Wylie）抒情诗的简洁纯净，喜欢卡明斯恢诡谲怪、浪漫抒情、排版独特的诗行，向往崇拜T. S. 艾略特、阿奇博尔德·麦克利什（Archibald MacLeish）、康拉德·艾肯（Conrad Aiken）……"④1956年至1960年则是普拉斯克服前辈诗人影响、向自己的个性化诗歌创作不断迈进的时期。她在日记中反思道："我的问题？思维不够活跃，意象不够新颖。潜意识里过度依赖一些老套的搭配。原创力不够。过于盲目崇拜现代诗人，缺乏分析和实践。"⑤这一

---

① Sylvia Plath, *The Collected Poems*, edited by Ted Hughes, New York: Harper Perennial, 1992, pp. 16－17.
② 同①，第299页。
③ Sylvia Plath, *The Journals of Sylvia Plath*, edited by Frances McCullough, New York: The Dial Press, 1982, p. 28.
④ 同③，第32页。
⑤ 同③，第32页。

时期,休斯的出现开阔了普拉斯的视野,他为普拉斯的诗歌创作提供了不少建议。一方面,普拉斯受益于泰德·休斯的影响,她在创作时"尝试泰德的'训练':深呼吸,专注于意识流中的东西"①,"把自我融入他人的品格和情感之中——而不是通过玻璃片来观察他们。拨开迷雾,深入情感的最深处"②。另一方面,泰德·休斯"没完没了"的说教和建议,让普拉斯感到自己过分"被动地依赖泰德"③,于是她有意识地挣脱泰德·休斯的影响,探寻自我创作之路。第三阶段中,普拉斯情感的风暴成为其诗艺成熟的催化剂,强烈的情感体验激发出其诗歌独特的品质,成就了其成熟期诗歌的原创风格。普拉斯这一时期创作的作品"用一种全新的、前所未有的高度的戏剧性夸张,继续探寻三类重要主题:内省、历史和自我反思"④,这一时期的作品奠定了她在美国诗坛的地位。

普拉斯一生创作了200多首诗歌,但她对诗歌创作理论的研究论文却极少。她对诗歌创作的理念和思考,零星散布在其日记的字里行间。她短暂的一生一直在坚持不懈地创作,在创作的求索过程中,形成了自己的创作理念和特色。从她的诗歌作品中读者可以感受其诗歌创作的美学思想。

(一)诗歌创作乃生命价值的体现

在评论界,普拉斯被认为是用生命创作的诗人。她对创作充满了狂热和迷恋,诗歌创作对她来说就像是水和食物,是生活的必需品。在她眼里,创作是其生命价值的体现,没有创作她的生命也就失去了意义。她在日记中写道:"我的感觉、思想和行为构成了我的一切。我希望我能尽可能地描写我的生命,因为我可以用这种方式

---

① Sylvia Plath, *The Journals of Sylvia Plath*, edited by Frances McCullough, New York: The Dial Press, 1982, p. 323.
② 同①。
③ 同①,第327页。
④ Steven Gould Axelrod, "The Poetry of Sylvia Plath," in *The Cambridge Companion to Sylvia Plath*, edited by Jo Gill, Cambridge: Cambridge University Press, 2006, p. 80.

证明我的生命。"①"我必须进入创作的世界里：否则，在这物欲横流的世界里，我会死去。"②她生命中的重要时刻和转折点都与创作有着千丝万缕的联系。

普拉斯在史密斯学院读书时，积极投身于与创作相关的一切活动之中，她担任《史密斯评论》(The Smith Review)的编辑，参加各种创作大赛，她在日记中写道："我不是仅仅为了生存而活着，而是为了让文字流动而活着。"③普拉斯认为只有创作才能"给生命带来生机"，才能"永久地让生命不断复活"④。创作给她的生活带来了无穷的乐趣，让她"打开经验和想象的丰富宝藏，放飞文字，尽情表达……"⑤创作使她"变成了一个小小神：用创造性的文字形式，把世界熔化和粉碎，再进行重组"⑥。大学期间，她一直期待着找一位如意郎君，对婚姻充满了憧憬和担忧，这憧憬和担忧都与她的创作联系在一起。她在日记中写道："我期待的东西常常最终会毁了我……婚姻是否会破坏我的创造力、削弱我写作和生动表达的欲望呢？或许我不满意的情感会使我的表达更为生动……或者我在生养孩子的同时会成就更充分生动的表达呢？"⑦在普拉斯的日记里，"创作"无时无刻不出现在字里行间。可以说，她的喜怒哀乐无不事关"创作"，"创作"是她生命里的关键词。

普拉斯从史密斯学院毕业后，选择去剑桥学习也是追随其渴望创作的激情。她在给男友理查德·沙逊(Richard Sassoon)的信中写道："文字在激情中旋转，燃烧着一颗勃勃的雄心……文字有着芝麻开门的魔力，能释放出一大堆埋没在黑暗中的金色金属太阳，它们正等待

---

① Sylvia Plath, *The Journals of Sylvia Plath*, edited by Frances McCullough, New York: The Dial Press, 1982, p. 23.
② 同①，第 157 页。
③ 同①，第 165 页。
④ 同①，第 165 页。
⑤ 同①，第 162 页。
⑥ 同①，第 131 页。
⑦ 同①。

着春天的火焰来冶炼和熔化——把块料熔化成光辉的血脉。"①在剑桥期间,她珍惜一切学习机会,聆听了大量的文学讲座,广泛阅读文学领域中的各类书籍,其中包括:各个时期的悲剧、文学评论和英国文学、英国伦理学家的著述(从亚里士多德到 D. H. 劳伦斯)等。她一边学习一边坚持创作,并不断地将学习中的收获用于创作试验之中。她身边的朋友也常常被她投身于创作的热情所感动,她的剑桥好友温迪·坎贝尔(Wendy Campbell)评价说:"她有非常坚定清晰的参照目标。她仿佛把她的头脑当成天线系统,不停地通过它来评估检测自己的经验和感受。"②

在剑桥读书期间,普拉斯因诗结缘,遇到了其一生中最为刻骨铭心的爱情。一次偶然的机会,她在杂志上读到了泰德·休斯的诗歌,内心为之感到震撼,爱慕之情油然而生。不久后,普拉斯在一次晚会上邂逅休斯,两人一见钟情,很快便坠入爱河。休斯的博学和诗才深深地吸引着她,他们在一起谈论文学,讨论创作。在普拉斯眼里,休斯的诗歌创作才华超越了许多诗人,她在给弟弟沃伦(Warren)的信中写道:"他(休斯)是这世界上唯一与我相配的男人……他为我读他自己写的诗,这些诗比托马斯和霍普金斯的诗要好几倍,比我所知道的任何人的诗都要好:猛烈、不拘一格、率真。"③1956 年 6 月,普拉斯与休斯交往仅四个月后就闪电式地结了婚。对普拉斯和休斯而言,诗歌创作是促使他们爱情升华的催化剂,没有诗歌也许就没有他们的爱情和婚姻。

1957 年,普拉斯从史密斯学院申请到一份教职,便从英国剑桥回到了美国。到史密斯任教后,繁重的备课量和学生论文批改量占用了她大量的时间,缺少创作时间令她感到非常焦虑,有时甚至夜不成寐。她在日记中写道:"我病得越来越严重。除了当一名作家,干别的任何行业我

---

① Sylvia Plath, *The Journals of Sylvia Plath*, edited by Frances McCullough, New York: The Dial Press, 1982, p. 90.

② Linda Wagner-Martin, *Sylvia Plath: A Biography*, New York: Simon and Schuster, 1987, p. 126.

③ 同②,第 133 页。

都不开心。现在我不可能是作家。我甚至不能坐下来静心写下一行完美的句子：我因恐惧而变得麻木了，陷入极度的歇斯底里之中。"①为了保证足够的创作时间，普拉斯很快便辞去教职，潜心于创作。

（二）诗歌创作要根植于生活

对普拉斯而言，写作是一种生活的方式，是一种体现人生价值的方式。"生活首先要有创作的头脑，然后才有创作的躯体。没有创作的头脑，躯体亦毫无价值。"②没有创作，她的想象力"会停滞，会淤堵，会窒息"③，生活也就失去了精神和活力。而另一方面，普拉斯也深刻地意识到创作必须要贴近生活，从生活中汲取营养，没有生活的滋养，创作就是无源之水、无本之木，缺乏生命力。她时常告诫自己，在创作中"所有生活中原始的材料都是有用的。同样，生活中的各种意象也非常有用"④。"从松树林中暗绿的菌类开始着手，用文字来表达、描绘，这样一首诗就诞生了。每天坚持，简简单单，诗歌并非遥不可及的东西。描写奶牛、斯波尔丁夫人肿胀的眼皮、棕色瓶子中的香草味。那就是神奇之山开始的地方。"⑤

在《普拉斯诗歌全集》中，读者可以发现其创作题材涉及生活的方方面面，与她的日常生活紧密相关：《威森斯二景》("Two Views of Withens")描写的是位于英国西约克郡的托普威森斯(Top Withens)的一个农舍废墟的景色，普拉斯曾去过那里，被其景色所吸引；《榆树》("Elm")是根据她住在德文郡(Devon)的房子旁的一棵枝叶茂密的大山榆树而创作的；普拉斯的"蜜蜂组诗"，如《蜜蜂会议》("The Bee Meeting")、《蜂盒送抵》("The Arrival of the Bee Box")、《蜂蜇》

---

① Linda Wagner-Martin, *Sylvia Plath: A Biography*, New York: Simon and Schuster, 1987, p. 152.
② Sylvia Plath, *The Journals of Sylvia Plath*, edited by Frances McCullough, New York: The Dial Press, 1982, p. 165.
③ 同②，第163页。
④ 同②。
⑤ 同②，第170页。

("Stings")、《蜂群》("The Swarm")等的创作灵感均来自其养蜂经历;《在水仙花中》("Among the Narcissi")和《贝尔克普拉日》("Berck-Plage")是为纪念去世的邻居佩西·基(Percy Key)而作……普拉斯擅长从生活的细节中采撷诗思,她说:"艺术家用特定的、具体的生活细节来滋养其艺术。"①她主张"要依据感官印象开始创作,忘记冷静现实的组织安排。首先确定冷静客观的线索场景,然后躺在沙发上将其形象化、白热化,赋予其生命,一种艺术之生命,这样作品的形式就不会因缺乏参考框架而杂乱无章"②。

普拉斯注重诗歌的画面感,她提倡"用言词来构筑形象生动的世界,而不是抽象的陈述,或通过外延来展示多层清晰的智慧。通过细微的描写赋予语言一种神秘的力量"③。她诗歌中的描写细致入微,用词脱俗而且精准,擅长运用色彩对比。如她的《晨歌》("Morning Song")中对新生儿的描写:

> 整夜,你飞蛾般的呼吸
> 在单调的红玫瑰间闪动。我醒来静听:
> 遥远的大海在我耳中涌动着。
> 一声哭啼,我从床上挣扎着起来,母牛般笨重,
> 穿着维多利亚式睡衣。
> 你嘴张开,干净得像猫的嘴。方形的窗
> 变白,吞没了暗淡的星。现在你
> 试唱你满手的音符
> 清脆的元音像气球般升起。④

---

① Sylvia Plath, *The Journals of Sylvia Plath*, edited by Frances McCullough, New York: The Dial Press, 1982, p. 170.

② 同①,第56页。

③ 同①,第163页。

④ Sylvia Plath, *The Collected Poems*, edited by Ted Hughes, New York: Harper Perennial, 1992, p. 157. 此处参考赵毅衡译文,参见 http://www.360doc.com/content/14/0913/02/12399837_409066252.shtml,访问日期:2018年3月16日。

诗歌中"飞蛾般的呼吸""清脆的元音像气球般升起"等描写,将看不见的呼吸和声音具象化,为读者营造出一种身临其境的感受,展示出其诗歌语言的张力。

普拉斯重视从日常生活中汲取素材,用于诗歌创作,但她的诗作并非对日常生活的简单描摹。她认为:"艺术偏离正常、传统的生活,同艺术与生活相结合一样重要。"①她所追求的这种"偏离"反映出其诗歌创作的审美倾向。普拉斯诗歌中的用词和意象都是经过精心筛选的。"从技巧来看,单词的视觉和声音效果,好像音乐的结构……或一幅画中的颜色和肌理。我选用每一个词都是有原因的,也许并未达到最佳效果,但都经过反复斟酌考虑。"②普拉斯诗歌中所呈现的世界远非现实世界原本的模样,在诗歌创作的移情过程中,外部世界唤起她的通感联觉,激发出创作灵感,她的主体情感也通过精心组织的语言和意象彰显出来,使其诗歌带有丰富的个人情感烙印,形成独特的风格。

普拉斯患有抑郁症,精神紧张焦虑,内心敏感丰富而又缺乏安全感,在创作中"她尝试使用不同的象征方法、不同的具象模式,来表达她内心如此奇怪而清晰的内涵"③。她的许多诗歌意境清冷昏暗,如《涉水》中的"黑湖""黑船""黑树""黑影"交织呈现的是"一片冰冷的世界"和一种"黑色的精神";④《冬树》中,树群在潮润的黎明蓝黑色背景里,引发的是诗人对女性生存环境的悲切感怀;《雾中羊》("Sheep in Fog")描写迷失在浓密白雾中的小羊,伤心、孤独、悲哀、不知所措,它的世界就像诗人的世界一样,"没有星辰,没有父亲,一泓黑水"⑤。在一些描写明艳事物的诗歌中,普拉斯的诗句也呈现出与常人不同的

---

① Sylvia Plath, *The Journals of Sylvia Plath*, edited by Frances McCullough, New York: The Dial Press, 1982, p. 23.
② 同①,第32页。
③ 乔治·斯坦纳:《语言与沉默:论语言、文学与非人道》,李小均译,上海:上海人民出版社,2013年,第342页。
④ Sylvia Plath, "Crossing the Water," in *The Collected Poems*, edited by Ted Hughes, New York: Harper Perennial, 1992, p. 190.
⑤ Sylvia Plath, "Sheep in Fog," in *The Collected Poems*, edited by Ted Hughes, New York: Harper Perennial, 1992, p. 262.

感受。如在《郁金香》("Tulips")中:"郁金香太红,它们刺痛了我。/甚至透过那包装纸我都能听到它们的呼吸/很轻,透过的白色襁褓,像个可怕的婴儿。/……郁金香应该关在栅栏之后,像危险的动物;/它们正在开放就像某种非洲大猫张开血盆大口"①。该诗描写的是普拉斯患病住院时的情形,摆放在病房中鲜艳的郁金香,原本是给病人带来温暖和快乐的,可在她的眼里,却成为恐惧和危险的化身;在《七月里的罂粟花》("Poppies in July")里,那猩红的罂粟花就像"地狱之火"②和"刚刚流过血的嘴唇。/血淋淋的小裙子!"③这些诗"充满着使人心寒的极抽象深奥的内容,不可避免地陷入世界冷漠之中,透露出忧郁的气息"④。可见,普拉斯的诗歌特质,与其人生经历和精神气质是紧密相关的。

(三)用诗歌创作来呈现女性世界

作为一位女性作家,普拉斯一生创作了大量以女性生活和女性形象为题材的诗歌。她说:"我的目的,不久前我曾隐约提到过,是为读者在作品虚构的现实中注入某种态度、情感和思想。因为我的情感和知觉大量而深刻地感受着我的女性世界,我要把它呈现在我的作品中,用千变万化的比喻和浓重的笔墨去渲染和描写它。"⑤在这些诗作中,她将自己的经验和感受融入诗歌,通过对女性自我意识和女性经验的书写和发掘,展示女性内心世界的疑惑、焦虑以及面对困境的感受和思索,深刻地揭示了现代社会中女性与家庭和社会的关系,以及其中隐藏的矛盾和危机。这些诗歌对女性心理的刻画和描摹,表达出对男权

---

① Sylvia Plath, "Tulips," in *The Collected Poems*, edited by Ted Hughes, New York: Harper Perennial, 1992, pp. 161–162.
② Sylvia Plath, "Poppies in July," in *The Collected Poems*, edited by Ted Hughes, New York: Harper Perennial, 1992, p. 203.
③ 同②。
④ 安妮·史蒂文森:《苦涩的名声——西尔维亚·普拉斯的一生》,王增澄译,北京:昆仑出版社,2004年,第337页。
⑤ Sylvia Plath, *The Journals of Sylvia Plath*, edited by Frances McCullough, New York: The Dial Press, 1982, p. 32.

社会的不满和抗争,"反映出一种超前于其社会时代的女性意识"①。

早在大学时代,普拉斯对自己的女性身份在社会中所处的弱势地位常有抱怨。她说:"身为女人是我的人生悲剧……我所有的行为、思想和情感注定要受限于我无法逃避的女性特质。是的,我非常想混在修路工、海员、士兵和酒吧常客中间——毫不显眼地融入其中,倾听,记录——可这一切都因为我是一个女孩而毁掉了,女性总是容易遭到侮辱和攻击。"②在普拉斯的诗作中,她用更为形象而深刻的语言来描写女性遭受男性凌辱和侵犯的过程,如《三个女人》("Three Women: A Poem for Three Voices")中女学生的独白:

> 星星和金色阵雨——怀孕,怀孕!
> 我记得一只雪白冰凉的翅膀,
> 那巨大的天鹅,神情恐怖,
> 从河上游,像一座城堡扑向我。
> 天鹅群中有条蛇。
> 他溜滑而过;他眼光中闪着邪念。
> 我看见里面的世界——渺小、卑鄙、阴暗,
> 一连串的低吟和动作
> 在炎热倒霉的日子里这东西被植入发芽。③

诗句的描写使读者联想到希腊神话中,丽达被化身为天鹅的宙斯所强奸的情形。诗歌中展示的男性与女性之间一强一弱、一压迫一抗拒的局面,影射了现实社会男女之间的不平等及男权社会的阴暗面。

---

① Steven Gould Axelrod, "The Poetry of Sylvia Plath," in *The Cambridge Companion to Sylvia Plath*, edited by Jo Gill, Cambridge: Cambridge University Press, 2006, p. 74.

② Sylvia Plath, *The Journals of Sylvia Plath*, edited by Frances McCullough, New York: The Dial Press, 1982, p. 30.

③ Sylvia Plath, "Three Women: A Poem for Three Voices," in *The Collected Poems*, edited by Ted Hughes, New York: Harper Perennial, 1992, p. 178.

在普拉斯眼里,现实社会是一个以男权意识为中心的社会。这种社会意识形态使得人们从男权的角度来描述这个世界,并且把这种描述混同于真理。这种男权意识常将女人置于从属地位,将女人视为男人的附庸,而男人天生就享有自由、处于掌控地位。普拉斯对此种观念深恶痛绝,她在日记中写道:

> 我不喜欢自己是个女孩子,因为这让我意识到我不可能成为男人。换言之,我必须竭尽全力地顺从和配合我的伴侣。我唯一的自由是选择或拒绝那个伴侣。然而,我害怕的是,我会变得适应和习惯于那种看法……我要超越女人;尽管我也希望有丰满的胸部和漂亮的身材,我厌恶他们灌输给我的那种认知……①

在其诗歌《申请人》("The Applicant")中,普拉斯将男权社会把女性视为"玩偶""工具"或"物品"的情形刻画得入木三分:"一个活玩偶,你随处可见。/它能缝纫,它能做饭,/它能说话,说话,说话。/它管用,用它作伴没错。/你有裂口,它就是膏药。/你有眼睛,它就是形象。/傻小子,这是你最后的依赖。/你可愿意娶它,娶它,娶它。"②该诗以婚姻介绍所为背景,用婚介所介绍人的口吻来呈现男权社会的价值观。介绍人的观点代表着传统男权社会世俗功用的婚姻观,这种观点把婚姻关系视为一种物质需求关系。男人娶妻是因为女人的各种功用:"它能缝纫,它能做饭,它能说话"。普拉斯在诗歌中用"它"来指代女性,寓意深长,因为在许多男人眼里妻子就像是缝纫、烹调的机器,或疗伤的膏药,或安抚精神的玩偶。普拉斯在诗中用冷峻的口吻来揭示现代社会物化的价值观,引发读者的深思。

---

① Sylvia Plath, *The Journals of Sylvia Plath*, edited by Frances McCullough, New York: The Dial Press, 1982, p. 23.
② Sylvia Plath, "The Applicant," in *The Collected Poems*, edited by Ted Hughes, New York: Harper Perennial, 1992, pp. 221-222.

普拉斯对女性问题的深入思考,使她对女性的社会地位充满焦虑。她说:"我嫉妒男人……这种嫉妒源于想要主动掌控的欲望,而不是被动和温顺服从。我嫉妒男人可以身心自由地拥有双重生活——既有事业,又有家庭。"①她认为,女性不能屈服于传统世俗观念的淫威,被男权意识和家庭所束缚,应该既有家庭又有自己的事业,在社会中与男人一样平等独立。她期待在未来的生活当中,能够凭借自己的创作才华为自己在家庭和社会中赢得一席之地,她说:"我不仅嫉妒;我还自负而高傲。我未来的生活一定不能由我的丈夫来指手画脚,不能用他的活动范围来限制自己,也不能因为他的荣耀而沾沾自喜。我一定要有自己的合法领域,并让他心怀敬意。"②

为了争取女性的合法领地,普拉斯在创作领域辛勤地耕耘着,她用诗歌发出自己的呐喊,表达她对男权社会的抗争。在其名篇《爹地》("Daddy")中,普拉斯结合自己的人生经历,刻画出"爹地"这一男权社会的代表形象:"我始终畏惧你,/你的德国空军,你的德国武士。/你整齐的短髭,/和你印欧人的眼睛,明澈的蓝。/装甲队员,装甲队员,啊你——"③在小女孩眼里,独裁武断、威严横蛮的"爹地",就像是德国纳粹,令人恐惧。"爹地"掌控之下的生活,就像"黑色的鞋子/我像只脚在其中生活了/三十个年头,可怜且苍白,/仅敢呼吸或打喷嚏"④。女孩长大结婚后,尽心尽力地照顾丈夫和孩子,丈夫则成为另一个"爹地":"我说着我愿意,我愿意。/所以爹地,我终于完了。黑色的电话线源断了,/声音就无法爬行而过。/如果说我已杀了一个人,其实相当于杀了两个——/那吸血鬼说他就是你/并且啜饮我的血已一年,/实际是七年,如果你真想知道。"⑤普拉斯在此影射丈夫休斯

---

① Sylvia Plath, *The Journals of Sylvia Plath*, edited by Frances McCullough, New York: The Dial Press, 1982, p. 35.
② 同①。
③ Sylvia Plath, "Daddy," in *The Collected Poems*, edited by Ted Hughes, New York: Harper Perennial, 1992, p. 223.
④ 同③,第 222 页。
⑤ 同③,第 224 页。

对自己造成的伤害。1962年7月的一个晚上,普拉斯无意间偷听到休斯与情人的秘密电话,他们的通话结束后,普拉斯愤怒地扯断了墙上的电话线。[①] 这便是诗句"黑色的电话线源断了,／声音就无法爬行而过"的来由。《爹地》创作于1962年10月,那时普拉斯与休斯相识结婚近七个年头。这期间,她负责购物、做饭、打理家务、帮休斯打印整理手稿等,尽心尽力地辛勤工作。休斯的情变令普拉斯悲愤万分,她觉得自己的心血在白白付出,昔日的丈夫在她眼里变成了"吸血鬼"。如果说《爹地》中呈现的是一种对"爹地"爱恨交织的情感,那么这其中恨的引发源便是丈夫的情变。普拉斯在诗歌中融入了自己的真实经历,如父母的身份、自杀的经历、丈夫的婚外情等,但同时抒发的是更为深层和广阔的女性共同情感,诗中"爹地,我早该杀了你"[②]的呐喊,代表的是广大女性对男权社会的抗争。

普拉斯还创作了一系列表达女性经验和情感的诗歌,如《捉兔人》("The Rabbit Catcher")、《焚烧信件》("Burning the Letters")、《监狱看守》("The Jailer")、《面纱》("Purdah")、《高烧103度》("Fever 103°")、《女拉撒路》("Lady Lazarus")等,这些诗或描写人生经历,或抒发人生感悟,散发着深深的无奈和悲愤之情,彰显出浓厚的女性意识。这些诗歌中流露的女性的压抑感、对男性的愤怒、对自由平等的向往,树立了普拉斯的女权主义代言人的形象。而她在生活的重压下最终自杀的悲惨结局,则吸引了更多的女性主义研究者的关注,使女性主义成为她诗歌最为丰富的阐释。

综观普拉斯的一生,可谓是用全部的生命力量进行创作的一生。在诗歌创作中,她擅长用自己的心灵去感受自然万物,将其与个人的人生体验融为一体,使其诗歌展现出独特的个人气质;她也擅长将个人经历普遍化为广大民众的经历,从而赋予其诗歌以无尽的深度和广

---

① Linda Wagner-Martin, *Sylvia Plath: A Biography*, New York: Simon and Schuster, 1987, p. 208.

② Sylvia Plath, "Daddy," in *The Collected Poems*, edited by Ted Hughes, New York: Harper Perennial, 1992, p. 222.

度。她用诗的语言来宣泄内心的孤寂、无奈或悲愤之情,并以此来挑战世界的黑暗与邪恶。她对诗歌和人生的完美主义的追求,使其内心充满了痛楚。而她在生活的重压下最终自杀的悲惨结局,则吸引了更多人对女性生存环境的关注。普拉斯用生命的代价,来表达她不苟且的人生追求,而她在创作中对人类的钟形罩般压抑的生存环境的描述,则体现了她勇于思考、关注人类命运的责任和担当。

第三节

纽约派诗人弗兰克·奥哈拉与约翰·阿什贝利的文学思想

纽约派诗人是二战后崛起的美国新诗运动的一支生力军,主要成员包括弗兰克·奥哈拉、约翰·阿什贝利、肯尼斯·科克、詹姆斯·斯凯勒(James Schuyler)、芭芭拉·格斯特(Barbara Guest)等人。他们中很多人在年轻时就相识,其中奥哈拉、阿什贝利和科克都曾在哈佛大学读过书。他们聚在一起写诗、玩语言游戏、参观画展、听先锋派音乐,形成了一个松散的以友谊为黏合剂的诗人小圈子。学术界常把纽约派诗人与纽约先锋艺术圈,尤其是杰克逊·波洛克(Jackson Pollock)、威廉·德·库宁(Willem de Kooning)及拉里·里弗斯(Larry Rivers)等抽象表现主义画家联系在一起。纽约派诗人与这些艺术家过从甚密,有过广泛合作。奥哈拉曾任纽约现代艺术博物馆馆长,是一位多产的艺术批评家;阿什贝利也撰写过大量广受好评的艺术评论,长期担任《艺术新闻》(Art News)杂志执行编辑。不少纽约派诗人将绘画及其他艺术技巧融入诗歌写作中,创作出了一批独具特色的诗画交融的优秀作品。人们普遍视奥哈拉为纽约派"首领",但他40岁时不幸遭遇车祸身亡。他死后声名鹊起,遗作被陆续编订出版。总体来说,纽约派诗人反感学院派诗人艰深雕琢的诗风,主张一种清新活泼、风趣机智、带有坎普特征的即兴式风格。他们打破高雅文化与所谓低俗文化之间的藩篱,将来自经典诗人的引语、聚会上的闲言碎语、好莱坞影星的生平、反讽式的自嘲、坎普式幽默以及漫画人物统统写入诗歌当中。评论界认为,在诗歌语言的革新实验方面,纽约派诗人受到了法国超现实主义诗人、抽象表现主义画家以及威廉·卡洛斯·威廉斯、格特鲁德·斯泰因(Gertrude Stein)等美国实验诗人的影响。纽约派诗人的风格不尽相同,比如被视为纽约派"主将"的阿什贝利有着自己独特的、不同于奥哈拉和科克的处理语言与节奏的方式。奥哈拉的诗更直接,有一种轻松欢悦的氛围,擅长捕捉日常生活的细节与瞬间感受。科克的诗则叙事性更强,呈现了更多经验成分,喜欢使用长句。在他们的诗中,诗句和诗句之间的逻辑关系更为清楚明了,这一点与阿什贝利散漫的沉思式诗句不同。纽约派诗人的创作,尤其是他们对日常美语诗意的再发现,深刻影响了后来的"语言派"诗人及其他晚辈诗人。

一、弗兰克·奥哈拉的诗歌创作理念与诗学实践①

弗兰克·奥哈拉(Frank O'Hara,1926—1966)是纽约派诗人的杰出代表之一。奥哈拉7岁开始学钢琴,立志成为一名伟大的钢琴家。他原本就读于哈佛大学音乐系,发现诗歌比音乐能更好地表达个人情感,于是转学文学。奥哈拉在哈佛大学与密歇根大学学习期间,研读了大量经典诗歌以及现当代诗歌,对法国诗人的诗歌创作产生了浓厚的兴趣,兰波和夏尔·皮埃尔·波德莱尔(Charles Pierre Baudelaire)是奥哈拉最崇拜的法国诗人。

1951年,奥哈拉定居纽约,先后在纽约现代艺术博物馆和艺术新闻杂志社工作。工作期间,他负责组织画展、采访画家及撰写评论文,结识了大量艺术家。20世纪50年代,美国经济空前繁荣,众多艺术画派如雨后春笋般涌现。以杰克逊·波洛克以及威廉·德·库宁为代表的抽象表现主义画派开展实验性创作,大胆尝试滴画法等新颖的绘

---

① 本小节由伍紫维撰写。

画技巧。奥哈拉十分欣赏抽象表现主义画派自由求新的创作理念,但对诗歌界的情形颇为不满,他评价说:"许多当代诗人认为他们的诗歌不能代表当代艺术,他们只感觉自身是孤立无援的存在。对这些诗人而言,成为学院派的追随者乃大势所趋。"①奥哈拉拒绝随波逐流,反对盲目跟风的诗歌创作。他认为每位诗人都是独立的个体,应该有其独特的风格,诗人们应该听从内心的声音、不受约束地进行诗歌创作。因此,奥哈拉在采访中多次强调:"虽然尊重自我很难,但我仍旧渴望自由。"②尽管奥哈拉置身于学院派诗歌盛行的大环境之中,但他对诗歌创作有其独立的思考并不断地创新实践,形成了自己的风格。

(一)诗歌创作要即兴自发

奥哈拉在纽约工作期间经常与艺术家们相聚在博物馆、工作室以及酒吧等地,他经常在多种场合展开即兴自发的诗歌创作。奥哈拉欣赏自然发生且不事雕琢的作品,他在采访中说:"我不认可过多的再创作。真正让我感到满意的作品是像对话一样自然而然地发生。"③奥哈拉喜爱真实自然的诗歌,时常用最直接的方式飞速地记录着个人的经历。他写诗常常是随性而发、即兴创作,在诗中记录当下发生的事情和内心的感受。纽约派诗人肯尼斯·科克对此印象非常深刻,曾评价说:"奥哈拉非常擅长在酒吧或者聚会中写诗,而且他经常这样做。"④

奥哈拉的创作初期正处于学院派诗歌盛行的阶段,他不满学院派诗歌的晦涩难懂、措辞考究以及强调韵律的诗风,指出"新批评是'一些关于措辞的愚蠢想法'"⑤。奥哈拉认为学院派诗歌虽然设定了一

---

① Donald Allen, ed., *Frank O'Hara: Standing Still and Walking in New York*, San Francisco: Grey Fox Press, 1983, p. 73.
② 同①,第13页。
③ 同①,第21页。
④ Russell Ferguson, *In Memory of My Feelings: Frank O'Hara and American Art*, Los Angeles: University of California Press, 1999, p. 27.
⑤ 同①,第12页。

系列评判诗歌好坏的标准,如诗歌的韵律、措辞等,但这些标准仅仅是诗歌的某些特征,并不是评判诗歌的准则。① 他指出:"诗歌创作的关键在于诗人要在诗歌中建立自我的节奏与呼吸,而不是将个人的思想置于既定的韵律之中。"②奥哈拉对学院派诗人精雕细琢、讲究用典的创作方式不屑一顾:"我不相信上帝的存在,我也不追求精致的诗歌结构。我甚至不喜欢诗歌的节奏、音韵等技巧,只是紧随思绪不停地写下去。"③在奥哈拉眼里,那些经过反复推敲修改的诗歌就像是过分烹饪的食物,缺乏新鲜感。他批评说:"反复修改有什么用呢?……现在很多诗人写诗就像是中年妇女在给她的孩子强喂煮过头的肉和土豆……这种强行喂养会导致赢瘦(或虚弱)。"④因此,奥哈拉在创作时速度非常快,很少考虑诗歌的韵律和节奏,常常是随心所欲,一气呵成。在朋友眼里,他是一位速写诗人,"奥哈拉写诗不需要太多时间,因为他通常一稿完成,打字速度也非常快"⑤。奥哈拉在《午餐诗歌》(Lunch Poems,1964)中的诗大多写于午餐时间,基本都在很短时间内完成。创作这些诗歌时,他尝试用"即兴写作"技巧,没有谋篇布局,仅仅跟随潜意识的流动,将内心梦幻般的思绪与现实环境相结合,快速记录下心之所想、眼之所见。在诗中,奥哈拉生动地记录了不同环境里的人物、事件或心灵轨迹,呈现出五光十色的城市生活。

奥哈拉认为在诗歌创作过程中不必过分注重逻辑性和合理性,要更多依靠个人最原初的感受;诗人要善于捕捉内心萌动那一刻的感受,无须去辩论推理,"不要去考虑是否符合逻辑,痛苦常常会产生逻辑,但却毫无益处"⑥。在他看来,在诗歌创作时寻求逻辑性就像是恋

---

① Donald Allen, ed., *Frank O'Hara: Standing Still and Walking in New York*, San Francisco: Grey Fox Press, 1983, p. 62.
② 同①,第 17 页。
③ 同①,第 110 页。
④ 同①,第 110 页。
⑤ Joe LeSueur, *Homage to Frank O'Hara*, Berkeley: Creative Arts Book Company, 1980, p. 46.
⑥ 同①,第 110 页。

爱中的人遇到蛮横的暴徒,彬彬有礼地劝说没有任何意义。诗人写诗时应抛却逻辑,直面现实生活中的真切感受,"紧紧地拥抱生活"①。例如,奥哈拉在前往斯塔滕岛(Staten Island)举办的诗歌朗诵会途中,匆匆完成了《拉娜·特纳倒下了》("Lana Turner Has Collapsed",1964)一诗,记录了途中所遇的恶劣天气、拥挤的交通以及好莱坞影星突然倒下的新闻,全诗只有 17 行,且每行诗都十分简短。除了两行带有感叹号的"拉娜·特纳摔倒了!"之外,其他长句均为连续跨行。诗中急促的节奏仿佛是他匆忙的步伐,让读者感受到当时行色匆匆的情形。奥哈拉通过动词的堆叠记录了城市中的穿梭往来、多变的天气以及突然发生的新闻,生动地呈现出现场即时的环境和诗人在一瞬间最原初的感受。通过这种自发即兴的诗歌创作方式,奥哈拉记录了生命中诸多重要的瞬间以及脑海中的思绪,形成了自己独特的风格。

1959 年,奥哈拉提出了"一人主义"诗学,在文章《一人主义宣言》("Personism: A Manifesto")中介绍说:"'一人主义'诞生于我与勒罗伊·琼斯(LeRoi Jones)共进午餐之后,那天我爱上了一个人并打算为其写诗。当我在写诗的时候,我意识到我可以用打电话的方式,'一人主义'便这样诞生了。"②"一人主义"提倡的是一种直接、客观而又不乏想象的诗歌创作方式。奥哈拉用生动的语言对其进行了阐释:"'一人主义'与哲学无关,完全是艺术。它与个性或亲密亦无联系……它的一个小特点就是:以诉说的方式赋予一种爱的弦外之音而又不破坏爱赋予生命的粗鄙;在维持诗人对这首诗的情感的同时,也要防止爱分散其个人的感受。"③奥哈拉认为:"'一人主义'将诗歌置于人与人之间,而不是纸张之间。"④在他看来,诗人写诗就像人与人之间的对话,直接、自然而清晰,没有隔阂。通过这种方式,诗歌不再是孤立

---

① Donald Allen, ed., *Frank O'Hara: Standing Still and Walking in New York*, San Francisco: Grey Fox Press, 1983, p. 110.
② 同①,第 111 页。
③ 同①,第 111 页。
④ 同①,第 111 页。

的存在,而是人与人之间的情感交流和对话。

(二)将日常生活融入诗歌

奥哈拉十分热爱城市生活,他在诗歌中写道:"如果这附近没有地铁站、唱片店或者其他标志着人们没有将生活遗忘的事物,我便无法享受一片树叶的快乐。"①他擅长从日常生活中获取创作灵感,并提倡将日常生活融入诗歌之中。奥哈拉十分欣赏美国诗人沃尔特·惠特曼诗歌中日常生活中的事物以及通俗易懂的语言,也十分推崇英裔美籍诗人威斯坦·休·奥登的诗风,认为奥登摆脱了 T. S. 艾略特学院派诗歌矫揉造作的唯美主义和晦涩难懂的神秘主义的影响,将日常生活中个人的经历以及日常化的语言融入诗歌中。②奥哈拉强调日常生活对艺术家创作的重要意义,不断从艺术文化之都纽约获取创作灵感,将他所崇拜的诗人、画家以及音乐家等艺术大家们都写入他的诗歌中。

1951 年,奥哈拉来到纽约现代艺术博物馆工作并多次负责组织画展,其中包括名为"美国新绘画"(The New American Painting)的抽象表现主义画展。随后,他来到艺术新闻杂志社工作,并为艺术家们撰写了大量的评论文章。罗素·弗格森(Russell Ferguson)指出:"对奥哈拉而言,充实的生活意味着参与诗歌和艺术创作。"③居住在艺术文化之都纽约的奥哈拉有很多艺术家朋友,尤其与抽象表现主义画家们关系密切,他也是"艺术家们最常提及的渴望合作的诗人"④。奥哈拉经常活跃在美术馆、博物馆以及酒吧等地,与艺术家们探讨诗歌、绘画、音乐等艺术创作。如奥哈拉和画家拉里·里弗斯都非常关注日常

---

① Donald Allen, ed., *The Collected Poems of Frank O'Hara*, Berkeley: University of California Press, 1971, p. 197.

② Marjorie G. Perloff, *Frank O'Hara: Poet Among Painters*, Texas: University of Texas Press, 1979, p. 11.

③ Russell Ferguson, *In Memory of My Feelings: Frank O'Hara and American Art*, Los Angeles: University of California Press, 1999, p. 61.

④ Du Plessix, "Painters and Poets," *Art in America*, 53.5(1965), p. 24.

生活,他们常常从日常生活中获取灵感来进行艺术创作。奥哈拉指出:"拉里·里弗斯的创作灵感来源于视觉冲击,他的作品呈现了他的生活经历。"①生活经历对于画家来说是重要的灵感来源,对于诗人而言也意义重大。奥哈拉十分欣赏挚友邦尼(V. R."Bunny"Lang)诗歌中随处可见的诸多经历:"旅行、冒险、战争期间在加拿大与女子兵团共事的岁月、在《芝加哥评论》从事文学批评的日子、成为格林尼治村中先锋派的一员以及在马戏团表演的时光"②,指出这些经历贯穿于邦尼的诗歌创作中。奥哈拉认为诗人们丰富多彩的经历是诗歌的重要组成部分,诗人所经历的痛苦与快乐对诗人的存在有重要意义。③ 奥哈拉沉浸在艺术氛围浓厚的博物馆、生活气息浓郁的街头酒吧以及与艺术家好友们的友好交往之中,他的诗歌中随处可见生活的痕迹。

玛乔瑞·帕洛夫指出:"奥哈拉拒绝将诗歌与生活区分来开,他将两者都当成生命中的重要部分,并把每时每刻都当成生命中的最后一刻。"④在奥哈拉的诗歌中,城市生活中的各种意象随处可见。如《距离他们一步之遥》("A Step Away from Them",1956)中的描写:"到了午饭的时间,因此我走在众彩喧哗的/出租车中间。首先,沿着人行道/那里工人用三明治和可口可乐/……/走到/时代广场,那里的标牌/烟雾吹过我的脑袋,高处/……/白日的霓虹给人/极大的愉快/……"⑤这首诗写于午餐时间,诗人行走在纽约街头,记录眼前所见之景与脑海中流动的思绪。诗歌中不乏对纽约城市景观的描绘,其中包括喧闹拥挤的街道、色彩斑斓的广告牌、绚丽夺目的霓虹灯等,充满了对城市的热爱以及生活在城市之中的喜悦之感。弗格森认为,

---

① Donald Allen, ed., *Frank O'Hara: Standing Still and Walking in New York*, San Francisco: Grey Fox Press, 1983, p. 171.
② 同①,第 87 页。
③ 同①,第 87 页。
④ Marjorie G. Perloff, *Frank O'Hara: Poet Among Painters*, Texas: University of Texas Press, 1979, p. 117.
⑤ 弗兰克·奥哈拉等:《纽约派诗选》,刘立平译,北京:新华出版社,2017 年,第 63 页。

"对奥哈拉而言,写诗的目的从来不是炫耀学识,而是将深层次的内容浸入日常生活之中"①。

帕洛夫还指出:"奥哈拉把他的生活书写成艺术品,奥哈拉最好的诗歌来源于他与艺术家的交往。"②奥哈拉诗歌中时常出现艺术家是其诗歌的一大特色,他经常在诗歌中提及与他来往频繁的艺术家们。在他的诗中,读者可以看到诗人邦尼、行动派画家杰克逊·波洛克、诗人皮埃尔·勒韦迪(Pierre Reverdy)等艺术家好友的名字。他还与一些画家合作创作了许多诗配画的作品。奥哈拉怀念与画家共同交流、探讨艺术创作的时光,用诗歌表达了对好友的缅怀以及对诗歌的热爱。奥哈拉讨厌矫揉造作且故作姿态的学院派诗歌,认为诗歌中真实的情感远比诗歌的韵律重要:"我讨厌无病呻吟的诗歌,富含真情实感的自由体诗歌是值得肯定的。"③奥哈拉的许多诗歌都用口语化的语言记录了纽约的生活与工作经历,传达了对丰富多彩城市生活的热爱以及对多位艺术家好友的缅怀。

(三) 诗歌创作要创新

20世纪中后期,奥哈拉等纽约派诗人的诗歌创作在学院派诗歌盛行的背景下发展艰难,只有为数不多的画家是奥哈拉等诗人的忠实读者。抽象表现主义画派的艺术家与纽约派诗人交往密切。奥哈拉多次在采访中说:"20世纪中后期,当我们来到纽约并以诗人的身份出现时,唯有画家对我们的实验性诗歌感兴趣。"④奥哈拉与抽象表现主义画家们对传统的反叛拉近了诗人与画家的距离,同时画家们自由求新的创作理念对奥哈拉影响深远。

---

① Russell Ferguson, *In Memory of My Feelings: Frank O'Hara and American Art*, Los Angeles: University of California Press, 1999, p. 27.

② Marjorie G. Perloff, *Frank O'Hara: Poet Among Painters*, Texas: University of Texas Press, 1979, p. 117.

③ Donald Allen, ed., *Frank O'Hara: Standing Still and Walking in New York*, San Francisco: Grey Fox Press, 1983, p. 13.

④ 同③,第3页。

抽象表现主义画派不断尝试新的绘画技巧并大胆地进行实验性创作,很大程度上影响了奥哈拉的诗歌创作。奥哈拉指出:"美国抽象表现主义画派让我感觉我们应该更加努力尝试创新,而不仅是完善已被认可的事物。"①奥哈拉也渴望像抽象表现主义画家一样创作出令人耳目一新的作品。他反复强调在创作中应避免无趣、追求创新,"我们要厌倦相似之物,……要尽可能创造出人们从未见过的作品"②。奥哈拉十分反感学院派沉闷古板的诗歌形式,"许多无趣诗歌的形式(韵律)就像铸铁,不仅使诗歌本身的呼吸受阻,而且诗人也会受到形式上的压制,从而无法呈现出个性化的诗歌设计"③。奥哈拉强调诗歌的视觉效果,渴望通过设计新颖的诗歌排版来摆脱压抑的诗歌形式。他指出:"诗歌的设计与诗歌息息相关,且存在于诗歌之中,是与诗歌的内在结构相对的外部设计。……诗歌的设计对人们来说是显而易见的,可以让人感到耳目一新。"④奥哈拉十分欣赏纪尧姆·阿波利奈尔(Guillaume Apollinaire)的图像诗(calligram),并在诗歌创作中吸收前人创作经验进行创新,发挥其创造力,创作了许多设计精美的图像诗,主要包括由诗句构成的人脸形状、鲜花形状以及汽车形状等一系列图像诗。

《图像诗》("A Calligram", 1977)就是一首人脸形状的图像诗。诗由三部分组成,其中包括帽子、人脸以及领带。诗人将"Under this hat I say/this dry yellow straw piece"拆分重组成了帽盖。组成帽盖上部分的 say 与构成帽盖下部分的 yellow 通过共用字母 y,自然形成了帽盖的褶皱;帽檐由"Resides the conscience of my friend, like a tortoise in the hot sun"组成,表明此帽缓解了朋友内心的焦灼;此人的右眼由"A photographer whose eyes I should not meddle with"组成;竖直分布的"be silent before this nose"勾勒了鼻子的轮廓,风趣幽默地暗

---

① Donald Allen, ed., *Frank O'Hara: Standing Still and Walking in New York*, San Francisco: Grey Fox Press, 1983, p. 3.
② 同①,第 9 页。
③ 同①,第 34 页。
④ 同①,第 33 页。

示了嘴部以上的五官是无法发声的;嘴部和下巴由"it is haughty sometimes as if we didn't know"组成,刻画了此人傲慢自大的形象;诗人还通过将"The tie makes the man yeah!"重组形成了对称分布的领带形状。奥哈拉不仅使此诗的标题与诗歌形式吻合,还通过文字游戏将诗句拆分并重组成帽子、面部的五官以及领带等图像。在这首图像诗中,构成帽子、脸部五官、领带的诗行基本包含了相应的关键词,比如 hat、eye、nose、tie 等。除此之外,诗人通过拆分诗行并将其重组成不同的形状,使诗歌的设计与诗歌的主体相呼应。借助图像诗这一创新的视觉表现形式,奥哈拉将人物的外在面貌和内在心理结合起来,向读者呈现出了有趣的人物形象。

纵观弗兰克·奥哈拉的一生,其文学创作思想主要表现为对即兴自发的追求、对日常生活的关注以及对创造力的追求。他擅长快速地记录日常生活中的经历以及脑中流动的思绪,传达自我的声音。奥哈拉始终秉承着"避免无趣"的创作理念,设计了富有创造性的诗歌排版方式,提升了诗歌的视觉效果。正如奥哈拉自己所言,"一个人应该多尝试做些事情,而不是仅仅改进那些已经被认可的事物,我们应该朝前看,才能走得更远"①。

二、约翰·阿什贝利的诗歌创作理念与诗学实践②

当代极富影响力的美国诗人约翰·阿什贝利(John Ashbery,1927—2017)一直以其独具智性挑战又高度风格化的诗歌吸引着读者和批评家。自1956年发表第一部诗集《一些树》(Some Trees)以来,阿什贝利深刻影响了几代诗人。哈罗德·布鲁姆宣称:"自1955年华莱士·史蒂文斯(Wallace Stevens)去世后,我们就进入了阿什贝利时代。"③《一些

---

① Donald Allen, ed., *Frank O'Hara: Standing Still and Walking in New York*, San Francisco: Grey Fox Press, 1983, p. 3.

② 本小节由李海撰写。

③ Richard Deming, *Art of the Ordinary: The Everyday Domain of Art, Film, Philosophy, and Poetry*, Ithaca & London: Cornell University Press, 2018, pp. 79-80.

树》获得耶鲁青年诗人奖,作为评委的大诗人奥登撰写了序言。修辞雕琢、情感内敛而不乏超现实主义灵动的《一些树》虽气象不凡,但仍未脱窠臼,留有较明显的史蒂文斯和奥登等人的痕迹。在随后的大约十年间,他一直旅居法国。在与母语隔绝的环境中,他锐意求新,大胆试验,打破语法成规和诗歌惯例,剪切通俗文本,泼洒语词,将碎片化、拼贴、剪拼、并置及断裂的叙事链等先锋派手法发挥到极致。这些主要体现在他极具影响力又读来每每令人不知所措的第二部诗集《网球厅誓言》(*The Tennis Court Oath*, 1962)当中。回美国后,他出版了诗风转折期的诗集《山山水水》(*Rivers and Mountains*, 1966),获得美国国家图书奖提名。后又出版了备受推崇的耽于幻想的诗集《春天的双重梦幻》(*The Double Dream of Spring*, 1970)和体现了其惊人原创力的长篇散文诗集《诗三首》(*Three Poems*, 1972)。但直到1976年,他的《凸镜中的自画像》(*Self-Portrait in a Convex Mirror*, 1975)斩获史无前例的"三冠王":普利策奖、美国国家图书奖和美国国家书评人协会奖,他才获得了主流的认可。此后他笔耕不辍,出版了多部重要诗集,包括《船屋岁月》(*Houseboat Days*, 1977)、《波浪》(*A Wave*, 1984)、《流程图》(*Flow Chart*, 1991)、《那时群星闪耀》(*And the Stars Were Shining*, 1994)、《你的名字在这儿》(*Your Name Here*, 2000)等。2008年,美国文库出版社为他出版了《诗合集:1956—1987》(*Collected Poems 1956-1987*),他是在世时享此殊荣的首位诗人。

约翰·阿什贝利1927年出生于纽约州的罗切斯特,成长于风景如画的安大略湖附近。在哈德逊河流域乡间农场度过的童年岁月对其写作产生了难以磨灭的影响。阿什贝利早年深受奥登、史蒂文斯、斯泰因等人的影响,在哈佛大学撰写的学位论文就是关于奥登的。从哈佛大学毕业后,他又去哥伦比亚大学攻读硕士学位。1955年,他在富布莱特奖学金的资助下前往法国深造。这期间,自幼习画、对绘画和音乐一直抱有浓厚兴趣的他为了生计而写起了艺术评论,并试图写一本关于法国前卫作家雷蒙德·鲁塞尔(Raymond Roussel)的专著。专著最后没有写成,但鲁塞尔给了阿什贝利极大的启发。他还将法国超现实主义诗人的一些作品译成英语,他本人的诗歌也常被认为富有超现实主义意味。他尤其欣赏超现实主义画家乔治·德·基里科(Giorgio de Chirico)的早期画作。而诸如埃利奥特·卡特(Elliott Carter)、约翰·米尔顿·凯奇(John Milton Cage, Jr.)等现代音乐家也对他产生了深刻影响。

阿什贝利身上最常见的标签是"纽约派代表诗人"。在哈佛大学读书期间,阿什贝利结识了后来的纽约派主将科克和奥哈拉等人。他们都与纽约艺术世界联系紧密:与艺术家交往密切,为画家策划展览,写艺术评论,同艺术家合作,互相影响、互相借鉴艺术创作手法,等等。阿什贝利与科克及斯凯勒等人一起共同创作,欣赏各类艺术,尝试先锋派手法,把语言游戏、波普文化、坎普式幽默等引入诗歌中,形成了所谓的"纽约诗派"。阿什贝利本人颇为反感这个标签,但他与奥哈拉、科克及斯凯勒等人结下深厚友谊,而且长期合作,这是不争的事实。不过,阿什贝利的风格迥然有别于纽约派同侪,艺术成就也远远高于他们。总的来看,他们的诗学理想趋同,对艺术有着相似的爱好和兴趣,都以创新为己任,反对传统陈规的束缚,致力于一种原发性的、既生动活泼又为智性光芒所照亮,并蕴含哲理的新型诗歌。

就诗歌创作而言,阿什贝利似乎永远在求新求变。他涉猎过多种有严格要求的诗体,比如六节诗体(sestina)、四行诗体(pantoum)、法国十行诗体(dizain)、十四行诗体(sonnet)、俳句(haiku)等。但他写得最多的还是自由诗,且每一部诗集都似乎与上一部截然不同。他的多数诗属于一次就能读完的抒情短诗,另一些则属于长诗或相对较长的诗,比如长达200多页的被人称为"后现代版《序曲》"的《流程图》、长诗《溜冰者》("The Skaters", 1966)、《波浪》、长篇散文诗《诗三首》等。但撇开千差万别的形式,阿什贝利总渴望从日常美语中发掘出一种独特的诗性特质。

阿什贝利早期具有激进实验性的"断裂的"诗歌受到后来被称为"语言派"诗人的推崇,《网球厅誓言》成了他们竞相学习的典范。但那以后,阿什贝利的诗风却发生了突变。他不再青睐早年破坏性的诗歌写作,而开始频繁使用诸如重组回收(recycling)、挪用(appropriation)、拼贴(pastiche)及其他将二手材料为己所用的类似技法。阿什贝利诗风的转变可以说与后现代主义的文化转向几乎同步。他的成就在于"把思辨性融入超现实的体验,机智而缜密地呈现了现代诗意的流动性状貌,深刻揭示了意识与潜意识之间的丰富变化。把哲性思考与非理性思维统一成一种发展了的超现实主义是阿什贝利对现代诗歌的一大贡献"①。他被普遍视为一位主要关注诗的智性结构的沉思型诗人,正如戴维·珀金斯(David Perkins)所说,"阿什贝利的诗是一系列的思绪,是不对任何听众敞开的内在沉思。阿什贝利呈现了一个永远追寻真实,而永远受挫的心灵"②。

(一)诗是"经验的经验"③

"不对任何听众敞开的内在沉思"的评语未免过于绝对,但对一般读者来说,阿什贝利摒弃了传统的连贯意义的诗,的确晦涩而怪异。个中原因在于他旨在记录下诗思运动的真实轨迹,即诗思怎样从某一点滑向另外一点的动态路径,而思想的轨迹往往无逻辑可言。他着意再现的是"思想在运转或休憩时的行为"④。于是,碎片化诗语、缺乏必然联系的意象群、滑动的人称代词、思维的急遽跳跃与转折、混淆"话语"与"现实"的述行演绎频频出现在诗中。对阿什贝利来说,诗的形式绝不是静态的,而是流动的,它是节奏与意义、文本与组织之间永不停息、衔接完美的相互交织。他曾解释说:

---

① 晏榕:《诗的复活:诗意现实的现代构成与新诗学——美国现当代诗歌论衡及引申》,杭州:浙江大学出版社,2013年,第155页。

② David Perkins, *A History of Modern Poetry: Modernism and After*, Cambridge: Belknap Press of Harvard University Press, 1987, p. 614.

③ A. Poulin Jr., "The Experience of Experience: A Conversation with John Ashbery," *Michigan Quarterly Review*, 20.3 (1981), p. 245.

④ Janet Bloom and Robert Losada, "Craft Interview with John Ashbery," *New York Quarterly*, 9 (1972), p. 18.

我的诗中没有通常意义上的主旨或主题,有的只是那种个人意识遭遇整个世界的外部现象或与之对峙时的极为普遍的感受。但同时我也希望,作品以复杂的方式既清晰又具体地记录下刻印在意识上的种种印象……典型的手法有省略法、语调和声音(叙述人的声音)以及视角的频繁转变,目的是使人产生一种一切都在流动的印象。①

相比于前辈诗人史蒂文斯有所局限的诗学声明"世界将自己安置在一首诗里的日子不是天天都有"②,"阿什贝利发现了一条最宏大的美学原则——世界每天都同意呈现在一首诗中"③。他渴望全景式全息再现整个经验世界的微妙之处。尽管诗人的雄心有时会落空,滑向自说自话和鲜有人领会的语言游戏,但这一美学原则可以说是其创作的纲领和指归,也是他身为大诗人的标志之一。被誉为"美国诗歌之父"的惠特曼对阿什贝利影响颇大,惠特曼诗歌的典型性和民主性正是阿什贝利有意追求的。他曾说:"我的想法是使一切表达形式民主化,这一观念从远处来到我这里,可能来自惠特曼的《民主远景》(*Democratic Vistas*,1871)——应当将最通俗和最高雅的表达形式等量齐观,予以重视。"④接受哲学家约翰·寇特(John Koethe)采访时,阿什贝利指出:"你应尽可能地使你的诗具有典型性。"⑤于是,阿什贝利选择创造有关人生的"隐隐约约的寓言"这条诗歌道路:其诗中充满了对诗人生涯、生活、友谊、爱恋等的间接暗示,然而所有这些皆以隐曲而不确定的叙事呈现。总的来说,他的主要目的是创作出"生活

---

① James Vinson, ed., *Contemporary Poets*, New York: St. Martin's Press, 1975, p. 36.
② 史蒂文斯:《最高虚构笔记:史蒂文斯诗文集》,陈东飚、张枣译,上海:华东师范大学出版社,2008 年,第 256 页。
③ Harold Bloom, ed., *Bloom's Modern Critical Views: John Ashbery*, New York: Chelsea House Publishers, 1985, p. 50.
④ John Shoptaw, *On the Outside Looking Out: John Ashbery's Poetry*, Cambridge: Harvard University Press, 1994, p. 1.
⑤ John Koethe, "An Interview with John Ashbery," *SubStance*, 11.4 – 12.1 (1982/1983), p. 183.

的隐喻"①,核心关注点是艺术与生活的关系,"这些隐喻源于自然(《波浪》)、体育活动(《溜冰者》)、艺术自身(《凸镜中的自画像》)、宗教[《连祷文》("Litdny")]和音乐[《蓝色奏鸣曲》("Blue Sonata")]"②,以及体制化生活、公司场景等。

不过,阿什贝利对直白袒露个人经历毫无兴趣,他追求的是一种抽象的诗意表达:"我的大多数诗都是关于经验的经验。如我以前所说,我更关注的不是特殊的事件,而是事件或经验渗透进意识的方式。我认为这也是大多数人的共同经历。我试图按照一天里我们头脑中发生的真实情况,记录下一份有普遍意义的抄本。"③他还说:"我试图达到的是某种普遍而一体通用的经验,就像那些通码的弹性袜。"④他在其代表作《少说为妙》("Soonest Mended",1966)中写道:"我的一体通用的自白诗,关乎我的青春和成长经历,同时也关乎所有人。"⑤写这首诗时,正值中年的阿什贝利抒发了早年生活的困顿,回顾了年轻时无拘无束的自由状态,透露出对未来的不确定感,同时也悼念在那文艺风尚发生变革的过渡期所失去的一切。诗人对他那一代人命运的刻画与缅怀足以打动万千读者:

> 我们诗句的生命,在养育了它们的气候中,
> 并不像一本书那样属于我们,而只是在我们身边,
> 但有时又不在,孤单而绝望。
> ……学会接受
> 艰难时刻的恩赐,当其发放时,

---

① Susan M. Schulz, ed., *The Tribe of John: Ashbery and Contemporary Poetry*, Tuscaloosa: University Alabama Press, 1995, p. 40.
② 同①。
③ A. Poulin, Jr., "The Experience of Experience: A Conversation with John Ashbery," *Michigan Quarterly Review*, 20.3 (1981), p. 245.
④ 同③,第251页。
⑤ Qtd. in John Shoptaw, *On the Outside Looking Out: John Ashbery's Poetry*, Cambridge: Harvard University Press, 1994, p. 105.

> 因为这也是行动,这种不确定感,漫不经心的
> 准备,在犁沟里撒下弯曲的种子,
> 做好遗忘的准备,并总是一再回到
> 出发时的停泊地,久远以前的那个日子。①

然而,人生和世界的极度复杂与嬗变使得阿什贝利对"诗人何为"有着清醒的认识:"只有通过这样'完全无用的专注',唯一对我们有用之物才会出现:我们逐渐认识到我们必然是生活的不准确的誊写员,因为生活永远处于即将生成之际。"②于是,他将注意力从世界的表面转向心灵世界的表面,由此产生了"一种全新的模仿诗学,它以意识自身为模型"③。他的很多作品富有挑战性的风格特征,比如"蜿蜒曲折"的句法、遮遮掩掩的意象、不连贯的转折等,都旨在传达人的意识永远在遭受世界的侵扰这一不容否认的事实。用他自己的话说:"我的诗模仿和再现了知识或意识进入我头脑的方式,它是断断续续的、间接的。我认为安排得整饬有序的诗歌不能反映这种境况。我的诗是不连贯的,但生活亦然。"④

正是对普遍性和人性共通之处的追求和成功再现,使阿什贝利在一定程度上摆脱了象牙塔诗人的痼疾,被誉为独创性地展示了时代精神的后现代主义大诗人。作为身处逐渐迈入信息时代的后工业社会的典型诗人,阿什贝利对宇宙人生的断裂、不和谐及不确定性有着远超常人的敏感和体认,但他无意像过去的浪漫派诗人那样对"自我"进行升华或净化,而是要记录下一代人的碎裂感以及对人生无常的承认和把握。在以庞杂而精致的语汇、抽象却不乏感性魅力的诗性结构再

---

① Mark Ford, ed., *John Ashbery: Collected Poems 1956 – 1987*, New York: Library of America, 2008, pp. 185 – 186.

② John Ashbery, *Selected Prose*, edited by Eugene Richie, Ann Arbor: University of Michigan Press, 2004, p. 168.

③ David Lehman, ed., *Beyond Amazement: New Essays on John Ashbery*, Ithaca: Cornell University Press, 1980, p. 118.

④ Bryan Appleyard, "Interview with John Ashbery," *The Times*, August 23, 1984.

现后现代生活的复杂性与无常性这方面,他获得了无与伦比的成功。

（二）诗是事件的"发生方式"①

在诗歌创作方面,阿什贝利拒绝一切成规,主张一种自由开放、"当下"生成的过程诗学。他曾说:"对于诗歌我特别肯定的一件事就是它应该成为任何它想变成的东西;诗人应该自由地坐在桌前,随心所欲地写下去,而不是感觉到身后有人告诉他别忘了他的客观对应物或者他的诗漏掉了一个抑扬格音步。"②他排斥一切程式,"我们的程式就是没有任何程式。……不预先给诗歌定下一个计划,而是让它自由发展;总处于一种警醒的状态,并随时应时机的要求做好改变主意的准备"③,这是他给纽约派下的不是定义的定义。一首诗就是一个在阅读行为中展开自身的过程,而非一件一成不变的静态成品。一首典型的阿什贝利的诗"使意义增殖,而不是将意义安置在某一处"④。

阿什贝利对自由流淌的诗歌写作过程的强调,将读者的参与视为诗歌写作不言自明的前提,抵制可以改述的意义,并将关注中心转向语言自身,所有这些特征揭示了后现代主义诗歌作为一个总体规划试图实现的目标。这个目标就是诗的意义存在于某个人的体验当中(作者或读者的体验),而不取决于某个人(比如作者)的意图,如此一来,对诗的阐释就主要成了一种读者的反应,而不纯粹是读者的理解。⑤ 身为敏锐读者的阿什贝利早年间对格特鲁德·斯泰因作品的深度阅读为他本人后来的创作模式奠定了基调。⑥ 甚至可以说,在创作理念及创

---

① John Ashbery, *Selected Prose*, edited by Eugene Richie, Ann Arbor: University of Michigan Press, 2004, p. 12.
② 同①,第 113 页。
③ 同①,第 115 页。
④ John Emil Vincent, *John Ashbery and You: His Later Books*, Athens: University of Georgia Press, 2007, p. 14.
⑤ Jennifer Ashton, *From Modernism to Postmodernism: American Poetry and Theory in the Twentieth Century*, Cambridge: Cambridge University Press, 2006, p. 13.
⑥ Emily Setina, "From 'Impossible' Writing to a Poetics of Intimacy: John Ashbery's Reading of Gertrude Stein," *Genre*, 45.1 (2012), pp. 143–166.

作模式方面,斯泰因都为阿什贝利提供了足资借鉴的原型。他在1957年的书评《不可能的存在者:格特鲁德·斯泰因》("The Impossible: Gertrude Stein")中这样写道:"吸引斯泰因女士的通常不是事件本身,而是它们的'发生方式',《沉思的诗节》(Stanzas in Meditation)中的故事是一个普遍而一体通用的模式,每位读者都能够根据个人不同的具体情况套用。这首诗是献给可能性的颂歌,它是这一事实的礼赞:世界存在着,凡事皆有可能发生。"[1]斯泰因曾说她尝试像立体主义时期的毕加索作画或新生儿观看世界那样写作:用一个个片段来组成诗,就像孩童只能看到妈妈面颊的一侧那样,同时无意重构对整体轮廓的某种记忆。她最大的野心是创作出像一系列电影镜头那样的"一幅不断移动的画面"[2],以这种方式演绎着永远在变化的当下的作品。对于这样的作品,没有记忆,因此也就没有"重新组合"或是"关联"可言。"毕竟,"斯泰因坚持说,"合乎自然的数数方式不是一加一等于二,而是一个接一个地继续数下去。"[3]

这种动态的"一个接一个地继续数"正是阿什贝利的过程诗学的展开方式。阿什贝利的诗往往在急速转换的情境和人称代词、在高雅文化和通俗文化元素的杂糅交错以及来自不同语域的语汇的并置中来回穿梭于"自我"和"无我"、"世界"和文本之间,在穿梭中记录着经验和意识的迁移过程。他的诗歌记录着随机发生的意识之流冲刷诗人头脑时聚焦与散焦、思考和感受、呈现和消解的全过程。大卫·凯尔斯通(David Kalstone)曾形象地描述道:"就像珀涅罗珀(Penelope)的织物,阿什贝利诗篇的展开和结束往往就是其主题:总是有新的开始,大白话与'诗'本身既撩人而又令人懊恼的许诺之间反复发生的摩擦与碰撞。"[4]

阿什贝利的"过程诗歌"有着深层根源,与后现代性伦理的根本主

---

[1] John Ashbery, *Selected Prose*, edited by Eugene Richie, Ann Arbor: University of Michigan Press, 2004, p. 12.
[2] Gertrude Stein, *Writings 1932 – 1946*, New York: Library of America, 1998, p. 293.
[3] 同[2],第324页。
[4] David Kalstone, *Five Temperaments*, Oxford: Oxford University Press, 1977, p. 171.

张——"憎恶不变性,认为自我与其说是一个实体,毋宁说是一个持续进行的过程"①——息息相关。阿什贝利的诗之所以不好懂却又独具魅力,是因为他的诗"挫败了我们对意义和在场的期待,提供给我们的永远是一个带有游戏色彩的、流动的、被延宕和悬置的意义区域"②。对以阿什贝利为代表的后现代主义诗人来说,用单一标准或范式去裁定所有差异以统一所有话语的"元叙事"或"宏大叙事"已经瓦解。但宏大叙事的消解并不意味着混乱无序和无以复加的焦虑。相反,它带来了新的自由和动力,为艺术创作提供了似乎无穷的崭新可能性。对此德里达做过精彩的陈述:"另一面则是尼采式的肯定,它是对世界的游戏、生成的纯真的快乐肯定,是对某种无误、无真理、无源头、向某种积极解释提供自身的符号世界的肯定。"③这使得包含了世界与人在内的文本世界不再追求唯一确定的意义,而是成了流动的、不断变化与增殖的、寻找不确定意义的过程。

此外,音乐这种时间的艺术也深刻影响了阿什贝利。他曾说:"我之所以喜欢音乐,是因为音乐本身具有令人信服的能力——尽管音乐主题中包含一些不确定因素,音乐本身仍能通过不断地发展和改变它,成功地将其演绎到曲终。而音乐主题的曲式结构、音乐的情境和故事,依然能很好地展示。我想在诗歌里做到这点。"④先锋音乐家约翰·凯奇的音乐中那种充满不协调的和弦和喧闹的不规则节奏曾深深触动青年时代的阿什贝利,他甚至说:"我觉得我可以在诗艺方面做到像凯奇在音乐领域那样独一无二。"⑤但需要指出

---

① Andrew Epstein, *Beautiful Enemies: Friendship and Postwar American Poetry*, Oxford: Oxford University Press, 2006, p. 68.
② Richard Gray, *A History of American Literature*, Oxford: Blackwell Publishing, 2004, p. 651.
③ 雅克·德里达:《书写与差异》(下),张宁译,北京:生活·读书·新知三联书店,2001年,第523—524页。
④ 丹·霍夫曼:《美国当代文学》(下),裘小龙译,北京:中国文艺联合出版公司,1984年,第812页。
⑤ Richard Kostelanetz, "How to Be a Difficult Poet," *The New York Times*, May 23, 1976, p. 20.

的是,阿什贝利真正在意并力图再现的是能恰如其分地折射自我与世界(他者)之间疏离而共在的悖论式关系的"语言的旋律",而非"旋律的语言"。简而言之,阿什贝利最关注的是语词本身、诗歌这门"语言的艺术"自身。

(三)"诗的主题就是诗自身"①

查尔斯·阿尔切瑞(Charles Altieri)在总结阿什贝利受到的影响时指出,"从奥登那里,阿什贝利发展出了带讽刺意味的述行模式……从史蒂文斯那里,阿什贝利得以把握想象力鲜活的那一面,坚信想象力能提供一个丰富精致而流动的世界"②。他还指出:"阿什贝利把奥登的述行声音融入了史蒂文斯式想象所具有的去个人化的戏剧性中,并在无止境的复杂交织中将两者融为一体。"③阿尔切瑞的评价非常精准。阿什贝利充满讽刺意味的述行诗学极大地丰富并拓展了后现代主义诗歌朝向自身、将诗的所指能指化这一解放性维度。诗成了讲述其自身的某种寓言,成为"时间所发明的用以解释其自身流逝的寓言"④。阿什贝利在谈及抽象表现主义画家带给他的影响时这样说道:

> 这些是诗歌或艺术的范例,它们一边进行着一边成就了自身,而这正是我的任何一首诗的主题——诗如何创造其自身。写诗的过程变成了诗本身。行动画派画家波洛克和库宁激进地展示了这一点,开始时他们并不清楚自己的所为,仿佛处于一种清醒的出神状态,然后创造出本身包含了其生

---

① John Ashbery, *Selected Prose*, edited by Eugene Richie, Ann Arbor: University of Michigan Press, 2004, p. 55.

② Charles Altieri, *The Art of Twentieth-Century American Poetry: Modernism and After*, Oxford: Blackwell Publishing, 2006, p. 206.

③ 同②,第9页。

④ Mark Ford, ed., *John Ashbery: Collected Poems 1956–1987*, New York: Library of America, 2008, p. 206.

成史的艺术作品①。

阿什贝利在哈佛的诺顿讲座中对鲁塞尔作品的精辟总结完全可以拿来形容他本人的诗歌:

> 《非洲新印象记》(*Nouvelles Impressions d'Afrique*)是一个异数:一首主题阙如或近乎阙如的叙事诗。它的真正主题就是其形式:一段接一段的文字中,括号套括号,就像打嗝止不住似的,而读者持续不断地被引入歧路,感到一筹莫展,但就在他像一只迷宫中精疲力竭的老鼠那样即将垮掉时,突然发现有如神助一般地来到了旅程尽头,尽管他似乎并没有因此变得更有智慧。②

在阿什贝利眼里,诗歌不再受主导性意识形态权力话语的主宰,而变成一种叙说着自身的反身性叙述,一种激进的不及物语言。用米歇尔·福柯(Michel Foucault)的话来说,诗

> 变成了对一种语言的单纯的显示,这种语言的全部规律就是去断言——在所有其他话语的对立面——它的陡峭的存在;所以它所要做的全部事情将仅仅是在一种永恒的回归中一次又一次地折向自身,就好像它的话语可能具有的全部内容仅仅是去讲述它自身的形式……它要讲的全部东西仅仅是它自身,它要做的全部事情仅仅是在自己存在的光芒中闪烁不定。③

---

① A. Poulin Jr., "The Experience of Experience: A Conversation with John Ashbery," *Michigan Quarterly Review*, 20.3 (1981), p. 251.
② John Ashbery, *Other Traditions*, Cambridge: Harvard University Press, 2000, p. 67.
③ 杜小真编选:《福柯集》,上海:上海远东出版社,2002年,第113页。

阿什贝利的诗歌创作在摆脱主导意识形态的控制之后,其诗歌很大程度上成为一种激进的自我指涉,它聚焦于语言的能指层面及其美学维度,如阿尔切瑞所指出的,"毕肖普和阿什贝利竭力凸显一种并非主要指向实在的自我形象的诗意想象,而抵制对时代主流声音提出的想象力应维系真理假说和道德远见的倾向"①。另一位批评家理查德·霍华德(Richard Howard)在书评里对阿什贝利诗歌的自我指涉做出了这样形象的描绘:"阿什贝利的诗是献给自身的一座活的纪念碑,那些无重读也无重复的、放纵的、闪烁摇曳的诗行,围绕着这一座由其自身的累积而形成的柱体翻腾滚动。"②

在史蒂文斯和鲁塞尔等关注诗歌元语言层面的先驱的影响下,阿什贝利很自然地把诗歌本身和诗歌写作过程作为其诗学思考的对象和载体,并写下了相当多的所谓元诗歌——"论诗艺"(Ars Poetica)的诗。早期杰作长诗《溜冰者》当中就不乏元诗歌评论成分,如著名的这一节:

> 我压根没准备好,还尚未做好准备来讨论
> 这件留白的差事。
> ……但是提请注意
> 跟解释不是一回事,而正如我说的,我还不打算
> 用代价昂贵的解释的把戏来铺排字句,将不会
> 也不愿在此刻做这件事。只不过倒是可以说:
> 这些诗行的食肉习性注定要吞噬它们自身的本质,什么
> 都没留下来,除了一种对缺场的苦涩印象,而我们知道它牵
> 涉在场,不过是一种静态的。
> 但不管怎样,这些是至关重要的缺场,挣扎着起身并自
> 行离去。

---

① Charles Altieri, *The Art of Twentieth-Century American Poetry: Modernism and After*, Oxford: Blackwell Publishing, 2006, p. 9.
② Richard Howard, "Sortes Vergilianae," *Poetry*, 117.1 (1970), p. 51.

这一点,从而也是本诗主题之一部分

　　它以降雪的形式呈现:

　　也即,一片片雪花对整体并非至关重要这一点的形成乃不言自明之理

　　以至于其重要性再次受到质疑,被进一步加以否认,如此一而再再而三。

　　因此,既不是单片雪花的重要性,

　　也不是对暴雪的整体印象(倘若有什么整体印象的话)的重要性,构成了事物之本来面目,

　　它只不过是一系列重复的跳跃组成的节奏,从抽象转向明确,然后又回到稍微不那么稀释的抽象。

　　温和的效果是最终所得。①

这一大段"蜿蜒曲折"、自我吞噬的诗行流畅地表达了阿什贝利的"缺场"诗学,又对《溜冰者》的主旨做了纲领性概括。《溜冰者》的重要意义在于"呈现了一场典型的诗意之旅,它追寻一个介于天堂与'乌有之乡'之间的宜居荒岛。此追寻本身就是一个宏大的隐喻,暗示想象力四面受困,面临诸多失败,也不知未来走向何处,以及为逃离和超脱而做的种种斗争"②。对阿什贝利来说,诗是在生活表面进行的一次优雅滑行,诗人/溜冰者形成的滑痕近似一个神秘符号——横放着代表无穷大的数字8,正如这首诗里所说的"数字8完美象征着这类活动所能给予人的自由"③。

阿什贝利最著名的长诗《凸镜中的自画像》则是一首备受赞誉的"论

---

① Mark Ford, ed., *John Ashbery: Collected Poems 1956 – 1987*, New York: Library of America, 2008, pp. 152 – 153.

② David Lehman, ed., *Beyond Amazement: New Essays on John Ashbery*, Ithaca: Cornell University Press, 1980, p. 123.

③ 同①,第161页。

诗艺"之诗。它围绕着文艺复兴时期画家帕米贾尼诺(Parmigianino)的一幅奇特的圆形自画像来回地盘桓,画出了一幅他自己的动态自画像。在这首长诗中,他对艺术的本质、自我和他性的发掘为现代诗歌史提供了一部其意蕴似乎说不尽的典范之作:"正如没有语言来形容这个表面,也就是说,/没有语言来说出它到底是什么,说出它并不是/流于表面,而是一个可见的核心,同样/也没有办法摆脱这个问题:感伤力与经验之间的对立。"①

他的另一部诗集《船屋岁月》(多是"论诗艺"之诗)中的《什么是诗》("What Is Poetry"),为清晰了解阿什贝利的诗歌创作思想提供了绝佳样本。原诗如下:

> 中世纪的城镇,有着来自名古屋
> 童子军的饰带? 一场
>
> 我们想让它下它就降临的雪?
> 美丽的意象? 试图避开
>
> 观念,如同在这首诗中? 但我们
> 回归它们就像回归妻子,离开
>
> 我们渴慕的情妇? 而今他们
> 将不得不相信它
>
> 一如我们相信它。在学校里
> 所有的思想都被梳理干净:

---

① Mark Ford, ed., *John Ashbery: Collected Poems 1956 – 1987*, New York: Library of America, 2008, p. 476.

剩下的像一片田野。
闭上你的眼睛,你会感觉它方圆数里。

现在放眼于一条狭窄、垂直的小径。
它会给我们——什么?——一些花吗,不久?①

什么是诗?什么是诗歌值得信赖的事物或主题?麦克利什认为"一首诗不应指义/而只是存在"②。威廉斯则留下了这句强调物性的名言——"凡理皆寓于物"③。阿什贝利的回应则带有鲜明的后现代折中主义特点。在诺顿讲座中,他一方面否认"意义"和"思想"对诗的统辖,认为"对我来说,诗歌的开始与结束都在思想之外"④,另一方面又承认思想在诗歌创作过程中的参与,"有时我的作品似乎仅仅是我思考诸过程的记录,而与我实际思考的内容并无关系"⑤。他还说:"我乐意承认我是有心将这些过程化为诗意客体,即一种类似于威廉斯所说的'凡理皆寓于物'的立场,不过我要附加一句,在我看来,理也是物。"⑥他反对对诗的主题进行任何限制,他在与科克的一次对谈中说:"诗没有主题,因为它自身就是主题。我们是诗的主题,而不是反过来的情形。"⑦

面对诗题中的追问,无论读者还是诗人都相信了或者说不得不相信

---

① Mark Ford, ed., *John Ashbery: Collected Poems 1956 – 1987*, New York: Library of America, 2008, p. 520.

② David Lehman, ed., *The Oxford Book of American Poetry*, New York: Oxford University Press, 2006, p. 386.

③ William Carlos Williams, *The Collected Poems of William Carlos Williams*, Vol Ⅱ: 1939 – 1962, New York: New Directions, 1991, p. 55.

④ John Ashbery, *Other Traditions*, Cambridge: Harvard University Press, 2000, p. 2.

⑤ 同④。

⑥ 同④。

⑦ John Ashbery, *Selected Prose*, edited by Eugene Richie, Ann Arbor: University of Michigan Press, 2004, p. 55.

一些事物:从历史(中世纪的城镇)到美丽意象(想让它下它就降临的雪——这只能在诗中实现),再到"试图避开"的"观念"。"饰带"(frieze)是多义词,既可指古典建筑柱顶过梁和挑檐间的雕带,也可指长条横幅,还有"络绎不绝"这个引申义。该词因交织着多重所指而意义不确定。诗中的"饰带"则发挥着更微妙的功能:中世纪的城镇与童子军本来格格不入,但两者被诗人语言的"饰带"巧妙地铆合在一起。通过一连串疑问句,阿什贝利质疑是否存在一个放之四海而皆准的"诗歌方程式":并非一首诗放进了历史、当代生活、异国情调及美丽意象,它就一定是一首值得信赖的好诗。也许阿什贝利是在嘲讽受到"美丽意象"("情妇")的蛊惑而背弃了"思想"(忠贞的"妻子")的某些当代诗人。

在后现代主义"主体隐退"的大语境下写作的阿什贝利通过他不连贯的智性沉思、对现代艺术技巧的巧妙挪用、对潜意识和梦境的即兴式展示,创造出了阿什贝利式风格。它呈现出理性与非理性的杂糅、诗歌作为"生活的隐喻"、强调"事件的发生方式"的过程诗学、自我指涉的元诗学等主要特征。这些是他描摹世界之本真、如实呈现流动不居的心灵世界这一雄心的直接产物,也是他探索世界和语言的边界,作为一个"词语做的人"("Man of Words"是他一首诗的标题)追求史蒂文斯所说的"至高虚构"这一进程的展开方式。阿什贝利在语言与风格上的革新开辟了后现代主义诗歌的新方向,影响深远。由于接受了抽象派画家、现代音乐、超现实主义、斯泰因和史蒂文斯等多重复杂影响,阿什贝利尤为关注诗意想象力对现实的变形和塑形作用,而对政治与历史等宏大题材则较少涉及。总体而言,他的诗歌创作带有较明显的非政治性和非历史性倾向。他试图将整个宇宙塞进每一首诗当中,但随着诗的词语变成标记和符号,经验却以迅捷而难以察觉的速度变迁,于是符号脱离了它们的所指,也脱离了作为能指的意识瞬间,形成了高度自我指涉的元诗歌。[①] 通过将语言的自我塑形能

[①] Richard Gray, *A History of American Literature*, Oxford: Blackwell Publishing, 2004, p. 651.

力发挥到极致,阿什贝利逼近了存在和语言的边界,创造出了一个流变的"自我"得以栖居、漫游、嬉戏和自由穿梭的存在的家园。他悖论式的诗歌表达、不断迁移的散漫化的诗思过程和对语言本身的关注,完整又真切地表明了诗人的写作立场,以及他试图突破语言局限、书写"经验的经验"这一彰显了后现代主义崇高美学的远大抱负。

第三章 20世纪60至70年代美国戏剧家的文学思想

第二次世界大战以后,美国的传统与反传统斗争日益激烈,各种主义和思潮此起彼伏,影响了之后戏剧创作思想的发展路径。20世纪60至70年代,激荡的社会环境使戏剧家们纷纷寻求表达时代情绪的新途径,解构固有传统、反叛既定规则,一时成为风尚,席卷剧坛。始于20世纪50年代的外百老汇(Off-Broadway)、外外百老汇(Off-Off-Broadway)戏剧挑战百老汇(Broadway)戏剧的局面持续到了20世纪60至70年代,对阶级、种族、性别等观念的冲击、现实与个人经验的多样化表达、表现形式的实验性,是这一时期戏剧创作思想的总体特征。在严肃戏剧不断非难商业戏剧的过程中,戏剧家们的创作思想朝多元化方向发展,产生了爱德华·阿尔比、大卫·马麦特的现实主义戏剧理论,女权主义作家梅根·特里、恩托扎格·商格(Ntozake Shange)的创作思想,以及实验戏剧家理查德·福尔曼的后现代戏剧思想。

阿尔比、马麦特延续了传统现实主义的一些要素,但是同时也融入了反现实主义成分,明显表现出对传统现实主义的偏离:阿尔比主张作家要关注和探讨社会问题,帮助人们深刻理解现实;但是又批判同质的现实主义所造成的幻象,主张改变呈现世界的方式。马麦特提倡将人物置于现实生活中加以表现,但是更注重人的内在真实,甚至延伸到无意识领域,试图通过演员的无意识重塑时代甚至民族的灵魂。

女权主义戏剧家特里和商格同时也是女权运动的倡导者和实践者,积极投身为女性争取平等独立的事业中,其创作思想明显打上了女权运动的烙印：她们都关注女性的性别歧视、性别身份等问题；都倡导塑造女性形象；都主张创造新形式，以打破父权色彩鲜明的叙事模式。但是两位作家又都力图超越女权主义的框架和局限，将创作思想推向了新高度：特里注重在作品中通过女性视角表现包括重大事件、社区问题等在内的问题；商格则将非裔传统文化与黑人女权主义相融合，矛头直指种族歧视。

实验戏剧家福尔曼由于受到了现代主义和后现代主义思潮的影响，形成了具有后现代主义特色的戏剧理念。他强调呈现人类意识中时间形态的过程，消解了传统戏剧中的情节和叙事；他用道具和布景解构了传统戏剧的空间，使空间体现人类意识对现实世界的扭曲、放大或肢解。

从整体上看，这一时期戏剧家的创作思想虽然遵循不同的方向，但是在以下方面又体现出共同的追求，如他们主张推倒传统的剧院围墙，将戏剧搬到学校、印第安保留地、体育馆、大街上甚至监狱里，实现了戏剧和普通民众的紧密联系。同时，他们强调集体创作、即兴表演，取消了传统的作家中心，使观众成为新的中心。此外，他们提倡使用新的戏剧表现形式取代之前的戏剧形式，以与反叛性内容相适应，由此促使戏剧家们对戏剧文体进行变革，马麦特的戏剧诗、特里的转换剧、商格的配舞诗剧应运而生，新的形式蕴含新的意义，也蕴含新的秩序。

第一节

爱德华·阿尔比与大卫·马麦特的现实主义戏剧思想

一、爱德华·阿尔比的戏剧创作思想与实践[①]

爱德华·阿尔比（Edward Albee, 1928—2016）是保加利亚国家科

---

① 本小节由张祥亭撰写。

第三章　20世纪60至70年代美国戏剧家的文学思想

学院(NATFA①,全球联盟的戏剧学校)戏剧和电影艺术的荣誉博士,是美国戏剧史上继尤金·奥尼尔(Eugene O'Neill)、田纳西·威廉斯(Tennessee Williams)和阿瑟·米勒(Arthur Miller)之后,具有重要地位和影响力的戏剧家。

　　阿尔比1928年3月12日出生于美国华盛顿,出生后两个星期就被里德(Reed)和弗朗西丝(Francis)带回纽约收养了,养父母将他的名字改为爱德华·富兰克林·阿尔比。阿尔比祖父经营的杂耍剧院遍布全美,共有400多家。阿尔比没有无忧无虑的童年,他的养母在感情上冷漠、专横,养父忙于事业,与他关系也比较疏远,对他不管不问。阿尔比成年后,和他关系最亲密的是他的保姆安妮塔·丘奇(Anita Church)和祖母科特(Cotter)。富裕的家庭让阿尔比很早就受到了文化的熏陶,他的保姆向他介绍了歌剧和古典音乐,家庭图书馆为他提供了大量世界文学的经典书籍。据阿尔比回忆,他在很小的时候就树立了成为作家的理想:"当我六岁的时候,我开始写诗,我的梦想是将来成为一个戏剧家、诗人、小说家,总而言之,我梦想成为一名作家。"②然而他的养父反对儿子的文学抱负,加之家庭关系紧张,导致父子二人在1948年决裂,阿尔比离家前往格林威治村。20世纪50年代,阿尔比住在格林威治村的公寓里,在商店、办公室和旅馆里做各种各样的零工,在西联电报公司做了三年的投递员。在这段时间里,阿尔比参加过众多戏剧、艺术展览和其他文化活动,经常到百老汇观看尤金·奥尼尔的《送冰的人来了》(The Iceman Cometh, 1946)和T. S. 艾略特的《鸡尾酒会》(The Cocktail Party, 1950)等戏剧。1958年初,他用三周时间写出了《动物园故事》(The Zoo Story, 1959)。1962年,他的《谁害怕弗吉尼亚·伍尔夫?》(Who's Afraid of Virginia Woolf?)大获成功。20世纪60年代,阿尔比创作的戏剧有:《伤心咖啡馆之

---

　　①　National Academy of Theatre and Film Arts(保加利亚戏曲影视艺术科学院)的缩写。
　　②　Philip C. Kolin, Conversations with Edward Albee, Jackson: University Press of Mississippi, 1988, p. 85.

歌》(*The Ballad of the Sad Café*, 1963)、《小爱丽丝》(*Tiny Alice*, 1965)、《马尔科姆》(*Malcolm*, 1966)、《微妙的平衡》(*A Delicate Balance*, 1966)和《欲望花园》(*Everything in the Garden*, 1967)。从20世纪50年代开始到2016年，阿尔比的创作跨越了半个多世纪。他笔耕不辍，创作了近30部戏剧，三次获得普利策奖，两次获得托尼奖最佳剧本奖，2005年获得托尼终身成就特别奖。1996年，阿尔比获得美国国家艺术奖章，比尔·克林顿(Bill Clinton)在肯尼迪荣誉中心授奖仪式中评价说：

> 今晚，国家向您致敬，爱德华·阿尔比先生……在您的反叛中，美国戏剧获得了重生。还有其他的美国戏剧家能获得同样的荣誉吗？即使在成功面前，阿尔比的反叛精神依然不屈不挠，甚至融入了他的晚期戏剧。他是主流社会中游动的鲨鱼，或许我们应该感谢他，因为他创造了蓬勃发展的实验性美国戏剧。①

（一）反对戏剧的商业化

二战后，美国经历了经济增长和繁荣，消费主义和大众文化盛行，百老汇成为典型的商业文化中心。依赖明星和商业化运作手段，大量音乐剧在百老汇疯狂上演，利润巨大。"20世纪60年代，有十部音乐剧演出场次超过了1 000，其中有的超过了2 000场。《你好，多莉！》(*Hello, Dolly!*, 1964)在百老汇轰动一时，总收入2 700万美元；《屋顶上的小提琴手》(*Fiddler on the Roof*, 1964)，突破3 000场大关，每投入一美元，就赚回1 574美元"②，"行业的能量、观众的追捧、明星和市场的强大推力共同构成了百老汇的特色。在百老汇，作品的创作从一开

---

① Mike Sell, *Modern American Drama: Playwriting in the 1960s: Voices, Documents, New Interpretations*, New York：Bloomsbury, 2018, pp. 93 – 122.

② Don B. Wilmeth, *The Cambridge History of American Theatre*, vol. 3, New York：Cambridge University Press, 2000, pp. 171 – 177.

始就是一种角力,而艺术总是屈从于公众的压力。美国戏剧缺少深度和创意,就靠宏大的阵势来补救,就像美式咖啡总是盛在大号马克杯里,而不像意式浓缩咖啡一样盛在一只小小的杯子里"①。在阿尔比看来,美国戏剧界和文化界出现了问题,商业主义正在扼杀美国的戏剧文化:

> 我对美国戏剧的现状不满意,它并不特别健康,我认为从事艺术的人有责任关心艺术的健康发展。几乎每个人都读过这方面的报道,商业主义正困扰着美国戏剧界,虽然外百老汇和外外百老汇尚存一些非商业戏剧,美国戏剧有被商业主义摧毁的危险。纽约商业剧院面临着一系列问题,不断上涨的成本、烦琐的流程、贪婪的老板和狂妄自大的演员。除此之外,还有更大的问题:一方面,戏剧家随波逐流,胆小如鼠;另一方面,几乎所有与商业剧院有关的人都有一种愿望,希望把戏剧降低到思维懒惰的观众最容易接受的程度,这就是商业剧院。②

1962年,阿尔比在其文章《什么样的戏剧是荒谬的?》("Which Theatre Is the Absurd One?")中指出:"百老汇的大部分演出,迎合了公众对自我满足和安慰的需要,并向自己展示了一幅虚假的自我形象。"③在阿尔比看来,百老汇的戏剧文化是一种利润至上的文化,商业侵袭艺术,这其实也是美国戏剧失去灵魂的表征之一。戏剧对商业化和大众化的追求,必然导致以追求高票房和快感为目标的戏剧创

---

① 弗雷德里克·马特尔:《戏剧在美国的衰落》,傅楚楚译,北京:商务印书馆,2015年,第19页。
② Philip C. Kolin, *Conversations with Edward Albee*, Jackson: University Press of Mississippi, 1988, p. 11.
③ Stephen Bottoms, "Tennessee Williams and the Winemiller Inheritance," in *The Oxford Handbook of American Drama*, edited by Jeffrey H. Richards and Heather S. Nathans, New York: Oxford University Press, 2014, p. 351.

作,进而带来的是戏剧的低俗化、娱乐化,戏剧艺术变得平庸,观众失去了对戏剧的关注与兴趣,戏剧艺术的声誉遭到损害,当然也不利于观众欣赏水准的提升。"艺术与商业的结合充其量只能产生平庸的东西,毫无价值……艺术的功能是使人们对现实有深刻的感触,然而我们的电影院和家庭房间里挤满了无视现实的人,我们的商业剧院里挤满了渴望观看垃圾戏剧的人"①,观众并没有得到有益身心的健康艺术教育,而是在虚幻中得到短暂的逃避与所谓的情感满足。这种幻觉式的戏剧带来的最终恶果就是人们接受命运的安排,随遇而安,任其摆布,最终丧失了对真相以及自我命运的认知和把握。

戏剧的商业化,从根本上说是受消费逻辑和资本驱动,虽然可以短暂撑起演出的票房,但是它却不可能也无法支撑起代表着时代的戏剧艺术,更不能对时代做出强有力的回应和深刻的思考。事实上,引领观众思考和认识现实生活,是检验戏剧家思想和艺术功力的重要指标,重建戏剧艺术的公共性就显得尤为迫切与重要。阿尔比并没有向市场妥协,而是一边介入一边抵抗。据阿尔比回忆,有制片人想把《海景》(*Seascape*,1975)改编成喜剧,他予以了拒绝,"不行,我不想称它为喜剧,这是制片方为了商业利益宣传的一个廉价卖点,这是一部严肃的戏剧,碰巧很有趣"②。在这种拒绝商业主义的背后,潜藏着阿尔比更深层的忧虑:"戏剧家赚钱并不重要,尽管我确实认为任何一个艺术家都应该得到维持生计的工资。然而,在资本主义社会中,我担心美学和商业之间恐怕存在着相当大的混淆。太多的人认为,能在豪华剧院演出、票房率高,自然是最好的戏剧。"③在阿尔比眼里,这种以金钱为衡量标准的观点存在着巨大的隐患:"我认为它误导了很多人,让许多艺术家感到不安,他们再也不能以一种淡然心境从

---

① Edward Albee, *Stretching My Mind: The Collected Essays of Edward Albee*, New York: Carroll & Graf, 2005, p. 114.

② Philip C. Kolin, *Conversations with Edward Albee*, Jackson: University Press of Mississippi, 1988, p. 116.

③ 同②,第82页。

事艺术工作,我看到现在有太多的年轻艺术家绝望地担心,'我所做的会不会受欢迎?会卖出去吗?'我发现艺术世界的商业化已经腐蚀了很多艺术家。"①在阿尔比看来,解决问题的办法有两个。一方面是加强美学教育:"我一直认为,公共教育是不完整的,除非它包括美学教育。我们国家只对孩子们进行了一半的教育,他们在高中完成 12 年级的学习,但却忽视了美学教育。一个文明人是一个有审美知识和审美教育的人,他能够在好与坏、道德与邪恶之间做出选择"②,"否则我们将培养一个由野蛮人组成的社会"③。另一方面,阿尔比认为:"政府有责任提供经费,补贴剧院来排练质量高、内容深刻的戏剧,教育人们了解剧院的本质,政府补贴也会让戏剧家从商业压力中解放出来。"④

二战后,美国的经济繁荣和乐观精神加剧了美国人生活中的商业化和自满情绪。在阿尔比看来,"一个戏剧家在他的社会中,不应去随波逐流或掩盖艺术不健康的现象,而应去揭露和批评它,戏剧家有保持艺术完整性的责任"⑤。阿尔比对美国社会中的商业主义展开了无情批判。在《欲望花园》中,金钱、谎言、背叛、谋杀等丑恶交织在一起,以节俭和敬虔为基础的美国梦,已经演变为贪婪。在《美国梦》(The American Dream,1961)中,阿尔比明确表示:"本剧是对美国情景的审视,是对我们社会中人为价值取代真实价值的批判,是对自满、残忍、软弱和空虚的谴责,是对'在我们这片衰落的土地上,一切看上去都很好'的虚假意识的批判。"⑥在讨论《美国梦》时,马丁·艾斯林在其颇有影响力的著作《荒诞派戏剧》中写道:

---

① Edward Albee, *Stretching My Mind: The Collected Essays of Edward Albee*, New York: Carroll & Graf, 2005, pp. 136-137.
② 同①,第 137 页。
③ 同①,第 195 页。
④ Philip C. Kolin, *Conversations with Edward Albee*, Jackson: University Press of Mississippi, 1988, p. 78.
⑤ 同④,第 12 页。
⑥ Helen Shaw, "Edward Albee," in *Modern American Drama: Playwriting in the 1960s: Voices, Documents, New Interpretations*, by Mike Sell, New York: Bloomsbury, 2018, p. 103.

荒诞的传统源于一种深深的幻灭感,生活意义感和目的感逐渐消失,这是二战后法国和英国等国家的特征。在美国,没有相应的意义和目的的丧失,追求美好生活的美国梦依然比较强烈。在《美国梦》中,阿尔比通过陈词滥调和多愁善感来攻击美国人的乐观主义与空虚,这也是该剧语言魅力的关键所在,将美国戏剧带入了一个新的荒诞主义的残酷。①

回顾二战后的美国戏剧,不难发现,美国戏剧一方面正经历着商业化的侵蚀和其社会公共性消退的窘境,导致了戏剧艺术自身发展的内在困局,美国的戏剧危机重重;另一方面,地方剧院、外外百老汇、实验剧场的蓬勃兴起,体现了美国戏剧重建社会公共性的尝试和努力。阿尔比认为,这代表了美国戏剧未来的发展方向,发挥实验剧在美国戏剧蜕变中的作用,不仅是戏剧家的责任,也是国家责无旁贷的责任,唯此,美国戏剧才能迎来真正的繁荣。

一般来说,你离百老汇的商业剧院越远,生活剧就越多。商业剧场里的大部分表演在开始之前就已经死了,那些没有死掉的其中三分之二的剧目随着时间的推移也会销声匿迹。到外百老汇,你就会发现,商业压力不那么大,编剧更年轻、更有冒险精神,那里的戏剧也更有活力。如果走进外外百老汇,比如走进咖啡剧院,那里有着大量的生活剧,没有人是为了钱进行表演的,演员们非常年轻,人人具有一颗年轻的心,那里洋溢着创新和激情。②

---

① Helen Shaw, "Edward Albee," in *Modern American Drama: Playwriting in the 1960s: Voices, Documents, New Interpretations*, by Mike Sell, New York: Bloomsbury, 2018, p. 104.

② Philip C. Kolin, *Conversations with Edward Albee*, Jackson: University Press of Mississippi, 1988, p. 81.

（二）坚持严肃戏剧创作

二战后,"90%的家庭拥有了电视,每个晚上,有数百万个家庭观看各种各样的流行节目……比如《父亲最清楚》(Father Knows Best)、《留给比弗》(Leave It to Beater)、《唐纳·里德秀》(The Donna Reed Show)等肥皂剧,大多是以中产阶级家庭环境为背景,围绕个人问题而展开,最终以一种确认家庭价值观的方式予以解决"①。相比严肃戏剧,电视与百老汇已成为中产阶级追求舒适、安逸和平庸的方式,"电影和电视是逃避现实的垃圾,每个人都会趋之若鹜"②,在阿尔比看来,"艺术已经被一种目光短浅、享乐主义、自我满足的大众品味所控制"③。

在阿尔比看来,要想改变这种局面,必须坚持严肃戏剧创作,必须认真对待戏剧艺术在整个社会中的地位,

> 如果戏剧有任何好处的话,它必须是对社会有用的。任何仅仅装饰性的东西都是完全没有用处的。任何时候去百老汇,我都觉得我的时间被浪费了,除非它扩展了我对戏剧经验边界的认识,让我重新思考我的价值观。每当我看一幅画,我希望它能改变我对艺术形式的理解。我希望它能以某种方式扩展艺术,让我们重新评价它,如果它只是躺在那里,很好看,那就是社会的堕落。艺术应该对人如何看待意识做出一些反应,应该让观众对意识和艺术形式本身有不同的思考。④

换言之,在阿尔比看来,"戏剧应该有一个发展方向,它应该深入

---

① 卡罗尔·帕金、克里斯托弗·米勒:《美国史》(下册),葛腾飞、张金兰译,北京:东方出版中心,2013年,第151—152页。

② Edward Albee, *Stretching My Mind: The Collected Essays of Edward Albee*, New York: Carroll & Graf, 2005, p. 94.

③ Philip C. Kolin, *Conversations with Edward Albee*, Jackson: University Press of Mississippi, 1988, p. 156.

④ 同②,第133页。

探讨现实:在现实社会中,我们是谁,我们要去哪里,我们如何思考,我们如何参与生活。戏剧应该关注其基本的社会政治、经济、哲学和心理问题"①。而做到这点,关乎着戏剧家努力的方向和动力,关乎着对一个戏剧家的评判,在阿尔比看来,

我们如何评价一个作家的作用、社会地位及其特征呢?也许我们最好研究一下好作家和糟糕作家之间的区别。好的作家定义现实,糟糕的作家只是重述现实。好的作家把事实变成了真理,糟糕的作家往往会完成相反的任务。好的作家写出他认为是真实的东西,糟糕的作家则写下他认为读者认为是真实的东西。②

显然,在阿尔比的眼中,质量低劣的戏剧,并没有准确、真实和全面地呈现生存真相和时代生活,反而向观众提供了一幅歪曲的生活图景和图像,欺骗和迷惑了观众。对于戏剧家而言,其尊严来自他的社会责任,戏剧的剧本来自戏剧家,一个戏剧家的高度、气质和品味决定了一部戏剧的水准和质量,戏剧家的境界有多高远,戏剧艺术就能够走多远。"简单地说,我认为事情是这样的:在发展的过程中,我们的尾巴脱落了,我们发展了艺术。我们发展了一种需要和能力,能够举起一面准确的镜子来观察我们自己,观察我们的行为,观察我们的意图,艺术的进化也由此而来。"③

在《谁害怕弗吉尼亚·伍尔夫?》中,乔治和玛莎在相互谩骂与羞辱中展现了他们夫妻关系濒临崩溃的现实,但更危险之处在于他们把曾经是潜意识的游戏当作了现实,在幻想中寻求逃避。《谁害怕弗吉尼亚·伍尔夫?》从表面上看是一部家庭剧,但从象征意义上看,它是美国陷入危机的一种隐喻。对阿尔比来说,夫妻之间关系的破裂意味

---

① Edward Albee, *Stretching My Mind: The Collected Essays of Edward Albee*, New York: Carroll & Graf, 2005, p. 93.
② 同①,第 48 页。
③ 同①,第 202 页。

着社会层面更大的沟通破裂。该戏与其说是对乔治和玛莎的婚姻的批评,不如说是对整个社会的批评,"'新迦太基'让人联想到这片土地的贫瘠与作物无法正常生长的失败"①。"乔治和玛莎——以美国第一家庭的名字命名,更是寓意了整个美国价值体系的扭曲。"②阿尔比在一次采访中回忆了其创作《谁害怕弗吉尼亚·伍尔夫?》的过程:

> 在格林威治大道和威佛利广场之间的第十街上,曾经有一家酒馆,这家酒馆的楼下吧台上有一面大镜子,人们过去常在上面涂鸦。早在1953年至1954年的一天晚上,我在那里喝啤酒,看到镜子上有"谁害怕弗吉尼亚·伍尔夫?"的涂鸦。当我开始写剧本时,它又突然出现在我的脑海中。《谁害怕弗吉尼亚·伍尔夫?》就意味着谁害怕大灰狼……谁害怕生活中没有虚假的幻想。③

换句话说,阿尔比创作这部剧本虽然是一种偶然之举,但也意味着一种必然之需与深层思考。他把他的剧本当作一面镜子,一方面清晰地折射出当下人们的现实,另一方面希望人们能在镜子中清晰地看到自我的真实状态。

阿尔比坚持严肃戏剧的创作与他对现实的理解有关。在文学创作中,并不存在标准和统一的现实主义模式。时代不一样,创作的聚焦点和创作手法等各异,同质性的现实主义写作是根本不存在的。文学的历史是反抗的历史,新的形式向旧的形式提出挑战,不断演绎着文学的嬗变史。纵观西方的戏剧史,很难说清一个戏剧家是现实主义作家或象征主义戏剧家。亨利克·易卜生(Henrik Ibsen)是一位伟大

---

① Mike Sell, *Modern American Drama: Playwriting in the 1960s: Voices, Documents, New Interpretations*, New York: Bloomsbury, 2018, p. 109.
② Susan C. W. Abbotson, *Masterpieces of 20th-Century American Drama*, Westport: Greenwood Press, 2005, p. 145.
③ Philip C. Kolin, *Conversations with Edward Albee*, Jackson: University Press of Mississippi, 1988, p. 52.

的现实主义戏剧家,但他的戏剧也充满了象征;奥古斯特·斯特林堡（August Strindberg）是自然主义戏剧的代表人物,但其戏剧也杂糅了表现主义;路易吉·皮兰德娄（Luigi Pirandello）在把象征主义戏剧推进到一个高峰的同时,也为荒诞派戏剧的创作提供了灵感。

戏剧能够再现今天的世界吗？这样的疑问贯穿于阿尔比戏剧创作思想的始终,成为其戏剧创作的动力源。在20世纪50年代后期,百老汇经常上演的剧目是米勒、威廉斯、威廉·英奇（William Inge）等戏剧家的剧目,这些戏剧家承袭传统现实主义的传统。但是阿尔比对追求传统的舞台现实主义本身完全不感兴趣,在他看来,"易卜生和契诃夫（Chekhov）是伟大的戏剧家,永远值得后人学习。但是现实总是处于不断变化的状态……美国戏剧需要重新评估现实的本质"[1]。他对"真实"概念的理解与许多戏剧、电影和电视中的现实主义完全相反,这些现实主义一味地寻求再现我们通常所感知的日常生活的外表。他的戏剧一再暗示,我们对于什么是真实的概念本身就是习惯性假设的产物,甚至是虚构的产物。在他的创作中,阿尔比一直挖掘美国人意识领域的现实,批判意识深层下虚假的现实观念与思维方式。《动物园故事》中的杰瑞是一个孤独的人,独自住在格林威治村的一间公寓里。彼得是一家出版社的主管,有两个女儿,属于典型的中产阶级家庭,安于生活现状。二人邂逅于中央公园的一片无人地带。戏剧中有关动物园的隐喻,揭示了美国当代社会人与人之间的疏离感,二人的交流以杰瑞的悲壮死亡而告终,更凸显了该部戏剧成为社会失范的有力寓言。阿尔比不无担心地指出,"人们随波逐流,逃避现实,对一切漠不关心,人们之间的交流更是无从谈起"[2],"我担心的事实是,我们太短视了,几乎走到了生活的悬崖边上,太多的人宁愿经历这种被称为半死不活的短暂生活,他们会为没有充分参与生活而感到遗憾和苦涩,以不诚实的方式对待彼此,沟通变成了一

---

[1] Philip C. Kolin, *Conversations with Edward Albee*, Jackson：University Press of Mississippi, 1988, p. 25.

[2] 同[1],第9页。

件非常重要和危险的事情"①。《贝茜·史密斯之死》(*The Death of Bessie Smith*,1960)中,面对身负重伤、即将死亡的贝茜,护士的看客心态和冷漠言语,无不折射出美国人意识中根深蒂固的种族主义可怖的吞噬力。在《微妙的平衡》中,托比亚斯一家在逃避与谎言中维持着微妙的家庭平衡,阿尔比为一个正在走向遗忘的社会谱写了一首挽歌。《谁害怕弗吉尼亚·伍尔夫?》通过戏中戏的非线性叙事结构和层层"剥洋葱"的方式真实揭示了虚幻生活的可怕性。阿尔比在他的戏剧中想要做的就是打破日常生活中假装的平静,正如他一直所强调的那样:"在美国,人们如何存在于他们的社会中、如何欺骗自己,这是我最关心的问题。我想我的剧本即使在美国以外的地方也不会显得有异国情调。"②

阿尔比的现实批判性具有鲜明的时代性,彰显了他对生存的叩问和对现实问题的敏锐观察与思考。20世纪50至60年代表面上似乎是美国社会安定与工业化上取得巨大成就的时期,但实际上,这段时期是社会矛盾凸显、文化焦虑的时期。第二次世界大战结束,人们希望世界能进入一个国际合作与和平时期。然而,随着世界进入冷战,以苏联与美国为首的两大阵营相互对峙,互不往来与交流。在《谁害怕弗吉尼亚·伍尔夫?》上映前的几个月里,美苏关系成为世界新闻的头条。苏联卫星发射,古巴导弹危机,麦卡锡主义阴魂不散,民众陷入了对核战争的恐惧与不安之中。另外,虽然当时人们秉持一种乐观主义,认为"大多数美国人都有机会去分享美国梦,即使是那些不生活在郊区的人"③,然而现实却是美国日益严重的各种社会问题。"现实是有差异的,当种族、性别、贫穷,以及偏见让许多人并没有真正实现他们的愿望……社会越来越发现,难以忽视美国民主形象中长期存在的矛盾性。"④1963年肯

---

① Steven Price, "Fifteen-Love, Thirty-Love: Edward Albee," in *A Companion to Twentieth-Century American Drama*, Carlton: Blackwell Publishing, 2005, p. 249.

② Philip C. Kolin, *Conversations with Edward Albee*, Jackson: University Press of Mississippi, 1988, p. 99.

③ 卡罗尔·帕金、克里斯托弗·米勒:《美国史》(下册),葛腾飞、张金兰译,北京:东方出版中心,2013年,第125页。

④ 同③。

尼迪遇刺身亡事件以及之后的"水门"事件更是粉碎了美国在二战之后的美国梦和理想主义,让人们意识到美国社会已经千疮百孔,腐烂不堪。阿尔比在一次访谈中谈及他的整体创作时说:"我认为我所有的剧本都是写实的,虽然有些可能程式化。但我认为我们的经历都是真实的,我不明白为什么这在艺术中不应该是真实的。"① 从中我们看出,阿尔比的创作是美国社会现实的投射,他捕捉到了国家的公共性问题,这些问题是通过戏剧中的个体或群体的焦虑与不安呈现出来的。阿尔比的戏剧之所以具有强烈的现实意义和生命力,与他对戏剧事业和国家的强烈使命感与责任感密不可分。

(三) 戏剧功能论

1961年,马丁·艾斯林颇有影响力的著作《荒诞派戏剧》问世,在书中,他详细描述了阿尔比、塞缪尔·贝克特(Samuel Beckett)、鲍里斯·维昂(Boris Vian)、让·热内(Jean Genet)、欧仁·尤内斯库(Eugène Ionesco)和哈罗德·品特(Harold Pinter)等作家的荒诞性。艾斯林认为,"人与他的生活分离,演员与他的环境分离,真正构成了荒谬的感觉",荒诞派作家"通过公开放弃理性的手段和用散漫的思想来表达人类处境的无意义和理性的匮乏"②。尽管艾斯林把阿尔比归入荒诞派戏剧家,但是阿尔比却对此予以了拒绝,

> 我不喜欢任何标签。荒诞派戏剧家、愤青、抗议戏剧家,标签是如此的容易,大多时候,人们没有仔细分析我的作品,反而用贴标签的方式代替仔细分析作品。但是,我认为,我的戏剧只是为了改变人们,让他们更加意识到自我。给我贴标签实际上是误读了我的意图,哪怕是我最近的戏剧,我也

---

① Philip C. Kolin, *Conversations with Edward Albee*, Jackson: University Press of Mississippi, 1988, p. 108.

② Mike Sell, *Modern American Drama: Playwriting in the 1960s: Voices, Documents, New Interpretations*, New York: Bloomsbury, 2018, p. 104.

一直坚持自己的创作初衷,我的这种初衷一直没有改变,即使我的剧本有时不再显得那么直接。有时会通过间接的方式坚持我的创作初衷。①

那么阿尔比的创作初衷是什么呢?他在一次采访中表示:

> 实际上,我不是意指所有的戏剧,但很多戏剧是为了逃避现实而写,是为了逃避现实的娱乐剧。不仅仅是戏剧,所有严肃的艺术,都应是试图修正和改变人们对自己的感知,使他们与鲜活的现实有更大的接触、更深的了解,以便他们对鲜活的现实有更深刻的理解,这是艺术的功能。艺术不是安抚,有时候是一种干扰,它无法通过安抚来起作用。因为它的尝试是改变,即使它间接起作用,它不适用于安抚,这不是它的功能。②

换言之,阿尔比坚持戏剧的写实性和批判性共存,不伪饰、不矫情的探察真实,凸显戏剧"镜与灯"③的意义与价值。

> 艺术的功能是向人们举起一面镜子,说:这就是你的样子,仔细看看,如果你不喜欢你所看到的,就请做出改变。艺术的功能是在混乱中带来秩序,在无尽的静止中带来连贯性,在星星点点的胡言乱语中带来连贯性,并使人们有能力进行隐喻性的思考。④

阿尔比的这种艺术功能论与他认识到的现实有关,"如果我们生活在乌托邦,一切都是完美的,然而,由于我们并不是生活在一个乌托

---

① Philip C. Kolin, *Conversations with Edward Albee*, Jackson: University Press of Mississippi, 1988, p. 132.
② 同①,第144页。
③ 借鉴艾布拉姆斯的《镜与灯:浪漫主义文论及批评传统》题目说法。
④ Edward Albee, *Stretching My Mind: The Collected Essays of Edward Albee*, New York: Carroll & Graf, 2005, p. 114.

邦式的社会中,有足够的东西让我们担忧、抱怨、希望改变,而作家的职责就是教育、提供信息、为人们树立一面镜子"①。他在接受《大西洋彼岸评论》(Transatlantic Review)采访时,再次直截了当地表达了自己戏剧创作的初衷:"作家的责任是充当一种邪恶的社会评论家,以他的视角呈现这个世界和世界上的人,然后问'你喜欢这个世界吗?如果你不喜欢,就改变它'。我一直认为……戏剧家的责任之一就是向人们展示他们是怎样的人,他们的时代是什么样的,并希望他们改变它。"②这与同时代的尼尔·西蒙(Neil Simon)喜剧创作形成了鲜明的反差。"我完全不反对尼尔·西蒙的戏剧。我希望它们偶尔能有一些内容。我是说,我希望它们不仅仅是娱乐式的戏剧,否则,对于社会美德的救赎难以产生作用,剩下的只有纯粹的逃避。"③

正是这种创作观点,使得阿尔比与欧洲的荒诞派截然不同,与之前的美国本土派也有差异,形成了自己的创作特色。欧洲荒诞派作家呈现的世界是静止的,没有任何改变,戏剧通篇充满着无尽的沉默与虚无的等待。

> 在热内的剧中,人类无法摆脱地纠缠于海市蜃楼的幻象中,终极现实永被掩盖;在玛纽埃尔·德·彼德洛罗(Manel de Pedrolo)的寓言中,人类试图建立其地位或者冲向自由,却发现自己重新被囚禁;在品特的剧中,人类想在笼罩自己的寒冷和黑暗中为自己划出一块有限的地盘;在费尔南多·阿拉巴尔(Fernando Arrabal)的剧中,人类徒劳地力图掌握那些永不为他所理解的道德法则;在阿瑟·阿达莫夫(Arthur Adamov)的早期剧作中,人类陷入不可避免的两难境地,全力以赴和消极的无所事事得到的是相同的结果——一无所

---

① Philip C. Kolin, *Conversations with Edward Albee*, Jackson: University Press of Mississippi, 1988, p. 160.
② Gerald Weales, "Edward Albee: Don't Make Waves," in *Modern American Drama*, New York: Chelsea House Publishers, 2005, p. 28.
③ 同①,第149页。

用和最终的死亡;在这些剧作中,人类永远孤独,禁闭在主观性的牢笼中,无法与别人沟通。①

其结果是,"荒诞派戏剧家们张贴出一幅幅形象干枯、表情古怪的寓言式'非理性挂图'……人们无法产生同呼吸、共命运式的情感波澜"②。欧洲荒诞派作家的这种特点源于"荒诞派戏剧家们都是怀疑论者。他们怀疑现存秩序的合理性,怀疑终极真理的存在,也怀疑探寻意义和努力能终有所获。因此,他们的作品都充满悲剧性的意蕴,导向悲剧性的结论"③。

阿尔比的戏剧观也使得他的创作与之前美国本土戏剧家奥尼尔和威廉斯呈现出差异性。奥尼尔的作品多呈现出回忆的特色,回忆指向的是过去,无法建构未来。《送冰的人来了》中,一群失业者终日喝酒聊天,无路可走,充满幻想,等待着一个五金推销商的到来,"他们和贝克特笔下的角色一样,因新生活的威胁而惊恐万分。为了免除这种荒谬之事,就需要否认希望。在这部戏剧中,'希望'和'明天'是两个自欺欺人、业已过时的名字,生存依赖于拒绝去想象这种改变。拒绝未来的可能性"④。于威廉斯而言,对南方传统浪漫的怀旧是其创作的底色,无论是《奥尔甫斯下凡》(*Orpheus Descending*, 1957)还是《大路》(*Camino Real*, 1953)所描绘的结局,都是宿命的悲剧,都是一场无法取得胜利的赛事,这也许和威廉斯的创作观点有关:"我不认为任何一出戏剧、任何一个戏剧家或者任何一件艺术作品能够影响历史的进程。历史的潮流是无情的,我认为历史发展的必然趋势是某种形式的社会动荡。"⑤然

---

① 马丁·艾斯林:《荒诞的意义》,载黄晋凯主编《荒诞派戏剧》,杨恒达等译,北京:中国人民大学出版社,1996年,第15页。
② 同①,第5页。
③ 黄晋凯:《序》,载黄晋凯主编《荒诞派戏剧》,杨恒达等译,北京:中国人民大学出版社,1996年,《序》第7页。
④ 萨克文·伯科维奇:《剑桥美国文学史》(第七卷):散文作品1940年—1990年,孙宏译,北京:中央编译出版社,2005年,第6页。
⑤ 同④,第16页。

而，我们知道，威廉斯的招魂术无论是在理论上还是在实践中，都不可能带来历史的真正进步，怀旧也绝非解决问题的正确之道。对于与荒诞派作家和美国前期戏剧家创作的差异，阿尔比给出了解释：

> 1947年，我观看《送冰的人来了》的全球首映式，奥尼尔在片中假设，为了生存，你必须有"白日梦"，这是虚假的。我相信《谁害怕弗吉尼亚·伍尔夫？》可能部分是为了反驳这个理论。只要你知道它们是假的，就可以有虚假的幻觉……我们（贝克特、品特）都来自同一个地方，但请注意，我们来自不同的社会、不同的时代、不同的文化。我被美国一个特权阶级的白人新教徒所收养。贝克特是爱尔兰中产阶级，哈罗德是伦敦东区的英国人、犹太人……所以，尽管我认为在任何一个特定时期，但我们表达它的方式和方法都非常不同。①

正如上文所述，阿尔比坚持认为戏剧家有两项义务：第一，对"人"的状况做一些陈述；第二，对他所从事的艺术形式的性质做一些陈述。在这两种情况下，他都必须尝试改变。所以他的戏剧创作与传统的自然主义戏剧创作迥然不同，原来的自然主义更多呈现的是客观外在环境的详细描写，而阿尔比重在呈现内心与意识的假定，进而挑战人们意识的假定，这样书写一则更具有深度与震撼感，二则更能引起人们的共鸣，催生出改变的动力。从写作手法上看，传统自然主义的写作多是直线型写作，而阿尔比娴熟地运用了非线性写作手法、象征手法、戏中戏等手法，比如《动物园故事》中人类与动物园的比喻、《谁害怕弗吉尼亚·伍尔夫？》中的"骨髓"比喻，折射出更大的社会问题，他的作品冲击着观众和读者痛苦心灵的深处，因而具有撼动与警世的力量。正如他所说，"大多数作家都希望有一天他们所写的问题会消失，我希望我的剧本能鼓励人们更多地参与自己的生活"②。阿

---

① Bruce Mann, *Edward Albee: A Casebook*, London：Routledge, 2004, p. 132.

② Philip C. Kolin, *Conversations with Edward Albee*, Jackson：University Press of Mississippi, 1988, p. 108.

尔比显然明白戏剧创作不单纯是一种表达,而且也是一种与观众的沟通和交流。他非常看重观众主体意识的觉醒,希冀观众以饱满的热情和健全的理性去看待自我与社会。这充分彰显了阿尔比所坚守的戏剧深刻批判性,同时也凸显了他对美好生活的热切呼唤。

阿尔比不像荒诞派作家那样只是一味地呈现当下困境,仅体现出一种呈现美学;他不仅关注当下,更着眼未来,对未来充满希望和期待,体现出一种批判美学。在《动物园故事》中,杰瑞最后死在彼得手中的刀上,他虽然献出了自己的生命,但是让彼得从自满中解脱出来,学会生活,或者活着。阿尔比在回答《纽约时报》专访时说:"虽然他死了,但他将生命的意识传递给了剧中的另一个角色。"[①]从另外一个层面看,杰瑞自我叙述的故事,是整部剧中的插曲,通过它,杰瑞不但审视了自我、得到了自我的意义,同时也扮演了一种引导人的角色。换句话说,戏剧成为一种意义的来源,推动着人们进行改变,也为戏剧的功效提供了一种注脚。在《谁害怕弗吉尼亚·伍尔夫?》中,虽然二人在戏剧开端和中间的对话中夹杂着讽刺和谩骂,但在结尾处,先前的紧张对话已经消失,取而代之的是温和的交流,对话取代了仇恨,温情代替了冷漠,极富象征意义。阿尔比指出:"《谁害怕弗吉尼亚·伍尔夫?》中的乔治和玛莎最终会变好,我认为他们彼此非常相爱。这不是一个虐待与受虐的关系,我的意思是他们有一些问题。他们经历了很多战斗,他们享受彼此的战斗能力。我想他们一旦把婚姻重新拉回正轨,摆脱这种幻想,就能重新建立起理智的关系。"[②]

(四)戏剧观众观

二战后,美国戏剧遭受困境,不仅是因为戏剧家"审美现代性"的观念出现了问题,也是因为观众自身的审美观出现了问题。戏剧是一

[①] Gerald Weales, "Edward Albee: Don't Make Waves," in *Modern American Drama*, New York: Chelsea House Publishers, 2005, p. 29.

[②] Philip C. Kolin, *Conversations with Edward Albee*, Jackson: University Press of Mississippi, 1988, p. 187.

门综合艺术,一部戏剧的成功与否,与观众和读者存在着密切的联系。与百老汇的戏剧不同,阿尔比在创作过程中,坚持戏剧家创作的独立性,不会去迎合观众。"剧院是观众的财产,但戏剧家不是剧院的财产。去年冬天在苏联时,我与美学家、戏剧导演和戏剧家发生了多次争论。他们似乎都觉得戏剧家在戏剧中的首要责任是对观众和他所生活的社会的荣耀负责。"①

> 剧本是戏剧家的财产,通过剧本进行沟通是他的责任,他有责任传达他所希望的想法,无论它们是流行的还是不流行的。观众有责任以一种开放的方式去剧院,有责任以一种自由的方式去接受戏剧家呈现的戏剧,观众不应该带着先入之见欣赏戏剧,他们不能刻意要求某种类型的戏剧,不能总是指望戏剧家去迎合他们。②

在阿尔比看来,刻意迎合观众,一则无法实现,二则会改变戏剧家的独立性,

> 我认为,无法去预判你的作品对哪种类型的观众产生了影响,或者引起了他们什么反应,你无法预测观众的喜好是什么,甚至无法预判你的作品是否吸引了观众,因为这样做是愚蠢的,你可能会无意识地改变你要做的事情。我认为你必须假设你的潜在观众会认可和理解你在作品中呈现出的认识、信息、热情,以及开放的心态。③

从中,我们可以看出,阿尔比不会去努力迎合观众的口味和喜好,

---

① Edward Albee, *Stretching My Mind: The Collected Essays of Edward Albee*, New York: Carroll & Graf, 2005, pp. 32 – 33.

② 同①。

③ Philip C. Kolin, *Conversations with Edward Albee*, Jackson: University Press of Mississippi, 1988, p. 144.

反而坚持严肃戏剧的创作,坚持戏剧的社会批判功能,从这层意义上讲,阿尔比是孤独的,也是有深度的,因此他的作品经得起一读再读。

阿尔比还呼吁观众更新观念,不能用传统的思维模式去欣赏新时代的戏剧,否则就会变得懒惰与思维迟钝。时代在变,戏剧的创作也应该在变,观众也应该跟上时代的步伐。"我对迟钝的观众、庸俗和低水平的观众感到失望,他们一味生活在往昔的传统观念之中,生活在虚幻之中,去戏院看戏,无非是去确认自己秉承的传统观念还依然有效。"①在《海景》中,美国中产阶级夫妇南希和查理坐在空旷的海滩上,就他们生命的意义展开讨论,南希和查理的谈话被萨拉和莱斯利的到来打断了,这两个像爬行动物一样的大生物说着流利的英语。在这种背景下,南希和查理关于个人生命意义的辩论,就变成了一场对人类生命意义的探索。在讨论中,查理满足于无所事事,什么也不想做,只想在等待中慢慢度过生命,南希对这种习惯的、无目的的、重复的生活感到震惊,然而,南希除了从一个度假村到另一个度假村、从一个海滩到另一个海滩旅行之外,并没有什么好建议,实际上也是拒绝做更多的事情,只是等待时间消逝,他们共同享受这一安逸状态,耗尽了生命的希望和活力,生命的意义演变到了似乎已经枯竭的地步。阿尔比对此甚为痛心,

> 我不喜欢这个世界运行的方式,不喜欢人们浪费生命的方式,残忍与逃避。人们之间本应相处良好,但却没能很好地处理彼此之间的关系。这并不能使我满意,这也是我写作的原因之一。我试着让人们停止做他们所做的事情,但我不会因此而沮丧。我把它写下来。也许如果我不写,我就会躺在地板上的某个地方。②

---

① Philip C. Kolin, *Conversations with Edward Albee*, Jackson: University Press of Mississippi, 1988, p. 41.
② 同①,第192页。

"现在我们面临的真正危险是文化的全面沦陷,那些平庸的作品可能会大行其道,受到追捧,如果发生这种情况,我们就不太可能建立起来高雅文化,这很令人担忧。"①"很多人认为戏剧只是人们逃避现实的手段和消遣的娱乐方式,在我看来,这是一个错误的观点,是对戏剧的误解。"②显然,阿尔比坚持戏剧的娱乐性和教育性的统一,把戏剧的教育性放在了更加突出的位置。在他看来,观众要积极参与戏剧,而不是把戏剧当作一种娱乐的方式,在大众化时代,戏剧与电视等电子传媒等大众化的娱乐方式存在相当大的差异,二者不能被混淆。阿尔比提倡艺术的纯洁性和精神性特质,艺术就是要参与社会,承担着拯救社会的功能。观众只有真正参与,才能感受到戏剧的魅力和教育性,才能得到精神的娱乐与提升。从这里可以看出,阿尔比自觉承担起艺术家的责任,一方面,他呼吁观众参与到戏剧中,敢于正视戏剧展现的现实,不要一味地生活在传统观念之中,指出美国社会存在着很多问题,比如种族问题、拜金主义、冷战与谎言、意识形态的审查等。另一方面,阿尔比呼吁艺术家创作出贴近时代的精品,戏剧不能与时代和生活脱节,戏剧家要提高创作的水平,保持艺术性的完整,勇于抵御商业主义的侵袭,保持定力,坚持艺术的纯洁性和教育性。"我完全享受这样一个事实,即创作行为是不断地与现状作斗争。"③

阿尔比似乎是一个悖论,充满了矛盾,他是破坏者,也是铸造者;是美国二战后戏剧文坛上的一个好辩者与尖刻的参与者;同时还是一个理智主义者与乐观主义者。他不但要颠覆人们对现实的认识论,更要在解构中建构,展现了强烈的改革与改变精神,他的戏剧手法、戏剧主题以及对戏剧功能的认识都体现了一种动态美学。阿尔比是一个

---

① Philip C. Kolin, *Conversations with Edward Albee*, Jackson: University Press of Mississippi, 1988, p. 41.
② 同①,第79页。
③ Edward Albee, *Stretching My Mind: The Collected Essays of Edward Albee*, New York: Carroll & Graf, 2005, p. 113.

有责任的艺术家,既对美国的现实充满忧虑,又对未来充满希望。他虽然写了美国社会荒诞的现实,但是并没有像荒诞派的戏剧家们那样一味地描写荒诞,一味地哀悼现实的残酷与荒诞,他有敢于直面荒诞的勇气,更有改变荒诞的决心和办法。他写荒诞意在改变,而不是像其他作家一样只是退守一隅,唱出哀叹之歌,阿尔比的哀愁之外,更是一首首力量之歌、信心之歌、期待之歌、希望之歌。他创作戏剧的初衷就是推动社会变得更加美好,在 1996 年获得美国国家艺术奖章自然是情理之中的事了。

二、大卫·马麦特的戏剧创作思想与实践①

大卫·马麦特(David Mamet,1947—)是 20 世纪 70 年代之后美国剧坛的代表性人物,他出生于美国芝加哥,1965 年至 1969 年在佛蒙特州的戈达德学院(Goddard College)求学并获得学士学位。他的戏剧创作始于大学期间,创作时间持续 25 年以上,创作了 20 多部戏剧、三部未公开发表的电影剧本以及若干戏剧评论文章和著作。马麦特的主要戏剧作品有《鸭变》(*The Duck Variations*,1978)、《芝加哥的性变态》(*Sexual Perversity in Chicago*,1978)、《美国野牛》(*American Buffalo*,1977)、《团圆》(*Reunion*,1979)、《格林·罗斯庄园》(*Glengarry Glen Ross*,1984)等;戏剧评论主要有随笔集《写于餐馆》(*Writing in Restaurants*,1986)。因戏剧成就突出,马麦特曾获杰斐逊奖(Jefferson Award,1974 年,1976 年)、奥比奖(Obie Award,1975 年,1976 年,1982 年)、英国西城剧院协会奖(Society of West End Theatre Award,1983 年)、纽约剧评人奖(New York Drama Critics' Circle Award,1984 年)、普利策戏剧奖(1984 年)等多项戏剧奖。

马麦特通常被视为现实主义者,如威廉·沃森(William Worthen)认为,在马麦特的剧作中,人物和环境的关系是在延续经典现实主义

---

① 本小节由朱维撰写。

的传统。① 但是也有学者质疑他的现实主义属性：托德·伦敦（Todd London）指出，作为理论家的马麦特和作为导演的马麦特互相矛盾，他的剧本读起来像是现实主义，但是他导演的戏剧与观众期待的现实主义偏离甚远；② 克里斯托弗·比格斯比（Christopher Bigsby）则认为马麦特戏剧采用的技法动摇了现实主义，是畸形的现实主义（deformed realism）。③

马麦特的现实主义极为复杂，被冠以四种名称："新现实主义"（new realism）、"表演现实主义"（performative realism）、"现代现实主义"（modernist realism）和"后现代现实主义"（post-modernist realism）。称其为"新现实主义"的研究者认为，马麦特等当代戏剧家在现实主义中融入了他们对周围世界的具有当代意识的新看法；④ 称其为"表演现实主义"的研究者认为，马麦特的现实主义不是再现性的，而是表达性的，关注的是动作而不是模仿；⑤ 称其为"现代现实主义"的研究者认为，"现代现实主义"从"有等级的现实"的观点衍生而来，强调外在生活（表象）不如内在生活（现实）重要，主张对人进行内外分层，这样观众可以看到内外两个层次的人物，而马麦特的剧作展现了内在和外在的人，内在的或隐藏的现实在结尾处被充分地揭示；⑥ 称其为"后现代现实主义"的研究者认为，马麦特戏剧的外在生活（表象）和内在生活（现实）没有区别，两者都是一样的，因为没有结

---

① William Worthen, *Modern Drama and the Rhetoric of Theater*, Berkeley: University of California Press, 1992, pp. 82–83.

② Todd London, "Mamet vs. Mamet", *American Theatre*, 13 (1996), p. 18.

③ Christopher Bigsby, *Routledge Revivals: David Mamet*, New York: Routledge, 1985, p. 44.

④ William W. Demastes, *Beyond Naturalism: A New Realism in American Theatre*, New York: Greenwood, 1988, p. 7.

⑤ Michael L. Quinn, "Anti-Theatricality and American Ideology: Mamet's Performative Realism," in *Bloom's Modern Critical Views: David Mamet*, edited by Harold Bloom, New York: Chelsea House Publishers, 2004, p. 93.

⑥ David Kennedy Sauer, "Oleanna and the Children's Hour: Misreading Sexuality on the Post/Modern Realistic Stage," *Modern Drama*, 43.3 (2000), p. 422.

局,所以"一切都在表面",也谈不上揭示被隐藏的秘密。①

以上研究主要涉及马麦特戏剧创作实践的特点,总体来看,学界大体将其创作归入现实主义的范畴,这与他的现实主义戏剧创作理论密不可分,其理论见诸戏剧作品、相关论著、笔记、手稿和访谈,主要内容有:在戏剧题材方面,主张通过日常生活表现人物的内在精神以建构内在真实;在演员表演方面,倡导通过演员的无意识动作来表现时代的无意识,以构筑不同于美国梦的民族梦;在戏剧语言方面,提倡通过节奏、韵律等技巧,使粗俗语言具备诗性,创作出"戏剧诗"。

(一) 通过日常生活建构内在真实

不同于先锋艺术家们将现实视作变化的、荒诞的、敌对的,人们需要不断与之抗争,因此人和现实处于对立的状态,马麦特认为人是现实世界中的一部分,也是现代生活中的一部分:

> 这是我生存的唯一世界,所以:(a) 说别的事情是愚蠢的,因为世界不是别的事情;(b) 我是世界的一部分。有感受问题的能力并不意味着不是这个问题的一部分。当然,我是问题的一部分,这和人们在周日晚上从乡村驱车回家是一样性质的问题。看着这些芸芸众生驾车,挡住了我的路。这就是现代生活。我就是芸芸众生中的一员。②

很明显,马麦特消解了人和现实的对抗,他经常诉诸现实生活题材,将人放在可辨认的现实生活中,捕捉人们日常的生活体验。他的绝大部分作品"写当代世界里不同年龄、不同社会层次的人们的生活状况,写人与人之间难以沟通的情形,写人的孤寂和心灵的空虚,写美

---

① David Kennedy Sauer, "Oleanna and the Children's Hour: Misreading Sexuality on the Post/Modern Realistic Stage," *Modern Drama*, 43.3 (2000), p. 422.

② Matthew C. Roudané, "Something out of Nothing," in *David Mamet in Conversation*, edited by Leslie Kane, Michigan: University of Michigan Press, 2004, p. 52.

国实业界,特别是商业界"①。在他的戏剧中,人们看到的是自己和当下生活的关联。

马麦特提倡写现实生活的观点是对当时美国剧坛的反拨。在欧洲剧坛,表现日常现实和普通人生活的现实主义戏剧在19世纪70年代至20世纪初蓬勃发展,易卜生、萧伯纳(George Bernard Shaw)等戏剧家是公认的现实主义戏剧家的代表。在美国剧坛,直到20世纪40至50年代,阿瑟·米勒才创作了以《推销员之死》(Death of a Salesman, 1949)为代表的现实主义戏剧,获得国际声誉。但到20世纪60至70年代,美国剧坛经历了严重危机:曾经主宰剧坛的重要作家阿瑟·米勒、田纳西·威廉斯、爱德华·阿尔比已经退出大众视野;外百老汇和外外百老汇的主要公司纷纷倒闭;而百老汇只能靠演出音乐剧、喜剧和英国进口剧支撑门面。② 当时的戏剧,在内容上多表现国外的人和事,与美国的现实生活相去甚远;在形式上也几乎没有技巧的革新。马麦特在此时旗帜鲜明地提出,戏剧应该以当下经验为主题的思想,而他据此创作的现实主义戏剧一扫美国剧坛的萎靡不振,迅速风靡美国剧坛。

以现实生活为题材与马麦特对"真实"(truth)的追求是一致的,这是他戏剧理论的根基③。他认为"剧院是我们聆听真实的地方"④,而"真实"存在于人们已经或正在经历的生活中。在他看来,美国当时很多戏剧题材只是"迎合了低水平的幻想";看完"让人心满意足的白日梦"后,"我们的成见被平息,再一次被告知没有什么是错的",但是最终"我们并没有真正感到幸福"⑤。他选取的题材带有批判现实的色

---

① 郭继德:《美国戏剧史》,天津:南开大学出版社,2011年,第352页。

② Christopher Bigsby, *Routledge Revivals: David Mamet*, New York: Routledge, 1985, p. 11.

③ Edward J. Esche, "David Mamet," in *Bloom's Modern Critical Views: David Mamet*, edited by Harold Bloom, New York: Chelsea House Publishers, 2004, p. 83.

④ David Mamet, "A Tradition of the Theater as Art," in *Writing in Restaurants*, New York: Viking Penguin, 1986, p. 21.

⑤ David Mamet, "A National Dream-Life," in *Writing in Restaurants*, New York: Viking Penguin, 1986, p. 10.

彩,多表达负面的、愤世嫉俗的情感。

马麦特提倡将人物置于现实生活中加以表现,面对多重维度的现实生活,他选择表现人的内在精神,明确指出戏剧"不是要致力于描述外在世界而是内在世界的真实,它象征性地表达关于世界的感情和思想"①,所以,他的戏剧关注个人的"内在精神"(inner spirit)②。他的戏剧理论与20世纪六七十年代美国社会动荡不安的现状不无关联。20世纪60年代是满怀政治理想和激情的时代,民权运动、青年学生运动、妇女解放运动、有色人种和弱势群体争取各自权益的权利革命以及一浪盖过一浪的反对越南战争的运动如火如荼,使美国社会处于几近崩溃的边缘。随着各种运动偃旗息鼓、烟消云散,经历了20世纪60年代各种暗杀和尼克松水门事件之后,大多数美国人在20世纪70年代开始进行自我探索,他们的政治乌托邦和希望逐渐消亡,他们追求的自由的象征意义和实际含义也"经历着从公共领域到私人领域的转变"③。受到这种沉思冥想和自我探索精神影响的马麦特坦言:"任何事情都不是正式的,我知道我的去向……我要创造我自己的(my own)生活和我自己的乐趣。"④

这种将内在真实置于外在真实之上的观点体现了马麦特与传统现实主义的背离。马麦特认为传统现实主义缺乏统一标准:"大多数美国戏剧家深受现实主义观念的影响,极力追求逼真(truthful)、真实(true),这使他们根据混乱的现实主义标准评判自己的努力和行为。"⑤传统现实主义为了营造真实效果而采取聚集各种外在生活细

---

① Christopher Bigsby, "Interview with David Mamet," in *Routledge Revivals: David Mamet*, New York: Routledge, 1985, p. 135.

② Matthew C. Roudané, "Something out of Nothing," in *David Mamet in Conversation*, edited by Leslie Kane, Michigan: University of Michigan Press, 2004, p. 49.

③ Susan-Mary Grant, *A Concise History of the United States of America*, Cambridge: Cambridge University Press, 2012, p. 368.

④ Christopher Bigsby, "Programme Notes, Glengarry Glen Ross, 1983," in *Routledge Revivals: David Mamet*, New York: Routledge, 1985, p. 18.

⑤ David Mamet, "Realism," in *Writing in Restaurants*, New York: Viking Penguin, 1986, p. 130.

节的方式,"是死亡,它困难重重,是服务于很久以前已经故去大师的毫无回报的工作"①,是"由于生活的重负而导致的忧郁症"②,真正的戏剧"不模仿任何事情"③。

在马麦特看来,内在真实更有助于观众看清美国现实生活和文化的特质。他不止一次提到,"我们的文化有强烈的神话化倾向,语义层面过于单纯",人们"很容易接受劝告去做正确的事情,但是我们不容易接受劝告去思考什么是正确的"④。要让戏剧对观众有所教益,就应该"抛弃现实主义的盔甲","根据特定的意义做出每一个肯定的而不是保守的选择"⑤,让观众参与其中,一起反思。

马麦特致力于建构内在真实,但是他并不主张使用先锋艺术的手段,也反对实验戏剧,因为这些方式在建立戏剧结构方面"没有能力向前";而且,剧院的目的是"超越个人的显意识,让观众和他或者她在舞台上的同辈人交流,以言说理性所不能言说的问题"⑥,先锋艺术或实验戏剧采取象征的方式解决问题,并不能达到交流的目的。要使交流顺利进行,应该使戏剧结构与观众感知戏剧的思维过程相适应:有清晰的开始、中间过程和结局,对于戏剧家而言,"意识到戏剧写作的讲故事维度是成熟的标志"⑦。

马麦特虽然强调戏剧的结构和讲故事的功能,甚至还十分推崇易卜

---

① David Mamet, *Realism*, typescript (n.d.).

② David Mamet, "A National Dream-Life," in *Writing in Restaurants*, New York: Viking Penguin, 1986, p. 10.

③ David Mamet, "First Principles," in *Writing in Restaurants*, New York: Viking Penguin, 1986, p. 28.

④ Mark Zweigler, "Solace of a Playwright's Ideals," in *David Mamet in Conversation*, edited by Leslie Kane, Michigan: University of Michigan Press, 2004, pp. 17-18.

⑤ David Mamet, *Writing in Restaurants*, New York: Viking Penguin, 1986, p. 132.

⑥ Henry I. Schvey, "Celebrating the Capacity for Self-Knowledge," in *David Mamet in Conversation*, edited by Leslie Kane, Michigan: University of Michigan Press, 2004, p. 61.

⑦ Matthew C. Roudané, "Something out of Nothing," in *David Mamet in Conversation*, edited by Leslie Kane, Michigan: University of Michigan Press, 2004, p. 50.

生的"佳构剧"(well-made play),但是他所说的结构更多是指围绕人物欲望而形成的符合内在逻辑的结构。他一再阐明"欲望"的重要性:

> 好戏剧有赖于一个强烈需要某种东西并着手得到它的主人公,如试图找出杀父凶手的哈姆雷特、探索特拜城瘟疫根源的俄狄浦斯、作为反抗女性在男性世界寻找生存方法的娜拉以及找到方法让父亲领回自己的安娜·克里斯蒂等。①

所以,戏剧的关注点不应该是主题、想法、背景,而是主人公想要什么。但是,这种欲望不应该被"描述"出来,而是通过呈现"加速进程的事情是什么、这件事情如何终结、主人公的欲望是完成了还是完全受挫"②的过程表现出来,这样才能探寻未知的自我。

对戏剧内在真实的追求于马麦特而言,具有重要意义,甚至具有哲理的深度。他一直认为美国人在精神上极度匮乏,忘却了与宇宙更伟大真理之间的联系,而戏剧能让观众找到归属感,因为戏剧的首要使命就是向观众提出问题:"我们在宇宙的什么位置?""我们如何生活在一个我们知道我们都将死去的世界里?"③要回答这些问题,戏剧应该"以演员为媒介,将人的灵魂生活带到舞台上"④,思考我们自己和个体灵魂之间的关系;同时还必须直面生活中的悖论:"戏剧的目的是审视这样一个悖论:每个人都很努力,但是几乎没有人成功。戏剧与形而上学有关,关注我们和上帝的关系、伦理或者我们彼此的关系。"⑤由此,

---

① Charlie Rose, "On Theater, Politics, and Tragedy," in *David Mamet in Conversation*, edited by Leslie Kane, Michigan: University of Michigan Press, 2004, p. 166.
② John Lahr, "David Mamet: The Art of Theater XI," in *David Mamet in Conversation*, edited by Leslie Kane, Michigan: University of Michigan Press, 2004, p. 110.
③ Hank Nuwer, "A Matter of Perception," in *David Mamet in Conversation*, edited by Leslie Kane, Michigan: University of Michigan Press, 2004, pp. 54–55.
④ David Mamet, Preface, *Writing in Restaurants*, by David Mamet, New York: Viking Penguin, 1986, p. vii.
⑤ Matthew C. Roudané, "Something out of Nothing," in *David Mamet in Conversation*, edited by Leslie Kane, Michigan: University of Michigan Press, 2004, p. 49.

戏剧不以解决社会问题而以解决精神问题为最后归宿,具有形而上的意味。

(二) 通过演员选择的动作呈现集体无意识

马麦特对当时的社会政治环境、商业运作机制、审查制度、大众的趋同化认知给戏剧艺术带来的负面影响表示担忧。一方面,社会的各种压迫性因素使戏剧家为了商业利益和政治正确而不能自由表达自己的不同见解[1];另一方面,各种政治口号和神话填塞了民众的理性认知,艺术家想让民众重新反思这些口号和神话并在此基础上重建新的意识困难重重。马麦特看到了意识和理性给作家的戏剧创作和观众的戏剧接受带来的困境,指出戏剧要承担自己的使命,就必须提供理性无法感知的解决问题的方案,"如果戏剧提出的问题能被理性回答(can be answered rationally),戏剧带给我们的愉悦将是不完整的","只有当提出问题的复杂性和深度使我们无法接受理性的审视时,戏剧化的处理才显得恰当,戏剧化的解决才具有启发性"[2]。因此,作家在创作戏剧时,必须引导观众"悬置理性判断,遵循戏剧片段的内在逻辑",这样戏剧结尾时的揭示才是愉悦和治愈之所在,而观众也会享受"作为一名参与者解决问题的过程,而不是作为旁观者观察理智建构的过程"[3]。

理性的悬置带来了无意识的出场,无意识构成了马麦特所说的"内在真实"的主要内容,也是他颠覆传统现实主义的表现。他一再重申"戏剧的生活是无意识的生活"[4],"显意识无法创造艺术"[5]。马麦

---

[1] David Mamet, "Radio Drama," in *Writing in Restaurants*, New York: Viking Penguin, 1986, p. 17.

[2] David Mamet, "A National Dream-Life," in *Writing in Restaurants*, New York: Viking Penguin, 1986, p. 8.

[3] 同[1],第13—14页。

[4] 同[2]。

[5] David Mamet, *Three Uses of the Knife: On the Nature and Purpose of Drama*, New York: Columbia University Press, 1998, p. 49.

特能在现实生活题材的戏剧中找到切口进入无意识领域,主要是因为传统现实主义存在自身无法解决的矛盾,更因为他对"真实"有自己的理解:传统现实主义以追求真实为目标,但是并没有特别明确的标准,而且从效果来看,似乎将"真实"等同于"现实"。马麦特认为不能将二者等同,应该将"真实"理解为"戏剧审美整体"意义上的真实,即"舞台真实"(scenic truth)①,这种真实建立在作家的"诚实感知"(honest perception)和演员的"诚实意图"(honest intention)②的基础之上,是主观真实而不是描摹现实。

马麦特提倡呈现无意识,这不是他的首创,之前的尤金·奥尼尔深受弗洛伊德和荣格的影响,经常在戏剧中表现无意识。但是马麦特的关注点有所不同:他十分重视动作的呈现,认为戏剧动作是戏剧的必备要素。"动作是达到目标的努力……动作是完成某事的努力"③,具体而言,"是人物的所作所为,也就是他们在舞台上完成的身体动作"④,一部戏剧的动作是由"主人公的贯穿动作(through-action)和次要人物的参与性支持实现的"⑤。

此外,他呈现的无意识不是指作家写好舞台指示、让演员按照戏剧家既定的设计表演出来的无意识,而是演员在表现动作的过程中,可能会面临诸多动作的选择,演员排除自己的情感、意志、理性等因素,在选择时表现出来的无意识:"戏剧的生活是无意识的生活,主人公是我们的代言人,戏剧的主要动作构成了梦或神话的主体。"⑥戏剧

---

① David Mamet, "Realism," in *Writing in Restaurants*, New York: Viking Penguin, 1986, p. 130.
② David Mamet, "Radio Drama," in *Writing in Restaurants*, New York: Viking Penguin, 1986, p. 12.
③ David Mamet, *True and False: Heresy and Common Sense for the Actor*, New York: Vantage Books, 1997, p. 72.
④ Dan Yakir, "The Postman's Words," in *David Mamet in Conversation*, edited by Leslie Kane, Michigan: University of Michigan Press, 2004, pp. 39–40.
⑤ David Mamet, "A National Dream-Life," in *Writing in Restaurants*, New York: Viking Penguin, 1986, p. 8.
⑥ 同⑤。

要呈现这种无意识,需要戏剧家和演员共同努力完成从"现实主义"到"舞台真实"的转变,戏剧家在创作剧本时要给演员呈现无意识留下空间,不要给出舞台指示,而是要依赖不同角色带着不同的目的实现互动:"好的戏剧没有舞台指示,仅仅依赖于不同角色的目的之间的互动,他们的目的仅仅只通过他们彼此所说的话而不是作家说的话传达出来。"①演员需要具备自发性、个性和力量等品质,使观众能感受到在剧院看戏和在图书馆阅读剧本的区别。② 这样一来,演员演出不再是为塑造作家预设的角色服务,而是通过表演自己来表演角色,演员在舞台上和在生活中是同一个人,演员的力量、缺点在舞台上展露无遗。③ 在马麦特看来,不是戏剧家在塑造角色,而是演员的一系列选择在塑造角色:"人物角色是什么? ……舞台上的那个人正是你自己,不是你自由地去改进或塑造而建构出来的,而是就是你。你在舞台上呈现的正是你的个性……舞台上或舞台下的人物是由你做的决定塑造出来的。"④演员通过无意识选择的一系列动作,成为角色塑造的决定性因素。

让演员呈现自己的无意识,是马麦特放弃以剧本为中心、转向以观众为中心的表现。如果以剧本为中心,就需要演员紧密围绕文本的各种预设进行表演,这种表演是阐释文本式的表演,业余爱好者会觉得枯燥乏味,专业批评者称其为大表演(great acting),特点是"温文尔雅,并且具有可预见性"⑤。但是这种表演既不能让观众和演员一起探索真实,对演员与观众互动也毫无益处,甚至会让观众丧失对戏剧的兴趣。马麦特认为,"表演是将戏剧带到观众面前"⑥,要想在真正

---

① David Mamet, "Radio Drama," in *Writing in Restaurants*, New York: Viking Penguin, 1986, p. 14.
② David Mamet, *True and False: Heresy and Common Sense for the Actor*, New York: Vantage Books, 1997, p. 63.
③ 同①,第 103 页。
④ 同①,第 39 页。
⑤ 同①,第 56 页。
⑥ 同①,第 53 页。

的剧院里生存,演员必须取悦观众而且是只需取悦观众,①因为"观众教你如何表演,观众教你如何写作和导演"②。

演员要艺术性地在动作中呈现无意识的自我,需要具备多方面的素养:演员应该成为表演哲学家,培养自己寻求真理的习惯;③演员需要学会超越自身,把不同层次的抽象表现得具体,要知道每一幕的意义、作家的意图和戏剧的要旨;④演员必须进行大量的训练和实践,使自己具备将真实简明而清晰地表演出来的技术和能力。⑤ 简言之,"没有技术,没有哲学,动作就不是艺术"⑥。尤为重要的是,演员必须超越自己的情感。马麦特认为,"世界上没有什么比舞台上的演员沉浸在自己的情感中更无聊的事情了,竭力创造自己的情绪只会让自己从戏剧的情境中出局"⑦。所以,演员的表演与自己的情感感受无关,情感只发生在观众中。⑧

马麦特所说的无意识是集体选择的无意识,"戏剧家的无意识从开始到在大众面前作为整体呈现,是团体努力的结果,集体选择的过程是决定性的,也是压倒性的力量"⑨。无意识必须与时代紧密相关,来源于对时代灵魂的探索,甚至具有超前性:"我们的表演、构想、写作,不是来自毫无意义的个人幻想,而是来自时代的灵魂——这个灵魂被艺术家观察到并表达出来。艺术家是社会意识的先锋探险家。"⑩借助

---

① David Mamet, "Radio Drama," in *Writing in Restaurants*, New York: Viking Penguin, 1986, p. 42.

② David Mamet, *True and False: Heresy and Common Sense for the Actor*, New York: Vantage Books, 1997, p. 19.

③ 同②,第 103 页。

④ David Mamet, "Realism," in *Writing in Restaurants*, New York: Viking Penguin, 1986, p. 14.

⑤ David Mamet, "A Tradition of the Theater as Art," in *Writing in Restaurants*, New York: Viking Penguin, 1986, p. 21.

⑥ 同⑤。

⑦ 同②,第 11 页。

⑧ Matthew C. Roudané, "Something out of Nothing," in *David Mamet in Conversation*, edited by Leslie Kane, Michigan: University of Michigan Press, 2004, p. 51.

⑨ David Mamet, "A National Dream-Life," in *Writing in Restaurants*, New York: Viking Penguin, 1986, p. 10.

⑩ 同⑤,第 19 页。

无意识,戏剧"表达了我们的梦想生活——我们潜意识的抱负。它回应了我们社会中最好的、最麻烦的、最具幻想性的事情"①,通过这个过程,艺术共同体(潜意识)选择并形成不同于"美国梦"(American dream)的"民族梦"(National dream)②。

马麦特认为戏剧家和演员是被选出来为民族提供梦想的,"是社会的梦想制造者"③,他也不止一次提到戏剧的造梦性质,指出"当代生活中没有戏剧,只有戏剧化,没有悲剧,只有没被解释的不幸,这就否认了戏剧所讲述的真实,美国作为一个民族就不能记住自己的梦想"④。虽然他没有明确指出"民族梦"的具体内容到底是什么,但根据其相关论述,大致包括以下内容:对个人而言,"民族梦"是要去除现实生活中隐藏的"美国梦"神话因素,正视现实生活中每个人所面临的来自内外各种因素的困境,寻找问题的症结并重建民众的主体性和生活;对社会而言,"民族梦"希冀在道德败坏的时代,让彼此信任的、合作的习惯取代强制的和让人恐惧的行为习惯,以形成基于伦理、遵守伦理的理想社会。⑤ 在这个意义上,马麦特剧中演员的动作不仅仅只是表演,也构成他对美好生活憧憬的一部分。

(三)通过日常语言的诗化创造"戏剧诗"

语言是戏剧的重要组成部分,马麦特主张从日常生活中取材,所以他为剧本角色配置的语言通常来自日常生活,能让观众辨识其所属的生活情境,这也正符合他创作戏剧语言的意图:"如果有人说,角色说话像是公交车上的人说话,那正是我的风格,因为在我听起来,那就

---

① David Mamet, "A Tradition of the Theater as Art," in *Writing in Restaurants*, New York: Viking Penguin, 1986, p. 19.

② David Mamet, "A National Dream-Life," in *Writing in Restaurants*, New York: Viking Penguin, 1986, p. 10.

③ 同①。

④ 同①,第 21 页。

⑤ David Mamet, "First Principles," in *Writing in Restaurants*, New York: Viking Penguin, 1986, p. 27.

是公交车上人们说话的方式。"①他关注有教养者的语言,更关注下层民众的语言。其主人公主要来自劳动阶层,还有社会边缘人、被遗弃的人、不合群的人甚至轻罪犯等,这些人成为戏剧的中心,粗俗的语言也随之成为主要的戏剧语言,因此他被称为"当今的粗俗词汇诗人、脏话桂冠诗人"②。

但是,马麦特并不满足于重现日常生活语言。他属犹太血统,家族一直有重视修辞的传统,而且,他持续弹钢琴,学习音乐理论和作曲,对音乐的理念、思考路径颇为熟悉。③ 受家庭成长环境和个人喜好的影响,他在创作戏剧时,非常注重雕琢戏剧语言。他不止一次声明,"我的戏剧语言不是现实主义的,而是诗性的。剧中的词语有时具有音乐特质。语言专为舞台量身打造。尽管人们会使用一些和剧中人物所说的一样的词语,但是在现实生活中,人们不会像剧中人那样说话"④。从马麦特对自己戏剧语言的评论中能明确看到:他的戏剧语言虽然取自现实生活,但并不等同于现实语言,而且具有音乐特质和诗性。

马麦特戏剧语言的音乐性效果主要得益于他对节奏(rhythm)的重视,他坦言自己"非常关注节奏问题"⑤。音乐中的节奏是指音乐运动过程中音的长短和强弱,是支撑音乐的骨架。马麦特受康斯坦丁·斯坦尼斯拉夫斯基(Konstantin Stanislavski)关于辅音和元音论述的启发,⑥形

---

① David Mamet and Christopher Bigsby, "Kaleidoscope Extra," in *BBC Radio 4*, March 19, 1986.

② Benedict Nightingale, "Is Mamet the Bard of Modern Immorality?" *The New York Times*, April 1, 1984, p. 5.

③ Ernest Leogrande, "A Man of Few Words Moves On to Sentences," in *David Mamet in Conversation*, edited by Leslie Kane, Michigan: University of Michigan Press, 2004, p. 28.

④ Matthew C. Roudané, "Something out of Nothing," in *David Mamet in Conversation*, edited by Leslie Kane, Michigan: University of Michigan Press, 2004, p. 49.

⑤ Terry Gross, "Someone Named Jack," in *David Mamet in Conversation*, edited by Leslie Kane, Michigan: University of Michigan Press, 2004, pp. 157–158.

⑥ Ross Wetzsteon, "David Mamet: Remember that Name," in *David Mamet in Conversation*, edited by Leslie Kane, Michigan: University of Michigan Press, 2004, p. 11.

成了"先通过节奏、然后通过词语的含义捕捉角色意图"①的理念。在他看来,表演性语言和描述性语言的最大不同是节奏,也是戏剧和小说的根本区别之所在:

> 演员在舞台上彼此沟通,戏剧和观众交流,都是通过他们说话的节奏进行的。但是小说的节奏非常不同。如果你将真正的对话转移到页面上去,媒介的性质改变,因此节奏就被描述性的插入文字改变……所以对我而言,页面上的节奏是书写出来的节奏,包括对话和描述,不是对话本身的节奏,而对话的节奏是舞台上的所有。②

有节奏的语言,才是更适合在舞台上表演的语言。所以他在剧中经常使用单字、叠句、重复句来制造戏剧效果,形成打乒乓球般的问答。即使是下层人物的口语,最随意杂乱的粗俗语句,都被组合出节奏。

马麦特将语言节奏和角色的动作(action)紧密联系在一起,认为"词语会引发具体的行为……语言的类型决定了动作的类型"③,也一再声明节奏对动作的决定性意义:"动作的方式和节奏是同一的……我们使用语言的方式、语言的节奏,事实上决定了我们动作的方式,而不是相反。"④节奏对动作具有引导意义,所以他建议按照用节奏引出动作的方式进行创作和修改剧本,最后要使得每个单词都必须具备动作性:"一部剧中的每一个节拍都应该引出动作,每一个单

---

① David Mamet and Christopher Bigsby, "Kaleidoscope Extra," in *BBC Radio 4*, March 19, 1986.

② Terry Gross, "Someone Named Jack," in *David Mamet in Conversation*, edited by Leslie Kane, Michigan: University of Michigan Press, 2004, pp. 157–158.

③ Ron Powers, "A Playwright with the Chicago Sound," *Chicago Sun-Times*, January 7, 1976.

④ Ross Wetzsteon, "David Mamet: Remember that Name," in *David Mamet in Conversation*, edited by Leslie Kane, Michigan: University of Michigan Press, 2004, p. 11.

词都应该引出动作。剧中不能引出动作的任何一个单词,都应该删掉。"①

节奏和韵律本是诗歌的突出特征。英语诗歌的节奏体现在音节的轻重上,韵律由相同或相似的重读音节先后出现在两行或更多诗行的相应位置上而形成。对于日常语言来说,要形成节奏,注意语音的轻重缓急即可实现;但是要形成韵律,则颇费心思。马麦特为了追求语言的韵律,对每一行台词都不放过,他说:"每一行都要仔细审视。我很在乎我写的所有内容的韵律,包括'他妈的'(fucking)这个词。彩排的时候,大家都知道我是用数指头的方法数节拍。"②

马麦特要求戏剧语言具有节奏和韵律,主要是由于对语言诗意的自觉,他认为戏剧语言不能只为情节服务,必须具备诗性:"戏剧的语言必定是诗,如果舞台上的语言不具有诗意,忘掉它。如果它仅仅只服务于情节,也不理想。"③但是由于他表现的主要是小人物的生活语言,一些日常的词汇以及句式的长短不一,使他的戏剧语言更接近自由诗(free verse)的风格,这是他的艺术目标,④也是他留给批评家的印象。他的语言被视为是将"街头俚语凝练并扩展成超现实的、巴洛克的、粗糙的、抒情的语言",是"俗丽的、神气活现的、用芝加哥的都市习语制成的诗"⑤。

---

① Henry Hews, David Mamet, John Simon, and Joe Beruh, "*Buffalo* on Broadway," in *David Mamet in Conversation*, edited by Leslie Kane, Michigan: University of Michigan Press, 2004, p. 24.

② Christopher Bigsby, *Routledge Revivals: David Mamet*, New York: Routledge, 1985, p. 124.

③ Mark Zweigler, "Solace of a Playwright's Ideals," in *David Mamet in Conversation*, edited by Leslie Kane, Michigan: University of Michigan Press, 2004, p. 21.

④ David Mamet and Christopher Bigsby, "Kaleidoscope Extra," in *BBC Radio 4*, March 19, 1986.

⑤ Benedict Nightingale, "Is Mamet the Bard of Modern Immorality?" *The New York Times*, April 1, 1984, p. 5.

戏剧语言的"诗性"特质是诗歌因素在起作用的结果,在语言层面,能通过节奏、韵律等技巧实现;但是更高的"诗性"有赖于戏剧家超越语言技巧层面的追求。马麦特说:"在我的写作中有一种分裂。一方面,我喜欢写一些深奥的东西,使汤姆·斯托帕德(Tom Stoppard)看起来像帕迪·查耶夫斯基(Paddy Chayefsky),我已经写了几部这样的剧作;我也喜欢写一些新现实主义的戏剧,比如《美国野牛》。"①学界通常将《美国野牛》等具有强烈批判现实意味的剧作视为其代表作,但在他本人看来,这类作品并不具备"深奥"的属性,"深奥"与"神秘"相伴相生,好的戏剧应该"庆祝生活的神秘……千万年都如此"②。在这样的视角下,戏剧不自觉地模仿诗歌,有活力的对话可能会试图表现生命的诗意。

马麦特是戏剧家,但是在访谈中却声称更注重诗性问题:"对我来说,主题不是那么重要,诗性问题才是我的关注点。"③乍听起来让人十分费解,究其根源,是因为他的目标是"尽力去写戏剧诗(dramatic poetry)"④。马麦特没有说明他为什么要写戏剧诗,写成何种戏剧诗。巴里·戈尔德松(Barry Goldensohn)曾追溯了"抒情诗"(lyric)和"戏剧"(drama)这两种文体互相排斥又互相融合的历程,认为在戏剧发展的过程中,一直存在着"抒情诗"向"戏剧"回归的倾向;他还通过戏剧文本分析,比较了贝克特、海因里希·冯·克莱斯特(Heinrich von Kleist)和马麦特三名作家在戏剧中融入抒情诗方式的差异,并得出结论,即在三名作家中,唯独马麦特的戏剧语言达到了日常语言和抒情诗的高度结合,二者几乎融为一体,共同为动作服务。⑤ 安妮·迪安

---

① Mark Zweigler, "Solace of a Playwright's Ideals," in *David Mamet in Conversation*, edited by Leslie Kane, Michigan: University of Michigan Press, 2004, p. 21.

② Hank Nuwer, "A Matter of Perception," in *David Mamet in Conversation*, edited by Leslie Kane, Michigan: University of Michigan Press, 2004, pp. 54–55.

③ Barry Goldensohn, "David Mamet and Poetic Language in Drama," *Agni*, 49 (1999), p. 140.

④ Benedict Nightingale, "Is Mamet the Bard of Modern Immorality?" *The New York Times*, April 1, 1984, p. 5.

⑤ 同③,第139—149页。

(Anne Dean)也认为马麦特剧中人物角色的语言"包含着真正诗歌的真髓,它们高度浓缩,带着节奏,是人为的艺术,但是听起来十分真实和可信"[①]。从巴里·戈尔德松和安妮·迪安的研究中,我们大致可以推论:马麦特尝试打破诗歌和戏剧的界限,将二者天衣无缝地融合在日常式的对话中,致力于创造一种新文体,而"戏剧诗"正是对这种文体的最好概括。

马麦特的戏剧理论延续了部分传统现实主义的因素,如提倡取材于现实、强调戏剧情节和戏剧结构、表现日常生活中的小人物等,但是他又主张写内在真实、无意识,并将日常语言诗化,明显表现出与传统现实主义的偏离。围绕马麦特现实主义的各种争论似乎说明他使用了一种特殊的现实主义修辞,意在制造一种真实而又难以接近的共鸣,在真实和虚构之间,有效传达了戏剧艺术的内在张力。

第二节

梅根·特里与恩托扎格·商格的女权主义戏剧思想

一、梅根·特里的戏剧创作思想与实践[②]

梅根·特里(Megan Terry,1932—2023)出生于美国西雅图,父亲是商人,母亲是家庭主妇。她7岁时因参与戏剧制作而对戏剧产生了浓厚兴趣,高四时成为当地西雅图剧目剧院(Seattle Repertory Playhouse)的成员,1952年至1953年在加拿大阿尔伯塔的班夫艺术学院(Banff School of Fine Arts)获导演、设计和表演证书,1956年获华盛顿大学的教育学学士学位,1954年至1956年曾在华盛顿的考尼什综合艺术学

[①] Anne Dean, *David Mamet: Language as Dramatic Action*, New Jersey: Fairleigh Dickinson University Press, 1990, p. 17.

[②] 本小节由朱维撰写。

院(Cornish School of Allied Arts)教授戏剧。①

特里的创作时间从20世纪50年代持续到了90年代,一共创作了60多部戏剧,其中40多部被翻译成世界其他主要语种。她的代表剧作集中产生在20世纪60至70年代,主要有:《原来的科珀·奎因小姐》(Ex-Miss Copper Queen, 1956)、《温室》(Hothouse, 1964)、《越南摇滚》(Viet Rock, 1965)、《让母亲镇静下来:为了三位女性的转换》(Calm Down, Mother: A Transformation for Three Women, 1965)、《密封好,放在阴凉干燥的地方》(Keep Tightly Closed in a Cool Dry Place, 1965)、《来来去去》(Comings and Goings, 1966)、《变化》(Changes, 1968)、《走近西蒙娜》(Approaching Simone, 1973)、《狱中姑娘:一部关于女子监狱生活的文献音乐幻想曲》(Babes in the Big House: A Documentary Musical Fantasy About Life in a Woman's Prison, 1974)、《皇后用的美国国王英语》(American King's English for Queens, 1978)、《古娜古娜》(Goona Goona, 1979)等。20世纪80年代以后,特里仍然在创作,主要剧作有:《啤酒聚会》(Kegger, 1985)、《家庭谈话》(Family Talk, 1986)、《晚餐在搅拌机里》(Dinner's in the Blender, 1988)等。

特里的戏剧凭借转换手法等先锋技巧,展现了众多女性形象和她们的精神世界,较深入地思考了女性面临的困境,如性别身份、性别歧视等问题,并将思考延伸拓展到除女性问题之外的其他社会生活领域,在女性戏剧史乃至美国戏剧史上都有重要意义。因创作成就突出,特里曾获斯坦利戏剧奖(Stanley Drama Award, 1955年)、奥比奖(1970年)、耳朵剧奖(Earplay Award, 1972年)等多项戏剧奖。

特里的戏剧创作思想见于访谈、自述和作品中,主要有以下几方面的内容:在戏剧内容的层面,重塑被男权社会歪曲的女性形象以建

---

① Willian L. O'Neill, ed., *The Scribner Encyclopedia of American Lives: The 1960s*, vol. 2, New York: Charles Scribner's Sons, 2003, p. 437.

构女性主体;在戏剧形式的层面,使用转换手法(transformation)、即兴创作(improvisation)、集体创作(collective scripting)等非线性叙事技巧,与线性叙事传统决裂;在戏剧意义的层面,通过使用一定的技法使戏剧内容产生矛盾而多元的意义。

(一)重塑女性形象以建构"女性模式"

特里的戏剧创作思想和实践根植于蓬勃发展的女权运动中。20世纪60至70年代,美国成为第二波女权运动的中心,各种女权组织纷纷成立,重要的女权著作如贝蒂·弗里丹(Betty Friedan)的《女性的奥秘》(*The Feminine Mystique*,1963)、凯特·米利特(Kate Millett)的《性政治》(*Sexual Politics*,1970)相继出版,女性问题成为电视、报纸等大众传媒关注的重要话题。美国剧坛在特里之前虽然出现过一些女性戏剧家,但是她们"很少进行哲学思考,社会意识不明显",也"不能将作品提升到审美情感的高度"[1]。即使到了20世纪60年代,女性戏剧家数量激增,她们都试图寻找新的戏剧形式和风格表达新的时代情绪,但是总体而言,"她们没有意识到自己作为女性的存在;她们和她们的作品没有表现出女权主义的迹象"[2]。而特里较早把握住了时代发展的脉搏,在30多年的创作生涯中致力于将女权主义戏剧发展成为一种体裁,[3]在内容和表现手法上对同时代及之后的女性戏剧家产生了一定的影响,因此被誉为"美国女权主义戏剧之母"(mother of American feminist drama)[4]。

特里关注女权运动,在思想上逐渐向女权主义靠拢,主要表现在:

---

[1] Joseph Mersand, *The American Drama Since 1930: Essays on Playwrights and Plays*, New York: The Modern Chapbooks, 1951, p. 158.

[2] Patti P. Gillespie, "America's Women Dramatists: 1960 – 1980," paper presented at the Annual Meeting of the Southeastern Theatre Conference, Nashville, TN, March 5 – 9, 1980, p. 6.

[3] Willian L. O'Neill, ed., *The Scribner Encyclopedia of American Lives: The 1960s*, vol. 2, New York: Charles Scribner's Sons, 2003, p. 438.

[4] Helene Keyssar, *Feminist Theatre: An Introduction to Plays of Contemporary British and American Women*, New York: Macmillan Education, 1984, p. 53.

第一,她重申人类社会是男权社会、女性被男性遮蔽的历史和现实,明确指出"男性操纵了一切"①。这正是女权主义关注的重要问题,女权主义认为"传统的男女关系是男人统治女人的关系"②。特里由此进一步阐发,这种关系导致的后果是社会趋于男性化,"女性和儿童……只是映像或延伸"③。男性主宰世界,女性完全被排斥在外,一直处于缺席状态,反映在戏剧作品中,就是"人类整体的一半没有被表现"④。

第二,她从语言表述的角度入手揭示女性遭受的歧视,这也是女权主义探讨的问题。在女权主义者看来,写作是一种改变主体的、根本性的颠覆力量,社会变革必然是主体的变革,而语言则控制着文化和主体的思维方式,要推翻父权制控制,就要从语言的批判开始。⑤ 与此类似,特里认为女性一直在遭受性别歧视:"如果一个人是女性,性别歧视会伴随她的一生。"⑥她着重强调了语言在性别歧视中发挥的作用,指出对女性的语言暴力导致家庭内部的身体暴力。她还分析了批评界对男性作家和女性作家运用的批评词汇有褒贬之分,其中深藏着对女性作家的歧视。同是塑造人物,女性戏剧家的被称为"老套"(stereotype),男性戏剧家的被称为"原型"(archetype);同是表达愤怒,女性戏剧家的被称为"苦剧"(bitter),男性戏剧家的被称为"大片"(blockbuster)。⑦ 但是批评界丝毫没有意识到他们潜意识里的偏见。

第三,她自觉思考女性身份缺失和重建的问题。在《让母亲镇静

---

① Kathleen Betsko and Rachel Koenig, *Interviews with Contemporary Women Playwrights*, New York: Beech Tree Books, 1987, p. 399.

② 布宁、余纪元编著:《西方哲学英汉对照辞典》,北京:人民出版社,2001年,第369页。

③ Phillis Jane Wagner, Introduction, *Approaching Simone*, by Megan Terry, New York: Feminist Press, 1973, p. 12.

④ 同③。

⑤ 张岩冰:《女权主义文论》,济南:山东教育出版社,1998年,第117页。

⑥ Megan Terry, et al., "Five Important Playwrights Talk About Theater Without Compromise & Sexism," *Mademoiselle*, August, 1972, p. 387.

⑦ 同①,第399—400页。

下来：为了三位女性的转换》一剧中，她借人物角色的表述，表达了女性身份不能仅靠生理特征规约的观点。①　在《走近西蒙娜》一剧中，她以西蒙娜为重建女性身份的范例。

基于上述认知，特里有意通过戏剧创作凸显女性问题，因此将塑造女性形象作为创作的重心。在美国戏剧史上，特里不是塑造女性形象的第一人，早在18世纪美洲殖民地时期，夏洛特·拉姆齐·莱纳克斯（Charlotte Ramsay Lennox）、默希·奥蒂斯·沃伦（Mercy Otis Warren）等女性戏剧家都创作了以女性为主人公的戏剧；男性戏剧家笔下也产生过不少女性形象。但是，特里不太欣赏女性戏剧家塑造的已有的女性形象，认为懂得女性情感和欲望的女性戏剧家数量很少，因而女性戏剧家塑造的女性形象一直被描写为"熟悉的模式化形象"②；她尤其不认可男性戏剧家塑造的女性形象，因为这些形象都被男性意识歪曲了。③　她倾向于认同女权主义者的观点：只有解构男性设置的虚假女性形象、发现女性的真实处境，才能引领女性认识现实和自我。

特里追求塑造新的女性形象以"校正舞台上的女性形象"④。1972年，她与罗萨丽·德莱赛奈（Rosalyn Drexler）、玛拉·爱伦·福尼丝（Maria Irene Fornes）、朱莉·博维塞（Julie Bovasso）等几名女性作家在成立女性戏剧协会时，自觉将"表现妇女的真实形象和妇女经验"⑤作为创作方向；1974年，她加入以"实施社会变革"、帮"妇女扫清一些障碍"⑥为宗旨的内布拉斯加奥马哈魔法剧院（Omaha Magic Theater）；在界定女权主义戏剧时，她也将塑造女性形象作为重要的评

---

① Vitoria Sullivan and James Hatch, eds., *Plays by and About Women: Anthology*, New York: Random House, 1973, p. 291.
② Barbara MacKay, "Women on the Rocks," *Saturday Review/World*, April 6, 1974, p. 48.
③ "Plays by Women in Weekend Series," *The New York Times*, February 3, 1973, p. 17, col.1.
④ 同③。
⑤ 陈振华：《西方女性主义戏剧理论》，《戏剧》2005年第4期，第90页。
⑥ 郭继德：《美国戏剧史》，天津：南开大学出版社，2011年，第404页。

判依据。

　　对于应该塑造什么样的女性形象,特里没有从理论层面上给出具体而详细的说明,但是通过她对女权主义戏剧的界定——"能给予女性信心,向她们自己展示自己,帮助她们分析正面和负面形象(a positive or negative image)"①——可以推定:她提倡塑造正面和负面两种类型的女性形象,目的是帮助女性更清楚地认识自己。

　　特里戏剧作品中塑造的负面女性形象多出自社会中下层:和男人厮混追求刺激的渔民祖母、酗酒纵欲的渔民母亲(《温室》),曾经纯洁美丽而今不断堕落的吸毒女(《原来的科珀·奎因小姐》),心理变异的女犯人(《狱中姑娘:一部关于女子监狱生活的文献音乐幻想曲》)……特里注重从语言、行为、心理等多角度表现这些有缺陷的女性,因此和男性塑造的外在化、类型化、标签化的恶魔女性形象有着极大区别。

　　特里塑造的正面女性形象也有别于男性塑造的温柔天使、贤惠妻子和母亲的形象,具有鲜明的性别意识和丰富的精神内涵,西蒙娜(《走近西蒙娜》)是这类形象的代表。西蒙娜从童年到成年,在家庭、学校、工作等场所,由于身为女性而面临一系列精神成长的困境,但是她在不利于女性自我成长的环境中却一直保持独立思考的品质。特里将西蒙娜的一生展现为心理和精神、理智和情感不断成熟的一生。在论及为什么要展现这类女性的精神世界时,特里曾说:"我希望西蒙娜的精神能影响世界。"②特里对西蒙娜等具有精神引导力量的女性寄予厚望,认为这些女性是建立与男性模式(male model)异质的女性模式(female model)的范例,虽然"女性没有时间、没有机会、也没有权力在她们所处的地方之外,在她们所懂得的范围之外去创造一种模式"③,但是西蒙娜等女性能证明"以女性的方式思考"④是可能的。

---

① Helen Chindy and Linda Jenkins, eds., *Women in American Theater*, New York: Crown Publishers, 1981, p. 288.
② Phillis Jane Wagner, Introduction, *Approaching Simone*, by Megan Terry, New York: Feminist Press, 1973, p. 13.
③ 同②。
④ 同②。

特里重视塑造女性形象,但同时也看到了男性和女性之间相生相克、相辅相成的关系,极力主张要让男性角色在塑造女性形象的过程中发挥作用,因为"女性角色也许只能表现一面",尤其是如果"女演员不经过训练,观众只能看到片面的女性",男性角色的设置可以展示人物的多面性,能弥补片面女性形象的不足;而且,将男性角色置于与女性角色同等的条件和环境中,能让观众更清楚地看到女性面临的境况,更能理解女性的诉求。①

(二) 表现社会问题以介入现实

特里是女权主义戏剧的代表作家,但是她不断努力突破为女性写作的框架,这是因为她满怀为人类写作的使命感。她认为"我对过去、现在和将来都有责任"②,作家的责任是"批判社会、感官世界和其他"③。在创作宗旨上,她也追求更远大的目标:"我不想被人看作只是为妇女写作,我是为全人类写作!"④这使她的创作视野十分开阔。除了关注女性问题,她对家庭、儿童、犯罪、吸毒、教育、战争等社会问题都有不同程度的思考。从总体上看,特里在20世纪60年代和70年代及之后关注现实的重心不太一样。

20世纪60年代,特里将重心放在大事件上,主张选取"世界大事"作为戏剧题材:"我们不应该无视一个事实:(戏剧)来自世界大事,最终对抗世界大事。"⑤这种倾向始于"开放剧院"(Open Theatre)的创立时期。20世纪60年代早期,特里和约瑟夫·柴金(Joseph Chaikin)、玛丽亚·艾琳·福恩斯(María Irene Fornés)等十几名演员、戏剧家、导演一起创办开放剧院,约瑟夫·柴金作为其中的重要成员,

---

① Kathleen Betsko and Rachel Koenig, *Interviews with Contemporary Women Playwrights*, New York: Beech Tree Books, 1987, p. 394.
② 同①,第398—399页。
③ 同①,第396页。
④ 同①,第398—399页。
⑤ Megan Terry, Production Notes, *Four Plays*, by Megan Terry, New York: Simon and Schuter, 1966, p. 23.

认为戏剧应该"反映深刻的社会问题,质疑假定的观念和对美国文化的接受"①。他要求作家的创作要有政治意义,并带领剧团参加反越战的抗议活动。作为回应,特里结合反越战的社会思潮,创作了史诗性的音乐戏剧《越南摇滚》,此剧后来成为女性作家群体中越战题材的经典之作。

值得注意的是,特里在表现事件的时候,会将与此事件有关的多个问题展现出来,但是又不明确表态支持或者抨击任何一种观点,无意给观众一个明确的导向,她认为"给出方向是欺骗",所以她只是"摆出事实"②。这样观众能看到彼此矛盾的形象,听到彼此冲突的声音。例如,她在创作《越南摇滚》时,将很多与战争有关的问题展现出来,支持战争和反对战争的声音一样真诚,都以戏剧性的方式呈现,让观众感受到战争不同的侧面。与她之后的反战戏剧相比,《越南摇滚》的政治性不那么明显,哲理性得以凸显。

进入20世纪70年代,特里把"社区问题"(community concern)作为戏剧作品的重心。③ "社区问题"通常是指在社区和学校中影响家庭和学生的问题,包括但不限于儿童虐待、环境保护、青少年犯罪、毒品和酒精狂热及后果等问题。她的这种观念形成于她在20世纪70年代加入乔·安·施密德曼(Jo Ann Schmidman)创办的奥马哈魔法剧院之后。施密德曼非常注重社区对戏剧创作的影响,认为"剧院如果要生存,就必须寻根溯源并且变成社区的一部分"④。从特里20世纪70年代及之后创作的戏剧来看,她接受了施密德曼的理念,将社区

---

① Willian L. O'Neill, ed., *The Scribner Encyclopedia of American Lives: The 1960s*, vol. 2, New York: Charles Scribner's Sons, 2003, p. 437.

② Judith Babnich, "Megan Terry and 'Family Talk'," *The Centennial Review*, 32.3 (Summer 1988), p. 306.

③ Philip C. Kolin and Colby H. Kullman, eds., *Speaking on Stage: Interviews with Contemporary American Playwrights*, Tuscaloosa and London: University of Alabama Press, 1996, p. 142.

④ Jo Ann Schmidman, *Interview with Judith Babnich* as qtd. in Judith Babnich, "The Diverse Stage Door: The Alternative Theatre of Jo Ann Schmidman's Groundbreaking Omaha Magic Theatre," *The International Journal of Diversity*, 8.3 (2008), p. 168.

问题作为戏剧创作的题材。她所关注的社区问题有：监狱中的女性问题(《狱中姑娘：一部关于女子监狱生活的文献音乐幻想曲》)、孩子如何被成人对他们说话的方式社会化的问题(《皇后用的美国国王英语》)、配偶和儿童虐待问题(《古娜古娜》)、年轻人喝酒和驾驶问题(《啤酒聚会》)、家庭成员沟通的方式问题(《晚餐在搅拌机里》)等。①

不管是表现重大事件还是关注社区问题，特里都以女性视角作为切入点，这是她和男性戏剧家在创作同题材戏剧方面的重要区别：在表现重大事件的戏剧中，她会论及女性问题，如《越南摇滚》虽以越南战争为题材，但同时涉及对女性的性别歧视等问题；在社区问题剧中，她站在女性的立场并凭借女性细致的感受力深入女性的内心世界，传达男性作家无法传达的女性体验，如《狱中姑娘：一部关于女子监狱生活的文献音乐幻想曲》将女犯人的变异心理刻画得入木三分。

特里通过戏剧表现社会问题，甚至在后期剧作中经常直接加入政治性评论，表现出了在戏剧和政治之间建立关联的倾向，这与美国20世纪60年代的文化情绪有相通之处。20世纪60年代是"熔艺术与政治于一炉"的时代，可以说，"在现代史上，艺术和政治的结合在20世纪60年代比其他任何时候都紧密"②。在此氛围中，特里极力反对学院派艺术和政治不相融的主张，③主张艺术应该和社会生活紧密相关。因此，她不断超越狭隘的个人生活，从包括家庭生活在内的社会现实中汲取戏剧创作的资源，必要时还花费大量的时间和精力围绕戏剧主题进行调研。

特里表现社会问题是为了介入现实生活。她明确指出，她的戏剧虽然不提供解决方案，但是能成为解决社会问题的"催化剂"④，事实

---

① Philip C. Kolin and Colby H. Kullman, eds., *Speaking on Stage: Interviews with Contemporary American Playwrights*, Tuscaloosa and London: University of Alabama Press, 1996, p. 142.
② 丹尼尔·贝尔：《资本主义文化矛盾》，赵一凡等译，北京：生活·读书·新知三联书店，1989年，第170—171页。
③ 同①。
④ 同①，第143页。

证明她的戏剧的确对现实生活产生了影响。这与她的策略有关：一方面，她会根据戏剧涉及的具体问题将演出地点设在相应的现实生活场景中，使戏剧更有针对性。从20世纪60年代开始，特里所属剧团的演出地点就没有局限在剧院里，他们的演出地点有印第安保留地、社区活动中心、大学、中途驿站、中学、体育馆甚至监狱，①这些地点聚集的人群使相应的戏剧内容更容易引起观众的共鸣和思考。另一方面，特里经常在戏剧结束时就戏剧内容或主题设置讨论环节，为了让观众更有效地参与戏剧讨论，她外出调研和表演时经常"带上不同学科的人文学者"，并让他们在戏剧表演结束后引领观众进行讨论。②

一直到20世纪90年代，特里仍然在创作新的戏剧，只是在戏剧界的影响力稍弱。她称自己不断创作新的戏剧是为了不间断发出"唤醒人的新声音或观点"③，激发观众去思考，这和她之前干预现实的取向是一致的。

（三）通过集体创作和循环创作提供多元视角

特里为了深度参与现实问题，一反传统的戏剧创作方法，采取了集体创作和循环创作的方式。"集体创作"是指作家和剧团艺术家、剧组工作人员甚至观众等协同合作，一起制作戏剧作品。"循环创作"根据特里本人的解释，可以大致将其概括为按照"文本—表演—修改文本—再表演"的循环方式进行创作。这两种创作方式使剧本永远处于开放性状态，因此杰拉尔德·伯科维茨（Gerald Berkowitz）称特里的剧本是"反文本"（anti-textual）④。

---

① Philip C. Kolin and Colby H. Kullman, eds., *Speaking on Stage: Interviews with Contemporary American Playwrights*, Tuscaloosa and London: University of Alabama Press, 1996, p. 143.
② 同①。
③ 同①，第141页。
④ Susan Harris Smith, ed., *American Drama: The Bastard Art*, New York: Cambridge University Press, 1997, p. 183.

作家的去中心化是集体创作和循环创作的前提条件。特里在剧本的组材、创作、修订等环节都调整了作家的地位,作家不再在各个环节中拥有对剧本的一切权力,而只是戏剧创作链中的一环。她对戏剧家地位的思考得益于"开放剧院"的约瑟夫·柴金。柴金指出开放剧院将是完全民主的剧团,以全体互相影响的方式创作剧作,不考虑传统的作者、演员或工作人员的界限。① 特里深得其中精髓,曾形象地将这种理念表述为:"戏剧家不是原来的上帝。他近来从树上下来了。"②

集体创作主要运用在组织材料和创作阶段。在组织材料阶段,特里只规划大致主题,构思之初脑子里有很多场景,但是最后通常只"选择三分之一或者接近一半的场景表演"③,充分留出文本的再创作空间以便其他人员参与编剧,从他们那里尽可能获得一切可能的材料。在创作阶段,由于特里认为"戏剧应该让所有人、所有群体、所有精神和物质得到运用"④,她通常让"演员们提供他们自己或朋友目击的故事"⑤,然后将这些故事进行整合,以表达所有参与者的不同情绪和想法。有时她甚至连主题都交给他人确定,如在创作《家庭谈话》时,她让奥马哈魔法剧院的观众参与讨论,根据观众讨论给出的反馈意见再确定剧本的主题。⑥

集体创作要求演员进行即兴表演(improvisation),这与特里20世纪60年代初在开放剧院受到的训练有关。当时剧团里的诺拉·奇尔顿(Nola Chilton)主张解放演员的身体和声音,薇欧拉·史波琳(Viola

---

① Willian L. O'Neill, ed., *The Scribner Encyclopedia of American Lives: The 1950s*, vol. 2, New York: Charles Scribner's Sons, 2003, pp. 437–438.

② Megan Terry et al., "Who Says Only Words Make Great Drama?" *The New York Times*, November 10, 1968.

③ Judith Babnich, "Megan Terry and 'Family Talk'," *The Centennial Review*, 32.3 (Summer 1988), p. 307.

④ 同②。

⑤ 同②。

⑥ Judith Babnich, "'Family Talk' by Megan Terry," *Theatre Journal*, 39.2 (May 1987), p. 240.

Spolin)倡导戏剧演员根据他们的身体、声音和想象在观众面前创造世界和改变世界。即兴表演能最大程度激发演员的创造性。特里高度肯定即兴表演,认为演员的表现"有时让人惊异",而且它营造的效果"比现实还真实"①。但是即兴表演很难重复和保持"逼真"的品质,因为对话总在变化,不容易记录下来,这也造成剧本的结构不稳定。对戏剧家而言,面临的最大挑战是要让剧本更紧凑,特里说自己"用了十年才做到"②。

循环创作主要运用在剧本修订阶段。特里非常注重参考观众的意见,她建立了学者团体和剧组一起工作,"分享他们的专业知识和研究",为观众制作戏剧,观众只需告诉剧组他们的需求是什么,剧组就会根据观众的意见反复修改剧本。③ 特里剧本的开放性吸引了众多观众的热心参与,她和汤姆·欧霍根(Tom O'Horgan)等人在妈妈咖啡馆(La Mama)共同创作了《变化》,仅演出四晚,"就收到了全世界数不清的对于剧本的要求"④。特里不断将观众的建议、体验等融入剧本,或设计演员演出时与观众互动的空间。由此,戏剧的创作和展示成为一个连续的进程,戏剧能和观众分享"强烈的、即时的、快乐的、通常是痛苦的经验"⑤,以帮助观众获取改变世界的勇气。

戏剧家主导,剧组全体成员、艺术家和学者等共同参与制作,演员即兴表演,戏剧演出时不断加入观众的反馈,这些因素结合起来,形成了作品巨大的内在张力,也带来了戏剧出品时间的不确定性,"有些剧作如《来来去去》,一稿就完成了,而有些剧作如《温室》,稿子写了十年"⑥。

---

① Megan Terry, "Two Pages a Day," *The Drama Review: TDR*, 21.4 (December 1977), p. 61.
② 同①。
③ Kathleen Betsko and Rachel Koenig, *Interviews with Contemporary Women Playwrights*, New York: Beech Tree Books, 1987, p. 400.
④ Megan Terry et al., "Who Says Only Words Make Great Drama?" *The New York Times*, November 10, 1968.
⑤ 同④。
⑥ 同③,第386页。

集体创作和循环创作不仅使戏剧资源取之不尽,使剧团不断自我更新,①而且还为同一事件提供多元视角。20世纪70年代与特里共事的施密德曼对于这两种创作方式的意图有过明确论述:"我们尽最大可能给观众提供尽量多的体验方式。"②而特里早在20世纪60年代的创作中,就已经做到了对同一事件提供多重视角,这与她对时代精神的感受和理解不无关系:她对20世纪60年代的美国戏剧评价颇高,因为这一时期的戏剧告别了欧洲传统,出现了很多新形式,风格也多样化,传达文化多样性的、真正意义上的"美国声音"正是从这个时代开始的。在特里看来,这个时代是一个众声喧哗、充满了能量的时代,③她对同一事件进行多面展示就是为了记录这个时代。

(四)使用转换手法创造非线性结构

特里对戏剧形式有强烈的自觉性,她认为女性经验不一定要用新形式表达,但是她喜欢创造新的形式:"我迷恋新形式,但是如果能用最古老的形式容纳所见的事实,也未尝不可。可以把经验放到任何合适的形式中,或者创造一个你认为完美的形式。"④特里对新形式的追求传达了20世纪60年代的精神气质。进入20世纪以后,"自文艺复兴以来一直以特殊'理性'方式组织了空间和时间知觉的那种统一宇宙论已被粉碎"⑤,传统和现代展开了激烈斗争并一直延续到60年代,

---

① Philip C. Kolin and Colby H. Kullman, eds., *Speaking on Stage: Interviews with Contemporary American Playwrights*, Tuscaloosa and London: University of Alabama Press, 1996, p. 149.

② Jo Ann Schmidman, email to Anne Fletcher, May 28, 1996, in *Women, Collective Creation, and Devised Performance: The Rise of Women Theatre Artists in the Twentieth and Twenty-First Centuries*, edited by Kathryn Mederos Syssoyeva and Scott Proudfit, New York: Palgrave Macmillan, 2016, p. 150.

③ 同①,第147页。

④ Kathleen Betsko and Rachel Koenig, *Interviews with Contemporary Women Playwrights*, New York: Beech Tree Books, 1987, p. 386.

⑤ 丹尼尔·贝尔:《资本主义文化矛盾》,赵一凡等译,北京:生活·读书·新知三联书店,1989年,第134页。

求"新"成为社会生活的风向标,"新民主""新民族主义""新自由""新诗歌"等词语昭示了新风尚。特里受其影响,在戏剧形式上不断创新并给戏剧注入了活力。

转换手法(transformation)便是特里使用的颇具特色的形式。"转换手法"是指角色、情境、时间或客观事物跟随演员行动的进程改变多次,"无论开篇建立起何种现实,几分钟之后即被取代。这些改变快速发生,没有过渡"①。通过转换手法,演员不仅与固定的角色分离,而且表现的是一系列不断变化的现实。特里将转换手法引入戏剧用以表达女性的困境和反映社会问题,对女权主义戏剧做出了重要贡献。

特里自述使用转换手法是为了创造戏剧的非线性结构:"戏剧写作就像制作戏剧拼贴画——诗意的语言、密集分层的着色形象和场景切换——创造出非线性结构。"②研究者认为,特里使用转换手法营造戏剧的拼贴画效果,与其说她在"写戏剧"(write plays),不如说她在"制作戏剧"(wright plays)。③ 特里在戏剧创作中主要使用了两类转换手法:情节的转换和演员的转换。

"情节的转换"需要借助"场景切换",是指演员不再展示连续的情节,而是展示一系列相关(有时不相关)的情节,"每个情节都是独立的",情节之间的连接动机表面上看起来没有多少逻辑依据,"只遵循以下原则:在某个时间,按照某个线索,情节 A 结束,情节 B 开始"④。例如,在《让母亲镇静下来:为了三位女性的转换》中,场景明晰地经历了零售店前、纽约的高级公寓、养老院、豪华公寓的转换,跟随四个不同的场景出现了四个彼此基本没有太多关联的情节。情节的转换使剧情的连续性遭到破坏,因为演员不再注重在戏剧的这一场

---

① Richard Schechner, Introduction, *Four Plays*, by Megan Terry, New York: Simon and Schuter, 1966, p. 10.
② Megan Terry, "Two Pages a Day," *The Drama Review: TDR*, 21.4 (December 1977), p. 60.
③ 同①,第 7 页。
④ 同③,第 11 页。

和下一场之间建立关联,而能从一种情境跳跃进入另一种情境,这就使戏剧成为"动作团"(action-bloc)①,观众看到的不是情节而是动作团。

特里认为情节的转换能"帮助发展主题而不是塑造人物",尤其有助于"整合所有形式或者打破外在或内在壁垒的主题"②,而且每部转换剧围绕某一主题的线索是能分辨出来的,所以她声称转换手法并没有从根本上改变事物的性质:转换手法"向我们揭示了宇宙的高效(efficient universe),事物没有损失,只是转换了"③。

"演员的转换"即特里所说的"密集分层的着色形象",是指随着时间向前推进,演员使用即兴对话和行动,转换成处理不同困境的角色或身份,④在舞台上表现为以下方面。其一,同一名演员从一个角色突然转变成另一个角色,有时性别都发生了改变。在这类转换中,演员不断发生身份的变化,如在《密封好,放在阴凉干燥的地方》中,三名男演员承担了剧中所有的角色:杀人嫌疑犯、卡斯特将军的士兵、艺术家、电影中的歹徒、祭坛童男等。其二,替换演员而不改变角色,如在《来来去去》一剧中,她喊出正在舞台上演出的一名演员的名字,让台下另一名演员替换那名演员,继续到舞台上演同一个角色,她声称这种方式使导演变成了篮球教练,指挥谁上场谁下场。⑤ 其三,由于剧情的需要,她甚至让人转换成物,如在《让母亲镇静下来:为了三位女性的转换》中,女性转换成了植物、地铁车厢的

---

① Richard Schechner, *Public Domain: Essays on the Theatre*, Indianapolis: Bobbs-Merrill, 1969, p. 125.

② Philip C. Kolin and Colby H. Kullman, eds., *Speaking on Stage: Interviews with Contemporary American Playwrights*, Tuscaloosa and London: University of Alabama Press, 1996, p. 141.

③ Helene Keyssar, *Feminist Theatre: An Introduction to Plays of Contemporary British and American Women*, New York: Macmillan Education, 1984, p. 54.

④ Willian L. O'Neill, ed., *The Scribner Encyclopedia of American Lives: The 1960s*, vol. 2, New York: Charles Scribner's Sons, 2003, p. 438.

⑤ Richard Schechner, Introduction, *Four Plays*, by Megan Terry, New York: Simon and Schuter, 1966, p. 15.

门等。

演员的转换打破了"演员等于角色""演员表演的故事等于现实"的观剧模式,演员被置于特定的情境中,角色或身份不断发生变化,并通过即兴表演捕捉可能的生活经验而不是概括生活经验,加上情节的连续性也被打破,所以,观众不再通过演员认识角色、通过表演的故事认识现实,而将关注点放在对主题的思考上。

与之前的现实主义戏剧相比,转换手法"违反了情节的线性发展和人物性格充分展现的方式","打破了观众确认演员和剧中人物的习惯"①。不论是从戏剧创作来看还是从表演形式来看,这都是特里在戏剧史上的创新。

最后需要指出的是,特里虽然被称作女权主义戏剧家,但她对这个标签非常警惕,认为如果戏剧家被贴上"女权主义"的标签,就会面临格托化(ghettoized)的危险,所以她从不给女性组织写纲领。② 她也反对借女权主义之名将男性排除在外,因为女性和男性彼此依存。此外,她还对女性戏剧家创作的局限性进行过反思:"女性戏剧家并没有从根本上创新,只是女性演员更多、更聚焦于女性问题而已。"③这些反思虽然没有形成系统性和理论性的文字,但无论是当时还是现在,都是非常难能可贵的思想。

二、恩托扎格·商格的戏剧创作思想与实践④

恩托扎格·商格(Ntozake Shange,1948—2018)是非裔美国诗人,也是享有盛名的当代非裔美国戏剧家。她出生于美国新泽西州的特

---

① Judith Babnich, "Megan Terry and 'Family Talk'," *The Centennial Review*, 32.3 (Summer 1988), p. 299.

② Kathleen Betsko and Rachel Koenig, *Interviews with Contemporary Women Playwrights*, New York: Beech Tree Books, 1987, p. 398.

③ 同②,第 393—394 页。

④ 本小节由龙跃撰写。其中部分内容曾作为国家社科基金重大招标项目"20世纪美国文学思想"(项目号:14ZDB088)的阶段性成果发表在《外国语言与文化》2019年第 2 期中。

伦顿市,在一个对非裔美国艺术怀有浓厚兴趣的家庭中长大。她的父亲保罗·T. 威廉斯(Paul T. Williams)是外科医生,母亲埃勒维兹·威廉斯(Eloise Williams)是社会工作者和教育家。1976 年,商格因《献给想要自杀的有色人种女孩》(*For Colored Girls Who Have Considered Suicide / When the Rainbow Is Enuf*)上演成功而获得"奥比奖和圈外剧评家奖,还获得艾美奖、格莱美奖、托尼奖等奖项的提名奖"①。她也因此一举成名,成为"继洛雷因·汉斯贝里(Lorraine Hansberry)之后第二位荣登百老汇舞台的非裔美国女戏剧家"②。继该剧之后,商格又创作了《第七号魔咒》(*Spell #7*, 1979)、《一张相片:摇摆中的情人》(*A Photograph: Lovers in Motion*, 1979)、《布吉乌吉景观》(*Boogie Woogie Landscapes*, 1979)和《从欧克拉到格林斯》(*From Okra to Greens*, 1985)等多部配舞诗剧。

(一)通过戏剧来影响社会变革

尼尔·A. 莱斯特(Neal A. Lester)认为商格的作品"具有复杂、新颖、直截了当的政治性和娱乐性",为其奠定了"当代重要艺术家"的地位;③詹姆斯·费希尔(James Fisher)认为商格的戏剧"不仅对非裔美国艺术家,对整个美国戏剧界都有深远且持久的影响"④。商格的戏剧成就得益于她融合非裔传统文化与黑人女权主义的尝试。她的改名之举间接显示了她有意识地摒弃欧洲传统、将非裔传统与她作为女性的诉求有机结合的意图。1971 年,她放弃本名波莱特·威廉斯(Paulette Williams),将母亲的非洲名字作为自己的名字,改名为"恩

---

① Alexs Pate, "A Conversation with Ntozake Shange," *Black Renaissance/Renaissance Noir*, 10.2 (2010), p. 79.
② 同①。
③ Neal A. Lester, Preface, *Ntozake Shange: A Critical Study of the Plays*, by Neal A. Lester, New York: Garland Publishing, 1995, p. xi.
④ James Fisher, "Boogie Woogie Landscapes: The Dramatic/Poetic Collage of Ntozake Shange," in *Contemporary African Women Playwrights: A Case Book*, edited by Philip C. Kolin, New York: Routledge, 2007, p. 83.

托扎格·商格"(Ntozake Shange),其意分别是"带着自己东西的女人"和"像狮子一起行走的女人",带有明显的非洲特色。

商格放弃欧洲化的名字意在强调自己的非裔身份。在谈及改名原因时,她曾说:

> 名字不仅意味着你在信用卡上的签名,而且表明你是谁。我不想让一个激怒我的(白人文化)传统来定义我是谁,我不愿意接受任何盎格鲁-撒克逊的名字,因为欧洲文化与我没有任何关系;我不要我以前的姓,因为我以前跟随父姓,我也不愿意接受一个男性的名字。同时,我很讨厌拥有一个奴隶的名字,诗歌和音乐来自我自身,我自身不是一个奴隶。①

这表明她拒绝被父权制度和种族主义所定义。她努力进行自我定义,拥抱她的非洲过去和现在,培养自我意识,改名是她在精神上和比喻意义上的重生。之后,她用新名字投身戏剧创作,意味着她准备利用戏剧这种"较之别的更公共化和更社会化"②的文学艺术形式,在这个"远离家庭局限的领域"③为自己和广大非裔美国女性发声的决心;同时,也意味着她在政治上的逐步成熟,因为在哈特看来,"女戏剧家比女诗人或小说家冒着更大的危险"④,选择使用戏剧文体进行创作表明她"被赋予更大的潜能来影响社会的变革"⑤。

商格融合非裔传统文化与黑人女权主义的思想与社会环境密不可分。20世纪50年代中期至60年代末,美国出现了以非裔美国人为主体、社会各阶层和各少数族裔参加的反对种族歧视和压迫,争取政

---

① Neal A. Lester, *Ntozake Shange: A Critical Study of the Plays*, New York: Garland Publishing, 1995, pp. 10 – 11.

② Lynda Hart, ed., *Making a Spectacle: Feminist Essays on Contemporary Women's Theatre*, Ann Arbor: University of Michigan Press, 1989, p. 2.

③ 同②。

④ 同②。

⑤ 同②。

治、经济和社会平等权利的大规模民权运动。非裔美国作家积极参与民权运动,以文学作品为武器捍卫非裔美国人的种族权益。这些努力唤起了非裔美国人的种族自豪感,使他们得以冲破W. E. B. 杜波依斯(W. E. B. Du Bois)所说的"双重意识"(double consciousness)的束缚、不再拘泥于美国白人价值观的评判标准。这从意识形态上解放了众多非裔美国人,令他们关注本民族的文化传统,弘扬本民族的价值观。

受此影响,非裔美国女性艺术家也开始运用新的美学形式和语言形式表达她们的真实感受。实际上,由于种族和性别的双重因素,非裔美国女性在历史上的地位非常卑微。她们既是美国白人压迫的对象,又是美国白人男性和非裔美国男性共同的剥削对象;她们是被美国白人历史所丑化的皮肤黝黑、面容丑陋、懒惰不负责任且富于性挑逗的坏女人,是美国男性眼中"他者中的他者"。然而,这个群体并不屈服于命运,她们不断抗争,要求获得与美国所有白人及非裔美国男性平等的权益。非裔美国女戏剧家作为这个群体的代言人,努力寻求非裔美国女性与家庭、社会及传统三者之间的一种崭新维度的社会关系,试图通过戏剧手段坦陈自己作为一个非裔美国女性内心的痛苦,同时表达对自我身份进行肯定和重建的焦虑。

商格的家庭氛围也参与塑造了她的戏剧理念。商格承认其创作受到了家庭的启发:"就非裔美国文化的广度而言,我的母亲和父亲一样,[对我的影响]都是极其重要的。"[①]而且,她家里经常有非裔美国艺术家,如迈尔斯·戴维斯(Miles Davis)、查克·贝里(Chuck Berry)等人来访,民权运动的领导人杜波依斯也一度是家里的常客。他们极大地激发了商格的创作欲望和热情。

此外,商格遭受种族歧视的经历加快了其思想的成熟。商格随家人搬去圣路易斯安纳的一所德裔美国学校上学后,在每日往返的校车

[①] Kathleen Betsko and Rachel Koenig, *Interviews with Contemporary Women Playwrights*, New York: Beech Tree Books, 1987, p. 374.

上，她遭受了严重的种族歧视。她在南加州大学获得硕士学位，移居北加州后，积极参与宣扬女权主义的新闻传媒事业，大力发展黑人女权主义思想，而且她还积极提倡在非裔美国戏剧创作中保留和传承非裔文化传统，"展现了她作为一个女权主义者和一个真正革命者的雏形"①。在这个意义上，商格与同样获得奥比奖的非裔美国女戏剧家安德里安娜·肯尼迪（Adrienne Kennedy）一道，成为非裔美国女性在寻求自我身份之路上的先驱者和代言人。

（二）采用配舞诗剧再现和传承非裔美国传统文化

商格在论及自己戏剧思想中的非裔文化传统意识时，曾表达了对非裔文化的重新认识和重视。她认为"美国白人利用文学来保存［他们的］文化，……当代美国白人作家利用一切可能来确保将西欧文化传递到下一代"，所以非裔美国人"也应该保存自己的文化"②。她还指出了保存的方法："对于非裔美国人来说，熟悉自己［民族］的神话和宗教很重要……可以使我们远离从殖民意义上将我们视作怪物的欧洲传统的泥潭。"③她反复强调，"如果不这么做，别的非裔美国作家也不这么做的话，我们将会失去他们。我们将会失去兰斯顿·休斯（Langston Hughes）、佐拉·尼尔·赫斯顿（Zora Neale Hurston），将会失去弗雷德里克·道格拉斯（Frederick Douglass）；我们将会失去韵律、节奏和激情；将会失去我们现实的历史基础"④。正是这种利用非洲想象和非洲意识去再现和传承非裔美国文化的戏剧创作观，促使商格"想用自己的作品观照（非裔美国人）自己的生活"⑤，而这也是她

---

① Alexs Pate, "A Conversation with Ntozake Shange," *Black Renaissance/Renaissance Noir*, 10.2 (2010), p. 79.

② Neal A. Lester, "Ntozake Shange," in *Speaking on Stage: Interviews with Contemporary American Playwrights*, edited by Philip C. Kolin and Colby H. Kullman, Tuscaloosa and London: University of Alabama Press, 1996, p. 227.

③ 同②，第 226—227 页。

④ 同②，第 224 页。

⑤ 同②，第 218 页。

"作为一名女性"①致力于"用非裔美国人传统的口头语以及非语言方式来凸显非裔美国女性的现实和神话"②的根本原因。

商格一贯主张"在某些文化方式上,应使用非裔本土的东西"③,认同非裔文化与非洲文化之间有着传承性的一面,"致力于为非裔美国人创造新的仪式和神话"④,而对非洲传统的信仰也使得她把非洲想象成非裔美国文化的源头,因此,她在戏剧创作中有意识地融入非裔传统文化,如黑人音乐、舞蹈、仪式、圣歌以及启应(call and response)的歌曲唱法等。她的代表作《献给想要自杀的有色人种女孩》《第七号魔咒》等都是配舞诗剧,充分体现了其戏剧美学中的非裔传统文化意识。

配舞诗剧系商格首创,综合度较高,"是一种融诗歌、散文、歌曲、舞蹈和音乐于一体的戏剧表达形式"⑤,商格强调"舞蹈和音乐是(我的)戏剧-诗歌不可分割的部分,它们结合在一起,创造出戏剧单元,而这是一个特别的诗歌时刻"⑥。曾与商格合作的舞蹈指导麦金太尔(Dianne McIntyre)指出:"配舞诗剧是一种古老的非洲戏剧形式——言语和舞蹈动作自然而然地同时发生且交织在一起,你很难不把这两者联系在一起来考虑。"⑦正是这种有意识地跨越所谓的类型边界,使商格的配舞诗剧得以与克里斯托弗·弗赖(Christopher Fry)、T. S. 艾略特以及威廉·莎士比亚(William Shakespeare)等人的传统诗剧区分开来。此外,由于配舞诗剧"源自非洲传统中的讲故事、韵律、身体运动和情感宣泄等,表现出独特的非裔文化传统因素"⑧,因此能充分传

---

① Neal A. Lester, "Ntozake Shange," in *Speaking on Stage: Interviews with Contemporary American Playwrights*, edited by Philip C. Kolin and Colby H. Kullman, Tuscaloosa and London: University of Alabama Press, 1996, p. 219
② 同①。
③ 同①。
④ 同①,第218页。
⑤ Neal A. Lester, *Ntozake Shange: A Critical Study of the Plays*, New York: Garland Publishing, 1995, p. 3.
⑥ 同⑤,第12页。
⑦ 同⑤,第4页。
⑧ 同⑤。

达非裔文化。参演过该剧的演员罗比·麦考利(Robbie McCauley)曾经评价过配舞诗剧,指出"这种戏剧形式是音乐性的,即经典的黑人音乐如爵士乐、布鲁斯音乐和节奏布鲁斯音乐(rhythm and blues)影响了这种戏剧,这意味着表演者给文本带来自己的音乐感受,会发现黑人音乐就存在于戏剧中"①。

配舞诗剧多使用黑人音乐和身体舞蹈,在某种意义上已经代替言语成为一种新的戏剧语言。起源于非洲文化的非裔美国黑人音乐和舞蹈通常紧密结合、相辅相成,在诠释非洲黑人肢体语言的同时,也向世人展示了他们独有的风情和内涵,这是非洲黑人歌舞最引人注目的特质,也是非裔美国人最普遍的艺术表达形式。根据史料记载,当臭名昭著的"贩奴贸易把西非的黑人奴隶运至美国大陆时,他们同时带来了非洲音乐和舞蹈的知识"②,这些人"在生活中都懂音乐,也都会跳舞,这是一种文化现实"③。同时,音乐和舞蹈也是非裔美国人表达内心世界的途径。他们把黑人音乐和舞蹈,如布鲁斯音乐、爵士乐、朱巴舞等当成精神慰藉,用音乐抒情和身体舞蹈的特殊形式传递个体的灾难与不幸,使得黑人音乐和舞蹈成为倾诉个人情感、参与政治、表达政治诉求和意图的有力工具。很大程度上说,美国黑人音乐和舞蹈已成为非裔美国人文化话语的代名词,而这也是包括商格在内的很多非裔美国戏剧家在其作品中融入非裔传统音乐和舞蹈的原因。

同时,商格利用黑人方言土语(African American Vernacular English)即兴灵活的句法风格,使得其戏剧的语言表达呈现出诗歌语言独有的形象、生动、节奏鲜明的特点。如在《献给想要自杀的有色人种女孩》中,商格大量使用具有独特语音和语法特征的黑人方言土语。剧中以-ing 结尾的动词、名词或形容词都习惯性地发音为"in",如 falling

---

① Neal A. Lester, *Ntozake Shange: A Critical Study of the Plays*, New York: Garland Publishing, 1995, p. 3.

② Gerhard Kubik, *Africa and the Blues*, Jackson: University Press of Mississippi, 1999, p. 6.

③ Ntozake Shange, Foreword, *Three Pieces: Spell #7, A Photograph: Lovers in Motion, Boogie Woogie Landscapes*, New York: St. Martin's Press, 1981, p. xii.

拼写成"fallin"①，nothing 拼写成"nothin"②，而 with 中的咬舌音/ð/也转换为 wit 中的爆破音"/t/"③。商格在该剧中创造了带有个人特色的拼字法，如所有的句子都没有大写；使用符号 & 取代 and，使用各种缩写词以及短斜线；没有使用任何逗号；尽量避免使用所有格符号，如将 wasn't 拼写成"waznt"④。商格在该剧的副标题中，使用了 enough 一词的非正式形式 enuf，与贯穿戏剧文本的非传统意义的黑人方言土语遥相呼应。刻意运用黑人方言土语是商格有意识运用的一种语言策略，是其保持族裔身份、传承非裔文化、呈现差异的一种方式，是"黑人性"的一种表述，更是商格强调种族凝聚力的一种有力武器。

黑人方言土语在商格戏剧中的沿用和发展意味着非裔文化传统的延续和发展，反映出商格对标准英语的潜在等级性的抗拒以及她同非裔美国文化口述传统的紧密联系。她用黑人方言土语进行戏剧创作，将非裔文化与白人主流文化并置，以达到消解白人主流文化霸权的目的。正如她自己所说：

> 如果我们不愿将来感到完全被隔离，只认同盎格鲁文化是不明智的。在隔离中，我们会感觉不那么强大，更不可能去做关于我们如何生活、我们是谁以及我们将对世界产生什么影响的事情[……]对于我们（非裔美国人）来说，仅使用一种（白人的）语言，只拥有他人创造的能量的驱动力，毫无疑问不能实现一个（非裔美国）民族的自我实现，也不能获得这个民族在文化和政治领域的自我实现。⑤

---

① Ntozake Shange, *For Colored Girls Who Have Considered Suicide / When the Rainbow Is Enuf*, New York: Scribner Poetry, 1977, p. 3.
② 同①，第 10 页。
③ 同①，第 10 页。
④ 同①，第 13 页。
⑤ Neal A. Lester, "Ntozake Shange," in *Speaking on Stage: Interviews with Contemporary American Playwrights*, edited by Philip C. Kolin and Colby H. Kullman, Tuscaloosa and London: University of Alabama Press, 1996, p. 225.

商格的配舞诗剧还将非洲神话、新大陆神话、非洲面具仪式以及富有情感的宗教活动等精髓融于一体，折射出她对非裔文化的审美意识，也蕴含着她对种族问题的思考。如她在《第七号魔咒》中以"黑脸喜剧"（Blackface Comedy）形式继承了非洲的面具仪式。面具在非洲有着悠久的历史，除了宗教仪式外，非洲部落的日常生活中也时常会用到面具。在美国早期的"黑脸喜剧"中，任何黑人角色的扮演者——不管是专业的白人表演者或天生肤黑的非裔扮演者，都被要求戴上和角色一致的黑脸面具，目的是表现和讽刺非裔美国人的祖先来自非洲的黑人奴隶，是外表单一黝黑、性格简单无知的族群，是白人奴役的对象，进而反衬美国白人的优越性。在美国后期的"黑脸喜剧"中，"表演者只露出戴着白手套的手，脸上涂着焦煳的软木或油彩……面具只是东西……其功能是将面具后的非裔美国人降低为一个符号"①。根据拉尔夫·埃里森（Ralph Ellison）的观察，无论是早期"黑脸喜剧"中表演者戴着仪式化的面具，还是后来让演员涂着黑炭或者油彩的象征性面具，都表征着白人对非裔美国人的种族歧视。"黑脸喜剧"充当了美国白人生产非裔美国人面具原型和刻板形象的工具，而面具在很大程度上代表了美国白人构建的非裔美国主体，是美国社会对非裔美国人种族刻板形象的外化。作为对抗性的回应，商格让演员们戴着黑脸面具和着黑人音乐跳起了黑人舞蹈，由此勾画出了一个清晰的非洲文化传统，成功颠覆和戏仿了白人的"黑脸喜剧"，展现了非裔民族在美国强权社会中的文化、政治和阶级经验，并揭示了自己对非洲文化遗产的敏锐意识：这种"黑脸喜剧"的面具既是一种表现非裔民族被压迫的方式，也是颂扬非裔美国人传承非洲传统文化及创新非裔文化意识的方式。

（三）在戏剧创作中倡导黑人女权主义

商格早在加州大学读书时，就对性别问题日益敏感，并对妇女问题进行了深入的研究。她曾经因为"黑豹党"不肯给予女性平等权利而拒绝加

---

① Ralph Ellison, *Shadow and Act*, New York: Random House, 1964, p. 49.

入该党,转而投奔承认女性平等权利的"青年领主党"(Young Lords Party)。作为"继拉里·尼尔和阿米利·巴拉卡之后黑人艺术运动的第二代"①,商格自加入"青年领主党"开始,就"坚定不移地决定做一个女权主义者"②,并积极践行黑人女权主义思想。她说:"女性生活在一个性别歧视以不同形式存在的社会中,她们经常被剥削、被当成财产。"③因此,作为"一个有意识的女权主义者",商格"使用(她)作为女权主义者可以获得的工具来重构[女性的]历史",并"在戏剧写作中倡导女权主义"④。

作为黑人女权主义戏剧家,商格一贯强调个体和政治的关系。她指出:"女性犯的最危险的错误就是以为个人的不是政治的,但当我以个人名义发表声明时,对我来说这也是我的政治立场。"⑤而在谈到女性性别在其创作中的使命时,商格更是直言,"我是一个戏剧家,但我首先是个女人,我不是普通的戏剧家,我是一个女性戏剧家。我希望我选择的语言、人物角色和情境都能反映我作为女性生活在这个世界上的经历"⑥。

商格的女权主义思想在戏剧中体现得淋漓尽致,主要涉及以下内容:

一方面,商格通过黑人音乐、黑人舞蹈、吟唱、仪式、讲故事等非裔美国人的传统叙事方式,探讨了非裔女性在性别与种族双重歧视压迫下重建自我身份的途径和策略。在美国,非裔女性的社会地位远远低于白人女性,她们通常被视为没有思想、没有主观能动性的他者,不仅是美国白人剥削和压迫的对象,也遭到非裔男性的剥削和压迫。在《献给想要自杀的有色人种女孩》一剧中,商格展现了美国社会的性别

---

① Neal A. Lester, "Ntozake Shange," in *Speaking on Stage: Interviews with Contemporary American Playwrights*, edited by Philip C. Kolin and Colby H. Kullman, Tuscaloosa and London: University of Alabama Press, 1996, p. 218.

② Kathleen Betsko and Rachel Koenig, *Interviews with Contemporary Women Playwrights*, New York: Beech Tree Books, 1987, p. 369.

③ Neal A. Lester, "At the Heart of Shange's Feminism: An Interview," *Black American Literature Forum*, 24.4 (1990), p. 724.

④ 同③,第726页。

⑤ 同②,第370页。

⑥ Brenda Lyons, "Interview with Ntozake Shange," *The Massachusetts Review*, 28.4 (1987), p. 690.

政治以及非裔女性针对这种性别政治的秩序呈现出的抵抗力量。剧中的七位女孩轮流讲述各自因为肤色和性别的歧视而遭受的痛苦经历,以蓝衣女孩和克里斯托弗为代表的非裔女性会因肤色和性别而成为受到双重歧视与压迫的"他者中的他者",得不到法律的庇护和社会的同情。商格在剧中让非裔女性看到自己的历史,使得她们凝结为"不可分割"①的整体,以"统一的声音"②勇敢地重述非裔美国女性经历的身体、心理和社会的创伤史,令她们通过相互鼓励来共同面对冲突和矛盾,并最终战胜来自家庭、社区和社会的重重压力。配舞诗剧的形式不仅表现了其本人对传统的眷念和固守,还证实了黑人音乐和舞蹈在非裔美国人的日常生活中有着极大的推动作用和精神凝聚力量:女孩们必须通过黑人音乐和舞蹈,并借助团结的力量,才能超越来自白人社会和黑人男性的双重压迫,从而在最大意义上实现对非裔女性刻板形象的颠覆和超越。

另一方面,商格非常关注非裔美国女性的自我觉醒和身份认同。商格自己承认,"由于色情作品的严酷现实和男人把女人当作性对象的方式,女性忽视了自己的性特征。我希望,我的角色能展现出非裔女性景观中一些潜在的丰富性和性感"③。她强调自己的创作初衷,"我们(非裔美国女戏剧家)争取为所有因为性别而被噤声或者业已失声以及被遗忘的女性而代言"④,这正是她"能在音乐和舞蹈的范畴中找到最能振奋非裔美国人的戏剧的原因"⑤。

值得一提的是,同样关注非裔美国女性问题,商格与 20 世纪 50

---

① Neal A. Lester, "Ntozake Shange," in *Speaking on Stage: Interviews with Contemporary American Playwrights*, edited by Philip C. Kolin and Colby H. Kullman, Tuscaloosa and London: University of Alabama Press, 1996, p. 225.

② 同①。

③ Kathleen Betsko and Rachel Koenig, *Interviews with Contemporary Women Playwrights*, New York: Beech Tree Books, 1987, p. 375.

④ Henry Louis Gates Jr. and Nellie Y. McKay, eds., *The Norton Anthology of African American Literature*, New York: W. W. Norton Company, 1997, p. 2519.

⑤ Ntozake Shange, Foreword, *Three Pieces: Spell #7, A Photograph: Lovers in Motion, Boogie Woogie Landscapes*, New York: St. Martin's Press, 1981, p. xii.

年代遵循现实主义传统的艾丽斯·切尔德里斯(Alice Childress)不同,商格意识到非裔美国女性在探索自我过程中的内在焦虑,并对此进行审视,开启了探索非裔美国女性在白人至上的世界中自我言说和寻求自我身份的旅程。同时,商格与专注于女主角饱受白黑两种文化冲突折磨的非裔女戏剧家前辈安德里安娜·肯尼迪也不相同。肯尼迪常常把引起非裔美国女性痛苦的外在世界内在化,通过内心独白将人物的内心世界展现在观众面前;而商格则通过配舞诗剧来表现非裔美国女性克服内在恐惧和痛苦,最终获得完整自我的坚强品质,强调的是非裔美国女性生命的延续和自我重生。商格曾指出这种创作方向的原因,她认为"非裔美国人所能接触到的神话里都是诸如詹姆斯·鲍德温(James Baldwin)或拉尔夫·埃里森作品中关于非裔美国人的负面形象,这些非裔美国人的形象不一定是假的形象,但是这些形象更关注他们与白人之间的关系而不是与自己的关系"[1]。在她看来,"20世纪60年代后的非裔美国作家的首要任务之一是把注意力投掷到内心","以积极的方式进行自省"[2]。在非裔美国女性形象的更新方面,商格迈出了比前辈肯尼迪更为积极的一步。

第三节

理查德·福尔曼的后现代戏剧思想[3]

理查德·福尔曼(Richard Foreman,1937——)的戏剧创作发轫于

---

[1] Neal A. Lester, "Ntozake Shange," in *Speaking on Stage: Interviews with Contemporary American Playwrights*, edited by Philip C. Kolin and Colby H. Kullman, Tuscaloosa and London: University of Alabama Press, 1996, p. 218.

[2] 同[1]。

[3] 本节由张祥亭、宁乐撰写。后现代戏剧:德国戏剧理论家汉斯-蒂斯·雷曼(Hans-Thies Lehmann)曾提出"后戏剧剧场"(Postdramatic Theatre)的概念,详见孔锐才:《"后戏剧剧场"与后现代哲学——初探〈后戏剧剧场〉理论构建基础》,《戏剧》2012年第3期,第54—61页。由于这个概念与法国后现代哲学内涵存在共生关系,故本书使用"后现代戏剧"的说法。

20世纪中期以后,以怪诞、离奇和难以理解而闻名,在美国诸多后现代主义戏剧家中独树一帜。福尔曼于1968年创立了"本体论-歇斯底里剧场"(Ontological-Hysteric Theater),这个剧场至今仍以纽约为中心,并在世界各地上演别具一格的戏剧作品。

福尔曼的早期戏剧《天使脸》(Angelface,1968)和《艾达注视着》(Ida-Eyed,1969)并未受到批评家的青睐①,直到《索菲亚》(Sophia = (Wisdom) Part 3: The Cliffs,1972)上演才引起了广泛轰动。福尔曼的戏剧继承并发扬了先锋派戏剧和荒诞派戏剧的内核,颠覆了传统戏剧中舞台、道具、台词、演员、叙事等元素的内涵,并通过对这些元素功能的解构和再建构创造出独特的戏剧形式,具备后现代戏剧的特征,这些特征得到了国内外研究者的关注。迈克尔·科尔比(Michael Kirby)曾就《索菲亚》对歇斯底里剧场的美学模式进行分析,他分别从背景元素、图形化、台词、手稿、监管、动作和舞蹈、声音、物品、与电影之关系、结构、内容、效果方面挖掘了福尔曼的戏剧语言,认为福尔曼的《索菲亚》摒弃了故事情节,用碎片的场景创造了独特的视觉概念和语言概念相互勾连的一张网。② 凯特·戴维(Kate Davy)曾探讨过在福尔曼多部戏剧中出现的人物罗达的多重身份属性,认为罗达不具有传统戏剧中的人物身份,她"既不属于过去,也不属于将来,她只存在于当下(present)"③。中国学者张霭珠认为福尔曼的戏剧有着后现代属性,这体现在其中诸多的"反叙事结构"、被倒置的人物关系和以道具作为戏剧焦点的特征上,而福尔曼戏剧中人物角色的主体和客体之间的界限也不复存在。④

---

① Kate Davy, "Richard Foreman's Ontological-Hysteric Theatre: The Influence of Gertrude Stein," *Twentieth Century Literature*, 24.1 (1978), p. 122.

② Michael Kirby, "Richard Foreman's Ontological-Hysteric Theatre," *The Drama Review: TDR*, 17.2 (1973), pp. 5–32.

③ Kate Davy, "Kate Manheim as Foreman's Rhoda," *The Drama Review: TDR*, 20.3 (1976), p. 40.

④ 张霭珠:《理查德·福尔曼的后现代剧场》,《戏剧艺术》2008年第5期,第39—47页。

福尔曼的戏剧思想与其创作密切相关,可以归入后现代戏剧思想。其创作思想虽然并不表征现实,但仍有着实实在在的土壤。20世纪中期,美国社会各种激进运动风起云涌,各种激进思潮暗流涌动,美国社会思想文化的变化与发展是福尔曼戏剧的文化根源,欧洲的戏剧革命是福尔曼创作的历史契机。福尔曼的戏剧创作受到了现代主义和后现代主义思潮的影响,意识流小说、后现代哲学、先锋派作家和艺术家的思想滋养着他的创作,促成了其后现代戏剧理念的形成,主要体现在他对戏剧的时间、空间和演员的思考上:在时间方面,福尔曼在戏剧中呈现"延续的当下"(continuous present)[1],而呈现人类意识中时间形态的过程也消解了传统戏剧中的情节和叙事,让他的剧作在无时间、无地点、无矛盾的状态下艰难前行;在空间方面,传统戏剧中的空间概念被福尔曼使用的道具和布景所解构,其戏剧中的空间成为人类意识对现实世界的扭曲、放大或肢解,这样就进一步破坏了观者将人类意识投射到现实世界中的途径,使舞台成为"纯意识"的发生场;在演员方面,传统戏剧中的演员功能和角色在福尔曼的剧中业已不复存在,取而代之的是被物化、被"歇斯底里"化的表演者,他们的举手投足无不印证着人类意识的无形、无理和不可捉摸。就此而言,福尔曼的戏剧思想深植于后现代的社会文化语境中,其戏剧的创作手法和表现方式也都与后现代思想不无干系。

一、理查德·福尔曼对戏剧中时间的思考

相对于其他艺术家来说,斯泰因的创作思想对福尔曼影响颇深。斯泰因的艺术创作思想是美国现代主义思潮的一面旗帜。如果说现实主义时期的戏剧倾向于尊重时间的合理性,并使用在合理时间线规划下的叙事来连接情节,从而产生意义,那么,现代主义思潮之下的戏剧则开始表现出对人类心理活动的关注,并在叙事进程中突出了人物

---

[1] Kate Davy, "Richard Foreman's Ontological-Hysteric Theatre: The Influence of Gertrude Stein," *Twentieth Century Literature*, 24.1 (1978), p. 111.

"心理时间"对整体故事的影响。斯泰因的艺术创作思想一贯秉承对人类思维活动的关注,她的革命性和实验性的创作理念影响了海明威、菲茨杰拉德等著名作家,直接推动了美国现代主义文学的产生和发展。

斯泰因对福尔曼最直接的影响莫过于对作者在写作时意识状态的关注。对于斯泰因来说,"认同写作"(identity writing)只呈现了事物间的外在联系(thing-in-relation),受到了时间与联想的制约,①斯泰因更推崇"存在写作"(entity writing),因为这种写作能够呈现事物的本质(thing-in-itself),即写作不受时间和联想的束缚。"存在写作"脱离了记忆、联系和叙事的框架,可以表达出斯泰因所谓的"延续的当下",而斯泰因这种写作方式是在训练冥想,并要求作者"完全脱离与外在世界的联系,用写作的方式记录下自己的意识过程"②。福尔曼很好地继承了斯泰因的这种观念,他和斯泰因在艺术理念上都摒弃了讲述故事的做法,倾向于关注当下(here-and-now)的感受,就此而言,戏剧表演的过程就可以表征福尔曼写作的过程。福尔曼曾在自己的戏剧理论著作《本体论-歇斯底里宣言》(Ontological Hysteric Manifesto,1972)中表示:"相比之下,旧戏剧犹如生活般连续地朝一个方向运动,新戏剧则应创造更多的停滞(suspension),向各个方向运动从而产生意义,所有的表演都是辐射性的。"③在这种思想的指导下,"停滞"成了福尔曼戏剧中对抗时间流逝的法宝。因为福尔曼的戏剧谈不上存在某种"叙事",所以"停滞"的目的并不在于"反叙事",而是意在从多个向度上表达戏剧家创作时的思维动态,即在作家创作的心理时间段内连接各个时间节点的思维过程。福尔曼的这种"停滞"充斥了他的舞台,经由语言、表演或道具得以表达,实现了他所说的"向

---

① Kate Davy, "Richard Foreman's Ontological-Hysteric Theatre: The Influence of Gertrude Stein," *Twentieth Century Literature*, 24.1 (1978), p. 117.

② 同①,第111页。

③ Richard Foreman, "Ontological Hysteric Manifesto," in *The Manifestos and Essays*, New York: Theater Communication Group, 2013, p. 3.

各个方向运动从而产生意义"。

福尔曼关于语言功能的"存在写作"突破了以往"认同写作"的范畴,也不再受传统戏剧故事中时间的束缚,转而作用于戏剧家的"心理时间",从而成为呈现作者"当下"(present)思绪的手段。在《拉瓦》(*Lava*,1989)的开篇,福尔曼在演员未上场时便开始播放用自己的声音录制的旁白,每句旁白重复数遍,每句话以"谎言"(lie)这个词结尾。旁白所传达的信息"停滞"在"谎言"这里,旁白的语义内容围绕着"谎言是为了讲述事实"(Which is lie, to tell the truth.)[①]而展开,其语句功能在于与声音的"停滞"共同作用,表达了作家纠结于"谎言"和"事实"之间的创作思绪。按照福尔曼的说法,"以往的戏剧皆由语言构成,我们使用语言的目的并不在于破坏这个系统,而是意在铲除(undercut)这种定式"[②]。传统戏剧中语言的功能被打破,语言不再拥有组织人物关系与讲述故事的功能,而是成为作家心理状态与创作思绪的载体。

如果说音乐(演唱)也是一种语言表达的话,那么福尔曼后期的创作将音乐也作为呈现"停滞"的手段之一。福尔曼认为自己的戏剧实际上在"唱出语言的节点,在语言中游弋(swimming),并找到一种与正在进行中的思维活动相契合的方式"[③]。在音乐剧《穿什么》(*What to Wear*, 2006)中,他拓展了表达"心理时间"的手段,用演唱来强调这种思绪的"停滞"。剧中演员通过独唱或合唱反复强调"当一只鸭子走进饭店"和"要思考穿什么才好看"等语意,被反复唱出的"语言"与装扮成一只巨大鸭子的演员的表演共同呈现出戏剧家"当下"的思维状态,传统戏剧中的叙事时间得到了消解,并完全"内化"为作者进行思维活动所消耗的"心理时间"。

演员的表演也是福尔曼呈现"当下"时间形态的一种手段。例如,

---

① Richard Foreman, "Ontological Hysteric Manifesto," in *The Manifestos and Essays*, New York: Theater Communication Group, 2013, p. 3.
② 同①。
③ 同①,第7页。

在《拉瓦》的第一幕中，一张巨大的桌子被放在舞台中央，上面凌乱地放着各种纸张和书籍，一个驼背男人缓慢走上台，极其缓慢地抱走了一摞书，另一个男人腋下夹着一本书，迈着迟缓的步伐登场，缓慢地仔细观察桌边的一根细长立柱，随后慢慢坐到桌边。演员们用类似电影慢镜头的动作演绎着每个行为，他们没有台词，他们的活动也不具有任何与情节相关的意义，传统戏剧中的故事情节得以消解，取而代之的是演员通过慢动作再现出的"停滞"，并以此表征戏剧家处于创作时在思维深处的那些缓慢流动的、与现实时间不对等的思考过程。

福尔曼式的"停滞"不仅要通过演员的表演来呈现，也要通过舞台道具的辅助来完成，有时甚至道具本身也拥有呈现"停滞"的功能。在福尔曼的创作自述《我是如何写自我剧的》[How I Write My (Self: Plays) , 1977] 中，他曾提到自己将"思维文本"转化为表演的过程：写作具有被动接受性与开放性，既要被动地接受"想要写什么"，还要更积极地将突如其来(arrived) 的思维碎片整理成作品，要让写作寻找并去迎合那个业已存在的氛围。① 在这种思想指导下的写作并不是随心所至的，而是要有组织地将想法(突如其来的思维碎片) 与舞台整体(业已存在的氛围) 整合在一起。例如，在福尔曼的电视戏剧《城市档案》(City Archives , 1978) 中，缓缓拉近的镜头先是掠过舞台上面对面分站两边的八个人，随后停在了镜头中间坐在椅子上的女主人公和她膝上放着的老式收音机上。镜头停止了缓慢运动之后，女主人公面前挂在木杆上的小幅油画开始随杆子缓缓升高，与此同步的是所有演员迟钝、缓慢地向女主人公靠近，而此时旁白也在一句一顿地重复着"飞碟人"(The flying saucer people) 这句话。在这个场景中，镜头的缓慢推进、演员的慢速动作、道具的缓慢运动和语言的停顿(pause) ②四者相互协作，制造了图、人、物、声的舞台统一体，表达了福尔曼式的"停

---

① Richard Foreman, "How I Write My (Self: Plays) ," *The Drama Review*, 21.5 (1977) , p. 6.

② "停顿"(pause) 这个词曾反复出现在福尔曼的《本体论-歇斯底里宣言》中，并作为分割台词或旁白的标志。

滞",共同完成了对福尔曼"延续的当下"创作思绪的具象化呈现。

德国戏剧理论家汉斯-蒂斯·雷曼(Hans-Thies Lehmann)曾使用"停顿"(caesura)来记录"后戏剧剧场"中表演行为对时间的切断,对此,孔锐才认为,后现代的先锋剧与"后戏剧剧场"中的"停顿"都是对现代时间链条的打断,它具有双重的含义,首先是媒体社会对传统剧场的冲击,另外,停顿本身就是"后戏剧剧场"的一个审美逻辑。[1]

福尔曼所认同的"存在写作"能够呈现出作家思维的过程,正如同斯泰因写剧本的时候放弃了以往戏剧经验中常用的叙事结构,关注意识的实时变化。不过,福尔曼在斯泰因理论的基础上拓展了对"情感时间""停滞"和"断裂"的认识,把时间看作其戏剧"反传统"体系中的先决条件,打破了传统戏剧对外部世界的时间认知,转而关注人的内心活动,用"意识时间"取代了传统的叙事时间,用杂乱无章或者非线性的时间设置再现了他创作的"心理时间",从而还原了他写作时的思考过程。这种创作理念可以在他的理论著作《本体论-歇斯底里宣言》中找到依据,福尔曼曾在此书中原封不动地引用过自己的创作笔记:旧戏剧=引导→惊奇感,新戏剧=停滞/无行为→惊奇感。[2] 这种思想是对传统戏剧中依赖故事体系实现戏剧功能的颠覆,也是对福尔曼自己剧作特征的精确概括。"停滞/无行为"区别于"引导",不仅说明了福尔曼力求通过戏剧将自我思绪展现给观众的过程,同时也直接将心理体验的过程呈现在观众面前,这种区别于传统戏剧,通过叙事与情节给观众带来心理体验的途径,更加直观地将现代艺术对人类内心的观照推向了新高度。

二、理查德·福尔曼对戏剧中空间的思考

根据本体论-歇斯底里剧场在其官方网站上的介绍,福尔曼等人

---

[1] 孔锐才:《"后戏剧剧场"与后现代哲学——初探〈后戏剧剧场〉理论构建基础》,《戏剧》2012年第3期,第55页。

[2] Richard Foreman, "Ontological Hysteric Manifesto," in *The Manifestos and Essays*, New York: Theater Communication Group, 2013, p. 3.

创建剧场的任务就在于致力将剧场打造为一种纯粹的展现特定空间中存在的人际关系张力的舞台;同时,该剧场的宗旨是要在所上演的戏剧中找到最为原始和简洁的戏剧形式与极其复杂的戏剧主题之间的平衡。① 不难看出,福尔曼的剧场精髓凝聚在复杂的人际关系和主题上,而这二者的呈现需要依靠戏剧家与演职人员对复杂主题的简单化和对人际关系所属空间的重构。"复杂主题"正是福尔曼所指的"对存在于意识中事物的展示(present)与描绘(represent)"②,他通过操控旁白、演员动作、道具运动和场景替换(镜头移动)的方式来完成。而在展示人际关系张力所属的空间方面,福尔曼的主要做法仍是尝试打破传统剧场对空间的定义,建构一个独属于人类意识的空间领域。对此,凯特·戴维曾评论,与斯泰因一样,福尔曼也尽量避免"感情陷阱"(emotional trap),或者可以说是避免那种故意引导观众产生情感反应的方式,去消除戏剧中的"类生活"(lifelike)元素,好比创造一些臆想出来的地方和人,或去创造出一个观众难以找到自我投射的世界。③ 在福尔曼的戏剧中,空间不再是约束演员表演的场域,也不再是构成场景(情节)的物理障碍。空间成为福尔曼再现人类意识形态的发生场,更是一类多层次、多形态的"空间模型",它们被悉数堆砌在戏剧舞台之上,置换了观者已有的空间意识先验,引导观者逐步走进福尔曼的"意识空间"。在这个过程中,传统戏剧中事件与空间之间的固定关系被解构了,人际关系也不再隶属于某个特定的空间,而是以张力的形式存在于福尔曼设计的那个"意识域"当中。

福尔曼对其戏剧存在空间的思考首先体现在他对现实空间的解构上。他曾表示:

---

① Ontological-Hysteric Theater, "About Us," accessed July 9, 2023, http://www.ontological.com/history.html.

② Richard Foreman, "Ontological Hysteric Manifesto," in *The Manifestos and Essays*, New York: Theater Communication Group, 2013, p. 45.

③ Kate Davy, "Richard Foreman's Ontological-Hysteric Theatre: The Influence of Gertrude Stein," *Twentieth Century Literature*, 24.1 (1978), p. 114.

我曾经在很多年的时间里觉得写剧的人物是"重造"一棵树(re-tree),能让观众不用通过他们已有的"树"的概念去看见那棵树,并有种新鲜的陌生感。(这其实是典型的庞德、俄国形式主义和现象主义者的看法)但我现在觉得我的任务恰恰相反,不该"重造"那树,而是"砍碎"那树(DE-tree),让它在意识中存在,就像成为人的灵魂那样在意识中流淌。①

于是,福尔曼戏剧中的布景和道具都被重新设计,在被"砍碎"之后成为其"意识空间"的一部分。在《索菲亚》《在马铃薯异域的罗达》(*Rhoda in Potatoland*, 1975)、《拉瓦》和《白痴学者》(*Idiot Savant*, 2006)等剧中,演员表演的范围被严格限定在四根黑色细木杆所构成的长方体形状的舞台中。"长方体"面向观众的每个平面都遍布着紧固在木杆两端粗细不一的线绳,这些线绳有的纯黑,有的由长度一致的黑白线段构成,它们或水平或倾斜地连接着构成平面的两根木杆,将观众视野中的舞台分割成若干个三角形、长方形或梯形的小块。如果说福尔曼的舞台是展示"意识世界"的艺术场域的话,那么横竖交错的线绳就是将意识世界进行分割并重新"拼贴"的一种排列手段,因为没有单纯的某种意识具有整体性和具体性,它们只是随机地以各种形态和质状出现在我们的脑海中。福尔曼使用线绳将观者所见的舞台"砍碎"的做法就足够表征人类意识的模块化、碎片化且可以被整合的那种存在形式。

福尔曼解构现实空间的想法源于其艺术思想中的"细胞说"。他认为艺术风格是由若干个细小的、经过分割后组合的单元构成,(艺术家)意图表达的欲望与生活中的欲望紧密相连,形成了世界的特定形式;艺术通过体裁,也通过最细小的单元组成了世界的样子,就像砖块的排列决定了建筑的风格。②

---

① Richard Foreman, "Ontological Hysteric Manifesto," in *The Manifestos and Essays*, New York: Theater Communication Group, 2013, p. 29.
② 同①,第17页。

除了解构舞台的观看效果之外，福尔曼还颠覆了实物道具的传统功能，被赋予新功用的道具与演员、旁白、音乐共同组成了展示人类意识状态的舞台空间。福尔曼曾为建筑师同时也是艺术家的乔治·麦修纳斯（George Maciunas）工作过，在他的努力下，麦修纳斯的艺术团体"激浪之家"（Fluxhouse Cooperatives）①得以进一步发展壮大。激浪艺术讲求通过将生活中的常见物品进行混合搭配而产生艺术效果，这在很大程度上影响了福尔曼的戏剧创作思想。在他的戏剧中，线绳、食物、镜子、桌椅、硬纸板、台灯等诸多生活用品都被当作道具。演员正是借助这些形态各异、设计新奇的道具完成了福尔曼对自己创作思维的再现过程。例如，在《拉瓦》《城市档案》等剧中，福尔曼曾将小块的黑板作为演员台词的展示板，演员在诵读旁白的过程中在黑板上写下了自己意欲表达的语句。黑板的作用本是用文字传递信息，而福尔曼的演员们在书写过后立即将文字擦掉，用以表示思维"转瞬即逝"的特征。这样一来，黑板上飞速掠过的文字和旁白的朗读在一瞬间对观众实现了"双重"的信息输入。对于与此类似的做法，科尔比认为，福尔曼有时把写好的文字用投影机投到舞台屏幕上，这些文字不仅是与观众直接对话，也是对戏剧的"解释性信息"；科尔比还认为福尔曼剧中的声音既是背景，也是表演中最直白的部分，有时候录音机放出的台词遮盖了演员的台词，从而制造出一种疏离效果。② 于是，在被颠覆了原本功能的道具的辅助下，福尔曼实现了对语言（包括文字和语音）短时间内的"双轨"输出，这对于观者来说则是一种瞬时的"双轨"接收，他们在听到旁白的同时也看到了演员所写的文字，或者通过相互重叠的语音来接收舞台信息，与此同时发生的还有演员的表演给观者

---

① "激浪之家"是个松散的艺术群体，其中有不少艺术家、设计师、诗人和音乐家，他们倡导激浪艺术的发展，这种艺术贯通多个艺术门类，常利用日常生活中的物品或极为廉价的物品制造令人惊异的艺术效果，例如使用三台电视机作为大提琴主体的"电视大提琴"（TV Cello），由前卫大提琴家夏洛特·摩尔曼（Charlotte Moorman）于1971年参与表演。

② Michael Kirby, "Richard Foreman's Ontological-Hysteric Theatre," *The Drama Review: TDR*, 17.2 (1973), p. 27.

留下的视觉信息,这样一来,观者的多种感官按照福尔曼设计的方式而发生反应,舞台成为一个观者可以感知的思维过程展示空间。

福尔曼重建"思维空间"的做法解构了舞台的视觉效果、声音效果和道具作用,其颠覆性还体现在对这些手段的本质性的解构。换言之,将一切建构"思维空间"的手段都做了"文本化"处理,使舞台浓缩成一个抽象的"文本空间"。在这个空间中,一切声音、文字、图形、动作和物品都如同文本一样随着人类思维的活动不停地游弋、流淌。福尔曼曾在自己的著作中说过将思维过程"具象化"的手段,他认为:只需要了解思维的节奏演进方向与思维变化并留下痕迹点的过程相反,思维经输入后被折叠,反而盖住了输出。① 福尔曼正是在了解人类思维活动过程的前提下进行戏剧的实验性探索,进而"将艺术变成一个观察的场域,而且要推动观察者去发现这个场域里有什么"②,并最后将这个终极的观察目标限定在人类意识的形态、质状、发展和变化之上。

福尔曼通过将实物与其投射在思维空间中的具象进行对比来再现人们感知艺术的过程。福尔曼曾说过自己对舞台上道具台灯的使用方式,并通过列举台词和他亲手绘制的样图说明了其戏剧意欲完成的任务:一盏台灯从空中缓缓降下,与此配合的演员台词却讲到这个台灯是想象中的台灯;随后另一盏台灯也从空中降下,落在第一盏灯之上。对于这个抽象的道具使用,福尔曼认为:在这里,所有事物都演进成为它的最终形式。③ 这个过程展现了想象(思维)中的事物与现实事物的镜像关系,而福尔曼所认定的"最终形式"则是观者将想象中的台灯与真实台灯相关联起来的思维过程。对于观者的思维变化,福尔曼认为:我们的艺术=学习如何观看 A 和 B,并发现它们之间不可见的关系,但你却无法观看那个"关系",因为它本身就是这个"观

---

① Richard Foreman, "Ontological Hysteric Manifesto," in *The Manifestos and Essays*, New York: Theater Communication Group, 2013, p. 14.
② 同①,第 25 页。
③ 同①。

看"行为,也就是人所观看的东西正是他观看的行动。① 福尔曼的这个想法可以说明他最初的创作动因,那就是将人类在现实空间中对艺术的感知具象化,将这个抽象的思维过程通过实物"再现",从而让观者去感知和评判这个发生在自己意识深处的过程。这种对抽象的思考过程以及对这个过程之评判的思维活动的再现令福尔曼的戏剧实现了两个功能:一是呈现出了人类头脑中意识的质状,二是呈现出人类将这个质状投射成现实事物的全过程。

福尔曼对其戏剧舞台的思考也体现在对"巨型道具"的使用上,这在一定程度上也体现了他对呈现"意识世界"空间感的思考。福尔曼认为,意欲表达戏剧的主题,就要扭曲(distort)戏剧形态,摒弃现实主义手法,因为观众已经知道剧中的下一个行动;戏剧中的偶然性、突发性、任意性都该被摒弃,因为事件总是由偶然性引发,所以短时间内每种发展势态都变得可以被预测;要尝试新的可能,在逻辑和突发事件中微妙地插入新的某种可能发生的事件,可以让观众在思维系统中快速整合事件的时候保持思维的活跃,舞台也因剧中的事物而产生扭曲,这是由于被扭曲的事物和所有外部事物以及思维的先验都被扭曲了。②

在这种思想的指导下,福尔曼的戏剧中出现了诸多令观者猝不及防的"扭曲"。例如,在《穿什么》中,舞台的主要道具是由演员穿戴人偶玩具而被"放大"的一只鸭子,巨大的鸭头下面是与之不成比例的鸭子身体,这只鸭子不停地随着音乐在舞台中央原地踏着"鸭步";此外还有演员推动一只带着扶手的大型泡沫球在舞台上来回奔跑。在《醒醒吧困先生,你的无意识死了》(*Wake Up Mr. Sleepy, Your Unconcious Mind Is Dead*,2007)中,演员们悉数高举着一把约一米长的红柄剪刀做出剪切空气的动作。在《拉瓦》中,几乎所有男演员都身穿大号的外衣,里面塞着又厚又宽的垫肩,连后背也被垫得高高的,隆起形成了驼背状。对于这类利用道具制造"扭曲"空间的设计,福尔曼曾表示:创

---

① Richard Foreman, "14 Things I Tell Myself," *Tel Quel*, 2 (1976), p. 87.

② Richard Foreman, "Ontological Hysteric Manifesto," in *The Manifestos and Essays*, New York: Theater Communication Group, 2013, p. 4.

作往往源自人们表达的欲望(把某种姿态置于舞台之上,而那种姿态所呈现的东西也就成为你表达的内容),关键在于这些表达(姿态)的"组成部分"(cell),大多数人看不见这些组成部分,或者感官上看见的不够小,因为在他们的生活经验中,"看见小的"就像是进入一个领域中,在那里,矛盾被视为现实的根源,他们无论如何也必须避开这个恼人的觉悟。① 由此可见,福尔曼对舞台空间的"扭曲"而造成某些事物被放大的原因在于他力求让观者能够"看见小的",即将本属于意识的"组成部分"经"放大"后更加清晰地置于观者面前。

后现代戏剧剧场一定程度上改变了我们对声音、图像、空间和时间的感知,②福尔曼使用的巨型道具让观者重新以"扭曲"的方式感知了他意图表达的那种属于意识领域的图像和空间,将人类意识中那些被主观因素关注、强化或放大的事物(或想法)呈现给观者。鉴于此,戏剧理论家雷曼曾对后现代主义戏剧家的这类做法做出总结:在多层意义上,剧场都是一种变形(metamorphose);按照剧场人类学的说法,在情节(行为)的通常模式之中,变形是极其普遍的,它解释了为什么摒弃了"行为模仿"的模式也并不会造成剧场艺术的终结。③

三、理查德·福尔曼对戏剧中演员的思考

福尔曼早年接受过系统的戏剧教育,从学校毕业后曾参加先锋派制片人乔纳斯·麦卡斯(Jonas Mekas)的影片制作工作。在此期间,麦卡斯的先锋派电影对福尔曼的创作产生了深远的影响。福尔曼不仅在自己的戏剧中使用荒诞的台词、夸张的肢体动作和毫无逻辑联系的情节来组织舞台,而且在自己指导的戏剧短片和电影中也融入了诸如利用平移的长镜头制造环视效果和利用突兀的背景音乐来制造疏

---

① Richard Foreman, "Ontological Hysteric Manifesto," in *The Manifestos and Essays*, New York: Theater Communication Group, 2013, p. 17.
② 孔锐才:《"后戏剧剧场"与后现代哲学——初探〈后戏剧剧场〉理论构建基础》,《戏剧》2012年第3期,第60页。
③ 汉斯-蒂斯·雷曼:《后戏剧剧场纵览》,李亦男译,《戏剧》2010年第1期,第27页。

离感的实验性手段。对此,福尔曼曾表示,自己的创作"要仔细地'破坏'(destroy)整个舞台,不需要太用力,只需要一点点的小动作"①。演员的表演能够将戏剧从文本转化为可见的场景,是戏剧中至关重要的环节。在实际创作中,福尔曼"破坏"舞台的核心手法就是解构演员的中心地位,将演员从"旧戏剧"的体系中剥离,将演员的身体物化,让演员们不再具有人类本有的"肉身",也不再代表现实世界中的"人",而是被设计成意识状态及其变化的"表象",被用作戏剧家意识流淌过程的标记。

福尔曼受贝托尔特·布莱希特(Bertolt Brecht)与先锋派戏剧家的影响,采用"陌生化"手段设计演员的表演。源自布莱希特的"陌生化效果"(Verfremdungseffekt)②有间离、疏离、陌生化、异化等多重含义。布莱希特用这个词首先意指一种方法,然后才是这种方法的效果,主要具有两个层次的含义,即演员将角色表现为陌生的;观众以一种保持距离(疏离)和惊异(陌生)的态度看待演员或剧中人的表演。但福尔曼与布莱希特的终极目的却根本不同。布莱希特"陌生化"的目的在于以叙事为基础,对处于社会中的"人"进行重构;福尔曼则将演员的"陌生化"完全用作表征自我意识变化的道具。凯特·戴维认为,福尔曼戏剧中的人物经常是以第三人称的方式指涉他们自己,从而制造了观众不能将自己投射于人物经验上的间离效果。在福尔曼的"间离化"人物塑造方式的引导下,观众将福尔曼戏剧中的演员看成"自我封闭单元"(self-enclosed units)③,或者是道具,而不是人物。福尔曼的戏剧美学要求观众被隔离在表演之外,从而变成他们对戏剧进行自我阐释过程的那种意识本身。④

---

① Richard Foreman, "Ontological Hysteric Manifesto," in *The Manifestos and Essays*, New York: Theater Communication Group, 2013, p. 4.

② 布莱希特:《布莱希特论戏剧》,丁扬忠等译,北京:中国戏剧出版社,1990年,第271页。

③ Kate Davy, "Richard Foreman's Ontological-Hysteric Theatre: The Influence of Gertrude Stein," *Twentieth Century Literature*, 24.1 (1978), p. 112.

④ 同③。

福尔曼对演员实施"陌生化"的手段首先体现在对演员的"去功能化"。在《索菲亚》《在马铃薯异域的罗达》和《画(痛)》(Pain(t),1974)中,同一演员经常分饰多个角色,甚至抛弃一切代表角色身份的服饰,以全裸或半裸的形象出现在舞台上。对此,福尔曼曾表示,要让戏剧的表演没有"目的感",表演应与"前意识"(pre-conscious)和"前意识"的丰富性(richness)保持一致;换句话说,(传统戏剧)每个场景中的表演都会引发人们去思考这个场景的现实来源,而不是去引发人们思考(日常生活中)那些已知的客体和欲望;在这类(非传统)的戏剧中,客体被疏离,这也意味着我们切断了自己同现实的联系。① 由此可见,福尔曼戏剧中的演员并不与现实世界中的"人"发生关系,他们只是为了展现"前意识"而出现在舞台上;同样,为了展现"前意识"的丰富性,演员的外在性会产生变化,会以不同服饰(或裸体)出现在舞台,但却不具有某种与现实世界相对应的"身份",甚至不能够用"角色"来称呼他们。

福尔曼对演员的"去功能化"还体现在他对演员台词的设计上。在《索菲亚》《白痴学者》《拉瓦》和《城市档案》等剧中,演员的台词很少,多数时候都是旁白在说话,演员跟着旁白对口型,有时候即使演员用书写和讲话的方式来完成自己的"台词",旁白的声音也一直高于甚至盖过演员的声音。福尔曼用录音机录下自己的声音,然后在演出时作为旁白播放,这种方式明显受到了法国艺术家让·科克托(Jean Cocteau)的影响,虽然科克托曾在自己的先锋派芭蕾舞剧《埃菲尔铁塔上的婚礼》(The Wedding on the Eiffel Tower,1921)中用留声机代替演员来播放台词,②但福尔曼播放自己声音的做法更能突出其剧作中力求展现"自我意识"的主题。

科尔比曾提及《索菲亚》剧中的声音问题,他认为福尔曼剧中的声

---

① Richard Foreman,"Ontological Hysteric Manifesto," in *The Manifestos and Essays*, New York: Theater Communication Group, 2013, p.18.
② 普朗科:《多种多样的先锋派》,载黄晋凯主编《荒诞派戏剧》,杨恒达等译,北京:中国人民大学出版社,1996年,第130页。

音既是背景,也是表演中最直白的部分,有时候,录音机放出的台词遮盖了演员的台词,制造出一种疏离效果。① 科尔比所谓的"疏离效果"是指让演员"疏离"了自己原有的功能,从而以"无角色"的身份淡出舞台,即福尔曼所追求的"陌生化"效果。这种做法一方面意在对观者进行信息的多重输入,另一方面强调了作者意识的主观性,即作者的思绪盖过或者包含了演员所表达的。在这前后叠加、一强一弱的声音里,演员的原有功能再次被解构,戏剧家更强的声音能够很好地表征"前意识"在意识领域中的突出位置,而演员的台词(声音)则是对意识本身的呈现。

福尔曼指导演员表演的方式与法国哲学家莫里斯·梅洛-庞蒂(Maurice Merleau-Ponty)的哲学思想互为呼应。根据梅洛-庞蒂的观点,知觉可以将自我身体中有感觉的部分作为客体,而身体本身也是感觉的发出者,是一种主体。② 这样一来,身体具有了意识的属性,既可以作为感觉的接受者,也能成为感觉的发出者。福尔曼通过规范演员的"身体语言"和将演员的身体"物化"完成了对演员的"功能性解构",这主要体现在两个方面:一是用"停滞"来减缓演员的动作,以达到呈现意识"缓流"的状态;二是用"歇斯底里"让演员处于癫狂状态,加快肢体动作,加大动作幅度,以达到呈现意识"急流"的状态。

在制造演员的"停滞"方面,福尔曼要求演员减缓动作和表情变化的速度,减少活动范围,甚至让演员静止不动,用迟钝的反应来表征福尔曼意图呈现的"慢意识"。例如,在《拉瓦》中,演员们多次以缓慢的动作将下巴放在桌面上,做静态无表情状;在《城市档案》中,演员缓慢将下巴放在椅子扶手、桌面等物体上,停滞良久;在影片《猛药》(*Strong Medicine*,1978)中,演员表情冷酷,动作僵硬、迟缓,随着音乐重复同样的肢体动作。科尔比曾记录下福尔曼如何掌控《索菲亚》的

---

① Michael Kirby, "Richard Foreman's Ontological-Hysteric Theatre," *The Drama Review: TDR*, 17.2 (1973), p. 26.

② 莫里斯·梅洛-庞蒂:《知觉现象学》,姜志辉译,北京:商务印书馆,2003年,第105页。

表演节奏和进度：福尔曼在演员表演时会坐在舞台正对面的桌子上，监控投影和音效，他还扮演着监理的角色，演出排练开始前总要在动作的速度上指导一番。在一定程度上，福尔曼的戏剧实际上是在展示"连续的静态图像"（sequences of static pictures），演员在表演中无不在适应静态的造型以对抗运动、连续的表演。①

福尔曼对其戏剧中的"停滞"有自己的看法："以往的戏剧依靠戏剧家和演员的引导来完成戏剧中的悬念设置和意义生成，而新戏剧则依赖各种停顿和演员在各个向度上生成意义的表演行为来生成悬念或意义。"②为了让自己的观点表达得更为形象，福尔曼给"旧戏剧"画出了曲折前进的箭头，给"新戏剧"画出了螺旋式的向多方向发散的箭头。福尔曼通过演员的慢速表演呈现了"意识"在某些时刻的行进速度和轨迹，在这个过程中，演员的身体失去了本来的功能，成了格状缓慢展开的图像，这些图像向多方向展示着彼此不同的意涵，也表征着意识的复杂性和多样性。可以说，福尔曼通过"图像化"的方式达到了让停滞的概念成为可视化结构的效果，这种做法与梅洛-庞蒂的"身体图式"观点不谋而合，即身体在这一刻成为"观察者"和"被观察者"，从而产生了"主体意识"。

福尔曼的"细胞说"能够解释他对演员"身体图式"的多重意指设计。他曾提到，理解戏剧创作如同理解细胞的结构一样，细胞中存在诸多潜在的可能性和各种意指，就如同原子和分子生物学引发了对生命和宇宙的重新认识，最终都成为这两个能量系统的一种结构类型。③ 身体作为表演最重要的材料，不仅能够在多维度上产生意义，并且能够将这些意义以最为直观的形式传递给观众。不仅如此，福尔曼的"身体图式"也最能体现斯泰因推崇的那种"延续的当下"。孔锐才

---

① Michael Kirby, "Richard Foreman's Ontological-Hysteric Theatre," *The Drama Review: TDR*, 17.2 (1973), p. 17.

② Richard Foreman, "Ontological Hysteric Manifesto," in *The Manifestos and Essays*, New York: Theater Communication Group, 2013, p. 3.

③ 同②，第18页。

认为，对传统"文本"概念的摈弃和对身体的重新发现几乎是同时进行的，抽象表现主义画派的波洛克的挥洒作画方式形象地说明了绘画与剧场一样，呈现的不是可见的理念，而是不可呈现的理念，或者理念生成之前的、身体的和流动性的事件（event）。① 福尔曼所做的正是用连续的"身体图式"呈现出意识在某些时刻的"流动性"状态。

福尔曼创立的剧场被命名为"本体论-歇斯底里剧场"，这个命名方式似乎也在表明他剧作的表现方式。福尔曼在用"停滞"呈现"慢意识"的同时，也通过设置演员"歇斯底里"的面部状态和指导演员进行"歇斯底里"式的表演呈现出意识的"狂飙"状态。在《拉瓦》中，男女演员在缓慢地完成了福尔曼的"规定动作"之后，开始排着队、绕着舞台中央的桌面狂跑了一圈，随后整齐而迅速地原地转圈、抓挠后背、高踢腿，接下来演员再次疯跑一圈、挠后背、抓前胸、高踢腿、伸缩拳头做击打状。在《穿什么》中，演员们排成队用小丑跳的姿势从后台跑出，绕场狂奔；扮演死神的演员们排成排，用镰刀快速地做收割状。在《画（痛）》和《拉瓦》中，男演员悉数画着黑眼圈、黑嘴唇的"烟熏妆"，手缠布条做出抓狂或崩溃的动作。《索菲亚》代表了福尔曼早期"歇斯底里剧场"的风格，其中的演员"几乎被当作人偶处理"②，他们行动迅速且僵硬，给观者以"活玩偶"的感觉。

针对"歇斯底里"式的表演，福尔曼认为，旧的戏剧认识体系中，场景的危险性以这种方式出现，我们都被限制在一种或几种情绪所认同的规约中；而在新的戏剧本体论（ontological mode of theater）中，歇斯底里可以成为将不可见的事物呈现出来的助燃剂（seed/spark）。③ 在此，福尔曼所谓的"不可见的事物"特指他力求呈现给观者的"意识状态"。将"不可见"的抽象概念具体化为"可见"的事物或过程并不容

---

① 孔锐才：《"后戏剧剧场"与后现代哲学——初探〈后戏剧剧场〉理论构建基础》，《戏剧》2012年第3期，第59页。
② 张霭珠：《理查德·福尔曼的后现代剧场》，《戏剧艺术》2008年第5期，第41页。
③ Richard Foreman, "Ontological Hysteric Manifesto," in The Manifestos and Essays, New York: Theater Communication Group, 2013, p. 6.

易,需要戏剧家了解观众并能够引导他们完成"观众和客体(或者演出过程)之间的对抗"①,而"歇斯底里"则能够推动观众理解客体的效率,"助燃"观众理解"快意识"的思想火花。

福尔曼曾对自己的艺术进行过总结:"我们通常认为戏剧艺术本身就该根植于现实世界,这就意味着戏剧通过创造客体、创造意象,或是用偶像(美好的事物、涌动的情感、人格的魅力)来麻醉人们;外在的现实世界正与人类对抗,于是人在这种对抗中发现了自我。人生的真谛存在于与外部世界每时每刻的抗争中,现实也在抵制着人们心中对抽象的和瞬间的事物的心理投射;因为戏剧艺术在现实中的自发性就是让观众在极短的时间里相信他既是动物(完全适应了自然的,如若不然的话就灭绝了)也是上帝(完全和抽象、梦境、思想同形的,同时也希望是那种毫无来自自然界干扰的现实世界)。"②

---

① Richard Foreman, "Ontological Hysteric Manifesto," in *The Manifestos and Essays*, New York: Theater Communication Group, 2013, p. 6.
② 同①。

第四章 20世纪60至70年代美国批评家与理论家的文学思想

第四章　20世纪60至70年代美国批评家与理论家的文学思想

与20世纪60至70年代美国小说家、诗人和戏剧家文学思想的特征相似，同期美国文学理论家和批评家的文学思想也表现出鲜明的"反叛"与"解构"特征。20世纪六七十年代是美国历史上的多事之秋，各种抗议性的文化思潮与社会运动风起云涌，反传统、反权威、反中心、反体制成为这个时期文化思潮与社会运动最突出的特征。文学理论家和批评家是广义上的思想家，他们对文化思潮嬗变与社会运动兴替的感知比作为文学创作者的小说家、诗人和戏剧家更为敏感，也更容易将自己的情绪和感悟用理性的语言表达出来。当然，反叛与解构作为20世纪六七十年代美国社会文化思潮最突出的特征，在文学理论家和批评家的文学思想中的表达不一定都是直接的，相反，这些理论家和批评家更容易或更擅长给这种反叛与解构的倾向披上一层理性的外衣，显得克制而内敛。

20世纪60至70年代在美国文学理论界和批评界占据重要位置的思潮和流派，主要有结构主义批评（包括其重要分支符号学批评、叙事学批评）、解构主义批评、读者反应批评和女性主义批评等。作为欧洲哲学、文学等领域的思想、思潮的演练场和实践基地，上述美国文学理论与批评思潮的思想资源大都来自法、德、英、俄等欧洲国家。如俄国形式主义理论家、布拉格学派核心人物罗曼·雅各布森（Roman Jakobson）移民美国后，将结构主义理论引入美国，并成为美国结构主义批评的先驱;法国解构主义哲学家雅克·德里达参加在美国举行的国际学术会议以及在美国各大学的讲座,将解构主义思潮引入美国;德国接受理论家沃尔夫冈·伊瑟尔(Wolfgang Iser)侨居美国期间将读者反应理论引入美国;美国学者尤其是女性学者对同为女权主义思想家的英国小说家弗吉尼亚·伍尔夫、法国作家西蒙娜·德·波伏娃(Simone de Beauvoir)的思想情有独钟,并成功地将她们的主张引入美国思想界和文学界,使美国在 20 世纪六七十年代迅速成为女性主义批评的重镇。

需要指出的是,有些文学理论家和批评家的学术生命漫长,他们在 20 世纪 60 至 70 年代之前以及之后就已经或依然活跃在学术舞台上,本章将只关注他们在 20 世纪 60 至 70 年代这一时间段的文学思想,对此前或此后的文学思想只简略提及,以保持必要的完整性。同时,有些文学理论家和批评家的学术志趣和思想观念几经变迁,本章将集中关注他们最具代表性的思想主张,顺带提及其他思想主张。如 20 世纪后半叶美国顶级文学理论家和批评家乔纳森·D. 卡勒(Jonathan D. Culler),1975 年出版《结构主义诗学》(*Structuralist Poetic*)一书后成为美国结构主义批评的代言人,但他后来又积极参与解构主义批评,推出专著《论解构》(*On Deconstruction*, 1982),而且他的结构主义批评和解构主义批评中又含有丰富的读者反应批评的内容,本章将只在"结构主义批评的文学思想"一节中详细讨论他的文学思想,顺带提及他的解构主义批评与读者反应批评主张。另外,对于延续时间跨越几十年的批评思潮,本章将重点介绍这种批评思潮在 20 世纪 60 至 70 年代的发展情况,而对此前或此后的情况稍作交代。这方面最典型的例子是美国的叙事学批评,它由 20 世纪六七十年代的传统叙事学或经典叙事学转向 20 世纪 90 年代至 21 世纪的后经典叙事学,本章将重点介绍经典叙事学批评,而对后经典叙事学只简要提及,以体现其连续性。

第一节
结构主义批评的文学思想[①]

20世纪50至60年代,结构主义主导欧洲的文学理论和批评。俄国形式主义代表人物罗曼·雅各布森移居美国后,将结构主义语言学与诗歌批评结合起来,给予美国的诗歌批评及文学批评以重大的示范效果。20世纪60至70年代中期以后,结构主义理论与批评迅速取代新批评,成为美国最重要的理论思潮之一。

值得一提的是,结构主义批评有广义和狭义之分,广义的结构主义批评除了狭义的结构主义批评之外,还包括符号学批评和叙事学批评。符号学批评主要运用结构主义理论与方法解读诗歌等抒情类文学作品。叙事学批评则主要运用结构主义理论与方法解读小说、戏剧等叙事类文学作品。总体来看,在20世纪60至70年代的美国文学理论与文学批评界,狭义的结构主义理论家和批评家的代表是乔纳森·卡勒,符号学批评家的代表是米歇尔·里法泰尔(Michael Riffaterre),叙事学批评家的代表是杰拉德·普林斯(Gerald Prince);此外,罗伯特·斯科尔斯(Robert Scholes,又译罗伯特·肖尔斯、罗伯特·司格勒斯、罗伯特·休斯)、西摩·查特曼(Seymour Chatman)和詹姆斯·费伦(James Phelan)等也是广义的结构主义理论与批评领域的名家。

一、美国结构主义批评的学术渊源

这里所说的结构主义批评是广义的。20世纪60至70年代美国文学理论和批评界兴盛的结构主义批评潮流,其学术渊源或理论资源主要来自法国的结构主义、瑞士语言学家索绪尔的语言学,以及俄国形式主义。

[①] 本节由黄怀军撰写。

就方法论而言,索绪尔的《普通语言学教程》(Course in General Linguistics, 1916)中一些全新的理论主张给了后来的结构主义者最重要的启发。第一,索绪尔将历来惯称的语言一分为二:一部分是制约语言运用的潜在体系,即"语言"(langue);一部分则是人们实际运用的语言,即"言语"(parole)。他说:"语言是一个通过言语实践而贮藏于每个大脑之中的语法体系,更确切地说,是一个潜存于一群人大脑中的语法体系。"[①]言语活动千差万别,但言语活动得以实现的那个内在结构即语言,则是共同的,这一内在结构成为人们共同明了、认可且遵循的规约。第二,索绪尔主张语言学关注的焦点,应该从纵向地研究语言的历史发展的历时研究(diachronic studies)转向将语言当作某一时间断面上的体系横向加以研究的共时研究(synchronic studies)。对言语的研究是历时语言学,而将语言视为一个符号系统、对构成这一系统的各个要素及要素间的关系展开研究则属于共时语言学。这种共时研究"涉及同时存在的事物间的关系,一切时间的干预都要从这里排除出去"[②]。索绪尔认为只有集中于某一状态,排除时间的干预,才能深入语言的系统内部去理解和描述语言,从而突出语言系统的结构性质。第三,包括语言在内的各种符号由"能指"(signifier)和"所指"(signified)两个部分组成,前者是使"符号"显形之物,即"音-象"(sound-image),后者是符号所表示的物质实体或抽象概念。如"山"这个字,它的字音与字形合为"能指",它所代表的抽象概念为"所指",两者结合在一起,即字音、字形和字义的综合体就是"符号"。索绪尔说:"我们建议保留用符号这个词表示整体,用'所指'和'能指'分别代替'概念'和'音象'。后两个术语的好处是既能表明它们彼此间的对立,又能表明它们和它们所从属的整体间的对立。"[③]总之,索绪尔的共时语言学以及个体与体系以特殊方式相互依存的结构

[①] 费尔迪南·德·索绪尔:《普通语言学教程》,高名凯译,北京:商务印书馆,1980年,第27页。
[②] 同[①],第118页。
[③] 同[①],第102页。

观,后来成了结构主义批评家的方法论基础,后者将个别文学作品视为类似于索绪尔所说的"言语"的东西,据此确立支配所有文学作品的"语言",即结构、原则。同时,结构主义批评家将关注的焦点从历时层面转到共时层面,摒弃文化环境中的因果关系和历史发展中的传承脉络,热衷于寻找文学作品结构中的模式或范型。

俄国形式主义包括莫斯科语言小组和布拉格语言学派,罗曼·雅各布森是俄国形式主义的主要奠基人和重要代表。移居美国后,雅各布森成为美国结构主义理论与批评的先驱。他特别倡导从语言学角度研究文学作品的"文学性"(literariness)问题,其诗学理论中影响最大的当数隐喻与换喻二元对立思想。"隐喻"和"换喻"本来是语言表达和叙述常用的两种修辞方式,雅各布森则借用它们作为诗学分析的基本模式。隐喻与相似性有关,换喻则具有毗连性,因此隐喻和换喻现象对于理解诗人选择语言符号的方式具有重要意义。雅各布森还发现,诗歌中隐喻明显多于换喻,说明诗歌语言主要遵循相似性原则;而散文中换喻明显多于隐喻,说明散文语言主要遵循毗连性原则。总之,雅各布森试图通过对"文学性"问题的探讨,推动文学研究的科学化,深化文学的内部研究。

法国结构主义大家有前后"四子"之分。"前四子"是人类学家克洛德·列维-斯特劳斯(Claude Lévi-Strauss)、历史哲学家米歇尔·福柯、精神分析学家雅克·拉康(Jacques Lacan)和哲学家路易·阿尔都塞(Louis Althusser),"后四子"是文学批评家罗兰·巴特(Roland Barthes)、A. J. 格雷马斯(A. J. Greimas)、茨维坦·托多罗夫(Tzvetan Todorov)和热拉尔·热奈特(Gérard Genette)。法国结构主义者仿照俄国形式主义者弗拉基米尔·普洛普(Vladimir Propp)的做法,为叙事作品辨认功能因素。普洛普通过研究100个俄国神话故事,发现其中有一些反复出现的共同因素,如七种"行动范围":坏人、捐献者(施主)、助手、被争相求婚的公主及其父亲、信差、英雄、假英雄。普洛普不称其为"人物"而称"行动范围",旨在强调行动本身,而非行动者,从而把人们的目光引向人物行动的潜在结构。普洛普还进一步发现,在这些神话故事中有31种所谓"功能"的结构因素重复出现。主要受普洛普的"行动范围"和"功能"观点的启发,罗兰·巴特分辨出小说的两个层次即"人物层"和"功能层"。格雷马斯则借用语言学概念"行为体"来代替"功能"结构因素。法国其他结构主义学者也做了种种探索,如拉康的无意识结构研究、阿尔都塞的意识形态理论研究、福柯的知识考古学等,均从不同侧面阐述并发挥了结构主义思想。法国结构主义理论和批评后来通过国际学术会议和各种形式的学术讲座、翻译活动而传入美国文学理论界与批评界。

作为美国结构主义批评分支的符号学批评,除了受雅各布森和罗兰·巴特等人的影响之外,还受到文化符号学学者尤里·洛特曼(Yuri Lotman)的影响。洛特曼探讨的核心问题是诗歌文本的结构,他最大的贡献在于提出了诗歌文本四对重要的结构原则,在洛特曼看来,诗歌的意义必须通过诗歌的结构来实现,一首诗本质上是一个复杂的结构语义体,它通过重复、对比、对照等方式将各个层次的结构元素连接起来,使日常语言里没有关联的单词、句子和表达形成呼应、对照和对立等关系,从而创造出新的含义。

受到来自欧洲的现代语言学、形式主义理论和结构主义批评浸润的美国结构主义、符号学和叙事学等领域的理论家与批评家,比起他们的老师来,不仅重视理论的深化,而且更加重视具体的批评实践活动。首先,他们将关注的重心放在宏观层面的文学整体问题上,而不是放在微观层面的单个文学文本上。如乔纳森·卡勒和斯科尔斯致力于研究文学系统和机构,里法泰尔将整个西方诗歌视为自己的研究对象,普林斯、查特曼和费伦关注所有的文学叙事现象。即使在讨论单个作品时,他们也常常着眼于宏观的层面。其次,在批评实践方面,美国结构主义学者、符号学家和叙事学家借鉴并娴熟地运用来自欧洲的理论与方法,关注文学文本的形式,致力于挖掘文学文本的深层结构。

二、结构主义批评家乔纳森·卡勒的文学观

尽管美国当代最有影响力的马克思主义批评家和理论家弗雷德

里克·詹姆逊曾经在《语言的牢笼》(The Prison-House of Language, 1972)一书中对结构主义和形式主义做过比较系统的评述和理论阐发,但他很快就对结构主义理论和批评失去了兴趣,所以,美国结构主义文学理论与批评的核心人物当推乔纳森·卡勒。

乔纳森·卡勒是康奈尔大学英文和比较文学教授,20世纪70年代成为结构主义在美国的代言人。在欧陆结构主义和解构主义被引入美国学术界并迅速普及的过程中,卡勒是最重要的传道人之一。卡勒1944年出生在美国的一个学术世家,父母皆为大学教授。1966年至1972年间,他先后在哈佛大学和牛津大学求学,并获得比较文学学士学位、语言学博士学位。卡勒在1975年成为耶鲁大学法语和比较文学访问教授,1977年出任康奈尔大学英文和比较文学教授。此外,他还先后荣任美国符号学会会长、美国比较文学学会会长等学术要职。卡勒的结构主义理论与批评的代表作是《结构主义诗学:结构主义、语言学和文学研究》(Structuralist Poetic: Structuralism, Linguistics, and the Study of Literature, 1975)。

卡勒的结构主义理论在《结构主义诗学》一书里得到集中阐发。第一部分讨论结构主义与语言学模式之间的关系,第二部分集中讨论结构主义诗学,第三部分展望结构主义理论与批评的发展前景。卡勒提倡在文学研究中要从细读单个作品转向研究文学整体,要从文学文本的表面现象移至它的深层结构。他在该著前言中这样定义结构主义批评:"它并不提供一种方法,一旦用于文学作品就能产生迄今未知的新意。与其说它是一种发现或派定意义的批评,毋宁说它是一种旨在确立产生意义的条件的诗学。它将新的注意力投向阅读活动,试图说明我们如何读出文本的意义,说明作为一门学科的文学究竟建立在哪些阐释过程的基础之上。"[①]这种"产生意义的条件"就是结构主义理论家和批评家孜孜以求的文本的深层结构。

---

① 乔纳森·卡勒:《结构主义诗学》,盛宁译,北京:中国社会科学出版社,1991年,第16页。

具体来说,卡勒的结构主义诗学理论主要体现在密切相关的"文学程式"和"文学能力"两个概念上。

先说"文学程式"(literary paradigm)概念。

卡勒认为,关于阅读的理论应该说明读者的解释活动和作用。不同的读者会做出不同的解释,解释的多样性迫切需要一种理论来说明。虽然读者对文本意义的理解可能产生分歧,但他们通常都会遵循同样的解释常规。卡勒的基本设想是:文本对读者呈现的形态并不是由文本自身决定的,而是由读者按照常规用于文学的符号系统决定的。他认为,一个句子的结构必然包含使它形成那种结构的内在化的语法,以此类推,一部文学作品的结构也必然包含一种内在化的文学"语法"或规则。卡勒将文学作品的阅读与语言现象联系起来,指出:

> 恰如以某种语言说话的人吸收同化了一套复杂的语法,使之能将一串声音或字母读成具有一定意义的句子那样,文学的读者,通过与文学作品的接触,也内省地把握了各种符号程式,从而能够将一串串的句子读作具有形式和意义的一首一首的诗或一部一部的小说。文学研究与具体作品的阅读和讨论不同,它应该致力于那些使文学之所以成为文学的程式。①

这种语言领域里的"语法"或"符号程式"迁移到文学研究领域,就是读者在意识里一致认同的"使文学之所以成为文学的程式"。一般来说,文学程式包括形成意义的规则、连贯一致的隐喻以及明确统一的主题等几个方面。

按照卡勒的看法,"文学程式"会规约和指导读者,使他们从文学作品中选择和提炼出某些特征,形成适当的、为公众所接受的解释。

---

① 乔纳森·卡勒:《结构主义诗学》,盛宁译,北京:中国社会科学出版社,1991年,第16—17页。

换言之,文学的意义本质上是公众一致认同的"文学程式"作用的结果。阅读文学文本时,读者的思想绝不会处于空白状态,他们不会毫无先见或毫无预设地去阅读,相反,文学作品作为具有意义的话语,只能是读者业已认同的一种程式系统作用的产物,读者的阅读尤其是对文本的解释,往往受一定的规则和程序所制约。"文学程式"是构成文学机制的要素,也是文学作品意义产生的重要源泉。譬如,只有遵循诗的常规,诗才成为有意义的话语。当有经验的读者面对一个文学文本时,他们知道该如何解释这个文本,他们也知道什么样的解释是可能的,什么样的解释是不可能的。对于奇特的文本,同样也会有一些规则在支配解释的取向与性质。所以卡勒认为,结构的真正作用不在于支撑文本的系统,而在于支撑读者解释的系统,"作品具有结构和意义,因为人们以一种特殊的方式阅读它,因为这些潜在的属性,隐含在客体本身的属性,要在阅读行为中应用话语的理论,才能具体表现出来"[①]。也就是说,文学文本的结构、意义和属性只是一些潜在的因素,读者只有按照一定的原则和方式去解读,这些潜在的因素才可能现实化和具体化。卡勒还认为存在着一种群体性的文本接受系统,个体的解读行为必然会受到这种接受系统的制约,文本意义的实现也离不开这种群体的接受系统。所以,卡勒结构主义诗学的根本目的就是要说明这种解读、理解和阐释的程序系统。

显然,卡勒的"文学程式"概念与读者反应理论联系密切。不过,卡勒关注的重心不是读者如何将阅读常规运用于具体作品,而是使文学意义或文学效果得以实现的潜在系统,即阅读常规本身。换言之,他所关注的不在于实际的读者做些什么,而在于读者应该了解些什么才能按照公认的方式进行阅读和解释。作为一个结构主义者,卡勒认为文学研究的重点应置于共时性的意义系统。他对内在化规则系统的强调,决定了他认定文本解释的组织原则不在于读者,而在于指导

[①] 乔纳森·卡勒:《结构主义诗学》,盛宁译,北京:中国社会科学出版社,1991年,第174页。

读者阅读的常规。卡勒认为,承认读者依赖阅读常规比奢谈文本本身的客观特征更加真实可靠,通过认识文学阅读活动中的常规的性质,读者会提高自我意识;通过揭示公认的理解模式,读者会更好地了解文学阅读的原则。

再看"文学能力"(literary competence)概念。

卡勒的"文学能力"概念同他所偏爱的美国语言学家和哲学家诺姆·乔姆斯基(A. Noam Chomsky)的"能力"(competence)概念大有关联。乔姆斯基所说的"能力",是指说某种语言的人掌握该语言潜在规律的内在能力。乔姆斯基认为,理解语言的出发点是讲母语者的能力,即说话者根据自己无意识吸收的语言系统的知识而形成的理解结构完整的句子的能力。卡勒由此指出:

> 使用某种语言说话的人听见一串语言序列,就能赋予这串语言序列以意义,因为他把应该令人惊叹的、意识到的和未意识到的知识储存运用于这项交流行为之中。他掌握了他的语言中的音韵、句法、语义系统,就能把声音划分为互不连贯的语音单元,识别词语,即使所产生的语句对他来说是陌生的,他也能够对它做出结构描述,做出阐释。没有这样一种内含的知识,即内化了的语法,声音序列对他就毫无意义。[1]

在卡勒看来,所有的规则、规定和习惯所形成的系统会构成一种"文学程式",而掌握和运用这种"文学程式"的能力就是"文学能力"。他指出:"如果有人不具备这种知识,从未接触过文学,不熟悉虚构文学该如何阅读的各种程式,叫他读一首诗,他一定会不知所云。……因为他没有别人所具有的那种综合的'文学能力'。他还没有将文学的'语法'内化,使他能把语言序列转变为文学结构和文学意义。"[2]卡

---

[1] 乔纳森·卡勒:《结构主义诗学》,盛宁译,北京:中国社会科学出版社,1991年,第173页。

[2] 同[1],第174页。

勒特别强调乔姆斯基的"能力"理论对文学理论与批评的启发意义：诗学的真正对象不是作品本身，而是作品的可理解性，而作品之所以可以理解，就在于读者拥有一种内在能力，即"文学能力"。因此，要解释文学作品的可理解性，就必须阐明和揭示使读者能够理解文学作品隐含的知识和常规这一内在化的能力。基于此，卡勒更多关注的是对文学作品的阅读活动，而非文学作品本身的内容，他认为文学批评家的主要任务就是要寻找和揭示支配文本解释的规则，"如果他先记录下自己对文学作品的阐释和反应，然后制定一套明确的原则，这些原则能成功地解释他为什么做出这样的阐释，而不是其他，那么，我们便得到了描述文学能力的基础"①。总之，在卡勒看来，"要成为一名老练的文学读者，必须明白对文学作品可做怎样的理解，从而最终能吸收同化一个侧重于人际交流的系统。……重要的是，先把一组事实分离出来，然后架构一个模式对它们进行解释，虽然结构主义者也往往在实践中失败，但是，语言学的模式至少已经包含了这个模式"②。卡勒将乔姆斯基语法系统的"能力"和表示个人语言行为的"表现"（performance）这一对概念同索绪尔的"语言"和"言语"概念结合、对应起来，赋予其美国特色，在美国学术界享有很高的声誉。

结构主义理论家认为，文本阅读是一个解码过程，它由文本和文化的规则限制主导，而不是由读者和批评家的心理和感情倾向主导，换言之，人类社会和历史系统的深层结构决定了文学的阅读与阐释活动。从某种意义上说，卡勒的"文学程式"和"文学能力"等诗学主张就是试图使文学作品的阅读变成一套固定的阐释程序，使文学文本的意义成为这套程序的产出物。

此外，乔纳森·卡勒也是美国解构主义的一员健将。他的《论解构》一书不仅概述了法国哲学家德里达如何挑战哲学传统，解构主义同结构主义以及其他批评理论、运动之间的关系；而且具体讨论了解

---

① 乔纳森·卡勒：《结构主义诗学》，盛宁译，北京：中国社会科学出版社，1991年，第192页。
② 同①，第193页。

构阅读的策略以及解构主义批评给文学研究提供了哪些可能性等问题。

三、符号学批评家米歇尔·里法泰尔的文学观

符号学本身涵盖的内容极为广泛,它分析的系统、符码、传统,从自然语言到动物语言,从交通信号到手势语言,从时尚语言到食品的系统语汇,从民间故事的叙事规则到语音系统规则,从诊断医学的符码到原始神话和文学的传统。在文学研究领域,符号学主要被应用于诗歌语言和话语的研究中。20世纪60至70年代美国的结构主义批评虽然主要集中于散文作品中叙事结构的研究,但也有一些对诗歌等抒情类文学作品的研究,而主要以诗歌为研究对象的符号学批评因此也占有一席之地。其中里法泰尔的诗歌符号学在美国结构主义批评界产生了重大影响。

米歇尔·里法泰尔是美国著名的文学理论家和诗歌符号学批评家。他于1924年出生在法国的布尔加讷夫,二战后进入索邦大学,1947年获硕士学位,后赴美国哥伦比亚大学攻读博士学位,1982年成为哥伦比亚大学法语教授,曾经担任美国符号学学会主席。作为符号学批评家,里法泰尔的代表作是1978年出版的《诗歌符号学》(*Semiotics of Poetry*)。

里法泰尔在《诗歌符号学》一书中提出了诗歌符号学的两个核心主张:第一,诗歌的意义是被间接表达的;第二,建立了以"基质"(或译"基型",matrix)、"模式"(model)与"文本"(text)为三个层次的宏观结构。

里法泰尔诗歌符号学的第一个贡献,是探讨了诗歌意义表达的间接性特征。

米歇尔·里法泰尔说:"间接的表述是在含义换位、扭曲或创造中生产出来的。"[①]具体来说,在一首诗歌中,词语含义的换位、词汇含义

---

① Michael Riffaterre, *Semiotics of Poetry*, Bloomington: Indiana University Press, 1978, p. 2.

的扭曲和诗性含义的创造,都属于诗歌的间接性表述方式。间接表达诗歌意义最明显的后果是"威胁到对现实的文学再现或模仿"①。那么,诗歌的意义为什么是间接表达的呢?里法泰尔认为,日常语言或普通语言同诗歌语言的本质区别就在于后者具有"潜台词","无论在什么情况下,诗性符号的生产都是由潜台词的派生来决定的。一个词或一个短语只有在涉及一个前在的词群时(如果是短语那就是在它仿造一个前在的词群时)才能被诗化,潜台词已经是一个至少包含着某种意思的符号体系"②。也就是说,诗歌词汇(即诗歌语言)既具有表层的含义,又具有深层的或另外的含义,即潜台词,正是潜台词影响和决定诗歌中的句子甚至整首诗的意义的产生。

由此可见,里法泰尔对于诗歌乃至文学的阅读和解释问题进行了富有建设性的研究。诗歌语言往往通过间接的方式将信息含蓄而曲折地传达给读者,读者首先接触和理解的往往是敞开的、明示的、确定的,因而也是表层的内容,而封闭的、暗示的、未定的,因而也是深层的内容往往要在阅读的深化过程中才会逐步显现。因此,从某种意义上说,里法泰尔的《诗歌符号学》是西方文学理论史和文学批评史上系统地研究诗歌意义的间接性表达特征的第一部专著。

里法泰尔诗歌符号学的第二个贡献也是最主要的贡献,是建立了以基质、模式与文本为三个层次的宏观结构。

里法泰尔在研究文学阅读活动的同时极力维护文本的自足性,反复强调诗歌的整一性、结构关系以及这种关系据以生成的"基质"。为此,里法泰尔致力于建立宏观结构主义,将诗歌视为一个意义的封闭体系。

所谓"宏观结构主义",是指一个诗歌理论模型或诗歌语法。里法泰尔认为,任何一首诗都包含着一种稳定的结构。具体来说,这种结构在一首诗中通过三个层次,即基质、模式和文本来体现。里法泰尔

---

① Michael Riffaterre, *Semiotics of Poetry*, Bloomington: Indiana University Press, 1978, p. 2.

② 同①,第 23 页。

说:"诗产生于基质的转换:一个最小的、字面的句子转换成一种更长的、复杂的、非字面的迂回式表述。基质是假定的,是结构在语法和语词方面的实现。基质可以被概括为一个词,在这种情况下,这个词并不是直接出现在文本中的。基质常常在一系列的变体中实现;这些变体的形式由最初的或最主要的实现来控制,也就是说由模式来控制。基质、模式和文本都是同一结构的变体。"①里法泰尔这段话主要包括两层意思。第一,在基质、模式和文本这三个层次中,基质最为重要。在一首诗中,基质将抽象的结构具体呈现在作品中,同时又对模式和文本进行制衡。第二,基质、模式和文本三者的关系是辩证统一的。基质是文本意义生成的原动力,模式决定文本意义生成的方式。基质是假定性的,表明它仅仅是从语法上实现的一种结构而已,它只能间接地推演出来,并不是一首诗里实际存在的一个词或陈述。基质总是在一连串变体中实现,而这些变体的形式受第一次基质实现的制约,而第一次基质实现被称作模式。基质、模式和文本都是同一结构的变体,三者相互作用。正如里法泰尔所言,"基质是马达,是文本衍生的发生器,而模式则决定衍生的方式"②。据此,所谓文本的更高层次意义,就是找出基质以及在基质之上的各种可能的变化。对于读者来说,最大的困难是找出基质所在的地方。由此可见,里法泰尔的形式或语义整一性理论的基础就是基质,而他的宏观结构就是以基质为基础而建立的基质、模式和文本一体化的结构模式或模型。

通俗来讲,里法泰尔所谓的"基质",是指诗歌文本中存在的约定俗成的固定模式或结构,同乔纳森·卡勒的"文学程式"概念异曲同工。里法泰尔在《诗歌符号学》的结论中明确指出:

> 阅读也不是稳定的,解释永远不是终极的,因为文本不可能被人更正或修改,其不合语法(不论多么富于揭示性,在

---

① Michael Riffaterre, *Semiotics of Poetry*, Bloomington: Indiana University Press, 1978, p. 19.
② 同①,第21页。

阐释上多么具有指示性)仍然是一种障碍……由于这些不合语法的特征危及语言的表现,读者便不断地寻求解脱,抛开含混不清的词语,回到安全的现实(或关于现实的某种社会舆论)。①

卡勒认为,在诗歌的阅读受到某些约定俗成的规则或结构的制约时,只有当读者掌握"文学程式",超越对语言的普通理解而解读出仅属于诗歌独有的含义,诗歌的意义才能真正地呈现出来。里法泰尔则认为,诗歌中的各种元素或符号,既有普通的、容易为人理解的,也有脱离常规语法即"不合语法"的。要理解诗歌表层的意义,只需要普通的语言能力,但要解读出诗歌更高一层的意义或"潜台词",解读那些"不合语法"的言外之意,就需要具备一种超乎普通读者的阅读能力,即"文学能力"。上面所引那段话表明,不同的读者对同一首诗、同一部文学作品会有不同的解读,甚至同一个读者在不同的时间对于同一部作品也会有不同的解读,诗歌以及所有文学作品的语言"不合语法"的特质将会成为读者和批评家阐释文本意义不稳定的重要原因。

里法泰尔的符号学总体上属于结构主义,所以他也和其他结构主义学家一样厌恶作者生平传记评论,但他又与其他结构主义理论家有所不同,一直没有忘记读者和细读,也不反对基于读者反应的评论。他认为文学批评离不开敏感读者睿智的反应。

四、叙事学批评家杰拉德·普林斯、西摩·查特曼与詹姆斯·费伦的文学观

"叙事学"(narratology)这个术语首次由法国结构主义者茨维坦·托多罗夫于1969年提出。叙事学引入结构主义研究方法,试图从大量的作品中找出共同的叙事成分,分析其背后稳定的、共同的规

---

① Michael Riffaterre, *Semiotics of Poetry*, Bloomington: Indiana University Press, 1978, p. 165.

则,进而建立一套叙事系统。对此,美国著名叙事学家戴维·赫尔曼(David Herman)总结道:"叙事学家坚守雅各布森对诗学和批评的区分,将叙事代码置于代码所支撑的具体故事之上,力求建立一种叙事诗学,而不是叙事批评。"① 从 1969 年至今,叙事学经历两个发展阶段。一是 20 世纪六七十年代的经典叙事学阶段,代表性理论家主要有法国的一批叙事学大师,如热奈特、罗兰·巴特、托多罗夫、格雷马斯等,他们借鉴结构主义理论,主要的研究对象是叙事形式;二是 20 世纪八九十年代以来的后经典叙事学阶段,代表性理论家主要有美国的希利斯·米勒、詹姆斯·费伦、戴维·赫尔曼等。这些人秉持开放性的理论视野,注意读者和社会历史语境之间的互动关系,对经典叙事学的一些理论进行重新审视或解构。经典叙事学和后经典叙事学的划分由戴维·赫尔曼 1997 年在《美国现代语言学协会会刊》(*Publications of the Modern Language Association*,简称 PMLA)上发表的《认知草案、序列和故事:后经典叙事学的要素》("Scripts, Sequences, and Stories: Elements of a Postclassical Narratology")一文明确提出并讨论。

具体到 20 世纪 60 至 70 年代美国的叙事学批评来说,最重要的理论家和批评家当推杰拉德·普林斯,其次是西摩·查特曼,而詹姆斯·费伦的学术活动在 20 世纪 80 年代才开始,他是后经典叙事学的杰出代表。

杰拉德·普林斯(Gerald Prince,1942—)是美国宾夕法尼亚大学罗曼语系终身教授,主要从事叙事学及当代法国小说研究,他的研究贯穿经典叙事学到后经典叙事学。普林斯于 2007 年担任国际叙事研究学会主席。他的主要著作有《故事的语法》(*A Grammar of Stories: An Introduction*,1973)、《叙事学:叙述的形式和功能》(*Narratology: The Form and Functioning of Narrative*,1982)、《叙事学词典》(*A Dictionary of Narratology*,1987/2003)和《作为主题的叙事:

---

① 戴维·赫尔曼:《叙事理论的历史:早期发展的谱系》,载詹姆斯·费伦、彼得·J. 拉比诺维茨主编《当代叙事理论指南》,申丹等译,北京:北京大学出版社,2007 年,第 19 页。

法语小说研究》(*Narrative as Theme: Studies in French Fiction*,1992)。其中,《叙事学:叙述的形式和功能》一书是他将20世纪六七十年代的成果修改并系统化之后的结晶,堪称普林斯叙事学批评的代表作。

像其他叙事学家一样,普林斯有着所有结构主义理论家和批评家特有的科学追求,力图建立一套适用于任何文学叙事的规则。他说:"叙事学研究的是,从叙事意义上来说,所有叙事有哪些共同之处,以及是什么允许它们具有叙事意义的差别。"[1]基于此,普林斯关注的对象是"所有叙事",也就是所有的文学作品,不管是经典作品还是普通作品,也不管是过去的作品还是当下的作品。总之,普林斯的目标就是从众多文学作品中,总结和确立起一套叙事符号系统。他认为,有限的规则能够解释无限的实例或潜在的例子,达成其目的的最有效模式是语言的句法,即存在于一个个文本表面之下的深层结构。

普林斯叙事学的总体目标是探讨"叙事的形式和功能"。他以宏观结构主义者的姿态规范叙事的语法规则,将叙述结构和逻辑引入转换-生成语法理论。普林斯研究出一套转换生成语法,用来解释叙事中的结构因素、逻辑因素和生成机制。根据这一模型,如果提供一定数量的特征,就可以产生无数的叙事。既然语言的语法规则可能使得说话人说出新颖的句子,同样的道理,叙事语法也可能使得故事讲述者创造出新故事。在普林斯看来,最基础或最小的分析单元是"事件"。在叙事中,一个文本在同一时间序列中应该有两个事件,这两个事件不能互为前提,也不能互为因果。每一片段的叙事都应该能够修正。由此出发,普林斯建立了一套重写规则,用来描述用连接因素连接起来的事件,以及用一连串场景连接起来的事件。为了应对这种延伸叙事,普林斯草拟了一组转换规则。通过为数不多的重写规则和转换规则,他力图解释所有的叙事结构。

普林斯认为,所有的叙事,不论是口头叙事还是书面叙事,不论是

---

[1] Gerald Prince, *Narratology: The Form and Functioning of Narrative*, New York: Mouton Publishers, 1982, p. 5.

虚构还是真实,不论是讲故事还是记录一系列行动,都至少有一个叙事人,也至少有一个被叙事人。"被叙事人"是作品中叙事人叙述的对象,其作用是揭示叙事人的个性,促进情节发展,将信息从叙事人转移至读者,揭示故事的寓意。

此外,普林斯在《经典/后经典叙事学》("Classical and/or Postclassical Narratology",2008)一文中,对经典叙事学向后经典叙事学演变的历史轨迹与内在逻辑、后经典叙事学的研究内容与基本特征等方面的内容做了系统介绍。他认为20世纪六七十年代经典叙事学阶段主要参照索绪尔的语言学理论,而20世纪80年代萌芽的后经典叙事学虽然仍然将经典叙事学的主要议题囊括在内,但对它们不仅加以拓展,而且有所修正。

西摩·查特曼(Seymour Chatman, 1928—2015)是美国电影与文学批评家、叙事学家,加利福尼亚大学伯克利分校修辞学教授。他的叙事修辞学是美国叙事修辞理论发展过程中的一个重要环节。查特曼的叙事学代表作是1978年出版的专著《故事与话语:小说和电影的叙事结构》(*Coming to Terms: The Rhetoric of Narrative in Fiction and Film*)。

查特曼一改传统的叙事人划分类型,构建了一个新的叙事人模式。传统的叙事人大体分为第一人称叙事人、第三人称叙事人、全知叙事人等几类。查特曼认为传统的叙事人类别的划分远远不够。他根据叙事人的特征和叙事人显著或隐蔽的程度,界定了隐秘叙事人及明显叙事人,而在两个极端之间还有十几种显著或隐蔽程度不同的叙事人。显然,查特曼并没有放弃传统的"叙事人"概念,只是向传统的概念填充了一些新的成分,使其更加复杂和丰富。同时,与普洛普等欧洲叙事学家认为人物执行一定的情节功能,如对手/助手、主体/客体、送信者/受信者的主张不同,查特曼认为小说人物是自给自足的独立个体,在叙事中,作品中的人物是其个性最终的归宿,往往具体表现为一个名字或名词,附带一些永久特征或形容词。由此可见,查特曼的叙事学对来自欧洲的叙事学理论既有继承,也有所发展。

1951年出生的詹姆斯·费伦(James Phelan,1951—)是当今依然活跃的叙事学家之一,堪称后经典叙事学的代表人物。他是美国俄亥俄州立大学教授、叙事研究所主任、国际叙事学研究会会刊《叙事》主编。费伦的主要著作均问世于20世纪80年代之后,有《文字组成的世界》(Worlds from Words,1981)、《阅读人物、阅读情节》(Reading People, Reading Plots, 1989)、《作为修辞的叙事》(Narrative as Rhetoric,1996)、《活着是为了讲述》(Living to Tell About It,2005)和《体验小说》(Experiencing Fiction,2007)等五部,其中《作为修辞的叙事》是詹姆斯·费伦的代表作。

作为后经典叙事学的代表性理论家,费伦最具标志性的成果是建立了修辞叙事学。他曾这样概括后经典叙事学的特点:"当代叙事理论(即后经典叙事学)是一个范围广阔、充满多样性的学科,不仅包括了认知叙事学、女性主义叙事学、修辞叙事学等在内的不同理论旨趣,而且也覆盖了从叙事伦理到'非自然叙事'等多个论题。"①换言之,与传统叙事学或经典叙事学不同,后经典叙事学是一个复杂的批评框架,是一个包含了女性主义和跨媒介、跨学科等诸多方法的杂合体。其中,费伦本人特别推崇后经典修辞叙事学。不过,他也明确承认自己的后经典修辞叙事学同传统的经典叙事学之间的密切关联:"修辞理论的中心原则是:叙事是作者同读者有目的的交际行为。……正如结构主义传统的经典叙事学家所假设的一样,如果叙事是有目的的交际,那么文本就不是自足的结构,而是作者向读者传达目的的方式。"②这等于承认了后经典叙事学是对传统叙事学的发展。

五、美国结构主义批评的文学思想及其反叛与解构特征

20世纪60至70年代美国结构主义及其主要分支符号学、叙事学的理论家与批评家的文学思想可以概括为以下几个方面。

---

① 尚必武:《修辞诗学及当代叙事理论——詹姆斯·费伦教授访谈录》,《当代外国文学》2010年第2期,第157页。
② 同①,第154页。

首先，他们关注的对象是作为整体的文学作品而非单部文学作品，换言之，他们关注的是宏观的文学现象而非微观的具体作品，因而呈现出一种宏观的视野。正如杰拉德·普林斯所言，叙事学研究"所有叙事"的共同之处和差别之处，而"所有叙事"就是一个宏观的、整体的范畴。

其次，他们特别注重文学的语言，致力于考察文学语言的符号特质，热衷于将语言学领域里的语法现象等迁移到文学研究领域。这是结构主义系列批评深受索绪尔语言学影响的重要体现。乔纳森·卡勒认为，任何一部文学作品必然包含一种内在化的文学"语法"或规则，他将这种"语法"或规则称为"文学程式"。米歇尔·里法泰尔认为诗歌语言传情达意的重要特点是间接性表述，诗歌既有敞开的、明示的、确定的内容，又有封闭的、暗示的、未定的内容，而真正的审美对象往往是由作品语言的暗示内容所构成的。

另外，他们将文学研究的目标确立为挖掘文学背后的深层结构，体现出一种深度模式。乔纳森·卡勒认为，文学文本的结构、意义和属性是一些潜在的因素，读者只有按照一定的原则和方式去解读，这些潜在的因素才可能现实化和具体化；文学作品作为具有意义的话语，只能是读者业已认同的一种程式系统作用的产物，文学程式是构成文学机制的要素，也是文学作品意义产生的重要来源，文学研究者就要致力于找到这些文学程式。里法泰尔将诗歌视为一个意义内在的封闭体系，认为在任何一首诗中都包含着一种稳定的结构，而这种结构在任何一首诗中都是通过"基质"（或基型）、"模式"和"文本"等三个层次体现出来，其中"基质"是诗歌文本中的模式或结构的核心成分。普林斯叙事学的目标是寻找和确立叙事背后深层次的语法规则，以求解释叙事的生成机制。

最后，在批评实践中，结构主义理论家和批评家提出了一些新的方法与规则，并特别要求批评家掌握文学作品内在的语法、规则或程式。卡勒认识到读者的阅读尤其是对文本的解释是受规则和程序制约的，便要求批评家必须具备运用语法、规则和程式的能力，即"文学能力"。西摩·查特曼一改传统的叙事者划分类型,构建了一个新的叙事人模式,根据叙事人显著或隐蔽的程度,界定隐秘叙事人及明显叙事人,并在两者之间增添了十多种叙事人类型。

关于结构主义的文学主张与批评方法,美国学者道格拉斯·凯尔纳(Douglas Kellner)和斯蒂文·贝斯特(Steven Best)这样断言:

> 结构主义者把结构——语言概念运用于人文科学当中,试图把人文科学重新建立在较为稳固的基础之上。……结构主义革命运用整体分析法,把结构主义定义为一个共同体中的各个部分之间的相互关系。结构受无意识符码或规律支配,譬如,语言就是通过一组独特的二元对立来构成意义,神话是依据规律或符码体系来规范饮食起居和性行为。①

乔纳森·卡勒则说:

> 结构主义是二十世纪人文科学和社会科学中的一种动向,这种动向比较不大看重因果说明,而是特别强调:为了理解一种现象,人们不仅要描述其内在结构——其各部分之间的关系,还要描述该现象同与其构成更大结构的其他现象之间的关系。从严格意义上来讲,"结构主义"一词通常限于指现代语言学、人类学和文学批评中的一些思想流派。在这三个领域中,结构主义试图重建现实现象下面的深层结构体系,这些体系规定现象中可能出现的形式和意义。②

瑞士心理学家让·皮亚杰(Jean Piaget)将结构主义的特点归纳为

---

① 道格拉斯·凯尔纳、斯蒂文·贝斯特:《后现代理论》,张志斌译,北京:中央编译出版社,2004年,第23—24页。
② 转引自伍蠡甫、胡经之:《西方文艺理论名著选编》,北京:北京大学出版社,1987年,第532页。

三个方面:"整体性、转换性和自身调整性。"①这些学者从不同角度、在不同程度上界定了结构主义文学理论与批评的主要内容和基本特征,同时也指出了它们所携带的反叛与解构特征。

具体来说,美国结构主义文学理论与批评的反叛与解构特征主要表现在如下三个方面。

首先,美国结构主义批评是对19世纪欧洲文学批评界流行的传记批评的反拨,也是对传记批评所确立的规范与模式的颠覆。

在西方文学理论与批评史上,20世纪中期兴起的结构主义以及20世纪前期兴起的俄国形式主义、英美新批评代表的是注重文学作品或文本的阶段,即文学批评强调文本的客观性,认为作品产生以后形成一个独立的存在,不再依赖作者,作品的意义由文中的词语、意象等通过回响、穿插、融汇和变化等方式而产生。在此之前是19世纪中后期注重作者的传记批评阶段,即文学批评推重文学作品的创作者,强调作者的意图、经历及其所处的时代和社会环境对创作的重大影响,认定作者是作品意义的生产者,也是其作品意义的权威阐释者。这一阶段的代表人物是法国批评家、文学史家夏尔·奥古斯丁·圣伯夫(Charles Augustin Sainte-Beuve)。

美国结构主义批评家、符号学批评家和叙事学批评家纷纷强调文本的形式,忽视甚至无视作家的生平经历和所处的时代背景。他们淡化文学作品的表达维度、描摹维度、情感维度和社会维度,几乎从不谈论作者为什么撰写该作品、作品在多大程度上反映了社会现实、包含了多少社会历史语境的因素、作品如何影响和打动读者。与此同时,美国的结构主义者、符号学家和叙事学家们重视总的符码和传统超过重视个人的反应和联想,在他们眼中,只有文本幻化出来的深层结构、基质和文学传统。如里法泰尔的诗歌符号学强调诗歌只是间接式表达而不会模仿现实,要理解诗歌的意义,就只能按"言此意彼"的原则

---

① 让·皮亚杰:《结构主义》,倪连生、王琳译,北京:商务印书馆,1984年,第2页。

而不能根据"再现"的原则。

应该说,美国结构主义批评在西方文论和批评发展史上具有重大的创新意义。这种创新意义最集中地体现在对于传统的人文主义批评或传记批评提出了严厉的挑战。此前的人文主义批评,如传记批评,认为语言能够把握现实,语言或者反映作者的思想,或者反映作者所看到的世界;同时,作者的语言也很难与他的个性分开,"文如其人",作者的语言会表达他的真实存在。但结构主义语言学则强调语言先于言语的前存在状态,结构主义者不谈作者的语言反映现实,而是论证语言的结构产生现实。这种做法表现出一种文学的非神秘化倾向。结构主义强调文学作品意义的构成性,认为意义既不是个人经验的产物,也不是时代和社会的规定,而是人类所共有的一些意义系统作用的产物。这就从根本上动摇了文学作品的意义由个人或由现实社会所决定的看法,于是所谓天才作家或文学权威便受到怀疑,文学的再现与表现特征便受到质疑,文学的个人性与私密性从根源遭到消解。

其次,美国结构主义理论与批评是对其形式主义理论与批评的同门前驱新批评的反拨,也是对新批评所确立的文本微观分析模式的颠覆。美国结构主义文学理论与批评虽然像20世纪四五十年代在英美盛行的新批评一样,是对19世纪欧洲传记批评的反叛,但新批评偏重对单个文本的解读,走的是微观分析的路径,结构主义及其主要分支符号学、叙事学批评选取的却是宏观分析和宏观建构的路径,强调的是整体模式研究。结构(structure)一词源自拉丁语词汇 structura,原指统一事物各部分、各要素或各单元之间的关系或本质联系的总体。在结构主义者看来,结构首先是指系统的结构;其次,结构不同于一般的形式,形式可以从质料和内容中抽离出来,结构却是系统的意义内容。结构主义认为,整体对于部分来说具有逻辑上的优先性和重要性。不仅如此,结构主义还追踪对象的深层结构,注重高度抽象。结构主义文学理论与批评将结构分为表层结构和深层结构:前者是可感知的,无须过多分析;后者是潜藏在作品群中的模式,看不见摸不着,必须用逻辑分析等抽象手段才能寻找出来。显然,结构主义批评同新批评将单个文学作品视为"本体",然后通过"细读法"分析语句的"含混"与"悖论"、挖掘文本内部包含的"反讽""张力"等路径完全不一样。简言之,前者是宏观研究,后者是微观分析。

最后,美国结构主义文学理论和批评体现出强烈的科学精神,是对此前的文学批评尤其是19世纪传记批评偏好私人化经验描述的反叛,也是对此前文学批评所建立的感性经验描述模式的颠覆。

美国结构主义理论认为,常规认识是不科学的,经验是靠不住的,它有一种追求科学精神的雄心,企图找出支配人类社会和文化实践的代码、规则和系统,强调对作为整体的文学作品以及审美现象做深层的、模式化的研究。美国结构主义批评家强调科学的严密性和客观性,反对此前文学批评肤浅的经验描述,更厌恶堆砌历史掌故的传记批评。英国当代新马克思主义文学批评家特里·伊格尔顿认为,文学理论的任务之一是通过文学的表层结构探究文学的深层结构,结构主义文论与批评在这个方面迈出了新的一步,成了一种"非神秘化"的理论,突出了人的行为和思想的"构成性"①。这种研究方式避免了就事论事的感性认识,而执着地向理性认识迈进,致力于寻找文学发展过程中的内在结构方式。作为结构主义分支的诗歌符号学批评,致力于对融注文化传统的诗歌模式进行探索。而结构主义的另一分支——叙事学理论,是现代西方关于小说、戏剧等叙事类文学研究的产物,它力图借助语言学甚至自然科学,深入研究叙事作品的内在规律。

其实,结构主义最重要的理论源头——索绪尔的现代语言学就特别具有反叛和解构的特质。一般认为,索绪尔的由共时语言研究、言语和语言的区分、语言的符号性质等主张构成的现代语言学本身就彻底颠覆了传统的语言观,不仅实现了现代语言学由外部研究向内部研究的革命性转型,而且同分析哲学和存在主义哲学对传统语言学的颠

---

① 特里·伊格尔顿:《当代西方文学理论》,王逢振译,北京:中国社会科学出版社,1988年,第156—158页。

覆遥相呼应,共同促进哲学、文学批评等人文科学的"语言学转向"。在一定意义上讲,这就决定了结构主义批评包括美国的结构主义批评自然会接续其反叛和解构的先天血脉。

一般认为,结构主义理论与批评存在两大缺陷。一是封闭性。结构主义者往往忽视文学内部的模式,以及结构同人类的社会实践、历史发展之间的密切联系,而固执地认为结构是自在自为的、独立自洽的。据此,中国学者或者称结构主义是一种反主体、反人道主义、反历史主义的思想观念,[1]或者断言"封闭的结构主义是蒙昧自我的,是某种实际上导致思想的贫乏和稀薄的东西"[2]。的确,模式或结构应该是社会各方面的运动规律与文学自我运动规律交织而成、相互作用的产物,孤立地强调一种模式或结构,对文学规律的总结肯定会不全面、不深刻、不科学。结构主义取消了历时性和历史,被寻找到或组建成的结构要么是普遍的和永恒的,要么是不断发展进化的某个过程中的任意性片段,总之同文学的发展、文学形式的演变无关。这就决定了他们的研究方法必然是静止的和非历史的。其结果是,结构主义者既不看重文学文本产生的时代语境,因而不考虑文学文本在形式上同过去的文学之间的关联,也不看重文学文本产生之后出现了哪些解释、这些解释同文本产生的时期有什么关系等一系列问题。二是片面性。结构主义批评及其分支符号学、叙事学把文学仅仅当作一种话语、一种符号,更多地注重文学的语言因素,而忽视了文学形象的特征和生命力。语言学固然可以丰富和充实文学理论,但用语言学的概念取代文学理论自身的范畴,却是本末倒置的。文学是由意蕴与形式、审美意象与审美物象组织的统一体,形式是意蕴的组织者,审美物象是审美意象的承受者,结构主义文学理论与批评只研究文学形式和审美物象,就完全丧失了辩证的思路与视野。同时,文学是创造的产物,结构主义过多地追求程式化的模式,轻视文学的艺术创造作用。为了将所

---

[1] 李幼蒸:《结构与意义》,北京:中国社会科学出版社,1996年,第150—154页。

[2] 高概:《话语符号学》,北京:北京大学出版社,1997年,第77页。

谓真正的研究对象(即系统、模式)分离出来,结构主义者往往将实际的作品和作者抛在一边,置于"括号"之内,不仅取消文本,也取消作者。这些都是极为片面和偏激的做法。

正因为具有上述致命弱点,结构主义尚未完善自己的理论体系就被后结构主义(包括解构主义与实用主义)所取代。就美国20世纪60至70年代的结构主义理论与批评来说,首先是传统叙事学或经典叙事学从20世纪80年代开始就转向后经典叙事学,注重跨学科研究,注意读者和社会历史语境的作用,并对经典叙事学的一些理论概念进行重新审视或解构。如前所述,詹姆斯·费伦在接受中国学者尚必武的采访时,就明确将后经典叙事学称为"一个范围广阔、充满多样性的学科",认为它"不仅包括认知叙事学、女性主义叙事学、修辞叙事学等不同理论旨趣,而且也覆盖了从叙事伦理到'非自然叙事'等多个论题"[①]。这实际上等于承认后经典叙事学已经认识到并在逐渐纠正经典叙事学的封闭性与片面性的偏差与极端。其次是美国结构主义主将乔纳森·卡勒明确提倡在文学研究中要从细读单个作品转向研究阐释传统和阐释语境,这种转向从本质上讲就是从个人移至社会,从表面现象移至深层结构,从而为结构主义批评转向解构主义批评埋下伏笔。结构主义之所以会被其他的思潮与方法所取代,一个重要原因就是它过于偏激,缺乏辩证法的思路和视野。结构主义理论和批评所标举的科学主义当然是极为重要的,但它肯定不是文学批评主要的甚至唯一的标准,人本主义也是文学批评无法抛弃的一个重要准则。的确,结构主义叙事学的形式主义和科学主义色彩给20世纪中叶的西方文学理论和批评抹上了一层科学之光,但如果它一味推行片面的主张,就必然会矫枉过正,迟早会走到另外一个极端。如此一来,本身具有反叛与解构特征的结构主义文学理论与批评自然也会遭到后来者的反叛与颠覆。

---

① 尚必武:《修辞诗学及当代叙事理论——詹姆斯·费伦教授访谈录》,《当代外国文学》2010年第2期,第157页。

第二节
解构主义批评的文学思想[①]

20世纪60至70年代,美国声势最旺、影响最大的文学理论与批评,当推解构主义。解构主义不仅提出了一些全新的文学主张,而且形成了一套完整的文学阅读和批评的方法与范式,甚至确立了一种全新的思维模式。

一、美国解构主义批评的学术渊源

一般认为,解构主义(deconstructionism)思潮在20世纪60年代后期兴起于法国,20世纪70至80年代兴盛于美国,并逐渐渗透到当代西方尤其是美国的文学与文化批评之中。所谓"解构主义批评"(deconstructive criticism),主要指20世纪60年代后期至70年代在以法国哲学家雅克·德里达为代表的解构主义哲学思想的基础上形成的一种阅读方法和批评理论,其代表人物是美国耶鲁大学的四位理论家和批评家,即哈罗德·布鲁姆、J. 希利斯·米勒、杰弗里·哈特曼和保罗·德曼。他们被称为"耶鲁四杰"或"耶鲁学派"。除"耶鲁四杰"外,乔纳森·卡勒也是美国解构主义的健将。

对美国解构主义理论与批评产生重大影响的关键人物是法国哲学家德里达。他主要在法国任教,同时兼任美国耶鲁大学、康奈尔大学等校的客座教授。他曾在耶鲁执教多年,在他的指导和影响下,形成了著名的"耶鲁学派"。可以说,德里达的解构实践为其信徒们树立了样板。

正当结构主义思潮在法国处于鼎盛状态之时,德里达就祭出了"解构"的大旗。1966年10月,德里达赴美国约翰·霍普金斯大学参

---

① 本节由黄怀军、谢文玉撰写。

加结构主义国际学术会议。他在会上的发言和所提交的论文《人文科学话语中的结构、符号与游戏》("Structure, Sign and Play in the Discourse of the Human Science")首次阐述了自己的解构主义理论。德里达因为发扬 G. W. F. 黑格尔(G. W. F. Hegel)、埃德蒙德·胡塞尔(Edmund Husserl)和马丁·海德格尔(Martin Heidegger)的反思原则而被称为"3H 分子"。其哲学思想的起点就是对源自古希腊的逻各斯中心主义和语音中心主义(phonocentrism)进行批判和解构。1967年,他的三部重要著作《书写与差异》(Writing and Difference)、《言说与现象》(Speech and Phenomena)和《论文字学》(Of Grammatology)相继出版,成为解构主义理论确立的标志。

按照德里达的观点,解构、反逻各斯中心主义、延异、播撒、印迹、增补等六个方面构成解构主义批评的理论、方法与策略,其中最重要的是解构。德里达认为,"解构"不只是对传统的形而上学二元对立和等级关系的颠倒,更是对系统进行全面置换。中国著名德里达研究专家汪堂家这样概括德里达的解构理论:"解构一方面意味着突破原有的系统,打开其封闭的结构,排除其本源和中心,消除其二元对立;另一方面意味着将瓦解后的系统的各种因素暴露于外,看看它隐含了什么、排除了什么,然后使原有因素与外在因素自由组合,使它们相互交叉、相互重叠,从而产生一种无限可能性的意义网络。"[①]换言之,德里达的解构并非为了证明文本意义生成的不可能,而是在作品之中分解意义生成的力量,使文本本身的分化、重叠和复杂得以显现,使由二元对立的意识形态所制造的"中心"和"等级"消解,从而使作品的意义保持一种不稳定的、无限的衍生状态,使作品永远保持着开放姿态,不断地播撒意义。在结构主义者看来,结构是一个静态的封闭体,它具有一个中心和权威。而在解构主义者看来,没有一成不变的结构,不存在一个中心,也不存在一个权威,在场和非在场都不是独立自主的,

---

[①] 汪堂家:《译者序》,载雅克·德里达《论文字学》,汪堂家译,上海:上海译文出版社,2005年,《译者序》第3页。

每一方都在唤起、激发、暗示和需要另一方。可见,解构是对结构的拆解,用以证明语言或文本的多义性和意义的非确定性。基于此,解构主义批评不仅认为文本是一个开放的空间,而且批评本身也是一个无限开放的过程。

在德里达那里,反逻各斯中心主义、延异、播撒、印迹、增补是解构的具体途径与方法。"逻各斯中心主义"是西方形而上学的一种别称,是一种以逻各斯为中心的结构。"逻各斯"是希腊语词汇 logos 的音译,有"说话、思想、规律和理性"等含义,其别称还有"存在""本质""本源""真理""绝对"等。逻各斯是"在场形而上学"和"语音中心主义"的结合体,它意味着语言能够完美地再现和把握思想和存在。在德里达看来,西方传统思想的全部历史就是一系列结构的更迭,与结构或根本法则、中心相联系的是某种不变的存在,诸如观念本质、生命本源、终极目的、真理、先验性、意识、上帝等,这种思想观念就是逻各斯中心主义。简言之,所谓"逻各斯中心主义",就是指以现实为中心的本体论和以口头语言为中心的语言学的结合体,它相信语言能够准确地表达思想。那么,如何反逻各斯中心主义呢?德里达提出四种策略:一是消除在场的神秘性,二是解构二元对立,三是颠倒等级秩序,四是消除中心。"延异"(différance)是德里达生造的词,它与法语词汇 différence(差异)仅一个字母之别,后者的动词形式 différer 源于拉丁语词汇 differre(包含"区分""延迟"两种语义)。"延异"一词具有三层含义:一是表示语言意义取决于符号的"差异"(difference),二是意义必将向外"扩散"(différé),三是意义不能最终获得,即意义无穷"延宕"(diferment)。德里达生造这个词汇,就是要颠覆西方传统的语义学传统及其背后的逻各斯中心主义。"播撒"(dissémination)是意义"延异"的方式,它显示文本的松散、凌乱和重复,从而不断瓦解文本。同时,它也表明文本意义的不可还原、生生不息和多样性。播撒是一种解构策略,它使文本的消解永远持续下去,因而充分展示出文本的解体性、异质性和多重性。它意味着每一个对原有文本的新解读都证实了原有文本的不完全性、不稳定性或开放性、隐晦性。为此,德里达将"解构"称为"双重阅读法",一方面承认作品的可读性,因为作品会明确传达出某种意义;另一方面,延异、播撒和增补等方式的存在又说明作品不可避免地包含着"悖逆"(aporia),这种悖逆破坏了作品本身的基础和整体性,并且将它的表面意义解构得令人捉摸不定。一切作品都无法回避语言的中心化结构和体系及其内在矛盾和悖逆,因此它们事实上都在自我解构,而这种情况只有通过解构主义的阅读方法才能有效地暴露出来。

受德里达的影响,美国"耶鲁四杰"等批评家将解构主义改造成了一种新的文本阅读理论和文学批评方法,真正实现了它的理论与实践意义。解构主义最具标志性的理论是拒斥阐释的客观标准,最具反叛性的观念是去同一性,它认定文本内在确定性意义的丧失,社会历史、文化精神等都成了不可把握的东西。乔纳森·卡勒在《论解构》一书中则将解构之道概括为五个要点:其一,颠覆不对称的二元对立概念;其二,搜索凝聚多种反差含义的关键词,以此作为突破的契机;其三,留意文本的自相矛盾之处,不仅包括文本内部的矛盾,也包括文本与其阐释之间的矛盾;其四,以文本内部的冲突和戏剧性场面反证该文本不同阅读模式之间的分歧;其五,注重"边缘",抓住以往批评家视而不见或照顾不周的细节发难,以此推倒文本的既定结构。[①] 解构之道推行的结果,是作者的存在变得可有可无,文本也不再是一个读者可以借以窥探外部世界的透明窗口。

下面依次介绍"耶鲁四杰",即保罗·德曼、J. 希利斯·米勒、哈罗德·布鲁姆和杰弗里·哈特曼的理论主张与批评实践。

二、保罗·德曼的修辞诗学与阅读寓言

美籍比利时裔批评家保罗·德曼(Paul de Man, 1919—1983)是美国解构主义批评的第一位大师。他出生于比利时,1948年移居美

---

① 乔纳森·卡勒:《论解构》,陆扬译,北京:中国社会科学出版社,1998年,第192—194页。

国,曾在哈佛大学进修,20世纪50年代后期获博士学位,曾任教于康奈尔大学、哈佛大学、约翰·霍普金斯大学及苏黎世大学,在耶鲁大学法语及比较文学系任教时接受并阐发解构主义思想。保罗·德曼著述丰赡,其中有关解构主义批评理论的主要著作是《盲点与洞见》(Blindness and Insight,1971)和《阅读的寓言》(Allegories of Reading,1979)两部。

保罗·德曼理论思考的基础与焦点是语言的修辞性问题。在此基础上,他系统地阐发了修辞文学观,揭示文本的自我解构特征,提倡修辞阅读策略,最终实现对新批评"本体论批评"的解构。

首先,何谓语言的修辞性?

西方传统语言观认为语言具有指代性或表意性,而德国哲学家弗里德里希·尼采(Friedrich Nietzsche)认为语言是转义性或修辞性的。德曼在《阅读的寓言》的第一部分用了三章的篇幅对尼采的语言理论进行深入分析。尼采的语言观是对传统语言观的挑战,德曼精准地领会了尼采所说的语言修辞性和转义性的实质,认为文学批评所要关心的正是文学作品的语言转义的可能性,从而确立了语言的修辞性理论,颠覆了文本的指义性或指代性和表意性特征。[1]

那么,德曼所谓的语言的"修辞性"(rhetoricity)的具体内涵是什么呢?通过对西方文学经典作品的具体阐释,德曼宣称:"文学语言的决定性特征事实上是比喻性,即广义的修辞性。"[2]换言之,语言的比喻性就是它的修辞性,而这一特点是文学语言的决定性特征。德曼在此基础上建立了自己的语言修辞性理论,其大意是:一切文学语言都是比喻性和转义性的,所以文学语言具有不可靠性,文学文本具有欺骗性,对文学文本的阅读常常变得不可靠甚至不可能;文学作品和文学批评文本都属于"比喻性"文本,两者之间没有高低之分,因为它们

---

[1] 盛宁:《后结构主义的批评:"文本"的解构》,《文艺理论与批评》1994年第2期,第120页。

[2] Paul de Man, *Blindness and Insight*, Minneapolis: University of Minnesota Press, 1983, p. 185.

同样没有确指意义,同样是不可靠的;修辞性语言具有欺骗性,使得作者的创作意图和文学文本的意义之间出现背离现象,解构主义批评便致力于从语言的背后挖掘出同文学文本的表意相悖的内容,而这些内容或许正是文本所要呈现的真实意图,即文本的真正意义。

进一步考察,则不难发现保罗·德曼的修辞语言观实际是一种审美化的语言观。他从语言的修辞属性出发,通过对浪漫主义修辞的解构和对语言修辞张力的洞察,走向追求高度个体性的、反逻辑的审美语言观。西方传统的语言科学由语法、修辞和逻辑三部分构成,但一直以来,不仅三者的地位不一样(语法和逻辑被看重,修辞被贬低),而且三者还一直处于矛盾的张力之中:逻辑联结知识与语言,保证语言的科学性和明晰性;语法服务于逻辑;修辞则具有个人性和独创性,一直处于不稳定状态,会对语法和逻辑产生一定的破坏作用,从而使指称变得捉摸不定,意义难以明晰。总之,语法和逻辑合力形成一种稳定结构,而修辞只是点缀和装饰,不仅附属于语法和逻辑,而且往往起破坏作用。也就是说,在传统的语言学理论视野里,修辞的语言往往被视为虚假、做作、炫耀的语言,它的使用常常被认为是不自然的或不严肃的。德曼质疑这一传统的修辞观,他不仅提高修辞的地位,而且断言:同逻辑性和语法性相比,修辞性才真正是文学语言的本质属性。换言之,文学语言本身就不是透明的,也不是纯粹的。

其次,何谓修辞文学观?

德曼将语言的修辞性或修辞语言观引入文学领域,提出修辞文学观,并揭示文本的自我解构特征。简言之,修辞文学观就是根据语言的修辞性特征来界定文学本质的文学观。在保罗·德曼看来,"文学"不再局限于传统意义上的诗歌、小说、散文、戏剧,而应该囊括一切体现了语言修辞性的文本,不仅包含文学文本,还应该包括非文学文本,如哲学文本。事实上,德曼的阅读和阐释对象就包括普鲁斯特的小说、里尔克的诗歌和尼采的哲学论著。

德曼从语言的修辞性理论出发,进一步揭示文本自我解构(self-deconstructiveness)的特征,从而对新批评所谓的"本体论批评"进行反驳。新批评的一个重要理论前提是认定文学作品是一个统一的有机体,但在德曼看来,新批评自身的批评实践其实颠覆了这一前提,"这种一元论批评最终成为复义批评,成为对其假定的整体性的缺失的反讽"①。为什么德曼认为新批评所标榜的"整体性"是一种"假定"呢? 因为在他看来,每个文本中总有一个声音声称自己代表了忠实再现现实的结构,但事实上任何文本内部必然包含一个或几个亚结构,这种亚结构将会颠覆和破坏上述声音的权威性,如此一来,新批评所标榜的"一元论批评"最终发掘出了文本内部的多重声音,暴露出文本并不具备所谓的"整体性"。同时,由于语言在本质上是修辞性的,而修辞不稳定,修辞常常否定语法,语言本身便具有了自我解构的特性,由语言构成的文本的意义必然暧昧不明,读者对其意义的解读也就无法确定。而且,由于修辞是个人化的,而语法是程式化的,修辞和语法之间便存在着巨大的矛盾张力,必然导致文学文本意义的含混和不确定。

最后,何谓修辞阅读策略?

德曼的解构策略离不开读者的阅读与批评,所以他明确宣称,"文学文本研究必然依赖于阅读行为"②。不过,他是从语言的修辞性特征入手关注阅读现象的。德曼承认:"随着对修辞术语的特意强调……对我来说好像是一种转变,不仅是在术语上、在语调上,也是在实质上的变化。"③对修辞术语的强调之所以会成为德曼学术研究的"实质上的变化",是因为他将修辞语言观运用到文本阅读实践之后,明确总结出一套修辞阅读策略和阅读方法。德曼将这种修辞阅读策略和阅读方法命名为"阅读的寓言"(或译"阅读的比喻",allegories of reading),旨在通过修辞阅读,让文本显现为解构自身的寓言式叙述。

在德曼看来,由于语言的修辞性,文本中词汇的字面义和比喻义、

---

① Paul de Man, *Blindness and Insight*, Minneapolis: University of Minnesota Press, 1983, p. 28.

② 保罗·德·曼:《对理论的抵制》,李自修译,载王逢振等编《最新西方文论选》,桂林:漓江出版社,1991年,第222页。

③ Paul de Man, *Allegories of Reading*, New Haven: Yale University Press, 1979, p. 9.

隐喻和换喻之间存在着一种张力，使文本的意义处于不确定状态，文本在自我解构，而对文本的阅读便处于不确定状态，这就表明，一切文学文本都因修辞性而具有自我解构的因素。不论是文学批评家还是普通读者，任何人都无法限制修辞的作用，都无法控制语义指称的滑动和变异，都无法控制文本。德曼在《阅读的寓言》一书中对"符号学与修辞"（semiotics and rhetoric）、"辞格"（trope）、"转义修辞学"（rhetoric of tropes）、"劝说修辞学"（rhetoric of persuasion）以及"隐喻"（metaphor）、"寓言"（或译"比喻"，allegory）等概念与现象的讨论，都围绕着修辞问题展开。其中，德曼对"寓言"概念的辨析和引申非常详尽，特别值得关注。通常认为，寓言的本体和喻体之间有密切的关联，文字符号传递的字面意义与寓言的深层意义之间有密切的联系，但德曼认为，事实上，寓言的字面意义与它的深层意义往往不一致，换言之，寓言的字面义并不是一个追求相似性的过程。德曼由此进一步认为，所有的阅读都是一种寓言式的解读，即都是多义的、偏离的，从而也是解构的。语言的修辞导致阅读的不可同一性，也导致批评的不可同一性。语言的含糊和混沌必然导致文本的含糊和混沌，从而使每次阅读都成为盲人摸象、管窥蠡测式的"误读"，使每次批评都成为蜻蜓点水式的"误批"。唯其如此，读者的阅读和批评家的批评对文本的把握似乎都带有某种顿悟式或神授天启式的特点，用德曼的话来说就是："批评家对他们的批评设想最盲目的时刻，也就是他们达到最深刻领悟的时刻。"[①]显然，这种阅读和批评表面上是灵感来袭的产物，实质上是一种非理性行为，与传统意义上的理性阅读和批评完全格格不入。

从总体上看，保罗·德曼的解构主义批评理论主要体现在对语言指义性特征的颠覆方面。[②] 他的修辞学理论极大地颠覆了西方文学批评传统对文学/修辞的看法，强调意义的不确定性使文学作品具有独

[①] Paul de Man, *Blindness and Insight*, Minneapolis: University of Minnesota Press, 1983, p. 109.

[②] 盛宁：《后结构主义的批评："文本"的解构》，《文艺理论与批评》1994年第2期，第120—121页。

特的生命力,因而成为文学作品中至关重要的性质,最终突出语言和文本的修辞性、幽暗性和隐晦性。德曼强调,面对文本,读者和批评家既要选择,又无法选择,这就是所谓的 ambivalent 状态。ambivalent 一词有"发生两种相反感情的""双重标准的""矛盾的""摇摆不定的"等多重含义,德曼使用此词,意在说明,因为语言在明确表意的同时又有自我否定的倾向,读者和批评家将会在这种夹缝里探寻文学作品含混而动荡的意义。

三、J. 希利斯·米勒的施行语言观与互文性理论

1983 年保罗·德曼去世以后,J. 希利斯·米勒(J. Hillis Miller,1928—2021)成为美国解构主义批评的核心人物。J. 希利斯·米勒既是美国解构主义批评的首席发言人,也是 20 世纪美国顶尖的文学理论家和批评家之一。他出生在弗吉尼亚州,1952 年获得哈佛大学博士学位,在约翰·霍普金斯大学任教近 20 年后,又先后在耶鲁大学和加利福尼亚大学尔湾分校任教,并在 1986 年当选美国现代语言协会主席。J. 希利斯·米勒的代表性理论著作有《小说与重复》《阅读的伦理》(*The Ethics of Reading*,1987)和《解读叙事》(*Reading Narrative*,1998)等。此外,他的《作为寄主的批评家》("The Critic as Host",1976)一文也影响极大。米勒的文学批评理论经历过几番转变:最初接近新批评,20 世纪 60 年代初在约翰·霍普金斯大学任教期间受日内瓦学派的影响,主张现象学的"意识批评",20 世纪 70 年代以后转向解构主义。此处主要结合《小说与重复》《作为寄主的批评家》等相关著述介绍米勒的解构主义文学理论和批评。

米勒的解构主义文学理论与批评内涵丰富,主要包含施行语言观、小说语言话语本体论、小说重复观与互文性理论等思想。

第一,米勒揭示了文学语言的"施行"特征。

在米勒看来,语言文字具有"施行"(performative)和"记述"(constative)两种特征。语言文字的"施行"指向"想象的现实",意味着读者在阅读过程中体会到词语所揭示的世界,但往往受语境的制

约。语言文字的"记述"指向"真正的现实",体现词语的可证实性功能,具有普遍的有效性。米勒认为文学语言属于"施行"语言,存在于具体语境中,所以他说:"既然文学指称一个想象的现实,那么它就是在施行而非记述意义上使用词语。"①也就是说,文学往往运用文字链指向想象的世界,从而取消文学的现实功能,同时把文学语言的意义局限于"人的想象"领域之中,从而在深层意义上确立文学的价值。米勒曾经模仿作者的口吻说道:"别怪我,那不是我在说话,而是一个想象的、杜撰的、虚构的叙述者。我只是在行使我想说什么就说什么,想质疑什么就质疑什么的权力。别犯那种把叙述者与作者混淆的低级错误。"②显然,米勒认为作者也只不过是"一个想象的、杜撰的、虚构的叙述者",因为这种虚构身份,作者可以无所顾忌地表述一切内容,"想说什么就说什么,想质疑什么就质疑什么",最终凸显语言文字所营造的意义空间。

总之,J. 希利斯·米勒划分了语言的"施行"和"记述"功能,确立了文学语言的"施行意义"。显然,米勒的施行语言观同保罗·德曼的修辞性语言观相去不远。

第二,米勒创立了新的小说本体理论,即语言话语本体论。

米勒在《小说与重复》中提出的小说是用词语表现的人类现实这一命题差不多涵盖了人类历史上关于小说以及文学的所有观念:人们要是强调"人类现实",就会把小说视作现实的副本;要是强调"表现",就会把小说看成具有一定意识的传声筒。但在米勒看来,真正值得重视的是"词语",因为小说世界中无论是现实还是意识观念都是借助词语呈现出来的,都是由词语描述组构的,小说的本体是语言话语。③

---

① 希利斯·米勒:《文学死了吗》,秦立彦译,桂林:广西师范大学出版社,2007年,第57页。
② 希利斯·米勒:《土著与数码冲浪者——米勒中国演讲集》,易晓明编译,长春:吉林人民出版社,2004年,第42页。
③ Hillis Miller, *Fiction and Repetition*, Harvard: Harvard University Press, 1982, p. 20.

米勒指出,语言话语虽然极为重要,但同样重要的是那些词语中的所指成分,如现实情景、人物、事件、意象、社会关系、政治经济状况、社会文化风俗、思想观念、情感状态等,正是它们赋予语言话语以意义,赋予小说以意义。如此一来,小说作品对现实世界的反映,就变成了一种语言话语对另一种语言话语的重复。显然,米勒突出的依然是小说语言话语的本体地位。

第三,米勒提出了小说重复观。

米勒在《小说与重复》中指出:"任何一部小说都是重复现象的复合组织,都是重复中的重复,或者与其他重复形成链形联系的重复的复合组织。"[①]在他看来,小说中的重复现象实现了对事件的还原。在人们的理解之中,事件往往被按照一定的顺序排列,但现实世界本身是混乱的,充满着偶然性和巧合。现实世界中的某些事件产生了复杂的后果,但作者常常只能选择其中的一种进行论述。这种叙述则是由语言、事件的重复造成的。

米勒在《小说与重复》中通过对词语、修辞格、外观、内心情态的重复的关注,对时间和场景的重复的揭示,以及对一部作品与其他作品在主题、动机、人物、事件上的重复的解读,试图从一种全新的视角来理解文学作品,超越文本意义的单一性和中心主义。通过对小说中的重复现象进行深入研究,米勒侧重于解读"意义如何产生",对意义的产生过程进行"拆解式"解读,以剔除传统阅读模式所建立的固定意义。[②] 米勒通过对七部英国小说进行分析,明确质疑意义的单一性和确定性,并通过找到这些小说中重复的差异性所确立的意义多元解释,对文学作品的意义单一性和确定性进行解构。

第四,米勒提出了"寄生"与"寄主"一体化的互文性理论。

米勒一个别出心裁的主张,是通过"寄生"与"寄主"的关系来说明一个文本与另一个文本之间相互依存的关系。他以英国诗人雪莱

---

① 希利斯·米勒:《小说与重复——七部英国小说》,王宏图译,天津:天津人民出版社,2008年,第3页。

② 同①,第5页。

的最后一首长诗《生命的凯旋》("The Triumph of Life")为例,指出诗歌中常常存在一系列"寄生"的东西,如对以前作品的模仿、借喻乃至主题的袭用,但这些"寄生"物"寄生"的方式不仅隐晦不明,而且多种多样,如既有所肯定又有所否定,既有所模仿又有所修正,等等。总之,新文本既需要以前的文本,靠吸取它们的精神营养来求得生存和发展,又常常会破坏它们,成为它们"邪恶"的"寄主"。通过进一步考察可以看出,米勒关于"寄生"和"寄主"的文本关系的观点颇有辩证法的色彩,因为他认为任何一个文本都既是"寄主"又是"寄生者","先前的文本既是新的文本的基础,也是新文本必定予以消灭的某种东西……它既寄生于它们,又贪婪地吞食它们的躯体"。① 显然,这是一种独具特色的互文性理论。

米勒进一步指出,每一部文学作品都有一系列"寄生"的东西,总而言之,任何一个文本都会参照另一个文本,形成文本的关联史。更进一步,"寄生"与"寄主"的关系不仅存在于文学文本的关系之中,也构成当代文学批评的特点,也就是说,在不同批评文本或批评话语之间也存在着类似"寄生"和"寄主"的关系。总之,在米勒那里,不论是文学文本还是文学批评文本,都不是一个封闭的、永恒不变的系统,而是存在各种复杂的关联,因而也存在着无穷无尽的解释的可能,不断消解之前形成的意义,不断拆解动摇不定的文本系统。归根结底,文学批评就是对文本互文性的研究。

第五,米勒推崇"内在阅读法",并推出独特的文本解构观。

从"寄主""寄生"一体化的观点入手,米勒提出,解构主义批评家的任务和目标就是消解作品及其意义的单一性,让一部作品与无数作品形成关联,不断地扩大文本的意义。但是,由于"寄生"与"寄主"之间复杂的关系,以前文本中的各种因素常常只能间接地表现在新文本中,因此,面对新文本,"批评家绝无可能明确地表明作家的作品是否

---

① 希利斯·米勒:《作为寄主的批评家》,老安译,载王逢振等编《最新西方文论选》,桂林:漓江出版社,1991年,第163页。

是'可确定的',表明它是否能够被最终阐释。批评家无法解开那纠结在一起的意义的丝丝缕缕,把它梳理顺当,使其清晰醒目。他能做的充其量只是追溯文本,使它的各种成分再一次生动起来"①。换言之,批评家无法完成确定作品主题的任务,也无法完成对作品做出最终明确阐释的任务,而常常只能通过对文本不确定因素的分析,来揭示文本内部的断裂和自相矛盾。米勒通过大量的批评实践,总结了一套分析文本语义扩散导致文本表面的逻辑安排或整体综合成为一种徒劳努力的文本解构方法,创造性地使用了句法骤变、异貌同质、偏斜修辞、挪移对比等一系列解构分析术语。

在具体操作上,米勒推崇"内在阅读法",即深入文本内部,挖掘那些显示文本解构的因素,使其具有的破坏性力量得以释放。米勒坚信:"以逻各斯为中心的文本都包含其自我削弱的反面论点,包含其自身解构的因素。"②一方面,米勒指出一个文本与其他文本之间的相互呼应和相互指涉之处,以此论证文本意义的开放性;另一方面,他又着力寻找文本中那些具有自我否定意味的细节或者一些关键词,从而找到文本"自我削弱的反面论点"。总之,米勒要找出文本中一切"不确定性"因素或"自身解构的因素"。米勒通过大量精彩的文本阐释范例,使美国文学界终于承认解构主义批评,并接受那些富有启发的文本解读范例;同时,米勒在方法论方面提出了不少富有启发的见解,使解构主义批评具备了完备的理论形态。③

四、哈罗德·布鲁姆的影响论与误读论

哈罗德·布鲁姆(Harold Bloom,1930—2019)是美国当代著名文学理论家,耶鲁大学人文中心终身教授和纽约大学英语系终身教授。

---

① 希利斯·米勒:《作为寄主的批评家》,老安译,载王逢振等编《最新西方文论选》,桂林:漓江出版社,1991年,第181页。
② 希利斯·米勒:《解读叙事》,申丹译,北京:北京大学出版社,2002年,第43页。
③ 盛宁:《二十世纪美国文论》,北京:北京大学出版社,1993年,第62页。

布鲁姆出生于纽约，毕业于耶鲁大学，曾执教于耶鲁大学、纽约大学和哈佛大学等高校。他的学术之路分为四个阶段。20世纪50年代后期至60年代为第一个阶段，从事浪漫主义诗歌批评，受新批评影响。20世纪70年代为第二个阶段即解构主义批评阶段，相继出版《影响的焦虑：一种诗歌理论》(*The Anxiety of Influence: A Theory of Poetry*, 1973)、《误读的地图》(或译《误读图示》, *A Map of Misreading*, 1975)、《诗歌与压抑：从布莱克到史蒂文斯的修正论》(*Poetry and Repression: Revision from Blake to Stevens*, 1976)等著作，提出"对抗性批评"诗学理论和"误读"理论。20世纪80年代即第三个阶段，聚焦《圣经》和宗教研究，其宗教批评与"影响""误读"理论一脉相承。20世纪90年代为第四个阶段，代表作《西方正典：时代之书和流派》(*The Western Canon: The Books and School of the Ages*, 1994)立足于西方古典文艺观念，提出"审美自主性"原则。

作为解构主义批评家的布鲁姆对于美国文学理论与批评的贡献，主要体现在提出了"影响"与"误读"理论。此外，他对文学语言、作者、经典、文本与审美的关系、阅读方式等问题都进行过深入的思考。限于论题，此处只讨论他的"影响"与"误读"理论。

先看布鲁姆的"影响"理论。

布鲁姆认为，后辈作家常常发现自己无可奈何、无可选择地要同前辈作家进行"殊死较量"，才能确立自己以及自己的作品在文学史上的地位。一方面，伟大的前辈作家对后辈作家造成巨大的心理压力。面对已经创作出经典作品的强劲的前辈作家，后辈作家备感焦虑，担心自己的作品能否被社会和读者接受。正是这种无处不在的焦虑，困扰着一代又一代的后辈作家。另一方面，后辈作家在创作过程中需要不断提醒自己必须具备创新能力，才能超越前辈作家，所以前辈作家对后辈作家又有一种激励作用。所有伟大作家都要经受一种煎熬，后辈作家总担心前辈作家用尽了诗歌灵感。后辈作家们体验到对前辈作家的俄狄浦斯情结(即弑父情结)，怀着否定前辈作家而强调独创性的欲望，为此甚至不惜孤注一掷，这就是所谓的"影响的焦虑"(anxiety of influence)。这种焦虑迫使后辈作家采取各种各样的防御策略,寻找能够真正表达自己灵感的诗意空间,迫使他们找到"偏离"前辈作家的路线而创造自己伟大作品的方法。总之,后辈作家通过阅读前辈作家的作品,产生焦虑,形成对抗,产生偏离,最后创作出强劲的、富有独创性的作品。用布鲁姆的话来说就是:"如果没有文学影响过程,根本就不会有强劲的经典作品,尽管这一过程令人心烦,难以理解。"①

中国学者张龙海教授将这一影响的过程图式化为:前辈作品→后辈阅读→进行内化→产生焦虑→后辈作品。从图式中可以看到,后辈作家置身于一定的文学语境中,阅读、阐释、偏离前辈作品,形成一定的防范意义,使用种种隐喻或别致的比喻进行抵御,化焦虑为力量,从而创作出和前辈作品有所不同并能与之抗衡的作品。②

再看布鲁姆的"误读"理论。

在布鲁姆看来,作为"强者"的后辈作家"以坚忍不拔的毅力向威名显赫的前代巨擘进行至死不休的挑战",而"一部诗的历史就是诗人中的强者为了廓清自己的想象空间而相互'误读'对方的诗的历史"③。也就是说,为了在"迟来"的境遇下开辟出自己新的想象空间,后辈作家就会对前辈作家进行创造性的"误读"。应该说,误读也是后辈作家对待前辈作家作品的一种好方法,因为只有"误读"才能产生新的解释,获取新的空间。换言之,后辈作家必须以进取的姿态曲解前辈作家作品的意义,否则厚重的、优秀的传统就会窒息他们的创造力和想象空间。布鲁姆举例说:

> 华兹华斯的诗(《颂诗:忆童年而悟不朽》)在弥尔顿的直接影响下写成,可谓是对《吕西达斯》的误解或有力的误读。

---

① Harold Bloom, *The Anxiety of Influence: A Theory of Poetry*, Oxford: Oxford University Press, 1973, p. 7.
② 张龙海:《哈罗德·布鲁姆的文学观》,上海:上海外语教育出版社,2012年,第40—41页。
③ 哈罗德·布鲁姆:《影响的焦虑》,徐文博译,南京:江苏教育出版社,2006年,第5页。

雪莱的诗(《西风颂》)是对华兹华斯的诗的有力误读,而济慈的诗(《心灵颂》)则是对弥尔顿和华兹华斯的多种文本的有说服力的错误解释。丁尼生的戏剧性独白与所有四位前辈较量,通过语言中最复杂的一种误解,绝妙地实现了自己。①

布鲁姆在《误读的地图》一书中以图示的形式,详细讨论了启蒙运动之后诗人们对前辈诗人的语言如何抵制、如何反应,自己的语言又如何产生出新的意义的情况。他指出,为了克服"影响的焦虑",优秀诗人分别或连续采取六种"心理抵制"的方式,这些方式在他们的诗歌里作为六种"转义"出现,即讽喻、提喻、转喻、夸张、反语和隐喻。布鲁姆将后辈诗人和前辈诗人文本间的六种关系或"修正比"形象地概括为"克里纳门"(clinamen)即诗的有意误读、"苔瑟拉"(tessera)即续完和对偶、"魔鬼化"(daemonisation)即对前驱崇高之反动、"阿波弗里达斯"(apophrades)即死者之回归、"阿斯克西斯"(askesis)即孤独之自我净化和"克诺西斯"(kenosis)即重复和不连续。这些颇具宗教神秘色彩的术语准确地凸显了后辈诗人对待前辈诗人作品既虔诚崇拜又不得不背离的态度。

在布鲁姆看来,一切文学文本都必然是一种"互文本"(intertext),因为任何文本都会从另一个文本中寻找一些根据和营养元素;同样,完全自洽的诗并不存在,只存在"互涉诗"(interpoem)。换言之,互文本是一切文本的基础,因此,重要的是文本之间的关系。但是,文本之间的关系必须依靠文学批评活动来阐明和揭示。对文本之间关系的批评必然会包含误读、误识和误解,因为不折不扣的重复或模仿或绝对同一是不可能的。每一位有能力的读者对他阅读过的每一个文本所做的阐释和批评行为必然是一种"误读"。总体来看,布鲁姆认为存在着三种误读形式:一是后辈诗人对前辈诗人的误读,二是批评家对

---

① Harold Bloom, *A Map of Misreading*, Oxford: Oxford University Press, 1975, p. 144.

文本的误读,三是诗人对自己作品的错估或误读。总之,布鲁姆概括指出:"解释是不存在的,唯一存在的是误解。"①不过如前所述,在这三种误读形式中,布鲁姆着重关注的是后辈诗人对前辈诗人的误读,而不怎么注意另外两种误读的情况。

值得一提的是,布鲁姆在 20 世纪 90 年代讨论过文学经典的话题,特别关注文学语言的特质。他指出:"文学不仅仅是由语言构成,它还是进行比喻的意志,隐喻的追求,即尼采曾经定义的'渴望与众不同,渴望身在他处'。"②也就是说,文学语言不仅陈述事实,它注定还是一种修辞,因为内里包含一种强烈的"进行比喻的意志"和"隐喻的追求"。显而易见,布鲁姆关于文学语言特质的界定跟保罗·德曼的语言修辞性和 J. 希利斯·米勒的施行语言观非常接近。

五、杰弗里·哈特曼的文本不确定性理论

杰弗里·哈特曼(Geoffrey Hartman, 1929—2016)是美国当代最有影响力的文学批评家和美学家之一。他出生在德国法兰克福一个犹太人家庭,希特勒执政时期逃离德国并在美国定居。他长期执教于耶鲁大学英文系和比较文学系。哈特曼早年从事浪漫主义诗歌研究,大概在 20 世纪七八十年代专注于解构主义批评理论研究。作为解构主义批评家,他的理论著作主要有《荒野中的批评:关于当代文学的研究》(*Criticism in the Wilderness: The Study of Literature Today*, 1980)。后来他在《解构与批评》(*Deconstruction and Criticism*, 1999)一书中又进一步阐发了自己的解构主义主张。

哈特曼的解构主义批评吸取了德里达等人的解构主义理论,主要体现为他对文本的不确定性及批评与文学的同一性这两个观点的阐释。但他在继承德里达理论的基础上又有所创新和超越,其中最大的

---

① Harold Bloom, *The Anxiety of Influence: A Theory of Poetry*, Oxford: Oxford University Press, 1973, p. 95.

② Harold Bloom, *The Western Canon: The Books and School of the Ages*, New York: Harcourt Brace & Company, 1994, p. 11.

创新就在于他没有将解构视为一种教条,而只是把它当成一种文本解读的策略或方法,同时崇奉人文性,并探索批评家的心理,这就在一定程度上体现出对解构主义批评的超越姿态。

什么是文本的不确定性呢?

哈特曼在《荒野中的批评:关于当代文学的研究》中指出,文本意义的不确定性是由语言的比喻性和修辞性引起的,文学文本的语言因而是多义的、含糊的、不确定的。语言的修辞性和比喻性或象征性已经成为获取文学文本确定意义的绊脚石。从另一个角度讲,文学语言是在不断地破坏自身的意义,解构自身。此外,哈特曼还发现,文学作品中的语言本身就是一张错综复杂的网络,作品中的每一个词、每一句话必须联系上下文才能确定其含义。他以美国女诗人艾米莉·狄金森的第1 084首诗为例指出,对诗中无法确定其意义的词"要素"(element)和"器具"(implement)进行理解的唯一办法,是联系和对照诗人早期的诗作,甚至追踪它们的语源学意义。① 艾米莉·狄金森早期诗歌中的句子以及这些词汇的语源学祖先就构成一张语言的网络。

哈特曼从文学语言具有比喻性、象征性和修辞性因而意义具有不确定性这一基本观点出发,其目的最终是要探索文学文本的意义及其不确定性。哈特曼发现文学文本中常常充满矛盾、冲突,导致文学文本意义的不确定性,因而文学批评家应对文本的解读持一种开放性的态度。哈特曼认为:"一种意义不仅仅与其他具有含糊性的意义类型共存,一种意义就是其他意义。"②前述语言的修辞性特征是导致文学文本意义不确定的第一个原因,而意义间的杂交则会使文本意义的不确定性不断延宕或繁殖,这是第二个原因。同时,文本是作者写作的结果,而"写作是超越文本界限的行为,是使文本不确定的行为"③。换言之,正是作者本人有意或无意造成了文本意义的不确定性。事实

---

① Geoffrey Hartman, *Criticism in the Wilderness: The Study of Literature Today*, New Haven and London: Yale University Press, 1980, p. 128.
② 同①,第129页。
③ 同①,第205页。

上,任何文学文本都是具体的作者在特定时间和地点创作出来的,反映了作者在当时、当地的特殊情感。简言之,作者在特定的时间和地点进行创作是文本意义不确定的第三个原因。由于文学文本常常会被反复阅读,阅读的语境不同,文本的意义也会不断地更新和拓展。这样,文本意义既不是凝定在作者最初的原意上,也不是凝定在它的读者的理解上。这是文本意义不确定的第四个原因。第五,互文性也是文本意义不确定的根源之一。任何作家都不可避免地以其他文本作为中介展开创作。一个文本依赖着其他文本,从而成为"一种持久的变项"[1]。也就是说,即使对作者而言,文本也是多义的、开放的。

什么是文学与批评的同一性?

哈特曼一直致力于创造一种独特的、个性化的批评风格以及一种能将所有知识全部整合起来的批评方法。在他看来,文学批评既具有实用价值,又具有审美价值,同文学创作几乎没有什么区别。在这层意义上,哈特曼对19世纪英国诗人兼批评家马修·阿诺德(Matthew Arnold)和新批评派诸家将文学批评与文学创作的关系视为"侍从和主人"的看法表示质疑,明确提出将文学批评和文学文本同等看待的主张。他指出:"如果对批评加以细读,在它对于文学的关系中,把它看作与文学共生,而不是寄生于文学之上,那么这就会使我的目光转向过去的丰富多彩的批评。"[2]哈特曼强调,应当把文学批评看成文学的分内之事,文学批评不是被动地阐释文学文本,而是与文学作品一样具有创造性,"因为所有的批评都需要一种再思考,这种再思考本身就是创造性的"[3]。正是在创造性这一特征上,哈特曼颠覆了传统意义上将文学批评视为文学创作的仆人的观点,而将它们视为平起平坐、相辅相成的两种文类。

另外,哈特曼还指出,文学批评同文学作品一样,也具有引起情感

---

[1] Geoffrey Hartman, *Criticism in the Wilderness: The Study of Literature Today*, New Haven and London: Yale University Press, 1980, p. 270.
[2] 同[1],第4页。
[3] 同[1],第14页。

共鸣的性质。两者的统一在随笔(essay)这种文体中得到集中而完美的体现。在哈特曼看来,随笔既能够履行评论的各种功能,又常常是一首"严格的智慧之诗"①。哈特曼将文学作品与文学批评相提并论的主张,进一步凸显了解构主义的不确定性原则。

需要指出的是,哈特曼是解构主义阵营中为数不多的关注人文性问题的理论家和批评家之一。他试图在这个人文传统被全面解构和抛弃的时代,将传统的人文性重新带回美国的学术舞台。人文主义者的特征之一是重视研究历史和继承古代文化遗产。解构主义批评从根本上忽视甚至无视文学创作者这个主体的意愿,完全把"人"的因素掏空,甚至排斥一切是非对错的判断标准,使人们犹如置身于批评的荒野之中,从而迷失方向。哈特曼认为批评家的首要任务是进行批评,批评家应当具备创造能力,深谙心理学。他指出:"当代批评家对前人作品具有深刻的依赖心理,并努力使自己的作品与前人作品形成一种应答。"②他非常强调适时的回应和接受者的行为。也就是说,读者尤其是批评家要同以前作品的作者之间构成一种双向交流模式,使自己的作品与前人作品形成一种应答关系。

六、美国解构主义批评的文学思想及其反叛与解构特征

20世纪60至70年代以"耶鲁四杰"为代表的美国解构主义理论家和批评家的文学思想大致可以概括为如下几个方面。

第一,美国解构主义批评家重新界定了"文学"的内涵与外延。解构主义者所说的"文学"的范畴不再局限于传统意义上的诗歌、小说、散文、戏剧,也不只是现在所谓的具有"文学性"的作品,而是囊括了一切体现了语言修辞性的文本,不仅包含文学文本,还延伸到哲学、文学批评等领域。总之,他们通过语言的修辞性和含混性消解了哲学与文

---

① Geoffrey Hartman, *Criticism in the Wilderness: The Study of Literature Today*, New Haven and London: Yale University Press, 1980, p. 196.

② Geoffrey Hartman, Preface, *Deconstruction and Criticism*, by Harold Bloom, et al. New York: Continuum, 1999, p. II.

学的学科界限,颠覆了各种体制化的霸权话语。这实质上是对德里达的"文学不分类"主张的延伸与发展。

第二,美国解构主义批评家特别关注文学语言的特质,并据此确立文学的本质。解构主义批评家将文学语言的特质或者称为"修辞性",因为它常常运用隐喻、转喻、讽喻等多种修辞手法,一切文学语言都是比喻性和转义性的;或者称为"施行性",因为它存在于具体的语境中,指向人类的"想象空间"。总之,不管是修辞性还是施行性,都说明文学语言具有不可靠性,文学文本具有欺骗性,文学文本的意义具有不确定性。

第三,美国解构主义批评家推出一个重要概念,即"互文性"或"文本间性"(intertextuality)。该概念的内涵是:语言不仅存在于书籍中,也存在于言语、历史和文化中;任何文本都浸透了多种文化和社会的规则、概念、符号和代码,处于与文化、社会的密切联系之中。J. 希利斯·米勒将互文性形象地比喻为"寄生"与"寄主"的关系,借以说明文本与文本之间相互吸收、相互依存的关系。这表明解构主义批评家充分认识到文本的开放性、边缘性和互文性,并揭示出文学艺术相互交织所产生的无限生命力。

第四,美国解构主义批评家提出了文学文本不可读、一切阅读和阐释其实都是一种"误读"的主张。不过他们所说的"误读"不能简单地被理解为"错误的解读"。语言的修辞性和文本的"寄生"与"寄主"关系固然可能导致"误读",但更重要的是,后辈作家为了在"迟来"的境遇下开辟出自己新的想象空间而主动对前辈作家的作品进行创造性"误读",后者恰恰是对待他文本的好方法。解构主义批评家充分认识到读者、批评家在文艺活动和文学写作中的重要地位和作用,倡导批评主体的自由性、开放性和发展性,揭示出"误读"以及误读性写作在文学发展中的作用和地位。

第五,在批评实践中,解构主义批评家提倡各具特色的阅读和批评方式,以达到解构文本意义甚至文本本身的目的。例如,保罗·德曼推出修辞阅读策略,通过挖掘修辞在文本中如何破坏文本意义的单一性,以完成文学解构的任务。他将这种修辞阅读策略命名为"阅读的寓言",旨在通过修辞阅读,让文本显现为解构自身的寓言式(即歧义性、多义性)叙述。再如 J. 希利斯·米勒推崇的"内在阅读法",即主张深入文本内部,细致地挖掘那些显示文本解构的因素,通过解构分析,使其本身具有的破坏力量得以释放。

总体来看,美国解构主义理论家和批评家的文学思想与批评活动呈现出鲜明的反叛与解构特征。这一特征主要表现在接受动机、认识论和方法论等三个方面。

首先,从接受动机来看,美国知识分子自身高涨的对社会文化主流思潮的反叛精神及对模式化、规范化的厌恶心理,是他们亲近并迎合法国哲学家德里达等人反权威、反传统、反理性的解构主义思潮的心理基础。学术界一般认为,法国解构主义理论是一种学术化了的政治、社会和文化行为。解构主义者以追求民主、平等、自由自居,1968年"五月风暴"的平息使他们无法在政治上再度发泄,因而转入对哲学、文化、学术和文艺的反叛、颠覆。英国批评家特里·伊格尔顿形象生动而又一针见血地指出后结构主义(主要是解构主义)的实质:"由于无法打破政权结构,后结构主义发现有可能转而破坏语言的结构。至少,任何人都不会因此而敲你的脑袋。学生运动在街道上被冲垮了,被迫进入了反传统的叙述。"[1]他认为后结构主义"是一种基本的政治实践,它企图破坏一种特定的思想体系以及它背后一整套政治结构和社会制度所赖以保持自身力量的逻辑"[2]。面对 20 世纪 60 年代美国风起云涌的社会思潮和激烈的社会运动,"耶鲁学派"等美国解构主义者心中也同样不断涌起对社会体制和主流思想的不满与反叛情绪。当然,他们与德里达旺盛的政治热情又有所不同,更多地专注于文学研究,因此相对而言,此时美国思想界、理论界、学术界死水一潭、亟待创新的现状则是他们愤然挺身而出、接受解构主义哲学的主要动

---

[1] 特里·伊格尔顿:《当代西方文学理论》,王逢振译,北京:中国社会科学出版社,1988年,第206页。
[2] 同[1],第214页。

力。具体就文学理论与批评界来说,20世纪前期在美国占主导地位的新批评割断了文本与作者、社会之间的关系,不少批评家对这种孤立封闭的文学批评日益不满,接受解构主义思潮乃势在必行。

其次,从认识论上说,美国解构主义文学理论与批评的思想基础或学术渊源是德里达的解构主义哲学,直接秉承了后者反对逻各斯中心主义和语音中心主义、否定终极意义、消解二元对立的反叛精神与解构意识。

顾名思义,所谓解构的"解",字义是"解开、分解、拆解","构"的字义是"结构、构成","解构"则意为"解开之后再结构""拆解之后再重构"。解构主义对现行意识形态、传统认识模式甚至人类全部知识持怀疑与否定态度,其最大的特征就是反传统、反惯例、反权威、反理性、反中心。应该承认,在特定条件下,解构主义思潮具有一定的革命性。

一般认为,解构主义文学理论与批评将西方文学理论和批评划分为两个时代:20世纪60年代以前是现代主义为主流的时代,此后即步入后现代主义阶段。甚至可以说,解构主义标志着西方一种旧文化、旧文论的终结和一种新文化、新文论的发端。它着手摧毁逻各斯中心主义、语音中心主义,动摇了西方传统哲学和文论的语言学基础,推翻了形式主义、新批评和结构主义文论与批评。美国解构主义文学理论家与批评家继承并发扬解构主义对逻各斯中心主义的反叛诉求,致力于消解中心、颠倒秩序、解构理性的优先地位,打破文学与哲学的界限,重设文学与言语的地位。就解构主义批评而言,它的最终目标正如美国当代文学批评家M. H. 艾布拉姆斯所言:"确切地说,解构主义是通过表明作品已经自觉或不自觉地破坏了自己立身的基础来实现其掘基解构的作用的。它并非要肢解作品的结构,而是要证明作品本身已经自行解构了。"[1]美国解构主义理论家和批评家不是要"肢解

---

[1] M. H. 艾布拉姆斯:《欧美文学术语词典》,朱金鹏、朱荔译,北京:北京大学出版社,1990年,第72页。

作品的结构",而是要"掘基解构""证明作品本身已经自行解构",这种釜底抽薪式的行为表明,他们在认识论层面具有反叛精神和解构传统、重建自己的理论和方法的愿望。

最后,从方法论上说,解构主义文学理论与批评成了"分析"的同义词,将反传统、反权威、反中心的精神潜移默化地熔铸到人们的阅读习惯和思维模式之中,形成了一种反对传统、热衷于解构、致力于创新的阅读和批评方式。

解构主义批评形成了一套独特的文学解构方法。具体做法是,借助辞源学和训诂学知识,在词义演变的任何一个环节上找到缝隙,最后摧毁这座文本大厦。解构主义强调对文本展开永无止境的阐释。这种阐释实质上是一种"找茬"的活动,旨在消解文本的确定性和终极意义。

解构主义已经融入当代美国文学批评之中。M. H. 艾布拉姆斯在《欧美文学术语词典》(*A Glossary of Literary Terms*)中这样概括解构主义作为一种批评方法的特质:"解构主义作为一种解释作品的方法是通过深入细致地探索每部作品文字里的迷宫暗道来奏效的……解构主义批评家利用这样的探索过程来寻找研究对象的矛盾因素和可以把它全文分解的线索,或者说是在搜寻可以使整幢房屋倾倒的那块已经松动的石头。"[①]探索"每部作品文字里的迷宫暗道",以寻找其中的"矛盾因素"和分解线索,抽调"已经松动的石头",最终使整幢文本大厦倾倒,这就是解构主义批评家惯用的路数。有学者敏锐地发现,由新批评"所培养起来的着眼于文本的细读和内在分析、探究语言的修辞性的习惯,其本身也已经成为一个与解构批评一拍即合的内因"[②]。换言之,新批评将批评家的眼光引向文本内部,引向语言的修辞性特征,解构主义者正是从新批评派的做法那里发现了解构的视角和方法,新批评阵营因而诞生了自己的掘墓人。

[①] M. H. 艾布拉姆斯:《欧美文学术语词典》,朱金鹏、朱荔译,北京:北京大学出版社,1990年,第72页。

[②] 盛宁:《后结构主义的批评:"文本"的解构》,《文艺理论与批评》1994年第2期,第114—129页。

解构主义思潮从问世之日起就遭到各方面的否定与批判,其自身矛盾百出、主张横扫一切却建树不多等问题,是它受到非议的重要原因。首先,解构主义思潮以极端的方式对传统文化和现实政权进行批判和攻击,其文化虚无主义和无政府主义的立场必然受到主流学者甚至多数学者的质疑与批判。其次,解构主义理论本身矛盾重重。如它以无中心论反中心,就像揪着自己的头发想离开地球一样,陷入极其困难的境地。再如它过分夸大文字的力量和优先权,甚至认为它能够推翻西方2 000年传统哲学文化的中心,完全割裂了文字同现实、思维的关联,显得荒诞不经。第三,解构主义文学理论中虚妄、夸大和否定之词过多,有损科学性和文学性。如它否定作者和作品的重要性,声称"作者已死""作品之死"。再如它无限扩大互文性和边缘文本,使文本的"外延"如同泛滥的洪水,必然淹没"内涵"这个有限的水库,造成灾害。再如它无限夸大修辞、隐喻的作用,过分膨胀批评家的权力话语,推崇"误读"和误读性写作,"沉湎于语言游戏"[1]。然而,任何一种文学理论和文学批评毕竟都要科学而准确地探索文学、艺术的确定意义,因而必然要反对解构主义批评所推崇的无意义和虚无主义,必然要反对解构行为所体现的极端的否定性和负面性。如此一来,解构主义思潮从法国到美国、从哲学到文学,总体上是道路越走越窄。解构主义既在美国的文学理论与批评领域结出了累累硕果,却最终也在美国学术界结束了自己的生命与影响力,这种说法是有一定道理的。

第三节

读者反应批评的文学思想[2]

读者反应批评是对20世纪30至60年代以前以形式主义文本中

---

[1] 杨大春:《文本的世界》,北京:中国社会科学出版社,1998年,第372页。
[2] 本节由黄怀军撰写。

心批评为主导的文学批评方法的反拨。20世纪60年代中后期,美国理论界转向关注阅读、接受和读者反应的新的批评领域,形成了颇具规模的读者反应批评浪潮。

一、美国读者反应批评的学术渊源

美国读者反应批评的主将是一批曾经在纽约州立大学布法罗分校任教过的文学教授,故又称"布法罗批评学派"(Buffalo School)。代表人物有诺曼·霍兰德、戴维·布莱奇、斯坦利·费什等。大致说来,美国的读者反应批评是美国本土理论家融汇来自欧洲的阐释学,尤其是接受理论或接受美学而改造形成的理论与批评思潮。

美国读者反应批评最重要的理论源头或学术渊源是20世纪60年代德国康斯坦茨学派(Die Konstanzer Schule)倡导的接受理论或接受美学。大体上说,接受理论始于德国,而读者反应批评则是这种理论在美国的实践和发展。但不论是在德国还是在美国,接受理论和读者反应批评都不是概念完全统一的理论思潮。接受理论是现象学哲学的一种运用,具有浓厚的德国哲学色彩,读者反应批评则是一种文学理论与批评思潮。

具体来说,对美国读者反应批评产生直接影响的是德国接受美学理论家沃尔夫冈·伊瑟尔,他是康斯坦茨学派的代表人物之一。伊瑟尔曾经在美国多所大学讲学,对美国的读者反应批评有直接而重大的影响。他的力作《文本的召唤结构》(*Text's Response-Inviting Structure*,1970)与汉斯·罗伯特·姚斯(Hans Robert Jauss)的《文学史作为向文学理论的挑战》("Literary History as a Challenge to Literary Theory",1967)一文同为接受美学的奠基之作。相对于姚斯的宏观视野,伊瑟尔忠实于具体文本阅读的分析,走的是微观研究的路径。他在波兰哲学家、文学理论家罗曼·英加登(Roman Ingarden)的现象学研究的基础上提出文本的召唤性,揭示出这样一个普遍的事实:文学文本中有许多开放未决的"空白点",需要读者通过再创造去填补和充实。伊瑟尔认为,文学文本是作者创作出来的一种意向性存在,在文学文本阅读的整个活动过程中,不仅有作者的意向性赋予,同时还存在着读者的意向性接受,也就是说,读者对文本中的空白和不确定性有所选择和补充。基于此,伊瑟尔进一步认为,文学作品的意义不是客观的,也不是固定的,往往随着解释的改变而改变,无法被读者全部实现和把握。总之,伊瑟尔认为对文本的阐释离不开限制和规约读者反应的各种要素,其中"隐含读者"是唤起读者一定反应的重要文本结构。① 伊瑟尔等人的理论引入美国之后,常常被称为"读者反应批评"。相对于德国的接受美学,读者反应批评带有更为明显的主观色彩。

20世纪60年代中后期,欧洲接受美学的风潮波及美国的文学理论界与批评界,后者迅速转向关注阅读、接受和读者反应的新的批评领域,兴起了"读者反应运动"。在此之前,美国盛行的是以新批评为主的形式主义批评。随着欧洲学者与美国学者的对话与交流,以读者为中心的思想逐渐占据美国文学批评的主流。读者反应批评家认为,读者的活动本身就等同于文本,读者的阅读是一切文学价值的源泉。换言之,作者创作文学,并不意味着文学的完成,文学的意义必须通过阅读而生成,文学的价值依赖读者阅读的价值。显然,读者反应批评看轻作者或者文本,却特别重视读者和阅读过程,认为文本的意义和价值最终由读者的阅读来决定。1980年,美国当代文学批评家简·P.汤普金斯(Jane P. Tompkins)编辑了《读者反应批评》(*Reader-Response Criticism*)一书,收录多篇具有代表性的论文。此后,人们便将这一批评思潮称为"读者反应批评"。

实际上,美国的读者反应批评是一场松散的思潮,内部并没有统一的理论和主张。其中,斯坦利·费什强调现象学的理论基础,诺曼·霍兰德和戴维·布莱奇以精神分析学为其理论基础与基本方法。一般认为,美国读者反应批评思潮的代表人物是斯坦利·费什、诺曼·霍兰德和戴维·布莱奇三位。下面依次介绍和讨论他们的基本

---

① 此处关于伊瑟尔观点的介绍,参见:郭宏安、章国锋、王逢振:《二十世纪西方文论研究》,北京:中国社会科学出版社,1997年,第325—332页。

主张和文学思想。

二、斯坦利·费什与"有知识的读者"

斯坦利·费什（又译斯坦利·菲什、斯坦利·费希,Stanley Fish, 1938— ）是当代美国读者反应批评的重要理论家,也是美国极端形态的读者反应批评的突出代表。他出生在美国的罗德岛,1962 年获耶鲁大学博士学位,曾短期任职于纽约州立大学布法罗分校,后长期执教于杜克大学。他从 20 世纪 60 年代后期开始倡导读者反应批评,主要成果有专著《为罪恶所震惊:〈失乐园〉中的读者》(*Surprised by Sin: The Reader in "Paradise Lost"*,1967)和论文《读者中的文学:感受文体学》("Literature in the Reader: Affective Stylistics",1970)、《阐释"集注本"》("Interpretation of *Variorum*",1976)等。2012 年,他出版《反人文主义的视野:弥尔顿及其他》(*Versions of Anti-Humanism: Milton and Others*)一书,总结自己的学术观点。

费什在继承和接受伊瑟尔理论的基础上,对接受理论进行了重要改造。他的理论是读者反应理论前瞻性与前卫性的代表,在西方文学理论与批评界产生了重大影响。费什的理论主张主要有"意义即事件""有知识的读者""阐释共同体""感受文体学"等观点或概念。

首先,在探究文本意义的来源时,费什提出了著名的"意义即事件"的观点,将读者的主导地位推到极致。

费什将传统的问题"这句话的意义是什么"改为"这句话(对读者)做了什么"。在他看来,读者面对的句子不再是一个个独立存在的客体,而是一个个动态的"事件"(event)。用费什的话说就是:"不管文本是什么,其形态的意义对于那些乐于去构造文本的人来说是他们欲完成的一件'正在进行中的行为'。"① 也就是说,"正在进行中的行为"或正在发生的事件才是句子甚至文本要表达的意义。此前的新批

---

① 斯坦利·费什:《读者反应批评:理论与实践》,文楚安译,北京:中国社会科学出版社,1998 年,第 63 页。

评派学者认为,从作者的创作意图和读者的阅读经验去探寻作品的意义是不可靠的,会陷入"意图谬误"(intentional fallacy)和"感受谬误"(affective fallacy)的陷阱之中。他们实际上是用"意图谬误"来割断作者同作品之间的联系,用"感受谬误"来割断读者与作品之间的关系。费什则认为,文学文本实际上不具有独立性和客观性,"文本的客观性是一种'幻象',而且是一种危险的幻象;恰恰是因为作为实体,它的客观性毋庸置疑。这是一种具有自足性和完整性的幻象"①。文学作品是需要人们阅读的,阅读是由读者和作品共同参与的活动。所以费什说:"意义的产生与否都取决于读者的头脑(思考),并不是在印成的篇页或书页中去寻找。"②也就是说,文学文本本身没有意义,没有被阅读过的作品是没有意义可言的,文学文本的意义需要读者的参与(即阅读)才能产生。

由此,费什对读者和作品的关系重新进行界定,将读者在阅读过程中的主导作用推到极致。接受美学先驱伊瑟尔认为文本有一种召唤性结构,它会促使读者将文本中暗含的空白填补完整,对文本中不确定的含义赋予确定的意义。显然,文本的召唤性结构将文本与读者联系起来,成为"联结创作意识与接受意识的桥梁"③。不过,虽然读者在填补文本空白的过程中拥有参与作品意义生成的权力,但这种权力不能独立存在,还得依赖文本的客观性。反复强调读者和文本之间相互作用的关系,表明伊瑟尔的理论主张具有浓厚的辩证色彩。费什则不赞同伊瑟尔的"意义来自读者和文本的相互作用"的观点,而认定文本的意义只能围绕读者而产生。他完全将作者的创作意图排除在文本意义之外,认为是读者的阐释与经验创造了文本,并据此确立读者在阅读和阐释活动中的绝对主导地位。不仅如此,费什对伊瑟尔的

---

① 斯坦利·费什:《读者反应批评:理论与实践》,文楚安译,北京:中国社会科学出版社,1998年,第158页。
② 同①,第150页。
③ 沃尔夫冈·伊瑟尔:《阅读活动——审美反应理论》,金元浦、周宁译,北京:中国社会科学出版社,1991年,第11页。

未定性概念也提出异议。伊瑟尔认为读者填补作品中意义未定性的主观努力不能超越客观文本的界限,费什却认为读者不受任何文本的限制,"一切意义的创造实际上都依赖于读者在传统惯例之内运用'主观性'"①。也就是说,读者的"主观性"可以排除一切因素的限制,独自决定文本意义的生成。

综上所述,可以看出,在文本意义来源的问题上,费什将读者在建构文本意义过程中的主观性发挥到极致,认为文本的意义最终是由读者的阅读行为或"事件"建构的。

其次,费什标举"有知识的读者",这种读者既要具备一定的知识能力和素养,还要承认并接受"阐释共同体"的规则体系。

从本质上讲,接受美学对阅读主体的要求一般是一种假想的读者。如伊瑟尔确立的"隐含读者"只是对读者的理想状态的假设,这种读者是"一种与文本结构的暗示方向相吻合的读者,即受制于文本结构的读者……同时还包含着读者再创造的能动性和对作品意义的参与和实现"②。费什心目中理想的读者则是"有知识的读者"。这一概念最早出现在他的《读者中的文学:感受文体学》一文中。在费什看来,一个"有知识的读者"必须具备如下三个条件:一是"能够熟练地讲写作品文本的那种语言";二是"充分地掌握'一个成熟的……听众在其理解过程中所必需的语义知识',包括词组搭配的可能性、成语、专业以及其他方言行话之类的知识(亦即作为适用语言的人和作为语言的理解者所具有的经验)";三是"文学能力"③。说得更明白些,在费什那里,"有知识的读者"是"指那种能够描述由社会所制约的阐释技巧并且具有内在化了的语言文学能力的读者,实际上是一种学者化的读者"④。具备语言文字能力并具有一定文学素养的"学者化的读

---

① 金元浦:《接受反应文论》,济南:山东教育出版社,1998年,第211页。
② 朱立元:《接受美学导论》,合肥:安徽教育出版社,2004年,第75页。
③ 斯坦利·费什:《读者反应批评:理论与实践》,文楚安译,北京:中国社会科学出版社,1998年,第165页。
④ 同①,第2页。

者"是费什心目中的理想读者,而现实生活中的读者常常不能完全达到这个状态。对此,费什似乎也心知肚明,所以他只是希望读者"自觉地努力以便成为有知识的读者,使思维(头脑)成为特定的文本所能激起的(潜在的)反应的贮存库"①。显然,费什对读者的要求依然限于学院化和精英化的圈子之内,所谓"有知识的读者"本质上等同于"学院读者"。

费什进一步指出,"有知识的读者"不仅要掌握必需的知识体系、必须具备的能力,而且要遵守共同的规则体系。费什声称:"倘若使用同一语言的人遵守一套每个人都使之内在化了的规则体系,那么,在这种意义上,每个人的理解力就将趋于一致。这就是说,理解会在讲这种语言的人所接受的共同规则体系范围中进行。然而,这些规则……也必然会限制反应的区域甚至方向;它们将在某种程度上做出可以预料的或者规范的反应。"②这种被讲某种语言的人群所接受并内在化了的规则体系,就成为"阐释共同体"概念的首要前提。

何谓"阐释共同体"(或译"阐释团体""解释共同体""解释团体",interpretative community)？这个概念最早出现在费什的《阐释"集注本"》一文中。费什说:"无论是文本还是读者都是解释团体所具有的功能,解释团体既使文本的外形/特征、也使读者的行为能够被理解。"③任何读者都同时具有个体性和社会性,因此,"没有谁做出的解释行为仅仅是他所独有的,相反,他总是根据自己在某一社会化、机构化了的情势中的位置去进行解释的"④。换言之,任何读者所代表的往往不是他一个人的看法,而是为这个读者所处的时代和社会所普遍认同的思想观念。费什还说:"自我绝不可能脱离群体的或习惯的思维范畴而存在,正是思维范畴使自我的运作(思考、观察、阅读)得以

---

① 斯坦利·费什:《读者反应批评:理论与实践》,文楚安译,北京:中国社会科学出版社,1998年,第165页。
② 同①,第160页。
③ 同①,第3页。
④ 同①,第61页。

进行。……那种认为存在着一个不受约束的自我,一个完全地而且具有危险性、无法控制意识的想法实在是不可理喻、缺乏根据的。"① 这里实际上触及阐释的主观性与客观性的关系问题。读者在阅读过程中,既会受到读者个体的知识素养和思想立场的影响,也会受到"阐释共同体"的制约。正如费什所言:

> 它们(指阅读)之所以不是客观的,是因为它们总是某一观点(或看法)的产物,而不仅仅是"被阅读-理解";它们之所以不是主观的,是因为观点(或看法)总具有社会性和习惯性。依据同样的推理,我们也可以认为,它们既是主观的,又是客观的:之所以是客观的,是因为给这些意义提供或传递信息的观点(看法)具有社会性和习惯性,而不是个别的或者独一无二的。②

在阅读文本和解读文本的过程中,读者往往会受到传统观念和阐释共同体的阅读策略的潜移默化的影响,而他们对文本意义的理解最终也将趋于一致或相似。

美国学者简·汤普金斯非常认同费什的"阐释共同体"主张。他指出:"文学批评史不会成为一种旨在对某一稳固的文本进行精确阅读的发展史,而是会成为一种由团体/体制所制约的参与者为把某一文本置于观照视野之内而不断努力的历史。"③ 总体来说,费什的"阐释共同体"理论自始至终高举"读者中心论"的旗帜,将文本的意义阐释牢牢锁定在读者的阅读活动之中。费什认为,在学术界,因为知识背景和结构大体相同,总能得出相似或相同的结论。通过挖掘读者思

---

① 斯坦利·费什:《读者反应批评:理论与实践》,文楚安译,北京:中国社会科学出版社,1998年,第61页。
② 同①,第61—62页。
③ 简·汤普金斯:《读者反应批评引论》,载陆梅林、程代熙主编《读者反应批评》,刘峰等译,北京:文化艺术出版社,1989年,第32页。

想中内在的规范化因素,费什旨在将读者个体的主观性控制在一个稳定的框架之内,从而在一定范围内和一定程度上规避了文学文本的意义完全陷入主观随意性的危险。

不过,费什从社会文化内部寻找意义阐释根源的做法也受到一些人的质疑。质疑者认为,费什关于"阐释共同体"的阐述在某种意义上抹掉了读者的主观能动性,读者似乎成了某种文化思想或历史因素的载体,他往往是代表某种阐释团体在对文本进行阅读。如此一来,费什的"读者中心论"在某种程度上成了"阐释共同体作用论"。但从另外一个角度来看,则恰恰显示了费什的理论不这么偏激,而具有几分理性和辩证法的色彩。

最后,费什还提出了"感受文体学"的概念。

费什认为,文学并不仅仅是白纸黑字的书本,而是读者在阅读过程中的体验,文学文本的意义也是读者对它的主观认识,因而会变化不定,在这个意义上说,文学文本本质上就是一种"感受文体学"(或译"感情文体学",affective stylistics)。也就是说,文本、意义都不仅仅是外在的客体,其实质乃是读者经验的产物。因此,文学文本和读者之间的界限日趋模糊,文学批评关注的中心则由文学文本的意义渐渐转向读者的主观反应。

费什提出"感受文体学"这一概念意义重大,其意义具体表现在如下几个方面。第一,这个概念是同新批评的"感受谬误"相对立的,强调的是理解和阐释在一定程度上的规范性和准确性。第二,文学作品是活动的、运动的,是一种融入了读者的感受或感情的文体,所谓作品的客观性不过是一种假设、一种幻想。第三,读者的阅读和批评作为一种主观活动,对文学文本进行的是一种带有感情色彩的分析和阐释,而不只是一种程序化的、科学性的、冷冰冰的分析。第四,文学批评所呈现的意义是读者阅读的意义,文学批评所做的描述是对读者阅读过程和阅读体验的描绘,因而成了一种携带了主观感情或主观感受的批评文体。总之,"感受文体学"概念突出了文本的文学性特质,也凸显了读者在文本意义生成过程中的作用以及独特的作用方式。

三、诺曼·霍兰德与读者的"个性主题"

诺曼·霍兰德(Norman Holland,1927—2017)是美国杰出的后现代精神分析学家和读者反应批评的重要代表,也是"布法罗学派"的核心人物。他先后获得麻省理工学院的电气工程学学士和哈佛大学的法学学士学位,并于1956年获得哈佛大学文学博士学位,此后任教于麻省理工学院。霍兰德最初接触弗洛伊德学说的时间是就读于麻省理工学院的1945年,20世纪50年代末系统地接受精神分析学说,1960年开始在波士顿精神分析学院接受系统的训练,从此开始运用精神分析理论研究文学。霍兰德的批评观念经历了三个阶段的发展变化。20世纪60年代中到70年代初是新精神分析批评的初创期。这一时期的代表性论著是《精神分析与莎士比亚》(*Psychoanalysis and Shakespeare*,1966)和《文学反应动力学》(*The Dynamics of Literary Response*,1968)。20世纪70年代初到80年代中期是霍兰德新精神分析批评的成熟期。1970年霍兰德在纽约州立大学布法罗分校建立艺术心理学研究中心,围绕这一中心形成了颇具影响的"布法罗学派"。这一阶段的代表作是专著《五种读者阅读》(*5 Readers Reading*,1975)。20世纪80年代中期以后则进入新精神分析批评的修正和拓展期。

诺曼·霍兰德以弗洛伊德的精神分析学为指导,同时借助接受美学理论,细致剖析了读者阅读文本时的心理机制,建构了完整而系统的文学反应动力学,并试图在文本的艺术形式和读者的心理反应之间建立一个科学的互动模型,力求将模糊的心理问题科学化。因为受到精神分析理论的重大影响,霍兰德干脆将自己的文学批评称为"后现代精神分析批评"。总体来看,构成霍兰德后现代精神分析批评体系的主要有"本体""个性主题"和"互动批评"等三个关键词。

霍兰德后现代精神分析批评的第一个关键词是"本体"概念。

什么是霍兰德所说的"本体"?在霍兰德看来,任何文学文本的读者或作者都是一个"本体"或"我"。"本体"或"我"虽然在不断地变化,任万变不离其宗,变化中一直有一个持续的统一。用霍兰德本人的话来说就是:"本体指的是人类生活这一变化内部同一性的整个模式"。"正是由于存在着一个连续的'我',它有着这样一种个人风格,我们才能将自我身上的变化视之为变化。我们是凭借同一性来认识不同的,同样,我们也是凭借不同来认识同一的"①。所以概括地说,霍兰德所说的"本体"就是读者或作者的稳定的自我。霍兰德进一步指出:"按我的定义,本体是一种特殊的关系,把某个人理解为一个主题及众多变体。"②霍兰德所说的"特殊的关系"包含两个方面,一是指同一与变化的关系,二是指主体自我与他者的关系。在主体与他者的关系上,霍兰德认为自我成长的过程就是外在文化对主体自我"内化"的过程。

霍兰德的"本体"概念有助于解开文学创作尤其是文学阅读的秘密。就作者的创作而言,同一个作者为何会在不同时期的作品中表现出明显的同一性或相似性,正是因为他作为作者受到自己的"本体"的限制和规约。当然,霍兰德更关注的是文学作品读者的问题。就读者的阅读而言,首先,面对同一个文学文本,为什么不同的读者会有不同的理解,甚至对同一个词的理解也会截然不同,这就只能从读者"本体"的差异方面去寻找原因。其次,不同的"本体"导致读者可以阅读不同的作品,但又在阅读中保持了某种同一性,这就说明读者能以自己的"本体"进行再创造,使作品转化为自己心智的一部分。

霍兰德后现代精神分析批评的第二个关键词是"个性主题"概念。

什么是"个性主题"(identifiable theme)?霍兰德认为,每个幼儿都带有从母体继承而来的"原始个性"的烙印。随着幼儿的成长,这种原始个性的烙印会在他的意识深处保留并延续下来。精神分析家认为,儿童的成长大致经历七个时期,即口唇期、肛门期、尿道期、性器期、恋母(父)期、潜伏期、生殖器期。儿童成长的经验会积淀在一个

---

① 诺曼·N. 霍兰德:《后现代精神分析》,潘国庆译,上海:上海文艺出版社,1995年,第49页。
② 同①,第138页。

人的无意识中,并为他提供体验生活的基础,成为读者和作者的文学经验的基础。这种由"原始个性"积淀成的无意识最后会成为成年人的"个性主题",后者就像音乐的主题一样,虽然可能发生变化,但一直有稳定的中心结构。

霍兰德进一步指出,作者创作的和读者阅读的文学作品都与"原始个性"和"个性主题"相关。他说:"文学之独特而又奇妙的力量在于:它以一种强烈而又高度浓缩的形式为我们完成了随着自己的成熟必须做的事情——它把我们原始的、幼稚的幻想转化成成年的、文明的意义。"[①]而且,"一部文学作品之所以有意蕴,是因为它将这些在核心的相当令人讨厌而又充满着欲望或恐惧的幻想重新加工成社会的、道德的或理性的主题,使它们既能在意识的层次满足自我又能在无意识的层次满足文学作品展现出来的种种深层愿望"[②]。也就是说,文学作品的主题就是将人类"原始的、幼稚的幻想转化成成年的、文明的意义"。一般来说,文学作品的主题包含两个层次的意蕴:一个是意识层次的,一个是无意识层次的。文学创作的实质就是运用艺术形式将无意识层面的恐惧和欲望转化为社会、历史、文化等意识层面的问题,而文学阅读就是破解社会、历史、文化层面之下的无意识内容,回归"原始个性",并发现"个性主题"。

霍兰德认为,读一部文学作品时,读者会依据自己的"个性主题"对它进行加工,会使作品象征化并反照自己,甚至还会对所阅读的作品进行"重写",即以自己特有的策略去处理那些影响自己心理的愿望和恐惧,或者调整自己的心理机制以适应作品。霍兰德认为,读者在阅读时一般会坚持自己对文本的控制,找出将文本内在化的统一主题和结构。所谓"内在化",是指读者将文本纳入自己的思想活动,以控制这种本来属于外在的事物的活动和倾向。显然,霍兰德特别强调读者的"个性主题"和"文本统一性"的相互作用。他从"原始个性"出

---

① 诺曼·N. 霍兰德:《文学反应动力学》,潘国庆译,上海:上海人民出版社,1991年,第36页。
② 同①,第115页。

发,强调读者的"个性主题",最终通过读者的作用将"个性主题"转化为"自我文本"。因此,"自我文本"实际上是读者的"个性主题"与文本自在的意义相结合的产物。在霍兰德看来,阅读常常是一种读者自我分析与自我实现的形式,通过这种形式,读者意识深处的"个性主题"借文学叙述的形式表现出来,形成所谓的"自我文本"。也就是说,读者阅读一部作品时,不仅感到作品中的事情仿佛发生在自己身上,而且还在作者的经验形式中看到自己的无意识想象。就此而言,读者的阅读活动实际上是原始的无意识自我与更高层次的自我,即意识自我之间的交流。

霍兰德对后现代精神分析批评的贡献主要体现在他建构的文学反应动力学模型中。霍兰德的文学反应动力学认为,文学读者应该突破文本的限制,通过对文本中的故事情节、意象、人物形象等要素的解读,唤起读者无意识的幻想。显然,霍兰德的理论最具特色之处,在于强调要发掘读者阅读时的无意识心理。他坚持认为,一个人在婴儿时期的经验或"原始个性"以及在此基础上形成的"个性主题"是读者能够挖掘文本意蕴的根本原因和基本条件。从这里可以看出,霍兰德对精神分析理论的无意识因素特别推重。应该说,霍兰德的理论主张固然有其独特之处,但又似乎显得过于武断,甚至荒唐。

霍兰德后现代精神分析批评的第三个关键词是"互动批评"概念。

霍兰德的阅读理论一直致力于解决这样一个问题:读者阅读作品时的快感是产生于文本,还是产生于读者本人的幻想。他认为,读者的阅读快感既不是单纯产生于文本,也不是单纯产生于读者本人的幻想,事实上,是文学文本的艺术形式、语言、情节、人物形象激发了读者无意识的幻想,从而让读者产生一种特殊的快感。从这里可以看出,霍兰德虽然强调读者的主导作用,但同样也认识到文本的艺术形式等因素是读者的阅读快感产生的物质基础。所以霍兰德指出:"我们所观察的不是外在于我们自身的现象,既不是浪漫主义批评家所说的历史现象,也不是新批评家所说的纸上的文字。相反,我们与作品纠缠在一起,它中有我,我中有它,在过程中相互作用,好似巫师的交易。"①换言之，读者和作品之间是一种互动关系，譬如读者之所以感到文学作品中的人物是真实的，是因为他在自己身上发现了作品中人物的影子，或者在作品中的人物身上认出了自己。霍兰德说："任何意义都是我们凭借文本所建立的。认为文本具有某种内在的意义，这种见解只是陈旧的、威望扫地的索绪尔结构主义语言学。"②也就是说，读者在阅读文学文本之前就已经在心中形成了某种意义模型，唯有如此，他才能够在阅读中将意义赋予文本。

霍兰德在《五种读者阅读》一书中最终确立了"互动批评"(transactive criticism)理论。他特别关注读者与他者（包括文本、作者等）的互动关系，指出文本的意义是读者对文本的投射与词语实义的结合。在阅读过程中，读者会将其适应的模式与文本协调起来，改造并加工文本所提供的素材。也就是说，文本先于并独立于读者的解释活动，读者以某种方式吸收它。霍兰德认为，在文学阅读与解释中，读者一般经历了一个"期待"(expectation)、"防御"(defense)、"幻想"(fantasy)和"转化"(transformation)的过程，他取这四个词大写的首字母，将其称作"EDFT过程"，并视之为文学解读的四原则。这个过程具体来说就是，每个读者在阅读作品之前都会拥有一个自己的阅读期待，会在文本中"寻找自己的处世方式"(style seeks itself)；进而获得适合自己的防御(defenses must be matched)；在这个过程中，读者将投射自己的幻想于文本(fantasy projects fantasies)；最后，读者进行个性化转化(character transforms characteristically)，从而从作品中获得意义。③ 霍兰德将文学阅读与解释的过程视为读者利用文本进行EDFT 的"反馈圆环"(feedback loop)，在这一过程中，霍兰德特别强调读者与文本"互动"关系中的主动性，认为读者投射自己的幻想于文学

---

① 诺曼·N. 霍兰德：《文学反应动力学》，潘国庆译，上海：上海人民出版社，1991年，第309页。

② 诺曼·N. 霍兰德：《后现代精神分析》，潘国庆译，上海：上海文艺出版社，1995年，第313页。

③ Norman N. Holland, *5 Readers Reading*, New Haven and London: Yale University Press, 1975.

文本,从中获得快感,进行再创造。

虽然提倡"互动批评",但总体来看,霍兰德不再强调文学作品是一种独立的存在或客体,而认为文学作品需要经过读者的阅读才能完成。因此,在他看来,文学批评的任务也需重新限定,文本及其作者都不再是文学批评关注和讨论的主要对象,读者才是文学批评要关注的中心。这就是典型的以读者为中心的文学批评理论。

四、戴维·布莱奇与"主观批评"

戴维·布莱奇(David Bleich,生卒年不详)是美国印第安纳大学教授,是美国接受理论心理学派的代表人物。他的《主观批评》(*Subjective Criticism*, 1978)一书因对阅读的独特研究而成为公认的杰作,他倡导的"主观批评"也成为美国读者反应批评理论家族中一种颇具特色的主张。

首先,布莱奇"主观批评"的哲学或思想基础是主观范式理论。

布莱奇指出,以美国科学史家、科学哲学家T. S. 库恩(T. S. Kuhn)为代表的现代科学哲学家已经否认了客观事实世界的存在。受此影响,戴维·布莱奇在《主观批评》一书的开篇就提出"主观范式"概念。这种范式认为,"为了所有实际的目的,现实由人创造出来,而不是被人观察或发现"[1]。也就是说,人们对"现实"的认知乃是主体"为了所有实际的目的"而对现实的"创造",换言之,认识是人们对现实需要的一种反应。因此,真实不是现实世界中事物的实际状态,而是会随着人们新的动机的产生而不断用语言重新创造出来的状态,用布莱奇的话来说就是:"在主观范式之下,通过一种对语言的新应用和一种新的思想结构而创造新的事实。"[2]这就意味着不存在独立自在的客体,因为"一个客体是由主体的动机、他的好奇心,尤其是他的语言来限制和界定的"[3]。

---

[1] David Bleich, *Subjective Criticism*, Baltimore: Johns Hopkins University Press, 1978, p. 11.
[2] 同[1],第18页。
[3] 同[1],第18页。

值得注意的是，布莱奇特别强调语言作为一种工具和手段对人类认识的重大作用，它是限制和界定客体的重要因素。同时，在布莱奇看来，真实是一群人即一群主体通过谈判而达成的认识："按照主观范式，共同的思想世界建立在共同的感觉世界这样的基础之上。共同的感觉世界是由观察者之间的讨论主观地加以确定的。"[1]如此一来，人类的主观意识创造和决定一切。由此推论，在布莱奇那里，一切对对象或客体的认识都是人们的主观性解释，通过主体间的讨论而达成的解释就是最满意的解释。所谓"事物的客观性"乃是因为人们根据共同的动机创造出的客观世界。这一说法的关键是客观化，所谓"客观化"，就是人们将自己的主观体验或经验客观化为一个概念或一种思想反应的对象或客体。如人们根据对植物的经验给出一种名称"树"，"树"本来是一个符号或一个词，但它告诉人们树这个对象或客体的存在，"树"这个词或符号便将人对树这种事物的经验客观化了，变成了人们思想反应的一种客体。

其次，布莱奇"主观批评"的核心概念是"象征化"和"再象征化"。

对"象征化"和"再象征化"这两个概念的阐释是《主观批评》一书的核心内容。要了解这两个概念，必须先了解布莱奇的"动机"概念。"动机"一词涉及读者的阐释或解释同其主观需要之间的关系。布莱奇指出，如果人类的话语是体验或经验的客观化，人们就可以根据客观化背后的具体动机，对具体的话语实例给出最好的理解。因为人们的自我由动机支配，所以要了解人们的自我就要了解他们的动机。布莱奇通过婴儿获得语言的情形对这种做法的必然性和必要性进行解释：

在人的婴儿时期，"对语言和表现性思想的习得会将目标的指导性转换到有意识的器官"，这就产生出按照无意识

---

[1] David Bleich, *Subjective Criticism*, Baltimore: Johns Hopkins University Press, 1978, p. 20.

的动机来观察我们自己的能力,在这种情况下,我们设想我们所有的行为都具有目的;但是,只有通过语言和思想,我们对我们行为的认识才能实现。因此,动机就促使我们去获取自我意识,反过来自我意识又使我们能够调整并产生出新的、更复杂的、更有适应性的、支配我们发展的动机。①

布莱奇将人的意识分为两个阶段:一个是原始的经验阶段,他称之为"象征化"阶段;另一个是后来的反应性动机形成的阶段,他称之为"再象征化"阶段。布莱奇指出:"现实象征化地得到限定。现实通过再象征化得到解释,这种解释是对按主观动机象征化的客体和过程的概念化。"②在布莱奇看来,"象征化"是一种简单的表示即原始意义上的指示,它按照预先存在的范畴而表示出一个现象,是一种主体经验的客观化。以前述"树"的例子稍加说明。人们对树的形状和颜色等有了一种原始的或最初的经验或感性认识,然后用汉语"树"或英语 tree 来称呼它,也就是将这种经验或感性认识客观化,从而对树这种现实加以"限定"。"再象征化"是一种复杂的阐释或解释,它会将人们的经验转化或升华为更深层次的理性认识。如对"树"这个词汇的深层含义包括引申义、转义等的揭示,将"树"解释或比喻为某种人类精神或品格的代表,就属于再象征化。

布莱奇所说的"再象征化"既是对语言运用的解释,也是对解释的解释,所以他断言,象征是不确定的,也是无止境的,"当我们认识到某个象征的客观化系统不能令人满意时,我们就会设法对它再象征化或对它进行解释"③。从象征化到再象征化,是一个循环往复、没有止境的过程,换言之,当对事物的解释不适当或不充分时,人们便会对它进行修改或者调整,对它进行重新认识或解释,这种重新认识或解释就

---

① David Bleich, *Subjective Criticism*, Baltimore: Johns Hopkins University Press, 1978, p. 64.
② 同①,第 88 页。
③ 同①,第 66 页。

是再象征化。

虽然象征化就是表示,再象征化就是解释或阐释,因而两者之间有明显的区别,但布莱奇常常将表示和解释、象征化和再象征化合并在一起,将两个方面的含义辩证地统一起来。这种方式有效地论证了阅读和解释、对文本的体验和在更高层次上对文本的解释之间的区分与联系。

最后,布莱奇的"主观批评"理论认为,读者阅读的经验与反应要转化或升华为认识与阐释的基础,离不开集体或团体的需要和讨论。

布莱奇认为象征化和再象征化有各自明确的、独立的作用,并将再象征化与社会群体联系起来,将个人的认识与集体的主观性联系在一起。他说:"虽然文本的再象征化一般全都是个人的事,但它总是在参照某种集体目的的情况下完成的。"[1]布莱奇认为,人们对一部作品的认识或阐释最终实际上完全脱离了个人反应的原意:"一种(对文学作品的)反应,只有在一种预先决定了共同(两个人以上的)认识兴趣的环境中才能获得意义。"[2]也就是说,如果没有主体间的讨论,对文本的经验不可能有什么意义,也不会构成可靠的知识或认识。按照布莱奇的看法,只有通过多个有共同目的的人集体讨论或对话,个别读者阅读的反应才能真正转化为认识。他将这个转化过程划分为三个阶段。第一个阶段,确定集体的需要。最终得到的认识是否准确或充分,其标准就是认识者所属的集体是否满意。第二个阶段,确定反应叙述,即个人对文学作品的阅读反应。布莱奇指出:读者个人的"反应叙述的目的是记录对阅读经验的感性认识及其自然而然的、自发的后果,其中包括感情或情感、先有的记忆和思想,或者自由的联想",反应叙述是"一种象征性的自我表现,……一种对我们认为可以成为认识的那部分阅读经验的明确表达"[3]。个人的反应叙述是集体讨论的

---

[1] David Bleich, *Subjective Criticism*, Baltimore: Johns Hopkins University Press, 1978, p. 137.
[2] 同[1],第 132 页。
[3] 同[1],第 167 页。

对象，也是最终产生认识的必不可少的前提。第三个阶段，反应叙述体现集体意识。多个解释者构成的集体使个人反应叙述达到一种满意的、集体的再象征化，随着个人动机与集体动机的结合，经验就最终转变或升华为认识。

对布莱奇来说，反应和解释或阐释是两回事。反应带有私人和个人性质，解释或阐释具有集体或群体性质，也就是说，解释或阐释带有将私人感情公之于众的意味。读者阅读时，先有感情，后有思考；先有个人判断，后有受限于群体意识的个人主观体验。由此可知，布莱奇的读者反应理论同斯坦利·费什的读者反应理论有明显的相似之处，即都强调读者个人的阅读会在一定程度上受到集体或群体的限制，布莱奇说的是"集体目的"或"共同认识"，费什推出的则是"阐释共同体"。不过即使如此，两人之间仍然有所区别。布莱奇认为，在阅读反应形成过程中，读者的个人反应在前，"集体目的"或"共同认识"在后；而费什则认为，在阐释形成过程中，"阐释共同体"起决定性作用，而且在读者反应之前就会发生作用。

综上所述，布莱奇"主观批评"的基本设想是：文学作品阅读是满足读者心理需要的过程，每个人最迫切的动机因素是理解自己。布莱奇对两种情况进行了区分：一是读者对文本的自发"反应"，一是读者赋予文本的意义。后者一般呈现为"客观的"解释，但它必然由读者个人的"主观反应"发展而来，对文本意义的所谓客观解释通常都会反映出读者个人反应的主观个性。

值得一提的是，美国读者反应理论的领军人物大多注意将自己的理论与课堂教学紧密结合起来，如布莱奇就极力主张将文学理论和批评引入课堂，热衷于在大学课堂教学中引入新的批评实践。作为大学教师，他首先关注的是学生如何感觉，而不是学生如何思考，他考虑的首要对象是感情，而不是解释。布莱奇希望学生阅读文学作品时的情感经历可以让他/她重新了解自己的价值观、品味乐趣乃至偏见，并从阅读中吸取教育意义，提取信息。布莱奇等人试图努力打开文学课堂教学的新局面，从一个侧面显示出读者反应理论的实际价值。

五、美国读者反应批评的文学思想及其反叛与解构特征

20世纪60至70年代活跃的美国读者反应批评家和理论家的文学思想和批评主张可以概括为如下几个方面。

首先,他们认为文学的意义离不开读者的参与(即阅读活动),文学文本的最终完成是由读者决定的。斯坦利·费什提出"意义即事件"的观点,认为文学文本的意义需要读者的行为(即"事件")来完成,并据此断定文学文本是一种融入读者主观感受或感情的文体(即"感受文体")。霍兰德认为,文学创作是作者运用艺术形式将自己无意识层面的恐惧和欲望转化为社会、历史、文化等意识层面的过程,因而会表现基于"原始个性"的"个性主题"。

其次,美国读者反应批评家和理论家都对文学文本的读者提出了极高的要求,并深入探讨了阅读心理与阅读规则。斯坦利·费什推崇"有知识的读者",要求他们"能够描述由社会所制约的阐释技巧并且具有内在化了的语言文学能力"[①],同时还要主动遵守"阐释共同体"的规约。霍兰德认为,文学阅读就是破解文学文本所反映的社会、历史、文化层面之下的内容,揭示创作者的"原始个性"及"个性主题"。据此,他特别强调读者要突破文本的限制,通过对文本的情节、意象、人物等要素的解读,唤起自己的无意识幻想,从而创造出新的意义。布莱奇认为,读者和批评家的阅读是对文学文本的"象征化"和"再象征化"过程,而且个人的阅读会在一定程度上受到"集体目的"或"共同认识"的限制。

最后,在批评实践中,美国读者反应批评家和理论家表现出一定程度的理性和辩证态度。其中最明显的是霍兰德的"互动批评"理论。他特别关注读者与文本、作者之间的互动关系,指出文本的意义是读者对文本的投射与词语实义的结合,但在阅读过程中,读者会将其适

---

① 斯坦利·费什:《读者反应批评:理论与实践》,文楚安译,北京:中国社会科学出版社,1998年,第2页。

应的模式与文本协调起来,改造并加工文本所提供的素材。

总体而言,20世纪60至70年代美国读者反应批评呈现出鲜明的反叛与解构特征。这一特征主要表现在如下三个方面。

首先,美国读者反应批评是对此前西方文学理论与批评传统的反叛,也是对此前西方文学批评所确立的模式的颠覆。

英国新马克思主义文学批评家特里·伊格尔顿曾经这样概括现代西方文学理论与批评的发展轨迹:"人们可以非常粗略地把现代文学理论的历史从时间上划分为三个时期:只注意作者(浪漫主义和19世纪);只关心作品原文(新批评);以及最近几年把注意力明显转向读者。"[1]也就是说,19世纪开始的西方现代文学批评史大体上可以划分为三个阶段。第一个是注重作者的阶段,即文学批评特别关注作者的意图、经历及其所处的时代和社会环境,认为作者是作品的生产者,是作品意义的权威阐释者,因而也是文学批评关注的焦点。这个阶段的文学批评最突出的代表是法国批评家、文学史家圣伯夫所确立的传记批评。第二个是注重文本的阶段,即文学批评强调文本的客观性,认为文学作品产生以后形成一个独立的存在,不再依赖作者,作品的意义由文中的词语、意象等通过回响、穿插、融汇和变化等形式而产生。这个阶段的代表是俄国形式主义、欧美结构主义和英美新批评。第三个是注重读者的阶段,即强调阅读过程的重要性,强调读者的能动作用,认为作品的意义只有通过读者的阅读才能完成,或者说只有通过读者的重构才能在其思想里实现。这个阶段的代表是德国康斯坦茨学派提倡的接受理论或接受美学。此前,无论是19世纪的传记批评还是20世纪的形式主义批评,都没有对读者这个维度给予足够的重视,接受美学尤其是读者反应理论弥补了这个不足,这是对西方文学理论和批评的重大贡献。关于接受的条件与方式的研究方面,接受美学提出了不少新的理论见解和具体的操作手段。如果说它提出

---

[1] 特里·伊格尔顿:《当代西方文学理论》,王逢振译,北京:中国社会科学出版社,1988年,第113—114页。

的以读者为中心的文学研究主张给人们提供了新的视角,那么对接受条件和方式的探讨则为读者反应批评的展开提供了方法论和具体操作方式。

如前所述,美国读者反应批评正是德国接受美学的拓展和升华。所以,从宏观上看,美国读者反应批评是对西方作者中心的传记批评和作品中心的形式主义批评的反叛,也是对它们所确立的作者中心模式和作品中心模式的颠覆。

其次,美国读者反应批评是对20世纪前期和中期盛行于美国文坛的新批评的反叛,并完全颠覆了新批评派等形式主义理论家与批评家所坚持的文本客观性这一立场。

美国的读者反应批评理论的倡导者常常明确地批驳美国新批评派的观点,与其唱反调。新批评派曾用"意图谬误"割断作者与作品的关系,又用"感受谬误"割断读者与作品的关系。斯坦利·费什针锋相对地提出"感受文体学"或"感情文体学"的概念,认为文本、意义都不是外在的客体,相反,它们乃是读者经验的产物。他特别针对新批评派的主张指出,文本的客观实在性观点迷惑了众多新批评派学者,使他们幻想从书页和句子之中找到文本的意义,因而完全忽略了读者的阅读活动,将读者主体和文本客体完全对立起来,割裂了读者与文本在阅读活动中本来具有的联系。费什明确反对新批评派"将文本与读者的关系看作前者主导、后者被动"的观点。戴维·布莱奇则提倡"主观批评",认为每个人的认识都不能脱离主观意图和目的,处于同一社会中的人必须共同决定什么是有意义的、什么是无意义的以及意义究竟是什么,以形成一种"共同认识",而这种"共同认识"往往会规约作为个体的读者对文学文本的意义的认识。

最后,美国读者反应批评家甚至也向自己的理论先驱和学术渊源即德国接受美学发起了挑战,并在一定程度上颠覆了后者的理论主张。

众所周知,作为美国读者反应批评源头的德国接受美学本来就对西方文学理论和批评传统表现出了鲜明的反叛态度与立场。中国有学者将德国接受美学的主要观点概括为如下七个方面:第一,文学艺术处理作为主体的人所进行的"人际交流活动",因而文学艺术活动本质上是一种"对话";第二,作家、艺术家创作的作品是为了供人阅读、欣赏,文学艺术的唯一对象是读者和观赏者;第三,文学作品是作为物性存在的艺术客体和作为观念存在的审美对象的统一;第四,文学艺术作品在创作活动结束后并未完成,只有通过接受活动(即阅读)才算最终完成;第五,文学艺术作品的价值和效果是作品本身和接受者的接受意识相互作用的产物;第六,观察文艺现象、研究文艺历史、分析文艺作品,不能用孤立、静止、机械的眼光,而应当用变化和发展的观点;第七,强调文艺接受活动的创造性和能动性。① 不难看出,20世纪60年代诞生于德国的接受美学对西方此前传统的文艺观念提出了全面而且尖锐的挑战。

但就是这种本已表现出反叛态度与立场的理论体系,也遭到了美国读者反应批评家的反叛与否定。在构建自己的读者反应批评理论时,费什认为德国接受美学家过于保守,关于接受条件与方式的探讨也过于粗略。他不仅将德国读者反应批评理论中泛泛的"读者"概念改造为"读者主体"的说法,而且对阅读活动进行了全方位的分析,由抽象的理论层面转向了对读者心理经验及瞬时反应的实践性研究。费什认为德国读者反应批评理论的先驱伊瑟尔的主张过于保守。伊瑟尔一再说明,没有作品就没有文学接受,作品的特殊性是产生文学接受的前提,但在作品与接受的关系上,他始终没有做出更为深入和明确的说明。尽管如此,伊瑟尔还是承认文本与读者的相互作用,体现出一定的辩证态度。费什则明确反对文本与读者相互作用的主张,固执地认为文本意义由读者的阅读经验产生,甚至文本都是读者阐释的产物。他将文本意义等同于读者的阅读经验,将德国康斯坦茨学派开创的接受美学尤其是读者反应批评推到极端的形态。

如何看待美国读者反应理论与批评家的反叛与解构特征呢？一

---

① 郭宏安、章国锋、王逢振:《二十世纪西方文论研究》,北京:中国社会科学出版社,1997年,第303—307页。

般认为,接受美学本身就存在片面性和偏激性。最明显的缺陷是在讨论读者研究的重要性时对创作与接受的关系没有进行充分的论证,给人以忽视作家创作与作品研究的印象。现在费什等读者反应批评家将矛头对准文学文本本身,认为文本不是意义的载体,而是读者阅读和阐释的产物,如此一来,文本的客观性完全被摧毁,文本完全消失了。对此,美国学者纷纷指出这种极端主张的严重后果和内在矛盾,如简·汤普金斯就指出:"费什对文本意义的独立性的批驳,不仅驳倒了他矛头所指的实证——形式主义的观点,而且也驳倒了他自己的那种旗号的读者反应理论的观点,进而摧毁了其他的大多数以读者为研究方向的著作的理论基础。"①戴维·C. 霍依(David C. Hoy)则表示:"费什接受反应的概念走得如此之远,以致本文实际上完全消失于读者的上下文中了。一个反应理论或接受理论,却没有什么可反应与接受的,那确实是二律背反。"②美国读者反应批评的理论家与批评家大多过分地强调读者的作用,乃至完全否认批评和认识的客观基础,势必走向另一个极端。

第四节

女性主义批评的文学思想③

女性主义批评(feminist criticism)诞生于20世纪六七十年代,是以妇女为中心的文学批评,主要以妇女形象、女性创作和女性阅读等为研究对象。关于"女性主义批评"的定义,安妮特·克罗德尼(Annette Kolodny)在1975年的一篇文章中提到,到当时为止还没有形成一个

---

① 简·汤普金斯:《从形式论到后结构时期的反应批评:序言》,载张廷琛编译《接受理论》,成都:四川文艺出版社,1989年,第236页。
② 戴维·霍依:《阐释学与文学》,张弘译,沈阳:春风文艺出版社,1988年,第228页。
③ 本节由谢文玉撰写。

准确的定义;在文学研究中,这个词在诸多语境中涵盖不同的活动,如女性写的各种主题的评论、女性对男性从"政治"或"女性主义"视角创作的作品所进行的所有评论,以及女性对女性作品及女性作家的所有评论。①

1970年,凯特·米利特的代表作《性政治》发表,标志着美国当代女性主义批评的开始。1975年,帕特里夏·迈耶·斯帕克斯(Patricia Meyer Spacks)发表《女性的想象》(The Female Imagination: A Literary and Psychological Investigation of Women's Writing),第一个注意到女性主义批评从以男性为中心的研究转向以女性为中心的研究,由此拉开了女性主义文学史和文学批评新阶段的序幕。紧随其后的代表人物及其作品主要有:安妮特·克罗德尼的《辽阔大地:美国生活和文学中作为体验和历史的隐喻》(The Lay of the Land: Metaphor as Experience and History in American Life and Letters, 1975)和《她面前的土地(女性看大地):1630—1860年间美国拓荒者的幻想与经历》(The Land Before Her: Fantasy and Experience of the American Frontiers, 1630 - 1860, 1984),伊莱恩·肖沃尔特(Elaine Showalter)的《她们自己的文学》(A Literature of Their Own, 1977),桑德拉·吉尔伯特(Sandra Gilbert)和苏珊·古芭(Susan Gubar)合作的《阁楼上的疯女人》(The Madwoman in the Attic: The Woman Writer and the Nineteenth-Century Literary Imagination, 1979),埃伦·莫尔斯(Ellen Moers)的《文学妇女》(Literary Women, 1976)以及芭芭拉·史密斯(Barbara Smith)的《迈向黑人女性主义批评》(Toward a Black Feminist Criticism, 1977)和艾丽斯·沃克(Alice Walker)提出的"妇女主义"(womanism)。

一、美国女性主义批评的学术渊源

女性主义批评,作为一种文本批评或话语批评的时尚,始于20世

---

① Annette Kolodny, "Some Notes on Defining a 'Feminist Literary Criticism'," *Critical Inquiry*, 2.1 (Autumn 1975), pp. 75 - 92.

纪60年代末的政治动荡时期。20世纪初,当代女性主义批评的启蒙者之一,弗吉尼亚·伍尔夫一针见血地指出,主流话语中听不到女性的声音,大部分文学作品中的女性都是男权制下男性作家塑造的没有自我、没有身份的形象。事实上,女性文学有其独立的传统,只不过这个传统不是连续的,是在父权文化和父权政治规约下非连贯地流传下来的。1949年,法国女性主义思想家西蒙娜·德·波伏娃提出了"人造女性"(即女性是人为建构的)的著名论点,由此推动一批女性主义批评家开始关注大众媒体与父权制"合谋"共同建构的软弱无能的小女人形象;她们认为,父权制话语是父权制得以长盛不衰的法宝。20世纪六七十年代,美国女性主义批评家吸纳、借鉴了她们的观点,并在此基础上推陈出新,构建了独具美国特色的女性主义批评理论。

弗吉尼亚·伍尔夫认为,女性必须有自己独特的处境和观察事物的角度,勇敢地探索自己独有的世界,从而摆脱在文学创作和生活中受歧视的地位,为自由创作和自由生活开辟出"一间自己的房间"。这是女性写作的必备条件之一,另一个条件就是要有自己的一点"钱"。"钱"和"房间"不仅是女性进行创作的需要,也象征着女性对现实生活中自由的渴望。女性选取"小说"这种相对比较容易掌握的文学体裁进行创作。在女性自己创作的文学作品中,女性形象与男性文学作品中的形象并没有太大差异,都是按照男权文化中男性的标准和观念所描述的样子。①

所以,伍尔夫提出女性在创作时应该努力建构女性的话语和价值观念,"现有的话语都是男性专用的……现存的价值观念也是男性的……"②。在这种男性霸权文化的压制下,女作家要么温顺羞怯,要么愤怒高声,难以平心静气地在作品中自由表达自己的思想。为了改变这种状况,伍尔夫号召女性必须寻找自己的价值,创造出适合女性

---

① 弗吉尼亚·伍尔芙:《伍尔芙随笔全集》,工义国等译,北京:中国社会科学出版社,2011年,第527页。
② 同①,第1632页。

自我表达的体裁和语言。女作家们要像奥斯汀一样，放弃男性语言和语法规范、创造出适合自己表达思想感情的女性话语，应该"改变当下流行的句式，写出一种能够以自然的形式容纳她的思想而不至于压碎或歪曲它的句子"①。她推崇一种从人的内在精神世界出发的意识流创作方法，深入探索人物内心世界，捕捉人物生命中重要的时刻，不断创新，力图寻找新的艺术形式和技巧，突破占统治地位的男性文学规范，为女性寻找适合的话语和表达方式。

伍尔夫发现，女性作家创作中最大的敌人是如幽灵般存在的"房中的天使"②——男权文化的代言人。女性作家必须竭尽全力去杀死她，否则作为作家的女性就会被杀死，这种摆脱男权文化束缚的努力比改善物质生活要艰难得多。所以伍尔夫特别强调"成为自己比什么都要紧"。只有成为自己才是女性必然的归宿，只有在思想和行动上，完全战胜了男权制和父权制的观念和文化的控制，完全不给"房中的天使"生存空间，女性才有解放的可能。③ 她首开先河，将"双性同体"④作为文学创作的思维机制，设想出一个双性同体、半雄半雌的头脑作为文学批评的标准。她认为，作家是没有性别的，一个真正伟大的作家应该是"双性同体"的，也就是同时具备男女双性的素质，而莎士比亚是伍尔夫眼中"双性同体"的艺术家的典型代表。

伍尔夫关于女性文学要有自己的传统、女性作家要建构自己的话语权和价值观、要摆脱男权与父权文化的束缚、杀死"房中的天使"、通过"双性同体"的文学创作思维机制成就女性作家的伟大性等思想给后世女性主义文学创作和批评理论提供了方向和指南，并在20世纪

---

① 弗吉尼亚·伍尔芙：《自己的一间屋》，贾辉己译，北京：人民文学出版社，2000年，第67页。
② 弗吉尼亚·伍尔芙：《伍尔芙随笔全集》，工义国等译，北京：中国社会科学出版社，2011年，第1365页。
③ 同②。
④ 所谓"双性同体"，在生物学上，指同一个身体上既有成熟的雄性性器官，又有成熟的雌性性器官；在心理学上，指同一个体既有明显的男性人格特征，又具有明显的女性人格特征，兼具强悍与温柔、果断与细致等性格，这两个特征会根据个体的不同需要有不同表现。在具体的使用过程中，这个概念更多强调的是其所具有的象征意义。

六七十年代美国女性主义批评理论中得到了进一步发展。另一位对美国女性主义批评产生深远影响的是法国存在主义女性主义理论家西蒙娜·德·波伏娃。

西蒙娜·德·波伏娃的代表作《第二性》(The Second Sex,1949)被誉为女性的"圣经"。它以存在主义哲学思想为基础,大量使用存在主义哲学的专业术语,探讨了从原始社会到现代社会的历史进程中,女性在男性掌控的世界中沦为第二性所处的境况、地位、权利的现状以及出路,挑战和质疑本质论的女性主义和反女性主义,成为对西方思想、文化和习俗产生巨大而深远影响的经典之作。

波伏娃指出,菲勒斯作为君临一切的化身,把女性贬为"他者"。自然赋予了她与男性不同的生理属性,而文化与历史则赋予了她社会属性,并在很大程度上扭曲了她与男性相同的本性,使之被禁锢在家庭和生育中。不管是从历史角度还是现实角度看,人们对于女人的定义都是以男人为参照物的,是男人的附属物,是从属者,是客体和"他者"。"他者"指没有或丧失自我意识,处在他人或环境的支配之下,处于客体地位以及失去了主体人格并且被异化的人。① 波伏娃指出,女性的生理条件使女性成为"他者"成为可能,但父权制的建立和父权文化的统治地位是女性"他者"地位确立的根本原因。

而对女性"他者"命运的定位则是通过"女性气质"(femininity)表现出来的。所谓的"女性气质"指软弱、无用和温顺,是人的主观感受,看不见、摸不着,但它抑制了女性的自然本性,是男权制社会和男权文化强加给女性的。在男权制和父权制社会中,男性天生就有统治女性的欲望,而由于男性的生理优势,所以在远古时期就建立起对女性的统治,使女性成为第二性。

对此,波伏娃否定父权制社会中男性观念之下的女人,同时也否定现实社会中根据"女性神话"而产生出的第二性的女性,她主张女性

---

① 西蒙娜·德·波伏娃:《第二性》,陶铁柱译,北京:中国书籍出版社,1998年,第11页。

应该像男性一样实现自身的超越,成为一个真正意义上的、独立自主的个体。在波伏娃看来,女性要走出社会、习俗与传统强加于她们的那些限制、定义和角色是比较困难的。女性要想不做"第二性",走出"他者"角色,必须克服环境的影响,有自己的想法,走出自己的道路。她提出了几种途径,如参加生产劳动获得经济独立、进行社会改造和激进革命、树立主体意识、拒绝内化男性强加的他者性等,而且还需要男女双方的共同努力。①

波伏娃关于女性第二性的深刻认识,尤其是她对男权制和男权文化如何造就了女性第二性的分析以及女性获得解放的途径,不仅激发了西方第二波女权运动的蓬勃发展,也为美国女性主义批评提供了理论支撑。而20世纪60年代美国黑人民权运动和白人青年学生运动的兴起和蓬勃发展使美国白人女性的政治意识再一次苏醒。1963年,弗兰西斯·巴格雷·凯普兰(Frances Bagley Kaplan)和玛格丽特·米德(Margaret Mead)主编的《美国妇女》(American Women)以及贝蒂·弗里丹撰写的《女性的奥秘》出版。前者描述了男女在工作场所、教育和社会等各方面存在着巨大的不平等。后者是被称为"现代妇女解放运动之母"的贝蒂·弗里丹对二战后美国白人中上层阶级妇女生活现状进行深入调查后的思考结果。她提出了女性主义批评的两个主要问题:"我是谁""我在生活之外需要什么"。

随着妇女解放运动的蓬勃发展,许多女性作家和批评家为女权运动奔走呼号,提出对文学传统、文学史和文学作品进行重新审视,对以男性中心的文化偏见为根基的文学经典发起了挑战,甚至提出重写文学史,重新认识女性作家在文学史上的地位和她们作品的社会意义,具有鲜明的政治性,同时也是对传统男权制的"反叛""颠覆"和"解构"。女权主义从一种社会权利运动转向文学批评范畴,从理论和实践上更趋完善。美国女性主义批评广泛借鉴西方流行

---

① 西蒙娜·德·波伏娃:《第二性》,陶铁柱译,北京:中国书籍出版社,1998年,第827页。

的各种理论和方法,如西方马克思主义、精神分析学说、结构主义和解构主义等,提出了许多富有洞见和创新意义的理论和观点。① 一些女性主义者、教师及研究生、女性主义作家、编辑和出版商经过差不多十年的努力,共同创造了一个充满颠覆性的世界,她们向男性作品的神圣性发起了挑战,共同去重新发掘被埋没的女性作家的作品,提出了女性问题,并将文学历史和文学批评再一次带到了具有双重意义的世界中。

作为当代西方重要的文艺批评理论之一,美国女性主义批评内部没有统一的理论主张,其中,米利特强调文学批评中的"性政治"内涵和实质,肖沃尔特关注女性文学传统的构建和"荒野中的女性主义批评",克罗德尼则富有洞见地提出了"大地女性意象"和女性主义批评多元论的思想,吉尔伯特和古芭对女性作家在父权文化背景下形成的"作者身份焦虑"进行了剖析,向传统的经典标准发起了挑战,将女性主义批评推向了一个新的发展阶段。

二、凯特·米利特的"性政治"

凯特·米利特(Kate Millett,1934—2017)出生在美国明尼苏达州的圣保罗,父母是严格的天主教徒。1956年,她毕业于明尼苏达州州立大学英语文学专业,后就读于牛津大学圣希尔达学院,曾在北卡罗来纳大学任教,之后去了日本和纽约。1968年,她去了当时政治激进主义大本营的哥伦比亚大学,随后写出了女性主义批评领域具有开拓性意义的著作《性政治》,首印即达八万册。该书从政治学的高度解释了"性"与"性文化"的内涵与实质,并对男权制、男权文化与文学中的"菲勒斯"(阳具)中心主义进行了猛烈的批判,对性革命与女性解放进行了积极的思考。② 她是最早向男性和女性的意识形态特征发起挑

---

① 金莉:《当代美国女权主义文学批评的多维视野》,《外国文学》2014年第2期,第90页。
② 吴道毅:《"性"的政治内涵与"性革命"的前景——论凯特·米利特的女权主义思想》,《社会科学动态》2017年第12期,第21页。

战的人之一，对男性经典文本中的女性形象塑造进行女性解读，解构了经典文学作品中被贬损的女性形象的塑造，披露了男性文本中体现的性别歧视和性暴力，指出两性关系中体现了男权制意识形态，认为意识形态是万能的"阴茎棒"，各个阶级的男性都用它来敲打女性；在男性心目中，女性是软弱的性受虐狂，她也因此被称为"美国女性主义批评之母"。

米利特最重要的思想就是对"性政治"的内涵与实质的探究。

《性政治》并没有进行语言、阐释、理性和主体性等方面的系统理论研究，而是一部实践性的批评著作，她实际要考察、评估和思考的，是男权制或父权制社会背景下的两性关系，关注女性在这种社会文化背景下的生存状态。通过对几位男性作家作品中女性人物形象刻画的案例分析，米利特指出，性即"政治"。"性"不是指两性在身体或生理上的差异，而是一种政治关系或权力关系。而"政治"指一群人用于支配另一群人的权力结构关系和组合。政治的本质就是权力，比如种族主义，实质上是一种政治制度，是白种人对黑种人的控制。同样，在一个男权制社会中，两性关系之间的状况，也是一种支配和从属的关系。[1] 可见，政治即权力支配关系，性政治便是两性之间的一种支配关系。当人类进入男权制或父权制社会后，两性之间的支配关系就是男性对女性的权力支配关系，亦即男性用以维护男权制、支配女性的策略。男性不仅掌握着社会权力、政治权力，还操纵着家庭的经济权力，因而也造成了女性在各方面尤其在经济方面对男性的依附性，如女性被取消了在经济、政治、文化、教育等方面与男性平等的权利，被规定为操持家务和照顾小孩的家庭主妇。通过对性压迫同种族压迫与阶级压迫进行比较，米利特指出，"就其倾向而言，它比任何形式的种族隔离更坚固，比阶级的壁垒更严酷、更普遍、更持久"[2]。在男权制制度下，阴茎作为男性的徽章，被赋予了重大的文化意义，成为男权的一种象

---

[1] 凯特·米利特：《性政治》，宋文伟译，南京：江苏人民出版社，2000年，第32—34页。

[2] 同[1]，第42—48页。

征和男权文化的符号,让性政治成为一种无所不在的文化意识形态。

米利特发现,性压迫与男权文化广泛地渗透到日常生活观念、社会习俗、文化理论及文学叙事之中。男权文化的本质就是制造男性比女性优越、男性对女性实施政治统治的合法性证明。在社会生活中,男权文化无处不在,且根深蒂固。而两性之间那些人人深信不疑的差异,在本质上是文化性的而并非生物性的差异。这样的文化建构在女性的孩童时期便开始了运作,米利特指出:"性别身份的形成贯穿于整个孩童时期。在这一阶段,孩子们无时无刻不在受着他们父母、伙伴和文化的一系列观念,即男女应各自具备什么样的气质、性格、兴趣、地位、价值、姿态和表情才是得体的熏陶。"①而在社会生活与社会习俗中,性压迫或性歧视无处不在,如女性月经被视为"天罚",女性不得触摸祭祀器皿,通奸总是女人的错,等等。② 米利特从八个方面界定了男性对女性的统治方式。她指出,作为一种政治制度的男性权力主要体现在意识形态、生物学、社会学、阶级、经济与教育、强权、人类学(宗教和神话)以及心理学等八个方面。男权制是所有社会中一种最基本的政治制度,在这种制度下,男性通过对两性在气质、角色和地位上的划分,在家庭、社会和国家三个基本维度上,对女性和下一代年轻人进行外在和内在的支配。

然后,米利特提出了"性革命"理论。

以19世纪30年代兴起的世界女权运动的历史为基础,米利特提出了"性革命"的口号,比较全面、细致与冷静地思考和探索了女性解放的前景与出路之所在。既然"男权制根深蒂固,它在男性和女性身上形成的性格结构更多地反映的是一种思维定式和生活方式,而不是某种政治制度"③,那么"性革命"的目标首先应该是"结束传统的性抑制和性禁忌,尤其是那些对男权制的一夫一妻制婚姻威胁最大的禁

---

① 凯特·米利特:《性政治》,宋文伟译,南京:江苏人民出版社,2000年,第80—83页。
② 同①,第55—64页。
③ 同①,第82—83页。

忌：同性恋、非婚生子、少年性行为、婚前性行为和婚外性行为。环绕性行为的消极氛围应和双重标准以及卖淫制度一道铲除。性革命的目标是建立一种宽容的、允许性自由的单一标准，一种未被传统性联姻带来的粗俗而有剥削的经济基础腐坏的标准"①。其最终目标是实现集体意识的彻底变革，从而彻底结束男权制和男权文化对女性的压迫。她预言，男权制必将崩溃，这是历史必然，也是社会变革的趋势之所在，但"性革命"的实现必须具备相应的环境与条件。

"性革命"的第一阶段（1830—1930年，主要是维多利亚时代的文学作品）属于社会改良时期。穆勒和恩格斯从理论和理性的角度论述了性革命；托马斯·哈代（Thomas Hardy）、乔治·梅瑞狄斯（George Meredith）和夏洛蒂·勃朗特（Charlotte Brontë）以小说形式描写了性革命，其描述虽然不那么客观，但使人们了解了性革命带来的冲突以及性革命唤醒的情感；而诗人们对性革命的反应则往往是无意识的。② 因而，性革命的进一步发展必须发动一场真正的、剧烈的社会变革——改变有史以来的婚姻制度和家庭制度，清除这些制度中存在的罪恶，如妇女经济地位的丧失、双重标准、卖淫制度、性病、强制婚姻和强迫性父母身份等，实现对男权制秩序的彻底终结。③ 首先需要废除的就是男权制思想，因为它是造成男女在地位、气质和角色等社会特征方面不同的根本原因。④

但维多利亚时代的性革命改良主义思想出现以后，在西方国家并未出现人们所期待的性革命的剧烈社会变革，反倒出现了性革命的反动（1930—1960年），主要体现在纳粹德国和苏联模式中的反动政策，即希特勒德国对男权制和父权制的大力弘扬以及苏联社会主义废除男权制的失败。这个时期最突出的是思想上的反动性，尤其是在文化

---

① 凯特·米利特：《性政治》，宋文伟译，南京：江苏人民出版社，2000年，第82—83页。
② 同①，第184页。
③ 同①，第213页。
④ 同①，第213页。

理论或社会学理论方面。米利特认为,弗洛伊德是一位"反动"甚至"最反动"的理论家,他提出的女性对男性的"阴茎嫉妒"(或译"阳具羡慕")与"阉割情结"等说法,表现了男性对女性的绝对权威与严重的性别歧视。① 弗洛伊德认为女性性格的两个方面与"阴茎嫉妒"直接相关:羞怯与嫉妒,②并由此引申出女性性格中最显著的三个特征,即被动性、自我虐待和自恋③。对此,米利特尖锐地指出:"对一个长期处于从属地位、变得被动、对痛苦麻木不仁、被迫产生了取悦上司虚荣心的群体做了一番评说之后,有意说这些结果是必然的,并规定性地把它们说成健康、现实和成熟的需要。这种做法实际上是相当明显的社会达尔文主义。"④

弗洛伊德还从女性特有的属性出发,尤其是因为女性缺乏阴茎而导致其生活在一个低文化层次上,认为女性对人类文明的贡献微不足道,甚至声称,女性是文明的天然敌人,在生活和家庭中的作用仅仅是一个"性角色",加上她固有的、心理上的低劣性,不仅使她变得无能,还必然产生对知识和高层次文化的敌意。⑤ 在米利特看来,弗洛伊德的这些说法是完全站不住脚的,是极端反动的,并且产生了极其有害的影响,催生了后弗洛伊德主义,冲击着女权运动和性革命的发展,使女性在"获得自由之前,被囚禁在性的反革命那巨大的灰色牢笼里"⑥。英美几位男性作家,如 D. H. 劳伦斯、亨利·米勒、诺曼·梅勒等"曾经帮助建造了这些牢笼的作家,他们通常以文化代理人的身份,反映并实际帮助"⑦构建了性压迫现象。

米利特提出了对文学作品进行社会文化批评的理念。

---

① 凯特·米利特:《性政治》,宋文伟译,南京:江苏人民出版社,2000年,第242页。
② 同①,第243页。
③ 同①,第248页。
④ 同①,第252页。
⑤ 同①,第254—257页。
⑥ 同①,第296页。
⑦ 同①,第296—297页。

米利特考察了现代英国和美国文学史上典型的男权代表人物D. H. 劳伦斯、亨利·米勒、诺曼·梅勒以及法国作家让·热内的作品,发现他们都和弗洛伊德一样强烈关注性别差异和男性身份。他们认为美国文学体现的是男性争取自主、思想自由和依本能而生活的抗争。事实上,这是以女性受到社会各种规约和压力为背景的抗争。米利特揭示其伟大外表下隐含的种种触目惊心的对女性的贬抑,把所谓现代主义高峰期(high modernism)的黄金时代称为"反动时期"。"米利特将小说文本与作者的态度观念、生平遭遇结合起来指出,D. H. 劳伦斯的作品中表现了阳具崇拜的观念,将男性及男性的性抬高到了神圣的地位;亨利·米勒将女性降到了物的水平,用一个 X 来表示;诺曼·梅勒则赤裸裸表达了对女性的厌恶和鄙视,甚至以杀害女性为男性力量和骄傲的证明。这几位作者都是按照自己大男子主义的敌对态度以非人格化的方式塑造女性形象。让·热内则不同,虽然将高贵和下贱的品质分别赋予了男性和女性,但他还是站在了被压迫者一边,这或许和他的同性恋身份有关系。"①

她从"性在文学中的运用"出发,分析了这四位男性作家作品中体现的大男子主义和性暴力,抨击了处于支配地位的形式主义批评,提出了社会文化批评的理念,具有早期激进女权主义特色。她指出,虽然劳伦斯通过描写男女自然的情爱来批判工业文明对人性的摧残,却把所谓的男女自然之情置于男权的主导之下,使女性实际上受到物欲社会和男权伦理的双重压迫。《查特莱夫人的情人》中的查特莱夫人、《儿子与情人》中男主人公保罗身边的女性形象都体现了弗洛伊德所描绘的图景:女性都是阳具羡慕者,她们的身份依赖于男性,一切活动服务于男性,本体存在取决于男性。米利特批评劳伦斯是"阴茎意识"的狂热鼓吹者,是要将男性的优势转化为一种神秘的宗教,让它传播到全世界,并且很可能将它制度化。这是最令人难以忍受的性政治

---

① 张隽隽:《〈性政治〉:颠覆、对抗的视角及其他可能》,《文化学刊》2013 年第 6 期,第 109 页。

形式,而劳伦斯是最具天赋、最狂热的性政治家,也是技巧最高超的,因为他是通过女性的意识来传达男性的信息。① 他本身具有某种色情虐待狂意识,也想证明女人天生就是色情自虐狂。②

最后来看米利特的"对抗性阅读"理论。

父权制社会中,两性处于"支配-服从"的关系中,这种关系在文学上的表现就是:作者与读者之间构成一种支配与被支配关系。因此,米利特要求女性读者以一种抗拒的姿态来阅读男性文学作品。米利特秉承美国女性主义批评家朱迪思·菲特利(Judith Fetterley)提出的"对抗性阅读"③,试图建构一种新型批评话语,《性政治》就是"对抗性阅读"的典范之作。她拒斥文本和读者之间存在某种固定的接受等级制,直接挑战作者的权威,捍卫了读者的权利,使得从女性视角对男性文学作品进行颠覆性阅读成为可能。在这种"对抗性阅读"中,"妇女经验成了先验的假定,妇女可以通过建立自身经验与阅读的连续性,解构男性作品中复杂的、被歪曲的女性形象"④。通过对抗性阅读,米利特构建了一种全新的阅读方式,消解了以男性为主导的文化对女性读者的影响,解构男性统治在文化中的权力中心地位,推动女性自我意识的觉醒,还原生活本来的面目,建立由女性而不是男性界定的社会规范,并在此过程中塑造和阐明女性自己的话语、文学研究和女性主义理论。她的这一思想对形成女性主义批评有着开拓性作用。

米利特的批判涉及面广,从文学到社会思潮直至西方文化方方面面的理论权威都受到挑战,对男性的主导叙事(master narrative)不

---

① 凯特·米利特:《性政治》,宋文伟译,南京:江苏人民出版社,2000年,第323页。

② 同①,第323—324页。

③ 朱迪思·菲特利在《抗拒的读者:评美国小说的女性主义方法》中最早提出了"对抗性阅读"方法。她指出,以往的文学创作往往假定男性为阅读对象而完全忽略女性读者,所以女性读者只能被动接受和认同文本中的性别偏见。

④ 吴笛、徐绛雪:《抗拒性阅读与女性批评的建构》,《妇女研究论丛》2003年第3期,第67—72页。

屑一顾。《性政治》无疑是一部具有开创性和启发性的作品,形成了女权主义批评第一阶段的特征,如简·加洛普(Jane Gallop)所概括的:通过重新考察男性经典作家的作品,力图表明"文学中的女性形象都被扭曲了,这对女性的受压迫和我们自己的异化起到了推波助澜的作用"①。

三、伊莱恩·肖沃尔特对女性文学传统的建构

美国另一位著名的女性主义批评家伊莱恩·肖沃尔特(Elaine Showalter,1941—)出生在美国马萨诸塞州的坎布里奇市;她于1964年获布兰迪斯大学硕士学位,1970年获加利福尼亚大学戴维斯分校博士学位,同年开始在道格拉斯学院执教,自1984年开始在普林斯顿大学任教。肖沃尔特的职业生涯和事业成就与美国女性主义批评几乎是同步发展的。

米利特的研究聚焦男性文本书写,针对男性作家凭借主观臆造歪曲女性形象这一文学现象进行了尖锐的批判。而肖沃尔特则认为,女性文学的发展不仅仅局限于对男性作家作品的研究,还应将研究重点放在以女性为中心的文本分析上,同时通过对文学史著作中被遗漏的女作家的重新发掘,搭建有关女性文学作家的整体关联性,深度挖掘和建构女性文学传统。肖沃尔特的洞见为女性文学创作和后代女性主义批评研究提供了丰赡的资源和参考价值。

肖沃尔特最重要的文学批评思想是倡导建构女性文学传统。

她在《她们自己的文学》这部女性文学史的开拓性著作中,讨论了19世纪以来的200多位女性小说家,其中大多数从未被传统文学家所提及。对此,肖沃尔特解释为父权制文学传统对女性文学的偏见、压制和漠视;同时指出,传统文学批评对女性作家的讨论不准确、不充分,是一种支离破碎的、带有偏见的文学批评。所以,她特别强调女性

---

① 萨克文·伯科维奇:《剑桥美国文学史》(第八卷):诗歌和文学批评1940年—1995年,杨仁毅等译,北京:中央编译出版社,2008年,第317—318页。

文学的独特属性应当有其自成一体的文学传统："女性文学传统产生于仍在发展中的女性作家与其社会之间的关系中。"①而且，她认为女性一直有着自己的文学，"女性小说家是整个历史悠久、仍在继续向前的文学传统中的一部分。就女性作家的生活环境、教育程度、写作对象等诸因素而言，女性文学从诞生之日起就形成了其独具特色、自成一体的传统"②，但这种传统一直遭到男权文化的压制，像珍宝一样被长期淹没在历史的地表之下。男权意识形态占主导的社会所编撰的以往的文学史满载着男性中心论，女性人物形象遭到贬抑和排斥，女作家及其作品成为"被淹没的声音"。因此，肖沃尔特倡导探寻女性文学传统，建构女性文学史，发出女性自己的声音。

她尖锐地指出，大批风格各异的女性作家名单在文学史上被缩减，仅有极少数几位公认的伟大女性作家及女性作家理论被编入女性文学史；另外，评论界对女性的文化偏见早已根深蒂固，不能真正公允地从理论上评价女性作家与女性文学。所以她力图纠正文学史传统的缺点——只推崇大作家，贬低英国女性小说家的地位。她认为剔除次要作家，等于失去了与下一代作家联系的纽带，使读者无法了解女性文学的连续性。因此，她努力拯救19世纪40年代至20世纪70年代被忽略的次要作家，重建这段时间内英国的女性文学传统。

其次，肖沃尔特提出了女性文学史的"三个阶段"思想。

为了恢复和凸显女性作家在文学史上被淹没的地位，以女性自己的价值、常规、经验和行为来建构女性文学的传统，肖沃尔特从女性经验论的角度出发，详细考察了勃朗特姐妹以来的英国小说家，打破了传统的文学分期，努力填补英国文学史上"奥斯汀高峰""勃朗特峭壁""艾略特山脉"和"伍尔夫丘陵"等文学里程碑之间的空白地带，勾勒出女性文学历史发展的三个阶段。

1840年至1880年为"女性阶段"（feminine phase），这一阶段的女

---

① Elaine Showalter, *A Literature of Their Own*, Princeton：Princeton University Press, 1977, p. 12.

② 同①，第15页。

性作家大多自学成才,接受以男性为中心的传统观念,将居支配地位的文学和社会标准或男性美学标准内在化;多模仿男性作家,甚至以男性化的笔名发表作品。1880 年至 1920 年为"女权阶段"(feminist phase),这一时期的女性作家明显带有鼓吹建立一种脱离男权社会的女性亚文化的政治倾向。她们开诚布公地表达自己的声音,积极参与激烈的政治运动,并逐渐发展起一种属于女性的美学(female aesthetic),使女权主义的意识形态渗透到语言、文学、词句以至于世界的感悟和价值观中。1920 年以后的女性文学为"属于女人自己所有的阶段"(female phase),这个阶段的女性文学既不是"摹仿式"的,也不是"抗议性"的,而是一种从女性独有的经历和体验引出的自足自律的艺术。① 一种以女权主义为思想基础、与当代社会生活密切相关的新文学——女性主义文学逐步形成。② 伍尔夫的《一间自己的房间》就是这种女性主义意识的集中表现。

  肖沃尔特关于女性文学的三个阶段学说从理论上将英国 19 世纪 40 年代之后整个女性文学风貌描绘得惟妙惟肖,为建构一部独立的女性文学史奠定了基础。她指出,"当我们观察女性作家群全貌时,可以看到一个富于想象力的、连续统一的整体,某些形式、主题、问题和形象一代接一代反复出现"③。可见,女性不仅有自己的文学,她们的文学还有其独特的历史和传统;以往的文学史忽视女性作家及其作品,具有极大的局限性。这是肖沃尔特对整个文学史和女性主义批评的最大贡献。

  再来看肖沃尔特的"荒野中的女性主义批评"观。

  针对以往一些批评家对女性主义文学的阐释,肖沃尔特发表了《走向女性主义诗学》(Towards a Feminist Poetics, 1979)和《荒野中的

---

① Elaine Showalter, A Literature of Their Own, Princeton: Princeton University Press, 1977, p. 263.
② Vincent B. Leitch, American Literary Criticism from the Thirties to the Eighties, New York: Columbia University Press, 1988, p. 305.
③ 同①, p. 11.

女性主义批评》①(Feminist Criticism in the Wilderness, 1981)等,阐述自己的理论主张,试图对发展中的女性主义批评进行理论总结和反思,提出了"荒野中的女性主义批评观"。在《走向女性主义诗学》一书中,肖沃尔特提出了"女性主义批评"(feminist critique)和"女性批评"(female criticism)两种类型的批评理论。前者指作为读者的女性对文学作品的考察,主要是对男性作家作品中的女性形象原型进行分析;而后者关注的是女性作家及其作品中的女性形象,"作为文本意义生产者的女性"以及"女性创造力的心理动力学"和"对专门作家和作品的研究"所构成的"文学的历史、主题、风格和结构"②等。而且,她认为女性主义批评家应该从前者转向后者,研究女性作家的作品,了解"女性的真情实感",从女性作家的文本中直接获得这种感受。③

在《荒野中的女性主义批评》中,肖沃尔特构建了有关女性主义批评(gynocritics)的理论基础,详细论述了当今女性主义批评中的四种主要趋势:生物学、语言学、精神分析学和文化学批评,指出它们虽各有侧重,但基本上前后连贯,都是以女性为中心,深入剖析女性写作与女性肉体、语言、心理和文化等方面之间的关系,倡导建立真正以女性为中心的、独立的、思想前后一致的女性主义批评。她认为,文化模式吸纳了生理、语言、心理等模式的特点,并将其融入社会关系中去解释,所以无论是身体、语言还是心理,都与当时所处的文化环境、语言习俗等有关。④ 同性别一样,阶级、种族、国家、历史都是文学的重大因素,女性文化应该是文化集体中的一种集体经验,一种超越时空、能把女性作家凝聚起来的经历感受。

肖沃尔特认为,女性构成了一个"沉默的团体",她们的文化和现

---

① 本书采用"荒野中的女性主义批评"这一翻译,国内有的学者翻译成"荒原中的女性主义批评"。

② Josephine Donavan, ed., *Feminist Literary Criticism: Exploration in Theory*, Lexington: University of Kentucky Press, 1975, p. 125.

③ 顾红曦:《伊莱恩·肖沃尔特对美国女权主义批评的贡献》,《广东民族学院学报(社会科学版)》1997年第3期,第50页。

④ 同③,第51页。

实与"男性团体"的文化和现实部分地互相交叠。①"没有一个女性能与真正的男性世界隔绝;但在意识形态中,我们可以划定界限,开辟新的思想视野,使我们能够以新的方式看待问题。"②事实上,"女性的写作是一种'双重声音的话语',体现了男性团体和女性团体共有的社会、文学和文化传统"③。当"从整体的角度来看女性作家时,我们就可以看到一种想象的连贯性,一代又一代反复出现一定的模式、主题、问题和形象"④。因此,女性的作品有其独特性,反映了女性复杂的文化地位。她们既是总体文化的成员,又拥有仅属于女性的文化。女性文化就是所谓的"荒野",即男性文化之外的文化。写作的女性既不在男性传统之内,也不在男性传统之外,而是同时在这两种传统之中,是主流中的潜流。相比于女性主义重经验轻理论的困境,"女性研究提供了许多理论机会。把女性写作作为我们的首要主题,迫使我们向一个新的概念制高点迈进并重新前进,并定义我们面前理论问题的性质"⑤。女性的创作模式是对女性主义批评理论的有益补充,对女权主义者确定她们自己在文学批评史和批评传统中的地位意义重大。

她还否认理论是男性的专利品,认为"女性批评"不能一味迎合男性的标准和价值取向,而应该"与历史学、人类学、心理学和社会学等领域的女性主义研究息息相关"⑥,共同构建一种女性亚文化。女性亚文化对于女性文学来说是一个十分重要的概念,"因为它为研究作

---

① 顾红曦:《伊莱恩·肖沃尔特对美国女权主义批评的贡献》,《广东民族学院学报(社会科学版)》1997年第3期,第51页。

② Elaine Showalter, et al., *Comments on Jehlen's "Archimedes and the Paradox of Feminist Criticism"*, Illinois: The University of Chicago Press, 1982, pp. 160 – 176.

③ Gerda Lerner, *The Majority Finds Its Past: Placing Women in History*, New York: Oxford University Press, 1979, pp. 52 – 54.

④ Elaine Showalter, *A Literature of Their Own*, Princeton: Princeton University Press, 1977, p. 11.

⑤ Elaine Showalter, *Feminist Criticism in the Wilderness*, Illinois: The University of Chicago Press, 1981, pp. 179 – 205.

⑥ Josephine Donavan, ed., *Feminist Literary Criticism: Exploration in Theory*, Lexington: University of Kentucky Press, 1975, pp. 125 – 143.

家在可分离的传统中的发展提供了一个连贯的框架,既不否认她们参与了一个更大的文化系统,也不涉及对女性固有的感知和创造力模式的可疑假设"①。她把吉尔伯特和古芭合著的《阁楼上的疯女人》视为女性批评的核心文本,具有重要意义;另外,她坚持根据具体情境对女性及女性文学进行标准重构,认为重构标准应当具备三个要素:第一是文本具有特殊性;第二是认同女性与女性之间存在个体差别;第三则是充分运用当代文学阐释的各种手段。所以,她指出,女性主义批评的先进性不是表现在其执念于构建绝对永恒的坐标,而在于将审美标准置于一定的历史文化的语境中考察,并将女性批评的种类扩大到所有女性创作的领域。

肖沃尔特借鉴了美国黑人文学、犹太文学等亚文化的理论模式和文化人类学关于主流文化和被压制文化的理论,认为女性文化是指以女性为中心、以其历史经验为统一体的价值、规范、关系和交流方式的集合,它探讨的是在历史中被遗漏的女性的实际活动。对女性写作差异性的探讨,应置于历史形成的文化关系中去认识,特别是如黑人文化中的特殊经验,对其写作的主题、风格、审美观念等文学传统的研究,应结合其政治、社会、经济状况等各方因素来讨论。所以,肖沃尔特指出,以女性为中心的文化批评的首要任务是标出女性文学属性的确切文化方位,及女性作家的位置和作用于她们的诸多因素;同时还要考虑文学中的诸多文化变量,如生产方式和消费方式,作家与读者的关系,精英艺术与大众艺术之间的关系,等等。因此,女性理论家要占据的领地应当是以女性为中心的批评、理论和艺术之所在。

总的来说,肖沃尔特的文学批评理论比较自觉,将女性问题研究与历史文化批评的原则和方法相结合,深深扎根于对社会模式和女性真实生活状况的了解,包括她们的社会地位、话语、意识和文学素养等,对男性占统治地位的男权社会和男权文化否认社会历史条件造成

---

① Elaine Showalter, *Literary Criticism*, Illinois: The University of Chicago Press, 1975, pp. 435 – 460.

性别差异的观点以及否认女性文学传统的观点进行了修正。

四、安妮特·克罗德尼的生态女性主义批评和多元化阅读策略

20世纪60至70年代的美国女性主义批评家主要关注的是文本，即男性作家文本中塑造的符合男权制思想的女性形象以及受到压抑和边缘化的女性作家及其作品。

安妮特·克罗德尼（Annette Kolodny，1941—2019）也不例外。她是著名的犹太裔美国文学评论家，对女性主义批评最重要的贡献在于：她富有洞见地提出了两性视域中截然不同的"大地意象"以及由此折射出的不同的性别属性思维方式，并由此开启了生态女性主义批评。在《辽阔大地：美国生活和文学中作为体验和历史的隐喻》和《她面前的土地（女性看大地）：1630—1860年间美国拓荒者的幻想与经历》中，她运用女性主义的精神分析理论和方法，提出了自己独到的见解：男性视域中的"大地女性"是男性中心文化神话的产物——男性在征服女性的想象中无节制地掠夺着他赖以生存的大地；与之相反，女性视大地为融花园与家园于一体的伊甸园，是建立理想家园的圣地。[①] 在各个民族古老的神话或隐喻中，最原始的神大多与大地相关联，而大地也正是生态系统赖以生存的最基本的载体，是自然、生态的象征。因此，大地成为一个充满性别意味的隐喻，即使是在后继而起的父权制文化中，这个隐喻也被保留下来，其含义丰富饱满，有包容、承载、丰盛等之意。

首先来看克罗德尼的"大地女性意象"生态女性理论。

克罗德尼对殖民地时期美国男性与女性文学作品中的"大地女性意象"进行了详细解读，以丰赡翔实的材料揭示了隐藏在拓荒文学背后起主导作用的意识形态，即男性中心主义的文化神话。在《辽阔大地：美国生活和文学中作为体验和历史的隐喻》中，"大地女性"意象

[①] 汪涟：《当代女权批评的灵魂人物——安妮特·克罗德尼思想述评》，《哈尔滨师范大学社会科学学报》2003年第5期，第161页。

贯穿美国拓荒文学的始终。殖民初期,来自欧洲的殖民者对美洲新大陆这片陌生而神秘的大地充满恐惧。拓荒文学作品中的"大地母亲"形象拉近了他们与新大陆的心理距离,他们期待这片未知的陌生之地能够像慈祥的母亲一样对跨洋过海而来的人们敞开胸怀,无私哺育。克罗德尼通过将土地比喻成母亲这一女性形象,使殖民者对于完全陌生而未知的土地所产生的恐惧和神秘感消失了,甚至还生发出某种亲切感。在拓荒时代,随着殖民者羽翼日渐丰满,美国人开始热衷于开垦荒地,"茂密的丛林,肥沃的原野,等待着扬斧挥落,等待着耕犁划过",然而过度开垦却摧毁了大地,"她昔日的清丽荡然无存"①。

大地被女性化和女性在男权社会中的附属地位一脉相承,都是被主导、被定义、被他者化的对象;对女性的歧视被延伸至对大地无节制的征服、掠夺和占有。18、19世纪,深受父权文化影响的美国人有着强烈的征服欲望,他们希望通过"战胜和主宰自然来证明自己的价值和男子气概"②。克罗德尼认为,"从我们把大地作为女性对待之日起,任何与之相关的男人式的行为都意味着虐待,令人遗憾"③,如果不遏制对大地粗暴的施虐行为,人类对大地的一切行为都不可能是真正"负责任"的。因此,克罗德尼振聋发聩地发出了女权主义要求平等的声音:"人类和大地是共生共存、相互依赖的,任何一方都不是主宰者。"④进入20世纪后,越来越多的美国人渴望逃离工业文明带来的烦忧与喧嚣,回归过去田园牧歌式的生活,开始反思人与自然的关系,意识到大地"不属于任何人,为万物共有,他们(人类)只有好好使用它,谦和恭敬并自豪满怀"⑤。于是,美国文学作品中的大地意象也发生了变化,大地不是任何人的私有财产,而为万物所共有,在大自然面前,众生平等。

---

① Annette Kolodny, *The Lay of the Land: Metaphor as Experience and History in American Life and Letters*, Chapel Hill: University of North Carolina Press, 1975, pp. 28 – 30.
② 同①,第133页。
③ 同①,第142页。
④ 同①,第144页。
⑤ 同①,第146页。

克罗德尼写完《辽阔大地：美国生活和文学中作为体验和历史的隐喻》后认识到，仅仅将关注焦点局限于男性文本中的大地隐喻不足以扭转人们的固有思维，于是她开始转向对同时期的女性作家文本的分析，期待找到不同于男性的大地隐喻。1984 年，《辽阔大地：美国生活和文学中作为体验和历史的隐喻》的姊妹篇——《她面前的土地（女性看大地）：1630—1860 年间美国拓荒者的幻想与经历》出版。该书旨在描绘女性对于蛮荒之地所产生的反应及其变化曲线，追溯女性公开表达她们想象中的西部生活图景的传统。克罗德尼认为，女性不像男性那样把国家看作性征服的对象，而是希望构建自己是花园主人的形象。① 面对广袤的大地，女性拓荒者渴望的是能够栖息的家园，而不是有关历险、征服的想象，也与情色欲望无关。女性眼中的大地，既不是渲染了宗教色彩的天堂再现，也不是男性幻想中的女性形象化身，而是集花园和家园于一体的伊甸园。

再来看克罗德尼的"多元化阅读策略"。

身兼多重身份的女性主义批评家对文学批评的诸多问题进行了探讨，创造了多元化的批评视角，对生理学、心理学、精神分析学、语言学、文化学等多种理论加以运用和改造，赋予文学批评多种可能性。在女性主义批评方法上，克罗德尼提出了女性批评多元论的观点，指出女性主义批评缺乏系统性，因此，不能仅仅生成单一的阅读方法、僵化的批评步骤，更不能规定如何建立无性别歧视的文学经典，而是要开启充满生机的多元机制，运用多种分析策略，不能对文本进行简单、排他、武断的阐释。"采取'多元论'的观点并非意味着我们抱折中主义的态度不去争论，而仅仅是指存在这样的可能性：在不同的研究条件下，不同的阐释，甚至对同一文本的不同阐释，可能会有不同的作用，甚至会给人不同的启迪。"②

在后来的著作中，她针对美国社会在各个领域（尤其是高等教育

---

① Helen Stauffer, "Review of *The Land Before Her: Fantasy and Experience of the American Frontiers, 1630–1860*," *The Georgia Historical Quarterly*, 68.4 (1984), p. 613.
② 同①。

机构)的性别歧视,继续为提高女性地位摇旗呐喊。为了讲述和写作独属于女性的故事,女性作者必须寻找合适的方法,在男性占主导地位的社会中发出自己的声音,让自己的声音受到关注。

总的来说,克罗德尼与众不同的女性主义文学思想使人们逐渐认识到了自己长期以来对自然的错误认识,修正了征服思维控制欲下人类对大自然的掠夺思想,解构了传统的阅读模式,拓宽女性主义文学思想的发展空间,为女性主义批评在美国文学领域占有一席之地做出了卓越的贡献。受克罗德尼"多元论"的启发,女性主义批评综合各种思潮与文学批评理论,派生出了自由主义女权主义、马克思主义女权主义、精神分析女权主义、生态女权主义、激进女权主义、社会主义女权主义、有色人种女权主义等多个分支,在美国文学领域各领风骚,大放异彩。

五、桑德拉·吉尔伯特和苏珊·古芭的"作者身份焦虑"

桑德拉·吉尔伯特和苏珊·古芭都是美国学界著名的女性主义评论家。桑德拉·吉尔伯特(Sandra Gilbert,1936—)本科毕业于康奈尔大学,纽约大学硕士,哥伦比亚大学英国文学博士,目前是加利福尼亚大学戴维斯分校英语教授;苏珊·古芭(Susan Gubar,1944—)出生在纽约州的布鲁克林,1968年获密歇根大学硕士学位,1972年获爱荷华大学博士学位。在芝加哥大学任教一年后,古芭于1973年加入印第安纳大学,成为一名杰出的英语和女性研究教授。她们两人的合作堪称美国学界的佳话,共同出版了数量可观的女性主义批评和文论作品,因此她们的名字经常被同时提及。吉尔伯特著述颇多,在女性文学批评、女性理论、精神分析批评等领域多有建树;古芭对女性主义批评理论做出了突出贡献,在文学理论方面也颇有洞见。作为女性主义批评领域著名的经验论者,她们对男权文化与男性神话进行了尖锐的批判,试图挑战传统基督教的男性创造说,消解弗洛伊德"俄狄浦斯情结"的男性中心论。其影响力最为广泛的一部著作是《阁楼上的疯女人》,它将女性主义批评由对男性作家笔下女性建构的分析,推进到向传统的经典标准发起挑战、梳理女性文学传统、考察女性美学特征的新阶段。①

吉尔伯特和古芭最著名的女性主义批评理论是"作者身份焦虑"。

她们以哈罗德·布鲁姆关于"影响的焦虑"为出发点,引申出女性作家在父权制文化中形成特殊的"作者身份焦虑"(anxiety of authorship)的思想,以此作为分析女性作家的生存状态、创作心理、作品中的意象建构、情节结构与人物关系等的切入点。②

吉尔伯特和古芭认为,女性作家在男性占统治地位的社会结构中受到限制,被禁锢在男性作家建构的艺术殿堂和小说大厦之中,也就是被格特鲁德·斯泰因称为"父权诗学"的特殊文学框架内。女性作家试图对自我、艺术和社会进行策略性的重新定义,"呈现了她们逃离男性文本和男性文化的强烈愿望,表达了焦虑作者自己本人饱受压抑所付出的代价"③。这种双重禁锢困扰着文学女性、读者还有女性作家本身,甚至使她们对创作的合法性产生了焦虑与怀疑。④ 受到父权文化约束的女性作家担心自己的创作能力,担忧自己无论如何努力也没有办法成为"前辈",而自己的写作行为将变得孤立无援,自己也将因此而被毁灭,于是形成了对于自己"作者身份"的焦虑。女性对自我表现的怯懦、在艺术上对男性权威的畏惧、对女性创作不合适的忧虑等,交织在一起,形成一种担心自己变得"低人一等"的自卑情结。这种情结成为女性作家在艺术上为了界定自我而进行斗争的标志。⑤

吉尔伯特和古芭解决"作者身份焦虑"的办法是让女性自己开发一套能够鼓励文学自主性的"女性的句式"(woman's sentence)。通过

---

① 杨莉馨:《成就与缺憾的反思——〈阁楼上的疯女人:妇女作家与十九世纪文学想象〉论略》,《首都师范大学学报(社会科学版)》2008年第4期,第112—117页。
② 张生珍:《美国当代女权批评:桑德拉·吉尔伯特和苏珊·古巴研究》,《外国文学研究》2013年第3期,第151—157页。
③ Sandra Gilbert and Susan Gubar, eds., The Madwoman in the Attic: The Woman Writer and the Nineteenth-Century Literary Imagination, New Haven: Yale University Press, 1979, p. 85.
④ 同①。
⑤ 同③,第50页。

发明这样的结构,女性就可以使男性作者被孤立、感到害怕,甚至把他们驱逐到文学经典之外,一如几个世纪以来男性将女性排除在文学经典之外一样。通过构建这样一套专属于女性的句式,女性作家就能把自己从男性的界定中解放出来。吉尔伯特和古芭认为,这样一套女性的句式也能解放女性,使她们不再陷入文学中出现的那些模式化的人物形象之中。男性对女性的形象塑造主要是这样两种:"房子里的安琪儿(天使)"(the angel in the house)和"阁楼上的疯女人"(the madwoman in the attic)。在男性作家笔下,理想的、合乎规范的女性应当是房子里的安琪儿,内心纯洁且虔诚,逆来顺受,是最具有自我牺牲精神的尤物。当女性被描绘为房子里的安琪儿时,她意识到自己无论是身体上还是物质生活上的舒适都是丈夫赐予她的礼物(来自丈夫的恩宠)。她终其一生就是让丈夫高兴,时时刻刻满足他,对他言听计从。而她最大的幸福和满足感就来源于她尽心尽力服侍丈夫、无微不至照顾孩子的无私奉献。当某个女性作家或她笔下的人物拒绝扮演这样的角色时,男性批评家就称其为"怪物","很显然"是堕落的阁楼上的疯女人。[1]

  吉尔伯特和古芭坚称,无论是安琪儿还是疯女人的形象都不是对现实生活中的女性的真实再现。第一种形象把女性封为圣徒,让她高高在上,使她置于社会建构的世界之外;第二种形象则诋毁和妖魔化了女性,把她放逐到神界和魔界,同时否认她在文学领域和社会上的合法地位。总而言之,如果你不是天使,你就是妖魔鬼怪。男性作家笔下的女性形象,天使也好,妖魔鬼怪也罢,都是在不同程度上对女性的歪曲和压抑,都是父权制下男性中心主义根深蒂固的传统对女性的歧视和贬抑。吉尔伯特和古芭宣称,假如要获得文学自主性,那么文学中这种模式化的、男性创造的女性形象就必须被发现、细察、揭穿和超越。[2] 在父权文化背景下,由于身份焦虑,在女性作家能够真正建立起摆脱男性中心主义的文本话语和文学标准之前,她们只能套用男性

---

[1] 查尔斯·E. 布莱斯勒:《文学批评:理论与实践导论》第五版,赵勇等译,北京:中国人民大学出版社,2015年,第189—190页。

[2] 同[1],第190页。

构建起来的文本模式,在妥协的表面之下,隐晦地发出自己的声音,对"父权诗学"进行颠覆。

女性作家对父权中心的文学标准既妥协又颠覆所采取的方式是:叙事作品情节表层和意义深层彼此映照的结构以及女性主人公和次要人物(包括言不由衷的叙述者与隐身其后的作家本人)之间隐含的微妙联系。① 女性作家在创作时受到社会冲突的约束,在文本中,她们构建起一套"安琪儿"与"疯女人"的对立模式。这一创作趋向源自男性作家对女性的类型化观念,即纯洁、天使般的女性和具有反叛性、粗野的疯女人。② 前者的塑造体现了女性作家在现实背景下谋求合法生存的策略,而后者更多代表了女性内心深处因受到社会与文化压制产生的愤懑与不满。③ 吉尔伯特和古芭指出,19 世纪和 20 世纪的女性作家小说创作中的关键人物形象就是这样一些疯女人,以这样的方式塑造的女性人物形象象征着女性作家的一种文本策略(textual strategy)。文学批评家和读者们关注的更多是女主人公,而忽略次要角色——疯女人,而且这些疯女人在作品中都会受到"恰如其分"的惩罚。疯女人的形象塑造隐秘地表达了女主人公的不满,也隐晦地透露出女性作家内心的不满。在文学作品中,她们的声音是双重性的,但也是统一的,是女性不同的分裂人格。女性作家通过把她们的愤怒和疾病投射在可怕的疯女人身上,为她们和女主人公创造出黑暗的替身(dark double),女性作家借此策略表达自己内心的痛苦、愤怒和焦虑。她们便与父权制文化强加在她们身上的自我定义(self-definition)等同起来,同时又对之加以修正。这种观点颇为新颖,也是批判父权制文学传统、建立独立的女性文学传统的一个有力的武器。④

---

① 杨莉馨:《成就与缺憾的反思——〈阁楼上的疯女人:妇女作家与十九世纪文学想象〉论略》,《首都师范大学学报(社会科学版)》2008 年第 4 期,第 112—117 页。
② 张生珍:《美国当代女权批评:桑德拉·吉尔伯特和苏珊·古巴研究》,《外国文学研究》2013 年第 3 期,第 151—157 页。
③ 同①。
④ 程锡麟:《天使与魔鬼——谈〈阁楼上的疯女人〉》,《外国文学》2001 年第 1 期,第 72—78 页。

总的来说，吉尔伯特和古芭从"禁锢—作者身份焦虑—应对策略"这一路径出发，对 19 世纪英美女性文学进行了综合研究。她们指出，19 世纪主要的女性作家一方面渴望变成文学领域中的真正权威，另一方面既顺从又试图颠覆父权制的文学标准，于是，她们同时接受与解构了"安琪儿"与"疯女人"这一女性刻板形象。这种创作实践不仅探讨了主导女性写作意识的性别问题，还揭示了女性创作中的女权思想和女性价值。的确，有关女性的主题并非一成不变，也没有哪一种类型的女性可以代表另一种类型，例如西方白种人异性恋女性不能代表所有女性。但是，吉尔伯特和古芭揭示出超越表象的东西，即女性与同一种族、民族、阶层、性取向的男性存在诸多不同，她们之间是有共性的。[1] 她们批判了父权制和父权文化对女性和女性文学的偏见和歧视，提出了独属于女性主义的批评理论，具有标杆作用。她们针对女性和女性写作提出的真知灼见，"激励了女性作家不动声色努力去重新定义自我和自己的艺术创作，而不再局限在男性隐喻和男权社会及政治领域的泥淖中"[2]。

苏珊·古芭还提出了女性创造力体现在不断书写"空白之页"的努力中的观点。她在《"空白之页"与女性创造力问题》(*"The Blank Page" and the Issues of Female Creativity*, 1981)一文中指出，女性作家在父权制统治下被定义为"空白"，"不被书写就是一种新的女性的书写状况"[3]，女性被描写为一张"空白"或"处女"的书页，被动地创造艺术而不是独立自主的创造者。事实上，"没有一个妇女是空白之页。每一位妇女都是一页页书的作者或一页页书的作者的作者"[4]。历代女性作家通过各种实践和努力，在不断书写女性文化和文学史的"空白之页"。

---

[1] Carolyn G. Heilbrun, Foreword, *Making Feminist History: The Literary Scholarship of Sandra Gilbert and Susan Gubar*, edited by William E. Cain, New York: Garland Publishing, 1994, pp. xi – xvi.

[2] Annette R. Federico, ed., *Gilbert and Gubar's* The Madwoman in the Attic *After Thirty Years*, Columbia and London: University of Missouri Press, 2009, p. 13.

[3] 张京媛主编：《当代女性主义文学批评》，北京：北京大学出版社，1995 年，第 178 页。

[4] 同[3]，第 179 页。

在男权文化占主导地位的社会中,女性不仅仅是一般的物,作为文化的产物,"她"是一个艺术品,是皮格马利翁塑造的象牙雕刻,是玛格丽特·阿特伍德(Margaret Atwood)散文诗歌中两个男孩捏出来的泥制品,或是一个圣像、偶像,但她从来不曾是一个雕塑师。雅克·拉康在试图批评他称之为"菲勒斯(逻各斯)中心主义"时,把文学过程定义为"阴茎之笔"与"处女膜之纸"。这种阴茎之笔在处女膜之纸上书写的模式参与了源远流长的传统的创造。这个传统规定了男性作为作家在创作中的主体性地位;而女性作为他的创造物——一种缺乏自主能力的次等课题,常常被强加以相互矛盾的含义,却从来没有意义。很显然,这种传统把女性从文化创造中驱逐出去,把她"异化"为文化之内的人工制品。对于那些想要使用笔成为作家的女性们来说,这是一个极其困难的问题。尤其在19世纪,女性作家们对自己那种操纵笔的欲望感到一种僭越的恐惧,她们试图用种种写作策略来缓解这种欲望。①

古芭举例说明了男性创造力超越女性客观性的神话如何广为传播,并使女性对自身主观性的看法不复存在。她认为女性作为文本和艺术品的形象影响了她对自己肉体的态度,这种态度反过来又造就了她用以想象自己创造力的隐喻。古芭通过陈列在修道院廊内镶着边框沾着王妃血迹的床单故事指出,许多女性将自己身体的体验感受作为创造艺术唯一可利用的媒介,这大大缩短了女性艺术家与艺术之间的距离。其次,女性身体所能提供的主要的、也是最能引起共鸣的隐喻之一就是经血,所以,文化创造力表现为对于创痛的体验。以上两者相互联系,因为女性艺术家体验死(自我,身体)而后生(艺术品)的时刻也正是她们以血作墨的时刻。② 对艺术家来说,意识到她自己就是文本的感觉意味着在她的生活和她的艺术之间几乎没有什么距离

---

① 张京媛主编:《当代女性主义文学批评》,北京:北京大学出版社,1995年,第162—165页。
② Susan Gubar, "The Blank Page" and the Issues of Female Creativity, Chicago: The University of Chicago Press, 1981, pp. 247–248.

可言。所以，女性作家偏爱的文学创作形式主要以个人抒情为主，如信函、自传体、自白诗、日记、游记等。在父权文化背景下，女性独有的艺术创造体现在日常生活中最基本的要素，即孩子、食物、衣服的生产上。在父权制下，这些生产往往被视为一种空白，但是，在人们口口相传的故事传统和女性群体内部，这些是受到称赞的。换言之，女性的创造力其实一直都存在，作为社会的一个主体，女性有能力让自己的创造力发出应有的声音。古芭指出，19世纪末20世纪初，那些实现女性的创造力又避免毁灭性的女性社会主义化正是乔治·艾略特（George Eliot）、克里斯蒂娜·罗塞蒂（Christina Rossetti）、凯瑟琳·曼斯菲尔德（Katherine Mansfield）等作家的共同任务。她们都发掘了女性的神、女性生命之源的神话、女性创造力的隐喻以及女性权力仪式的意义，并加以象征化以提高女性的位置。总之，历代女性作家都在全力投入书写女性文化和文学史的"空白之页"。①

由吉尔伯特和古芭合作编撰的《诺顿妇女文学选集》（The Norton Anthology of Literature by Woman, 1985）则是她们对女性主义文学批评的又一重要贡献，为当代女性研究提供了重要的研究文本，从某种意义上说，通过她们的精挑细选和精心编撰，她们建构了西方妇女文学史。《诺顿妇女文学选集》从第一次出版至今已多次修订和再版，一直以来都是诸多大学校园里的英语教材，广受欢迎和好评，标志着女性文学日渐受到当今世界文坛的关注。该书突出女性主义批评的历史沿革，专注女性经历的多样性和复杂性、文化传统的多元性、种族认同、地理背景、性取向、宗教行为以及阶级特权等问题，比较详细地介绍了当时社会、历史、政治、哲学思潮和文学流派以及比较典型的文学主题和类型样式。选集主要依靠差异模式展开论证，强调女性作为女儿、妻子和母亲的独特经历，以及进入老年和死亡的过程等。② 女性的

---

① Susan Gubar, "*The Blank Page*" *and the Issues of Female Creativity*, Chicago: The University of Chicago Press, 1981, pp. 258–260.

② 张生珍：《美国当代女权批评：桑德拉·吉尔伯特和苏珊·古巴研究》，《外国文学研究》2013年第3期，第151—157页。

体验影响到女性意识的形成,女性不仅有大体相同的生理、心理经历,而且历史文化地位相仿,都受到男权和父权的禁锢和歧视,于是作品中就有互相沟通的主题、情感、态度、手法和文学意象。女性自我意识的形成和发展是一个历史过程,同时带有阶级、种族和文化的差异,但是却不妨碍将女性创作看成母女相继、姐妹抱团的一个整体。既然经验本身独立于男性,有其不可替代性,女性文本就不必去比附男性标准,而是要有自己的衡量尺度。① 以《诺顿妇女文学选集》为代表的女性文学体现了女性主义批评的发展进程,从最初关注女性共同的经验到最近探讨复杂的问题和假设,充分体现了英语文学女性作家多元的地理、文化、种族、性取向、阶级背景以及对她们创作的影响。②

总之,吉尔伯特和古芭在发现和构建女性文学传统、建立女性主义诗学理论的重大问题方面做出了突出贡献,对19世纪和20世纪女性文学史提出了许多真知灼见,是20世纪六七十年代重要的女性主义批评家和文学理论家。

六、美国女性主义批评的文学思想及其反叛与解构特征

20世纪60至70年代以米利特和肖沃尔特等为代表的美国女性主义批评家的文学思想大致可以概括为如下几项内容。

第一,她们将女性主义批评分成"妇女形象"批评和"妇女中心"批评两个阶段。20世纪60至70年代初是"妇女形象"批评阶段,主要以唤起女性自我意识为主。该阶段的女性主义理论指出,现代社会还是男权社会,性别歧视现象仍然严重。女性主义批评家从性别角度重读文学经典,分析作品中的女性角色,揭示女性附属于男性的社会及文化。"妇女中心"批评阶段则考察女性文学作品,梳理女性文学创作历史。

第二,她们特别重视文学、学术与政治的密切关系,认为文学是占

---

① 韩敏中:《她们无"女书":〈诺顿妇女文学选集〉及其他》,《外国文学评论》1995年第3期,第124页。
② 张生珍:《美国当代女权批评:桑德拉·吉尔伯特和苏珊·古巴研究》,《外国文学研究》2013年第3期,第151—157页。

统治地位的社会秩序的工具,而不是庇护所或替代品。换言之,对她们来说,弗莱对"人"的想象和真实的世界之间强烈的对比既站不住脚,也没切中要害:男性建构的世界正是女性生活的世界。① 女性在社会中处于被支配的地位,女性批评家在男性主宰的学术领域也处于被支配的从属地位,于是她们认为自己的研究不但是对文学的批评,也是对学术领域不平等现状的挑战。

第三,她们特别关注文学作品和文学批评的社会意义和文化价值。一般而言,美国女性主义批评更多地将注意力集中于性别而非性欲,重视社会的因素多于纯生物因素。

第四,她们不仅阐述了女性主义批评的原则,确认女性的文学和社会经验的正确性,还系统阐述了一种理论态度,对全部文学进行探索研究;不仅发掘出了一个已被遗忘的文学史,还对现存的全部文学史进行了重新解释和修正。

第五,她们对男性和女性在文学传统方面存在的差异进行了拓荒性探索,对男性与女性在经验、想象以及他们对艺术典型、意象等的选择存在的差异进行了开创性探讨,并由此在学术领域为女性和女性主义批评争取到了合法地位,建立了一个简·马库斯(Jane Marcus)所说的"物质力量基础"②。

总而言之,美国女性主义批评对文学研究具有深刻的革命意义,剑锋直指"美国文学是男性的"问题,而且对前辈的女性主义批评思想也是"否定之否定"式的推陈出新,其文学思想与批评活动表现了鲜明的反叛与解构特征,这一特征主要表现在以下几个方面。

朱迪思·菲特利直截了当和挑战性地指出"美国文学是男性的"③。"美国的"和"文学"在学术和文化里并非单纯、明显或自然的范畴。事实上,首先,美国女性主义批评家对男性主宰的"美国文学"

---

① 萨克文·伯科维奇:《剑桥美国文学史》(第八卷):诗歌和文学批评1940年—1995年,杨仁毅等译,北京:中央编译出版社,2008年,第311页。
② 同①,第311—312页。
③ 同①,第312页。

理论与实践以及表现在文学作品中的男权文化与父权文化思想发起了挑战。"美国文学是什么?""文学"与具有民族性和政治性标志如"美国"联系在一起,就赋予了文学性和重要性的判断以社会代表的意义。① 美国文学经典所选择的作品是要代表整个美国文化的。但是,从所有在美洲大陆或在美国所写的、或由在美国的居住者甚至美国公民所写的作品中选出一小部分作品,将之定为"美国的"和"文学",是青睐于某些社会群体、思想和经历,使它们不和其他群体、思想和经历发生联系或竞争。占统治地位的理论和实践不但保证"美国文学"是由男性主宰,而且所有的批评意图和目的都把美国特征和文学特征视为具有男性的性别特征。女性主义批评家认为,美国文学占统治地位的理论不但有效地排斥女性作为作家和主体的角色,而且通过将女性客观化为男性实现自我的社会或传统的障碍,或把女性客观化为男性实现自我必须征服的自然领域,从而主动消除了女性的主体地位。所以,朱迪思·菲特利指出,只有学会做个抵御性的读者,女性才能获得主体性。她的话语颠覆性地将经典的美国边地主题赋予那些被遗忘的女性,暗示美国文化中真正英勇的斗争是女性的生存斗争。②

这个时期的美国女性主义批评家逐渐意识到:人们阅读的文学史都是按男权社会的意识形态编写的,忽略了女性作家及其作品的重要性。从20世纪70年代中期开始,许多女性主义批评家纷纷从揭露男性作家的性扭曲和旧习俗,转向肯定女性作家的作品及其女性形象。她们的批评也从以男主人公为中心的作品的负面分析转向以女主人公为中心的正面歌颂,目的在于建构女性自己的文学。这些新变化反映在许多刚问世的著作中,尤以肖沃尔特的《她们自己的文学》、吉尔伯特和古芭的划时代论著《阁楼上的疯女人》以及她们两人合编的《诺顿妇女文学选集》、安妮丝·普列特和别人合写的《妇女小说中的原型模式》(*Archetypal Patterns in Women's Fiction*, 1981)等为

---

① 萨克文·伯科维奇:《剑桥美国文学史》(第八卷):诗歌和文学批评1940年—1995年,杨仁毅等译,北京:中央编译出版社,2008年,第312页。
② 同①,第313页。

代表。她们重新发现了那些被忽视、忽略和遗忘的女性作家,构建或重建女性文学的新理论。著名女权评论家苏珊·科佩尔曼·科尼隆(Susan Koppelman Cornillon)主编的论文集《小说中的女性形象:女性主义的视角》(*Images of Women in Fictions: Feminist Perspectives*, 1972)审视了19世纪和20世纪的文学作品(也包括女性作品)中女性虚假形象的塑造,指出只有解构虚假的女性形象,再现和塑造真实的女性形象,才能提高女性读者的意识,为其提供角色榜样。

所以,对美国女性主义批评家和理论家而言,女性无论是作为作者还是读者,都是美国文学中不可或缺的,因而美国文学不仅仅属于男性,也是属于女性的;美国文学不仅仅只有男性主宰的文学传统,女性作家也通过自己的创造力在"空白之页"上书写了自己的文学传统;美国文学批评不仅仅基于男权文化和父权文化背景下的阐释和解读,也有专属于女性、独具女性特征的女性主义批评。

美国女性主义批评强调对文学作品中女性意识的研究,同时要求重塑文学理论批评史,主张构建一种女性特有的书写表达范式。她们关注的是以女性为中心的研究,探究范围很广,包括女性形象问题、女性创作和女性阅读等诸多方面。美国女性主义批评家希望通过她们自己的努力,对父权制和男权制下的传统文学史进行重新探索和研究,深入分析两性文学传统的差异性,从女性的视角重构一种不同于以往和现存的女性主义批评原则和理论框架,同时充分肯定女性独特的性别经验。

所以,在批评实践层面上,美国女性主义批评从一开始所关注的就不仅仅是有关美国文学的批评理论,还密切关注女性及自身的学术生存状态。女性主义批评不仅针对文学的美学价值,更多的是针对诸如性别和权力关系的"外在的"问题。一般而言,阅读是对文学作品的欣赏,文学批评的任务是在深度和广度方面提高读者的鉴赏能力。如果女性读者接受教诲,学会如何按照自己的主张欣赏经典作品,可能会付出昂贵的个人和政治代价。但女性主义批评家认为阅读文学作品本身就具有意识形态性。

美国女性主义批评家发起的这种批评实践与后结构主义者拆解资产阶级完整的、不可征服的自我形象的实践异曲同工,体现了对权威的质疑、对逻各斯中心主义的消解和女性作为独立个体的主体构建。遗憾的是,女性主义批评家对独立自我或资产阶级主体性问题所提出的反对意见并不一致,内部争论非常激烈,形成了两派意见:倾向理论化的女性主义批评认为"自由的个人主义"是一种男性主义的神话,应该被摧毁;倾向实践性的女性主义批评认为这种个人主义是男性的传统特权,应该与女性共享。

另外,美国女性主义批评是对20世纪前期和中期盛行于美国文坛的新批评的解构与反叛,并完全颠覆了新批评派等形式主义理论家与批评家坚持的文本客观性这一立场。米利特认为,"文学批评这一极具冒险精神的活动不应局限于完成职守似的做出一番恭维,而应抓住文学作品在描写、解释甚至歪曲生活时赋予它的更加深刻的见解"[①]。所以她采用文学和文化批评等量齐观的处理方式,将文学批评置于文化背景下进行考量,把社会、文化、历史等外在的因素作为文学研究的重要方面,聚焦男性和女性关系中固有的权力问题,颠覆了许多传统的、陈旧的价值观,从性别差异的角度入手,旗帜鲜明地把性别问题和政治斗争联系起来,突破了当时的形式主义批评范式,其批评实践确立了重读文本、重新认识性别身份对女性形象再现的重要性。

米利特主张从政治权力的视角来阐释两性关系,于是,一切文化现象都被纳入性政治阐释范围内。在文学领域,米利特挑战了作者的权威,解构了男性作品中复杂的、被歪曲的女性形象,启动了女性主义的阅读方式和批评话语。米利特指出,曾风行一时的美国新批评理论仅从审美层面考察文学作品,无视文学作品创作时期的社会、政治、思想、文化语境,使文学批评成为文学作品的附属品。而米利特的文学批评特别强调文学创作时期的社会背景,尖锐地指出以往的文学都是男权意识的文化产物。男性作家以其性别意识为依托,在他们的小说

---

① 凯特·米利特:《性政治》,宋文伟译,南京:江苏人民出版社,2000年,第2页。

里再现了现实世界的性政治;女权主义批评家有责任、有义务对文学作品和文学批评理论中体现的性别歧视予以揭露,使女性作家和文学作品摆脱父权制观念的桎梏。

最后,她们还对前辈女性主义批评家提出的"双性同体诗学"(androgynist poetics)观发起了挑战,提出了"女性美学"的思想。在第二波女权运动前,对有关女性写作的评论主要是从"双性同体诗学"视角展开。这种形式否认了女性文学意识的独特性,以单一或普遍的批评衡量标准评判女性作家及其作品。从20世纪60年代中后期开始,女性主义批评家发起了对男性文化的女性主义批评,提出了颂扬女性文化的"女性美学"(female aesthetics)。到20世纪70年代中期,学院派女性主义批评家同跨学科的女性研究组织联合起来,结成联盟,开启了"女性批评"或专门研究女性作品的新阶段。

"双性同体诗学"是伍尔夫最先提出来的,英国作家乔伊斯·卡罗尔·奥茨(Joyce Carol Oates)也认同"双性同体诗学"理论,认为文学主题受到文化的规约,而非性别所能决定的。无论男女都具有文学想象力,与性别无关。但吉尔伯特认为,想象力受制于不同性别特征的潜意识结构的束缚,所以,不能把想象力同置身于社会、性别和历史的自我割裂开来。在男权文化背景下成长起来的女性文学创作和文学创造力不可避免地会与她作为女性被抚养成人的经历联系在一起。

拉康精神分析学表明,在一个由男性占主导地位的、以男性逻辑为中心而构建的心理语言世界里,女性是缺席的、缄默不语的、被忽视的性别存在。与"双性同体诗学"的"只有作家"的问题相左,多数女性主义批评家坚持认为,反对父权制歧视女性的方法不是抹杀性别差异,而是要解构性别等级制。不是性别差异本身,而是性别差异在父权制意识形态中所蕴含的意义——"分裂、压迫、不平等、内在的妇女卑贱观"[①]——必须受到抨击。

[①] 张京媛主编:《当代女性主义文学批评》,北京:北京大学出版社,1995年,第255—256页。

美国女性主义批评家在妇女解放运动初期创建了背离"双性同体诗学"理论的"女性美学"思想。"女性美学"认为,女性作品中表现出明显的女性意识,而且女性写作具有独具特色且清晰连贯的文学传统,那些否认自己女性独特性的女性作家不仅在某种程度上限制了自己的艺术创作,而且会削弱自己的艺术成就。女性主义批评家对"双性同体诗学"提出了挑战,验证了男性文学作品及其文学创作中体现出来的"厌女症":不仅把女性人物形象塑造成要么是天使、要么是魔鬼的陈规范式,还将女性文学排斥在文学史之外。

所以,"女性美学"鼓励女性作家用女性语言进行文学书写和文学批评,以女性经验来界定女性主义批评文体。女性主义批评对文学研究所产生的革命性意义在于:它不仅批判、补充、革新了传统文学批评理论的不足,而且还因为它本身所具有的深刻性、优势以及不断增长的阵容,都与20世纪最具摧毁力的批评理论相一致,因此它也当仁不让处于文学研究和批评的中心位置。[①] 尤为难能可贵的是,她们重新审视男性文学大师笔下的女性形象,揭示其作品中隐藏的父权思想,彻底披露父权文化传统如何深刻地侵蚀了文学传统。在反对"男性批评理论"的同时,美国女性主义批评家不是抽象地在理论上谈论语言,而是关注对文学文本的分析。她们从文学文本入手,通过拟定自己的题目、构建自己的体系、提出自己的理论、发出自己的声音来思考和回答女性经验中涌现的问题。

总之,在相对短暂的时期内,美国女性主义批评在美国学术界甚至整个西方学术界都引起了广泛兴趣。她们批评文学、研究女性作家、探讨几乎所有民族文学从中世纪到现在的女性文学传统,同时也分析关于"性别和文类"的重要书籍;研究从圣经赞美诗到成人小说的文类常规中性别形式的重要性。后期受到黑人女性主义批评家指责存在种族主义歧视后,女性主义批评也将注意力转向黑人女性写作。

---

① 陈晓兰:《女性主义批评与文学诠释》,兰州:敦煌文艺出版社,1999年,第9页。

主要参考文献

Abbotson, Susan C. W. *Masterpieces of 20th-Century American Drama*. Westport: Greenwood Press, 2005.

Adams, Henry. *The Degradation of the Democratic Dogma*. New York: Peter Smith Publishing House, 1969.

Albee, Edward. *Stretching My Mind: The Collected Essays of Edward Albee*. New York: Carroll & Graf, 2005.

Alberts, Crystal, Christopher Leise, and Birger Vanwesenbeeck, eds. *William Gaddis, "The Last of Something": Critical Essays*. Jefferson: McFarland, 2010.

Aldridge, John W. "Review of *JR*." *Saturday Review*, October 4, 1975: 27.

Allen, Donald, ed. *The Collected Poems of Frank O'Hara*. Berkeley: University of California Press, 1971.

——. *Frank O'Hara: Standing Still and Walking in New York*. San Francisco: Grey Fox Press, 1983.

Allen, William Rodney, ed. *Conversations with Kurt Vonnegut*. Jackson and London: University Press of Mississippi, 1988.

Altieri, Charles. *The Art of Twentieth-Century American Poetry: Modernism and After*. Oxford: Blackwell Publishing, 2006.

Appleyard, Bryan. "Interview with John Ashbery." *The Times*, August 23, 1984.

Arpin, Gary Q. *The Poetry of John Berryman*. New York: Kennikat Press, 1978.

Ashbery, John. *Other Traditions*. Cambridge: Harvard University Press, 2000.

——. *Selected Prose*. Ed. Eugene Richie. Ann Arbor: University of Michigan Press, 2004.

Ashton, Jennifer. *From Modernism to Postmodernism: American Poetry and Theory in the Twentieth Century*. Cambridge: Cambridge University Press, 2006.

Axelrod, Steven Gould. *Robert Lowell: Life and Art*. Princeton: Princeton University Press, 1978.

Babnich, Judith. "'Family Talk' by Megan Terry." *Theatre Journal*, 39.2 (May 1987): 240–241.

——. "Megan Terry and 'Family Talk'." *The Centennial Review*, 32.3 (Summer 1988): 296–311.

——. "The Diverse Stage Door: The Alternative Theatre of Jo Ann Schmidman's Groundbreaking Omaha Magic Theatre." *The International Journal of Diversity*, 8.3 (2008): 163–170.

Bakhtin, Mikhail. *The Dialogic Imagination: Four Essays*. Trans. Caryl Emerson and Michael Holquist. Austin: The University of Texas Press, 1981.

——. *Problems in Dostoevsky's Poetics*. Ed. and Trans. Caryl Emerson. Minneapolis: University of Minnesota Press, 1984.

Baldic, Chris. *Oxford Concise Dictionary of Literary Terms*. Shanghai: Shanghai Foreign Language Education Press, 2000.

Barthes, Roland. "The Death of the Author" and "The Rhetoric of the Image." *Image, Music, Text*. Trans. S. Heath. New York / Fontana/London: Hill and Wang, 1977.

Bartlett, Lee, ed. *The Beats: Essays in Criticism*. Jefferson: McFarland, 1981.

Belgrad, Daniel. *The Culture of Spontaneity: Improvisation and the Arts in Postwar America*. Chicago: University of Chicago Press, 1998.

Berkley, Miriam. "PW Interviews: William Gaddis." *Publishers Weekly*, July 12, 1985: 56–57.

Berryman, John. *The Dream Songs*. New York: Farrar, Straus and

Giroux, 1969.

——. *The Freedom of the Poet*. New York: Farrar, Straus and Giroux, 1976.

——. *Collected Poems 1937 – 1971*. Ed. Charles Thornbury. New York: Farrar, Straus and Giroux, 1989.

Betsko, Kathleen, and Rachel Koenig. *Interviews with Contemporary Women Playwrights*. New York: Beech Tree Books, 1987.

Bidart, Frank, and David Gewanter, eds. *Collected Poem*. New York: Farrar, Straus and Giroux, 2003.

Bigsby, Christopher. *Routledge Revivals: David Mamet*. New York: Routledge, 1985.

Bleich, David. *Subjective Criticism*. Baltimore: Johns Hopkins University Press, 1978.

Bloom, Harold. *The Anxiety of Influence: A Theory of Poetry*. Oxford: Oxford University Press, 1973.

——. *A Map of Misreading*. Oxford: Oxford University Press, 1975.

——, ed. *Bloom's Modern Critical Views: John Ashbery*. New York: Chelsea House Publishers, 1985.

——. *The Western Canon: The Books and School of the Ages*. New York: Harcourt Brace & Company, 1994.

——, ed. *Bloom's Modern Critical Views: David Mamet*. New York: Chelsea House Publishers, 2004.

Bloom, Harold, et al. *Deconstruction and Criticism*. New York: Continuum, 1999.

Bloom, Janet, and Robert Losada. "Craft Interview with John Ashbery." *New York Quarterly*, 9 (1972): 11 – 33.

Boon, Kevin A. *Chaos Theory and the Interpretation of Literary Texts: The Case of Kurt Vonnegut*. Lewiston: The Edwin Mellen Press, 1997.

Bradbury, Malcom. "Hello Dollar." *New Statesman*, June 18, 1976: 820 – 821.

Burke, Kenneth. *The Rhetoric of Religion: Studies in Logology*. Berkeley: University of California Press, 1970.

Cain, William E., ed. *Making Feminist History: The Literary Scholarship of Sandra Gilbert and Susan Gubar*. New York: Garland Publishing, 1994.

Charters, Ann, ed. *The Penguin Book of the Beats*. London: Penguin, 1992.

Cherkovski, Neeli. *Ferlinghetti: A Biography*. New York: Doubleday & Company, 1979.

Chindy, Helen, and Linda Jenkins, eds. *Women in American Theater*, New York: Crown Publishers, 1981.

Clurman, Harold, ed. *Famous American Plays of the 1960s*. New York: Dell Publishing, 1972.

Comnes, Gregory. *The Ethics of Indeterminacy in the Novels of William Gaddis*. Gainesville: University Press of Florida, 1994.

Critchley, Simon. *On Humour*. London and New York: Routledge, 2002.

Davy, Kate. "Kate Manheim as Foreman's Rhoda." *The Drama Review: TDR*, 20.3 (1976): 37–51.

——. "Richard Foreman's Ontological-Hysteric Theatre: The Influence of Gertrude Stein." *Twentieth Century Literature*, 24.1 (1978): 108–126.

de Man, Paul. *Allegories of Reading*. New Haven: Yale University Press, 1979.

——. *Blindness and Insight*. Minneapolis: University of Minnesota Press, 1983.

Dean, Anne. *David Mamet: Language as Dramatic Action*. New Jersey: Fairleigh Dickinson University Press, 1990.

Demastes, William W. *Beyond Naturalism: A New Realism in American Theatre*. New York: Greenwood, 1988.

Deming, Richard. *Art of the Ordinary: The Everyday Domain of Art, Film, Philosophy, and Poetry*. Ithaca & London: Cornell University Press, 2018.

Donavan, Josephine, ed. *Feminist Literary Criticism: Exploration in Theory*. Lexington: University of Kentucky Press, 1975.

Eagleton, Terry. *Marxism and Literary Criticism*. New York: Routledge,

2002.

Eco, Umberto. *The Open Work*. Trans. Anna Canogni. Cambridge: Harvard University Press, 1989.

Eisler, Benita. *Private Lives: Men and Women of the Fifties*. New York: Franklin Watts, 1986.

Eliot, T. S. *Selected Essays*. London: Faber and Faber, 1969.

Ellison, Ralph. *Shadow and Act*. New York: Random House, 1964.

Epstein, Andrew. *Beautiful Enemies: Friendship and Postwar American Poetry*. Oxford: Oxford University Press, 2006.

Federico, Annette R., ed. *Gilbert and Gubar's* The Madwoman in the Attic *After Thirty Years*. Columbia and London: University of Missouri Press, 2009.

Ferguson, Russell. *In Memory of My Feelings: Frank O'Hara and American Art*. Los Angeles: University of California Press, 1999.

Ferlinghetti, Lawrence. *A Coney Island of the Mind*. New York: New Directions, 1958.

——. *Open Eye, Open Heart*. New York: New Directions, 1973.

——. *Poetry as Insurgent Art*. New York: New Directions, 2007.

Ford, Mark, ed. *John Ashbery: Collected Poems 1956 – 1987*. New York: Library of America, 2008.

Foreman, Richard. "14 Things I Tell Myself." *Tel Quel*, 2 (1976): 87.

——. "How I Write My (Self: Plays)." *The Drama Review*, 21.5 (1977): 5 – 24.

——. "Ontological Hysteric Manifesto." *The Manifestos and Essays*, New York: Theater Communication Group, 2013.

Foucault, Michel. *The History of Sexuality: Volume I: An Introduction*. Trans. Robert Hurly. New York: Pantheon Books, 1978.

Fredric, Jameson. *Postmodernism, or, the Cultural Logic of Late Capitalism*. Durham: Duke University Press, 1991.

Freud, Sigmund. *The Standard Edition of the Complete Psychological Works of Sigmund Freud Volume VIII: Jokes and Their Relation to the Unconscious*, translated from the German under the General Editorship of James Strachey. London: The Hogarth Press, 1981.

Friedman, Bruce Jay, ed. *Black Humor*. New York: Bantam Books, 1965.

Frisby, David. *Fragments of Modernity*. Cambridge: MIT Press, 1986.

Gaddis, William. *JR*. New York: Penguin, 1993.

——. *The Recognitions*. New York: Penguin, 1993.

——. *A Frolic of His Own*. New York: Scribner, 1995.

——. *Carpenter's Gothic*. New York: Penguin, 1999.

——. *Agapé Agape*. New York: Viking Penguin, 2002.

——. *The Rush for Second Place*. New York: Penguin, 2002.

——. *The Letters of William Gaddis*. Ed. Steven Moore. Champaign: Dalkey Archive Press, 2013.

Gates, Henry Louis Jr., and Nellie Y. McKay, eds. *The Norton Anthology of African American Literature*. New York: W. W. Norton Company, 1997.

Giamo, Ben. *Kerouac, the Word and the Way: Prose Artist as Spiritual Quester*. Carbondale: Southern Illinois University Press, 2000.

Gilbert, Sandra, and Susan Gubar, eds. *The Madwoman in the Attic: The Woman Writer and the Nineteenth-Century Literary Imagination*. New Haven: Yale University Press, 1979.

Gill, Jo, ed. *The Cambridge Companion to Sylvia Plath*. Cambridge: Cambridge University Press, 2006.

Gillespie, Patti P. "America's Women Dramatists: 1960 – 1980." Paper presented at the Annual Meeting of the Southeastern Theatre Conference, Nashville, TN, March 5 – 9, 1980.

Ginsberg, Allen. *Collected Poems 1947 – 1980*. New York: Harper & Row Publishers, 1984.

——. *Deliberate Prose: Selected Essays 1952 – 1995*. New York: Harper Collins Publishers, 2000.

Giroux, Robert, ed. *Collected Prose*. Toronto: Collins Publishers, 1987.

Goldensohn, Barry. "David Mamet and Poetic Language in Drama." *Agni*, 49 (1999): 139 – 149.

Grant, Susan-Mary. *A Concise History of the United States of America*. Cambridge: Cambridge University Press, 2012.

Gray, Richard. *A History of American Literature*. Oxford: Blackwell Publishing, 2004.

Grove, Lloyd. "Gaddis and the Cosmic Babble." *Washington Post*, August 23, 1985.

Gubar, Susan. *"The Blank Page" and the Issues of Female Creativity*. Chicago: The University of Chicago Press, 1981.

Gussow, Mel. "William Gaddis, 75, Innovative Author of Complex, Demanding Novels, Is Dead." *The New York Times*, December 17, 1998.

Hamilton, Ian. *Robert Lowell: A Biography*. New York: Random House, 1982.

Harris, Charles B. *Contemporary American Novelists of the Absurd*. New Haven: College and University Press, 1971.

Hart, Lynda, ed. *Making a Spectacle: Feminist Essays on Contemporary Women's Theatre*. Ann Arbor: University of Michigan Press, 1989.

Hartman, Geoffrey. *Criticism in the Wilderness: The Study of Literature Today*. New Haven and London: Yale University Press, 1980.

Hassan, Ihab. *The Postmodern Turn*. Columbus: Ohio State University Press, 1987.

Hobby, Blake, ed. *Bloom's Literary Themes: Dark Humor*. New York: Infobase Publishing, 2010.

Holland, Norman N. *5 Readers Reading*. New Haven and London: Yale University Press, 1975.

Howard, Richard. "Sortes Vergilianae." *Poetry*, 117.1 (1970): 51–53.

Hutcheon, Linda. *Narcissistic Narrative: The Metafictional Paradox*. Waterloo, Ontario: Wilfried Laurier University Press, 1980.

Kalstone, David. *Five Temperaments*. Oxford: Oxford University Press, 1977.

Kane, Daniel. *What Is Poetry: Conversations with the American Avant-Garde*. New York: Teachers & Writers Collaborative, 2003.

Kane, Leslie, ed. *David Mamet in Conversation*. Michigan: University of Michigan Press, 2004.

Kazin, Alfred Bright. *Book of Life: American Novelists and Storytellers from Hemingway to Mailer.* New York: Routledge, 1974.

Kazin, Alfred. "How Good is Norman Mailer?" *The Reporter*, November 26, 1959: 40–41.

Kennedy, Thomas E. "The Spooky Art: Some Thoughts on Writing." *Literary Review.* 26.4 (2003): 759–761.

Kerouac, Jack. "Essentials of Spontaneous Prose." *Evergreen Review.* 2.5 (1958): 72–73.

——. "The Origins of Joy in Poetry." *Chicago Review*, 12.1 (1958): 3.

——. "Belief & Technique for Modern Prose." *Evergreen Review*, 2.8 (1959): 57.

——. *A Casebook on the Beat.* Ed. Thomas Parkinson. New York: Thomas Y. Crowell, 1961.

——. *On the Road: Text and Criticism.* Ed. Scott Donaldson. New York: Viking Press, 1979.

——. *Good Blonde & Others.* Ed. Donald Allen. San Francisco: Grey Fox Press, 1993.

——. *Selected Letters: 1940–1956.* Ed. Ann Charters. New York: Viking Penguin, 1995.

——. *Selected Letters: 1957–1969.* Ed. Ann Charters. New York: Viking Penguin, 1999.

——. *Atop an Underwood: Early Stories and Other Writings.* Ed. Paul Marien. New York: Penguin Books, 2000.

Keyssar, Helene. *Feminist Theatre: An Introduction to Plays of Contemporary British and American Women.* New York: Macmillan Education, 1984.

Kirby, Michael. "Richard Foreman's Ontological-Hysteric Theatre." *The Drama Review: TDR*, 17.2 (1973): 5–32.

Knight, Christopher J. *Hints & Guesses: William Gaddis's Fiction of Longing.* Madison: The University of Wisconsin Press, 1997.

Knight, Christopher. "The New York State Writers' Institute Tapes: William Gaddis." *Contemporary Literature*, 42.4 (Winter 2001): 667–693.

Koenig, Peter W. "'Splinters from the Yew Tree': A Critical Study of

William Gaddis' *The Recognitions.*" Ph. D. diss., New York University, 1971.

Koethe, John. "An Interview with John Ashbery." *SubStance*, 11.4 - 12.1 (1982/1983): 178 - 186.

Kolin, Philip C. *Conversations with Edward Albee.* Jackson: University Press of Mississippi, 1988.

Kolin, Philip C., and Colby H. Kullman, eds. *Speaking on Stage: Interviews with Contemporary American Playwrights.* Tuscaloosa and London: University of Alabama Press, 1996.

Kolin, Philip C., ed. *Contemporary African Women Playwrights: A Case Book.* New York: Routledge, 2007.

Kolodny, Annette. *The Lay of the Land: Metaphor as Experience and History in American Life and Letters.* Chapel Hill: University of North Carolina Press, 1975.

——. "Some Notes on Defining a 'Feminist Literary Criticism'." *Critical Inquiry*, 2.1 (Autumn 1975): 75 - 92.

Kostelanetz, Richard. "How to Be a Difficult Poet." *The New York Times*, May 23, 1976.

Kristeva, Julia. *Semiotike.* Paris: editions du Seuil, 1969.

——. "Postmodernism?" *Romanticism, Modernism, Postmodernism.* Ed. Harry R. Garvin. Lewisberg: Bucknell University Press, 1980.

Kubik, Gerhard. *Africa and the Blues.* Jackson: University Press of Mississippi, 1999.

Kunze, Peter C., and Robert T. Tally Jr. "Editors' Introduction: Vonnegut's Sense of Humor." *Studies in American Humor*, 26.3 (2012): 7 - 11.

LaHood, Marvin J. "*A Frolic of His Own* (book reviews)." *World Literature Today*, 68.4 (Autumn 1994): 812.

LeClair, Tom. *The Art of Excess: Mastery in Contemporary American Fiction.* Urbana: University of Illinois Press, 1989.

Lehman, David, ed. *Beyond Amazement: New Essays on John Ashbery.* Ithaca: Cornell University Press, 1980.

——. *The Oxford Book of American Poetry.* New York: Oxford

University Press, 2006.

Leigh, Nigel. *Radical Fictions and the Novels of Norman Mailer*. New York: St. Martin's Press, 1990.

Leitch, Vincent B. *American Literary Criticism from the Thirties to the Eighties*. New York: Columbia University Press, 1988.

Lerner, Gerda. *The Majority Finds Its Past: Placing Women in History*. New York: Oxford University Press, 1979.

Lester, Neal A. "At the Heart of Shange's Feminism: An Interview." *Black American Literature Forum*, 24.4 (1990): 717–730.

———. *Ntozake Shange: A Critical Study of the Plays*. New York: Garland Publishing, 1995.

LeSueur, Joe. *Homage to Frank O'Hara*. Berkeley: Creative Arts Book Company, 1980.

Linebarger, J. M. *John Berryman*. New York: Twayne Publishers, 1974.

Litz, Walton, ed. *American Writers: A Collection of Literary Biographies: Supplement II Part 2*. New York: Charles Scribner's Sons, 1981.

Lodge, David. *The Modes of Modern Writing: Metaphor, Metonymy, and the Typology of Modern Literature*. London: Bloomsbury, 2015.

London, Todd. "Mamet vs. Mamet." *American Theatre*, 13.6 (1996): 18–21.

Lundquist, James. *Kurt Vonnegut*. New York: Frederick Ungar Publishing, 1977.

Lyons, Brenda. "Interview with Ntozake Shange." *The Massachusetts Review*, 28.4 (1987): 687–696.

Lyotard, Jean-Francois. *The Postmodern Condition: A Report on Knowledge*. Minneapolis: University of Minnesota Press, 1985.

MacKay, Barbara. "Women on the Rocks." *Saturday Review/World*, April 6, 1974: 48–49.

Mailer, Norman. "Interview with Melvyn Bragg, Mailer Takes on the Pharaohs." *The Sunday Times*, June 5, 1983.

——. "The White Negro." *Advertisements for Myself*. Cambridge. Massachusetts: Harvard University Press, 1992.

——. *The Spooky Art: Some Thoughts on Writing*. New York: Random House, 2003.

——. "Norman Mailer Interview." Accessed July 9, 2021, https://www.doc88.com/p-0794850738266.html.

Malmgren, Carl D. "William Gaddis's *JR*: The Novel of Babel." *Fictional Space in the Modernist and Postmodernist American Novel*. Lewisburg: Bucknell University Press, 1985.

Mamet, David. *Writing in Restaurants*. New York: Viking Penguin, 1986.

——. *Realism*, typescript (n.d.).

——. *True and False: Heresy and Common Sense for the Actor*. New York: Vantage Books, 1997.

——. *Three Uses of the Knife: On the Nature and Purpose of Drama*. New York: Columbia University Press, 1998.

Mamet, David, and Christopher Bigsby. "Kaleidoscope Extra." *BBC Radio 4*, March 19, 1986.

Mann, Bruce. *Edward Albee: A Casebook*. London: Routledge, 2004.

Mariani, Paul. *Dream Song: The Life of John Berryman*. New York: William Morrow and Company, 1990.

McKinley, Maggie. *Understanding Norman Mailer*. Columbia: University of South Carolina Press, 2017.

Meeker, Joseph W. *The Comedy of Survival: Studies in Literary Ecology*. New York: Scribner's, 1972.

Merriam-Webster's Encyclopedia of Literature. Springfield: Merriam-Webster Incorporated, 1995.

Mersand, Joseph. *The American Drama Since 1930: Essays on Playwrights and Plays*. New York: The Modern Chapbooks, 1951.

Miles, Barry. *Jack Kerouac King of the Beats: A Portrait*. London: Virgin Publishing, 1998.

——. *William Burroughs El Hombre Invisible*. London: Virgin Books, 2002.

Miller, Hillis. *Fiction and Repetition*. Harvard: Harvard University Press, 1982.

Moore, Steven. "Chronological Difficulties in the Novels of William Gaddis." *Critique*, 22.1(1980): 79 – 91.

——. *A Reader's Guide to William Gaddis's* The Recognitions. Lincoln: University of Nebraska Press, 1982.

——. *William Gaddis*. Boston: Twayne, 1989.

——. *William Gaddis*. Expanded Edition. New York: Bloomsbury, 2015.

Nabokov, Vladimir. *Strong Opinions*. New York: McGraw-Hill International, 1973.

——. *Lectures on Russian Literature*. Ed. Fredson Bowers. New York: Harcourt Brace Jovanovich/Bruccoli Clark, 1981.

——. *Lectures on Don Quixote*. Ed. Fredson Bowers. New York: Harcourt Brace Jovanovich/Bruccoli Clark, 1983.

——. *Lectures on Literature*. Ed. Fredson Bowers. New York: Harcourt Brace Jovanovich/Bruccoli Clark, 1983.

Naumann, Marina Turkevich. *Blue Evening in Berlin: Nabokov's Short Stories of the 1920s*. New York: New York University Press, 1978.

Newman, Charles. *The Postmodern Aura, the Act of Fiction in an Age of Inflation*. Evanston: Northwestern University Press, 1985.

Nightingale, Benedict. "Is Mamet the Bard of Modern Immorality?" *The New York Times*, April 1, 1984.

Nordquist, Richard. "Yeats and 'The Symbolism of Poetry.'" Accessed October 18, 2017, https://www.thoughtco.com/symbolism-of-poetry-by-wb-yeats-1690312.

O'Neill, Willian L., ed. *The Scribner Encyclopedia of American Lives: The 1960s*, vol. 2. New York: Charles Scribner's Sons, 2003.

Pate, Alexs. "A Conversation with Ntozake Shange." *Black Renaissance/Renaissance Noir*, 10.2 (2010): 78 – 85.

Perkins, David. *A History of Modern Poetry: Modernism and After*. Cambridge: Belknap Press of Harvard University Press, 1987.

Perloff, Marjorie G. *The Poetic Art of Robert Lowell*. Ithaca and

London: Cornell University Press, 1973.

——. *Frank O'Hara: Poet Among Painters*. Texas: University of Texas Press, 1979.

Plath, Sylvia. *The Journals of Sylvia Plath*. Ed. Frances McCullough. New York: The Dial Press, 1982.

——. *The Collected Poems*. Ed. Ted Hughes. New York: Harper Perennial, 1992.

"Plays by Women in Weekend Series." *The New York Times*, February 3, 1973.

Plessix, Du. "Painters and Poets." *Art in America*, 53.5 (1965): 24.

Plotz, John. "Excerpts from Interviews with John Berryman." Accessed November 11, 2017, http://www.english.illinois.edu/maps/poets/a_f/berryman/interviews.htm.

Poulin, A., Jr. "The Experience of Experience: A Conversation with John Ashbery." *Michigan Quarterly Review*, 20.3 (1981): 242-255.

Pound, Ezra. *The Cantos of Ezra Pound* (Revised Collected Edition). London: Faber and Faber, 1975.

Powers, Ron. "A Playwright with the Chicago Sound." *Chicago Sun-Times*, January 7, 1976.

Pratt, Alan R. *Black Humor: Critical Essays*. New and London: Garland Publishing, 1993.

Price, Steven. "Fifteen-Love, Thirty-Love: Edward Albee." *A Companion to Twentieth-Century American Drama*. Carlton: Blackwell Publishing, 2005.

Prince, Gerald. *Narratology: The Form and Functioning of Narrative*. New York: Mouton Publishers, 1982.

Raskin, Jonah. *American Scream: Allen Ginsberg's* Howl *and the Making of the Beat Generation*. Berkeley and Los Angeles: University of California Press, 2004.

Richards, Jeffrey H., and Heather S. Nathans, eds. *The Oxford Handbook of American Drama*. New York: Oxford University Press, 2014.

Riffaterre, Michael. *Semiotics of Poetry*. Bloomington: Indiana University

Press, 1978.

Rolo, Charles. "Reader's Choice." *Atlantic*, December, 1959.

Rueckert, William. "Literature and Ecology: An Experiment in Ecocriticism." *The Iowa Review*, 9.1 (Winter 1978): 71-86.

Sauer, David Kennedy. "Oleanna and the Children's Hour: Misreading Sexuality on the Post/Modern Realistic Stage." *Modern Drama*, 43.3 (2000): 421-440.

Schechner, Richard. *Public Domain: Essays on the Theatre*. Indianapolis: Bobbs-Merrill, 1969.

Scholes, Robert. *Structuralism in Literature*. New Haven: University of Yale University Press, 1974.

Schulz, Max. *Black Humor Fiction of the Sixties*. Athens: Ohio University Press, 1973.

Schulz, Susan M., ed. *The Tribe of John: Ashbery and Contemporary Poetry*. Tuscaloosa: University Alabama Press, 1995.

Searle, John. "The Logical Status of Fictional Discourse." *Aesthetic and the Philosophy of Art—The Analytic Tradition, an Anthology*. Ed. P. Lamarque and S.H. Olsen, Oxford: Blackwell Publishing, 2004.

Sell, Mike. *Modern American Drama: Playwriting in the 1960s: Voices, Documents, New Interpretations*. New York: Bloomsbury, 2018.

Setina, Emily. "From 'Impossible' Writing to a Poetics of Intimacy: John Ashbery's Reading of Gertrude Stein." *Genre*, 45.1 (2012): 143-166.

Shange, Ntozake. *For Colored Girls Who Have Considered Suicide / When the Rainbow Is Enuf*. New York: Scribner Poetry, 1977.

——. *Three Pieces: Spell #7, A Photograph: Lovers in Motion, Boogie Woogie Landscapes*. New York: St. Martin's Press, 1981.

Shoptaw, John. *On the Outside Looking Out: John Ashbery's Poetry*. Cambridge: Harvard University Press, 1994.

Showalter, Elaine. *Literary Criticism*. Illinois: The University of Chicago Press, 1975.

——. *A Literature of Their Own*. Princeton: Princeton University Press,

1977.

——. *Feminist Criticism in the Wilderness*. Illinois: The University of Chicago Press, 1981.

Showalter, Elaine, et al. *Comments on Jehlen's "Archimedes and the Paradox of Feminist Criticism."* Illinois: The University of Chicago Press, 1982.

Skerl, Jennie, and Robin Lydenberg, eds. *William S. Burroughs at the Front*. Carbondale: Southern Illinois University Press, 1991.

Smith, Susan Harris, ed. *American Drama: The Bastard Art*. New York: Cambridge University Press, 1997.

Stauffer, Helen. "Review of *The Land Before Her: Fantasy and Experience of the American Frontiers, 1630 – 1860.*" *The Georgia Historical Quarterly*, 68.4 (1984): 613 – 615.

Stein, Gertrude. *Writings 1932 – 1946*. New York: Library of America, 1998.

Stitt, Peter. "Excerpts from Interviews with John Berryman." Accessed November 11, 2017, http://www.english.illinois.edu/maps/poets/a_f/berryman/interviews.htm.

Stonehill, Brian. *The Self-Conscious Novel: Artifice in Fiction from Joyce to Pynchon*. Philadelphia: University of Pennsylvania Press, 1988.

Sullivan, Vitoria, and James Hatch, eds. *Plays by and About Women: Anthology*. New York: Random House, 1973.

Syssoyeva, Kathryn Mederos, and Scott Proudfit, eds. *Women, Collective Creation, and Devised Performance: The Rise of Women Theatre Artists in the Twentieth and Twenty-First Centuries*. New York: Palgrave Macmillan, 2016.

Tabbi, Joseph. *Nobody Grew but the Business: On the Life and Work of William Gaddis*. Evanston: Northwestern University Press, 2015.

Tabbi, Joseph, and Rone Shavers, eds. *Paper Empire: William Gaddis and the World System*. Tuscaloosa: University of Alabama Press, 2007.

Tanner, Tony. *City of Words*. New York: Harper and Row, 1971.

Terry, Megan. *Four Plays*. New York: Simon and Schuter, 1966.

——. *Approaching Simone*. New York: Feminist Press, 1973.

——. "Two Pages a Day." *The Drama Review: TDR*, 21.4 (December 1977): 59–64.

Terry, Megan, et al. "Who Says Only Words Make Great Drama?" *The New York Times*, November 10, 1968.

——. "Five Important Playwrights Talk About Theater Without Compromise & Sexism." *Mademoiselle*, August, 1972: 288–289, 387.

Tomedi, John. *Kurt Vonnegut*. Philadelphia: Chelsea House Publishers, 2004.

Trotsky, Leon. *Literature and Revolution*. Ann Arbor: University of Michigan Press, 1971.

VanSpanckeren, Kathryn. *Outline of American Literature*. The United States Department of State, 2006.

Vincent, John Emil. *John Ashbery and You: His Later Books*. Athens: University of Georgia Press, 2007.

Vinson, James, ed. *Contemporary Poets*. New York: St. Martin's Press, 1975.

Vonnegut, Kurt. *Wampeters, Foma and Granfalloons*. New York: Dell Publishing, 1974.

——. *Fates Worse than Death*. New York: Berkley Books, 1992.

——. *Palm Sunday*. New York: Dial Press, 2006.

Wagner-Martin, Linda. *Sylvia Plath: A Biography*. New York: Simon and Schuster, 1987.

Walker, Christopher. "Review of *A Frolic of His Own*." *The Observer*, February 27, 1994.

Weales, Gerald. "Edward Albee: Don't Make Waves." *Modern American Drama*. New York: Chelsea House Publishers, 2005.

Wilkerson, Margaret B. "Diverse Angles of Vision: Two Black Women Playwrights." *Intersecting Boundaries: The Theatre of Adrienne Kennedy*. Eds. Paul K. Bryant-Jackson and Louis More Overbeck. Minneapolis: University of Minnesota Press, 1992.

Williams, William Carlos. *The Collected Poems of William Carlos Williams, Vol II: 1939-1962*. New York: New Directions, 1991.

Wilmeth, Don B. *The Cambridge History of American Theatre, vol. 3*. New York: Cambridge University Press, 2000.

Wolfe, Peter. *A Vision of His Own: The Mind and Art of William Gaddis*. Madison and Teaneck: Fairleigh Dickinson University Press, 1997.

Worthen, William. *Modern Drama and the Rhetoric of Theater*. Berkeley: University of California Press, 1992.

埃里克·方纳:《给我自由!一部美国的历史》,王希译,北京:商务印书馆,2013年。

埃默里·埃利奥特主编:《哥伦比亚美国文学史》,朱通伯等译,成都:四川辞书出版社,1994年。

安妮·史蒂文森:《苦涩的名声——西尔维亚·普拉斯的一生》,王增澄译,北京:昆仑出版社,2004年。

芭芭拉·威利:《纳博科夫评传》,李小均译,桂林:漓江出版社,2004年。

保罗·德·曼:《对理论的抵制》,李自修译,载王逢振等编《最新西方文论选》,桂林:漓江出版社,1991年。

保罗·蒂利希:《文学神学》,陈新权、王平译,北京:中国工人出版社,1988年。

布莱希特:《布莱希特论戏剧》,丁扬忠等译,北京:中国戏剧出版社,1990年。

布赖恩·博伊德:《纳博科夫传:美国时期》(上),刘佳林译,桂林:广西师范大学出版社,2011年。

布宁、余纪元编著:《西方哲学英汉对照辞典》,北京:人民出版社,2001年。

C. P. 斯诺:《两种文化》,纪树立译,北京:生活·读书·新知三联书店,1994年。

曹敏:《"否定"的语言和形式——从后现代主义文学反观阿多诺的文学思想》,《江西社会科学》2013年第10期。

查尔斯·E. 布莱斯勒:《文学批评:理论与实践导论》第五版,赵勇等译,北京:中国人民大学出版社,2015年。

陈世丹：《关注现实与历史之真实的美国后现代主义小说》，厦门：厦门大学出版社，2012年。

——：《后现代人道主义小说家冯内古特》，天津：南开大学出版社，2014年。

陈廷焯撰，孙克强主编：《白雨斋词话全编》，北京：中华书局，2013年。

陈晓兰：《女性主义批评与文学诠释》，兰州：敦煌文艺出版社，1999年。

陈研、张清东：《当代英国文学与存在主义——存在主义的主题模式》，《吉林广播电视大学学报》2011年第7期。

陈振华：《西方女性主义戏剧理论》，《戏剧》2005年第4期。

程锡麟：《天使与魔鬼——谈〈阁楼上的疯女人〉》，《外国文学》2001年第1期。

《辞海》，北京：中华书局，1980年。

戴维·霍依：《阐释学与文学》，张弘译，沈阳：春风文艺出版社，1988年。

丹·霍夫曼：《美国当代文学》（下），裘小龙译，北京：中国文艺联合出版公司，1984年。

丹尼尔·贝尔：《资本主义文化矛盾》，赵一凡等译，北京：生活·读书·新知三联书店，1989年。

道格拉斯·凯尔纳、斯蒂文·贝斯特：《后现代理论》，张志斌译，北京：中央编译出版社，2004年。

杜小真编选：《福柯集》，上海：上海远东出版社，2002年。

费尔迪南·德·索绪尔：《普通语言学教程》，高名凯译，北京：商务印书馆，1980年。

佛克马、伯斯顿编：《走向后现代主义》，王宁等译，北京：北京大学出版社，1991年。

弗吉尼亚·伍尔芙：《自己的一间屋》，贾辉己译，北京：人民文学出版社，2000年。

——：《伍尔芙随笔全集》，工义国等译，北京：中国社会科学出版社，2011年。

弗拉基米尔·纳博科夫：《固执己见》，潘小松译，长春：时代文艺出版社，1998年。

——：《文学讲稿》，申慧辉等译，上海：上海三联书店，2005年。

——：《黑暗中的笑声》，龚文庠译，上海：上海译文出版社，2019年。

弗兰克·奥哈拉等：《纽约派诗选》，刘立平译，北京：新华出版社，2017年。

弗雷德里克·马特尔：《戏剧在美国的衰落》，傅楚楚译，北京：商务印书馆，2015年。

高概：《话语符号学》，北京：北京大学出版社，1997年。

顾红曦：《伊莱恩·肖沃尔特对美国女权主义批评的贡献》，《广东民族学院学报（社会科学版）》1997年第3期。

郭宏安、章国锋、王逢振：《二十世纪西方文论研究》，北京：中国社会科学出版社，1997年。

郭继德：《美国戏剧史》，天津：南开大学出版社，2011年。

郭绍虞主编：《中国历代文论选》（第2册），上海：上海古籍出版社，2001年。

H. R. 姚斯、R. C. 霍拉勃：《接受美学与接受理论》，周宁、金元浦译，沈阳：辽宁人民出版社，1987年。

哈罗德·布鲁姆：《影响的焦虑》，徐文博译，南京：江苏教育出版社，2006年。

海登·怀特：《作为文学虚构的历史本文》，载张京媛主编《新历史主义与文学批判》，北京：北京大学出版社，1993年。

韩敏中：《她们无"女书"：〈诺顿妇女文学选集〉及其他》，《外国文学评论》1995年第3期。

韩曦：《传统与嬗变：当代美国戏剧思潮的演进》，《戏剧艺术》2019年第2期。

汉斯-蒂斯·雷曼：《后戏剧剧场纵览》，李亦男译，《戏剧》2010年第1期。

何胜莉：《世界的荒谬与个人的孤独——浅析存在主义文学观》，《成都电子机械高等专科学校学报》2006年第4期。

黄晋凯主编：《荒诞派戏剧》，杨恒达等译，北京：中国人民大学出版社，1996年。

黄宗英：《一个代表他自己的别人的声音：约翰·贝里曼的抒情史诗〈梦歌〉》，《当代外国文学》2003年第3期。

简·汤普金斯：《从形式论到后结构时期的反应批评：序言》，载张廷琛编译《接受理论》，成都：四川文艺出版社，1989年。

杰姆逊：《后现代主义与文化理论》，唐小兵译，北京：北京大学出版社,1997年。

金莉:《当代美国女权主义文学批评的多维视野》,《外国文学》2014年第2期。

金元浦:《接受反应文论》,济南:山东教育出版社,1998年。

《金斯伯格的声音(品读经典)》,人民网,http://www.people.com.cn/24hour/n/2013/0723/c25408-22285662.html,访问日期:2023年9月11日。

卡罗尔·帕金、克里斯托弗·米勒:《美国史》(下册),葛腾飞、张金兰译,北京:东方出版中心,2013年。

凯特·米利特:《性政治》,宋文伟译,南京:江苏人民出版社,2000年。

孔锐才:《"后戏剧剧场"与后现代哲学——初探〈后戏剧剧场〉理论构建基础》,《戏剧》2012年第3期。

库尔特·冯内古特:《五号屠场》,虞建华译,南京:译林出版社,2018年。

——:《冯内古特:最后的访谈》,李爽译,北京:中信出版社,2019年。

李公昭:《美国文学导论》,西安:西安交通大学出版社,2000年。

李小均:《自由与反讽》,南昌:百花洲文艺出版社,2007年。

李幼蒸:《结构与意义》,北京:中国社会科学出版社,1996年。

林秋云:《后现代主义:美国当代小说变革的主要特征》,《四川外语学院学报》2000年第2期。

刘林楷:《"荒诞派"戏剧与"黑色幽默"小说比较研究》,《武汉理工大学学报(社会科学版)》2001年第4期。

刘象愚:《从现代主义到后现代主义》,北京:高等教育出版社,2002年。

柳鸣九主编:《从现代主义到后现代主义》,北京:中国社会科学出版社,1994年。

陆梅林、程代熙主编:《读者反应批评》,刘峰等译,北京:文化艺术出版社,1989年。

罗伯特·肖尔斯:《结构主义与文学》,孙秋秋、高雁魁、王焱译,沈阳:春风文艺出版社,1988年。

罗小云:《拼贴未来的文学——美国后现代作家冯尼格特研究》,重庆:重庆出版社,2006年。

M. A. R. 哈比布:《文学批评史:从柏拉图到现在》,阎嘉译,南京:南京大学出版社,2017年。
M. H. 艾布拉姆斯:《欧美文学术语词典》,朱金鹏、朱荔译,北京:北京大学出版社,1990年。
马驰:《面向当代　关注问题——对当下文艺理论研究现状的一些思考》,《文艺争鸣》2007年第7期。
莫里斯·迪克斯坦:《伊甸园之门——六十年代美国文化》,方晓光译,上海:上海外语教育出版社,1985年。
莫里斯·梅洛-庞蒂:《知觉现象学》,姜志辉译,北京:商务印书馆,2003年。
诺曼·N. 霍兰德:《文学反应动力学》,潘国庆译,上海:上海人民出版社,1991年。
——:《后现代精神分析》,潘国庆译,上海:上海文艺出版社,1995年。
钱锺书:《七缀集》,北京:生活·读书·新知三联书店,2016年。
乔纳森·卡勒:《结构主义诗学》,盛宁译,北京:中国社会科学出版社,1991年。
——:《论解构》,陆扬译,北京:中国社会科学出版社,1998年。
乔纳森·兰德尔:《诗人和美国政府官员支持毒品研究》,张桂芳译,载文楚安主编《透视美国——金斯伯格论坛》,成都:四川文艺出版社,2001年。
乔治·斯坦纳:《语言与沉默:论语言、文学与非人道》,李小均译,上海:上海人民出版社,2013年。
秦喜清:《让-弗·利奥塔——独树一帜的后现代理论家》,北京:文化艺术出版社,2002年。
让·弗朗索瓦·利奥塔:《后现代道德》,莫伟民、伍晓笛译,上海:学林出版社,2005年。
让·皮亚杰:《结构主义》,倪连生、王琳译,北京:商务印书馆,1984年。
任显楷:《艾伦·金斯伯格诗艺观中的东方宗教倾向》,《四川大学学报(哲学社会科学版)》2008年第4期。
萨克文·伯科维奇:《剑桥美国文学史》(第七卷):散文作品1940年—1990年,孙宏译,北京:中央编译出版社,2005年。
——:《剑桥美国文学史》(第八卷):诗歌和文学批评1940年—1995

年,杨仁毅等译,北京:中央编译出版社,2008年。

萨晓丽:《一位力图摆脱语言羁绊的后现代派小说家——威廉·巴勒斯》,《外国文学》2005年第6期。

尚必武:《修辞诗学及当代叙事理论——詹姆斯·费伦教授访谈录》,《当代外国文学》2010年第2期。

尚晓进:《走向艺术:冯内古特小说研究》,上海:上海大学出版社,2006年。

盛宁:《二十世纪美国文论》,北京:北京大学出版社,1993年。

——:《后结构主义的批评:"文本"的解构》,《文艺理论与批评》1994年第2期。

师彦灵:《约瑟夫·海勒的后现代主义小说》,《兰州大学学报》2000年第6期。

史蒂文斯:《最高虚构笔记:史蒂文斯诗文集》,陈东飚、张枣译,上海:华东师范大学出版社,2008年。

斯坦利·费什:《读者反应批评:理论与实践》,文楚安译,北京:中国社会科学出版社,1998年。

孙坚、杨仁敬:《论美国"垮掉派"文学对现代主义的继承和发展》,《宁夏社会科学》2007年第3期。

特里·伊格尔顿:《当代西方文学理论》,王逢振译,北京:中国社会科学出版社,1988年。

汪涟:《当代女权批评的灵魂人物——安妮特·克罗德尼思想述评》,《哈尔滨师范大学社会科学学报》2003年第5期。

汪民安:《后现代主义的哲学话语》,杭州:浙江人民出版社,2000年。

汪筱玲:《论石黑一雄小说的双重叙事》,《江西社会科学》2015年第6期。

王恩衷编译:《艾略特诗学文集》,北京:国际文化出版公司,1989年。

王逢振等编:《最新西方文论选》,桂林:漓江出版社,1991年。

王逢振主编:《外国科幻论文精选》,重庆:重庆出版社,2008年。

王泉、朱岩岩:《解构主义》,《外国文学》2004年第3期。

王永奇:《浅析存在主义文学的基本特征》,《延安教育学院学报》2004年第2期。

王岳川:《后现代主义文化研究》,北京:北京大学出版社,1992年。

王卓、孙筱珍:《美国后现代诗歌的发展与美学特征》,《北京科技大学学报》2003年第2期。

王祖友:《试论非裔美国文学理论的三大特征》,《社会科学论坛》2010年第13期。

威廉·加迪斯:《勇争第二名:威廉·加迪斯随笔》,蔡春露译,南京:译林出版社,2016年。

翁佳云:《美国后现代主义小说的审美特征——浅谈其主题和叙事结构》,《探索与争鸣》2003年第9期。

沃尔夫冈·威尔什:《我们的后现代的现代》,载陈晓明主编《后现代主义》,赵一凡等译,北京:社会科学文献出版社,1999年。

沃尔夫冈·伊瑟尔:《阅读活动——审美反应理论》,金元浦、周宁译,北京:中国社会科学出版社,1991年。

吴道毅:《"性"的政治内涵与"性革命"的前景——论凯特·米利特的女权主义思想》,《社会科学动态》2017年第12期。

吴笛、徐绛雪:《抗拒性阅读与女性批评的建构》,《妇女研究论丛》2003年第3期。

伍蠡甫、胡经之:《西方文艺理论名著选编》,北京:北京大学出版社,1987年。

西蒙娜·德·波伏娃:《第二性》,陶铁柱译,北京:中国书籍出版社,1998年。

希利斯·米勒:《解读叙事》,申丹译,北京:北京大学出版社,2002年。

——:《土著与数码冲浪者——米勒中国演讲集》,易晓明编译,长春:吉林人民出版社,2004年。

——:《文学死了吗》,秦立彦译,桂林:广西师范大学出版社,2007年。

——:《小说与重复——七部英国小说》,王宏图译,天津:天津人民出版社,2008年。

肖谊:《纳博科夫对美国黑色幽默运动的影响》,《当代外国文学》2016年第3期。

徐豪:《希望从绝望深处迸发》,《青年文学》2010年第5期。

雅克·德里达:《书写与差异》(下),张宁译,北京:生活·读书·新知三联书店,2001年。

——:《论文字学》,汪堂家译,上海:上海译文出版社,2005年。

晏榕:《诗的复活:诗意现实的现代构成与新诗学——美国现当代诗

歌论衡及引申》，杭州：浙江大学出版社，2013年。
杨大春：《文本的世界》，北京：中国社会科学出版社，1998年。
杨莉馨：《成就与缺憾的反思——〈阁楼上的疯女人：妇女作家与十九世纪文学想象〉论略》，《首都师范大学学报（社会科学版）》2008年第4期。
杨仁敬：《20世纪美国文学史》，青岛：青岛出版社，1999年。
——：《美国后现代派小说论》，青岛：青岛出版社，2004年。
伊维斯·勒·培莱克：《艾伦·金斯堡访谈录》，韩金鹏译，《国外文学》1998年第2期。
袁可嘉：《半个世纪的脚印——袁可嘉诗文集》，北京：人民文学出版社，1994年。
詹明信：《晚期资本主义的文化逻辑：詹明信批评论文选》，张旭东编，陈清侨等译，北京：生活·读书·新知三联书店，1997年。
詹姆斯·费伦、彼得·J.拉比诺维茨主编：《当代叙事理论指南》，申丹等译，北京：北京大学出版社，2007年。
詹志和：《萨特存在主义哲学思想的文学化阐释》，《中南林业科技大学学报（社会科学版）》2007年第4期。
张霭珠：《理查德·福尔曼的后现代剧场》，《戏剧艺术》2008年第5期。
张介眉：《当代欧美资产阶级文学流派》，《复旦学报（社会科学版）》1979年第4期。
张京媛主编：《当代女性主义文学批评》，北京：北京大学出版社，1995年。
张隽隽：《〈性政治〉：颠覆、对抗的视角及其他可能》，《文化学刊》2013年第6期。
张龙海：《哈罗德·布鲁姆的文学观》，上海：上海外语教育出版社，2012年。
张生珍：《美国当代女权批评：桑德拉·吉尔伯特和苏珊·古巴研究》，《外国文学研究》2013年第3期。
张首映：《西方二十世纪文论史》，北京：北京大学出版社，1999年。
张岩冰：《女权主义文论》，济南：山东教育出版社，1998年。
郑燕虹：《罗伯特·洛厄尔的创作风格转变之探讨》，《外语与外语教学》2018年第2期。

——:《西尔维娅·普拉斯的诗学理念与诗学实践》,《当代外国文学》2018年第4期。

朱莉:《文学的边缘化与精神价值的守望》,《河北科技师范学院学报(社会科学版)》2011年第4期。

朱立元:《接受美学导论》,合肥:安徽教育出版社,2004年。

——:《当代西方文艺理论》,上海:华东师范大学出版社,2005年。